안네의 일기(외)

안네 프랑크/김남석·서석연 옮김

범우사

안네의 어머니 — 자상했던 어머니 에디트 프랑크

안네 프랑크 — 11살 때의 귀여운 안네의 모습

3부녀 — 아버지 오토 프랑크와 언니 마고트, 그리고 2살 때 안네의 모습

안네의 詩 안네가 8살 때 색필로 예쁘게 쓴 시의 일부

안네의 일기 안네가 정성스럽게 써내려 간 일기의 한 부분

안네의 생가와 은신처

독일 프랑크푸르트에 있는 안네의 생가 사진 위와 네덜란드 암스테르담의 은신처 건물

안네가 다녔던 몬테소리 소학교　　벽면에는 안네의 필적을 확대하여 단장해 놓았다.

몬테소리 소학교 교실　　7살 때 소학교 교실에서의 모습(중앙의 백색 원내가 안네이다).

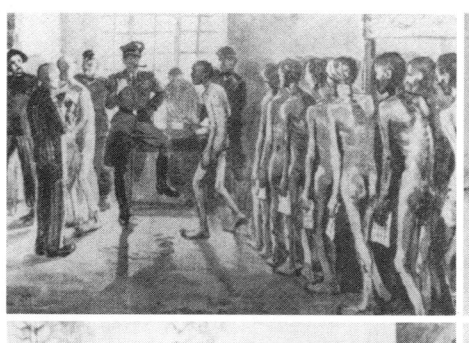

나치의 강제수용소 가스실에의 선별 작업(좌상)과 가장 가벼운 죄인에 대한 태형 장면(우상). 그리고 남자 처형 장면(좌하)과 여자 처형 장면(여성 수용소).

연행되고 있는 유대인 독일군에게 유대인들이 강제 수용소로 무차별 연행돼 가고 있다.

독일군의 공습   1940년 5월 독일군의 공습으로 잿더미가 된 노틀담 시가

미프 일가와 함께   은신처에서 함께 생활했던 미프 일가와 오토 프랑크

아우슈비치 강제 수용소 수용소 정문(사진 상)과 수용소의 감시탑 (사진 우측)

여자 수용소의 침실 내부 침실 내부는 3층으로 돼 있었는데 칸마다 2~3명이 들어가 몸을 움직이기조차 어려웠다. 취침은 교대로 이루어졌다.

범우비평판세계문학선 39-❶

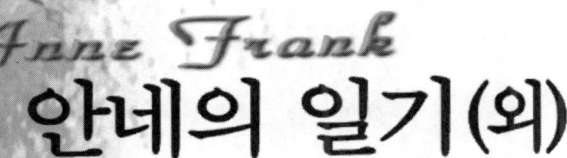

안네의 일기(외)

안네 프랑크 / 김남석·서석연 옮김

범우사

차 례

□ 이 책을 읽는 분에게 · 5
□ 머리말 · 9

안네의 일기 · 13

안네의 청춘노트 · 275

    제1장 학교 생활의 추억 · 277
    제2장 생각하는 것 · 294
    제3장 꿈 · 309
    제4장 잊혀지지 않는 사람들 · 322
    제5장 미완성의 청춘 · 335

부 록 · 361
    Ⅰ. 안네의 동화 · 363
    Ⅱ. 안네가 죽기까지 · 403
□ 작품 해설 · 414
□ 연 보 · 422

□ 이 책을 읽는 분에게

　이 책은 제2차세계대전이 가장 치열했던 1942년부터 1945년 사이에 네덜란드에서 있었던 실제 기록이다. 주인공인 안네 프랑크가 유태인으로 태어난 것은 그녀의 숙명이었다. 원래 안네는 독일에서 태어나 가족과 함께 평화롭게 살았으나, 히틀러가 정권을 장악한 1933년 이후 아버지의 사업 관계로 암스테르담으로 옮겨 가게 된다. 그곳에서 아버지는 꽤 크게 장사를 벌이고, 안네는 언니인 마고트와 학교를 다닌다.
　그때 제2차대전이 발발하고 네덜란드는 독일군에게 점령된다. 그리고 히틀러가 이끄는 나치의 유태인 말살 정책에 따라 무서운 박해가 가해지고, 유태인은 강제 수용소에 집단 감금되기 시작한다. 안네 가족도 피신해야만 했다. 그러나 그들은 갈 곳이 없어 암스테르담의 프린센 운하에 접해 있는, 사무실을 겸한 낡은 건물을 '은신처'로 정하고 숨는다. 1942년 7월 안네의 나이 열세 살 때의 일이다. 그로부터 2년여에 걸쳐 자유 없는 삶이 계속된다. 이러한 고통 속에서도 다정다감한 소녀 안네는 꿈과 희망을 잃지 않고 살아간다. 안네가 꿋꿋하게 생활할 수 있었던 것은 자신의 생각과 갈등 그리고 꿈을 고백할 수 있는 일기장이 있었기 때문이다. 일기장 '키티'는 단 하나밖에 없는 그녀의 소중한 벗이요, 지주였다.
　전쟁이 끝나고, 죽음의 강제 수용소에서 유일하게 살아 나온 아버지 오토 프랑크의 손에 이 일기가 전해졌다. 그들의 숨은 원조자가 소중히 간직하고 있다가 안네의 부친에게 전해준 것이다. 이 일기는 전쟁이 끝난 후 2년째인 1947년, *Het Achterhuis*라는 제목으로 암스테르담에서 출판되었는데, 삽시간에 전 세계 수십 개 국에서 번역 출판되었고, 1955년에는 미국인 앨버트 해케트 부부에 의해 희곡화되어 상연되었다. 이 일기는 지금도 전세계에 크나큰 감동을 불러일으키고 있다.

그토록 마음을 울리는 감동은, 역시 뭐니뭐니해도 그 진실성이 갖는 무게에서 온다. 즉 그녀가 한계상황(限界狀況) 속에서도 자신을 냉철히 자각하고 비판하며, 자기를 둘러싸고 있는 사람들과 시대와 세계에 대한 사고(思考)를, 더 나아가 인간과 전쟁에 대한 깊은 통찰력 등을 감수성이 풍부한 필치로 기록하고 15세의 어린 나이로 죽어 갔다는 사실이 그만큼 읽는이의 가슴을 파고드는 것이다.
　자기 반성을 갖는 현대인에 있어서 "인간은 누구나 자기 자신을 경험하며, 아는 것은 초월하는 것이다"는 점을 믿고 있으며, 한 사람 한 사람이 두 번 다시 전쟁을 일으켜서는 안 되고, 일으키게 해서도 안 된다는 굳은 결심으로, 앞으로 개성적이며 매력적인 수많은 안네가 나타나 안네 프랑크의 맑고 높은 뜻이 영원히 전해지길 바란다.

　"누가 이런 괴로움을 우리에게 주었을까요. 누가 우리 유태인을 다른 사람들과 구별했을까요……. 나는 친한 친구들이 이 세상에서 가장 잔인한 사람들의 손에 넘어간 것을 생각하면 두려워집니다. 단지 유태인이라는 이유만으로……."
　이 말은 안네 프랑크가 그의 일기에서 전쟁이 자아낸 최대의 죄악인 인간성의 타락을 생생하게 고발한 대목 중의 한 구절이다.
　전쟁이라는 비인간적인 행위는 실로 비참한 파괴를 지상에 가져왔고, 더욱 참혹한 것은 젊고 싱싱한 생명의 싹을 무참히 짓밟은 일이다.
　제2차세계대전에서 수많은 유태인을 학살한 나치 독일의 광기(狂氣)로 말미암아 겨우 열다섯 살밖에 안 된 안네 프랑크는 그들의 제물이 되고 말았다.
　부유한 실업가인 아버지, 상냥하고 동정심 많은 어머니, 아름답고 재주가 많은 언니에 둘러싸여 평화로운 나날을 보내고 있던 안네는 유태인이라는 이유 하나만으로 독일인에게 쫓겨 2년이라는 세월을 은신처에서 몸을 숨기며 발소리는 물론 숨소리조차 제대로 못 내고 살아야 했다. 그녀는 이런 비참한 생활 속에서도 희망을 잃지 않고 인간의 선의(善意)를 믿었고 다른 사람들의 행복을 빌었다.

  희망과 빛을 보지 못하는 생활 속에서도 안네에게는 하나의 여자로서의 자각이 싹트기 시작했다. 시련을 받을수록 인간은 더욱 서로 의지하고 싶어하게 되고, 늘 공포와 굴욕이 뒤따르는 냉혹한 공간에 관해서는 사랑과 생명을 위한 싸움을 계속해야 하는 삶의 부조리를 그녀는 꿰뚫어보았다.

  이 생활은 날이 갈수록 더욱 가혹해졌다. 그리고 그것은 안네의 성숙한 여자로서의 자기 확립과 때를 같이했다. 그러나 그녀의 자기 확립과 희망의 현실화는 미처 결실을 보지 못하고 끝을 맺는다.

  안네의 작품은 1944년 8월 1일로 끝난다. 그 날짜로부터 사흘 후인 8월 4일은 안네와 그녀의 가족 그리고 동거인들에게 운명의 날이었다. 푸른 제복을 입은 한 독일 비밀 경찰과 사복 경찰 4명이 정보를 입수하고 그들의 피신처를 급습했던 것이다.

  체포된 안네는 가족과 헤어져 홀로 아우슈비츠 수용소에 수감되었다.

  안네와 그녀의 언니 마고트가 1천 명의 젊은 여인들과 함께 독일의 베르겐벨젠으로 옮겨 간 것은 1944년 10월 30일이었다. 안네는 거기에서도 아우슈비츠 수용소에서처럼 용기와 인내력을 보였다.

  다음해 2월에 티푸스를 앓던 마고트가 죽자 안네는 완전히 기력을 잃어버렸다. 마고트의 시체가 운반되어 나가는 것을 본 안네는 침대 속에서 머리를 쳐들고 중얼거렸다고 한다.

  "아버지도 어머니도 이미 돌아가셨을 테니 나는 이제 돌아갈 곳도 없어졌어."

  그로부터 며칠 후 연합군이 이미 프랑크푸르트에 진입하고 있던 3월 초의 어느 날 안네는 촛불이 꺼지듯 조용히 숨을 거두었다.

  안네는 일기 속에 "죽은 뒤에도 살고 싶다"고 쓰고 있는데, 어린 소녀가 이처럼 많은 사람들에게 큰 감동을 준 일은 일찍이 유례가 없을 것이다.

  〈안네의 청춘 노트〉에 소개하는 글들은 안네가 2년 동안 은신처에 숨어 살며 쓴 것들이며, 다시 말해 이것은 그 어린 안네가 소녀로 성장하면서 보랏빛 인생을 꿈꾼 작품이라고 할 수 있다.

이 책에는 그녀의 학창 시절의 아기자기한 추억과 꿈많은 소녀의 소박한 욕망 그리고 삶의 깊은 비밀을 추구하는 글들이 산재해 있다. 또 인물론과 미완의 소설도 수록되어 있다.
　하느님은 역시 지상에서 약간의 시간밖에 누릴 수 없었던 소녀에게 영원한 생명을 주셨다.
　안네의 청춘이 무참히 짓밟히고 피어 보지도 못한 꽃봉오리로 사라진 것처럼 보이지만, 이 노트에 새겨 넣어진 문장 하나하나가 지금 안네의 생명이 되어 불멸의 빛을 발산하면서 여기에 되살아나고 있다고 하겠다.
　〈안네의 일기〉에서는 *Het Achterhuis*(뒷집)를 '은신처'로 번역하였고, 안네 프랑크의 뒷얘기를 부록으로 엮어 함께 실었음을 밝히며, 이 세기(世紀)의 '사랑의 기록'을 원본에 충실하게 옮겨서 이 땅의 젊은이에게 전해 주려는 범우사 윤형두 사장의 높은 뜻에 진심으로 감사드린다.

옮 긴 이

□ 머리말

 이 책은 참으로 놀라운 내용을 담고 있다. 한 소녀——진실을 말하기를 두려워하지 않는 젊은이——가 쓴 이 책은 전쟁과 그것이 인류에 미치는 영향에 대해서, 이제까지 내가 읽은 논평(論評) 중 가장 뛰어나고 가장 강하게 내 마음을 울린 것 중의 하나다. 네덜란드가 독일에 점령당해 있던 2년 동안 나치스의 눈을 피해 가면서, 전쟁이라는 무서운 외적 상황만이 아니라 정신적으로 자기 자신에게 구속당하고 끊임없는 공포와 고독 속에 살았던 여덟 명에게 일어난 여러 가지 변화를 잘 묘사하고 있는 〈안네의 일기〉를 읽고서, 나는 전쟁이 저지르는 최대의 죄악——인간성의 타락——을 생생하게 보는 듯해서 전율을 금할 수 없었다.
 이와 동시에 안네의 일기는, 인간의 정신은 궁극적으로 숭고한 빛을 발한다는 것을 확실히 해주고 있다. 그들은 매일의 공포와 굴욕적인 생활 속에서도 결코 체념하지 않았다. 안네 자신은, 그 어느 소녀거나 빠른 변화가 일어나는 열세 살부터 열다섯 살까지의 소중한 2년 동안에 놀랄 만큼 성숙해졌다. 안네의 일기 중에서 가장 감동적이고 특기할 만한 것은 자신에 대한 묘사다. 안네는 자신의 정열, 기지, 슬기와 풍부한 정서로 감수성이 아주 예민하고 영리한 사춘기의 소녀라면 씀직도 한 부모와의 관계, 자의식(自意識)의 발달, 성인의 문제들을 쓰고 또 생각하였다. 이것은 비정상적인 상태에서 살았던 한 소녀의 사상이며 의견이다. 따라서 그녀의 일기는 우리들 자신과 우리들의 아이들에 관해서 우리들에게 많은 것을 가르쳐 주고 있다. 또한 안네의 경험이 우리들 모두에게 결코 남의 일이 아니며, 우리들은 안네의 죽음과 전세계의 일에 밀접한 관련이 있다는 점을 나는 절실히 느끼는 것이다.

안네의 일기는, 그녀의 훌륭한 정신과 이제까지 평화를 위해서 노력하고 또한 현재도 노력하고 있는 사람들의 정신을 찬양하는 데 알맞은 기념비라 하겠다. 이 책은 우리들에게 풍부하고 유익한 경험을 제공해 줄 것이다.

엘리노어 루스벨트(루스벨트 대통령 부인)

나는 이제까지 누구에게도 고백할 수 없었던 것을 당신(일기장)에게만은 모두 고백하게 되기를 바랍니다. 그리하여 당신이 나에게 있어서 커다란 마음의 지주(支柱)가 되고 또 위로가 되기를 바랍니다.

1942년 6월 12일

안네 프랑크

안네의 일기(외)

1. 생일날

1942년 6월 14일 일요일

　6월 12일 금요일, 나는 여섯 시에 잠이 깼습니다. 그도 그럴 것이, 그 날은 내 생일이었으니까요. 그렇지만 물론 그렇게 일찍 일어나면 꾸중을 들으니까, 꼼짝 않고 호기심을 누르며 참고 있어야만 했습니다. 일곱 시 15분 전, 마침내 더 이상 견딜 수 없어서 식당으로 갔더니 모르체(고양이)가 나를 반겨 맞아 주었습니다.

　일곱 시가 조금 지나서 아버지와 어머니에게로 가서 아침인사를 나누고 거실에 있는 선물 꾸러미를 풀었습니다. 맨 처음에 나온 것이 당신(일기장)입니다. 제일 멋진 선물이에요. 테이블 위에는 장미 꽃다발, 화초분 하나, 모란꽃 등이 있었습니다. 그 후에도 많은 꽃을 선물받았습니다.

　아버지와 어머니께서도 여러 가지 선물을 주셨지만 여러 친구들한테서도 많은 선물이 왔습니다. 그 중에는 힐데브란트가 쓴 유명한 사회 풍자 소설 《요지경》, 파티용 오락 도구, 많은 과자, 초콜릿, 글자 맞추기 장난감, 브로치, 요셉 헨이 쓴 《네덜란드의 옛이야기와 전설》, 데이지가 쓴 《산의 휴일》(멋진 책!) 그리고 돈도 약간 있었습니다. 자, 이것으로 《그리스와 로마의 신화집》을 살 수가 있습니다.

　근사해!

　좀 있으려니까 리스가 데리러 와서 함께 학교에 갔습니다. 쉬는 시간에 선생님과 친구들에게 봉봉을 나눠 주었습니다. 그러고 나서 공부를 했습니다.

이제 이쯤 해두기로 하지요. 나는 당신을 갖게 되어서 아주 기쁩니다!

1942년 6월 15일 월요일

일요일 오후 집에서 나의 생일 파티를 열었습니다. 린틴틴이라는 이름난 개가 출연하는 〈등대지기〉라는 영화를 보여 주었는데 학교 친구들은 아주 마음에 들었던 모양입니다. 남자와 여자친구들이 많이 모여서 오늘은 참 유쾌했습니다. 어머니께서는 항시 내가 장차 누구하고 결혼하게 될까 호기심을 가지고 계십니다. 그것은 페터 베셀이라는 것을 눈치채지도 못하십니다. 어느 날 나는 얼굴도 붉히지 않고, 또 눈 하나 깜빡하지 않고서 어머니 입에서 그것을 확인했습니다.

리스 구슨스와 산네 하우트만은 아주 오래 전부터 나와 가장 사이좋은 친구입니다. 그 후 유태인 중학교에서 요피 데 바알을 알게 되고서는 그 애와 나는 언제나 같이 있었으며, 지금은 그애가 나의 가장 친한 여자친구가 되었습니다. 리스는 다른 여자아이하고 친해졌고, 산네는 다른 학교에 다니면서 거기서 새로운 친구를 사귀었습니다.

1942년 6월 20일 토요일

요사이 며칠 동안 일기를 쓰지 않은 것은, 우선 첫째로 나의 일기에 대해서 생각해 보고 싶어서였습니다. 나 같은 사람이 일기를 쓰다니 우습다고 생각합니다. 그 이유는, 지금까지 일기를 쓴 일이 없을 뿐 아니라 나 자신이나 또 다른 사람이나 열세 살 난 여학생의 고백 따위에 흥미를 가질 거라고는 생각할 수 없기 때문입니다. 그렇지만 그런 것은 문제가 되지 않는 게 아닐까요? 나는 쓰고 싶어요. 아니, 그뿐만 아니라 나는 가슴속 깊숙이 있는 것을 모조리 털어 놓고 싶어요. "종이는 인간보다도 참을성이 강하다"는 속담이 있습니다. 좀 우울했던 어느 날, 밖으로 나갈까 집에 있을까 하는 것을 정하는 것조차 귀찮고 기운이 없어서 턱을 괴고 가만히 앉아 있을 때, 문득 이 속담이 생각났습니다. 그래요, 종이가 참을성이 있다는 것은 틀림없는 일입니다. 더욱이 나는 남자든 여자든 간에 참된 친구가 아닌 이상 아무에게도 이 일기를 보일 생각은 없으니, 내가 무엇을 쓰든 신경 쓰는 사람은 없을 것입니다. 이제 내가 왜 일기를 쓰는가 하는 근본 문제에 이르렀습니다. 그것은 나에게는 진실한 벗이 없기 때문입니다.

　열세 살 난 소녀가 이 세상에서 고독을 느낀다는 것을 믿는 사람은 없을 것이고 또한 사실상 그럴 리도 없을 것이므로 문제를 보다 더 분명히 하겠습니다. 나에게는 사랑하는 훌륭한 부모와 열여섯 살 되는 언니가 있습니다. 그리고 친구라고 부를 수 있는 사람이 서른 명이나 됩니다. 나에게는 많은 남자친구도 있습니다. 그들은 나를 한 번이라도 더 보고 싶어하고, 직접 보지 못하면 교실에 걸려 있는 거울에 비치는 내 모습을 엿보려고 기웃거립니다. 친척도 있습니다. 매력적인 큰아버지와 큰어머니도 계십니다. 좋은 집도 있습니다. 나에게는 무엇 하나 모자람이 없는 것 같습니다. 그렇지만 제아무리 친구들이 많아도 마찬가지입니다. 그저 까불거나 농담을 주고받을 따름입니다. 나는 주위의 공통된 것 이외의 이야기는 전혀 할 생각이 나지 않습니다. 우리들은 서로 조금도 친해지지 않습니다. 이것이 애초부터 곤란한 일입니다. 아마도 내가 남을 믿는 마음이 부족한 탓이겠지만, 그렇게 생각해 보아도 스스로도 어찌할 수가 없습니다.

　그래서 이 일기를 쓰기로 한 것입니다. 나는 오랫동안 기다렸던 친구들을 내 마음속에서라도 이상적인 사람으로 그려 두고 싶어서, 다른 사람들처럼 너무 노골적으로 일기를 쓰고 싶지는 않지만, 이 일기장을 마음의 친구로 삼으려고 합니다. 그리고 이 친구를 '키티'라고 부르겠습니다. 그러나 별안간 키티에게 편지를 쓰기 시작한다고 해도 내가 무엇을 이야기하는지 아무도 모를 테니까, 싫기는 하지만 우선 지금까지의 내 생활을 간단하게 적기로 하겠습니다.

　나의 아버지는 서른여섯 살 때 어머니와 결혼하셨습니다. 어머니는 그때 스물다섯 살이었습니다. 언니인 마고트는 1926년 독일의 프랑크푸르트 암 마인에서 태어났고, 나는 1929년 6월 12일에 태어났습니다. 우리들은 유태인이기 때문에 1933년 독일에서 네덜란드로 이사를 했고, 아버지는 이곳에 있는 트라비스 상사(商社)의 지배인이 되셨습니다. 이 회사는 같은 건물에 있는 코렌 상사와 깊은 관계가 있습니다. 아버지는 이 회사와도 관계하고 계십니다.

그러나 우리 친척들은 히틀러의 유태인 탄압 정책 때문에 독일에서 불안한 생활을 하고 있습니다. 1938년 유태인 습격 사건이 일어난 다음부터 외삼촌 두 분은 미국으로 도피하시고, 할머니는 우리집으로 오셨습니다. 할머니의 연세는 그때 일흔셋이셨습니다. 1940년 5월부터 살기 좋은 시대가 갑자기 사라졌습니다. 첫째는 전쟁입니다. 이어서 네덜란드가 항복하고 독일군이 진주했습니다. 우리들 유태인의 고난이 시작된 것은 이때부터입니다. 유태인 탄압의 포고령이 잇달아 발표되었습니다. 유태인은 노란 별표를 달아야만 합니다. 유태인은 자전거를 공출해야만 합니다. 유태인은 전차도, 자동차도 탈 수 없습니다. 또한 오후 세 시부터 다섯 시 사이에만 물건을 살 수 있습니다. 더욱이 '유태인 상점'이라고 쓰여져 있는 곳에서만 살 수 있습니다. 유태인은 밤 여덟 시 이후엔 집 안에 있어야 합니다. 이 시간이 되면 자기 집 뜰에도 나가서는 안 됩니다. 유태인은 극장, 영화관, 그 밖의 오락장에도 갈 수 없습니다. 유태인은 일반 스포츠 경기에도 참가할 수가 없습니다. 수영장, 테니스 코트, 하키 경기장, 기타 모든 경기장에도 들어가지 못합니다. 유태인은 기독교인들을 방문할 수 없습니다. 유태인은 유태인 학교에 다녀야 합니다. 이 밖에도 수없이 많은 제약이 있습니다.

이와 같은 이유로, 우리들은 이것을 하면 안 된다, 저것은 금지다 하는 것 투성이입니다. 그렇지만 그럭저럭 잘살아 왔습니다. 요피는 나에게 "너는 무슨 일이건 금지되어 있지 않나 해서 겁을 먹고 있군" 하고 자주 말했습니다. 나의 자유는 극도로 제한되어 있습니다. 그래도 아직은 견딜 만합니다. 할머니는 1942년 1월에 돌아가셨습니다. 하지만 할머니는 지금도 내 마음속에 살아 계십니다. 내가 얼마나 할머니를 사랑했는지 아무도 모를 것입니다.

1934년 나는 몬테소리 유치원에 다니기 시작하였고 초등학교도 그곳으로 다녔습니다. 그곳에서 6학년을 마치고 드디어 K선생님과 작별하게 되었을 때에는 너무 슬퍼서 둘 다 울었습니다. 1941년 나는 마고트 언니와 함께 유태인 중학교에 입학했습니다. 언니는 4학년이고 나는 1학년이었습니다.

지금까지는 우리 네 식구 모두 무사합니다. 자, 이제부터 현재의 일로 옮기도록 하겠습니다.

1942년 6월 20일 토요일
키티님!
바로 시작하겠어요. 지금은 아주 조용합니다. 어머니와 아버지께서는 외출하셨고, 언니는 친구들과 탁구를 치러 나갔습니다. 나도 최근에는 탁구를 자주 칩니다. 탁구를 치면 아이스크림이 몹시 먹고 싶어집니다. 특히 여름에는 탁구를 치다 더워지면, 대개 가장 가까이 있는 아이스크림 가게인 델피나 오아시스로 갑니다. 그곳은 유태인도 들어갈 수 있습니다. 우리는 용돈 이상은 조르지 않습니다. 오아시스는 언제나 만원이고, 손님들 중에는 우리들이 일 주일을 걸려서도 다 먹을 수 없을 정도로 많은 아이스크림을 사 주시는, 안면이 있는 친절한 아저씨나 남자친구도 있습니다. 어린 나이에 이렇게 남자친구 이야기를 하는 데 대해 당신은 놀라시겠지요. 그렇지만 우리 학교에서는 남자친구를 사귀게 마련입니다. 남자아이가 나에게 같이 자전거를 타고 집으로 돌아가자고 권해서 가는 도중에 이야기라도 나누게 되면, 십중팔구 나에게 반해서 내 얼굴만 쳐다보게 되는 것은 뻔한 노릇입니다. 그렇지만 나를 아무리 쳐다보더라도 시치미를 떼고 유쾌한 듯이 페달을 밟고 있으면, 물론 상대방의 열은 식어 갑니다.

만약 "아버지의 허락을 받고 싶다……" 하는 말까지 꺼내면, 나는 약간 자전거를 기울여 일부러 가방을 떨어뜨립니다. 남자아이는 하는 수 없이 자전거에서 내려 가방을 주워 줍니다. 그때 나는 이미 새로운 화제를 꺼내고 있습니다.

이런 일은 순진무구한 편입니다. 개중에는 입으로 키스하는 소리를 낸다든지 팔을 붙잡으려고 하는 뻔뻔스러운 녀석도 있습니다. 그러나 모두 번지수가 틀렸습니다. 이럴 때 나는 자전거에서 내리며 같이 가는 것을 거절합니다. 그렇지 않으면 모욕을 당해서 화가 났다는 표정을 지으며 내 옆에 오지 말아 달라고 분명히 말해 줍니다.

자, 오늘로서 우리 둘은 친구가 되는 기초가 이루어졌습니다.

그럼 내일 또.

— 안네

1942년 6월 21일 일요일

키티님!

우리 반 아이들은 모두 벌벌 떨고 있습니다. 곧 직원 회의가 열리기 때문입니다. 누가 진급하고 누가 낙제할까, 소문도 여러 가지입니다. 미프데 용은 우리 뒷자리에 앉은 빔과 자크 때문에 아주 즐거워하고 있습니다. 둘은 "너는 진급할 거야. 아니, 못 할 거야. 아니……" 하고 하루 종일 진급 문제로 내기 하고 있으니, 용돈은 한푼도 남지 않을 거예요. 미프와 내가 조용히 하라고 화를 내며 소리쳐도 소용이 없습니다. 나는 우리 반 아이들 중 반은 낙제해야 한다고 생각합니다. 그들은 아주 게으름쟁이들이에요. 그러나 선생님들이란 원래 변덕쟁이들이니 아마도 변덕스럽게 진급시키겠지요. 나는 모든 선생님들로부터 귀여움을 받고 있습니다. 선생님은 모두 아홉 분인데, 남자 선생님이 일곱 분, 여자 선생님이 두 분 계십니다. 연세가 많으신 수학 선생님, 켑터 선생님은 내가 너무 떠들어대니까 나에게 〈수다쟁이〉라는 제목으로 작문을 해오라고 하셨습니다. 수다쟁이라니 도대체 무엇을 쓰면 좋을까요? 그러나 나중에 어떻게든지 쓰기로 하고 노트에 작문 제목만 적어 놓고, 그날은 떠들지 않으려고 애를 썼습니다.

그날 저녁 다른 숙제를 다 마쳤을 때, 노트에 적어 놓은 작문 제목이 떠올랐습니다. 나는 만년필 끝을 깨물면서, 큼직한 글씨로 낱말 사이를 많이 띄어쓰면 무엇인가 대충 쓸 수 있으리라고 생각은 했습니다만, 재잘거려야 할 필요성을 증명한다는 것은 큰일입니다. 곰곰 생각한 끝에 좋은 생각이 떠올랐습니다. 나의 주장은——재잘거리는 것은 여자의 특성이며, 나는 될 수 있는 한 수다를 떨지 않으려고 노력은 하며, 더구나 어머니는 나보다도 더 수다쟁이니 나의 수다 버릇은 고쳐지지 않는다, 유전은 어찌할 수 없는 것 아니겠어요——라는 것이었습니다. 켑터 선생님은 나의 작문을 읽으시고 웃으셨는데, 내가 다음 시간에도 여전히 떠들었더니 또 작문을 해오라고 하셨습니다. 이번에는 〈고쳐지지 않는 수다쟁이〉라는 제목이었습니다. 나는 이 작문을 마무리하여 선생님께 드렸습니다. 켑터 선생님은 다음 두 시간 동안은 아무 말씀도 안 하시더니, 셋째 시간에는 내가 시끄럽게 구는 것을 더 이상 참지 못하시고 "안네, 떠든 벌로 〈꽥꽥꽥 나테르비크 부인〉이란 작문을 해오너라"고 말씀하시자 반 전체가 "와아" 하고 웃었습니다. 나도 하는 수 없이 웃었습니다. 그러나 수다쟁이에 대해서는 이제 나의 밑천도 바닥이 나버렸습니다. 나는 무엇인가 다른 것, 전혀 새로운 것을 생각해 내지 않으면 안 되었습니다. 그런데 다행히도 시를 잘 쓰는 친구 잔네가 시의 형식으로 이 작문을 대신 해준다고 해서 나는 뛸 듯이 기뻤습니다. 켑터 선생님은 이런 바보스러운 제목으로 나를 골려 주려고 하셨지만, 나는 선생님이 노리는 바를 꺾어 도리어 선생님을 반의 웃음거리로 만들기로 작정했습니다. 시는 완성되었습니다. 정말 멋지게 되었습니다. 그것은 세 마리의 새끼를 거느린 어미 오리와 아버지인 백로 얘기를 쓴 것입니다. 새끼 오리가 너무나 수다를 떨었기 때문에 아버지인 백로가 물어 죽여 버렸다는 것입니다. 다행히 켑터 선생님은 이 농담을 이해하셨는지 시를 반 전체에게 큰 소리로 읽어 주시고, 다른 반에 가서도 읽어 주셨습니다. 그 후부터는, 내가 수다를 떨어도 꾸중하지 않았고 숙제도 내지 않으셨습니다. 켑터 선생님은 언제나 시 얘기를 하시며 웃으십니다.

—— 안네

2. 전차도 탈 수 없는 유태인

1942년 6월 24일 수요일
키티님!

오늘은 찌는 듯한 더위입니다. 마치 몸이 녹아 버릴 것만 같습니다. 이 더위에도 나는 어딜 가든 걸어가야만 합니다. 이렇게 되고 보니 전차가 얼마나 고마운 것인지 절실히 느껴집니다. 그러나 전차는, 유태인에게는 허락되지 않는 사치품입니다. 우리 유태인은 제발로 걸어 다녀야만 합니다. 나는 어제 점심 시간에 얀 루이케슈트라넨에 있는 치과 의사한테 가야만 했습니다. 스타드스팀머튜이넨 곁에 있는, 우리 학교에서는 꽤 먼 곳입니다. 나는 오후 수업 시간에 잠이 들 뻔했습니다. 치과 조수는 친절한 여자 분이었는데, 나에게 손수 마실 것을 주었습니다.

우리들은 나룻배는 탈 수 있습니다. 그것뿐입니다. 요제프 이스라에루 안벽(岸壁)에서 출발하는 작은 보트가 있습니다. 우리가 부탁하면 곧 태워 줍니다. 우리들이 이렇게 기혹한 처사를 당하고 있는 것은 네덜란드 사람 때문은 아닙니다.

나는 감사절 휴일에 자전거를 도난당했기 때문에 학교에 가기가 싫어졌습니다. 어머니 자전거는 아버지가 기독교인 집에 맡겨 두셨습니다. 그러나 이제 곧 방학입니다. 앞으로 일 주일만 지나면 이 고통도 끝이 납니다. 어제는 재미있는 일이 있었습니다. 내가 자전거 보관소를 지나려는데 누군가 나를 부르는 사람이 있었습니다. 주위를 둘러보았더니 어제 저녁, 친구인 에봐네 집에서 본 미소년이 서 있었습니다. 그는 부끄러운 듯 내게로 와서 하리 골드베르그라고 자기 이름을 소개했습니다. 나는 약간 놀라며 무슨 일인가 생각했으나, 곧 알게 되었습니다. 그는 학교에 같이 가지 않겠느냐고 물었습니다. 나는 "어차피 같은 방향이니 같이 가자" 하고, 함께 학교로 갔습니다. 하리는 열여섯 살이고 재미있는 화젯거리를 많이 가지고 있습니다. 그는 오늘 아침에도 나를 기다렸습니다. 앞으로도 아마 그렇게 할 것입니다.

— 안네

1942년 6월 30일 화요일
키티님!

오늘까지 당신에게 편지를 쓸 틈이 없었습니다. 목요일에는 온종일 친구들과 같이 지냈고, 금요일에는 집에 손님이 오셔서 오늘까지 계셨습니다. 하리와는 일 주일 동안에 아주 친해졌습니다. 그는 내게 자기에 대해 여러 가지를 이야기했습니다. 그는 혼자서 네덜란드로 와서 조부모와 살고 있습니다. 부모님은 벨기에에 계십니다.

하리한테는 화니란 여자 친구가 있는데, 나도 그녀를 알고 있습니다. 그다지 영리하지 못한 멍청한 애입니다. 하리는 나를 만나고부터 자기가 화니의 앞에서 헛된 꿈을 꾼 데 지나지 않았다는 것을 알게 된 듯합니다. 내가 그의 눈을 뜨게 하는 자극제의 역할을 한 듯합니다. 우리들은 제각기 이용 가치가 있는 거지요, 때로는 이상한 이용 가치가.

요피는 토요일 밤 우리집에서 자고 일요일에 리스 집으로 갔습니다. 하리가 밤에 우리집에 오기로 되어 있었는데, 오후 여섯 시에 전화가 걸려 왔습니다. 내가 전화를 받자,

"여보세요, 저는 하리 골드베르그인데 안네를 바꿔 주세요" 하고 말했습니다.

"하리, 나 안네야."

"안네니? 어때?"

"아주 잘 있어, 고마워."

"미안하지만 실은 오늘 밤엔 못 가겠어……. 그렇지만 너한테 얘기할 게 있는데. 10분 후에 가도 괜찮을까?"

"응 좋아, 기다리고 있을게."
"그럼 곧 갈게."
수화기를 놓았습니다.
나는 얼른 옷을 갈아입고, 머리를 좀 만지고, 창가에 서서 초조한 마음으로 그가 오기를 기다렸습니다. 얼마 있으려니까 그가 오는 것이 보였습니다. 나는 이상하게 바로 뛰어 내려가서 그를 맞아들이지 않고 그가 벨을 누를 때까지 잠자코 기다리고 있었습니다. 벨이 울리자 나는 내려갔습니다. 내가 문을 열자, 그가 뛰어들 듯 들어왔습니다.
"안네, 우리 할머니가 너는 아직 나이가 어리니까 밖에서 만나는 것은 삼가라고 하셔. 그리고 나는 화니하고는 이제 외출 안 할 테야."
"왜? 화니하고 싸웠어?"
"아니, 싸우지 않았어. 나는 화니에게 우리들은 서로 어울리지 않으니까 이제부터는 함께 외출하지 않는 게 서로에게 좋을 거라고 말해 주었어. 그렇지만 화니가 우리집에 오면 언제든지 환영해 주고, 나도 화니네 집엔 가겠어. 나는 처음 화니가 다른 남자하고도 밖에 나가는 줄 알고 나도 적당히 교제해 왔는데 그게 전혀 아니었어. 할아버지는 화니에게 사과하라 하시지만, 나는 사과하고 싶지 않아서 깨끗하게 집어치웠어. 할머니는 내게 너보다 화니하고 외출하기를 권하지만 나는 딱 질색이야. 노인들은 구식이라서 곤란해. 나는 절대로 그분들이 말한 대론 못 해. 나는 할아버지나 할머니가 없으면 곤란하지만, 할아버지도 어떤 의미에선 나를 필요로 하고 있어. 이제부터 나는 수요일 밤엔 언제나 시간이 있어. 할아버지 할머니를 기쁘게 해드리기 위해 겉으로는 목공예를 배우러 다닌다고 했지만, 실은 유태 민족 운동을 하는 집회에 참가했어. 할아버지 할머니는 이 운동에 반대하시니까 이건 비밀이야. 나는 결코 맹신자는 아니지만 이 운동에 흥미를 느껴. 그러나 요즘은 너무 시끄러워서 그만둘 테야. 다음 수요일이 마지막이야. 그래서 다음부터는 수요일 밤과 토요일, 일요일 오후에는 너를 만날 수 있을 거야. 또 자주 더 자주 만날 수 있을지도 몰라."
"그렇지만 네 할아버지와 할머니께서는 나를 만나는 걸 반대하시잖아.

몰래 그런 짓을 하면 안 돼."

"사랑은 방법을 발견하게 해."

둘이서 모퉁이 책방 앞을 지나는데, 그곳에 페터 베셀이 두 소년과 함께 서 있었습니다. 그는 나를 보자 "안녕" 하고 말했는데, 그가 나에게 말을 건 것은 몇 년 만의 일입니다. 나는 기뻤습니다.

하리와 나는 지칠 줄 모르고 한없이 걷다가, 내일 저녁 일곱 시 5분 전에 그의 집 앞에서 만나기로 약속하고 헤어졌습니다.

—— 안네

1942년 7월 3일 금요일
키티님!

하리는 어제 우리집에 와서 우리 부모를 만났습니다. 크림, 케이크, 과자, 차, 비스켓 등을 사놓았지만 하리나 나는 계속 굳은 자세로 나란히 앉아 있는 것이 어색해서 둘이서 산책하러 나갔습니다. 그가 나를 우리집까지 바래다 줄 때는 벌써 여덟 시 10분을 넘고 있었습니다. 아버지는 화가 나 계셨습니다. 유태인이 오후 여덟 시 이후에 외출하는 것은 위험하기 때문입니다. 그래서 나는 앞으로는 여덟 시 10분 전까지 반드시 집에 돌아와야 한다는 약속을 지키기로 했습니다.

나는 내일 그의 집에 오라는 초대를 받았습니다. 나의 여자친구 요피는 온종일 하리에 대해 놀렸습니다. 나는 결코 연애 따위를 하고 있는 건 아닙니다. 다만 나도 남자친구를 가져도 상관이 없을 것입니다——누구든지 그런 일은 아무렇지도 않게 생각합니다——그러나 단 한 명의 남자친구라면, 문제는 전혀 다른 것 같습니다.

어느 날 밤 하리는 에봐를 만나러 갔습니다. 나중에 에봐가 나에게 말하기를, "하리는 화니와 안네 둘 중에서 누굴 더 좋아해?" 하고 자기가 그에게 물었더니, 그는 "그런 것은 네가 알 바가 아니야"라고 말했다고 합니다. 그날 밤은 그 이상 말을 건네지 않았는데, 그는 헤어질 무렵 "좋아, 말해 줄게. 내가 좋아하는 것은 안네야. 안녕. 아무한테도 말하지

마"란 말을 남기고 쏜살같이 나갔다고 합니다.
 하리가 나를 좋아하고 있다는 것은 나도 잘 알고 있습니다. 언니는 "하리는 귀여운 애야"라고 자주 말합니다. 나도 그 말에는 동감이지만, 그는 그 이상입니다. 어머니께서도 '예쁘고 예의바른 좋은 애'라고 대단히 칭찬하십니다. 나는 우리 가족이 모두 그를 좋아하는 데 대해 기쁘게 생각합니다. 그도 우리 가족들을 아주 좋아합니다. 그런데 그는 나의 여자친구들을 너무 어린애 같다고 생각하고 있습니다. 그의 생각이 옳습니다.

—— 안네

3. 호출장

1942년 7월 5일 일요일
키티님!
 시험 성적은 지난주 금요일 유태인 극장에서 발표되었습니다. 내 성적은 예상보다 좋았습니다. 결코 나쁘지는 않았습니다. 만점이 하나, 수학은 5점이고 6점이 둘 있었으며, 다른 것은 전부 7점이나 8점이었습니다. 집안 사람들도 물론 기뻐했습니다. 더욱이 나의 부모는 다른 부모들과 달라서 내가 건강하고 행복하며 너무 행실이 나빠지지만 않는다면, 나중에는 잘된다는 주의여서, 성적이 좋건 나쁘건 조금도 문제삼지 않습니다. 그러나 나는 그 반대입니다. 성적이 나쁜 학생이 되고 싶지는 않습니다. 나는 몬테소리 학교에 일 년 더 남아 있어야 했는데도 유태인 중학교에서 나를 받아 주었습니다. 많은 사람들이 부탁한 결과 나와 리스를 조건부로 받아 주었습니다. 교장 선생님께서는 우리들이 열심히 공부할 것으로 믿었으므로 선생님을 실망시키고 싶지는 않습니다. 언니인 마고트는 보통 때와 같이 훌륭한 성적입니다. 언니는 우등생으로 진급했습니다. 정말 머리가 좋습니다. 아버지는 하시는 일이 없어서 최근에는 집에 계시는 일이 많아졌습니다. 자기가 소용 없는 인간이라고 느끼게 되면, 누구나 다 풀이 죽게 마련이지요. 코프하이스씨가 트라비스 상사를, 크랄러씨가 코렌 상사를 인계받았습니다. 며칠 전 집 옆의 광장을 아버지와 같이 거닐고 있었을 때, 아버지는 은신처로 옮기는 얘기를 끄집어 내셨습니다. 나는 깜짝 놀라서, 대체 지금 왜 그런 이야기를 하시냐고 물어 보았습니다. 그러자 아버지는,

"안네야, 너도 알다시피 우리들은 벌써 일 년 전부터 다른 집에 식량과 옷과 가구들을 옮기고 있다. 가진 것을 독일 사람들에게 몰수당하고 싶지 않기 때문이지만, 독일 사람들에게 붙잡히는 것은 더 한층 싫거든. 그래 그들이 잡으러 오기 전에 몸을 감추는 거다."

"그런데 아버지, 그게 언제죠?"

아버지께서 아주 진지한 얼굴로 말씀하셨기에 나는 걱정이 되었습니다.

"너는 걱정 마라. 아버지와 엄마가 다 알아서 할 테니까. 너는 아직 어리다. 가능한 한 고생 없는 소녀 시절을 충분히 즐겨야지."

여기서 얘기는 끝났습니다. 오오, 하느님, 그날이 아득한 미래가 되게 하소서!

— 안네

4. 은신처로

1942년 7월 8일 수요일
키티님!
일요일부터 오늘까지 몇 해가 지난 느낌입니다. 마치 세상이 뒤집힌 듯 여러 가지 일이 일어났습니다. 그러나 나는 아직 살아 있습니다. 아버지

는 그것이 중요한 일이라고 말씀하셨습니다.
　그렇습니다. 나는 아직 살고 있습니다. 그러나 어디서 어떻게 살고 있느냐고는 묻지 말아 주세요. 당신은 모를 테니까요. 일요일 오후에 일어난 일부터 이야기하죠.
　오후 세 시 누군가가 벨을 눌렀습니다. 하리가 지금 막 돌아갔지만, 다시 오기로 되어 있었습니다. 나는 베란다에 누워서 햇빛을 쬐며 멍하니 책을 읽고 있었기 때문에 벨소리를 듣지 못했습니다. 조금 지나서 언니가 대단히 흥분한 모습으로 부엌 앞에 와, "SS(나치스의 친위대)로부터 아버지께 호출장이 왔어. 엄마는 아까 환 단씨를 만나러 가셨어" 하고 작은 목소리로 말했습니다. 환 단씨란 분은 아버지 회사의 동료입니다. 나는 언니의 말을 듣고 너무나 놀랐습니다.
　호출장! 그것이 무엇을 의미하는지는 누구나 다 알고 있습니다. 나는 강제 수용소와 차가운 감방이 떠올랐습니다. 아버지를 어떻게 그런 곳으로 보낼 수 있을까요?
　"물론 아버지께서는 안 가실 거야. 어머니는 우리들이 내일 은신처로 옮기는 것이 좋을지 환 단씨한테 의논하러 가셨어. 환 단씨 댁에서도 우리들하고 같이 가니까 전부 해서 일곱 사람이야" 하고 언니는 어머니를 기다리는 동안에 이렇게 말했고, 우리 둘은 입을 다물어 버렸습니다. 아버지 일을 생각하니 말을 할 수가 없었기 때문입니다. 아버지께서는 이런 줄도 모르시고 요드셀 요양소로 잘 아시는 노인들을 찾아갔던 것입니다. 우리는 어머니를 기다리면서 더위와 긴장에 짓눌려 말 한마디 하지 않았습니다.
　갑자기 벨이 울렸습니다. "하리야!" 하고 내가 말했습니다. "문을 열면 안 돼" 하고 언니가 나를 말렸는데, 그때 어머니와 환 단씨가 하리하고 얘기하는 소리가 아래층에서 들려왔습니다. 세 사람은 집에 들어오더니 문을 꼭 닫았습니다. 벨이 울릴 때마다 언니나 내가 아버진가 아닌가를 알아보기 위해 살그머니 아래층으로 내려가곤 했습니다.
　환 단씨는 언니와 내게 다른 방으로 가 있으라고 하셨습니다. 환 단씨는 어머니하고만 얘기하고 싶었던 것입니다. 언니하고 단둘이 침실에 있을 때, 언니는 호출장이 아버지에게 온 것이 아니라 자기한테 온 것이라고 말했습니다. 나는 너무나 무서워서 그만 울고 말았습니다. 언니는 아직 열여섯 살입니다. 이런 어린 소녀를 정말로 끌고 갈까요? 아니, 언니는 가지 않을 겁니다. 어머니가 그러셨으니까요. 아버지가 언젠가 은신처 얘기를 하신 뜻을 이제야 비로소 알았습니다.

숨는다곤 하지만 어디로 가는 것일까요? 도시일까, 시골일까? 살 곳은 벽돌집일까, 또는 오두막일까……?

이런 것들을 물어서는 안 된다고 했지만 생각하지 않을 수 없었습니다. 언니와 나는 우리들이 갖고 있는 가장 귀중한 것만을 가방 속에 넣기 시작했습니다. 내가 제일 먼저 넣은 것은 이 일기장입니다. 그리고 클립, 손수건, 교과서, 빗, 묵은 편지 등입니다. 은신처로 가는데 이런 것을 가방 속에 넣다니 미쳤나 보다고 남들은 생각하겠지만, 나는 후회하지 않습니다. 내게는 옷보다 추억이 더 중요합니다.

오후 다섯 시가 되어서야 아버지가 돌아오셨습니다. 코프하이스씨에게 전화를 걸어 저녁때 집에 들르시도록 부탁했습니다. 환 단씨는 외출하여 미프씨를 데리고 오셨습니다. 미프씨는 1933년부터 아버지와 함께 일해 온 관계로 친한 사이였습니다. 갓 결혼한 그녀의 남편 행크도 그렇습니다. 미프는 구두, 옷, 코트, 속옷, 양말들을 가방에 차곡차곡 넣은 다음 저녁때 다시 오겠다고 약속하고 나갔습니다. 미프가 나가 버리자, 우리 모두는 침묵해 버렸습니다.

모두가 아무것도 먹고 싶지 않았습니다. 우리는 이층 방 하나를 하우트 슈미트라는, 이혼한 30대 남자에게 세를 주고 있었는데, 옆에 있는 사람을 내쫓을 수도 없고 해서 놔두었더니 그날 저녁에는 그는 할 일도 없이 열 시경까지 서성거렸습니다. 열한 시에 미프와 행크 환 산텐이 왔는데, 미프는 또 신발, 양말, 책, 속옷들을 가방에 채워 넣고, 행크도 윗옷 커다란 포켓에 여러 가지 것을 넣고, 열한 시 반에 두 사람은 돌아갔습니다.

나는 솜처럼 지쳐 버려서 이 밤이 내 침대에서 자는 마지막 밤이라는 것을 알면서도 곧 잠이 들었고, 다음날 아침 다섯 시 반에 어머니께서 깨울 때까지 계속 잤습니다. 다행히도 일요일같이 덥지 않았고 하루 종일 비가 내렸습니다. 우리들은 될 수 있는 대로 옷을 많이 가져가기 위해 북극에라도 가는 것처럼 잔뜩 껴입었습니다. 우리들 같은 처지에 있는 유태인이면 여행 가방에 옷을 잔뜩 넣어 간다는 것은 꿈에도 생각지 못할 일입니다.

나는 속내의 둘에 팬티를 셋이나 껴 입은 위에다 드레스를 입고 그 위에 스커트를 입고, 또 재킷과 여름 코트를 입은 다음, 양말을 두 켤레 신은 위에다 목구두를 신고, 털실로 짠 모자를 쓰고, 목에는 스카프를 감고······ 나가기도 전에 벌써 숨이 막힐 듯했지만 누구 하나 말이 없었습니다.

언니는 가방에다 교과서를 챙겨 넣은 후 자전거를 타고 미프 뒤를 따라서 어디론가 가버렸습니다. 물론 은신처로 간 것이지만, 나는 그때까지 그곳이 어디 있는지 몰랐습니다. 일곱 시 반엔 모두 밖으로 나와 문을 닫았습니다. 내가 작별을 고한 것은 모르체란 고양이뿐이었습니다. 모르체는 이웃집에서도 귀여움을 받을 것입니다. 하우트슈미트씨한테 쓴 편지에 고양이를 부탁해 놓았습니다.

부엌에는 고양이가 먹을 고기 한 파운드가 놓여 있고 아침 식사는 그대로 식탁 위에 널려 있으며, 침대는 흐트러져서 우리가 허겁지겁 달아난 인상을 주겠지만, 우리는 그다지 개의치 않았습니다. 우린 그저 빨리 이곳을 빠져 나가 안전한 곳으로 가고 싶을 뿐이었습니다. 내일 계속 쓰겠습니다.

― 안네

5. 새로 옮겨 간 집

1942년 7월 9일 목요일
키티님!
이렇게 해서 엄마와 아빠 나 세 사람은 미어져 나올 만큼 갖가지 물건을 가득 넣은 가방과 장바구니를 제각기 들고 억수같이 퍼붓는 빗속을 걸었습니다.
 일하러 가던 사람들이 우리를 가엾다는 듯이 바라보았습니다. 우리들을 차에 태워 주지 못하는 것을 얼마나 미안하게 생각하고 있는지, 그들의 표정으로 알 수 있었습니다. 유난히 눈에 띄는 노란 별표를 달고 있는 인간은 누구도 태울 수 없습니다.
 어머니와 아버지가 앞으로의 계획에 대해서 나에게 조금씩 얘기하기 시작한 것은 밖에 나와서였습니다. 몇 달 전부터 될 수 있는 한 많은 가재도구와 생활 필수품을 꺼내서 7월 16일까지는 은신처로 옮길 준비를 마칠 예정이었답니다. 그러나 별안간 호출장이 왔기 때문에 예정을 열흘이나 앞당길 수밖에 없었던 것입니다. 따라서 은신할 곳의 준비는 아직 충분히 되어 있지 않았지만 참을 수밖에 없지요. 은신처는 아버지 사무실이었던 건물 안에 있습니다. 이것은 제삼자에게는 이해되지 않겠지만, 뒤에 설명하겠습니다. 아버지 사무실에서 일하던 사람은 크랄러씨, 코프하이스씨, 미프 그리고 스물세 살인 타이피스트 엘리 포센 등 네 사람뿐인데 모두 우리가 올 것을 알고 있었습니다. 엘리의 아버지와 두 소년은 창고에서 일하고 있지만, 그들에게는 비밀로 했습니다.
 그러면 여기서 건물의 구조를 설명하겠습니다.

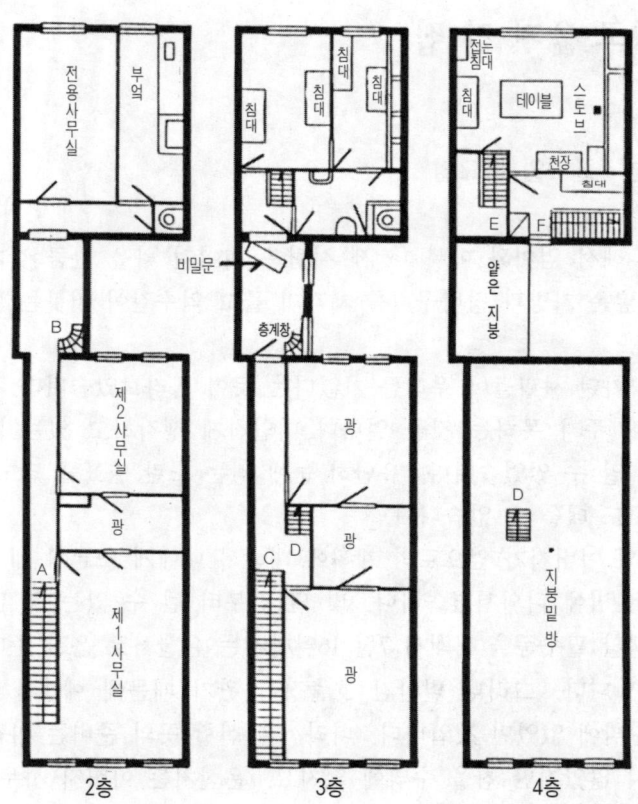

은신처 단면도

1층에 커다란 창고가 있고, 그 입구 옆에 사무실로 들어가는 출입문이 있습니다. 출입문을 지나 조금 더 들어가면 계단이 있습니다(A). 계단을 올라가면 또 하나의 문이 있고 그 문의 우윳빛 유리에는 검은 글자로 '사무실'이라고 쓰여 있습니다. 이것이 제일 큰 사무실로, 아주 넓고 밝은 방입니다. 엘리, 미프, 코프하이스씨 등 세 사람은 낮에 여기서 일합니다. 그 옆에 금고, 양복장, 커다란 찬장들이 놓여 있는 어둡고 조그만 방이 있고, 그 안에 작고 좀 어두운 제2사무실이 있습니다. 그곳에는 전에 크랄러씨와 환 단씨가 있었습니다만, 지금은 크랄러씨만 계십니다. 복도에서 들어가는 문이 있는데 밖에서는 여간해서 열리지 않습니다.
  크랄러씨 사무실에서 쌓여진 석탄 곁을 지나 긴 복도를 지나면 맨 끝에 네 층의 계단(B)이 있고, 이것을 올라가면 이 건물에서 제일 좋은 전용 사무실이 나옵니다. 가구는 검은 빛이 도는 품위 있는 것이고 바닥에는 리놀륨과 카펫이 깔려 있으며, 라디오와 멋진 전등 등 모든 게 고급품입니다. 그 옆에는 가스 조리대와 물 끓이는 기구들이 있는 넓은 부엌이 있고, 바로 옆에 화장실이 있습니다. 이것이 2층입니다.
  나무로 만든 계단으로 올라가면 세 계단으로 된 층계참이 나옵니다. 이 층계참 양쪽에 문이 있고, 왼쪽 문을 열면 큰길에 접한 광과 다락방으로 가는 복도가 나옵니다. 이 복도 끝에 있는, 네덜란드식으로 경사가 심한 계단(C)을 올라가는 곳에 큰길에 면한 창문이 있습니다.
  층계참 오른쪽에 있는 문이 우리들의 은신처로 통하는 입구입니다. 이 회색 검소한 문안에 이렇게 많은 방이 숨어 있으리라고는 아무도 상상 못할 그 문을 들어서면 맞은편에 경사가 가파른 계단(E)이 있습니다.
  계단 왼편의 좁은 통로로 들어서면 프랑크 댁의 두 딸이 쓸 침실 겸 공부방이 있습니다. 문을 들어선 바로 오른편에 빨래실과 화장실로 쓸 창문 없는 방이 있습니다. 우리 둘이 쓸 방에는 이 방으로 통하는 문이 있습니다. 계단을 올라가서 문을 열면 운하에 인접한 이런 낡은 집에 이렇게 크고 밝은 방이 있나 하고 놀랄 만한 방이 나타납니다. 이 방은 전에 실험실로 쓰였던 덕분에 가스 스토브가 놓여 있고, 또 빨래도 할 수 있게 되어 있습니다. 이 방은 지금 환 단씨 댁의 거실, 식당 겸 부엌으로 쓰입니다.

그 옆의 복도를 겸한 작은 방이 페터 환 단의 방이죠. 이 밖에 커다란 지붕밑 방이 있습니다. 이상으로 우리들의 멋진 은신처의 구조를 당신께 모두 소개했습니다.

— 안네

1942년 7월 10일 금요일
키티님!

은신처 설명을 지루하게 해서 싫증이 났죠? 그러나 우리들이 어떤 곳으로 왔는지는 알고 있어야 한다고 생각합니다.

얘기를 계속하면——아직 끝나지 않았어요——우리들이 프린센 운하 옆 은신처에 도착하자 미프가 재빨리 3층으로 안내했습니다. 모두 들어가자 미프가 문을 닫았습니다. 자전거로 먼저 와 있던 언니도 우리를 기다리고 있었습니다. 거실도, 다른 방들도 형용할 수 없을 정도로 어질러져 있었습니다. 몇 달 전부터 세간을 옮기는 데 쓰였던 상자가 마루와 침대 위에 쌓여 있고, 작은 방에는 이불이 산더미처럼 쌓여 천장에 닿을 정도였습니다. 그날 밤 제대로 침대에서 자려면 바로 청소를 해야 하는데, 어머니와 언니는 청소는커녕 지쳐 늘어져 침대에 누워 있었습니다. 슬펐던 것입니다. 아니, 착잡했던 것입니다. 그러나 나와 아버지는 바로 청소를 시작했습니다.

둘이서 하루 종일 상자의 짐을 풀고 옷장에 옷을 집어넣고 못을 박고 치우고 하니 나중에는 녹초가 되었지만, 그날 밤 우리 모두 깨끗한 침대에서 잘 수 있었습니다. 이날은 온종일 더운 것이라고는 하나도 먹지 못했지만 아무렇지도 않았습니다. 어머니와 언니는 피로와 긴장 때문에 식욕이 없었고, 나와 아버지는 너무 바빠서 먹을 틈이 없었습니다.

화요일에는 아침부터 모두 힘을 합해 전날 정리하다 만 나머지를 끝마쳤습니다. 엘리와 미프는 우리들을 위해 배급을 타러 갔습니다. 아버지는 등화 관제가 미비한 곳을 고치고, 우리들은 부엌 바닥을 물로 닦는 등 바쁜 하루를 보냈습니다. 나는 수요일까지 내 생활에 일어난 큰 변화에 대해 생각할 틈이 없었습니다. 이제서야 이곳에 와서 처음으로 당신께 이야기하고 나 자신에게 일어난 일, 앞으로 일어날 일을 생각할 여유가 생겼습니다.

— 안네

1942년 7월 11일 토요일
키티님!
어머니, 아버지, 언니는 15분마다 시간을 알리는 베스텔토렌의 시곗소리가 거슬린다고 하지만 나는 괜찮습니다. 나는 처음부터 이 시곗소리가 좋았습니다. 특히 밤에는 충실한 친구 같은 생각이 듭니다. 당신은 자신의 모습을 지운다는 것이 어떤 기분인지 알고 싶지 않으세요? 실은 나도 잘 모릅니다. 이 집에서는 정말로 마음이 안정되지 않을 것 같습니다. 그렇다고 이곳이 싫다는 것은 아닙니다. 이상한 하숙집에서 방학 동안을 보내고 있는 것 같은 느낌입니다. 조금 어이없는 생각인지 모르지만 나는 문득 그런 생각이 들었습니다. 이 집은 이상적인 은신처입니다. 조금 낡고 습기도 있지만 이런 쾌적한 은신처는 암스테르담 어디에도, 아니 네덜란드를 다 뒤져도 없을 것입니다. 우리의 조그만 방은 벽에 아무 장식도 없어 처음에는 매우 살풍경해 보였는데, 나는 아버지께서 미리 갖다 놓으신 영화 배우의 사진과 그림 엽서로 벽 전체를 한 폭의 큰 그림으로 만들었습니다. 그러자 벽이 아주 밝아 보였습니다. 환 단씨네가 오면, 다락에서 나무를 가져와 벽과 방안이 돋보이도록 조그만 선반을 두서너 개 만들어야겠습니다.
어머니와 언니는 조금 기운을 차렸습니다. 어머니께서는 어제 처음으로 수프를 만들 만큼 기운이 나셨는데, 아래층으로 얘기하러 가신 사이 수프를 잊어 버려 콩이 새까맣게 냄비에 눌어붙어 버렸습니다. 코프하이스씨는 나에게 《소년 연감(少年年鑑)》이라는 책을 갖다 주셨습니다. 어젯밤 우리 가족 넷은 이층 전용 사무실로 가서 라디오를 들었습니다. 나는 들키지 않을까 하고 너무 무서워서 3층으로 돌아가자고 아버지를 졸랐습니다. 어머니께서는 나의 마음을 알아채시고 나와 같이 돌아와 주셨습니다. 우리들은 이웃 사람이 우리들의 얘깃소리를 듣거나 우리들이 하는 일을 보지 않을까 해서 퍽 신경이 쓰입니다. 그래서 도착한 날 즉시 커튼을 만들었습니다. 그러나 이것은 모양도, 품질도, 무늬도 다른 여러 가지 천 조각을 주워 모아서 아버지와 내가 서투른 솜씨로 바느질한 것으로, 커튼이라 할 수도 없는 거지요. 이 예술품이 떨어지지 않도록 압정으로 눌러 놓았습니다.

우리들이 숨은 집의 위쪽에 커다란 회사 건물이 있고, 좌측에는 가구 공장이 있습니다. 근무 시간이 지나면 아무도 없지만, 소리는 벽을 통과하기 때문에 언니가 악성 감기를 앓았을 때도 밤중에 기침을 해서는 안 된다고 하여 기침약을 많이 먹었습니다. 환 단씨 댁 가족들이 화요일에 옮겨 온다고 하니 은근히 기다려집니다. 사람이 늘면 재미도 있고 쓸쓸하지 않을 것입니다. 저녁때나 밤에 나를 무섭게 하는 것은 정적입니다. 나는 밤에 누군가가 함께 자 주었으면 합니다. 한걸음도 외출하지 못한다는 것이 얼마나 답답한지 당신에겐 설명할 수가 없습니다. 또 들켜서 총살되지나 않을까 하고 몹시 불안합니다. 이런 일을 생각한다는 것은 기분 좋은 일은 아닙니다. 우리들은 낮에는 속삭이듯 얘기하고 소리 나지 않게 조용히 걸어야 합니다. 창고에 있는 사람들에게 들릴 위험이 있기 때문입니다. 누군가가 나를 부르고 있습니다.

— 안네

6. 환 단씨 댁

1942년 8월 14일 금요일
키티님!
한 달 동안이나 소식을 전하지 못하고 지냈습니다만, 솔직하게 말해서 별다른 일이 없었고 날마다 전할 만한 재미있는 일도 없었습니다. 환 단씨 댁에서는 7월 13일에 옮겨 왔습니다. 14일에 오실 것으로 알고 있었는데, 독일군이 이 사람 저 사람에게 7월 13일에서 16일 사이에 출두하도록 호출장을 보냈기 때문에 유태인들 간에 불안감이 생겨 환 단씨 댁에서는 하루라도 빠른 편이 안전하다고 생각하여 예정을 하루 앞당겼다 합니다. 오전 아홉 시 반 우리들이 아침 식사를 하고 있을 때 환 단씨의 아들 페터가 왔습니다. 아직 만 열여섯 살이 되지 않은 소년인데 얌전하고 부끄럼을 잘 타는 아이였습니다. 같이 놀아도 재미없을 듯합니다. 그는 못시라는 고양이를 데리고 왔습니다. 환 단씨 내외분은 30분 정도 늦게 왔는데, 아주머니가 모자 상자 속에 커다란 침실용 변기를 넣어 와서 아주 우스웠습니다. "나는 내 요강이 없으면 마음이 전혀 놓이지 않아요" 하고 그녀는 말했습니다. 그래서 우선 그것을 놓을 장소를 찾는 것이 선결 문제였습니다. 아저씨는 자신의 변기는 가져오지 않고 다리가 접히는 티테이블을 들고 오셨습니다.

환 단씨 댁이 오신 날부터 함께 즐겁게 식사를 하게 되어 한집안의 대가족 같았습니다. 환 단씨는 우리들이 이곳으로 온 뒤의 세상 얘기를 들려주었습니다. 그 중에서도 우리들이 듣고 싶어했던 것은 먼저 살던 집 이야기와 방을 빌려 주었던 하우트슈미트 씨의 일이었습니다. 환 단씨는 다음과 같이 얘기했습니다. "하우트슈미트씨가 월요일 아침 아홉 시경, 전화로 나에게 와달라는 거야. 내가 바로 가보니, 그 양반 매우 흥분하고 있었어. 그는 자네가 남기고 간 편지를 나한테 보이며, 편지에 쓰여 있듯이 고양이를 이웃집에 주겠다고 그러더군. 하우트슈미트씨가 가택 수색을 당할까 겁이 난다고 하기에 둘이서 방마다 돌아보며 대강 청소를 하고, 아침 식사 뒤치다꺼리도 했지. 그때 아주머니 책상 위에서 마스트리히트의 주소가 적힌 편지를 보았어. 일부러 그렇게 한 것으로 알았지만, 깜짝 놀란 얼굴을 하며 하우트슈미트씨에게 그 불길한 종이 쪽지를 바로 찢어 버리라고 했지. 나는 당신들이 없어진 일에 대해서는 아무것도 모르는 척 했는데, 그 종이를 보자 번쩍 멋진 생각이 떠오르더군. '하우트슈미트씨,

이 주소가 누구 주소인지 이제야 생각이 나는군요. 6개월 전 회사에 어느 고급 장교가 온 일이 있었죠. 그분은 프랑크씨와는 대단히 친한 모양으로 무슨 일이 생기면 언제든지 도와 주겠다고 말했었죠. 그분은 마스트리히트에 주재하고 있었어요. 내 생각으론 아마 그 약속을 지켜 프랑크씨 가족을 벨기에로 탈출하게 하고 거기서 다시 스위스로 가게 했음에 틀림없어요. 프랑크씨 친구들에겐 그렇게 말합시다. 물론 마스트리히트란 말은 입에 담지 말구요.' 이렇게 말하고 헤어졌지. 자네 친구들은 대충 그렇게 알고 있더군. 나 자신 여러 사람으로부터 그렇게 들었으니까."

우리들은 이 이야기를 매우 재미있게 들었지만, 환 단씨가 더 자세한 얘기를 하셨을 때에는 세상 사람들이 제멋대로 생각한 공상에 그만 웃고 말았습니다. 어떤 가족은 우리들 자매가 아침 일찍 자전거를 타고 지나가는 것을 봤다고도 하고 또 어떤 부인은 우리들이 한밤중에 군용 자동차로 끌려가는 것을 똑똑히 보았다고 말했답니다.

― 안네

1942년 8월 21일 금요일
키티님!

은신처의 입구는 정말 교묘하게 은폐되었습니다. 크랄러씨가 감춰 둔 자전거를 찾아내기 위해 가택 수색을 당하는 집이 많으니 문앞에 책장을 놓는 것이 좋을 것이라고 말했기 때문입니다. 그러나 물론 문처럼 열 수 있는 책장으로 했습니다.

이것은 포센씨가 모두 해주었습니다. 우리들은 이미 그에게 비밀을 털어 놓았습니다. 문으로 올라오는 계단은 떼어 버렸기 때문에 아래층으로 내려갈 때에는 몸을 구부리고 뛰어내려야 합니다. 처음 사흘 동안은 낮은 문의 입구에 이마를 부딪쳐 모두들 혹투성이가 되었지만, 지금은 문 위에 톱밥을 넣은 천을 못으로 박아 놓았습니다. 그것이 도움이 되겠죠?

나는 현재 별로 공부를 하지 않고 있습니다. 9월까지는 쉴 작정입니다. 아버지께서 공부를 가르쳐 주시기로 되어 있지만, 너무 많이 잊어 버려

나 자신도 놀랐습니다. 이곳 생활은 거의 변화가 없습니다. 나와 환 단 아저씨는 서로 잘 다투지만, 언니는 나와 정반대여서 아저씨는 언니를 퍽 귀여워합니다. 어머니는 가끔 나를 어린애 취급을 하시는데, 나는 그런 것이 참을 수 없습니다. 그 외에는 모든 게 점점 좋아졌습니다. 나는 지금도 페터를 좋아하지 않습니다. 정말 싫증이 납니다. 그는 반나절 내내 게으르게 침대에서 뒹굴고 있습니다. 목수 일을 좀 하나 보다 하면, 또 침대에 들어가 졸고 있습니다. 왜 그 모양인지.

요즘은 좋은 날씨가 계속되고 있습니다. 비록 이런 생활이지만, 우리들은 열린 창으로 태양 빛이 내리비치는 지붕밑 방에 캠프용 침대를 놓고 그 위에서 뒹굴며, 될 수 있는 한 즐거운 생활을 하려고 애쓰고 있습니다.

— 안네

7. 게으름쟁이 페터

1942년 9월 2일 수요일
키티님!

환 단씨 내외가 크게 다퉜습니다. 나는 이제까지 그렇게 심한 싸움은 본 적이 없습니다. 우리 어머니와 아버지는 서로 큰 소리로 말한 적이 없습니다. 싸움의 원인은 아주 사소한 일이어서 결국은 헛수고가 되어 버렸죠. 그런데 사람에게는 각자의 기호가 있는 것 같습니다.

그러나 페터에게는 아주 불쾌했을 겁니다. 그는 묵묵히 곁에 서 있기만 했습니다. 누구도 그를 상대하지 않습니다. 그는 화를 잘 내고, 게다가 게으름쟁이입니다. 그는 어제 자기 혀가 파랗다고 소란을 피웠는데 곧 좋아졌습니다. 오늘은 목이 아파서 잘 돌아가지 않는다고 목에 스카프를 감고 있습니다. 또한 그 귀한 도련님은 허리의 신경통을 호소합니다. 게다가 심장, 신장, 폐 부근의 통증까지 말입니다. 그는 정말로 우울증 환자입니다(이 단어는 그와 같은 사람을 말하겠지요?). 어머니와 환 단 아주머니 사이도 그다지 순조롭지 못합니다. 거기에는 많은 원인이 있습니다. 조그마한 예를 하나 들면, 환 단 아주머니가 우리들이 공동으로 사용하고 있는 선반에서 홑이불을 세 개 다 가져갔습니다. 다시 말하면 우리 홑이불을 자기네도 쓸 작정입니다. 어머니께서는 화를 내시며 우리 것을 선반에서 치우셨는데, 아주머니가 알면 놀라며 화를 낼 것입니다.

또 아주머니는 우리 것이 아닌 자기네 접시를 사용한다고 기분이 좋지 않습니다. 아주머니는 접시를 어디에 놓고 쓰는지 알려고 애를 씁니다. 그것은 아주머니가 생각한 것보다 더 가까운 곳에 있습니다. 다락의 잡동사니 뒤에 있는 찬장 속에 있지요. 우리 접시는 우리들이 이곳에 있는 한 찾기 어렵죠. 나는 언제나 운이 나빠 어제 아주머니네 수프 접시 하나를 산산조각내고 말았습니다. 아주머니는 화를 내며 "어머나! 조심 좀 할 수 없니? 하나밖에 없는데" 하고 소리쳤습니다. 환 단 아저씨는 근래 내게 아주 친절합니다. 이런 일이 언제까지나 계속되었으면. 어머니한테는 오늘 아침에도 심한 꾸중을 들었습니다. 나는 참을 수 없었습니다. 어머니와 내 생각은 정반대입니다. 아버지는 가끔 나 때문에 5분 동안이나 계속 화를 내시지만, 그래도 아버지는 정말로 좋아요.

지난주에는 우리들의 단조로운 생활 가운데 좀 재미있는 일이 있었습니다. 그것은 여자에 관한 어떤 책과 페터에 대한 토론이었습니다. 제일 먼저 당신에게 알려야 할 것은, 언니와 페터는 코프하이스씨가 빌려 준 책은 대개 읽어도 좋다고 허락받았지만, 어른들이 여자를 취급한 이 책만큼은 읽지 못하도록 했다는 것입니다. 두 사람이 읽어서는 안 될 그 어떤 것이 이 책에 쓰여 있을까? 페터는 아주머니가 아래층에서 수다를 떨고 있는 동안 몰래 이 책을 가지고 다락방으로 숨어 버렸습니다. 2,3일은 아무 일도 없었습니다. 아주머니는 페터가 무엇을 하고 있는지 알고 있으면서도 잠자코 있었습니다. 그런데 아저씨가 페터를 발견하고는 머리칼이 곤두설 만큼 화를 내며 책을 빼앗아 버렸습니다. 아저씨는 이걸로 만사

해결되었다고 생각했지만, 아들의 호기심까지에는 미처 생각이 미치지 못했습니다. 페터는 아버지의 꾸중에도 호기심이 없어지기는커녕 더욱더 커져서 이 책을 끝까지 읽겠다고 결심하고, 다시 손에 넣을 방법을 궁리했습니다. 한편 아주머니는 우리 어머니께 이 문제를 어떻게 생각하느냐고 물었습니다. 이 물음에 어머니는, 이 책은 마고트에게도 부적당하지만 다른 책들은 읽혀도 상관없다고 생각한다고 대답했습니다.

 "환 단 부인, 마고트와 페터는 상당히 다릅니다. 먼저 마고트는 여자아이입니다. 여자아이는 남자아이보다 조숙합니다. 다음 마고트는 좋은 책을 많이 읽고 있으며, 읽어서는 안 된다는 것은 찾지 않습니다. 그리고 마고트는 중학교 4학년이니 페터보다 훨씬 어른이고 지혜로워요" 하고 어머니는 말씀하셨습니다. 환 단 아주머니도 이에 동의하며, 역시 어른들을 위해 쓰여진 책을 애들에게 읽히게 한다는 것은 원칙적으로 좋지 않다고 말했습니다.

 그러는 동안 페터는 모두가 그 책을 잊고 있는 시간을 발견했습니다——저녁 일곱 시 반이었습니다. 그 시간은 모두 전용 사무실에서 라디오를 듣습니다. 그가 책을 갖고 다락방으로 다시 간 것은 그때였습니다. 그는 여덟 시 반까지 돌아오려고 했지만 책에 열중한 나머지 시간을 잊었고, 아래층으로 내려왔을 때 방으로 들어가려는 아저씨와 마주쳤습니다. 어떤 장면이 전개되었을지 상상해 보세요. 아저씨는 와락 달려들어 페터의 뺨을 치고 책을 빼앗아 책상 위로 내던졌습니다. 페터는 다락방으로 달아났습니다. 우리들은 식탁 앞에 앉아 있었는데 페터는 내려오지 않았습니다. 그러나 아무도 그를 상관하지 않았습니다. 그는 저녁을 굶은 채 자야 합니다. 우리들은 즐겁게 얘기하면서 식사를 계속하고 있는데, 갑자기 휘파람소리가 획하고 들려왔습니다. 모두 먹던 것을 멈추고 새파랗게 질린 채 서로의 얼굴만을 쳐다보았습니다. 그러자 굴뚝을 통해서 "이젠, 나는 하여튼 안 내려갈 테야" 하는 페터의 목소리가 들렸습니다. 환 단 아저씨는 벌떡 일어섰고 냅킨이 마루에 떨어졌습니다. 아저씨는 새빨개지더니 "이젠 더 이상 용서할 수 없어" 하고 소리쳤습니다. 아버지는 걱정이 되어 아저씨의 팔을 붙잡으며 다락방으로 올라갔습니다. 잠시 퉁탕거리더니 페터는 방으로 끌려왔고, 문이 닫힌 뒤 우리들은 식사를 계속했습니다. 아주머니는 귀여운 아들에게 줄 빵을 한 조각이라도 남겨 두려고 했지만, 아저씨는 "지금 당장 빌지 않으면 다락방에서 자게 할 테다" 하고 태도가 매우 강경했습니다. 우리들은 저녁을 굶기는 것만으로 충분한 벌이라고 생각했기 때문에 그것은 너무 심하다고 항의했습니다. 게다가 지붕밑 방에서 자게 되면 페터는 감기가 들지도 모르고, 감기가 들면 의사를 부를 수 없다는 것이 걱정되었습니다.

페터는 빌지 않았습니다. 그는 벌써 지붕밑 다락방에 가 있었습니다. 아저씨는 내버려 두었지만, 다음날 아침 나는 페터의 침대에 사람이 잤던 흔적이 있는 것을 보았습니다. 페터는 다락방으로 갔지만 일곱 시에 아버지가 다정한 말로 그를 아래로 내려오게 했던 것입니다. 그들은 사흘쯤 씁쓸한 얼굴로 서로 말도 하지 않았지만 그로부터 다시 전과 같이 되었습니다.

— 안네

1942년 9월 21일 월요일
키티님!
오늘은 일반적인 소식을 전해 드리겠어요.

환 단 아주머니는 도무지 견딜 수 없는 분입니다. 나는 쉬지 않고 입을 놀리기 때문에 꾸중만 듣고 있습니다. 아주머니는 언제나 일을 저질러서 우리들을 난처하게 합니다. 최근의 일 하나를 말하겠어요. 아주머니는 냄비에 찌꺼기가 남아 있으면 냄비를 씻기가 싫어서, 우리들처럼 그것을 유리 접시에다 옮겨 담지 않고 냄비에 담아 둔 채 썩혀 버립니다.

이제 식사 후면 언니가 일곱 개의 냄비를 씻어야 합니다. 그럴 때 아주머니는 얼굴빛 하나 변하지 않고 "그래그래, 마고트 일이 많구나" 합니다.

나는 아버지를 도와 가계보(家系譜) 작성에 여념이 없습니다. 아버지는 일을 하면서 계보 속의 한 사람 한 사람에 대해 조금씩 얘기해 주십니다──그것은 무척 흥미롭습니다. 코프하이스씨는 일 주일 걸러 나를 위해 책을 몇 권씩 가져다 줍니다. 《욥터 호일》 시리즈는 매우 재미있었습니다. 시시 환 막스벨트도 흥미롭게 읽었습니다. 《에엔 조멀조트하이트》는 네 번이나 읽었는데, 거기에 나오는 우스꽝스러운 장면을 생각하면 지금도 웃음이 터진답니다.

또 신학기가 시작되었습니다. 나는 프랑스어를 열심히 공부하는데 매일 불규칙동사를 다섯 개씩 외고 있습니다. 페터는 영어 공부가 고통스러워 한숨을 쉬고 있습니다. 교과서가 몇 권 들어왔습니다. 나는 이곳에 올 때 연습 문제 책, 연필, 지우개 등을 많이 가지고 왔었습니다.

나는 때때로 런던으로부터 네덜란드어 뉴스 방송을 듣습니다. 최근에는 율리아나 공주의 부군 베른하르트공(公)의 얘기를 들었습니다. 율리아나 공주는 내년 1월 해산하실 예정이라 합니다. 참 멋져! 다른 사람들은 내가 왕실 일이라면 무조건 좋아한다고 이상하게 생각합니다.

모두들 나를 두고 얘기했지만, 그들은 결국 내가 그런 바보는 아니라는 결론을 내렸습니다. 그 일 때문에 다음날은 평소보다 더 열심히 공부해야 했습니다. 나는 14, 5세가 되어서도 여전히 1학년으로 남아 있기는 싫습니다.

내게는 적당한 책만 읽게 하겠다는 이야기도 나왔습니다. 어머니는 지금 《신사 숙녀와 하인》이란 책을 읽고 계십니다. 언니는 그 책을 읽어도 괜찮지만 나는 안 된다고 합니다. 우선 나는 머리 좋은 언니처럼 더 어른이 되어야 합니다. 그리고 우리들은 내가 철학과 심리학을 모른다는 것에 대해 이야기했습니다──나는 사실 아무것도 모릅니다. 아마도 내년쯤이면 나도 좀더 박식해지겠지요(나는 급히 이 어려운 낱말의 뜻을 사전에서 찾아보았습니다).

나는 겨울에 입을 옷이 긴 소매의 드레스 한 벌과 가디건 세 벌밖에 없는 것을 알고 당황해했습니다. 아버지께 허락받아 하얀 털실로 스웨터를 짜기로 했습니다. 그다지 좋은 털실은 아니지만, 따뜻하기만 하면 됩니다. 우리들은 친구 집에 옷 몇 벌을 맡겨 두었지만, 전쟁이 끝날 때까지 그분들을 만나지 못할 것 같습니다——그때 그 장소에 있다 해도.

내가 환 단 아주머니의 이야기를 쓰고 있는데 아주머니가 들어오시기에 일기장을 탁 덮었더니, 아주머니는 "안네야, 나한테 좀 보여 주지 않겠니?" 했습니다.

"안 돼요."

"그러면 마지막 페이지만 보여 주지 않겠니?"

"아뇨, 안 돼요."

마지막 페이지엔 아주머니 욕이 쓰여 있었기 때문에 나는 섬뜩했습니다.

—— 안네

1942년 9월 25일 금요일

키티님!

어제 저녁때 4층의 환 단씨 댁을 방문했습니다. 가끔 얘기하러 가는데, 나프탈린 냄새가 나는 비스켓(나프탈린이 가득 찬 찬장 속에 두었기 때문입니다)과 레모네이드가 나와 퍽 즐거울 때도 있습니다. 어제 저녁에는 페터와 이야기했습니다. 나는 페터가 내 볼을 어루만지기에 사내아이가 만지는 것은 싫다고 말했습니다.

그러자 환 단씨 내외분은 부모다운 말씨로, 페터는 나를 매우 좋아하니까 나도 그를 좋아할 수 없겠느냐고 했습니다. 아이 싫어!

나는 페터를 조금 어색한 아이라고 생각하지만, 그것은 여자아이와 별로 놀지 못했던 사내아이들이 그렇듯이 아마 부끄러운 모양이죠라고 말해 주었습니다.

은신처의 '난민위원회(남자부)'는 아주 유능합니다. 우리 물건의 일부를 몰래 감추어 주신 트라비스 상사 대표인 환 디크씨에게 위원회가 어떤 방법으로 우리들의 소식을 알려 드렸는지 얘기하죠. 위원회는 이 회사와 거래가 있는 남(南)젤란트에 있는 약품상에게 타이핑한 편지를 보냅니다.

이때 수신인 이름을 쓴 발신용 봉투를 동봉합니다. 수신인은 사무실입니다. 답장이 든 이 봉투가 도착하면 속의 편지를 꺼내고 아버지의 자필 편지로 바꾸어 넣습니다. 이렇게 하면 환 디크씨가 편지를 읽어도 의심받지 않지요. 특별히 젤란트를 택한 것은, 그곳은 벨기에 국경과 가깝고 특별한 허가 없이는 누구도 갈 수 없기 때문에 우리들이 그곳에 있다 해도 찾을 수 없기 때문입니다.

—— 안네

1942년 9월 27일 일요일
키티님!

어머니와 10여 회째의 싸움을 하고 난 뒵니다. 요즘 어머니와 원만치 못합니다. 언니와도 그리 사이가 좋지 않습니다. 집에서는 보통 오늘과 같은 싸움은 하지 않았는데 요즘은 항상 불쾌합니다. 어머니와 언니의 성격은 나로서는 전혀 이해할 수가 없습니다. 나는 어머니보다 친구들의 기분을 더 잘 이해합니다. 기막힌 노릇이죠.

우리들은 전후(戰後)의 문제, 예를 들어 하인을 뭐라 부르면 좋을까 하는 것 등을 얘기하는데 나와 어머니는 의견이 다릅니다.

환 단 아주머니도 걸핏하면 화를 내는 사람입니다. 아주머니는 자기네 물건을 계속해서 챙겨 감추고 있습니다. 어머니도 맞서서 똑같이 그렇게 했으면 좋겠습니다. 세상에는 자기 자식뿐만 아니라 남의 자식의 버릇까지도 가르치기를 좋아하는 사람이 있지만, 환 단 내외분이 바로 그런 유형입니다. 언니는 완벽할 정도로 착실한 소녀이니까 가르칠 필요도 없지만, 나는 두 사람 몫은 능히 될 만큼 장난꾸러기랍니다. 당신은 식사때 꾸지람과 말대꾸를 하는 내 목소리를 들을 겁니다. 아버지와 어머니는 언제나 내 편을 드십니다. 그들은 내게 너무 말을 많이 하지 말고 좀더 사양할 줄 알며 무엇이든 참견을 삼가라고 말하지만, 나는 도저히 그럴 수 없는 성격인 것 같습니다. 만약 아버지가 그렇게 관대하지 못하시면 나는 부모님의 골칫거리가 될지도 모르죠.

내가 식사때 싫어하는 야채를 먹지 않고 감자만 먹으면 환 단 내외분, 특히 아주머니는 아이들을 멋대로 내버려 두면 안 된다고 하며 가만히 있질 않습니다.

"얘, 안네야, 야채도 좀 먹어야지" 하고 곧바로 말합니다.

"아주머니, 그만 먹겠어요, 감자를 많이 먹었으니까요" 하고 내가 말하면, "야채는 몸에 좋단다. 어머니도 그렇게 말씀하시잖니? 조금 더 먹어라" 하며 억지로라도 먹이려 합니다. 이럴 때에는 보다못해 아버지께서 도와 주십니다.

그러면 아주머니는 언제나 "널 우리집에서 길렀으면 좋았을 걸. 우린 잘 가르쳤을 거야. 안네를 이렇게 버릇 없이 길러서는 안 돼요. 나는 내 딸이라면 이런 응석을 받아 주지 않겠어요" 합니다.

안네가 내 딸이라면이라는 말은 아주머니가 입버릇처럼 하는 말입니다. 아주머니의 딸이 아니어서 천만다행이야!

버릇 고치는 일로 돌아가겠습니다. 어제는 아주머니의 설교가 끝나자 잠시 어색한 침묵이 계속되다가 아버지가 먼저 입을 열었습니다. "제 생각엔 안네는 교육을 잘 받았습니다. 안네는 어쨌든 당신의 긴 설교에 한 마디도 말대꾸하지 않았습니다. 그것은 하나의 진보입니다. 야채라면, 부인 자신의 접시를 보십시오." 아주머니는 졌습니다. 완전한 패배입니다. 아주머니는 한참 동안 자기 접시에 남은 야채를 먹었습니다. 이래도 아주머니 자신은 버릇 없이 길러진 게 아니라는군요. 단지 저녁 식사에 야채를 먹으면 변비가 생겨서 안 된다는 것입니다. 그러면서 왜 나에게는 잠자코 있지 않을까요? 나에 대해 말만 하지 않았더라면 이렇게 멋쩍은 변명을 할 필요가 없었을 것을. 아주머니는 얼굴을 붉혔습니다. 나는 얼굴을 붉히지 않았구요. 아주머니는 그것도 화가 났습니다.

— 안네

8. 어른들은 왜 싸울까요?

1942년 9월 28일 월요일
키티님!
어제는 얘기를 도중에서 그만두었습니다. 싸움 얘기를 또 하나 해야겠는데 그 전에 잠깐 다른 얘기를 하겠습니다.

어른들이란 왜 그다지 대수롭지 않은 일에도 금방 싸움을 할까요? 나는 지금까지 싸움은 애들이나 하는 것이고, 어른이 되면 싸우지 않는 줄 알았습니다. 물론 때로는 싸울 이유도 있겠지만. 그러나 이곳 어른들의 싸움은 쓸데없는 말다툼입니다. 이런 것에 익숙해지면 좋으련만. 토론(싸움이란 말 대신 토론이란 말을 씁니다)이 나에 관한 한 나는 익숙하지 못합니다. 또 익숙해지리라고도 생각지 않습니다. 내게는 좋은 점이 하나도 없답니다. 나의 모든 모습, 성격, 태도 등이 하나에서 열까지 토의됩니다. 아무리 꾸중을 들어도, 큰 소리로 야단을 쳐도 그저 잠자코 있으라는 겁니다. 그러나 나는 그러한 일에 습관이 되지 않았습니다. 사실 그런 일은 할 수 없습니다. 나는 모욕을 당하면서까지 잠자코 있고 싶진 않습니다. 나는 저 사람들에게, 안네 프랑크는 어제 낳은 갓난아이가 아니라는 것을 알려 주어야겠어요. 내가 그들에게 교육을 시작한다는 것을 알려 주면 그들은 놀라서 아마 시끄러운 잔소리는 하지 않게 될 겁니다. 그런 태도를 취해 볼까요? 나는 그들의 형편없는 예절, 특히 아주머니의 어리석음에는 언제나 아연해지지만, 그것에 익숙해지면——곧 익숙해지겠지요——철두철미하게 앙갚음을 하겠어요. 그렇게 하면 저 사람들의 태도도 바꾸어지겠지요!

나는 저 사람들이 말하듯 그렇게 예절바르지 못하고, 건방지고, 고집

세고, 잘 나서고, 바보고, 게으름쟁이……일까요? 물론 그렇지 않습니다. 나는 다른 사람들과 마찬가지로 결점은 있습니다. 나도 알고 있지만, 저 사람들은 너무 심하게 과장하고 있습니다.

— 안네

1942년 9월 29일 화요일
키티님!
이러한 멸시와 조롱을 받을 때 내 가슴이 얼마나 뒤끓을지 상상해 보세요. 내가 언제까지 참을 수 있을지는 나 자신도 모릅니다. 언젠가는 폭발하겠지요.

이 얘기는 이 정도로 그칩니다. 이제 나는 식탁에서 일어난 아주 재미있는 토론을 당신에게 전해야겠습니다. 우리들은 이 얘기 저 얘기 끝에 빔(아버지의 애칭)이 매우 겸손하다는 것을 화제에 올렸습니다. 그 누구도 아버지의 겸손을 인정하지 않을 수 없을 겁니다. 그러자 갑자기 환 단 아주머니가 "나도 이 집 아빠 이상으로 상냥한 성격이지요" 하고 말했습니다.

어머, 기가 막혀! 이 말은 아주머니가 얼마나 잘난 체하는 사람인지를 분명히 증명하고 있지 않습니까? 아버지도 자기 얘기가 나온 이상 한마디 안 할 수 없다는 듯, "겸손이란 건 싫어…… 내 경험에 비추어 보면, 겸손하면 손해 볼 때가 더 많아" 하고, 나를 향해, "안네, 내 말을 들어 둬라. 인간은 너무 겸손하면 안 돼. 밑지기만 하니까"라고 덧붙였습니다.

어머니는 이 의견에 찬성했지만, 아주머니는 여느 때처럼 자기의 의견을 추가했습니다. 아주머니의 다음 말은 아버지와 어머니께 던진 것입니다. 아주머니는 이렇게 말했습니다. "당신들은 묘한 인생관을 갖고 있군요. 내가 어렸을 땐 이렇지 않았는데 당신들과 같은 신식 가정 이외에는 지금도 그럴 것이라 생각해요." 이는 우리 어머니의 딸 교육 방법을 정면으로 공격한 것입니다.

아주머니는 흥분해서 얼굴이 빨개졌습니다. 어머니는 그 반대로 아주 냉정하셨습니다. 흥분하면 금세 빨개지는 사람은 이럴 때에는 손해입니다. 어머니는 조금도 동요하지 않고 빨리 이 얘기를 끝마치려고 잠시 생각하시더니 이렇게 말씀하셨습니다. "나도 너무 겸손하지 않는 편이 세상을 살아가는 데 좋다고 생각해요. 우리집 아빠와 마고트와 페터는 유달리 겸손한 편이고, 댁의 내외분과 안네와 나는 정반대라고는 할 수 없지만 그다지 겸손한 편이 아니지요."

"프랑크 부인, 댁에서 말씀하시는 건 알아들을 수 없군요. 나는 이렇게 겸손하고 잘 물러서는 편인데 당신은 왜 그렇지 않다고 합니까?"

"당신이 잘난 체한다는 것은 아닙니다. 하지만 당신이 겸손한 쪽이라고는 누구도 말하지 않을 겁니다."

"문제를 확실히 합시다. 도대체 나의 어떤 점이 잘난 체하는 건지 듣고 싶습니다. 잘난 체한 것은 하나 있습니다. 그것은 내 일은 나 스스로 걱정한다는 것입니다. 하지만 그렇게 하지 않으면 곧 굶어 죽으니까요."

이 얼토당토않은 변명을 들으시고 어머니가 소리 내어 웃으셨더니, 아주머니는 안절부절못하며 독일어와 네덜란드어를 뒤섞어서 마구 떠들어 댔는데, 나중에는 혀가 꼬여 말을 못 하게 되자 의자에서 일어나 방에서 나가려 했습니다.

이때 별안간 아주머니의 눈이 내게로 향했습니다. 당신에게 그때의 아주머니의 모습을 보여 주고 싶군요. 공교롭게도, 아주머니가 내 쪽을 보았을 때 나는 딱하다는 표정으로 머리를 내두르고 있었습니다. 일부러 그런 게 아니라 그 대화를 다 듣고 있었기 때문에 자연히 그렇게 된 것입니다.

이것을 본 아주머니는 휙 돌아서더니 속된 독일 말로 퍼붓기 시작했습니다. 마치 시뻘겋게 막된 생선 장수 마누라 같았습니다. 정말 구경거리였지요. 내가 만일 그림을 잘 그린다면 그때의 아주머니를 그려 보고 싶을 정도였어요. 정말 웃음거리였습니다. 바보 같은 아주머니!

그렇지만 이것으로 한 가지 공부가 되었습니다. 싸울 때에 그 사람의 참모습을 알 수 있다는 것입니다.

키티님!
　숨어 사는 사람들에게는 이상한 일이 생기는 것입니다. 목욕탕이 없기 때문에 빨래 대야를 이용하는데, 사무실에는 더운물이 나오니까 우리들 일곱 사람 모두 목욕을 실컷 할 수 있습니다——내가 사무실이라고 하는 것은 언제나 2층을 말합니다.
　그러나 우리들은 각자 성격이 달라 조심성이 있는 사람도 있고, 그렇지 않은 사람도 있어서 목욕하는 장소가 각각 다릅니다. 페터는 유리문인데도 부엌에서 합니다. 그는 목욕할 때 우리들 한 사람 한 사람에게 부엌을 지나지 말아 달라고 돌아다니며 부탁합니다. 그는 이걸로 충분하다고 생각한 모양입니다. 아저씨는 4층 자기 방에서 합니다. 더운물을 운반하는 것이 수고스럽지만 조심할 필요가 없는 자기 방이 가장 좋겠지요. 아주머니는 요새 전혀 목욕을 하지 않습니다. 어디가 가장 좋을지 고르는 중입니다. 아버지는 2층 전용 사무실에서, 어머니는 부엌의 방화 철판 뒤에서 하십니다. 나와 언니는 2층의 제일 큰 사무실을 택했습니다. 그곳은 토요일 오후면 커튼이 쳐져, 어두컴컴해지기 때문입니다.
　그렇지만 나는 그곳이 싫어서 더 나은 장소를 찾던 중, 페터가 큰 사무실에 딸린 화장실이 좋을 거라고 일러 주었습니다. 그곳은 앉을 수도 있고 불도 켜지며, 문을 잠글 수도 있고 쓰고 난 물을 버릴 수도 있으며, 들여다보일 염려도 없습니다.
　나는 일요일에 처음으로 이 훌륭한 목욕탕을 써보았는데 제일 좋은 장소라고 생각되었습니다.
　지난 주일 연관공(鉛管工)이 2층에 있는 화장실의 배수관과 수도관을 옮겨 달았습니다. 이는 겨울에 관이 얼어 터지는 것을 예방하기 위해서입니다. 연관공이 왔기 때문에 불편한 일이 생겼습니다. 하루 종일 물을 쓸 수 없고 화장실에도 갈 수가 없었습니다. 이러한 곤란을 어떻게 극복했는가를 얘기하는 것은 점잖지 못한 일이지만, 나는 얌전한 사람은 못 되니까 이야기하겠습니다.
　이 은신처에 도착한 날, 나와 아버지는 임시로 만든 변기를 사용했습니다. 적당한 것이 없어서 유리 항아리 하나를 희생시켰습니다. 연관공이 와 있던 동안 거실에서 이 항아리를 썼는데, 그보단 입을 다문 채 말을 할 수 없는 것이 훨씬 괴로웠습니다. 나 같은 수다쟁이가 입을 놀릴 수 없다는 것은 얼마나 괴로운 일일지 상상해 보세요. 사흘이나 계속해서 걸 터앉아 있기만 했더니 엉덩이가 굳어져 아팠습니다. 그러나 자기 전에 체 조를 했더니 어느 정도 좋아졌습니다.

—— 안네

1942년 10월 1일 목요일
키티님!
　어제 나는 아주 놀랐습니다. 여덟 시에 별안간 벨이 요란하게 울렸습니 다. 물론 나는 누가 온 것이라고 생각했습니다. 내가 누구를 뜻하는지 당 신은 상상할 수 있겠죠? 그렇지만 모두 아이들 장난이나 우편 배달부일 것이라고 해서, 나는 조금 마음이 놓였습니다.
　이곳 생활은 차츰 조용해졌습니다. 레윈이라는 몸집이 자그마한 유태인 약제사가 크랄러씨 밑에서 일하고 있는데, 이 사나이는 이 건물 구석구석 알고 있기 때문에 예전 실험실을 들여다보려 하지 않을까, 나는 언제나 조마조마합니다. 우리들은 생쥐처럼 조용히 있습니다. 3개월 전만 해도 이 말괄량이 안네가 몇 시간씩이나 조용히 있으리라고 누가 상상이나 했 겠어요?
　23일은 아주머니의 생일이었습니다. 물론 요란스러운 축하는 못 했지 만, 특별한 요리를 만들어 아주머니 방에서 조촐한 파티를 열고 아주머니 께 얼마 되지 않은 선물과 꽃을 드렸습니다. 아저씨는 빨간 카네이션을 선사했습니다. 이는 아저씨 댁의 습관인 것 같습니다. 여기서 잠깐 아주 머니 이야기를 하면, 아주머니가 아버지께 아양을 떠는 것이 나는 언제나 불쾌합니다. 아주머니는 아버지의 얼굴이나 수염을 만지고 자신의 스커트 를 조금 끌어올려 가며, 자기 딴에는 재치 있는 말이라 생각되는 말로 아 버지의 환심을 끌려고 합니다. 그러나 다행히 아버지는 전혀 아주머니를 매력적이라든지 우습다고도 생각지 않기 때문에 상대가 안 됩니다. "우리 어머니는 환 단 아저씨께 결코 그런 태도는 취하지 않습니다" 하고 나는 아주머니께 직접 말했습니다.

페터는 가끔 자기 소굴에서 나오는데 퍽 재미있는 일도 있습니다. 나와 페터는 한 가지 공통점이 있습니다. 그것은 분장(扮裝)하기를 좋아한다는 것인데, 우리가 분장을 하면 모두들 우스꽝스럽다고 야단들입니다. 페터는 아주머니의 작은 드레스를 입고 여자 모자를 쓰고, 나는 그의 옷을 입고 사내아이의 모자를 쓰면, 어른들은 배를 움켜쥐고 어쩔 줄 몰라하시고 우리들도 덩달아 즐거워집니다. 엘리는 언니와 나를 위해 비엔코르프 백화점에서 스커트를 사다 주었습니다. 조악한 마직 천인데도 언니 것이 24플로린, 내것이 7플로린 반이나 되었습니다. 전쟁 전과 비교하면 얼마나 다른지.

또 한 가지 얘기할 게 있습니다. 엘리는 어느 비서양성학교에 편지를 내 언니, 페터 그리고 나를 위해 속기 통신 강좌를 신청해 주었습니다. 내년까지 우리 셋이 얼마나 속기를 잘하게 될지 기다려 주세요. 어쨌든 우리가 속기를 할 수 있다는 것은 참으로 중요한 일입니다.

—— 안네

1942년 10월 3일 토요일
키티님!

어제 또 한바탕 소동이 있었습니다. 어머니는 나 때문에 굉장히 화가 나셔서 아버지께 실컷 욕을 하고는 엉엉 울기 시작했습니다. 나도 물론 울어 버렸습니다. 나는 머리가 아프기 시작했습니다. 내가 나중에 아버지께, 어머니보다 아버지가 훨씬 더 좋다고 말했더니 아버지는 좀 있으면 나아질 거라고만 하셨습니다. 그러나 나는 그렇게 생각하지 않습니다. 어머니께는 그저 꾹 참고 있을 수밖에 없습니다. 아버지는 나에게 어머니가 기분이 좋지 않을 때나 머리가 아프다고 하실 때에는 자진해서 도와 드리라고 말씀하셨습니다. 그러나 나는 싫습니다. 나는 프랑스어를 열심히 공부해서 지금 《라 벨 니베르네즈》를 읽고 있습니다.

— 안네

1942년 10월 9일 금요일
키티님!

오늘은 우울한 뉴스를 전해 드리지 않을 수 없습니다. 많은 유태인들이 한꺼번에 열 명, 열댓 명씩 끌려간답니다. 이분들은 게슈타포에게 티끌만큼도 인간 대접을 받지 못하며 가축용 트럭으로 드렌트에 있는 베스텔볼그 강제 수용소로 보내집니다. 나는 베스텔볼그라는 말만 들어도 몸서리가 쳐집니다. 그곳은 빨래터가 백 명에 하나밖에 없고 화장실도 충분치 않답니다. 그리고 남자와 여자와 아이들이 한곳에서 자기 때문에 몹시 풍기가 문란해져 그곳에 잠시 있었던 여자 중엔——어린 사람까지도——임신하는 사람이 많다는 것입니다.

그곳에서 달아날 수는 없습니다. 수용소에 수용된 사람은 대개 머리를 빡빡 깎이고 또 유태인 특유의 얼굴 때문에 곧 들통나기 때문입니다.

네덜란드에서도 이렇게 심한데, 멀리 떨어진 야만 지방에 보내진다면 어떻게 될까요? 그런 곳으로 보내진 사람은 대개 학살될 거라고 생각합니다. 영국 방송은 그 사람들이 독가스로 학살되었다고 하고 있습니다.

독가스가 제일 빨리 죽이는 방법이겠지요. 나는 미칠 지경입니다. 미프가 이 무서운 이야기를 했을 때, 나는 듣지 않으려 했지만 그럴 수가 없었습니다. 미프 자신도 나와 똑같이 흥분하고 있었습니다. 최근의 일인데, 가난하고 늙은 불구 유태 여인이 자기 집 앞에 앉아 있었습니다. 그보다 앞서 게슈타포가 그녀에게 그곳에서 기다리라 하고 차를 가지러 갔습니다. 이 가련한 노파는 영국 비행기를 향해 쏘아 대는 고사포소리와 눈부신 탐조등 빛에 와들와들 떨면서 시키는 대로 그곳에 꼼짝 않고 앉아 있었습니다. 그러나 미프도 노파를 집으로 들어오게 하지는 못했습니다. 어느 누구도 그런 위험한 짓은 안 하겠지요. 그런 일을 하면 독일군은 인정사정 없이 두들길 것입니다. 엘리도 불안해하고 있습니다. 그녀의 친구

디르크가 독일로 끌려갔기 때문에 연합군의 비행사가 백만 킬로그램이나 된다는 폭탄을 그의 머리 위에 떨어뜨릴지도 몰라 걱정인 것입니다. "한 사람에게 백만 킬로그램의 폭탄을 받으라고?" 또는 "한방 맞으면 그만이야" 같은 농담은 좋지 않은 취미입니다. 물론 끌려간 것이 디르크만은 아닙니다. 매일 청년들이 기차에 가득 실려 떠나갑니다. 기차가 도중에 조그만 역에 멈출 때, 기회를 엿보고 도망치는 사람도 있습니다. 그렇지만 뜻대로 성공하는 사람은 적겠지요. 당신에게 알리는 나쁜 뉴스는 이것뿐만이 아닙니다. 당신은 인질이라는 말은 들을 적이 있는지요. 이것은 파괴 행위에 대한 최근의 처벌 방법입니다. 이렇게 무서운 일을 상상이나 하겠습니까?

저명 인사들——물론 죄 없는 사람들——이 자꾸만 감옥에 끌려가 내일을 모르는 운명에 처합니다. 만약 파괴 행위를 한 범인이 찾아지지 않으면, 게슈타포는 다섯 사람쯤의 인질을 아주 간단하게 총살해 버립니다. 그 사람들의 사망이 가끔 신문에 발표되지만, 이러한 비인도적인 살인 방법을 썼으면서도 변사(變死)라고 발표합니다. 독일 사람이란 어쩌면 이렇게 훌륭할까요! 나도 한때는 독일 국민의 한 사람이었다고 생각하면 서글퍼집니다. 히틀러는 오래 전에 우리 유태인에게서 국적을 빼앗았습니다. 독일인과 유태인은 이 세상에서 불구대천의 원수입니다.

—— 안네

1942년 10월 16일 금요일
키티님!
오늘은 배우 바쁩니다. 《라 벨 니베르네즈》의 한 장(章)을 번역하고, 새로 나오는 단어를 메모했습니다. 지금부터 지겨운 수학 문제 하나와 프랑스어 문법을 세 페이지 공부해야 합니다. 매일 수학 공부를 한다는 것은 정말 싫습니다. 아버지도 수학은 싫다고 하십니다. 나나 아버지나 수학은 별로 잘하지 못해 때때로 언니가 도와 주어야 합니다. 아버지보다는 그래도 내가 잘하는 편입니다. 속기는 내가 셋 중에서 제일이지요.

어제는 《돌격》을 다 읽었습니다. 매우 재미있었지만 《요프 텔 휼》에는 비교가 안 됩니다. 실제로 시시 환 막스벨트는 일류 작가라고 나는 생각합니다. 내 아이들에게는 반드시 그녀의 작품을 읽히도록 하겠습니다. 엄마와 언니와 나는 다시 사이가 좋아졌습니다. 이것이 훨씬 좋습니다. 어젯밤에는 언니와 함께 잤습니다. 좁아서 답답했지만 재미있었습니다. 언니는 나에게 일기를 읽어 봐도 괜찮겠느냐고 물었습니다. 나는 "좋아, 조금은" 하고 대답하고, 언니의 일기도 읽어도 되느냐고 물었더니 좋다고 대답했습니다. 그리고 둘이서 장래의 일을 이야기했습니다. 언니에게 장래에 무엇이 되고 싶으냐고 물었더니 말하려 하지 않았습니다. 대단한 비밀로 하고 있습니다. 언니는 학교 선생이 되고 싶을 거라고 나는 상상했습니다. 확실하지는 않지만 나는 그렇게 생각합니다. 그러나 그렇게 캐물어서는 안 되겠죠.

오늘 아침 나는 페터를 그의 침대에서 쫓아내고 대신 그곳에서 잤습니다. 그는 화를 냈지만 나는 아무렇지도 않아요. 그는 나에게 좀더 다정하게 해도 좋을 성싶은데. 어찌 됐든 어제 그에게 사과를 한 개 주었으니까.

언니에게 내가 못생기지 않았느냐고 물었더니 참 예쁘고 눈이 아름답다고 말했습니다. 어쩐지 막연하지 않아요?

그럼, 다음에 또.

— 안네

9. 아차, 들켰나?

1942년 10월 20일 화요일
키티님!
놀란 후 두 시간이나 지났는데도, 내 손은 지금도 떨고 있습니다. 집

안에 소화기가 다섯 개 있습니다. 우리들은 그 속에 약을 채우러 오기로 되어 있는 것은 알고 있었지만, 아무도 우리들에게 목수나 다른 사람이 온다고는 미리 알려 주지 않았습니다.

그러니 내가 책장으로 가려져 있는 입구의 바른쪽 층계참에서 쇠망치 소리를 들을 때까지는 누구도 조용히 있으려고는 하지 않았습니다. 나는 바로 목수가 왔구나 싶어 우리와 함께 식사를 하고 있던 엘리에게 아래층으로 내려가서는 안 된다고 주의를 주었습니다. 아버지와 나는 그 사람이 갔는지를 확인하기 위해 문 옆에 서서 망을 보며 귀를 기울이고 있었습니다. 그 사람은 15분간이나 일을 하고 나서 망치와 도구를 책장 위에 두고 (우리들은 그렇게 생각했습니다) 이윽고 문을 노크했습니다. 우리들은 새파랗게 질렸습니다. 아마 그 사람은 무슨 소리를 듣고 이 은신처를 조사하려고 한 것이죠. 얼마 동안 문을 노크하고 잡아당겼다 밀었다 손잡이를 비틀었다 하였습니다. 우리들은 생면부지의 이 사람이 우리들의 훌륭한 은신처를 찾아낼지도 모른다고 생각하니, 정신이 아찔해졌습니다. 드디어 마지막이 왔구나 생각하는 순간, "문 열어 주세요, 저예요" 하는 코프하이스씨의 목소리가 들렸습니다. 우리들은 바로 문을 열었습니다. 이곳을 알고 있는 사람이라면 손쉽게 열 수 있는 책장 고리가 열리지 않았던 것입니다. 그래서 목수가 온다는 것도 알려 주지 못했던 것입니다. 일하러 온 사람은 벌써 아래층으로 내려가 버렸고, 코프하이스씨가 엘리를 데리러 온 것인데 문이 열리지 않았던 것입니다.

나는 숨을 돌리며 한시름 놓았습니다. 문을 노크하고 밀치고 할 때, 문 저쪽에 있던 사람은 나의 공상 속에서 점차 커졌으며 나중에는 거대한 파시스트가 되었던 것입니다.

휴! 질겁은 했지만 이제는 괜찮습니다. 그런데 월요일에는 아주 재미있는 일이 있었습니다. 미프와 행크가 여기서 잤습니다. 그날 밤 나와 언니는 아버지 방에서 자고 우리들의 방을 미프 부부를 위해 비워 주었습니다. 저녁 식사는 아주 맛있었는데 식사중 아버지 방 전등의 휴즈가 끊어져서 갑자기 캄캄해졌어요. 집에 휴즈가 조금 있었지만, 두꺼비집이 어두운 창고 뒤에 있었지요. 밤이라서 어려운 일이었지만, 남자들이 분주히 돌아다닌 결과, 십 분 뒤에는 촛불을 끌 수 있었습니다.
　오늘 아침에는 일찍 일어났습니다. 행크 환 산텐씨는 여덟 시 반에 나가야 했습니다. 즐거운 아침 식사를 마치고 미프는 아래층으로 내려갔지만, 많은 비가 내려 자전거로 사무실에 갈 필요가 없어진 데 대해 기뻐했습니다. 다음주에는 엘리가 우리집에서 자기로 되어 있습니다.
—— 안네

1942년 10월 29일 목요일
키티님!
　아버지가 편찮으셔서 무척 걱정입니다. 열이 심하고 빨갛게 발진(發疹)이 나타났습니다. 아무래도 홍역 같습니다. 어머니는 아버지에게 땀을 쭉 빼게 하고 있습니다. 그러면 열이 내리겠지요.
　오늘 아침, 미프 말이 환 단씨 댁에서 가재 도구가 몽땅 실려 나갔다고 합니다. 아주머니에게는 아직 알리지 않았습니다. 그녀는 그런 일이 아니라도 귀찮은 분인데 집에 남겨 둔 예쁜 사기 그릇이나 훌륭한 의자 등이 실려 나갔다고 또 우는 소리나 하게 되면 우리는 정말 곤욕을 치를 겁니다. 우리도 좋은 물건을 거의 남겨 놓고 왔습니다. 하지만 지금 새삼스럽게 안타까워해야 무슨 소용이 있겠습니까?
　근래 내게 성인용 책을 좀더 읽어도 좋다는 허락이 내렸습니다. 지금 니코 환 수텔렌의 《에바의 청춘》을 읽고 있는데, 여학생의 사랑 이야기와 별로 다를 게 없다고 생각합니다. 하기는 뒷골목에서 만난 알지 못한 남자에게 몸을 맡기는 여인의 이야기가 조금 쓰여 있긴 합니다. 그 대신 돈을 요구하는 것입니다. 내가 이렇게 된다면 창피해서 죽어 버릴 것입니다. 그리고 에바에게 생리가 있다는 얘기가 쓰여 있습니다. 아아, 나도 빨리 그렇게 되고 싶어요. 그건 여자에게 대단히 중요한 것이랍니다.
　아버지는 큰 책장에서 괴테와 실러의 희곡을 가져오셨습니다. 매일 저녁 그것을 나에게 읽어 주시기로 하셨습니다. 먼저 〈돈 카를로스〉부터 시작했습니다.

　아버지를 따라 어머니도 나에게 기도서를 억지로 주셨습니다. 나는 체면상 독일어 기도문을 조금 읽습니다. 분명히 아름다운 문장이긴 하지만 별로 감명을 받지 못하고 있습니다. 어머니는 왜 나에게 신앙을 강요할까요? 단지 자신을 만족시키기 위해서로밖에 생각되지 않습니다.

　내일은 처음으로 불을 지피기로 했습니다. 아마도 연기 때문에 숨이 막히겠지요. 굴뚝은 몇 해 동안이나 청소한 일이 없답니다. 안이 막혀 있지나 않았으면 좋겠습니다.

— 안네

10. 어머니에 대한 불만

1942년 11월 7일 토요일
키티님!
　어머니는 퍽 초조하신 모양입니다. 이는 언제나 나에게는 불쾌한 일의 전조(前兆)입니다. 아버지도, 어머니도 언니는 결코 나무라지 않고 무엇이든 나쁜 것이라면 내 탓으로 돌리는 것은 우연일까요? 예를 들어 어제 저녁때 언니는 예쁜 그림이 들어 있는 책을 읽고 있었는데, 계속 읽을 생각으로 책을 그대로 놔두고 아래층으로 내려갔습니다. 그때 나는 아무것도 하고 있지 않았기 때문에 그 책을 집어들고 그림을 보기 시작했습니다. 언니는 돌아와서 내가 그 책을 보고 있자 이마를 찌푸리며 책을 돌려 달라고 했습니다. 내가 좀더 보자고 했더니 언니는 잔뜩 골을 냈습니다. 그러자 어머니는 언니의 편을 들어 "언니가 읽던 책이니 돌려 줘라"하고 참견을 하셨습니다. 이때 아버지께서 방으로 들어오셨습니다. 아버지는 아무 사정도 모르시면서 언니의 성난 얼굴을 보자, "언니가 만일 네 책을 읽는다면, 너는 뭐라고 말하겠니?" 하시며 꾸중하셨습니다. 나는 한참 동안 그렇게 있다가 체념하고 책을 놓고는 그 방을 나왔습니다——모두들 내가 화났다고 생각했겠지요. 그러나 웬일인지 나는 화도 나지 않았고 기분 나쁘지도 않았습니다. 그저 슬프기만 했습니다. 아버지께서 싸움의 원인도 모르시면서 그런 판단을 내리신 것은 잘못된 일입니다. 나는 만일 어머니나 아버지가 참견을 안 하셨으면 더 빨리 자진해서 언니에게 돌려주었을 것입니다. 그런데 언니가 무엇인가 큰 부정의 희생자나 된 것처럼 아버지, 어머니가 금방 언니 편을 들었기 때문에 슬펐던 것입니다.

어머니가 언니 편을 드는 것은 분명합니다. 두 사람은 언제나 서로를 감쌉니다. 나는 그런 일에 익숙해져서 어머니의 잔소리나 언니가 주는 불쾌함은 전혀 문제가 되지 않습니다.

나는 두 사람 모두 사랑합니다. 그러나 그것은 두 사람이 나의 어머니이며 언니이기 때문이라는 데 불과합니다. 하지만 아버지의 경우는 다르죠. 만일 아버지께서 언니를 좋은 아이라고 하시며 칭찬하고 안아 주시기나 하면, 나는 마치 몸을 찢기는 듯한 괴로움을 느낍니다. 나는 아버지를 존경하고 있기 때문입니다. 아버지는 내가 사랑하는 유일한 사람입니다. 나는 세상에서 아버지 이외의 어느 누구도 사랑하지 않습니다. 아버지는 자신이 언니와 나를 차별하고 있다는 것을 모르십니다. 언니는 세상에서 제일 예쁘고 가장 귀여운 여자아이인지 모르지만, 나도 좀더 소중한 취급을 받을 권리가 있다고 생각합니다. 나는 우리집에서 가장 못난 저능아 취급을 받아 왔습니다. 나는 무슨 일을 하든 처음부터 꾸중을 들어 감정을 상하게 되고, 따라서 같은 일을 하는 데도 두 배나 힘이 듭니다. 이렇게 노골적인 역성은 이제는 참을 수가 없습니다.

나는 언니를 시기하지는 않습니다. 이제까지 시기한 적도 없습니다. 언니의 미모를 부럽게 여기지도 않았습니다. 내가 간절히 바라는 것은 아버지의 진실한 사랑입니다. 아버지의 딸로서만이 아니라 안네라는 나를 위한.

내가 아버지에게 매달리는 것은 아버지가 계심으로써, 아버지 때문에 조금이나마 가정적인 감정을 가질 수 있기 때문입니다. 아버지는 어머니에게 품고 있는 감정을 탁 털어 놓고 싶은 나의 기분을 모릅니다. 아버지는 그에 대해 말을 안 하시려고 합니다. 아버지는 어머니의 결점에 관한 얘기는 일체 피합니다. 나로서는 어머니의 결점은 매우 참기 힘듭니다. 나는 이것을 내 가슴속에만 담아 둘 수가 없습니다. 그렇다고 어머니의 깔끔치 못한 점, 빈정거림, 박정한 점 등을 계속 충고할 수도 없습니다. 나는 나 자신이 언제나 잘못됐다고는 생각지 않습니다.

  나와 어머니는 모든 것이 정반대니 충돌이 잦은 것도 당연합니다. 어머니의 성격을 이해할 수 없지만 비평은 하지 않겠습니다. 나는 단지 그녀를 어머니로만 보고 있을 뿐입니다. 그러나 그녀는 나에 대해 어머니답지 않습니다. 내가 스스로 어머니가 되어야 합니다. 나는 우리 집안 사람들로부터 고립되어 있습니다. 자신은 자기 운명의 배의 선장과 같습니다. 어디로 가서 닿을지는 나중에 알게 되겠지요. 이런 생각을 한다는 것은, 마음속에서 완전한 어머니나 아내는 이러이러해야 한다는 환영(幻影)을 그리고 있기 때문입니다. 내가 "어머니"라고 부르고 있는 사람에게서는 이 환영의 어떠한 면도 엿볼 수 없습니다.

  나는 언제나 어머니의 나쁜 점은 보지 않고 좋은 점만을 보며, 어머니에게 없는 것을 자신에게서 구하려고 생각합니다. 그러나 잘되지 않습니다. 더욱 불행한 것은 아버지도, 어머니도 생활 속에서 나와의 간격을 이해하지 못하고 있다는 것입니다. 이것은 어머니, 아버지의 잘못이라고 생각합니다. 아이들을 완전히 만족시켜 주는 부모는 없을까요? 나는 가끔 하느님께서 현재 또는 장래에 나를 시험하실 것으로 믿고 있습니다. 나는 모범이 될 대상 없이, 충고도 받지 않고 스스로의 노력으로 훌륭한 인간이 되어야 합니다. 그렇게 하면 나는 좀더 강해지겠지요. 나 외에 이 일기를 읽을 사람이 있을까요? 나는 나말고 누구한테서 위안을 얻을까요? 나는 때때로 위안을 얻으려 할 때 나 자신의 나약함을 통감하고, 나에게 불만을 느낍니다. 나는 너무나도 결점이 많은 인간입니다. 나도 그것을 알고 있기 때문에 꾸준히 노력하고 있습니다.

나를 대하는 태도는 그날그날 다릅니다. 어느 날 안네는 매우 영리해서 무엇이든 잘 배운다고 하고, 다음날이 되면 안네는 책에서 여러 가지 근사한 것을 배웠다고 생각했는데 사실은 아무것도 모르는 바보라는 소리를 듣게 됩니다. 나는 이제 어린애도 아니고 응석받이도 아닙니다. 아직 말로는 표현할 수 없지만 나는 자신의 이상도, 계획도, 의견도 갖고 있습니다. 나의 감정을 곡해하는 사람들에 대해서 참고 견뎌야 한다고 생각되면, 나는 나도 모르게 침대에 누워 이런 여러 가지 불만을 마음속으로 중얼거리게 됩니다. 그래서 나는 결국 일기장을 향하게 되지요. 키티, 당신은 참을성이 있으니까 끝까지 내 말을 들어 주겠죠? 나는 어떠한 일이 있어도 나 자신의 길은 내가 발견할 것임을 당신에게 약속합니다. 나는 다만 때때로 내가 노력한 결과를 보고 나를 사랑해 주는 사람이 필요하며 그 사람으로부터 격려를 받고 싶을 뿐입니다.

나를 책망하지 마세요. 때로는 가슴에 묻어 둔 감정을 폭발시킬 때가 있으리라는 것을 기억해 주세요.

—— 안네

1942년 11월 9일 월요일
키티님!

어제는 페터의 생일이었습니다. 그는 이제 만 16세가 되었습니다. 그가 받은 선물 중에는 모노폴리게임 도구, 안전 면도기, 라이터 등이 있었습니다. 그는 뽐내느라고 담배를 피울 뿐, 사실은 피우지 않아요.

오후 두 시, 환 단 아저씨가 중대한 뉴스를 알려 주었습니다. 영국군이 튀니지아, 알제리아, 카사블랑카에서 오랑까지 상륙했다는 것입니다. "이것은 종말의 시작이야" 하고 모두들 말했지만, 영국에서 같은 뉴스를 희색이 만면해서 들었을 처칠 수상은 "이것은 끝이 아니다. 종말의 시작도 아니다. 아마 시작의 종말이겠지"라고 말했답니다. 당신은 어디가 다른지 아시겠죠? 어쨌든 낙관해도 좋은 일입니다. 3개월 동안이나 방위를 계속하고 있는 소련의 스탈린그라드는 아직도 독일군의 손에 함락되지 않았습니다.

그러나 우리들의 은신처에 대해 말한다면, 식량 걱정이 생겼다는 것을 당신에게 얘기해야겠군요. 당신도 알다시피 4층에는 엄청나게 먹어치우는 돼지들이 있습니다. 코프하이스씨 친구가 경영하는 빵집에서 빵을 입수하고 있는데, 전처럼 많이 살 수 없는 것은 당연한 일입니다. 그러나 그것만으로도 충분합니다. 4인분의 배급 카드도 몰래 샀습니다. 배급 카드의 값도 점차 올라 27플로린에서 이제는 33플로린이 되었습니다. 한 장의 인쇄된 종이 쪽지가 이렇게 비싸다니. 지금 있는 야채 통조림 150개 외에 무엇이든 오래 둘 수 있는 것으로 저장하기 위해 말린 완두콩과 잠두콩 270파운드를 샀습니다. 전부 우리들 몫이 아니라, 일부는 사무실 사람들 몫입니다. 콩은 자루에 넣어서 비밀문 안쪽 복도의 못에다 매달아 두었더니 무거워서 자루가 뜯어져 내려 지붕밑 다락에 두는 것이 좋다고들 해서 페터가 자루를 위로 끌어올리는 일을 맡았습니다.

페터는 자루 여섯 개 중 다섯 개까지는 무사히 끌어올리고 마지막 자루를 끌어올릴 때 자루 밑이 터지며 완두콩이 소나기처럼——아니 그야말로 요란스럽게 쏟아지는 우박처럼 계단에 쏟아졌습니다. 자루에는 50파운드의 콩이 들어 있었기 때문에 그 소리는 죽은 사람도 다시 깨어날 만큼의 굉장한 소리였습니다. 아마 아래층에 있던 사람은 이 낡은 건물이 무너져 내리는 게 아닌가 했을 겁니다. 다행히 집 안에는 다른 사람이 아무도 없었습니다. 순간 페터는 놀랐지만, 계단 밑 콩 바닷속에 작은 섬처럼 서 있는 나를 보고 큰 소리로 웃어댔습니다. 나는 발목까지 콩에 파묻혀 있었습니다. 곧 모두 콩을 주워 담기 시작했지만, 콩은 조그맣고 매끄러워서 저쪽 구석으로, 이쪽 구멍으로 굴러들어가 여간해서 잘 주워지지 않았습니다. 지금도 누구든 아래층으로 내려갈 때마다 몸을 굽혀 한 줌 정도씩은 콩을 줍는데, 그것을 환 단 아주머니께 갖다 드립니다.

깜박 잊고 있었는데, 아버지는 완전히 나으셨습니다.

— 안네

추신 : 지금 막 라디오에서 알제리아의 수복을 전해 주었습니다. 모로

코, 카사블랑카, 오랑은 이미 며칠 전에 영국군 손에 넘어갔습니다. 이번에는 튀니지아 차례입니다.

11. 여덟번째의 동거인

1942년 11월 10일 화요일
키티님!
 대단한 뉴스가 있습니다. 이 집에 여덟번째의 사람을 넣으려고 합니다. 정말입니다! 우리는 언제나 또 한 사람분의 장소와 식량이 충분히 있다고 생각하고 있었습니다. 단지 코프하이스씨나 크랄러씨에게 더 이상 폐를 끼치고 싶지 않았을 뿐입니다. 그러나 최근 유태인 탄압에 대한 얘기가 더욱더 심해져서 아버지께서 두 사람에게 계획을 털어 놓으셨더니, 두 분 다 "그건 참 좋은 계획이오. 일곱 사람이나 여덟 사람이나 위험은 마찬가지요" 하고 말했습니다. 사실 그렇습니다. 이 일이 결정되자 우리 가족들과 원만히 지낼 수 있을 듯한 독신자(獨身者)를 친구들 중에서 물색했습니다. 적당한 사람을 찾는 것은 어렵지 않았습니다. 아버지는 환 단씨 댁 친척은 전부 거절했습니다. 우리는 마침내 알베르트 두셀이라는 치과 의사를 골랐습니다. 그의 부인은 다행히 전쟁이 일어났을 때 외국에 있었답니다. 환 단 아저씨나 우리들은 깊지 않은 교제로도, 그가 얌전한 사람이기 때문에 우리들과 마음이 잘 맞을 거라고 판단했기 때문입니다. 미프가 이 사람을 알고 있었으니까, 그녀가 모든 일을 맡아 처리하겠지요. 만일 그분이 오시면, 언니 대신 내 방에서 자게 됩니다. 언니는 캠프 침대를 쓰게 될 것입니다.

―― 안네

1942년 11월 12일 목요일
키티님!
두셸씨는 미프한테서 숨을 곳이 생겼다는 말을 듣고 대단히 기뻐했습니다. 미프는 그에게 될 수 있는 대로 빨리──토요일에 오라고 말했습니다. 그러나 그는 진찰 카드를 정리하고 환자를 두서너 명 만나 봐야 하며, 여러 군데의 계산을 마쳐야 하기 때문에 토요일은 좀 무리라고 대답했답니다. 미프가 오늘 아침 그 뉴스를 전해 왔습니다. 그러나 우리들은 꾸물거리고 있는 것은 현명치 못한 일이라고 생각했습니다. 여러 가지 준비를 하기 위해서는 알리고 싶지 않은 사람에게도 설명하게 될 경우가 생기기 때문입니다. 미프는 다시 토요일에 도저히 올 수 없는지를 알아보기로 했습니다.
두셸씨는 아무래도 안 되겠다고 했습니다. 그는 월요일에 오기로 했습니다. 이런 좋은 일에 얼른 덤벼들지 않다니 좀 이상하다고 생각합니다. 만일 거리에서 잡힌다면 진료 카드를 정리하고 환자를 돌보며 계산을 마칠 수 있을까요? 그런데도 왜 늦출까요? 아버지가 양보하시다니, 정말 어리석다고 생각합니다. 이외에는 뉴스가 없습니다.

── 안네

1942년 11월 17일 화요일
키티님!
두셸씨가 왔습니다. 모든 게 순조롭게 잘되었습니다. 그 경과를 간단히 얘기하겠습니다. 미프씨가 그에게 어떤 남자가 마중 갈 것이니 우체국 앞 어느 장소에 오전 열한 시까지 나오도록 했습니다. 두셸씨는 지정된 장소에 시간을 맞춰 나와 있었습니다. 그를 알고 있는 코프하이스씨가 그에게로 가까이 가서 오기로 했던 사람은 못 왔지만 사무실로 가서 미프를 만나는 것이 좋을 것이라 말하고 전차를 타고 사무실로 왔습니다. 두셸씨는 전차를 탈 수 없어 걸어왔습니다. 열한 시 20분, 그가 사무실에 도착했습니다. 미프는 그가 단 노란 별표가 사람 눈에 띄지 않게 하기 위해 그를 도와 외투를 벗게 하고 전용 사무실로 안내했습니다. 거기서 코프하이스 씨는 청소부가 갈 때까지 그와 잡담을 했습니다. 청소부가 돌아가자 미프는 다른 일로 전용 사무실을 사용해야 한다는 구실로 두셀씨를 데리고 3층으로 올라와 바로 그 비밀 책장을 열고, 그것에 놀라서 어리벙벙해하는 그를 못 본 체하며 안으로 들어왔습니다. 그리고 그에게도 빨리 들어오라고 손짓했습니다.

이때 우리들은 4층 환 단씨 댁에서 새로 오신 손님을 환영하기 위해 커피와 코냑을 준비하고 테이블을 둘러싸고 앉아 기다리고 있었습니다. 미프는 우선 그를 거실로 안내했습니다. 그는 곧 우리의 가구라는 것을 알았지만, 우리들이 바로 위 4층에 있다고는 꿈에도 생각지 못했습니다. 미프가 말해 주자 그는 놀라서 어쩔 줄 몰랐지만, 미프는 때를 놓치지 않고 그를 4층에 있는 우리에게로 데리고 왔습니다.

두셀씨는 마음이 진정되기를 기다리듯이 잠자코 의자에 앉은 채 한참 우리들을 둘러보았습니다. 조금 지나자 그는 "그러나…… 그러면 당신들은 벨기에 가신 게 아니로군요. …… 독일군은 아직 오지 않았었나요? ……결국 빠져 나가지 못하셨군요"하고 더듬거리며 말했습니다.

그래서 우리들은 그에게 모든 것을 털어 놓았습니다. 두셀씨는 우리들의 교묘한 방법에 새삼스레 놀라고, 이 집의 내부 구조를 듣고는 실용적인 것 이상으로 잘되어 있는 것에 감탄하며, 말없이 주위를 둘러볼 뿐이었습니다.

모두 함께 점심을 마친 후 두셀씨는 잠깐 낮잠을 잤는데, 차 시간에는 일어나서 우리들과 함께 차를 마신 뒤 미프가 미리 갖다 놓은 자신의 짐을 정리했습니다. 그는 차차 마음이 안정된 모양입니다. 특히 타이프로 찍은 '은신처의 규칙'이란 종이를 받았을 때에는 아주 명랑했습니다. 이 규칙은 환 단 아저씨가 작성한 것으로 다음과 같습니다.

은신처의 취지서 및 안내

유태인 및 기타의 가주거(假住居)로서의 특별 시설. 연중 무휴.

암스테르담의 중심에 있고 아름답고도 조용함. 13번과 17번 전차 또는 자동차, 자전거로 올 수 있음. 독일군이 수송 수단의 사용을 금할 경우에는 걸어서도 올 수 있음.

　방세, 식사는 일체 무료. 살이 찌지 않는 특별 요리를 제공함.

　목욕실과 벽의 내외에 수도가 들어와 있음. 그러나 목욕탕은 없음. 모든 종류의 짐을 보관할 만한 장소는 있음.

　자가용 라디오 센터가 있어 런던, 뉴욕, 텔아비브 기타 많은 방송국과 직통. 오후 여섯 시 이후의 라디오는 이곳 거주자의 전용임. 어느 방송도 들을 수 있지만, 독일 방송은 고전 음악 등 특별 프로에 한함.

　휴식 시간 : 밤 열 시부터 아침 일곱 시 30분까지. 일요일은 오전 열 시 15분까지. 거주자는 상황이 허락하는 한, 지휘자의 지시에 따라 낮에도 휴식을 취할 수 있음. 공공 안전을 위하여 휴식 시간을 엄수할 것.

　휴일(옥외에서의 휴일) : 무기 연기.

　언어 : 항상 조용히 말할 것. 이것은 명령이다! 문명국의 말은 허락함. 그러나 독일어 사용은 금함.

　수업 : 매주 1회 속기 수업이 있음. 영어, 불어, 수학, 역사 수업은 매일 있음.

　애완용 동물 : 허가를 요함. 우대함. 단 빈대, 이 따위는 사절함.

　식사 시간 : 아침 식사는 일요일과 은행 휴일을 제외하고는 오전 아홉 시. 일요일과 은행 휴일에는 열한 시 반경. 점심(양은 그다지 많지 않음)은 오후 한 시 15분에서 45분까지. 저녁은 라디오의 뉴스 방송에 따라 일정치 않음. 저녁은 찬 것 또는 더운 것, 혹은 두 가지가 다 나오기도 함.

　의무 : 거주자는 항상 자진해서 사무를 도와 줄 것.

　목욕 : 매주 일요일 오전 아홉 시부터. 대야를 사용할 수 있음. 화장실, 부엌, 2층의 전용 사무실, 큰 사무실, 그 외 어디든 마음에 드는 장소를 사용해도 무방함.

　알코올 음료 : 의사의 허가가 있을 때에 한함.

　이상

―― 안네

1942년 11월 19일 목요일
키티님!

두셸 아저씨는 모두가 생각했던 대로 참 좋은 사람입니다. 물론 그는 나의 작은 방을 나누어 쓰는 데 동의했습니다. 솔직히 말해 나는 남이 나의 물건을 쓰는 것을 별로 좋아하지 않지만, 좋은 일을 위해서는 누구나 어느 정도 희생할 수 있어야 합니다. 그래서 나는 기꺼이 조그마한 것은 제공하겠습니다. 아버지께서는 "사람을 하나 구할 수 있다면, 아무리 중요한 것도 아무것도 아니다" 하고 말씀하셨는데, 정말 옳은 말씀입니다.

두셸 아저씨는 이곳에 도착한 날, 나에게 모든 것을 물었습니다. 청소부는 언제 오느냐, 욕실은 언제 쓸 수 있느냐, 화장실은 언제 쓸 수 있느냐 등등. 당신은 웃을지 모르지만, 이러한 일은 은신처 생활에서는 그렇게 간단한 문제가 아닙니다. 낮에는 아래층에 들리지 않게 그야말로 작은 소리도 내지 않도록 주의해야 합니다. 특히 청소부라도 와 있을 때에는 세심한 주의가 필요합니다. 모든 것을 자세하게 설명해 드렸지만, 놀랍게도 그는 이해가 잘 안 되는 모양입니다. 그는 같은 것을 두 번이나 되묻고도 기억하는 것 같지 않았습니다. 그러나 점차 좋아지겠지요. 아마 생활의 격변으로 머리 속이 혼란해진 것 같습니다.

그 밖에는 모두 잘되어 나가고 있습니다. 두셸씨는 우리들이 벌써 오랫동안 모르고 있는 세상일을 많이 들려주었습니다. 몹시 비참한 얘기도 있었습니다. 헤아릴 수 없이 많은 우리들의 친구와 동포들이 비참한 운명에 빠졌습니다——매일 저녁 유태인을 가득 실은 녹색과 회색 독일 군용 트럭이 거리를 지나갑니다. 독일군은 한 집 한 집 찾아다니며 유태인이 있지 않나 확인하고, 만일 있으면 한집 식구를 몽땅 데려갑니다. 없으면 다음 집으로 갑니다. 그러니 숨어 있지 않는 한, 절대로 살아남지 못합니다. 독일군은 명부를 갖고 돌아다니며 큰 수확이 있을 듯한 집만 습격한 일도 자주 있답니다. 때로는 한 사람당 얼마씩 돈을 쥐어 주면 놓아 주기도 합니다. 마치 옛날의 노예 사냥 같아요. 그러나 이것은 농담이 아닙니다. 농담으로 돌리기에는 너무나 비참합니다. 저녁때쯤 어두워지면 죄 없는 선량한 한 무리의 사람들이 아이를 데리고 독일 병정에게 쿡쿡 찔리고 얻어맞으면서 쓰러질 듯이 질질 끌려가는 것을 나는 창문으로 자주 봅니다. 노인이건 갓난아이건 임신한 여자건 병자건 인정사정 없습니다——모두 죽음의 행진을 하게 됩니다.

잡히지 않고 편안히 이곳에 있을 수 있는 우리들은 얼마나 행운아입니까. 우리들은 우리가 도와 드리지 못한 친한 분들의 신상에 대해 마음 아파하는 것 외에는 이런 불행에 대해 근심할 필요가 없으니까요. 나의 친한 친구들이 얻어맞고 쓰러지며 오늘 같은 추운 밤, 어딘가에, 개천 속에 처박히고 있는데 나만 따뜻한 침대에서 잔다는 것은 정말 죄스럽습니다. 친한 친구들이 이 세상에서 가장 잔인한 짐승들의 손에 넘어갔다고 생각하니 무서워집니다. 오로지 유태인이라는 이유만으로!

— 안네

1942년 11월 20일 금요일
키티님!

어느 누구도 이 뉴스를 어떻게 받아들여야 할지 모릅니다. 유태인에 대한 비참한 뉴스는, 이제까지 우리들의 귀에는 들어오지 않았습니다. 그러나 될 수 있는 한 유쾌한 기분으로 지내는 편이 좋다고 생각했습니다. 미프가 가끔 친구들 신상에 일어난 일을 얘기할 때마다 어머니와 환단 아주머니가 울었기 때문에 미프는 이제 더 이상 알리지 않는 것이 좋다고 생각합니다. 그러나 두셀씨는 여러 사람으로부터 질문을 받았습니다. 그의 얘기는 너무 음산하고 비참해서 한 번 들으면 도저히 잊혀지지 않습니다.

그래서 좀 잊혀져 가면 서로 또 농담도 하고 놀려 대기도 합니다. 아무리 우리가 우울하게 있다 해도 아무 도움도 되지 않을 뿐더러 밖의 사람들을 도울 수도 없지요. 우리들의 '은신처'를 '우울한 은신처'로 만들어 봤자 아무 소용 없지요. 나는 무엇을 하더라도 항상 밖의 사람들을 생각해야 할까요? 나는 웃고 싶어도 곧 반성하고 즐거워한 것을 부끄러워해야 할까요? 그리고 하루 종일 울고 있어야 할까요? 아니, 그렇게는 할 수 없습니다. 나에게는 또 한 가지의 우울한 일이 있습니다. 그것은 순전히 개인적인 것으로, 내가 지금 말한 것에 비하면 하잘것없는 것이지만, 그래도 나는 근래 고독감에 사로잡히기 시작했다는 것을 당신에게 말하지 않고는 배길 수 없습니다. 나는 너무나도 큰 공허에 둘러싸여 있습니다. 이제까지 나의 마음은 재미있는 것, 즐거운 것, 여자친구들 등으로 가득차 있었기 때문에 지금과 같은 기분이 되어 본 적은 없습니다. 그런데 불행하게도 나는 요즈음 나 자신의 일밖에 생각지 않습니다. 그리고 나는 아버지를 제일 좋아하지만, 그 아버지마저도 지나간 나만의 조그만 세계를 대신할 수는 없다는 것을 이제야 알았습니다. 나는 왜 당신에게 이런 쓸데없는 얘기를 할까요? 나는 정말 감사하는 마음이 너무 모자라는 듯합니다. 그것은 나 자신도 알고 있습니다. 그러나 모두 꾸중만 하고, 더구나 이런 불행한 일을 생각하게 되면 나의 머리는 혼란에 빠지고 말아요.

—— 안네

1942년 11월 28일 토요일
키티님!

전기를 배당량 이상으로 써버려서 앞으로 여간 절약하지 않으면 단전될 우려가 있습니다. 두 주일 동안 전등 없이 지낼 일을 생각하면 조금 재미있긴 하지만, 아마 닥치면 그렇지 않겠지요. 오후 네 시나 네 시 반이 되면 어두워서 책을 읽을 수 없으니 우리들은 영어나 프랑스어로 지껄이거나, 서로 수수께끼를 내거나, 어둠 속에서 체조를 하거나, 책 비평 등 여러 가지 실없는 짓을 하며 시간을 보냅니다. 그러나 그것도 나중에는 싫증이 납니다. 그러던 중 어제 저녁에 나는 새로운 놀이를 발견했습니다. 잘 보이는 쌍안경으로 뒷집을 들여다보는 것입니다. 낮에는 커튼을 조금도 들출 수 없지만 어두워지면 아무 지장이 없습니다. 나는 이제까지 이웃 사람들이 이렇게 재미있는 관찰의 대상이 될 줄은 미처 몰랐습니다. 하여튼 우리 이웃 사람들은 재미있습니다. 어느 집에서는 부부가 식사를 하고 있었습니다. 어느 집에서는 가정 영화를 찍고 있었습니다. 또 맞은

편 치과 의사는 늙은 부인을 치료하고 있었는데 그 부인은 몹시 겁을 내고 있었습니다.

두셀 아저씨는 애들을 좋아해서 애들을 잘 상대한다고 언제나 말해 왔는데, 근래에는 그 본성을 나타내기 시작했습니다. 그는 예의범절에 대해서 지루하게 잔소리를 늘어놓는 끈질긴 구식훈련주의자입니다.

나는 행운아(!)인가. 그와 침실을 같이 쓰며——아아, 그것도 좁은 침실에서——더욱이 세 아이 중에서 내가 가장 버릇이 나쁘다고 생각하고 있기 때문에 그로부터 같은 잔소리를 몇 번이고 듣게 되어 정말 질색입니다. 나는 때때로 못 들은 체합니다. 잔소리뿐이라면 괜찮겠는데 그는 비겁하게도 일일이 어머니에게 고자질해서 어머니로부터 또 같은 잔소리를 듣게 합니다. 마치 앞뒤로 태풍을 맞는 기분입니다. 운 나쁘게도 환 단 아주머니께 네가 한 일을 얘기하고 오너라 해서 얘기했더니, 그야말로 진짜 폭풍우를 만났지요.

솔직히 말해서 숨어 살고 있는 까다로운 가정에서 '버릇없는' 중심 인물 노릇 하기가 그리 쉬운 일은 아닙니다. 밤에 침대에 누워서, 나의 나쁜 점과 결점에 대해 곰곰이 생각하면 머리가 혼란해져서 나는 그때 기분에 따라 웃거나 울거나 합니다.

그러면 나는 지금의 내가 아닌 다른 사람으로 태어났으면, 내가 생각하고 있는 사람과는 다른 사람이 되었으면, 점잖아져야지 등 시시한 일들을 생각하다가 잠이 듭니다. 어머, 나는 당신까지 혼란에 빠뜨렸군요. 미안합니다. 그렇지만 쓴 것을 지워 버리기도 싫고 현재와 같은 종이 부족 시대에 종이를 버린다는 것은 생각도 할 수 없어, 단지 당신께 쓴 마지막 부분은 두 번 다시 읽지 마세요, 하고 부탁드릴 뿐입니다. 아마 읽으셔도 모르시겠지만요.

—— 안네

1942년 12월 7일 월요일
키티님!

금년에는 하누카(유태의 제례)와 성 니콜라스 축제일이 거의 함께 왔습니다, 딱 하루 사이로. 우리들은 하누카에 대해서 그다지 떠들지 않았습니다. 단지 서로 조그만 선물을 교환하고 촛불을 켰을 뿐입니다. 초가 부족해서 10분 정도만 켰습니다. 노래만 부르면 되니까요. 환 단 아저씨가 나무 촛대를 만들었습니다. 이것으로 모든 것이 갖추어졌습니다.

토요일, 성 니콜라스 축제일 이브는 훨씬 유쾌했습니다. 미프와 엘리가 아버지 귀에다 한참 속삭이기에 우리들은 무엇인가가 있을 거라고 기대했습니다.

정말 그랬습니다. 여덟 시에 우리들은 한 줄로 서서 어둠 속에서 복도를 돌아 나무 계단을 내려가서 작고 어두운 방으로 들어갔습니다(나는 무서워서 3층에 남아 있는 편이 좋았을 걸 싶었습니다). 그 방에는 창문이 없기 때문에 전등을 켤 수 있습니다. 전등을 켜고 아버지께서 큰 벽장을 열자 "오오! 멋지다"라고 일제히 환성을 질렀습니다. 성 니콜라스 종이로 장식된 커다란 바구니가 벽장 구석에 놓여 있고 그 위에는 블랙 페터의 마스크가 놓여 있었습니다.

우리들은 급히 그 바구니를 2층으로 가져갔습니다. 바구니 속에는 각각 적절한 시가 적힌 아름다운 선물이 들어 있었습니다. 나는 인형을 받았습니다. 인형의 스커트는 주머니처럼 되어 있었습니다. 아버지에게는 책꽂이가 배당되었습니다. 어쨌든 좋은 착상이었습니다. 우리들은 이제까지 성 니콜라스 축제일을 지키지 않았지만 처음 시작한 것치고는 참 좋았습니다.

—— 안네

1942년 12월 10일 목요일
키티님!
전에 환 단 아저씨는 고기, 소시지, 양념거리 장사를 했었습니다. 아버지의 장사에 참여하게 된 것도 이 방면에 지식이 있었기 때문입니다. 그래서 아저씨는 이곳에 오셔서 소시지 만드는 솜씨를 보여 주어 우리들을 즐겁게 해줍니다.
 우리들은 장래의 식량난에 대비해서 고기를 잔뜩 사두었습니다(물론 암거래로). 먼저 고기 다지는 기계에 넣어진 고기가 잘게 다져져 나오면 다른 재료와 혼합해서 대롱으로 창자 속에 집어넣는, 소시지 만드는 과정을 보는 것은 퍽 재미있습니다. 우리들은 그날 저녁 식사에 소시지를 기름에 볶아, 사우아크라우트(발효시켜 새콤하게 한 양배추)와 함께 먹었습니다. 그러나 헬더런드 소시지는 먼저 잘 말려야 하기 때문에 천장에 묶은 막대에 실로 매달아 걸었습니다. 방에 들어가면 소시지가 줄줄이 매달려 있는 것을 보고 다 웃습니다. 그 모양이 아주 우습지요.
 소시지를 만드는 방은 매우 소란합니다. 환 단 아저씨는 아주머니의 앞치마를 그 큰 몸에 두르고(아저씨는 전보다 살이 쪘어요) 고기 다지는 데 여념이 없어요. 손과 앞치마는 피로 물들고 더러워진데다 얼굴마저 빨갛게 되어 진짜 푸줏간 주인 같습니다. 아주머니는 책을 들고 네덜란드어를 공부하며 수프를 젖고 고기가 조리된 것을 보기도 하며, 한숨을 쉬면서 늑골을 다친 데 대해 한탄하는 등 하여튼 무엇이든 한꺼번에 하려고 합니다. 나이 먹은 부인이 엉덩이 살을 뺀답시고 어리석은 체조를 하니까 그런 일이 생기지요!
 두셀씨는 한쪽 눈이 염증을 일으켜 불 옆에 앉아 눈을 씻고 있었습니다. 창문을 통해 비치는 햇빛을 즐기면서 의자에 앉아 계시던 아버지는 방해물 취급을 받으며 이리저리 밀려 다니고 계셨습니다. 아버지는 류머티즘으로 고민하고 계신 것 같았습니다. 아저씨가 일하는 것을 우울한 얼굴로 바라보면서 의자에 움츠리고 앉아 계신 모습이 그런 모양이었습니다. 아버지는 흡사 양로원에서 온 할아버지 같았습니다. 페터는 고양이에게 재주를 부리게 하며 놀고 있었습니다. 어머니와 언니, 나 셋은 감자 껍질을 벗기고 있었는데, 아저씨 일하는 데 정신이 팔려 실수만 했습니다.
 두셀 아저씨는 치과를 개업했습니다. 재미있으니까 최초의 환자 얘기를 하겠어요. 어머니께서는 다림질을 하고 계셨기 때문에 아주머니가 우선 환자가 되었는데, 아주머니는 방 한가운데에 의자를 놓고 앉았습니다. 두셀 아저씨는 점잖을 빼며 도구 상자를 열고 소독제로 쓸 오드콜론과 옥스 대신에 와셀린을 달라고 했습니다.

두셀 아저씨가 아주머니 입 안을 들여다보고 이를 두 개 건드렸더니, 아주머니는 금방 죽을 것처럼 알아듣지 못할 울음소리를 내며 몸을 움츠렸습니다. 얼마 동안 검사를 하고 나서(2분 이상 걸리지 않았습니다) 두셀 아저씨는 충치 구멍 하나를 닥닥 긁기 시작했습니다. 그러자 아주머니가 팔다리를 내두르며 버둥거리는 바람에 두셀 아저씨는 잠시 스크레이퍼를 놓쳤고 그것이 그대로 아주머니 이에 꽂혀 버렸습니다.

그때부터 야단이 났습니다. 아주머니는 울면서 스크레이퍼를 입에서 빼려고 했지만 더욱더 깊이 꽂혔습니다. 두셀씨는 양손을 허리에다 대고 이 조그마한 희극을 냉정하게 바라보고 있었습니다. 이 모양을 보고 있던 다른 사람들은 참지 못하고 웃음을 터뜨리고 말았습니다. 내가 그렇게 됐다면 더 큰 소리로 울었을 텐데 웃다니 정말 잘못했다고 생각합니다. 아주머니는 한동안 더욱 몸을 비틀며 발광하고 소리를 질렀지만, 두셀 아저씨는 스크레이퍼가 빠져 나오자 아무 일도 없었다는 듯 다시 치료하기 시작했습니다.

두셀 아저씨가 재빨리 다시 치료를 시작했기 때문에 아주머니는 빠져 나갈 틈조차 없었습니다. 그러나 두셀 아저씨는 이제까지 이 같은 도움을 받은 적이 없었을 겁니다. 두 사람의 조수는 퍽 도움이 되었을 테니까요. 아저씨와 내가 조수 역을 훌륭히 해냈습니다. 그때의 그 광경은 '치료 중인' 엉터리 의사라는 중세기의 그림 같았습니다. 한편 환자는 수프와 식사를 잊지 못해 언제까지나 참고 있질 못했습니다. 하여튼 오늘 일로 미루어 보아 한 가지 분명한 것은 아주머니는 여간해서 두 번 다시 치료를 받으려 하지 않을 것이라는 점입니다.

— 안네

12. 창문으로 거리를 내다보다

1942년 12월 13일 일요일
키티님!
나는 커다란 사무실에 편안히 앉아서 커튼 사이로 밖을 내다보고 있습니다. 저녁때지만 당신에게 편지를 쓸 수 있을 만큼 환합니다.
사람들이 걸어가는 모습은 정말 기이합니다. 모두 바삐 서둘러 지나가고 있습니다. 자전거를 타고 가는 사람은 굉장한 스피드를 내며 달려갑니다. 어떤 사람이 타고 있는지도 모를 정도입니다.
이 근처 사람들은 그다지 깨끗하지 못합니다. 특히 아이들은 더러워서 곁에 다가가기도 싫을 정도입니다. 코를 흘리는 진짜 빈민굴의 아이들입니다. 나는 그들의 말을 거의 알아들을 수 없습니다.
어제 오후 언니와 목욕하면서, 내가 "가령 우리들이 낚시로 지나가는 저 애들을 하나하나 낚아올려서 목욕시키고 옷도 꿰매서 돌려 보내고, 그리고……" 하고 말을 꺼냈더니, 언니는 내 말을 가로막으며 "내일이면 마찬가지가 될 거야" 하고 말했습니다.
나는 지금 농담을 하고 있을 뿐입니다. 이곳에서는 또 그 외에도 볼 것이 있습니다──자동차, 보트, 기차 등. 나는 특히 전차가 지나가는 소리가 좋습니다.
우리들이 생각하는 일은 정해져 있습니다. 유태인의 일에서부터 먹는 일, 먹는 일에서 정치에 관한 일──이런 생각들이 회전 목마처럼 머리 속에서 빙빙 돌고 있습니다. 나는 어제 커튼 사이로 두 사람의 유태인을 보았습니다. 나는 내 눈을 의심했습니다. 나는 그들을 배반하고, 그들의 불행을 보고 있는 것 같은 무서운 공포감에 사로잡혔습니다.

우리집 바로 맞은편에 보트 집이 있는데 뱃사공 가족이 살고 있습니다. 그곳에는 덮어놓고 짖어 대는 강아지가 있습니다. 우리들은 짖는 소리와 배 위를 뛰어다닐 때 보이는 꼬리만으로 강아지를 알아봅니다.

어머나, 비가 오는군요. 사람들이 우산 속으로 숨어 버렸습니다. 지금은 가끔 레인코트와 모자를 쓴 사람의 뒷모습만이 보일 뿐입니다. 이제는 내려다봐도 별것이 없어요. 나는 차츰 길거리를 지나는 여인들을 첫눈에 알아볼 수 있게 되었습니다. 대개는 옷이 미어지도록 감자를 몸에 가득 채우고, 빨간 또는 녹색 코트를 입고, 발뒤꿈치가 닳아빠진 구두를 신고, 가방을 들고 있습니다. 그들의 얼굴은 우울할 때도 있고 밝을 때도 있지만, 그건 아마 남편 기분 여하에 달린 거겠지요.

—— 안네

1942년 12월 22일 화요일

키티님!

'은신처' 사람들은 크리스마스 때 버터를 1인당 4분의 1파운드씩 더 배급받는다는 즐거운 소식을 들었습니다. 신문에는 반 파운드씩이라고 했지만, 이것은 정부에서 발행한 배급 통장을 갖고 있는 행운아들 이야기이고, 은신처에 숨어 있는 우리 유태인은 8인분으로 네 장의 암거래 전표밖에 살 수 없으니까 1인당 4분의 1파운드가 됩니다.

우리들은 각자 버터로 무엇을 구울 것인가 궁리하고 있습니다. 나는 오늘 아침 비스켓을 두 개 만들었습니다. 4층은 모두가 바쁜 것 같습니다. 어머니는 나에게 청소가 끝날 때까지 3층에서 일하든지 공부하라고 하셨습니다.

아주머니는 다친 늑골 때문에 하루 종일 끙끙거리며 자고 있습니다. 붕대를 갈아 주고 시중을 들어 주어도 마음에 들어하지 않습니다. 나는 아주머니가 빨리 일어나 스스로 자기 주변을 정돈할 수 있게 되기를 빕니다. 이건 진정입니다. 아주머니는 심신이 건강할 때에는 보기 드물게 부지런하고 또 쾌활하기도 합니다.

두셀 아저씨는 낮에 내가 조금만 소리를 내도 쉿쉿 하는데, 근래에는 낮만으론 부족한지 밤에도 쉿쉿을 연발합니다. 나는 돌아누울 수도 없습니다. 다음부터는 내가 쉿쉿 해줄까 합니다.

일요일 이른 새벽, 그가 체조를 하기 위해 전등을 켜면 나는 벌컥 화가 납니다. 체조는 몇 시간이나 걸린 것같이 느껴집니다. 그 동안 침대를 기다랗게 하기 위해 내 침대 머리 아래 놓아 둔 의자가 줄곧 이리저리 밀려다닙니다. 그는 마지막으로 근육을 부드럽게 하기 위해 팔을 두세 번 힘차게 흔든 다음 옷을 찾으러 왔다갔다합니다. 이것으로 끝나는가 하면, 책상 위의 넥타이를 집으러 또 의자를 밀어내거나 부딪치곤 합니다.

이제 노인들 이야기는 이것으로 그만두겠어요. 얘기를 해봤자 별수없으니까요. 나는 전등을 끈다든지 문을 닫는다든지 또 그의 옷을 숨긴다든지 여러 가지 복수할 계획을 생각하고 있었지만, 평화를 깨뜨릴 뿐일 것 같아 그만두었습니다. 아, 나도 이제 퍽 현명해졌나 봐요. 여기서는 복종하고, 입을 다물고, 가사를 돕고, 얌전하고, 고집 피우지 않고, 모든 것을 이성에 호소해야 합니다——그 밖에 또 무엇이 있었더라. 나는 머리도 좋지 않은데 너무 급히 머리를 써 버려서 전쟁이 끝나면 머리 속이 텅 비지나 않을까 걱정입니다.

— 안네

1943년 1월 13일 수요일
키티님!

오늘 아침엔 너무나 마음이 산란해서 무엇 하나 만족스럽지 못했습니다. 바깥 세상은 말로는 표현할 수 없을 정도입니다. 불쌍한 유태인들은 배낭 하나와 얼마 되지도 않은 돈밖에 갖지 못한 채 밤낮 없이 끌려갑니다. 그러나 그들은 도중에 이런 소지품마저 빼앗겨 버립니다. 남자는 남자대로, 여자는 여자대로, 아이들은 아이들대로 가족이 생나무 찢기듯 흩어집니다. 아이들이 학교에서 돌아오면 부모의 모습이 보이지 않습니다. 여자가 시장에서 돌아와 보면, 집에는 못이 쳐져 있고 가족은 온데간데없습니다.

 네덜란드 사람들도 역시 불안에 싸여 있습니다. 그들의 아들들이 자꾸 독일로 끌려갑니다. 모두가 공포에 떨고 있습니다.

 매일 밤 수백 대의 비행기가 네덜란드 상공을 지나며, 독일의 도시들은 폭탄으로 뒤집혀지고 있습니다. 또 소련과 아프리카에서는 매시간 수백 수천이나 되는 사람들이 죽어 가고 있습니다. 아무도 피할 수 없습니다. 온 세계가 전쟁을 하고 있습니다. 전세(戰勢)는 연합군측으로 기울어지고 있다고 하지만, 언제 끝날지는 예측할 수 없습니다.

 우리들은 운이 좋은 셈입니다. 그렇습니다. 몇백만의 사람들보다 확실히 운이 좋아요. 여기는 조용하고 안전합니다. 말하자면 우리들은 있는 돈으로 살아가는 셈입니다. 우리들은 다른 사람들을 구하기 위해 한푼이라도 절약하고, 전쟁으로부터 면한 것들을 절약해야 하는데, 새옷이나 구두를 생각하면서 '전후(戰後)'를 말할 정도로 이기적입니다.

 근처의 아이들은 얇은 속옷에 나막신을 신었을 뿐 윗옷도, 모자도, 양말도 없이 놀고 있습니다. 그들을 도와 줄 사람은 아무도 없습니다. 그들은 굶주려 있습니다. 그들은 공복감을 채우기 위해 시든 홍당무를 질겅질겅 씹고 있습니다. 그들은 추운 자기의 집에서 추운 거리를 지나 학교로 가면 교실은 더 춥습니다. 이 고장에서는 생활이 점점 어려워져서 헤아릴 수 없이 많은 아이들이 지나가는 사람들에게 빵 한 조각만 달라고 애걸합니다. 나는 전쟁이 가져온 고난에 대해 몇 시간이라도 이야기를 계속할 수 있지만, 그건 한층 나를 비참한 심정으로 빠뜨릴 뿐입니다. 우리들은 불행이 끝날 때까지 참고 기다리는 수밖에 없습니다. 유태인도, 크리스찬도. 그러나 현재 죽음을 기다리고 있는 사람도 많이 있습니다.

── 안네

1943년 1월 30일 토요일
키티님!
 나는 분해서 속이 뒤집힐 지경입니다. 그러나 얼굴에 나타내서는 안 됩니다. 어머니가 매일매일 시위를 힘껏 잡아당겨 과녁을 향해 쏘듯 나를 향해 심한 말을 퍼붓고 바보 취급을 하시기 때문에 발을 구르고 악을 쓰며 악착스레 덤벼들고 싶습니다.

　나는 언니, 환 단씨, 두셀씨에게——아니 아버지도——"나를 건드리지 마세요. 하룻밤쯤은 눈물로 베개를 적시지 않고, 눈이 붓도록 울지 않고, 머리가 지끈거리지 않고 내가 잠들게 해주세요. 그런 일은 전부 잊어 버리게 해주세요" 하고 악을 쓰고 싶어요. 그렇지만 그런 짓은 못 합니다. 우리 식구들에게 나의 절망적인 심정을 알려서는 안 됩니다. 나는 그들이 나에게 준 상처를 보이고 싶지 않습니다. 나는 그들의 동정이나 선의의 농담은 참을 수 없습니다. 동정과 농담은 더욱더 소리 지르고 싶게 합니다.

　내가 말을 하면 모두들 허세를 부린다고 합니다. 가만히 있으면 우습다고 합니다. 말대꾸하면 건방지다고 합니다. 좋은 생각이 머리에 떠오르면 앙큼하다고 합니다. 피곤해 늘어져 있으면 게으름쟁이라고 합니다. 한입 더 먹으면 이기적이라고 합니다. 그 외에도 바보, 비겁, 교활 등등 끝이 없습니다. 그러나 하루 종일 견딜 수 없는 것은 갓난애라는 말뿐입니다. 나는 웃고 넘겨 버린 체하지만, 아무래도 마음에 걸립니다. 나는 하느님께 나에게 다른 성격을 베푸시어 사람들을 노하게 하지 않도록 해달라고 부탁했지만 소용 없는 일입니다. 나에게는 타고난 성격이 있고, 그것이 나쁠 리가 없다고 믿고 싶습니다. 나는 그들이 상상하는 이상으로 모두를 기쁘게 해드리기 위해 최선을 다하고 있습니다. 내가 모든 것을 웃어 넘겨 버린 것은 그들에게 나의 고통을 알리고 싶지 않아서였습니다. 나는 이유도 없이 마구 꾸지람을 들을 때에는 어머니에게 "뭐라 꾸중하셔도 상관없어요. 날 내버려 두세요. 나는 어쩔 수 없는 아이니까"라고 대든 일이 한두 번 있습니다. 물론 그럴 때에는 건방지다고 꾸중을 듣고 이틀 정도는 거의 말도 걸어 주지 않지만, 다시 잊어 버리고 원래와 같이 다른 사람과 동등하게 취급됩니다. 그러나 내겐, 오늘은 아주 우량아로, 다음 날은 악동으로 지낸다는 것은 불가능합니다.

　나는 중용의 덕을 지키겠습니다. 그리고 내 기분은 내 마음속에 담아 두겠습니다. 그러나 딱 한 번만——만일 된다면——그들이 나에게 거만스럽게 한 것같이 그들에게 건방지게 굴어 볼까!

—— 안네

1943년 2월 5일 금요일
키티님!
나는 한동안 우리들의 말다툼에 대해서 쓰지 않았습니다만 지금도 여전합니다. 처음에 두셀 아저씨는 우리들의 불화에 놀랐지만, 벌써 익숙해져서 그런 일은 염두에도 두려고 하지 않습니다.

언니와 페터는 이젠 이른바 '애들'이 아닙니다. 둘 다 점잖고 착실합니다. 그러나 나는 언제나 두 사람과 비교되어 "너는 언니나 페터가 하는 일은 모르는구나. 너는 왜 걔들을 본뜨지 못하니?"라는 말을 듣습니다. 내가 두 사람을 본뜨다니——천만에. 나는 조금도 언니처럼 되고 싶지 않습니다. 그녀는 너무 수동적이고 얌전하며, 무슨 말을 들어도 그저 남이 하라는 대로 합니다. 나는 좀더 강한 성격을 갖고 싶어요! 그러나 나는 그러한 생각을 남 몰래 내 가슴속에 간직하고 있을 뿐입니다. 내가 그런 말을 하면 자기 태도에 대해 변명한다고 모두가 비웃기만 하겠지요.

식사할 때의 분위기는 대개 어색합니다. 다행히 '수프 손님'이 동석해 있을 때에는, 싸움으로까지는 발전하지 않습니다. '수프 손님'이란 가끔 점심을 대접받는 사무실 직원입니다.

오늘 오후 환 단 아저씨가 요즘 언니가 음식을 조금밖에 먹지 않는다는 얘기를 했습니다. 아저씨는 농담으로 "마고트는 살찔까 봐서 그렇게 조금 먹니?" 했더니, 항상 언니 편을 드는 어머니가 큰 소리로 "그런 쓸데없는 소리 마세요" 하고 말했어요. 아저씨는 그만 무안해서 얼굴을 붉히며 앞만 쳐다보고 있을 뿐 아무 말도 하지 않았습니다.

우리들은 여러 가지 일로 곧잘 웃게 됩니다. 며칠 전에 환 단 아주머니는 정말 바보 같은 소리를 했습니다. 그녀는 옛 추억을 말하며, 그녀가 아버지와 얼마나 사이가 좋았고 또 자기가 얼마나 바람둥이였던가를 얘기하더니 점점 더 신이 나서, "그래서 말예요, 남자가 너무 적극적으로 나오면 우리 아버지는 언제나 나에게 '그때는 남자를 향해, 아무개씨, 제가 숙녀라는 것을 잊지 말아 주세요라고 해야 한다. 그러면 남자는 네가 말하는 뜻을 알아들을 게다' 라고 가르쳐 주셨어요" 하며 수다를 떨었습니다. 우리들은 너무 우스워서 웃음을 터뜨렸습니다.

페터는 언제나 조용하지만 때로는 우리들을 웃기기도 합니다.

— 안네

1943년 2월 27일 토요일
키티님!

아버지께서는 이제 곧 상륙 작전이 시작될 것이라고 말씀하십니다. 처칠은 폐렴을 앓았지만, 차차 나아가고 있습니다. 자유를 사랑하는 인도의 간디는 몇십번째의 단식을 계속하고 있습니다.

환 단 아주머니는 자신은 운명론자라고 말하고 있지만, 대포소리가 날 때마다 제일 무서워하는 사람은 대체 누구죠?

행크는 우리들에게 읽어 주기 위해 신부님이 신자들에게 보낸 편지의 사본을 가져왔습니다. 편지는 사람들의 정신을 고무시키는 데 아주 훌륭한 것으로, "네덜란드 국민이여! 쉬지 맙시다. 국가와 국민과 그 종교를 해방시키기 위해 모두 무기를 들고 싸우고 있습니다"고 쓰여 있었습니다. "서로 돕고 자비를 베푸시오. 그리고 낙담해서는 안 됩니다"는 말은 그들이 언제나 단상에서 외치는 것입니다. 그것이 도움이 될 수 있을까요? 사실 우리와 같은 종교를 갖고 있는 사람들에게는 도움이 되지 않습니다.

우리들에게 어떠한 일이 생겼는지 당신은 상상도 못 할 것입니다. 이 건물의 소유주가 우리 은신처를 크랄러씨나 코프하이스씨에겐 알리지도 않고 팔아 버렸습니다. 어느 날 아침 새 집주인이 건축가를 데리고 집을 살펴보러 왔습니다. 다행히 코프하이스씨가 있어서 '은신처'를 제외한 나머지만을 구석구석 안내해 주었습니다. 그가 통로의 문 열쇠를 잊어 버리고 왔다고 변명했더니, 주인은 그냥 돌아갔다고 합니다. 집주인이 다시

와서 '은신처'를 보고 싶다고 하면 문제지만, 그렇지 않는 한 걱정하지 않아도 되겠지요.
　아버지는 나와 언니를 위해 상업용 카드 상자를 비우고 새 카드를 넣어 주셨습니다.
　이것은 책 목록 카드 서랍으로 사용할 것으로, 우리들은 어느 저자의 무슨 책을 읽었는지를 카드에 써넣을 것입니다. 나는 그 외에 외국어 단어를 써넣을 수 있는 노트를 받았습니다.
　요즈음 어머니와 나는 전보다 사이가 좀 좋아졌지만, 아직 서로 마음을 털어 놓지 않습니다. 언니는 전보다 깍쟁이가 되었습니다. 아버지는 무언가 혼자 생각해 둔 일이 있는 것 같습니다만, 여전히 좋은 아버지입니다.
　새 버터와 마가린이 식탁에 배급되었습니다. 각자 접시에 조금씩 배급을 받았습니다. 환 단씨 댁 사람들의 분배법은 아주 불공평하다고 생각합니다. 아버지는 싸울까봐 아무 말도 안 하셨지만, 나는 분해 죽겠습니다. 이런 사람들에게는 할 말은 꼭 해주어야지 그렇지 않으면 버릇이 됩니다.
　　　　　　　　　　　　　　　　　　　── 안네

1943년 3월 10일 수요일
키티님!
어젯밤에는 정전이 된데다가 고사포가 밤새도록 울렸습니다. 나는 아직 대포, 비행기 등에 대한 공포에서 벗어날 수 없어, 거의 매일 밤 무서워서 아버지 침대 속으로 파고들어갑니다. 너무 어린애 같은 짓인 줄은 나도 알고 있지만, 아버지와 자는 것이 어떤지 당신은 모르시죠? 고사포소리가 심해서 자기가 한 말도 못 들을 정도입니다. 운명론자인 아주머니는 울상이 되면서 겁을 집어먹은 소리로 나지막하게 "아휴, 싫어. 지독하게 대포를 쏘아대고 있네" 하고 투덜거립니다. 아주머니가 말하는 것은 실은 "난 무서워서 못 견디겠어요" 하는 뜻이지요.
　어두운 것보다 촛불이라도 켜져 있으면 한결 견디기가 쉽습니다. 나는 열이 있는 것처럼 부들부들 떨려 아버지에게 다시 촛불을 켜달라고 부탁했습니다. 아버지는 절대로 들어주지 않고, 등은 꺼진 채였습니다. 갑자기 기관총소리가 울렸습니다. 기관총소리는 대포소리보다 열 배는 기분이 나빴습니다. 어머니는 침대에서 벌떡 일어나 아버지가 말리시는데도 듣지 않고 촛불을 켰습니다. 아버지가 불평하자 어머니는 정색하며 "뭐라 해도 안네는 전쟁에 익숙한 군인은 아니예요" 하고 쏘아붙였습니다. 아버지는 한마디도 하지 않고 입을 다물어 버렸습니다.

당신에게 환 단 아주머니가 무서워하는 또 한 가지를 이야기했던가요? 아니, 아직 안 했을 거라고 생각합니다. 당신에게 '은신처'의 모든 일을 다 말씀드린 이상 이 일도 알려 드리겠습니다. 어느 날 밤 아주머니는 다락방에 도둑이 들어오는 소리를 들었다고 생각했습니다. 그녀는 발소리가 크게 나는 것을 듣고 겁이 나서 아저씨를 깨웠습니다. 그러나 도둑놈은 없어지고 아저씨께 들린 것은 겁먹은 운명론자의 심장의 고동소리뿐이었습니다. "푸티(아저씨의 애칭), 별일없이 무사할까요?" 하고 아주머니가 떨면서 말하자, 아저씨는 "아무려면 페터를 훔쳐 가겠어? 걱정하지 마. 나 좀 자게 해줘" 하며 침대로 기어들어가 버렸습니다. 결국 그날 저녁엔 아무일도 없었습니다만 아주머니는 뜬눈으로 날을 샜습니다. 그로부터 며칠 뒤 밤에 환 단씨 가족은 이상한 소리에 잠을 깼습니다. 페터는 램프를 들고 지붕밑 방으로 뛰어올라갔습니다. 당신은 무엇이 달아났다고 생각합니까? 큰 쥐들이었습니다. 도둑놈의 정체를 알고는 우리 못시를 거기다 재웠더니, 불청객들이 다시는 들어오지 않았습니다──적어도 그날 밤만은.

그런데 페터는 며칠 전의 밤, 묵은 신문을 가지러 다락방으로 올라갔다가 무심코 문에 손을 대는 순간 외마디소리를 지르면서 사닥다리에서 굴러 떨어졌습니다. 그는 한눈을 팔다가 큰 쥐에게 손가락을 물렸던 겁니다. 새파랗게 질려서 벌벌 떨며 우리들 있는 곳으로 왔을 때, 그의 파자마에는 피가 배어 있었습니다. 큰 쥐에 닿기만 해도 몸서리가 쳐지는데 거기다가 물리기까지 했다니, 생각만 해도 무서워집니다.

── 안네

1943년 3월 12일 금요일
키티님!
 당신에게 소개해야 할 사람이 있습니다. 젊은이들의 옹호자인 어머니입니다. 젊은이들에게 버터를 특배해 주었습니다. 어머니는 어떠한 일에 대해서도 젊은 우리들을 변호해 주시고, 토론 끝엔 언제나 이깁니다.
 큰 병 속에 넣어 말려 둔 혀가자미가 상해서 못시와 보쉬에게 잔치를 베풀어 주었습니다. 당신은 아직 보쉬를 만난 적이 없지요? 그녀는 우리들이 오기 전부터 이 집에 살고 있던 고양이입니다. 그녀는 창고와 사무실에서 쥐를 지킵니다. 보쉬(독일병)라는 괴상한 이름이 붙여진 데는 이유가 있습니다. 이 회사에는 원래 두 마리의 고양이가 있었습니다. 한 마리는 창고지기, 또 다른 한 마리는 다락방의 광지기였습니다. 그런데 두 마리의 고양이는 만나기만 하면 무섭게 싸웠습니다.
 싸움을 거는 쪽은 언제나 창고의 고양이였지만, 최후에 이기는 쪽은 다락방 고양이였습니다──마치 국가끼리의 전쟁과 같이 말입니다. 그래서 창고의 고양이는 독일병 '보쉬', 다락방의 고양이는 영국병 '토미'라고 이름이 지어졌습니다. 그 후 토미는 내쫓겼지만 보쉬는 남아 있는데, 우리들이 아래층에 내려가면 몹시 좋아하며 따릅니다.
 요즈음은 강낭콩만 먹었기 때문에 보는 것조차 싫어졌습니다. 생각만 해도 지긋지긋합니다. 이제는 저녁에도 빵이 나오지 않습니다. 아버지는 기분이 나쁘다고 하십니다. 눈이 슬퍼 보입니다. 가엾은 아버지.
 나는 요즈음 이나 부디어 바커의 《문 두드리는 소리》라는 책을 읽고 있습니다. 가정에 대한 얘기가 매우 잘 묘사되어 있습니다. 그 외에 전쟁, 작가, 여성 해방 등에 대해 쓰여 있습니다. 솔직히 말해서 그리 흥미롭지는 않지만, 어쩐지 끌려서 읽고 있습니다.
 독일에 무서운 폭격이 있었습니다. 환 단 아저씨는 기분이 나쁩니다. 원인은 담배 부족입니다. 야채 통조림을 먹을까, 남겨 둘까 하고 여러분이 토론했지만, 우리들이 이겨서 먹기로 결정했습니다.
 내 신은 스키화 이외에는 모두 못쓰게 되어 버렸습니다. 스키화는 집

안에서 신기에는 적당치 않습니다. 6플로린 반을 주고 산 샌들은 겨우 일주일밖에 신지 못했습니다. 미프가 암거래로 다시 사다 주겠지. 나는 아버지의 머리를 깎아 드려야 합니다. 내가 썩 잘해서 아버지는 전쟁이 끝나도 이발소에는 가지 않겠다고 하십니다.

—— 안네

1943년 3월 18일 목요일
키티님!
터키가 참전했습니다. 모두 흥분하고 있습니다. 조바심 속에 뉴스를 기다리고 있습니다.

—— 안네

1943년 3월 19일 금요일
키티님!
한 시간 후, 기쁨은 실망으로 변했습니다. 터키는 아직 참전하지 않았습니다. 어느 장관이 터키는 곧 중립을 포기할 것이라고 얘기했을 뿐입니다. 담 광장에서 신문팔이가 "터키는 영국측에 섰다!" 하고 외치자 사람들이 서로 덤벼들어 신문을 빼앗아 갔답니다. 그래서 이 기쁜 소식이 우리들 귀에 들어왔던 것입니다.

5백 플로린과 천 플로린짜리 지폐는 앞으로 통용되지 않는다고 발표했습니다. 이것은 암상인들을 잡기 위한 계략이기도 하지만, 우리들과 같은 은신자를 잡기 위한 덫입니다. 천 플로린짜리를 사용할 경우에는 어떻게 해서 입수하였는지 신고하고 증명되어야 합니다. 천 플로린의 지폐는 세금을 낼 경우에는 쓸 수 있는데, 그것도 다음주까지입니다.

두셀씨는 발로 밟는 구식 치료 기계를 구했습니다. 다음주에는 내 이를 전부 검사해 주실 겁니다.

'전(全)독일인의 지도자'가 부상병과 나누는 얘기를 라디오로 들었습니다. 듣고 있으려니 무척 가엾은 생각이 들었습니다. 일문 일답은 다음과 같습니다.
"제 이름은 하인리히 쉬펠입니다."
"어디서 부상당했지?"
"스탈린그라드 부근입니다."
"어딜 다쳤나?"
"양다리는 동상 때문에 절단되고 왼팔 관절이 으스러졌습니다."
　이것은 소름이 끼치는 꼭두각시극의 한 토막입니다. 부상병은 자신의 부상에 긍지를 갖고 있는 듯했습니다. 부상병 중 어떤 사람은 히틀러와 악수할 수 있는 영광에 감격한 나머지 거의 말도 제대로 잇지 못했습니다.
―― 안네

13. 도둑 소동

1943년 3월 25일 목요일
키티님!
　어제 아버지, 어머니, 언니와 나, 네 사람이 즐겁게 얘기하고 있을 때 갑자기 페터가 와서 뭐라고 아버지 귀에 속삭였습니다. "창고 속에 있는 술통이 넘어졌다"는 소리와 "누군가가 문에서 부스럭거리며 뒤지고 있다"는 소리를 나는 들었습니다. 언니도 역시 같은 말을 들었습니다.
　아버지와 페터가 곧 밖으로 나갔습니다. 내가 파랗게 질려서 부들부들 떨자 언니는 나를 진정시키려고 애썼습니다.
　우리들 셋이 불안한 마음으로 기다리고 있는데 2, 3분 후에 환 단 아주머니가 3층으로 올라왔습니다. 아주머니는 2층 전용 사무실에서 라디오를 듣고 있었는데 아버지께서 라디오를 끄고 조용히 3층으로 올라가라고 하셨답니다. 무척이나 조심해서 조용히 올라가려고 해도 낡은 계단이 한 발짝 디딜 때마다 삐걱삐걱 소리가 날 때 그 기분이 어떤지 당신도 짐작하시겠지요? 5분쯤 후에 아버지와 페터가 새파랗게 질린 얼굴로 돌아와서 우리들에게 자초지종을 얘기했습니다.

아버지와 페터는 계단 아래에 숨어서 잠자코 있었는데 처음에는 아무 일도 없었습니다. 그러더니 별안간 집 안의 두 개의 문이 연달아 탕탕 닫치는 것 같은 소리가 났습니다. 아버지는 단숨에 3층으로 뛰어올라갔습니다. 페터는 우선 두셀씨에게 알렸습니다. 우리는 신을 벗고 살금살금 4층 환 단씨네 방으로 갔습니다. 환 단 아저씨는 감기에 걸려 벌써 자리에 누워 있었기 때문에 우리들은 침대 옆에 앉아 자초지종을 낮은 소리로 얘기해 드렸습니다.

아저씨는 자꾸 기침을 하셔서 아주머니와 나는 겁이 나서 실신할 지경이었습니다. 아저씨에게 기침을 멈추는 약을 먹여 드렸더니 겨우 멎었습니다. 우리들은 얼마 동안 계속 숨을 죽이고 기다렸지만 더 이상 아무 소리도 나지 않아서, 도둑이 들었다가 집 안의 발소리를 듣고 달아난 것이라고 결론을 지었습니다.

그런데 난처한 것은 아래층의 라디오가 영국 방송으로 다이얼이 고정되어 있고 그 둘레에는 의자가 쭉 놓인 채라는 것입니다. 만약에 고리를 비틀고 경방(警防) 단원이 이것을 발견하여 경찰에 알리면 어떻게 될까요? 아저씨는 일어나서 겉옷을 입고, 모자를 쓰고, 아버지와 함께 조심조심 아래층으로 내려갔습니다. 페터는 만일을 위해 망치를 들고 꽁무니를 따라갔습니다. 여자들은 불안에 싸여 위층에서 기다리고 있었는데 5분쯤 지나자 남자들이 돌아와서 집 안은 잠잠하다고 말했습니다.

우리들은 수도나 화장실 물도 쓰지 않으려고 서로 조심했지만, 너무 긴장한 탓인지 잇달아 화장실을 드나들었습니다. 당신도 그 광경을 상상하실 수 있을 겁니다.

이런 일이 일어나면 여러 가지 일이 잇달아 일어날 것 같은 기분이 듭니다. 첫째 나에게 언제나 용기를 주는 베스텔토렌의 시계가 울리지 않는 것입니다. 둘째 포센씨가 어제 저녁때 평소보다 빨리 퇴근했기 때문에 엘리가 열쇠를 받아서 틀림없이 문을 잠갔을까 하는 것이었습니다. 도둑놈이 들어온 듯한 소리를 들은 여덟 시경부터 열 시 반까지 별다른 소리는 들리지 않았다는 사실에 다소 안심이 되기는 했지만 그래도 우리들은 불안했습니다. 그러나 잘 생각해 보니 거리에 사람이 왕래하는 초저녁에 도둑이 문을 따고 들어온다는 것은 불가능하다고 생각했습니다. 또 옆집의 창고에서 일하는 소리를 벽이 얇아서 또는 우리들이 흥분하고 있어서 도둑으로 착각한 것이 아닌가——어쨌든 이런 경우에는 공상에 큰 역할을 연출해 낸다는 것은 분명하니까요.

우리는 모두 잠자리에 들었습니다만, 아무도 잠들지 못했습니다. 아버지, 어머니, 두셀씨도 눈을 뜨고 있었습니다. 나도 솔직히 말해서 한숨도 자지 못했습니다. 오늘 아침 남자들은 바깥 문이 그대로 잠겨 있는지를 확인한 결과 아무 일 없다는 것을 알았습니다. 우리들은 모든 사람에게 이 가슴 죈 사건을 자세히 얘기했습니다. 모두들 웃었지만 지나간 얘기니까 그렇지, 그때는 정말 살아 있다는 생각이 들지 않았습니다. 엘리만은 열심히 들었습니다.

—— 안네

1943년 3월 27일 토요일

우리들은 속기 연습을 끝마치고, 스피드 연습으로 들어갔습니다. 우리들은 점점 똑똑해지나 보죠? 당신에게 나의 소일거리에 대해 더 얘기해야겠습니다. '소일거리'란 말을 쓰는 것은 은신처 생활의 끝이 빨리 오도록 시간이 빨리 지나게 하는 것 외에는 아무것도 할 일이 없기 때문입니다. 나는 신화, 그리스와 로마의 신화 읽기에 정신이 없습니다. 다른 사람들은 이것은 단지 일시적인 열중일 뿐 나 같은 아이들이 신화에 흥미를 가진다는 얘기는 들은 일이 없다고들 합니다. 그렇다면 내가 최초의 예외자가 된 셈입니다.

환 단 아저씨는 감기가 들어 목이 간지러워 자주 양치질을 하고 목에 빨간 약도 바르며 가슴, 코, 이, 혀 같은 곳에 유칼리를 문지르는 등 야단법석입니다. 게다가 까다로운 성격 때문에 옆사람들이 견딜 수가 없습니다.

독일의 거물급 인사인 라우터가 연설을 했습니다. "유태인은 7월 1일 안으로 독일의 점령 지역에서 나가야 한다. 4월 1일에서 5월 1일 사이에 우트레힛주(州)를 말끔히 청소해야 한다. (유태인을 꼭 벌레처럼 여기고 있습니다.) 그리고 5월 1일에서 7월 1일까지는 남북 네딜란드 주 차례다"라고 말했습니다. 불쌍한 유태인은 돌봐주는 사람 없이 병든 가축 떼처럼 더러운 도살장으로 끌려갑니다. 이런 이야기는 이제 그만두겠어요. 꿈자리만 사나울 뿐이니까요.

한 가지 조금 좋은 소식은 독일의 노동성 건물이 방화된 것입니다. 그로부터 며칠 뒤 이번에는 등기소가 또 방화되었습니다. 독일 경관 제복을 입은 사람들이 수비병의 눈을 속이고 건물 안에 들어가 주요 서류를 태워버렸습니다.

—— 안네

1943년 4월 1일 목요일
키티님!
나는 만우절 장난을 하고 있는 게 아닙니다. (날짜를 봐주세요.) 그 반대입니다. 나는 오늘 "불행은 혼자서 오지 않는다"는 속담을 실감하고 있습니다. 우선 언제나 우리들에게 용기를 주던 코프하이스씨가 위궤양으로 적어도 3주일 동안 누워 있어야 합니다. 다음으로 엘리가 감기에 걸렸습니다. 포센씨는 다음주 입원하지 않으면 안 되게 되었습니다. 십이지장궤양 같다고 합니다.

다음은 상업상의 타협에 대한 것인데 아버지는 중요한 일에 대해서는 코프하이스씨와 협의하였지만 크랄러씨와는 자세히 말할 시간이 없었습니다.

모이기로 했던 사람들은 시간에 맞춰 왔습니다. 아버지는 그 사람들이 오기 전부터 이야기가 어떻게 진척될지 몹시 걱정되신 것 같았습니다.

"내가 그곳에 있을 수만 있다면, 내가 아래층으로 갈 수만 있다면……" 하고 안절부절못하시기에 "마루에 귀를 대고 계시면 다 들리겠지요" 하고 내가 말했더니, 아버지의 얼굴이 금방 밝아지셨습니다. 그리고 어제 오전 열 시 반 아버지와 언니는(혼자보다는 둘이 듣는 것이 더 나으므로) 마루에 귀를 대고 아래층의 얘기를 엿들었습니다. 회의는 오전중에 끝나지 않았지만 아버지는 오후에는 듣고 싶지 않다고 하셨습니다. 오후 두 시 반 다시 복도에 사람 소리가 들리자 나는, 오랜 시간 몸을 쭈그리고 계셨기 때문에 몸 반쪽이 마비된 아버지 대신 언니와 둘이서 마루에 귀를 댔습니다. 나는 가끔 이야기가 까다롭고 지루한 바람에 그만 마룻바닥에서 잠들고 말았습니다. 언니는 아래층 분들에게 들리면 안 된다고 나를 그대로 자게 놔두었습니다. 나는 반 시간도 넘게 자고 일어났을 때 그 소중한 이야기를 모조리 잊어 버린 것을 깨닫고 깜짝 놀랐습니다. 그러나 다행히도 언니가 잘 듣고 있었습니다.

—— 안네

1943년 4월 2일 금요일
키티님!
  나는 또 커다란 실수를 했습니다. 어젯밤 아버지께서 함께 기도하고 밤 인사를 하러 오시기 기다리며 침대에 누워 있을 때 어머니가 들어오시더니 내 침대에 걸터앉으시며 "안네야, 아버지께선 오늘 못 오시니까 오늘 밤은 엄마가 너하고 기도할까?" 하고 퍽 다정스럽게 물으셨습니다. 그런데 나는 "싫어요" 하고 대답해 버렸습니다.
  어머니는 벌떡 일어서더니 잠시 내 침대 곁에 서 계셨습니다. 이윽고 조용히 문을 향해 걸어가시다가 갑자기 뒤돌아보며 찌푸린 얼굴로 "나는 화는 내고 싶지 않다. 애정을 강요할 수는 없으니까" 하고 말씀하셨습니다. 방에서 나가실 때 어머니의 눈에는 눈물이 반짝였습니다.
  나는 곧 어머니를 그렇게까지 모질게 쫓아낸 것을 후회하면서 침대에 그대로 누워 있었지만, 역시 달리 대답할 수는 없었다고 생각했습니다.

어쩔 수 없었던 것입니다. 그렇지만 어머니에겐 정말로 미안한 생각이 들었습니다. 어머니가 나의 냉담한 태도에 슬퍼하시는 것을 생전 처음 보았기 때문입니다. 나는 "애정을 강요할 수는 없으니까"라고 말했을 때의 어머니의 슬픈 표정을 보았습니다. 그렇지만 사실 나를 멀리한 것은 어머니 자신입니다. 어머니의 분별 없는 말씀이라든지, 나에게는 조금도 우습지 않은 거친 농담이 나를 어머니의 애정에 대해 무감각하게 만들었습니다. 내가 어머니의 딱딱한 말에 위축된 것처럼 어머니의 사랑도 사양하게 되었고, 어머니는 우리 둘 사이에는 이미 애정이 없다고 깨달은 것입니다. 어머니는 밤새도록 울며 거의 잠도 못 주무셨습니다. 아버지는 내 얼굴을 되도록 보지 않으려고 하지만, 가끔 눈이 마주치면 "너는 왜 그렇게도 불친절하지? 왜 어머니를 그렇게 슬프게 하니?" 하고 말하는 것 같습니다.

　어머니도, 아버지도 내가 사과할 것을 바라고 있습니다. 그러나 나는 진실을 말했으니 사과하지 않겠습니다. 어머니는 조만간 그것을 알아야 할 것입니다. 나는 어머니의 눈물에도, 아버지의 표정에도 무감각합니다. 다만 이제야 내가 뚜렷한 개성을 가진 애라는 것을 겨우 깨달으신 어머니를 가엾게 여길 따름입니다. 나는 말없이 초연한 태도를 지켜 가겠습니다. 나는 이젠 진실을 말하는 데 주저하지 않겠습니다. 끌면 끌수록 그것을 들을 때 아버지, 어머니의 놀라움도 크겠지요.

　　　　　　　　　　　　　　　　　　　　　── 안네

1943년 4월 27일 화요일
키티님!

　어머니와 나, 환 단씨 부부와 아버지, 어머니와 환 단 아주머니, 이렇게 상대가 되어 온 집안이 싸움을 하느라 시끄럽습니다. 모두가 상대방에 대해 화를 내고 있습니다. 멋진 환경이죠? 안네의 결점이 거론됩니다, 예외 없이.

　포센씨는 이미 비넨하스트하이스 병원에 입원했습니다. 코프하이스씨는 위출혈이 보통때보다 빨리 멈춰 사무실에 나오게 되었습니다. 그는 등기소에 불이 났을 때, "소방대는 불만 끄지 않고 서류도 전부 물에 적셔 버렸다"고 우리들에게 말했습니다. 나는 매우 기뻤습니다.

칼톤 호텔이 산산조각이 났습니다. 소이탄(燒夷彈)을 가득 실은 영국 비행기 두 대가 이 독일군 장교 클럽에 추락한 것입니다. 비츠엘트스트라트 거리와 진겔 거리를 잇는 모퉁이는 모조리 불타 버렸습니다. 독일에 대한 공습은 나날이 심해 가고 있습니다. 하룻밤이라도 조용한 날이 없습니다. 나는 수면 부족으로 눈 언저리에 검은 자국이 생겼습니다. 우리들이 먹는 음식은 형편없습니다. 아침 식사는 말라 비틀어진 빵과 커피뿐입니다. 저녁은 두 주일 동안이나 계속해서 시금치나 상치만을 먹었습니다. 감자는 썩은 맛이 납니다. 살을 빼고 싶은 사람은 부디 '은신처'로 오세요. 환 단씨 댁 사람들은 불평이 심하지만 우리들은 그렇게까지 슬프다고는 생각지 않습니다. 1940년 전선에 출동된 사람 또는 동원된 사람은 포로로서 일을 시키기 위해 소집되었습니다. 독일은 연합군의 상륙 작전에 대비하고 있다고 생각됩니다.

— 안네

1943년 5월 1일 토요일
키티님!
나는 이곳 생활을 생각할 때마다, 피신하지 못한 다른 유태인에 비교하면 낙원에 있다고 생각합니다. 그렇다고는 하지만 장래 모든 것이 평상 상태로 돌아갔을 때 지금의 생활을 돌이켜 본다면, 집에서는 이렇게도 단정하게 사는 우리가 어쩌면 그렇게도 험한 생활을 해냈을까 하고 놀랄 것입니다. '험한'이란 예의 범절이나 습관에 무관심해졌다는 뜻입니다. 예를 들어 이곳에 와서는 식탁보가 한 장밖에 없어서 오랫동안 썼더니 과히 깨끗하지 않습니다. 나는 가끔 그것을 구멍이 많이 난 걸레로 닦습니다. 식탁도 아무리 닦아도 깨끗하지 않습니다. 환 단씨 댁에서는 겨울 내내 한 장의 플란넬 홑이불로 지냈습니다. 배급 나오는 비누가 적고 거기에다 질도 나빠서 때가 지지 않기 때문입니다. 아버지는 낡아서 너덜너덜한 바지를 입으셨고 넥타이도 낡았습니다. 어머니의 코르셋은 찢어지고 낡아서 수리도 못 할 지경입니다. 언니는 두 치수나 작은 브래지어를 아직도 사용하고 있습니다. 어머니는 언니와 겨울 내내 세 벌의 내의를 둘이서 번갈아가며 입어 왔습니다. 내 내의도 이젠 너무 작아서 배까지밖에 내려오지 않습니다.

이런 정도는 참을 수 있지만 그래도 가끔, 팬티에서 아버지의 면도용 솔까지 벌써 이런 상태라면 전쟁 전의 생활로 돌아갈 수 있을까 하고 생각하다가 소름이 끼칩니다.

어젯밤 대포소리가 너무 심해서 나는 네 번씩이나 나의 소유물을 꾸렸습니다. 오늘 나는 피난 갈 상태로 가장 필요한 것들을 여행 가방에 챙겨 놓았습니다. 어머니께서는 그것을 보시고 "도대체 어디로 피난 갈 생각이니?" 하고 말했습니다. 정말 그렇습니다. 지금 네덜란드 전국에서 벌어지고 있는 파업 때문에 벌을 받고 있는 겁니다. 그로 인해 계엄령이 내려지고 버터 배급권이 한 장 줄어들었습니다. 정말 지긋지긋한 독일 사람들이여!

— 안네

1943년 5월 18일 화요일
키티님!

독일과 영국 비행기의 굉장한 공중전을 지켜보았습니다. 연합군의 비행사 두 사람은 불붙은 비행기에서 낙하산으로 뛰어내렸습니다. 할프베크에 사는 우리 우유 배달부가 네 명의 캐나다 병정이 길가에 앉아 있는 걸 보았답니다. 그 중 한 사람은 네덜란드 말이 능숙하더랍니다. 그는 우유 배달부에게 담뱃불을 청하고 나서, 탑승자는 여섯 명이었는데 조종사는 타 죽고 또 한 사람은 어딘가에 숨었다고 말했답니다. 그곳에 독일 경찰이 나와 네 사람을 데리고 갔답니다. 낙하산으로 뛰어내렸는데 어떻게 제정신이 있는지 나는 이상하다고 생각합니다.

아직은 날씨가 꽤 따뜻하지만 야채 껍질과 쓰레기를 태우기 위해 하루

건너 불을 때지 않으면 안 됩니다. 창고지기 소년 때문에 쓰레기를 쓰레기통에 버릴 수가 없습니다. 조그만 부주의로 꽁무니가 잡히니까요.

 올해 학위를 받으려는 사람과 공부를 계속하려는 사람은 독일에 공명(共鳴)하고 새로운 질서를 승인한다고 쓰인 서류에 서명하기를 강요당했습니다. 80퍼센트의 학생은 그들의 양심과 신념을 배반할 수 없다고 거부했지만 결과는 뻔했습니다. 서명하지 않은 학생은 모두 독일의 강제 노동에 끌려갔습니다. 그들이 모두 독일로 끌려가면 이 나라엔 젊은이가 몇이나 남을까요? 어젯밤 대포소리가 너무 심해서 어머니가 창문을 닫으셨습니다. 나는 아버지의 침대로 기어들어갔습니다. 환 단 아주머니가 보쉬에게 물리기라도 한 듯 별안간 침대에서 뛰어 일어나는 소리가 들렸습니다. 그리고 곧이어 탕하는 소리가 났습니다. 마치 소이탄이 내 침대 곁에 떨어진 듯한 소리였습니다. 나는 소스라치게 놀라 비명을 질렀습니다. "전등! 전등!" 하면서 아버지는 스위치를 재빨리 올렸습니다. 나는 순식간에 방이 타버리지나 않나 생각했습니다. 그러나 아무 일도 없었습니다. 우리들은 대체 무슨 일이 생겼나 하고 4층으로 뛰어올라갔습니다. 환 단 아저씨와 아주머니는 열려진 창문 너머로 붉게 타오르는 불덩이를 보았다고 말했습니다. 아저씨는 이 근방에 불이 났다고 생각했고, 아주머니는 틀림없이 이 집에 불이 났다고 생각했던 것입니다. 탕하는 소리가 났을 때에는 아주머니는 이미 일어나서 떨고 있었습니다. 그러나 결국 아무 일도 없어서 우리는 모두 다시 침대로 돌아갔습니다.

 그런 지 15분도 지나지 않아서 또 대포소리가 울리기 시작했습니다. 아주머니는 막대기처럼 벌떡 일어나, 자기 남편에게서는 얻어지지 않는 안식을 얻으려는 것처럼 3층의 두셀씨 방으로 내려갔습니다. 두셀씨는 아주머니를 맞이하며 "아가야, 자, 내 침대로 들어온" 하고 말하여 모두들 웃어 버렸습니다. 이젠 대포소리도 예사롭게 느껴집니다. 공포심이 웃음으로 날아가 버렸습니다!

—— 안네

1943년 6월 13일 일요일
키티님!

아버지가 내 생일 선물로 지어 주신 시가 퍽 훌륭해서 당신에게 소개합니다. 아버지는 언제나 독일어로 시를 짓기 때문에 언니가 번역해 줍니다. 언니의 번역 솜씨에 대한 평가는 당신의 판단에 맡기겠습니다. 시는 여느 때와 같이 과거 일 년 동안 일어난 일을 대강 회고해서 쓴 것인데 다음과 같습니다.

너는 여기서 제일 어리지만 이미 어린애는 아니다. 인생은 아주 어려운 거란다. 그래 우리들은 모두 네 선생이 되려고 한다. 우리들이 한 말을 잘 들어라.
"우리들은 경험을 쌓았으니 우리들에게 배워라."
"우리들은 옛날부터 경험해 왔기에 잘 알고 있다."
"연장자는 항상 올바르다는 것을 너는 알고 있어야 한다."
이것은 적어도 생명이 시작된 때부터의 법칙이란다.
자기 허물은 작게 보이는 법, 그리고 남의 허물은 비판하기 쉽단다.
남의 결점은 두 배로 보이는 것이다.
너의 부모가 말하는 것을 잘 참아라.
우리들은 공평하게 동정심을 가지고 너를 판단하려고 한다.
자신의 결점을 고치는 건 쓴약먹기니, 자신의 감정을 억누르고 실천하여라.
가정의 평화를 지키려면 그렇게 해야 한다.
그러는 동안에 이 괴로움은 끝날 것이다.
너는 거의 하루 종일 책을 읽거나 공부를 한다.
누가 이런 생활을 한 적이 있었을까?
너는 결코 지치지 않고 우리들에게 신선한 공기를 가져다 준다.
너의 단 하나의 넋두리는 이러하다.
"나는 입을 게 없다. 내 옷은 모두 작아졌다. 나의 내의는 모두 짧다. 구두를 신으려면 발가락을 잘라야 한다. 아아, 나에게선 괴로움이 떠나지 않는구나!"

식량난에 대한 것도 쓰여 있었지만 언니가 번역하지 못했기 때문에 생략합니다. 근사한 시라고 생각지 않습니까? 나는 많은 선물을 받았습니다. 그 중에는 내가 제일 좋아하는 그리스와 로마의 두꺼운 신화 책도 있었습니다. 과자에 대해서도 부족하다고 말할 수 없습니다——모두들 아껴 둔 것을 내게 준 것입니다. 나는 은신처의 막내로서 분에 넘치는 축복을 받은 것입니다.

—— 안네

1943년 6월 15일 화요일
키티님!
여러 가지 사건이 있었지만, 나는 당신이 나의 재미도 없는 넋두리에 진저리가 날 것 같아 너무 자주 편지를 쓰지 않는 게 좋을 것 같아 간단히 뉴스만 전하겠습니다.

포센씨는 십이지장궤양 수술을 받지 않았습니다. 의사가 그를 수술대에 뉘고 개복하여 보니 궤양이 아니라 암이었고 더욱이 병은 무척 악화되어 수술해도 소용 없다는 것을 알았기 때문입니다. 그래서 의사는 개복한 곳을 다시 꿰매고 3주 동안 침대에서 쉬면서 맛있는 음식을 먹게 하고 집으로 돌려 보냈습니다. 나는 포센씨가 불쌍해서 가슴이 아픕니다. 매일 문병이라도 가서 힘을 내시게 했으면 좋겠는데, 여기서 나가지도 못하니 답답하기만 합니다. 선량한 포센씨가 밖의 소식이나 창고에서 들은 사건 등을 우리에게 들려주지 못하게 된 것은, 우리들에게는 큰 타격입니다. 그는 우리들에게는 최량의 조력자이며 우리 안전을 지키는 데 조언자였습니다. 우리들은 그를 만날 수 없는 것을 더없이 슬프게 생각합니다.

코프하이스씨는 몰래 작은 라디오를 하나 갖고 있는데, 우리들의 대형 라디오와 교환해 주기로 했습니다. 좋은 라디오를 놓치는 것은 섭섭하지만 은신처에서는 당국의 주의를 끄는 짓은 절대로 경계해야 합니다. 우리들은 숨어 있는 유태인으로서 비밀의 돈, 암거래로 산 물건 외에 비밀의 라디오를 갖게 된 셈입니다. 외부의 사정이 악화됨에 따라 라디오는 그 이상한 소리로 우리들의 사기를 북돋워 주며 "기운을 내라. 견디어라. 좋은 때가 곧 올 것이다!" 하고 말해 줍니다.

—— 안네

1943년 7월 11일 일요일
키티님!
　또 '예의 범절'의 문제로 돌아갑니다만, 나는 나에 대한 비난이 적어지도록 남을 돕고, 친절하고, 선량하고, 내가 할 수 있는 일은 무엇이든지 하려고 진지하게 노력하고 있습니다. 솔직히 말해서 내가 좋아할 수 없는 사람들에 대해 이렇듯 모범적인 행동을 한다는 것은 매우 어려운 일이지만 지금까지의 함부로 대들었던 버릇을 고치고 시치미를 떼서라도 남과 사이좋게 지내 보려고 합니다. (하긴 내 의견을 들은 사람은 아무도 없고 내 의견 따위는 문제삼지도 않습니다.)
　속기 연습은 당분간 중단하기로 했습니다. 첫째 다른 학과에 좀더 시간을 배당하기 위해서이고, 둘째 눈에 좋지 않기 때문입니다. 나는 심한 근시안이 되어 오래 전부터 안경을 써야 했는데, 이곳에서는 물론 안경을 살 수 없습니다. 그래서 나는 슬픕니다. 어머니께서 코프하이스씨의 부인에게 나를 안경점에 데려가 달라고 하면 어떨까 해서 어제는 모두 내 눈 얘기만을 화제로 삼았습니다.
　나는 어머니의 말을 듣고는 다리가 덜덜 떨렸습니다. 왜냐고요? 아주 큰일이지요. 생각해 보세요──외출해서 거리로 나간다? 아, 생각만 해도 머리가 멍해집니다. 처음 나는 깜짝 놀라 몸이 굳어져 버렸지만 곧 즐거워졌습니다. 그러나 결정을 내려야 할 사람들의 의견이 좀처럼 일치되지 않아 일은 그렇게 쉽게 처리되지 않았습니다. 미프는 언제든지 나와 함께 나가 주기로 했지만, 먼저 모든 곤란과 위험을 신중히 저울질해 봐야 합니다.
　나는 모두가 의논하고 있는 사이에 슬그머니 벽장에서 잿빛 코트를 꺼내 입어 보았더니 너무 작아서 동생 것을 빌려 입은 것 같았습니다.
　나의 외출 문제가 어떻게 결정날지 궁금하지만, 영국군은 시실리섬에 상륙했다고 하고 아버지는 또 조기 종전(早期終戰)의 희망을 품게 되었으므로 나의 외출은 결국 실현되지 않을 것 같습니다.
　엘리가 언니와 나에게 사무실 일을 많이 하게 해주어 우리들은 어쩐지 훌륭해진 것 같습니다. 엘리에겐 크게 도움이 된 것 같습니다. 상업상의 서신을 정리한다든지 판매 장부에 써넣는 일은 누구든지 할 수 있지만, 우리들은 각별히 신경을 써서 합니다.

미프는 마치 운반용 당나귀처럼 여러 가지를 가져다 줍니다. 거의 매일 야채나 손에 넣을 수 있는 것들을 시장 바구니에 담아 자전거로 운반해 줍니다. 우리들은 선물을 받는 어린아이들처럼 미프가 책을 가져다 주는 토요일을 언제나 애타게 기다립니다.

보통 사람들은 이곳에 갇혀 있는 우리들에게 책이 얼마나 즐거운 것인지 상상도 못 할 것입니다. 독서와 공부와 라디오가 우리들의 오락 전부입니다.

—— 안네

14. 치과 의사 두셀 선생님

1943년 7월 13일 화요일
키티님!

어제 아버지의 허락을 받은 다음 두셀 아저씨께 우리 방에 있는 작은 테이블을 써도 좋으냐고 정중하게 청을 드려 보았습니다. 그것도 일 주일에 두 번, 오후 네 시부터 다섯 시 반까지 말입니다. 오후 두 시부터 네 시까지 두셀씨가 낮잠을 자는 동안만 그 테이블을 쓸 뿐이고, 그 외의 시간에는 테이블도, 방도 쓸 수 없습니다. 우리들의 작은 공동의 방은 잔뜩 널려 있어서 공부를 할 수가 없기 때문입니다. 아버지도 가끔 이 테이블에서 일하고 싶어하십니다.

그러니 이 청은 일리가 있는 청이었고, 더욱이 나는 대단히 정중하게 부탁했던 것입니다. 그런데 학식 높은 두셀 선생은 "안 돼!"하고 대답했습니다. "안 돼" 하고 단 한마디 한 것입니다. 당신은 이를 어떻게 생각하십니까? 나는 벌컥 화를 내며, 이렇게 일축해서야 어디 가만 있을 수 있겠느냐는 듯 "왜 안 돼요? 그 이유를 말씀해 주세요"하고 대들었습니다. 그러자 두셀씨는 싫은 소리를 하여 나를 내쫓으려고 큰 소리로 이렇게 말했습니다.

"나도 여기서 일을 해야 돼. 오후 일을 못 하면 나는 일할 시간이 없다. 나는 벌여 놓은 일을 완성해야 한다. 그렇지 않으면 시작한 보람이 없어져. 어쨌든 넌 진지하게 해야 할 일 따위는 없지 않니? 신화 공부라고? 그것도 일이라고 할 수 있니? 뜨개질이나 책을 읽는 것은 일이라 할 수 없다. 나는 지금 테이블을 쓰고 있고, 앞으로도 쓸 것이다." 이에 대해 나는 "두셀씨, 저는 진지하게 공부하고 있습니다. 더욱이 저는 오후에 공부할 장소가 없습니다. 부탁이니 다시 한 번 생각을 해보세요" 하고 점잖게 대답했습니다.

이렇게 말하고는 나는 휙 돌아 두셀씨에게 등을 보이며 그를 완전히 무시하는 태도를 취했습니다. 나의 가슴은 노여움으로 불탔습니다. 나는 정말 공손하게 부탁했는데 두셀씨가 너무 지나쳤다고 생각되었습니다. 저녁에 아버지를 만났을 때 이 얘기를 하고 앞으로 어떻게 하면 좋을지 의논을 드렸습니다. 나는 이대로 그만두기가 싫었고 스스로 문제를 해결하고 싶었던 것입니다. 아버지는 이 문제를 어떻게 처리했으면 좋겠는가를 가르쳐 주시며, 내가 흥분하고 있으니 내일로 미루는 것이 좋을 거라고 충고해 주셨습니다. 나는 이 충고를 무시하고 저녁 설거지를 끝내고서 두셀씨가 나타나기를 기다렸습니다. 아버지가 옆방에 계신 것이 내 마음을 진정시켜 주었습니다. 이윽고 두셀씨가 방에 들어오기에, "두셀 아저씨는 그 문제를 저하고 다시 의논해도 소용 없다고 생각하시겠지만 부탁이에요, 한 번만 더 생각해 주세요" 하고 말을 꺼냈습니다. 그러자 두셀씨는 싱글벙글 웃으면서, "나는 언제든지 의논해도 좋다. 그러나 그 문제는 이미 해결되지 않았니?" 했습니다.

나는 중간에 몇 번이고 아저씨가 말을 막으려고 했음에도 불구하고 계속해서 이렇게 말했습니다.

"아저씨가 처음에 여기 오셨을 때, 우리 둘이 이 방을 쓰기로 결정했어요. 그러니 공평하게 쓰기로 한다면 아저씨가 오전중에 쓰고 제가 오후에 쓰면 되겠지요. 그렇지만 저는 그렇게는 요구하지 않습니다. 일 주일에 이틀만, 그것도 오후에만 쓰게 해주셨으면 하는 것은 결코 무리한 부탁이 아니라고 봅니다." 내가 여기까지 말하자, 그는 갑자기 바늘에라도 찔린 듯 의자에서 벌떡 일어나 "너는 여기서 너의 권리를 주장할 수 없다. 그렇다면 나는 어디로 가야 하니? 환 단씨에게 지붕 밑에 작은 칸을 하나 막아 줄 수 있는지 물어 봐야지. 만일 만들어 주면 나는 그곳으로 가겠다. 너는 누구하고든 문제를 일으키는구나. 너의 언니 마고트가 그런 요구를 했다면 이유가 서지만. 또 마고트가 그런 청을 했다면 나도 거절은 안 하겠다. 그러나 너는……" 하고 또 신화가 어떻다느니 뜨개질이 어떻다느니 하며 마구 나를 모욕했습니다. 그리고 이렇게 말했습니다. "너는…… 너하고는 누구도 말하려 하지 않는다. 너는 철두철미한 이기주의자다. 자기만 좋으면 남을 어떻게 몰아넣어도 상관않는 애다. 나는 너 같은 애를 본 적이 없다. 그러나 나는 결국 네가 말한 대로 해야겠지. 그렇지 않으면 나중에 내가 테이블을 빌려 주지 않아서 안네가 시험에 낙제했다는 말을 듣게 될 테니까. 응?"

그의 독설은 쉴 새 없이 계속되었고, 나중에는 개울물처럼 빨라졌기 때문에 나는 그가 말한 것을 일일이 기억해 낼 수가 없습니다. 나는 도중에 그만 따귀라도 한 대 힘껏 후려갈길까 했습니다만, 마음을 고쳐 먹고 "진정해라. 이런 남자에겐 화낼 가치조차도 없으니" 하고 자신을 타일렀습니다.

두셀 선생은 마구 욕을 퍼붓고는 화가 난 듯, 싸움에 승리한 듯 복잡한 표정으로 방을 나갔습니다. 나는 아버지가 계신 곳으로 뛰어가 아버지가 듣지 못한 부분을 전부 보고했습니다. 아버지는 그날 밤 두셀씨와 얘기를 했습니다. 두 사람의 얘기는 30분 이상이나 계속되었는데 줄거리는 대강 이렇습니다. 먼저 나에게 테이블을 쓰게 할 것인가 아닌가였습니다. 아버지는 두셀씨와 이 문제를 전에도 서로 의논한 적이 있는데 그때는 애 때문에 그를 모욕한다는 건 좋지 않다고 생각해서 그가 말한 것에 동의했었다고 말했습니다. 그러나 아버지는 그 당시 그 방법이 공평하다고는 생각지 않았습니다. 두셀씨는 내가 그를 무엇이든 독점하려는 침입자라고 말한 것은 잘못한 거라고 말했지만, 아버지는 내가 그런 말은 한마디도 안 했다는 것을 이미 들어 알고 계셨기 때문에 이 점에서는 나를 강력히 변호했습니다.

아버지가 내가 이기적이 아니라는 것, 나의 공부가 형편없지 않다는 것을 설명하면, 두셀씨는 끊임없이 중얼중얼 불평을 해서 두 사람의 이야기는 진전이 없었다고 했습니다.

그러나 결국 두셀씨가 양보하여 나는 매주 이틀만 오후 다섯 시까지 자유로이 테이블을 사용할 수 있게 되었습니다. 두셀씨는 매우 기분이 상한 듯 이틀 정도 나에게 말도 걸지 않았습니다. 꼭 어린애 같은 사람이야!

쉰넷이나 되었어도 아직 저렇게 잘난 척하고 소견이 좁은 사람은 타고난 천성이라 결코 고쳐지지 않겠지요?

―― 안네

1943년 7월 16일 금요일
키티님!

또 도둑 소동이 벌어졌습니다. 이번에는 진짜 도둑입니다. 오늘 아침 일곱 시, 페터가 여느 때처럼 창고에 갔다가 창고 문과 거리에 면한 바깥문이 모두 다 열려 있는 것을 보았습니다. 그는 바로 우리 아버지께 알렸습니다. 아버지는 전용 사무실의 라디오를 독일 방송으로 고정시켜 놓고 문을 잠그고 페터와 함께 3층으로 올라왔습니다.

이런 경우 우리들이 지켜야 할 기본 규칙은, 수도꼭지를 틀지 말 것, 따라서 손을 씻는 것도 엄금입니다. 그리고 말을 하지 말 것, 오후 여덟 시까지 모든 일을 마칠 것, 화장실을 쓰지 말 것 등입니다. 우리들은 어젯밤 아무 소리도 듣지 못한 채 잘 잔 것이 기뻤습니다. 도둑이 지렛대로 밖의 자물쇠를 부수고 창고 문을 통해 들어왔다는 것을 코프하이스씨로부터 들은 것은 열한 시 반이 되어서였습니다. 그러나 도둑은 창고 속에 훔칠 것이 별로 없자 계단을 올라와 40플로린의 돈과 우편환, 수표책 그리고 제일 중요한 150킬로그램의 설탕 배급 카드가 든 금고를 훔쳐 갔습니다.

코프하이스씨는 6주 전에 들어왔던 도둑과 같은 패거리일 것이라고 말했습니다. 그때는 아무것도 도둑 맞지 않았습니다.

이 도둑 사건으로 집 안은 잠시 술렁거렸지만, 때로 이런 소동이 없으면 은신처 생활은 지루해서 못 견딜지도 몰라요. 우리들은 매일 저녁 우리들 옷장에 넣어 둔 타자기와 돈이 무사한 것을 보고 안심합니다.

― 안네

1943년 7월 19일 월요일
키티님!
일요일, 북암스테르담이 굉장한 폭격을 받았습니다. 피해가 막심한 것 같습니다. 거리는 온통 폐허가 되고, 죽은 사람과 매몰된 사람을 파내려면 상당한 시일이 걸린다는 이야기입니다. 이제까지 판명된 것에 의하면 죽은 자가 2백여 명이고 부상자는 헤아릴 수 없이 많아 병원들은 부상자로 초만원이랍니다. 아직 타고 있는 빈터에서 부모를 찾다가 행방불명된 아이도 있다고 들었습니다. 나는 지금도 그날 멀리서 들려오던 비행기의 날카로운 폭음을 생각하면 소름이 끼칩니다.

― 안네

1943년 7월 23일 금요일
키티님!
우리들이 다시 바깥 세상으로 나가게 된다면 제일 먼저 무엇을 할까요? 각자의 희망이 재미있어서 당신께 소개하겠습니다. 언니와 환 단 아저씨는 무엇보다도 먼저 더운물을 철철 넘치도록 욕조에 담고 반 시간 동안 들어가 있고 싶답니다. 환 단 아주머니는 크림 케이크를 먹고 싶답니다.

두셀씨는 부인 로체를 만날 궁리만 합니다. 어머니는 뜨거운 커피, 아버지는 포센씨를 만나고 싶어하십니다. 페터는 거리에 나가 영화를 보고 싶답니다. 나는 너무 좋아서 무엇부터 시작해야 좋을지 모르겠지만 제일 먼저 자유로이 지낼 수 있는 내 집이 필요하고 다음은 공부할 수 있는 학교로 가는 것입니다.

엘리가 과일을 조금 사오겠다고 했습니다. 그냥 준 것처럼 쌉니다. 포도가 1킬로그램에 5플로린, 구즈베리가 파운드당 0.7플로린, 복숭아가 한 개에 0.5플로린, 멜론이 1킬로그램에 1.5플로린입니다. 그런데도 신문에는 매일 대문자로 "물가를 내려라"고 쓰여 있습니다.

— 안네

1943년 7월 26일 월요일
키티님!
어제는 매우 소란했습니다. 우리들은 아직도 흥분에서 깨어나지 못하고 있습니다. 당신은 조용한 날이 하루도 없지 않느냐고 하시겠죠? 정말 그런가 봅니다.
어제 아침 밥을 먹고 있을 때 최초의 공습 경보가 울렸는데 그것은 비행기가 해안을 통과했다는 것뿐이어서 우리들은 아무렇지도 않았습니다. 나는 몹시 두통이 나서 아침 식사 후 한 시간쯤 누워 있다가 아래층으로 내려갔습니다. 시각은 두 시경이었습니다. 언니는 두 시 반에 사무실 일을 끝마쳤는데 아직 자기 것을 가방 속에 미처 넣기도 전에 두번째 공습경보가 울렸습니다. 우리들은 급히 3층으로 올라갔습니다. 그러자 5분도 채 못 되어 고사포가 요란하게 터지기 시작했습니다. 너무 무서워서 둘은 복도에 나와 서 있었는데 건물은 덜컹덜컹 우루루하고 흔들렸습니다. 그리고 곧이어 폭탄이 떨어지기 시작했습니다.
나는 '피난용 가방'을 꼭 부둥켜안았습니다. 그것은 달아나려는 생각보다도 무엇을 꽉 붙들고 싶은 심정에서였습니다. 달아나고 싶어도 갈 곳이 없으니, 만일 이곳에서 달아나야 할 최악의 사태가 일어나도 거리는 위험한 점에서는 공습과 마찬가지입니다. 공습이 30분쯤 지나 약해지자 페터는 다락방의 망 보는 데서 내려왔습니다. 역시 다락방에서 보고 있던 환 단 아저씨가 항구 쪽에서 불길이 오른다고 해서 나도 보려고 다락방으로 올라갔습니다. 이윽고 무엇인가 타는 냄새가 나고, 밖은 짙은 안개가 피어 오르는 것같이 보였습니다. 큰 화재를 구경한다는 건 유쾌한 일이 아니지만, 다행히 우리들에 관한 한 모든 것은 끝났기 때문에 각자 자기 일을 시작했습니다. 저녁 식사때 또 공습 경보가 울렸습니다. 맛있는 음식이 많이 나왔지만, 경보를 듣기만 하면 식욕이 없어집니다. 그러나 별일 없이 45분 뒤에 경보가 해제되었습니다. 하루 종일 설거지를 미루어 두었기 때문에 지저분한 접시들이 산더미같이 쌓였습니다. 공습 경보, 고사포 소리, 비행기 떼의 내습──"아아, 하루에 두 번은 너무 많다"하고 모두 중얼거렸지만 어쩔 수 없는 일입니다.

또 공습이 있었습니다. 영국측 발표에 의하면, 이번에는 반대쪽에 있는 쉬폴 비행장입니다. 비행기는 연달아 급강하했다가는 올라갔습니다. 엔진 소리가 아주 기분 나쁘게 들렸습니다.

아홉 시에 침대에 들어갔지만, 여전히 다리는 후들후들 떨렸습니다. 나는 열두 시에 비행기소리에 눈을 떴습니다. 두셀 씨가 옷을 벗고 있는 중이었는데 그런 일에 신경 쓸 여유가 없었습니다. 최초의 고사포소리에 나는 침대에서 벌떡 일어났습니다. 아버지의 침대에 기어들어가 두 시간 가량 있었지만, 비행기는 잇달아 날아왔습니다. 마침내 고사포소리가 멎자 나는 내 침대로 돌아와 두 시 반쯤 잠들었습니다.

오전 일곱 시에 나는 깜짝 놀라 침대에서 일어났습니다. 환 단 아저씨와 아버지가 함께 들어오셨는데 나는 도둑이 들어온 줄로 알았습니다. 아저씨가 "모조리……"라고 하셔서 "모조리 도둑을 맞았다"로 생각했던 것입니다. 그러나 그렇지는 않았습니다. 이번에는 몇 달 만에, 아니 전쟁이 시작된 이래 듣지 못했던 멋진 뉴스였습니다. "무솔리니가 사직하고 이탈리아 국왕이 정부를 인계받았다"는 것입니다. 나는 펄쩍 뛰며 기뻐했습니다. 어제는 그렇게도 무서운 변을 당했는데 이런 좋은 일이 찾아왔으니 말입니다.

 크랄러씨가 와서 독일 비행기들이 마구 격추당했다고 말했습니다. 오늘도 공습 경보가 울리고 나서 비행기가 머리 위를 날고 경계 경보도 한 번 울렸습니다. 나는 경보에 완전히 지쳐서 조금도 공부하고 싶은 생각이 들지 않습니다. 그러나 이탈리아의 정변으로 전쟁이 금년 내로 끝날지도 모른다는 생각에 희망이 샘솟았습니다.

—— 안네

1943년 7월 29일 목요일
키티님!

 환 단 아주머니와 두셀 아저씨와 내가 설거지를 하고 있었습니다. 내가 유난히 얌전을 피우고 있어서 두 분 다 눈치챘을 것입니다.

 나는 "오늘은 왜 그렇게 얌전하니?" 하고 놀림받기 싫어서 대수롭지 않은 화제를 머리 속으로 찾다가 《다른 편에서 온 헨리》라는 책 얘기가 좋을 것 같았습니다. 그러나 그것은 잘못이었습니다. 두셀씨는 전에 이것은 아주 좋은 책이라고 우리들에게 권한 일이 있지만, 언니와 나는 '썩 좋은 책'이라고는 생각지 않았습니다. 소년의 성격은 잘 묘사되었지만 그 외는 그다지 대수롭지 않게 여겨졌습니다. 그가 접시를 닦고 있을 때, 내가 그런 뜻을 좀 말했더니, 큰일났어요. "너 같은 아이가 인간의 심리를 알아? 그 책은 네겐 어려운 책이야. 스무 살 난 애라도 거기 써 있는 걸 이해하긴 어려울 거야" 하고 그는 말했습니다. (그렇다면 왜 우리들에게 권했을까?) 그리고 이번에는 아주머니까지 덩달아 "너는 애답지 않게 너무 많이 알고 있다. 부모의 교육이 잘못된 거야. 이제 더 나이를 먹게 되면 너는 아무것도 즐길 수 없게 될 거야. '그것은 20년 전에 책에서 읽었다.' 이런 소리나 하게 될 테니까. 결혼하고 싶다든지 연애하고 싶다고 생각하면 빨리하는 게 좋다. 그렇지 않으면 너는 무슨 일이든지 반드시 실망할 거야. 너는 이론에 있어서 벌써 어른이야. 모자라는 것은 경험뿐이지."

 이 사람들은 언제나 나와 부모 사이를 이간하는 말을 하는데 그것이 이

분들이 생각하는 좋은 교육일까요? 그리고 나 같은 아이에게 어른들간의 화제만 이야기하는 것이 좋은 교육법일까요? 이런 교육법이 어떠한 결과를 가져오는지 나도 잘 압니다.

나는 화가 나서 두 사람의 뺨을 후려치고 싶었습니다. 아아, 나는 이런 사람들과 하루라도 빨리 헤어지고 싶다!

아주머니는 좋은 분입니다. 모범이 되어 줍니다. 그녀는 아주 참견을 잘하고 이기적이며, 교활하고 타산적이며, 결코 만족하지 않는 걸로 유명합니다. 게다가 허영심이 강하고 바람둥이라는 걸 덧붙이고 싶습니다. 어쨌든 말할 수 없이 싫은 인간이라는 것은 틀림없습니다. 나는 아주머니에 대해서 한 권의 책을 쓸 수 있습니다. 언젠가 쓸 때가 오겠지요. 누구나 겉치레는 할 수 있습니다. 아주머니는 모르는 사람, 특히 남자에게는 친절하니까 잠깐의 교제로는 좋은 사람으로 인정받을지도 모릅니다. 어머니는 아주머니를 이야기할 가치도 없는 사람이라고 생각하고 언니는 하찮은 인간이라 치며, 아버지는 문자 그대로 불쾌하기 짝없는 여자라고 말하고 있습니다.

나는 오랫동안 스스로를 관찰한 결과, 나는 누구에 대해서도 결코 처음부터 편견을 갖지 않는다는 것을 압니다. 나는 그녀는 이 세 가지를 합한 것, 아니 그 이상이라는 결론에 이르렀습니다. 그녀는 결점투성이입니다. 그 결점 중 하나만으로도 구제불능이지요.

―― 안네

추신 : 이 글을 쓰고 있을 땐 아직 아주머니에 대한 화가 풀리지 않았다는 걸 알아주십시오.

1943년 8월 3일 화요일
키티님!

굉장한 정치 뉴스가 있습니다. 이탈리아에서는 파시스트당이 해체당하고 국민들은 각지에서 파시스트와 싸우고 있습니다. 육군도 이 싸움에 참가하고 있습니다. 이런 나라가 어떻게 영국과 싸울 수 있었을까요?
 세번째 공습이 막 끝났습니다. 나는 이를 악물고 용기를 내려 했습니다. 환 단 아주머니는 우리들 가운데서 제일가는 겁쟁이여서 언제나 "아무리 무서운 종말이라도 끝이 없는 것보다는 낫지" 합니다. 아주머니는 오늘 아침 벌벌 떨다가 나중엔 울기까지 했습니다. 일 주일 동안 아주머니와 싸우다가 간신히 화해한 환 단씨는 아주머니를 위로해 주었습니다. 아주머니의 얼굴은 보기만 해도 우울해집니다.
 고양이를 기르면 좋은 일도 있지만 좋지 못한 일도 있습니다. 못시 때문에 벼룩이 집 안에 점점 많아져 이젠 심해졌습니다. 코프하이스씨가 구석구석에 노란 가루를 뿌려 주었지만 도무지 효과가 없는 것 같습니다. 모두들 신경이 날카로워져 온몸이 근질근질한 것만 같습니다. 그래서 우리들은 설 때마다 어깨와 팔다리를 움직여 보지만, 얼마 동안 체조 한 번 한 적이 없어서 몸이 굳어져 목도 제대로 돌아가지 않습니다.

— 안네

15. 은신처의 일상 생활

1943년 8월 4일 수요일
키티님!
 은신처 생활을 시작한 지 벌써 일 년이 넘어 당신도 우리들의 생활을 대강은 알겠지만, 때로는 설명하기 거북스러운 것도 있습니다. 이야기할 것은 너무 많고 게다가 모든 것이 보통때나 보통 사람들하고는 너무 거리가 먼 것들입니다. 그러나 당신에게 우리들의 생활을 모두 알리기 위해서는 이따금 평범한 일상 생활이라도 얘기할 작정입니다.
 오늘 저녁과 밤부터 시작하겠습니다.

오후 아홉 시면 은신처의 취침 준비가 시작되는데 이것이 바로 큰일입니다. 의자를 치우고, 침대를 끌어내리고, 모포를 펴고, 그러면 낮 그대로 남아 있는 것은 하나도 없습니다. 나는 긴 의자에서 자는데, 그것은 1미터 반도 되지 않아 의자들을 더 놓아 길이를 늘여야 합니다. 나의 얇은 오리털 이불과 담요, 침대보, 베개들은 낮에는 전부 두셀씨의 침대 위에 쌓아 놓기 때문에 그것을 가져와야 합니다. 옆방에서 삐걱거리는 소리가 들립니다. 그것은 언니가 접는 식 침대를 끌어내는 소리입니다. 이것이 끝나면 모포와 베개를 끌어내는 소리가 들립니다. 우리들 머리 위에서는 천둥소리가 들려옵니다. 환 단 아주머니의 침대를 창가로 옮기는 소리입니다. 분홍색 잠옷을 입은 그 여왕님의 콧구멍을 신선한 공기로 간지럽히기 위해서입니다.

페터가 끝나면 우리들은 욕실에 가서 몸을 깨끗이 씻고 몸치장을 대강 합니다. (더울 때에는 자주 벼룩들이 물에 떠 있을 때가 있습니다.) 그리고 이를 닦고 머리를 말고 손톱을 손질하고 얼굴의 잔털이 눈에 띄지 않게 옥시풀을 바릅니다. 이걸 30분 이내에 해치웁니다.

아홉 시 반, 급히 옷을 입고 비누, 더운물을 담은 그릇, 머리핀, 크림 등을 들고 욕실을 나오지만 대개 다시 욕실로 불려 가게 마련입니다. 다음 사람이 세면기에 내 머리카락이 붙어 있는 것을 보고 더럽다고 깨끗이 청소하라고 합니다.

열 시, 전등을 끕니다. 전기를 끄면 적어도 15분은 침대의 삐걱거리는 소리가 들리거나 끊어진 용수철의 '한숨소리'가 들려오기도 하지만, 얼마 후면 조용해집니다. 위층 사람들도 잠들어서 싸우지 않는 모양입니다.

열한 시 반, 욕실 문이 삐걱하고 열리며 가느다란 불빛이 방으로 새어 듭니다. 구둣소리, 약간 큰 윗도리를 입은 사람의 그림자, 크랄러씨 사무실에서 일하던 두셀씨가 돌아온 것입니다. 10분 동안 방안을 오락가락하면서 침대를 꾸밉니다. 이윽고 사람 그림자가 없어집니다. 그 뒤로는 가끔 화장실에서 이상한 소리가 들려올 뿐입니다.

세 시, 나는 일어나서 침대 밑에 놓아 둔 요강을 꺼내서 소변을 봅니다. 소변이 새지 않도록 요강 밑에 고무 깔개를 깔아 놓았습니다. 소변이 함석 요강에 떨어질 때에는 흡사 산골짜기의 시냇물소리 같아서 나는 언제나 숨을 죽입니다. 소변이 끝나면 요강을 제자리에 밀어 넣고 하얀 잠옷을 입은 나는 다시 침대 속으로 기어들어갑니다. 언니는 나의 잠옷을 아주 싫어하여 매일 저녁 이것을 볼 때마다 "아이, 촌스러운 잠옷이야" 하고 짜증을 냅니다.

그리고 나는 15분 가량 눈을 뜬 채 가만히 귀를 기울이고 있습니다. 먼저 아래층에 도둑이 들어오지나 않았나, 그리고 모두들 잘 자고 있는가를 알아보기 위해서 옆방, 윗방, 내 방, 차례차례 귀기울여 들으면, 모두 잘 자고 있는지, 누가 잠을 못 이루고 뒤척거리고 있는지 알 수 있습니다.

두셀씨가 자고 있는 모습은 불쾌하기 짝없습니다. 그는 처음엔 물고기가 헐떡이는 것 같은 소리를 냅니다. 이를 열 번쯤 되풀이하고는 이번에는 침대 속에서 한참 동안 몸을 뒤척이거나, 비틀거나, 베개를 고쳐 베거나, 혀를 차거나, 입술을 핥는 등 온갖 수선을 다 떱니다. 5분간쯤 조용히 자고 있구나 싶으면 또다시 적어도 세 번은 되풀이하고 나서야 겨우 조용히 잠이 듭니다. 한밤중인 한 시에서 네 시 사이에 고사포가 울릴 때가 있습니다. 이럴 때에는 나는 습관이 되어 무의식적으로 침대 곁에 서 있습니다. 때때로 불어의 불규칙 동사를 생각하거나 4층 사람들의 싸우는 꿈을 꾸기 때문에 고사포소리를 얼마 동안 깨닫지 못할 때도 있지만, 대개는 금방 눈을 뜨게 마련입니다. 그리고 급히 덧옷을 입고 슬리퍼를 신은 다음 베개와 손수건을 쥐고 아버지에게로 달려갑니다. 언니는 이 모양을 생일 시 속에 이렇게 쓰고 있습니다.

  한밤중에 최초의 고사포가 울리면, 삐걱, 저것 보세요.
  문이 삐걱하는 소리와 함께 열리면서 한 소녀가 베개를 꼭 끌어안고 들어옵니다.

아버지의 큰 침대에 들어가면, 포격이 심해지지 않는 한 마음이 가라앉습니다.

여섯 시 45분, 자명종이 울립니다. 환 단 아주머니가 찰깍 끕니다. 아저씨는 일어나서 급히 욕실로 갑니다.

일곱 시 15분, 문이 다시 삐걱거리고 두셀씨가 욕실로 갑니다. 나는 등화관제의 차광막을 뗍니다──이리하여 은신처의 새로운 하루가 다시 시작됩니다.

── 안네

1943년 8월 5일 목요일
키티님!
오늘은 점심 시간 이야기를 하겠습니다.

열두 시 반, 온 집안이 한시름 놓습니다. 창고에서 일하는 사람들도 집으로 돌아갔습니다. 환 단 아주머니가 그녀의 단 하나뿐인 아름다운 양탄자를 진공 소제기로 청소하는 소리가 들립니다. 언니는 몇 권의 책을 안고 두셀씨의 이른바 '제자리걸음의 학생을 위한' 네덜란드어 수업에 들어갑니다. 아버지는 언제나 손에서 뗀 일이 없는 디킨즈의 책을 들고 어딘가 조용한 곳으로 퇴각합니다. 어머니는 '부지런한 아주머니'를 거들러 급히 4층으로 올라갑니다. 나는 욕실에 들어가서 그곳을 치우면서 몸단장을 합니다.

열두 시 45분, 은신처는 떠들썩해집니다. 먼저 환 산텐씨, 다음에 코프하이스씨나 크랄러씨나 엘리가 옵니다. 때로는 미프도 옵니다.

한 시, 모두 소형 라디오 주위에 모여 앉아 영국 BBC 방송을 듣습니다. 이때의 '은신처'의 식구들은 잠자코 방송에 귀를 귀울이고, 누구 하나 말하는 사람이 없습니다.

한 시 15분, 식사 시간입니다. 아래층 사람들에게도 수프 한 그릇씩──푸딩이 있을 때에는 그것도 대접합니다. 환 산텐씨는 기분 좋게 긴 의자에 앉거나 책상에 기대기도 합니다. 그의 곁에는 신문과 수프 잔이 놓여 있고 고양이가 그 옆에 있게 마련입니다. 그는 그 중 어느 하나라도 없으면 불만입니다. 코프하이스씨는 최근의 시정 뉴스를 우리들에게 들려

줍니다. 그는 대단한 정보망을 갖고 있습니다. 크랄러씨는 급히 3층으로 올라와 문을 짧고 강하게 노크하고는 손을 문지르면서 들어오는데, 그때 기분에 따라 활기 있게 이야기를 꺼내거나 아니면 기분 좋지 않은 듯 입을 다물고 있습니다.

한 시 45분, 모두 테이블에서 일어나 제각기 자기 장소로 갑니다. 언니와 어머니는 설거지를 시작하고, 환 단 부부는 자기들의 자리로, 페터는 다락방으로, 아버지는 아래층의 긴 의자로, 두셀씨는 침대로 갑니다. 나는 공부를 시작합니다. 모두 잠을 자고 있으니 잠시 동안은 하루 중 가장 조용한 시간이 계속됩니다. 두셀씨는 맛있는 음식을 먹는 꿈을 꿀 때가 있는 모양입니다. 그것은 그의 자는 얼굴로 알 수 있습니다. 그러나 나는 언제까지나 보고 있진 않습니다. 다섯 시가 되면 두셀 선생은 시계를 손에 쥐고, 내 곁에 서 있습니다. 내가 그를 위해 테이블을 비워 주는 시간이 일 분 지났기 때문입니다.

— 안네

1943년 8월 9일 월요일
키티님!
오늘은 은신처의 일상 생활 중 저녁 식사때를 이야기하겠습니다.
환 단 아저씨가 제일 먼저 음식을 나누어 받는데, 그는 자기가 좋아하는 것은 무엇이든 듬뿍 담아 갑니다. 그는 음식을 접시에 받으면서 으레 얘기를 꺼냅니다. 무슨 일에 대해서는 자기 의견만이 경청할 가치가 있다는 태도로 이야기를 하는데, 만일 누군가가 그의 의견에 의문을 가지면 곧 펄펄 뛰며 덤벼듭니다. 그때의 모습은 고양이가 털을 곤두세우고 성을 내는 것 같습니다. 그러니 나는 토론을 안 합니다. 당신도 그와 토론해 보면, 아마도 두 번 다시 토론하지 않을 것입니다. 그는 자기가 제일 좋은 의견을 갖고 있으며, 무슨 일이든지 가장 잘 알고 있다고 생각하는 것입니다. 그것은 그렇다고 칩시다. 그는 머리가 있으니까요. 그러나 이 신사의 자만심은 대단한 것입니다.

아주머니에 대해서는 아예 입을 다물고 있는 것이 제일입니다. 특히 기분 좋지 않을 때에는 얼굴을 쳐다봐서도 안 됩니다. 어떠한 말다툼이건 잘 검토해 보면, 항상 아주머니가 나쁩니다. 누구나 말다툼은 하고 싶지 않지만, 아주머니가 부채질하는 셈입니다. 예를 들어 아주머니는 어머니와 나와의 싸움 등 남의 싸움에 흥미를 갖고 있습니다. 그러나 언니와 아버지를 싸움 붙인다는 것은 그리 간단하지 않을 것입니다.

그런데 식탁에서 아주머니는 제딴엔 예의를 차리는 척하는 건지 그녀는 가장 작은 감자, 무엇이든 가장 맛있는 것을 차지합니다. 맛 좋아 보이는 것을 찾아내는 것이 그녀의 방법입니다. 그것이 끝나면 이번에는 수다를 떱니다. 남이 자기 이야기에 흥미를 갖건 말건 상관없습니다. '모두 내 말에 흥미를 갖고 있다'고 생각하는 것 같습니다. 요염한 미소, 자기는 무엇이든 이해하고 있다는 태도, 모두에게 조언을 주고, 힘을 북돋워 주고——이는 알지 못한 사람들에게는 분명히 좋은 인상을 줍니다. 그러나 잠시 동안만 보고 있으면 좋은 인상은 바로 없어집니다.

첫째 그녀는 부지런한 사람이다. 둘째 그녀는 명랑하다. 셋째 그녀는 바람둥이다——때로는 아름답게도 보인다. 이상이 페트로넬라 환 단이란 사람입니다.

식탁의 세번째의 친구——페터는 아주 얌전합니다. 과히 사람의 주의를 끌지 않습니다. 그러나 식욕은 대단히 왕성해서 진뜩 먹고 나서는 "아, 두 사람분을 먹었군" 합니다.

네번째——마고트는 새앙쥐처럼 오물오물 소리 없이 먹고, 또한 말이 없습니다. 먹는 것은 야채와 과일뿐입니다. '지나치게 귀염받고 있다'는 것이 환 단 부부의 판정이며, '신선한 공기와 운동이 부족하다'는 것이 우리들의 의견입니다.

마고트의 옆——어머니는 식욕도 왕성하고 얘기도 잘하십니다. 누구도 그녀로부터 환 단 부인 같은 인상은 찾아볼 수 없습니다. 전형적인 가정 주부 타입입니다. 어머니와 환 단 아주머니와의 일 분담이 어떻게 되느냐고요? 아주머니는 요리를 하고 어머니는 설거지를 합니다.

여섯번째와 일곱번째──나는 아버지와 나에 대한 얘기는 길게 하고 싶지 않아요. 아버지께서는 가장 많이 사양하는 편이고 우선 음식이 고루 돌아갔나를 살피십니다. 아버지 자신은 얼마 안 드시고 맛있는 것은 애들에게 먹이기 위해 애를 쓰십니다. 아버지는 그야말로 훌륭한 모범자입니다. 아버지 옆에는 은신처에서 가장 신경질적인 사나이가 앉아 있었습니다.

두셀 선생님은 얼굴도 들지 않고 말도 없이 먹기만 합니다. 대식가여서 맛있는 음식이 나오면 절대로 "그만 하겠습니다"란 말은 하지 않습니다. 맛이 없을 때에도 좀처럼 "그만 먹겠어요"라고 말하지 않습니다. 가슴까지 오는 긴 양복 바지, 붉은 상의와 검은 슬리퍼, 뿔테 안경──이것이 식사때나 일할 때나 한결같이 볼 수 있는 그의 모습입니다. 아저씨는 오후 낮잠 잘 때와 식사할 때, 그리고 좋아하는 장소──화장실에 가는 시간 외에는 항상 일을 하고 있습니다. 화장실이라면 하루에 서너 번은 누군가가 화장실 밖에서 발을 동동 구르며 기다리게 합니다. 그래도 아저씨는 태연합니다. 아침 일곱 시 15분부터 반까지, 오후 열두 시 반부터 45분까지, 두 시부터 두 시 15분까지, 네시 반부터 네 시 45분까지, 여섯 시부터 15분까지, 열한 시 반부터 자정까지──이것이 아저씨가 정해 놓고 화장실에 가 있는 시간입니다. 아저씨는 밖에서 누군가가 참을 수 없다고 동동거려도 아랑곳하지 않으며, 결코 도중에 나와 주는 일이 없습니다.

아홉번째──엘리는 은신처 사람은 아니지만 식사를 같이하는 사람입니다. 엘리는 잘 먹습니다. 음식을 가리지 않고 무엇이든 말끔히 먹어치웁니다. 쾌활하고 온순하며 심성도 좋고──이것이 엘리의 특징입니다.

── 안네

1943년 8월 10일 화요일
키티님!
식사때에는 다른 사람에게 말을 건네지 않고 마음속으로 자신과 말하기로 했습니다. 이것은 두 가지 이유에서 편리합니다. 첫째는 내가 말을 하지 않으면 다들 좋아합니다. 둘째는 나는 다른 사람들의 의견에 시달릴 필요가 없습니다. 나는 내 의견이 모두 어리석은 것이라고는 생각지 않지만 다른 사람들은 그렇게 생각합니다. 그러므로 가만히 있는 편이 좋습니다. 나는 싫은 것을 먹을 때도 같은 수단을 씁니다. 접시를 내 앞에 두고 퍽 맛이 있는 것처럼 하면서 될 수 있는 대로 그것을 보지 않고 먹다 보면 어느 틈에 그 음식은 없어져 버립니다.

　아침에 일어날 때도 대단히 불유쾌한 과정을 겪어야 합니다. 나는 졸린 눈을 비비면서 용기를 내어 침대에서 벌떡 일어나 마음속으로는 '다시 침대로 돌아간다'하고 생각하지만, 창가로 가서 커튼을 걷고 창문 틈에 코를 대고 신선한 공기를 마시면 그제야 눈이 떠집니다. 또다시 침대에 들어가고 싶어지면 안 되므로 될 수 있는 대로 빨리 침대를 치워 버립니다. 어머니께서 이것을 뭐라고 부르셨는지 아세요? '생활의 예술'이라고요. 재미있는 표현이죠? 지난 한 주일 동안 우리들은 시간을 몰라서 당황해 했습니다. 우리들이 소중히 하는 베스텔토렌 벽시계의 바늘이 떨어져서 밤이나 낮이나 정확한 시간을 모릅니다. 그러나 나는 주석, 동 혹은 무엇인가 대용품을 생각해 낼 수 있을 것이라고 아직은 약간의 희망을 갖고 있습니다.

　요즘 나는 아주 멋진 구두를 신었기 때문에 집안 어디를 가든지 "아주 근사한데"라는 말을 듣습니다. 이것은 미프가 27플로린 반을 주고 사다 준 중고품입니다. 포도줏빛 양가죽으로 만든 것으로 굽이 상당히 높은 구두입니다. 이것을 신고 있으면 꼭 죽마를 탄 것같이 키가 훨씬 커 보입니다.

　두셀 아저씨는 하마터면 간접적으로나마 우리들의 생명을 위태롭게 할 뻔했습니다. 아저씨는 무솔리니와 히틀러의 욕을 써서 발매 금지당한 책을 미프에게 가지고 오라고 했습니다. 미프는 도중에서 SS의 자동차에 치일 뻔했는데, 화가 난 김에 "이 빌어먹을 자식들!" 하고 욕을 해버렸답니다. 만일에 SS본부로 끌려갔다면 어떻게 되었을까, 생각만 해도 소름이 끼칩니다.

── 안네

1943년 8월 18일 수요일
키티님!
이 제목은 〈오늘의 공동 작업, 감자 껍질 벗기기〉라고 하지요.
한 사람은 신문지, 또 한 사람은 칼(물론 내가 그 중 제일 좋은 것을 갖습니다), 셋째 사람은 감자, 넷째 사람은 물이 든 냄비를 가져옵니다.
두셀 아저씨가 감자 껍질을 벗기기 시작합니다. 솜씨가 좋은 편은 아니지만 좌우를 살피면서 쉬지 않고 껍질을 벗깁니다. 내가 자기와 같은 방법으로 벗기지 않으면, "안네, 이것 봐요. 오른손에 칼을 이렇게 쥐고 위에서 아래로 벗기는 거야. 그렇지 않아? 이렇게 말이야!"
그러면 나는, "하지만 이렇게 하는 것이 더 잘 벗겨져요, 두셀 아저씨"라고 조용히 말하면, "아니야, 이렇게 하는 것이 더 좋아. 그러나 나는 네가 어떻게 하든 상관하지 않겠다. 너는 잘 알고 있을 테니까 말이다" 합니다.
그래도 껍질을 벗기면서 내가 힐끔 아저씨를 바라보면 아저씨는 머리를 끄덕이고 있습니다. (아마 요 고집쟁이가 하고 혀를 내두르려고 하는 모양이지요.) 그러나 아무 말도 하지 않습니다.
나는 계속해서 벗겨 갑니다. 이번에는 반대쪽에 있는 아버지를 바라봅니다. 아버지에게는 감자 껍질 벗기기가 하찮은 일이 아니라 정밀 작업입니다. 아버지는 독서하실 때에는 목에 힘줄이 생기지만 감자, 강낭콩, 기타 야채 껍질 벗기기를 도와 주실 때에는 다른 일은 일절 생각지 않는 것 같습니다. 아버지는 일에 열중하고, 잘못 벗긴 감자는 건네 주지 않습니다.
나는 쉬지 않고 일을 계속하다가 잠깐 머리를 듭니다——나는 벌써 눈치채고 있어요. 환 단 아주머니가 한참 두셀 아저씨의 관심을 끌려고 하고 있습니다. 아주머니는 또 두셀 아저씨를 바라보지만 아저씨는 아무 반응 없이 일을 계속합니다. 그러면 이번에는 소리 내어 웃습니다. 그래도 아저씨는 얼굴을 들지 않습니다. 이번에는 어머니께서도 웃으십니다. 그래도 아저씨는 태연합니다. 아주머니는 자기 뜻을 이루지 못했기 때문에 다른 방법을 생각해 내야 합니다. 얼마간 사이를 두고 있다가, "푸티, 내 앞치마를 입어요. 내가 내일 당신 옷에서 얼룩진 것을 빨려면 힘들잖아요" 하고 말합니다.
"얼룩지지 않아."
그리고 얼마간 침묵이 계속되다가,
"푸티, 좀 앉지 그래요?"
"나는 서 있는 것이 더 좋아. 그것이 기분 좋아."
다시 잠시 침묵.
"푸티, 당신 감자 벗기는 솜씨는 엉망이에요."
"조심해서 벗기고 있어."
아주머니는 이번에는 다른 화제로 돌립니다.
"이봐요, 푸티, 요즘 왜 영국군의 폭격이 없죠?"
"날씨가 나빠서 그렇겠지."
"그래도 어젠 날씨가 좋았잖아요. 그래도 역시 오지 않았어요."
"그런 얘기는 그만둬."
"아니, 왜요? 얘기해도 상관없잖아요."
"아니, 안 돼."
"왜 안 되죠?"
"조용히 좀 해요."
"프랑크씨는 부인이 묻는 말엔 무엇이든 잘 대답해 주시는데, 그렇죠?"
환 단 아저씨는 배에 힘을 주고 꾹 참고 있습니다. 이것이 아저씨를 가장 아프게 하는 것이니, 그 말을 하면 참을 수 없는 것입니다. 아주머니는 또 말을 계속합니다.
"상륙 작전은 없을 것 같죠?"
아저씨는 얼굴이 창백해집니다. 아주머니는 그것을 보고 얼굴색이 붉어지지만 역시 말을 계속합니다. "영국군은 아무것도 하는 일이 없어." 이러다간 드디어 참고 있던 폭발물이 터지고 말아, "잠자코 있어!" 하고 아저씨가 소리 지릅니다. 어머니는 웃음을 참지 못하고 있습니다. 나는 똑바로 앞을 바라보고 있습니다.

 크게 말다툼을 하고 난 다음에는 서로 말들을 하지 않으니 별일이 없지만, 그렇지 않으면 이러한 일은 매일같이 일어납니다.

 나는 다락방에 가서 감자를 가져오지 않으면 안 됩니다. 페터는 거기서 고양이와 장난을 치고 있습니다. 그는 내가 온 것을 알고 얼굴을 듭니다. 그 틈을 타서 고양이는 문 틈으로 달아납니다. 페터는 아쉬운 듯이 혀를 찹니다. 나는 생긋 웃어 주고 아래층으로 내려갑니다.

─ 안네

1943년 8월 20일 금요일
키티님!
 창고에서 일하는 사람들은 오후 다섯 시 반 정각에 퇴근하므로 그 이후에는 자유롭습니다.

 다섯 시 반, 엘리가 찾아옵니다. 우리들은 바로 일을 시작할 준비를 합니다. 나는 먼저 엘리와 위로 올라갑니다. 엘리는 거기서 대개 무엇이든 남은 것을 먹습니다.

 엘리가 앉기도 전에 환 단 아주머니는 필요한 것이 무엇인지 생각합니다. 곧 생각해 내고 "오, 엘리, 부탁할 것이 좀 있는데……" 하고 말을 꺼냅니다. 엘리는 나에게 윙크를 합니다. 아주머니는 누가 올라오기만 하면 무엇인가 부탁할 기회를 절대로 놓치지 않습니다. 이것이 누구도 위에 올라오고 싶어하지 않는 이유의 하나입니다.

 다섯 시 45분, 엘리가 돌아갑니다. 나는 2층까지 내려가 봅니다. 먼저 부엌으로, 다음에 전용 사무실로 그리고 못시에게 문을 열어 주기 위해 석탄 창고로 갑니다. 이곳저곳을 돌아보고 나서 맨 마지막에 크랄러 아저씨 방으로 들어갑니다. 환 단 아저씨는 그날의 우편물을 가지고 옵니다. 아버지는 3층에서 타자기를 소제하고 계십니다. 언니는 사무를 볼 수 있는 조용한 장소를 찾고 있습니다. 환 단 아주머니는 주전자를 가스 레인지에 올려놓고 있습니다. 어머니는 감자가 담긴 냄비를 들고 아래로 내려오십니다. 각자가 저마다의 할 일을 잘 알고 있습니다.

페터는 곧 창고에서 돌아옵니다. 그가 맨 먼저 묻는 말은 "빵은?"입니다. 어머니들은 빵을 언제나 부엌 찬장에 넣어 둡니다. 그런데 거기에 없습니다. 잊어 버렸나? 페터는 큰 사무실을 뒤져 보려고 합니다. 페터는 밖에서 보이지 않도록 몸을 웅크리고 거기에 놓아 둔 강철로 만든 선반으로 다가가서 빵을 가지고 돌아옵니다. 그러면 못시가 페터를 뛰어넘어 저편 테이블 밑에 주저앉습니다.

페터는 깜짝 놀라 주위를 돌아봅니다——아하, 저기에 못시가 있었구나 하고 다시 기어서 사무실로 들어가 못시의 꼬리를 잡아당깁니다. 못시는 화를 냅니다. 페터는 한숨을 쉽니다. 자아, 어떻게 될까요? 못시는 페터로부터 피해 나간 것을 기뻐하며 벌써 창문가에 앉아 앞발로 줄곧 얼굴을 문지르고 있습니다. 페터는 이번에는 빵 조각을 보이면서 못시를 유인해 보지만, 못시는 그런 꼬임에는 아랑곳하지 않고 시치미를 떼고 있습니다. 페터는 단념하고 문을 닫습니다. 이 광경을 나는 문틈으로 보고 있었습니다. 나는 일을 계속합니다. 그런데 똑, 똑, 똑 하는 소리가 세 번 가볍게 났습니다. 이것은 식사 신호입니다.

—— 안네

1943년 8월 23일 월요일
키티님!

은신처의 일과 얘기를 계속하겠습니다. 아침 시계가 여덟 시 반을 알리면 마고트와 어머니는 불안해합니다. "쉬, 아버지, 조용히…… 여덟 시 반이에요. 이리 오세요. 이제는 물소릴 내선 안 돼요. 조용히 걸으세요!" 욕실에 있는 아버지에게 그렇게 속삭입니다. 시계가 여덟 시 반을 칠 때는 아버지는 방에 돌아와 계시지 않으면 안 됩니다. 물을 한 방울도 흘려서는 안 되므로 화장실도 쓰지 못합니다. 여기저기 돌아다닐 수도 없습니다. 사무실에 비어 있을 때에는 창고에 있는 사람들에게 다 들립니다. 여덟 시 20분에 4층 방문이 열리고 좀 있으면 마루를 세 번 톡, 톡, 톡 치는 소리가 들립니다. 내가 먹을 죽이 다 된 것입니다. 나는 위층으로 가서 죽을 오목한 접시에 담아 다시 3층의 내 방으로 돌아옵니다. 그것을 먹고 난 후 머리를 매만지고, 요란한 소리를 내는 깡통 용기를 치우고, 침대를 치웁니다. 모든 것을 재빠르게 합니다. 쉬, 시계가 칩니다. 위층에서는 아주머니가 구두를 벗고 슬리퍼로 바꿔 신고 걷습니다. 환 단 아저씨도 마찬가지입니다. 온 집안이 고요해집니다.

그러고 나면 조금은 가정다운 분위기가 납니다. 나는 책을 읽거나 무엇이든지 일을 하고 싶어집니다. 아버지도, 어머니도, 마고트도 마찬가지입니다. 아버지는 디킨즈의 책과 사전을 가지고 납작하고 삐걱삐걱 소리나는 침대에 앉아 계십니다. 침대에는 이렇다 할 매트리스도 없습니다. 베개를 두 개로 포개면 편안히 앉을 만하지만 "이것은 안 돼. 없어도 괜찮아" 하고 거절하십니다.

아버지는 책을 읽기 시작하면, 얼굴도 들지 않고 곁눈질도 하지 않습니다. 이따금 웃음을 머금고 어머니에게 얘기를 들려주려고 하시지만, 어머니가 "저는 바빠요" 하시며 처음부터 상대를 하지 않습니다. 아버지는 조금 실망하신 듯 서운한 표정을 지으시면서 다시 계속해서 책을 읽습니다. 잠시 후에 특히 재미있는 대목에 다다르면 아버지는 "여보, 이것 좀 읽어 봐요" 하고 말씀하십니다. 어머니는 개의치 않고 침대에 걸터앉아 기분나는 대로 무엇인가 읽거나 바느질을 하거나 뜨개질을 하십니다. 그러는 중에 문득 생각난 듯 "안네야, 너…… 아니, 마고트야, 너 이것 좀 적어 둬라" 하고 빠른 말로 하십니다. 잠시 후면 다시 고요해집니다.

마고트가 책을 탁 닫아 버립니다. 아버지는 얼굴을 찌푸리시다가 다시 책을 읽기 시작합니다. 어머니는 언니와 얘기를 시작하시고 나는 호기심으로 귀를 기울입니다. 아버지도 그 얘기엔 끼여드십니다. 아홉 시, 아침 식사 시간입니다.

— 안네

16. 이탈리아의 항복

1943년 9월 10일 금요일
키티님!
당신에게 편지를 쓸 때마다 무엇인가 특별한 일이 일어나는 것 같지만, 유쾌한 일보다는 불쾌한 일이 더 많습니다. 그런데 오늘은 굉장한 뉴스가 있습니다. 9월 8일 수요일 저녁, 일곱 시 뉴스를 듣기 위해 라디오 앞에 모였을 때, 최초로 들린 것은 "지금부터 전쟁을 통해서 가장 좋은 뉴스를 알려 드리겠습니다. 이탈리아는 항복했습니다!"라는 발표였습니다. 이탈리아가 무조건 항복했다! 영국에서의 네덜란드어 방송은 여덟 시 15분부터 시작되었습니다. "청취자 여러분! 한 시간 전에 제가 하루의 기록을 다 쓴 바로 그 시간에 '이탈리아 항복'이란 굉장한 뉴스가 들어왔습니다. 나는 내가 쓴 기록들을 이렇게 큰 기쁨으로 휴지통에 내버린 일은 지금까지 없었다는 것을 여러분께 전해 드립니다." 이어서 영국 국가와 미국 국가 그리고 인터내셔널의 노래가 연주되었습니다. 네덜란드어 방송은 언제나 우리들에게 용기를 주기는 했지만 이번처럼 낙관적인 것은 아니었습니다.

하지만 우리들에게는 아직도 걱정이 있습니다. 그것은 코프하이스씨에 대한 일입니다. 당신도 아시는 바와 같이 우리들 모두 그분을 좋아합니다. 코프하이스씨는 아파서 많이 먹지도 못하고 걷지도 못합니다. 그는 언제나 쾌활하고 놀랄 만큼 용감합니다. "코프하이스씨가 오시면 태양이 빛나는 것 같다"고 며칠 전에 어머니께서 말씀하셨지만, 사실이 그렇습니다. 그분은 이번에 어려운 복부 수술을 받기 위해 적어도 4개월은 입원하고 있어야 한다고 합니다. 그는 입원하시기 전에 잠깐 쇼핑을 나가는 것처럼, 평상시처럼 우리들에게 "안녕"이라고 말씀하셨는데 그때의 그분 모습은 당신에게 보이고 싶을 정도였습니다.

— 안네

1943년 9월 16일 목요일
키티님!
여기 있는 사람들은 날로 사이가 나빠져 갑니다. 식사때도 음식을 먹는 것 외에는 아무도 입을 열지 않습니다. 무엇이라 말만 하여도 오해를 받거나 남을 괴롭히기 때문입니다. 나는 우울해지지 않기 위해 흥분제를 먹지만 그 다음날은 한층 더 처량해질 뿐입니다. 흥분제를 먹기보다는 마음 속으로 웃는 편이 낫겠지만, 우리들은 거의 웃음을 잊고 있습니다. 이렇게 우울하다간 나중에는 얼굴이 길어져서 입 언저리가 축 늘어지지나 않을까 걱정입니다. 다른 사람들도 마찬가지입니다. 모두 공포와 의혹에 사로잡혀서 닥쳐오는 무서운 겨울을 바라보고 있습니다. 또 하나 우리들의 걱정거리는 창고지기가 우리들의 은신처를 의심하기 시작했다는 것입니다. 단지 그뿐이라면 그렇게 걱정하지 않아도 되지만 이 창고지기라는 자는 남의 일캐기를 좋아하고 신용할 수 없는 남자입니다. 어느 날 크랄러씨가 한 시 10분 전에 외투를 입고, 거리의 모퉁이에 있는 약방에 갔다가 5분도 채 못 되어 도둑처럼 살금살금 소리를 죽이며 계단을 올라와서 우리들 방으로 들어왔습니다. 한 시 15분에 크랄러씨가 돌아가려고 할 때 엘리가 와서 창고지기가 아직 사무실에 있다고 주의를 주었습니다. 크랄러씨는 한 시 반까지 우리 방에 있다가 구두를 벗고 다락방 앞문으로부터 계단을 소리나지 않게 한 계단씩 천천히 내려가서 밖으로 해서 무사히 사무실로 돌아갔습니다. 그 동안에 엘리는 창고지기를 쫓아 버리고 크랄러씨를 데리러 우리 방으로 왔지만 크랄러씨는 벌써 돌아간 뒤였습니다. 그러나 그때 크랄러씨는 아직 계단을 내려가고 있는 중이었습니다. 만일 거리를 오가는 사람이나 지배인이 그가 밖에서 구두를 신고 있는 것을 보았다면 어떻게 생각했을까요?

— 안네

1943년 9월 29일 수요일
키티님!
오늘은 환 단 아주머니의 생신입니다. 우리집에서는 병에 든 잼, 치즈, 고기 빵 배급표 등을 선물로 보냈습니다. 환 단 아저씨와 두셀씨와 우리의 원조자들은 음식과 꽃을 선물했습니다. 생일에 이러한 것을 선물로 보내다니 참으로 서글픈 세상입니다.

금주 내내 엘리는 여러 번 심부름을 하더니 드디어 지쳐 버렸습니다. 심부름을 하고 돌아오자마자 또 심부름, 그것이 끝나면 또 심부름을 해야 했으니 견딜 수가 없었겠지요. 더구나 아래층 사무실 일도 있으니 말입니다. 코프하이스씨는 앓고 있고 감기로 누워 있는 미프는 그녀대로 발을 뺀데다 사랑의 고민에 빠져 있고, 집에는 잔소리 심한 아버지가 있으니, 그녀가 지쳐 버린 것도 무리가 아닐 것입니다. 우리들은 엘리를 위로하면서, 한두 차례 심부름 한 다음에는 "이제는 시간이 없습니다"고 하면 물건 사는 일도 자연히 줄어들게 될 거라고 일러 주었습니다.

환 단 아저씨가 좀 기분이 안 좋으신 모양입니다. 나는 육감으로 알 수 있습니다. 아버지께서는 무슨 일인지 몹시 화를 내고 계십니다. 이번에는 어떤 폭발이 일어날까요? 나는 이러한 싸움에는 휩쓸리고 싶지 않습니다. 나는 어디론가 가버리고 싶습니다. 나는 미칠 것만 같습니다.

—— 안네

1943년 10월 17일 일요일
키티님!
코프하이스씨가 돌아왔습니다. 아이, 반가워! 아저씨는 아직 창백한 얼굴을 하고 있지만 그래도 환 단 아저씨의 청을 받아들여 옷을 팔러 나갔습니다. 아저씨 집에 돈이 없어져 간다는 것은 좋지 않은 일입니다. 아주머니는 의복도, 코트도, 구두도 많이 갖고 있으면서도 자기 것은 단 한 가지도 내놓으려 하지 않습니다. 아저씨는 값비싸게 팔려고만 하기 때문에 아저씨의 옷은 좀처럼 팔리지 않습니다. 자아, 어떻게 될까요? 아주머니는 결국 모피 외투를 처분하지 않으면 안 되겠지요? 두 분은 이 일로 몹시 싸웠는데 이젠 다시 사이가 좋아져서 "여보", "나의 소중한 케리"가 시작되었습니다.

　나는 지난 한 달 동안 이 집에서 일어난 욕설과 싸움으로 머리가 멍해져 버렸습니다. 아버지는 입을 꼭 다물고 한마디 말도 하시지 않습니다. 누가 말을 걸면 또 귀찮은 시비를 다스려야 하나 하고 놀란 얼굴로 쳐다봅니다. 어머니께서는 흥분해서 얼굴이 붉습니다. 언니는 머리가 아프다고 합니다. 두셀 아저씨는 잠이 오지 않는다고 불평을 하십니다. 아주머니는 하루 종일 잔소리만 하고 있습니다. 나는 미칠 것 같습니다. 솔직히 말해서 나는 가끔 누가 누구하고 싸우고 누구하고 화해를 했는지 잊어 버리곤 합니다.

　모든 것을 잊는 오직 한 가지 방법은 공부하는 것입니다. 나는 열심히 공부하고 있습니다.

── 안네

1943년 10월 29일 금요일
키티님!
　아저씨와 아주머니가 또 싸웠습니다. 싸우게 된 동기는 이렇습니다── 이미 말한 바와 같이 아저씨 댁은 돈에 쪼들리기 시작했습니다. 벌써 수일 전의 일이지만 아저씨는 코프하이스씨로부터 그와 절친한 모피상의 이야기를 듣고 아주머니의 털 외투를 팔려고 작정했습니다. 이 외투는 토끼털로 만든 것인데 아주머니가 17년간이나 입었던 것입니다. 아저씨는 이것을 325플로린을 받고 팔았습니다──엄청나게 비싼 값이지요. 그런데 아주머니는 전쟁이 끝나면 새옷을 사기 위해 이 돈을 감춰 두려고 했습니다. 그래서 당장 생활을 하기 위해서는 이 돈이 필요하다는 아저씨와 큰 싸움이 벌어진 것입니다.

　고래고래 소리를 지르고 발을 구르며 서로 욕설을 퍼붓고──아, 당신은 상상도 못 할 것입니다. 처참한 광경이었습니다. 우리들은 더 심해지면 두 사람을 떼어놓기 위해 숨을 죽이고 계단 밑에 있었습니다. 나는 두 사람의 고함, 울음소리 그리고 나의 정신적인 긴장으로 지쳐서 저녁때 침대 위에 쓰러져 울고 말았습니다.

코프하이스씨는 또 올 수 없게 되었습니다. 역시 위가 악화된 것입니다. 위출혈이 멈췄는지는 아직도 모르는 일입니다. 우리들에게 어쩐지 몸이 편치 못하니 집으로 돌아가야겠다고 말했을 때에는 언제나 쾌활하던 그분이 의기소침해 있었습니다.

나는 식욕이 없는 것 외에는 대체로 좋습니다. "기운이 없어 보인다"는 말을 언제나 듣고 있는데, "그것은 모두 당신들 때문이지요" 하고 말해 주고 싶습니다. 나의 기운을 돋우기 위해 포도당, 간유, 효모정, 칼슘 등이 준비되었습니다.

나는 때때로 나 자신도 어쩔 수 없는 우울 속에 빠집니다. 특히 일요일은 견딜 수가 없습니다. 주위의 분위기에는 숨막힐 것 같고 졸리는 듯하며 기분이 납처럼 무겁습니다. 밖으로부터 새소리 하나 들리지 않는 죽음과 같은 적막에 덮여서, 내 마음은 깊고 깊은 땅속으로 끌려 들어가는 것만 같습니다.

이럴 때에는 꼭 어머니나 아버지 그리고 언니까지도 나를 돌보아 주지 않습니다. 나는 날개가 부러진 채 캄캄한 둥우리 속에서 몸부림치고 있는 새와 같은 심정이 되어 이 방 저 방을 헤매기도 하고 계단을 오르락내리락해 보기도 합니다.

'밖에 나가서 마음껏 웃고 신선한 공기를 마셔라' 하고 내 마음속에서는 부르짖습니다. 그러나 나로서는 아무 반응도 나타내지 못합니다. 쓸쓸함과 참을 수 없는 공포를 잊고 시간이 빨리 가버리도록 나는 긴 의자에 쓰러져 자버립니다. 이외엔 시간을 보낼 방법이 없기 때문입니다.

― 안네

1943년 11월 3일 수요일
키티님!

아버지는 우리들에게 무엇인가 교육적인 일을 시키기 위해 라이덴 사범 학교에 교육 계획서를 신청했습니다. 언니는 그 두꺼운 계획서를 세 번이나 읽었으나 마음에 드는 과목이 없고 조금 마음에 드는 과목은 돈이 많이 들기 때문에 단념하려고 하자, 아버지는 재빨리 눈치를 채시고 누구에겐가 편지를 써달라고 해서 '초급 라틴어' 통신 과목을 시험삼아 신청하도록 했습니다.

아버지는 나에게도 무엇인가 새로운 일을 할 수 있도록 하기 위해 코프하이스씨에게 아동용 성서를 사오도록 부탁했습니다. 나에게 《신약성서》를 가르쳐 주기 위해서입니다. 언니는 좀 이상스럽게 생각하며, "안네에게 하누카(유태인의 제례)를 위해서 성서를 주시는 건가요?" 하고 물었습니다. 아버지는 "아니, 나는 성 니콜라스 선물로 주려고 한다. 예수와 하누카와는 어울리지 않으니까"라고 대답하셨습니다.

─ 안네

1943년 11월 8일 월요일

키티님!

당신은 지금까지 내가 쓴 편지를 하나하나 다시 읽는다면 편지 쓸 때마다 내 기분이 너무나도 가지각색인 데 대해 놀랄 것입니다. 이곳의 분위기에 지나치게 좌우되는 것은 나 자신도 어찌할 수 없지만, 비록 나만이 그런 것은 아닙니다. 나는 책을 읽고 감동했을 때에는 다른 사람과 접하기 전에 나 자신을 억제하지 않으면 안 됩니다. 그렇지 않으면 모두가 나를 이상하게 생각할 것입니다. 당신은 이미 눈치채고 있겠지만 나는 지금 몹시 우울합니다. 설명할 수 없지만 나 자신이 소심해서 그렇다고 생각합니다. 나는 언제나 이렇게 괴로워하고 있습니다.

오늘 저녁 엘리가 아직 돌아가지 않았을 때, 출입구의 벨이 길고도 요란스럽게 가슴을 찌르는 듯한 소리로 계속 울렸습니다. 나는 새파랗게 질려서 공포로 배가 아프고 가슴이 두근거렸습니다. 밤에 잠을 자다가도, 나는 부모도 없이 홀로 감옥에 있는 듯한 착각에 사로잡힙니다. 또 때로는 길거리를 헤매거나 은신처가 불바다가 되고 밤에 게슈타포가 와서 나를 연행해 가는 장면을 상상하기도 합니다. 모든 것이 현실과 같이 생생하게 떠오르고, 곧 그러한 일이 일어날 것만 같은 생각이 듭니다. 미프는 여기는 조용해서 부럽다고 합니다. 그것은 그럴지도 모르지만, 미프는 우리가 느끼고 있는 공포에는 생각이 미치지 않고 있습니다. 나는 세상이 다시 본래 상태로 돌아가리라고는 도저히 상상할 수가 없습니다. 나는 '전후(戰後)'에 대해서 얘기합니다. 그러나 그것은 절대로 실현될 수 없는 공중루각(空中樓閣)에 불과합니다. 본래의 우리집과 여자친구들과 학교에서의 재미있던 일들을 생각하면 마치 남의 일같이 여겨집니다.

  나는 은신처에 있는 우리들 여덟 명이 검은 비구름에 둘러싸인 한 조각의 푸른 하늘같이 생각되는 것을 어찌할 수가 없습니다. 우리들이 있는 둥글고 분명히 구분되어 있는 이 장소는, 아직까지는 안전합니다. 그러나 검은 구름이 점점 우리들 둘레로 다가오고, 닥쳐올 위험으로부터 우리를 보호하고 있는 원(圓)이 점점 좁혀지고 있습니다. 그리고 현재 우리들은 위험과 암흑에 에워싸여 있어서 필사적으로 달아날 구멍을 찾으면서 서로 다투고 있습니다. 아래를 내려다보면 사람들은 서로 싸우고 있습니다. 위를 보면 조용하고 아름다운 세계입니다. 그 동안에 우리는 크고 검은 구름덩이에 가려 버립니다. 이 구름은 뚫을 수 없는 벽과 같이 우리 앞을 가로막아 우리들은 위로 갈 수가 없습니다. 그러나 검은 구름은 우리들을 덮어씌우려 하지만 아직은 못 하고 있습니다. 나는 그저 울면서 "아, 저 검은 구름이 걷히고 우리를 위한 길이 열리게 해주옵소서!" 하고 빌뿐입니다.

—— 안네

17. 만년필에 얽힌 추억

1943년 11월 11일 목요일
키티님!
 오늘 편지에는 〈나의 만년필의 추억에 바치는 시〉라는 제목을 붙이기로 하겠습니다. 좋은 제목이죠?
 내 만년필은 나의 가장 귀중한 소지품 중의 하나입니다. 나는 그것을 다시 없이 소중히 다루었습니다. 특히 그 두꺼운 펜촉을 좋아합니다. 나는 두꺼운 펜이 아니면 글씨를 잘 쓸 수가 없습니다. 내 만년필은 대단히 길고 그리고 재미있는 내력을 지내고 있습니다. 그것을 간단히 소개하겠습니다.
 내 만년필은 내가 아홉 살 때, 멀고먼 아헨에서 할머니께서 소포로 보내 주신 선물입니다. 2월의 찬바람이 휘몰아치던 그때 나는 감기로 누워 있었습니다. 이 좋은 만년필은 가죽 케이스에 들어 있었습니다. 나는 이것을 자랑삼아 여러 친구들에게 보여 주기도 했습니다. 만년필을 가진 것이 너무나 기뻐서 어쩔 줄을 몰랐던 것입니다. 열 살 때부터 나는 만년필을 학교에 가지고 다녀도 된다는 허락을 부모로부터 받았고, 선생님께서도 그것으로 글을 써도 좋다고 말씀하셨습니다.
 그러나 다음해 6학년이 되어서는 담임 선생이 학생용 펜과 잉크만을 사용하게 하셨기 때문에 나는 그 보물을 다시 간직해 두어야만 했습니다.
 열두 살이 되어 유태인 중학교에 입학했을 때, 그 축하로 내 만년필은 새 케이스에 넣어졌습니다. 그 케이스는 연필도 들어갈 수 있고 지퍼로 잠글 수 있게 되어 있어서 한층 더 좋아 보였습니다.
 내가 열세 살이 되자 만년필도 나와 같이 이곳 은신처로 와서 나를 위해 헤아릴 수 없는 많은 일기와 글을 써 주었습니다.

　열네 살인 지금도 나는 이 만년필과 더불어 한 해를 보내고 있습니다.

　금요일 오후 다섯 시가 지나서였습니다. 내가 방에서 나와 테이블 앞에서 뭔가를 쓰려고 할 때 라틴어 공부를 하러 왔던 아버지와 언니가 심술궂게 나를 한쪽으로 떼밀었기 때문에, 나는 부득이 자리를 양보하지 않으면 안 되었습니다. 나는 한숨을 쉬며 만년필을 놓아 둔 채 테이블 구석에 우두커니 앉아 장두콩 비비기를 했습니다. 장두콩 비비기란 곰팡이가 피어 있는 콩을 깨끗이 하는 일입니다. 나는 다섯 시 45분에 마룻바닥을 쓸고 썩은 콩과 함께 쓰레기를 헌 신문에 싸서 난로 속에 던졌습니다. 그랬더니 불꽃이 강하게 피어올랐고 나는 꺼져 가는 불이 다시 활활 타는 것을 보며 멋지다고 생각했습니다. 모든 것은 다시 평상시와 같이 고요해졌습니다. '라틴어 학자'들이 공부를 마쳤으므로 나는 쓰던 것을 마저 쓰기 위해 테이블 앞에 앉았습니다. 그런데 아무리 찾아보아도 만년필이 보이지 않았습니다. 나는 또 한 번 찾아보았습니다. 마고트 언니도 같이 찾아보아 주었으나 그림자도 보이지 않았습니다.

　"아마 콩껍질과 같이 난로 속에 넣었나 봐" 하고 언니가 말했습니다.

　"아냐, 절대 그럴 리가 없어" 하고 나는 대답했지만 그날 밤에도 만년필은 보이지 않기에, 내가 쓰레기를 난로에 넣었을 때 갑자기 불꽃이 활활 타오른 것으로 보아 만년필도 쓰레기와 함께 불에 탄 것이라고 생각하게 되었습니다.

　우리들이 걱정했던 대로였습니다. 다음날 아침에 아버지가 난로를 소제하셨을 때, 만년필의 클립이 재 속에서 나왔습니다. 금 펜쪽은 흔적도 보이지 않았습니다.

　"틀림없이 녹아서 돌이나 다른 것에 붙었을 것이다"고 아버지가 말씀하셨습니다.

　나는 섭섭하기 짝없었지만 얼마간 위로를 받은 느낌이었습니다. 그것은 내 만년필이 화장되었기 때문입니다, 내가 죽었을 때 바라는 것같이.

── 안네

1943년 11월 17일 수요일
키티님!

큰일이 났습니다. 엘리네 가족들이 모두 디프테리아에 걸려 엘리는 6주간이나 우리들에게 오지 못합니다. 그 때문에 심심한 것은 물론이고 음식물이나 물건을 사들이는 데 여간 불편하지 않습니다. 코프하이스씨는 아직 병환중이고 3주일이나 죽과 우유만 먹고 있습니다. 덕분에 크랄러씨가 바빠서 눈코 뜰 사이가 없습니다.

언니가 보낸 라틴어의 답안이 해답으로 고쳐져서 되돌아왔습니다. 언니는 엘리의 이름을 쓰고 있습니다. 선생님은 기지가 있는 분일 것입니다. 선생님은 마고트같이 우수한 학생을 갖게 된 것을 기뻐하고 있으리라고 생각합니다.

두셀씨는 몹시 화를 내고 있습니다. 우리들은 그 이유를 모르겠습니다. 아저씨는 환 단 부부에겐 한마디도 하지 않습니다. 모두가 어색하게 되었습니다. 이러한 일이 2, 3일 계속되었을 때 어머니는 환 단 아주머니 말을 하시면서, 언제까지나 그렇게 하고 있으면 매우 불쾌한 일이 생길 것이라고 그에게 주의를 주셨습니다.

그랬더니 두셀 아저씨는 처음에 말을 안 한 것은 환 단씨니까 자기 쪽에서 먼저 말을 건네기는 싫다고 대답했습니다. 어제는 11월 16일, 두셀 아저씨가 은신처로 온 지 일 년이 되는 날이었습니다. 어머니는 그 기념으로 아저씨한테서 화분을 하나 선사받으셨지만, 몇 주일 전부터 한턱 내야 한다고 수선을 떨던 환 단 아주머니에게는 아무런 선물도 없었습니다.

아저씨는 이곳 멤버에 넣어 준 우리들의 호의에 대해서는 이렇다 할 말 한마디 없었습니다. 16일 아침 내가 그에게 축하해야 할까요, 슬퍼해야 할까요라고 묻자, 그는 둘 다 상관없다고 했습니다. 평화 중재인 역할을 하고 싶어하셨던 어머니도 이젠 입을 다물어 버리셨습니다.

——인간의 정신은 위대하다. 그러나 그의 행위는 얼마나 보잘것없는가.

—— 안네

1943년 11월 27일 토요일
키티님!
 지난밤 잠들려 할 때 갑자기 눈앞에 사람의 그림자가 나타났습니다. 그것은 리스였습니다.
 누더기옷을 입은 리스는 여위고 풀이 꺾인 얼굴로 내 앞에 서 있었습니다. 리스는 눈을 크게 뜨고 슬프게 그리고 비난하듯 나를 바라보고 있었습니다. 그 눈은,
 "아, 안네야, 넌 왜 나를 버렸니? 나를 살려 줘! 이 지옥에서 구해 줘!"
하는 듯했습니다.
 그렇지만 내게는 리스를 도와 줄 힘이 없었습니다. 남이 괴로움 속에 죽어 가는 것을 보고 있을 수밖에 없습니다. 단지 리스를 돌려 보내 달라고 하느님께 빌 뿐입니다.
 내가 본 것은 리스뿐입니다. 나는 이제야 이해합니다. 나는 리스를 오해하고 있었습니다. 나는 너무 어려서 리스의 괴로움을 이해하지 못했습니다. 리스는 좋아하는 새 여자친구가 생겼을 때, 내가 그 사이를 방해하려고 한 것으로 생각했습니다. 가엾어라, 리스의 기분은 어떠했을까? 나는 그녀의 마음을 잘 알 수 있습니다.
 나는 리스를 생각해 내곤 했지만 곧 나의 즐거운 문제에 마음이 팔려 버리곤 했습니다. 리스에게 그런 태도를 보인 나는 나쁜 인간이었습니다. 리스는 파랗게 질린 얼굴을 하고 호소하는 듯한 눈으로 나를 바라봤습니다. 아! 그녀를 구할 수만 있다면!
 오오, 하느님! 나는 이렇게나마 생활하고 있는데 리스가 그 무서운 운명에 빠질 줄이야! 나는 리스보다 착한 인간이 아닙니다. 그녀는 착한 일을 하려고 애를 썼습니다. 그럼에도 불구하고 어째서 나는 살아 있고 리스는 죽어야만 합니까? 둘은 어디가 달랐을까요? 지금 우리 두 사람의 처지는 어찌해서 이와 같이 다를까요?
 솔직히 말해서 나는 몇 달 동안이나, 아니 일 년 가까이 리스를 잊고 있었습니다. 완전히 잊은 것은 아니지만 불쌍한 리스의 그림자를 보기 전

까지는 리스를 이렇게까지 흥분해서 생각해 본 적이 한 번도 없었습니다.
 오, 리스! 전쟁이 끝날 때까지 살아 있다가 나한테로 돌아와 준다면 나는 너를 맞아들이고 너에게 지은 죄를 씻을 텐데.
 그러나 내가 다시 리스를 살릴 수 있을 때에는, 리스는 지금과 같이 나의 도움이 필요하지 않을 것입니다. 그녀도 나를 생각한 적이 있을까요? 만일 있다면, 나를 어떻게 생각할까요?
 하느님! 리스를 구해 주세요. 적어도 그녀가 외롭지 않도록. 하느님, 내가 그녀를 얼마나 불쌍하게 생각하고 있는지를 하느님께서 그녀에게 전해 주신다면, 그녀는 반드시 용기를 낼 것입니다.
 이제 더 이상 생각 않기로 하자. 생각해도 소용 없는 일. 그러나 나는 그녀의 큰 눈을 잊으려 해도 잊을 수가 없습니다. 그녀는 자기에게 주어진 운명에 굴하지 않고 자기 자신을 신뢰하고 있을까요? 나로서는 알 수 없습니다. 그녀에게 물어 본 적도 없습니다.
 리스여! 너를 데리고 와서 나의 즐거움을 나누어 줄 수만 있다면! 이미 늦었습니다. 나는 그녀를 구할 수도, 나의 죄를 용서받을 수도 없습니다. 그러나 나는 결코 그녀를 잊지 않을 것입니다. 그리고 언제나 그녀를 위해서 기도할 것입니다.

—— 안네

1943년 12월 6일 월요일
키티님!
 성 니콜라스 날이 가까워짐에 따라 우리들은 모두 지난해 이 날 곱게 장식되었던 바구니를 그리워하지 않을 수 없었습니다. 특히 나는 아무 장식도 없을 올해는 반드시 싱겁고 따분할 것이라고 생각했습니다. 그래서 오랫동안 이 일을 골똘히 생각한 끝에 재미있는 것을 생각해 냈습니다.
 나는 아버지와 의논하여 일 주일 전부터 모두에게 짤막한 시를 짓게 했습니다.
 일요일 저녁 일곱 시 45분, 모두 4층 방에 가서 꼬마 인형과 붉고 푸른 색종이로 만든, 나비 리본으로 장식된 큰 빨래 바구니를 가운데 놓고 자리에 앉았습니다. 바구니는 갈색의 큰 종이로 덮여 있고, 그 종이 속에는 한 통의 편지가 꽂혀 있었습니다. 모두들 바구니가 큰 데에 놀랐습니다. 나는 종이 속에서 편지를 꺼내어 읽었습니다.

산타 클로스가 다시 찾아왔습니다.
해마다 오신 걸음하곤 다르시지만.
우리들은 지난해처럼 호화롭고 유쾌하게
그의 날을 축하할 수는 없습니다.
그때 우리의 희망은 드높고도 밝았습니다.
모든 낙관은 옳았다고 생각합니다.
올해 여기서 산타를 맞을 줄이야
아무도 상상하지 못했습니다.
그러나 우리들은 산타의 정신을 살리려 합니다.
우리들은 선물을 마련하지 못했기 때문에
다른 방법을 고안했습니다.
자, 여러분! 당신 구두 속을 들여다봐 주십시오.

제각기 바구니에서 자기 구두를 찾아들고는 웃음 바다를 이루었습니다. 구두 속에는 구두 주인의 주소를 적은 조그마한 종이가 들어 있었습니다.
―― 안네

1943년 12월 22일 수요일
키티님!
지독한 감기 때문에 오늘까지 당신에게 편지를 쓰지 못했습니다. 기침이 나오려 하면, 나는 담요 속으로 파고들어가 소리를 내지 않으려고 애를 썼습니다. 그러나 목이 간지러워 우유, 벌꿀, 사탕 같은 것을 먹어야 했습니다. 목과 가슴에 찜질하기, 뜨거운 물 마시기, 목에 약 바르기, 안정, 두터운 이불, 탕파(湯婆), 레몬즙 그리고 두 시간마다 재는 체온 등등. 집안 사람들이 이것저것 힘써 준 치료를 생각하면 현기증이 날 지경입니다.

 이런 치료로 감기가 정말 낫는 것일까요? 가장 기분이 나빴던 것은 두셀씨가 대용 의사가 되어 심장의 고동을 들어보느라고 내 가슴에다 번들번들하게 기름을 바른 머리를 바싹 댈 때였습니다. 아저씨의 머리카락이 가슴에 닿으면 간지럽고 불쾌해서 견딜 수 없었습니다. 아저씨는 30년 전에 의학을 공부해서 의사 자격을 갖고 있지만 나는 좀 이상한 생각이 들었습니다. 대체 이 사나이는 어째서 내 가슴에다 머리를 파묻으려 하는 것일까요? 그는 내 애인이 아닙니다! 게다가 아저씨는 요즘 아주 귀가 먹었으니까 먼저 자기 귀부터 소제할 필요가 있습니다.

 앓던 얘기는 이것으로 그만두겠어요. 나는 퍽 건강해졌습니다. 키가 1센티미터 자랐고, 체중은 2파운드나 늘었습니다. 하지만 안색이 좋지 못해요. 최근에는 공부가 하고 싶어 못 견디겠어요.

 전해 드릴 만한 좋은 뉴스는 별로 없습니다. 여기 사람들은 요새 사이가 좋아졌습니다. 싸움은 안 합니다——반 년 동안은 싸움이 그칠 사이가 없더니. 엘리는 아직 여기에 올 수 없습니다.

 크리스마스용 기름, 과자, 고깃국 등의 특별 배급이 왔습니다. 두셀씨는 미프에게 사오게 한 케이크를 어머니와 아주머니께 선물했습니다. 미프는 그렇게 바쁘면서도 이러한 일까지 하지 않으면 안 됩니다. 나도 미프와 엘리에게 만들어 달라고 할 것이 있습니다. 적어도 2개월 동안 나는 죽에도 설탕 넣는 것을 절약했습니다. 게다가 코프하이스씨로부터 약간 얻었으므로 그것으로 폰단(입에 넣으면 녹는 설탕 과자)을 만들어 달라고 했습니다.

 밖에는 가랑비가 내리고 있습니다. 스토브는 냄새를 풍기고, 먹은 것이 소화되지 않아 여기저기 배에서 꾸룩꾸룩 소리가 납니다. 전쟁은 정체 상태에 빠져 군인들의 사기도 오르지 않습니다.

—— 안네

1943년 12월 24일 금요일
키티님!
　나는 요전번에 우리들이 이곳 분위기에 얼마나 영향을 받고 있는지를 썼는데, 나의 경우에는 최근에 점점 더 심해져 갑니다. "이 세상의 천국이란 절망의 구렁텅이냐"라고 한 괴테의 말이 가장 적합합니다. 다른 유태인 어린이와 비교해서 우리들이 얼마나 행복한가를 생각한다면 나는 '이 세상의 천국'에 있다는 생각이 들고, 예를 들어 오늘처럼 코프하이스 씨 부인이 와서 자기 딸 코리의 하키 클럽 얘기, 카누를 타고 한 여행 그리고 연극 친구들 얘기 등을 들으면 그만 '절망의 구렁텅이' 속에 떨어지고 맙니다. 코리를 질투하는 것은 아니지만, 다시 한 번 아주 재미있는 짓을 하여 배가 아프도록 웃어 봤으면 하고 바라지 않을 수 없습니다. 더욱이 크리스마스와 신년 휴가가 왔는데도 집 없는 사람처럼 이곳에서 움직일 수 없는 우리의 신세를 생각하면 말할 수 없이 쓸쓸해집니다. 이런 얘기를 쓰는 것은 은신처에 대해 감사하는 마음이 없는 것 같을 뿐만 아니라, 과장된 생각이니 쓰지 말아야겠지요? 그렇지만 당신이 나를 어떻게 생각하든 나는 생각나는 것을 마음속에만 넣어 둘 수는 없어요. 그러므로 "종이는 참을성이 많다"고 한 나의 최초의 말을 기억해 주시기 바랍니다.
　누군가 옷에 바람을 품고 추운 듯이 밖에서 들어오면 '우리는 언제쯤 신선한 공기를 마실 수 있을까?' 하고 문득 생각에 잠깁니다. 이런 때엔 담요나 뒤집어쓰면 잊어 버리겠지만 나는 담요 속에 머리를 묻지 않겠습니다. 그 반대로 머리를 높이 들고 용기를 내겠습니다. 그래서 이런 생각이 머리에 떠오르는 것이지요. 당신이라도 만일 일 년 반이나 외출할 수 없게 된다면, 도저히 견딜 수가 없겠지요? 제아무리 감사의 마음을 잊지 않는다 하더라도 당신도 자기 감정만은 죽일 수 없습니다. 자전거를 타고, 춤을 추고, 휘파람을 불고, 세상을 두루 구경하고, 청춘을 즐기며 자기가 자유스럽다고 느끼는 것—이것이 바로 내가 동경하고 있는 것입니다. 그러나 나는 이런 기분을 나타내선 안 됩니다. 우리들 여덟 사람이 자기를 불행히 여기고 우울한 낯을 해본들 무슨 소용이 있겠어요? 나는 이따금 "유태인이건 유태인이 아니건 간에, 나는 다만 즐거움이 필요한 소녀에 지나지 않는다는 것을 이해할 수가 있을까?" 하고 자신에게 물어 볼 때가 있습니다. 나로서는 알 수가 없습니다. 나는 누구에게도 이런 말을 할 수가 없습니다. 만약에 말하게 되더라도 틀림없이 울어 버리리란 것을 나 스스로 너무나 잘 알고 있기 때문입니다. 하지만 운다는 것은 커다란 위안이 되기도 합니다.

나는 어떤 이유를 붙여도 또한 아무리 참아도, 나를 이해해 주는 어머니다운 어머니가 없는 것을 매우 섭섭하게 생각합니다. 내가 어떤 일을 하거나, 어떤 것을 쓰거나, 장래 내 아이들을 위해서 참다운 어머니가 되어 보고 싶다고 생각하는 것은 바로 이 때문입니다. 참다운 어머니라면, 보통 대화에서 한 말은 그다지 심각하게 듣지 않더라도, 애들이 진지하게 말하는 것은 진지하게 들어 주어야 할 것입니다.

오늘은 이것으로 그치겠어요. 당신에게 편지를 썼기 때문에 절망의 구렁텅이를 조금이라도 잊을 수 있었습니다.

—— 안네

1943년 12월 25일 토요일
키티님!

나는 크리스마스가 온 요 며칠 동안, 아버지 생각——아버지께서 언제나 들려주시는 젊었을 때의 연애 이야기——을 하고 있습니다. 나는 그 얘기를 작년만 해도 지금처럼 이해하지 못했지만, 다시 한 번 들려주신다면 이젠 나도 이해할 수 있다는 것을 알려 드릴 수 있습니다.

아버지가 그 연애 얘기를 하신 것은, 한번 자기 자신의 기분을 속시원히 털어 버리자는 심사에서였다고 생각합니다. 그렇게 하지 않으면 자신에 대해서 한마디도 얘기할 기회가 없으셨기 때문입니다. 가엾은 아버지! 나는 아버지께서 아직 모든 것을 잊으셨다고는 생각되지 않아요. 아버지는 결코 잊지 않으실 거예요. 아버지는 퍽 참을성이 많아지셨습니다. 나는 아버지 같은 괴로움을 겪지 않고 아버지 같은 사람이 되고 싶습니다.
—— 안네

1943년 12월 27일 월요일
키티님!
금요일 저녁, 난 난생 처음으로 크리스마스 선물을 받았습니다. 코프하이스씨, 크랄러씨의 딸들이 또 우리를 기쁘게 해주기 위해 준비했어요. 그래서 미프가 '평화의 1944년'이라고 쓴 예쁜 크리스마스 케이크를 만들었고 엘리는 전쟁 전의 것과 맞먹는 맛있는 비스켓 한 파운드를 가져왔습니다. 나와 페터와 언니는 요구르트를 한 병씩, 어른들은 맥주를 한 병씩 받았습니다. 선물은 세심하게 포장되었고, 그림이 핀으로 하나하나 고정되어 있었습니다. 이런 선물이 없었다면 크리스마스는 금방 지나갔을 거예요.
—— 안네

1943년 12월 29일 수요일
키티님!
나는 어젯밤, 또다시 쓰라린 심정에 빠졌습니다. 할머니와 리스 생각이 났던 것입니다. 아아, 그리운 나의 할머니! 우리들은 할머니의 괴로움을 전혀 이해하지 못했어요. 그토록 좋은 할머니였는데. 뿐만 아니라 할머니께서는 당신의 무서운 비밀——병에 걸리신 걸 그때까지 우리들에게 숨기고 계셨던 거예요. 할머니는 언제나 믿음직한 분이었습니다. 할머니께서는 결코 우리들을 실망케 하지 않으셨습니다. 내가 어떤 짓을 하건, 어떤 장난을 하건 할머니께서는 언제나 나를 감싸 주셨습니다.
할머니! 할머니는 저를 사랑해 주셨죠? 그렇지 않다면 제 기분을 이해하시지 못하셨던가요? 저는 모르겠습니다. 아무도 할머니에 대한 얘기를 해주는 사람이 없었습니다. 우리들이 옆에 있었다고는 하지만 할머니는 얼마나 쓸쓸하셨을까? 사람이란 아무리 여러 사람에게 사랑을 받아도 쓸

쓸할 때가 있는 법입니다. 그것은 그 사람이 누구에게도 '사랑하는 단 한 사람'이 못 되기 때문입니다.

　리스는 아직 살아 있을까요? 그녀는 무엇을 하고 있을까요? 오오, 하느님! 그녀를 보호해서 우리들에게 돌려 보내 주세요. 리스, 나는 언제나 네 처지에 나를 놓고, 나 자신의 운명이 어떠했을까 하고 상상해. 그렇다면 나는 왜 이다지도 이곳 생활을 불행하게 생각할까요? 나는 그녀의 일과 고생하고 있는 그녀의 친구들 일을 생각할 때 외에는 언제나 기쁘고 만족해하며, 행복해해야 하지 않을까요? 나는 이기적이고 겁쟁이입니다. 왜 나는 언제나 무서운 꿈을 꾸고 생각하곤 하는 것일까요? 나는 무서워서 때때로 큰 소리로 비명을 지르고 싶습니다. 그것은 뭐라 해도 하느님에 대한 신앙이 부족해서겠지요. 하느님께서는 내가 도저히 받을 수 없는 많은 것들을 나에게 주셨습니다. 그럼에도 불구하고 나는 매일 너무나 많은 잘못을 저지릅니다. 다른 사람들의 일을 생각하니 그저 울고 싶기만 합니다. 틀림없이 하루 종일 울고만 있겠지요. 내가 할 수 있는 단 한 가지 일은, 하느님이 기적을 일으켜서 불행한 사람들을 구해 주도록 기도드리는 일뿐입니다. 나는 그것만은 충분히 하고 있다고 생각합니다.

── 안네

18. 반 성

　1944년 1월 2일 일요일
　키티님!
　오늘 아침엔 별로 할 일이 없어서 지금까지 써 온 일기장을 뒤적이며 읽어 보았더니, 너무 흥분한 나머지 어머니 욕을 쓴 곳이 몇 군데 있는 걸 보고 나 자신도 깜짝 놀랐습니다. 그리고 나는 "안네, 어머니가 밉다고 쓴 게 너냐? 뻔뻔스럽게 그런 얘기가 나오니?" 하고 나 자신에게 물었습니다. 나는 일기장을 펴놓은 채 가만히 앉아, 나는 왜 당신에게 모든 걸 털어 놓고 얘기해야 할 정도로 그렇게 화가 나고 증오심에 휩쓸렸을까 하고 생각해 보았습니다. 왜 그랬는지 돌이켜 생각해 보아도 설명할 수 없었지만, 어머니의 욕을 일기에 남겼다는 것은 양심이 허락하지 않아, 일 년 전의 나를 이해하고 용서해 주려고 애를 쓰고 있습니다.

나는 지금 사물을 주관적으로 쓸 뿐만 아니라, 흥분하기 쉬운 성격 때문에 나를 화나게 하고 불행을 느끼게 한 상대방의 말은 항상 냉정히 생각해 보았고, 이것에 대답하지 못하는 심정에 괴로워하고 있습니다――일 년 전 그때도 그랬었습니다.

나는 나만을 생각하고 나의 모든 기쁨과 슬픔, 남을 경멸하는 글을 일기에 적었습니다. 이 일기는 나에게는 커다란 가치를 지니고 있습니다. 여러 가지 면에서 하나의 비망록이 되어 있기 때문이지요. 그러나 나는 여러 군데에 "이것은 이미 지나간 과거의 일이다"고 써야 했을 겁니다.

나는 어머니에 대해서 마구 화를 내곤 했습니다. 그리고 지금도 이따금 그런 감정에 사로잡힙니다. 어머니가 나를 이해해 주시지 않는 것은 사실이지만, 나 역시 어머니를 이해하지 못했습니다. 어머니는 나를 몹시 사랑하는 인자하신 분이었습니다. 그러나 지금은 나 때문에 자주 불쾌해지실 뿐만 아니라 다른 걱정거리나 고통 때문에 걷잡을 수 없이 신경질이 나서 내게 화풀이를 하게 되는 그 심정을 이해합니다.

나는 그것을 너무 진지하게 받아들여 어머니께 화를 내고 어머니를 불행하게 한 겁니다. 말하자면 불쾌한 기분과 비참한 기분이 항상 맞부딪친 셈이죠. 이것은 양쪽에 다 유쾌한 일은 아니었습니다.

나는 어머니의 욕을 쓴 부분을 끝까지 읽고 싶지 않았습니다. 뿐만 아니라 나 자신이 가엾다는 생각도 들었습니다. 생각해 보면, 내가 한 짓도 이해 못 할 건 아닙니다. 일기에 욕을 쓴 것도, 결국은 보통때 같으면 자기 방문을 잠그고 두세 번 발을 구르며 어머니가 안 계신 곳에서 어머니 욕을 해버리면 그만 잊어 버릴 일에 대한 화풀이를 쓴 거라고 볼 수 있습니다.

내가 처음으로 생리가 있다는 것을 알았을 때, 어머니는 눈물을 흘리셨습니다. 나도 차차 성숙해지자 어머니도 그다지 초조해하지는 않습니다. 나는 이제 감정이 상하면 입을 다물어 버립니다. 어머니도 그렇게 하십니다. 그래서 전보다 훨씬 사이가 좋아졌습니다. 그러나 응석받이 같은 기분으로 어머니를 사랑할 수는 없습니다. 그럴 생각은 조금도 없습니다.

그렇지만 욕을 하더라도 직접 어머니께 들이대어 마음을 상하게 한 게 아니라 일기에만 적어서 다행이라는 구차한 변명으로 겨우 내 양심을 위로하고 있습니다.

— 안네

1944년 1월 5일 수요일
키티님!

오늘, 당신에게 고백해야 할 일이 두 가지 있어요. 시간이 걸리겠지만, 누구에겐가 해야 할 고백이라면 어떤 일이 있더라도 반드시 비밀을 지켜 주는 당신이 가장 적당한 상대라고 생각합니다.

첫째는 어머니에 대한 겁니다. 당신도 알다시피 나는 어머니에 대한 불평을 여러 번 했습니다. 그렇지만 어머니를 위해 드리려고도 애를 써 왔습니다.

그런데 이제 와서 어머니의 결점이 무엇인지를 갑자기 알게 됐습니다. 어머니가 언니와 내게 말씀하시기를, 우리를 딸이라기보다는 친구로서 보아 오셨다고 하셨습니다. 그것은 퍽 훌륭하신 생각이긴 하지만 친구란 역시 어머니를 대신할 수는 없죠. 나는 어머니가 필요합니다. 어머니를 존경할 수 있기를 바랍니다. 언니도 이런 일에 대해서는 나하고 생각이 다르기 때문에 내가 지금 한 말을 이해하지 못할 것입니다. 또 아버지도 어머니에 관한 얘기를 일절 피하고 계십니다.

나는 어머니란, 우선 첫째로 자식이 내 나이쯤 되면 잘 다룰 줄 알아야 하고, 아이들이 우는 경우에는——아파서가 아니라 다른 일로 해서——웃지 않아야 한다고 생각합니다.

하잘것없는 일이지만, 어머니는 절대로 용서할 수 없는 일을 하나 하셨어요. 그것은 이곳에 오기 전에 내가 치과 의사한테 갔을 때의 일입니다. 어머니와 언니도 함께 갔는데 나는 자전거를 타고 갔습니다. 치과의 일이 끝난 다음 둘이서 무슨 물건을 사러 간다기에——무엇이었는지는 확실히 기억하고 있지 않습니다——나도 따라가겠노라고 했더니, 자전거를 타고 왔으니까 안 된다고 거절했습니다. 분한 나머지 눈물을 흘렸더니 그걸 보고 둘이서 마주 보고 웃기에 나는 화가 치밀어올라 그만 길 한복판에서 그들에게 혀를 내밀어 보였습니다. 마침 그때 지나가던 나이 많은 부인이 이 꼴을 보고 놀랐습니다. 나는 자전거로 집으로 돌아와서 한참이나 울었습니다.

우스운 일 같지만 그날 오후 내가 얼마나 골이 났었는지 그걸 생각하면, 그때 어머니가 내 마음에 준 상처가 지금도 아픕니다.

둘째는, 퍽 거북한 얘기입니다. 나 자신에 관한 얘기니까요.

어제 나는 시스 헤이스테르의 '낯 붉히는 일'에 관한 글을 읽었습니다. 나를 위해서 쓴 것 같은 논문이었습니다. 나는 그다지 쉽게 낯을 붉히는 편은 아니지만 그 속에 쓰여 있는 어떤 부분은 내게 꼭 들어맞았습니다. 그 글은 대략 이러한 것입니다——여자아이는 나이가 들면 얌전해지고 제 몸에 일어나는 이상한 현상에 신경을 쓰기 시작한다.

나도 요즈음 이와 똑같은 경험을 하고 있습니다. 아버지, 어머니, 언니 일로 거북한 생각이 드는 것은 그 탓입니다. 이상한 것은 언니는 나보다 훨씬 수줍어하는 성격인데도 조금도 그런 티가 나지 않습니다.

내게 일어나고 있는 변화——마음속에 일어나는 변화——는 참 멋지다고 생각합니다. 그렇지만 아무와도 나 자신의 일이라든지 이런 일을 얘기해 본 적은 없습니다. 그래서 자기 자신과 얘기해야 합니다.

나는 생리가 있을 때마다——아직 세 번밖에 없었습니다——고통스럽고 불쾌하고 우울한데도 불구하고 달콤한 비밀을 가진 듯한 기분을 맛봅니다. 시스 헤이스테르는 이런 나이 또래의 소녀는 자기라는 것을 똑똑히 자각하지는 못하지만 자기도 사상, 감정, 습성을 가진 하나의 인간이라는 것을 점점 깨닫게 된다고 쓰고 있습니다. 내가 이곳에 왔을 때는 열세 살이었지만 보통의 소녀들보다도 빨리 나 자신에 대해서 생각하기 시작했고 나도 하나의 인간 객체라는 걸 깨닫게 됐습니다. 나는 잠자리에 누웠을 때, 가슴에 손을 얹고 심장의 율동적인 고동을 느끼며 가만히 귀를 기울이고 싶은 충동에 사로잡힐 때가 간혹 있습니다.

나는 이곳에 오기 전에도 이미 어렴풋이 그런 생각을 가지고 있었습니다. 어떤 여자친구와 같이 잤을 때에는 그녀에게 키스하고 싶은 충동을 느껴서 정말 키스한 일이 있습니다. 또 나는 그녀가 언제나 자기 몸을 보이지 않으려 했기 때문에 그녀의 몸에 대한 호기심을 누를 수가 없었습니다. 그래서 우정의 증거로서 서로 앞가슴을 만져 보자고 했더니 그녀는 싫다고 거절했습니다. 예를 들어 나는 비너스와 같은 여자의 벗은 몸을 볼 때마다 황홀해지고 나도 모르게 눈물이 뺨으로 흘러내립니다.

아, 나는 여자친구를 하나 갖고 싶습니다.

—— 안네

1944년 1월 6일 목요일
키티님!

나는 누군가와 얘기하고 싶어 참다못해 그 상대로 페터를 생각해 냈습니다.

낮에 나는 이따금 4층의 페터 방에 놀러 갑니다. 정말로 놀기는 좋은 방이지만 페터는 지나치게 얌전하고, 귀찮으니 나가 달라는 말도 일절 하지 않아서 나는 그가 귀찮아 할까 봐 결코 오래 앉아 있지 못합니다. 나는 남의 눈에 띄지 않게 페터 방으로 가서 그와 이야기할 구실을 생각하고 있었는데 마침 그 기회가 왔습니다. 페터는 지금 '빈 칸 채우기' 퀴즈에 열중해서 다른 일이라고는 아무것도 안 합니다. 나는 페터를 거들어 그것을 풀다 보니 어느덧 테이블을 사이에 두고 그는 의자에, 나는 긴 의자에 마주 앉아 있었습니다.

그의 맑고 푸른 눈을 들여다보는 순간마다 나는 이상한 기분이 들었습니다. 그는 입가에 이해하지 못할 웃음을 띠우고 나와 마주 앉았는데 나는 그때 그의 마음을 알아챌 수 있었습니다. 나는, 여자에게 어떤 태도를 취해야 할지 모르겠다는 자신없어하는 마음과 자기는 남자라는 의식의 그림자를 그의 태도 속에서 볼 수 있었습니다. 그의 수줍은 태도를 보고 나는 퍽 부드러운 기운에 잠겼습니다. 나는 몇 번이고 그와 시선을 마주쳐가며 진심으로 "지금 마음속으로 무슨 생각을 하고 있는지 가르쳐 줘. 너는 이런 쓸데없는 얘기말고는 다른 할 얘기가 없니?" 하고 그에게 호소하고 싶었습니다.

그러나 그날 저녁은 아무 일 없이 그대로 지나갔습니다. 다만 그가 얼굴을 붉히는 일에 대해서만은 얘기했습니다. 물론 내가 일기에 쓴 것은 아니죠. 성장함에 따라 그가 자기 스스로 더 자신을 가질 수 있도록 하기 위해서 말한 것입니다.

나는 자면서 여러 가지 생각을 했는데 결국 나에게 용기를 북돋워 주는 것은 없었습니다. 페터에게 귀여워해 달라고 부탁한다는 것은 생각만 해도 싫었습니다. 누구나 자기 나름대로의 방법으로 자기의 그리움을 만족시킬 수 있습니다. 나는 이제부터 가끔 페터에게 가서 어떻게 해서든지 그와 대화를 터 보기로 결심했습니다.

내가 페터를 사랑하고 있다고는 생각지 말아 주세요. 절대로 그런 일은 없습니다! 만일 환 단씨 댁에 남자아이가 아닌 여자아이가 있었더라면, 나는 그애와 친하게 지내려고 했을 것입니다.

오늘 아침 일곱 시 5분 전에 눈을 떴을 때, 꿈에 본 것이 너무나도 생생하게 떠올랐습니다. 내가 의자에 앉아 있는데 그 앞에 페터——여기 있는 페터가 아니라 페터 베셀이 앉아 있었습니다. 둘이서 같이 마리 보스가 그린 그림책을 보고 있었습니다. 너무나 선명한 꿈이어서 지금도 그 그림의 일부를 기억하고 있습니다. 꿈은 이것만이 아니고 갑자기 페터의 눈이 내 눈과 마주쳤습니다. 나는 언제까지나 그의 아름다운 갈색 눈을 물끄러미 보고 있었습니다. 그러자 페터는 친절하게 "내가 알고만 있었다면 벌써 너에게로 왔을 텐데" 하고 말했습니다. 그 말에 나는 가슴이 벅차 올라 눈물이 나올 것 같아서 얼굴을 돌려 버렸습니다. 그러고 나서 곧 나는 내 볼에 부드러우면서도 차가운 볼이 닿는 것을 느꼈습니다. 나는 황홀했습니다……

　여기서 나는 잠을 깼습니다. 그러나 잠을 깨고 나서도 그의 볼이 아직도 내 볼에 닿아 있고 그의 갈색 눈이 나를 보고 있는 것처럼 느껴졌습니다. 그는, 내가 마음속으로 그를 얼마나 사랑했고 그리고 지금도 사랑하고 있는지를 느꼈을 것입니다. 눈물이 솟아올랐습니다. 나는 그를 잃은 것은 슬퍼했지만, 그와 동시에 페터 베셀이 지금도 나에게 선택된 단 한 사람이라는 것을 알고 기뻤습니다.

　여기에 와서부터, 꿈에 가끔 사람 얼굴이 확실하게 보이는 것이 이상합니다. 어느 날 밤, 나는 할머니의 꿈을 꾸었는데 주름진 벨벳 같은 할머니의 피부까지 확실히 볼 수 있었습니다. 그때의 할머니는 수호의 천사로서 나타난 것입니다. 그 다음에 꾼 건 리스의 꿈입니다. 그녀는 나의 여자친구와 유태인의 고난의 상징같이 여겨집니다. 내가 그녀를 위해서 기도할 때에는 언제나 모든 유태인과 고난을 겪고 있는 모든 사람들을 위해서 기도합니다. 그리고 이번에는 페터—내가 사랑하는 페터의 꿈입니다. 나는 마음속으로 이같이 확실하게 그의 모습을 본 적이 없었습니다. 그의 사진은 필요 없습니다. 나는 눈앞에서 그를 볼 수 있기 때문입니다.

—— 안네

19. 첫사랑

1944년 1월 7일 금요일
키티님!
왜 이렇게도 바보일까요? 남자친구 얘기를 아직 하지 않았다는 걸 깜빡

잊고 있었어요.
　유치원에 다닐 때 나는 카렐 삼손을 아주 좋아했습니다. 올라 카렐 삼손은 아버지를 여의고 어머니와 함께 작은어머니 댁에서 살고 있었습니다. 카렐의 삼촌 로비는 머리카락이 검고 몸이 여윈 미소년이어서 꼬마며 익살꾼인 카렐보다 귀염을 받았지만, 내겐 얼굴이 문제되지 않았습니다. 나는 언제까지나 카렐이 좋았습니다.
　우리는 늘 함께 놀았지만 단지 그것뿐, 내 사랑은 보람이 없었습니다.
　그 다음에 내 앞에 나타난 것이 페터 베셀이었습니다. 나는 어린 마음에도 그애에게 열중했습니다. 그도 나를 퍽 좋아하여 우리 둘은 한여름 동안 떨어질 수 없을 만큼 사이가 좋아졌습니다. 나는 지금도, 그는 흰 무명옷을 입고 나는 짤막한 여름 원피스를 입고 손을 잡고 함께 거리를 거닐던 일을 기억하고 있습니다. 여름방학이 끝나자 그는 중학교 1학년이 되고 나는 초등학교 6학년이 되었습니다. 둘은 학교에서 만나 함께 집으로 돌아오곤 했습니다. 페터는 얌전하고 침착하며, 영리한 얼굴을 한, 날씬하고 키가 큰 미소년이었습니다. 검은 머리카락과 멋진 갈색 눈, 붉은 뺨과 오똑한 코를 갖고 있었습니다. 웃으면 아주 장난꾸러기처럼 보였으나 나는 그것이 견딜 수 없을 만큼 마음에 들었습니다.
　내가 방학 동안 시골에 갔다가 돌아와 보니, 페터는 이사를 가버리고 그가 살던 집에는 그보다 훨씬 나이 먹어 보이는 소년이 살고 있었습니다. 이 소년이 페터에게 나를 젖비린내나는 말괄량이라고 악평을 해서 그가 나를 버렸음에 틀림없습니다. 나는 그를 열렬히 사랑했기 때문에 체념할 수가 없었으며 그의 사랑을 돌이키려고 애를 썼습니다. 그러나 그의 꽁무니를 쫓아다니게 되면, 남자 미치광이란 별명을 얻을 것이라는 생각이 문득 들었습니다. 그 후 몇 해가 지났습니다. 그는 자기와 같은 또래의 계집애와 놀면서 나와는 길에서 만나도 말 한마디 걸어 주지 않았습니다. 그래도 나는 그를 잊을 수가 없었습니다.
　유태인 중학교에 입학한 후, 나에게 반한 남자친구가 반에 많았습니다. 나는 재미있다고 생각했고 자랑스럽게 여기기도 했지만, 그저 그런 정도

일 뿐 별로 마음이 동요되지는 않았습니다. 그 후에 하리가 나에게 열중했지만, 이미 애기한 것처럼 나는 두 번 다시 사랑을 하지 않았습니다.

"시간은 모든 상처를 씻어 준다"는 말이 있는데, 내 경우도 그랬습니다. 나는 페터의 일을 잊고 또 그를 조금도 좋아하지 않게 되었다고 스스로 생각하고 있었습니다.

그렇지만 그에 대한 추억은 내 가슴속 깊이 살아 있었던 것입니다. 다른 여자친구를 질투하며 그를 싫어하게 된 것은, 역시 그를 잊을 수 없었기 때문이라고 스스로 인정하지 않을 수 없었습니다. 나는 오늘 아침까지 내 마음이 조금도 변하지 않았다는 것을 알았습니다. 그뿐 아니라 성장할수록 그를 한층 더 사랑하게 되었습니다. 이제는 페터가 나를 젖비린내난다고 생각했던 기분도 이해할 수 있습니다. 그러나 그가 나를 깨끗이 잊어 버렸다고 생각하면 슬퍼집니다. 나는 꿈에서 그의 얼굴을 너무나 생생히 보았기 때문에, 나의 기억 속에 그보다 더 강하게 남은 사람은 없다는 것을 이제는 확실히 알았습니다.

나는 이 꿈으로 정신이 몽롱해져, 오늘 아침 아버지가 키스를 하셨을 때도 "오오, 아버지, 당신이 페터라면" 하고 외치고 싶었습니다. 나는 하루 종일 그를 생각하며 '오오, 페터, 나의 사랑하는 페터'라고 마음속에서 거듭 불러 보았습니다.

현재 누가 나를 위로해 줄 수 있을까요? 나는 끝까지 살아서 여기를 나가 그를 만나면 그가 내 눈에서 애정을 눈치채고 "오오, 안네, 내가 알았더라면 진작 네게 달려갔을 걸" 하고 말해 주도록 하느님께 빌어야겠습니다.

얼굴을 거울에 비춰 보았더니 전과는 아주 달라 보입니다. 눈은 밝고 맑으며, 뺨은 몇 주일 붉은 빛을 띠었고, 입술에는 윤기가 흐릅니다. 내가 행복해 보입니다. 그렇지만 내 표정에는 어딘지 쓸쓸한 그늘이 지고, 입가에 미소가 떠올랐다가는 곧 사라져 버립니다. 나는 행복하지 못합니다. 그가 나와 같은 생각을 하지 않는다는 걸 알고 있기 때문입니다. 그래도 나는 나를 바라보는 그의 아름다운 눈과 내 볼에 마주 댄 그의 차갑고 부드러운 볼의 감촉을 아직도 느낍니다.
 오오, 페터! 어떻게 당신의 모습을 잊을 수 있겠습니까? 당신을 대신할 사람은 아무도 없습니다. 나는 당신을 사랑하고 있습니다. 당신을 향한 나의 사랑은 너무도 커서 이젠 가슴속에 묻어 둘 수가 없습니다. 틀림없이 가슴을 박차고 나와 갑자기 마귀처럼 날뛸 것입니다.
 일 주일 전, 아니 어제까지만 해도 누군가 "네 친구들 중 결혼 상대로 누가 제일 적당하니?" 하고 물었다면, 나는 "모르겠어요"라고 대답했겠지만, 지금은 "페터예요. 난 그를 진정으로 사랑하고 있어요. 나의 모든 것을 그이한테 바치겠어요!"라고 외칠 것입니다. 그이가 이 말을 듣는다면 나의 볼을 어루만져 줄지도 모르지만, 아마 그것뿐일 거예요.
 전에 우리들이 성(性)에 대해서 얘기했을 때, 아버지께서는 나더러 아직 그리움이 무엇인지 모를 거라고 말씀하셨지만 나는 알고 있습니다. 그리고 지금은 완전히 압니다. 지금 내게는 페터보다 더 그리운 사람은 없습니다. 오오, 나의 페터!

―― 안네

1944년 1월 12일 수요일
 키티님!
 엘리는 2주일 전부터 다시 오게 되었습니다. 미프와 행크는 복통으로 이틀간 일을 쉬고 있습니다.
 나는 지금 댄스와 발레에 열중하고 있습니다. 저녁에는 열심히 댄스의 스텝을 연습하고 있습니다. 나는 하늘색 페티코트로 레이스가 달린 최신식 무용복을 만들었습니다. 목에는 리본을 두르고, 이것을 중앙에 나비 모양으로 맨 다음 분홍색 리본을 달았습니다. 운동화를 발레화로 고쳐 보려 했으나 실패했습니다. 나의 굳어진 다리가 전처럼 유연해지기 시작했습니다. 연습중에 가장 힘든 것은 마루에 앉아 발끝을 두 손으로 누르고, 양다리를 공간으로 들어올리는 연습입니다. 엉덩이가 아프지 않도록 밑에 이불을 깔아야 합니다.

지금 모두가 《구름 없는 아침》이라는 책을 읽고 있습니다. 어머니는 젊은이들의 문제가 여러 가지 나와 있어 대단히 좋은 책이라고 하시지만, 나는 마음속으로 '당신 자신의 아이들 일이나 좀더 생각하면 어때요?' 하고 빈정거리고 있습니다.

어머니는 우리 가정같이 부모 자식간의 조화가 잘된 집은 없고, 자기만큼 자식들을 걱정하는 엄마는 없다고 생각하고 있는 것 같습니다. 그러나 실제로는 마고트만을 생각하고 있습니다. 마고트는 나와 같은 고민이나 사상도 없다고 생각하지만, 그러한 말을 하면 어머니는 놀라며 어쩔 줄 몰라 할 뿐이니 말할 생각은 추호도 없습니다. 나는 어머니를 괴롭히는 말은 하고 싶지 않습니다. 말해 봐도 소용 없다는 것을 잘 알고 있기 때문입니다.

어머니는 나보다 언니가 더 자기를 사랑한다고 생각하지만, 그것은 어머니의 전부가 아니라 어느 한 부분일 거라고 생각하고 있습니다. 마고트는 친절해졌습니다. 전과는 아주 달라졌습니다. 전보다는 심술궂지 않고 참된 친구답습니다. 그녀는 이제 나를 상대가 되지 않는 아이라고는 생각지 않습니다.

이상한 일이지만 나는 남의 눈을 통해서 나 자신을 바라볼 때가 있습니다. 그럴 때에는 흡사 남의 일을 생각하듯이 지금까지 내가 걸어온 생애를 한 장 한 장 더듬어 봅니다. 이곳에 오기 전만 해도 요즈음처럼 사물에 대해 주의 깊게 생각해 본 일이 없고, 간혹 나 자신을 아버지나 어머니나 언니와는 관계없는 사람처럼 느낀 일이 있을 뿐입니다. 그리고 나는 자주 고아처럼 행동해 보이기도 했지만, 나중에는 이렇게도 행복한데 스스로 자기를 불쌍하게 여기다니 그건 나쁜 짓이라고 자신을 꾸짖었습니다. 그리고 나서 억지로 자신에게 다정한 태도를 취했던 일이 있습니다. 아침마다 누군가 아래층으로 내려올 때면, 어머니였으면 하고, 또 어머니께서 "잘 잤니!" 하고 인사를 건네 주셨으면 하는 기대를 가졌었지요. 어머니의 귀여움을 받고 싶어서 어머니께 키스를 하고 다정한 인사를 드리면, 어머니는 싫은 표정을 지으셔서 나는 그만 실망 속에 학교로 가곤 했습니다. 학교에서 돌아오는 길에, 어머니는 여러 가지 걱정거리가 많아서 그러셨을 테지 하고 마음을 고쳐 먹고 집으로 돌아와 일부러 쾌활하게 얘기를 하지만, 같은 일이 되풀이되면 나는 가방을 옆에 끼고 우울하게 방을 나오기가 일쑤였습니다. 종종 나는 언제까지나 뾰로통한 채 지내리라 결심하지만, 학교에서 돌아오면 할 얘기가 산더미같이 많아 내 결심은 금방 날아가 버리고 어머니께서 무엇을 하고 계시든 옆에서 지껄였습니다. 그러나 얘기에만 정신이 팔려 2층에서 나는 발소리를 듣지 못했다고 또 꾸중을 듣게 되면 밤마다 내 베개는 눈물로 젖었어요.

그 후 세상은 점점 험해졌고 당신도 알다시피 이 모양이 됐지요.

그러나 하느님은 이번에는 내게 페터라는 위안자를 주셨습니다. 나는 내 목걸이를 꼭 쥐고 거기에 키스를 하며, '다른 사람이 하는 일은 내가 상관할 바 아니야. 페터는 나의 사랑하는 사람이요, 내 것이야. 그러나 그것을 알고 있는 사람은 아무도 없어'라고 나 자신에게 말합니다. 이렇게 해서 나는 다른 사람으로부터 받는 냉대를 참고 견디어 냅니다. 이 어린 소녀가 마음속으로 이러한 여러 가지 일들을 상상할 줄이야 누가 생각이나 하겠습니까?

— 안네

1944년 1월 15일 토요일
키티님!

우리들이 싸우는 일과 말다툼하는 일들을 일일이 보고하여 봤자 아무 소용 없는 일이겠지요? 그래서 여기서는 단지 우리들이 버터와 고기와 그 밖에 여러 가지 물건을 분배하여 감자 요리를 각자가 하게 되었다는 사실만 알려 드립니다.

오후 네 시쯤 저녁 식사를 기다리다 못 해 우리들은 점심과 저녁 사이의 간식으로 빵을 먹었습니다.

어머니 생신이 가까워졌습니다. 어머니는 크랄러씨로부터 설탕을 약간 받았으나, 아주머니는 생일에 이러한 호의를 받아 보지 못했으므로 환 단 부부는 질투를 했습니다. 그러나 욕설이나 하고 울고불고하면서 서로 기분을 상하게 한들 무슨 소용이 있겠습니까? 나는 싸움이나 말다툼에는 진절머리가 납니다. 어머니는——이곳 생활에서는 바랄 수도 없는 일이지만——환 단 내외를 2주일만 보지 않고 지내 봤으면 하고 간절히 말했습니다.

그 어떤 사람과 한집에 산다 해도 여러 가지 말썽이 생기는 것일까요? 그렇지 않으면 우리들은 운이 없어 제비를 잘못 뽑은 게 아닌가 하고 항상 생각하게 됩니다. 모든 사람들이 이렇게 이기적이고 인색할까요? 인간에 대해서 좀 공부한다는 것은 좋은 일이겠지만, 나는 이제 싫증을 느낄 정도로 많이 배웠다고 생각합니다. 우리들이 싸움을 하든 자유와 신선한 공기를 그리워하든, 전쟁은 계속되고 있습니다. 그러므로 우리들은 될 수 있는 대로 이곳의 생활을 즐겁게 하려고 노력해야 합니다. 이번에는 설교조가 되었으나, 이곳에 오래 있다가는 바짝 마른 콩나물대 같은 인간이 될 것입니다. 나는 인간다운 젊은 여자가 되고 싶습니다.

—— 안네

20. 마음의 성장

1944년 1월 22일 토요일
키티님!

인간은 왜 자기의 참된 감정을 감추려고 하는지 모르겠습니다. 왜 나는 남이 모인 자리에서는 마음에도 없는 태도를 보일까요?

사람들은 왜 서로 믿지 않을까요? 거기에는 이유가 있겠지만, 그렇다 하더라도 가까운 동기간에 본심을 털어 놓지 못한다는 것은 때로는 무서운 일이라고 생각합니다.

나는 어젯밤 꿈을 꾸고 나서부터는 어른이 된 기분입니다. 나는 이전보다는 훨씬 '자주적인 인간'입니다. 환 단씨 내외에 대한 나의 태도까지 달라졌다고 말한다면 당신은 깜짝 놀라겠지요? 나는 갑자기 모든 말다툼이나 싸움에 대해 지금까지와는 다른 견해를 갖고, 이전과 같은 편견은 갖지 않습니다. 왜 내가 이렇게 변했을까요? 그것은, 어머니가 좀 눈치 있는 사람이었다면 환 단씨 댁과의 관계도 상당히 원활할 것이라고 갑자기 느껴졌기 때문입니다. 환 단 아주머니가 결코 좋은 사람이 아닌 것은 사실입니다. 그러나 이야기가 미묘하게 되어 가면, 어머니도 반드시 신경질적이 됩니다. 이러한 일만 없다면, 싸우는 일은 반쯤은 피할 수 있었을 것이라고 나는 곰곰이 생각했습니다.
　아주머니에게도 좋은 점이 있습니다. 얘기를 하면 잘 이해한다는 점이 그 하나입니다. 이기적이고 인색하며 음흉하기는 하지만, 자기를 초조하게 하거나 화나게 하지 않는 한 곧장 상대방이 말하는 대로 따릅니다. 언제나 그렇지는 않지만, 끈기 있게 몇 번이고 되풀이하면 성공합니다.
　우리들의 행실, 우리들의 어리광, 음식 관계 등등은 이쪽에서 어디까지나 솔직하고 호의적인 태도를 보이고, 언제나 상대방의 약점만 잡으려 하지 않았던들 그렇게는 되지 않았을 것입니다. "그런데 안네, 그것은 네가 말한 것인데…… 4층 사람들로부터 그렇게도 심하게 당하고 심한 말을 들은 당신 입에서" 하고 당신은 반문하겠지만, 이것 또한 내 입에서 나온 말인 것을.
　나는 새출발하는 기분으로 문제점을 철저히 연구하여, "젊은이들은 언제나 나쁜 것만 배운다"고 하는 속담처럼 되고 싶지는 않아요. 나는 모든 것을 나 스스로 신중히 검토하고, 어느 것이 진실이고 어디가 과장되었는지를 알고자 합니다. 만일 그렇게 해도 그들에 대해 내가 실망한다면 나 역시 아버지와 어머니와 같은 태도를 취하겠지만, 실망하지 않는다면 우선 그들의 사고를 고치도록 노력하고, 그것이 뜻대로 되지 않으면 나의 의견과 판단을 고수하겠습니다. 나는 주제넘다는 욕을 들어도 상관없으니 기회를 잡아 모든 문제점을 아주머니와 기탄없이 논의하고자 합니다. 나는 나를 중립자로서 선언함을 주저하지 않습니다. 이것은 우리 가정에 대해서 반기를 든다는 의미는 아니며, 나는 오늘부터 무분별한 험담은 하지 않겠습니다.

오늘까지의 나는 고집쟁이였습니다. 나는 언제나 환 단씨 댁의 사람들이 나쁘다고만 생각했으나, 우리들에게도 일부 책임이 있는 것입니다. 우리들은 그 입씨름의 원인에 있어서는 확실히 정당했습니다. 그러나 지각 있는 사람(우리들은 지성 있는 사람으로 생각하고 있다)이 지각 없는 사람과 접촉할 때에는, 보다 나은 견식을 가져야 할 것입니다. 나는 그 견식을 가졌다고 생각하므로 필요한 경우가 생기면 이것을 훌륭히 사용할 것입니다.

—— 안네

1944년 1월 24일 월요일
키티님!

나에게 사소한 일이 생겼습니다. 그런데 하찮은 것이어서 사건이라고까지는 할 것 없습니다.

전에는 학교에서나 가정에서 누군가가 성 문제에 대해서 말하는 것을 듣고 있으면, 어쩐지 이상한 기분이 들기도 하고 싫은 기분도 들었습니다. 성에 관한 이야기는 언제나 소곤소곤 이야기되고 그것에 대해 모르는 사람이 있으면 모두가 웃곤 했습니다. 나는 대단히 이상한 생각이 들었고, '사람들은 그 이야기를 할 때에는 왜 저렇게 비밀스럽게 하고 못 할 말을 하는 것처럼 이상한 태도를 취할까' 하고 생각했습니다. 그러나 나는 어쩔 수 없는 것으로 알고 될 수 있는 대로 가만히 있었고, 때때로 친구들에게 그에 대해 물어 볼 뿐이었습니다. 내가 성에 대한 문제를 상당히 알게 되고 부모들과 그 문제에 대해 이야기할 수 있게 되었을 때, 어머니는 "안네야, 이런 문제는 남자아이들과는 이야기해서는 안 된다. 그리고 남자아이가 여기에 대해 이야기할 때도 절대로 대답해서는 안 돼"라고 말했습니다. 이에 대해 나는 "물론이에요, 그런 일은" 하고 대답했던 일은 확실히 기억하고 있습니다. 이야기는 그걸로 끝났습니다.
　여기에 오고 나서, 아버지는 내가 어머니에게 묻고 싶어하는 일들을 곧잘 나에게 대답해 주셨습니다. 나는 책에서나 사람들의 이야기에서 여러 가지 일들을 알게 되었습니다. 페터 환 단은 학교의 남자아이들과 마찬가지로 이 문제에 대해서 이야기하는 것을 싫어하지 않았습니다. 그러나 내게는 말을 시키려고 하지 않았습니다.
　아주머니는 페터에게 성에 대한 문제를 말한 적이 없고, 그녀가 알고 있는 한 아저씨도 이야기하지 않았다고 합니다. 아주머니는 페터가 어떻게 성 문제를 알고 있는지 모르고 있는 것 같습니다.
　어제, 언니와 페터와 나 세 사람이 감자 껍질을 벗기고 있을 때 이야기는 자연스럽게 보쉬에게로 흘렀습니다. 내가 "보쉬는 암컷인지 수컷인지 모르겠어" 하자, 페터는 "틀림없이 수컷일 거야" 하고 대답했습니다. 나는 웃음을 참지 못하고, "수코양이가 새끼를 낳아? 그것은 이상한데?"라고 말했습니다.
　페터도 언니도 이 어처구니없는 얘기에 박장대소를 했습니다. 2개월 전, 페터는 보쉬의 배가 불러 있으니, 머지않아 새끼를 낳을 것이라고 말한 적이 있었습니다. 그러나 보쉬의 배가 부른 것은 뼈다귀를 잔뜩 훔쳐 먹은 탓이었고, 그 후 배는 다시 들어갔으며 물론 새끼도 낳지 않았습니다.
　페터는 변명하려고 "같이 가서 보쉬를 보자. 요전에 내가 보쉬와 놀고 있을 때 수컷이라는 것을 확실히 알았어"라고 말했습니다.
　나는 호기심을 감추지 못하고 그를 따라 창고로 갔습니다. 그러나 보쉬는 온데간데없었습니다. 나는 좀 기다리고 있다가 추위서 돌아왔습니다. 오후에, 나는 페터가 또다시 아래층으로 내려가는 발소리를 듣고 용기를 내어 창고에 가보았더니, 페터는 보쉬를 저울에 달고 나서 포장대 위에 놓고 보쉬와 놀고 있었습니다.
　"야, 너 보쉬를 보고 싶니?" 하고 그는 고양이를 잡아 뒤집어 놓고, 머리와 발을 꼭 누르고는 강의를 시작했습니다. "이봐, 이것이 수컷의 생식기야. 드문드문 털이 나 있지? 이것이 항문." 고양이는 다시 뒤집혀져 흰 발로 섰습니다.

다른 남자아이가 수컷의 생식기를 보였다고 하면, 나는 두 번 다시 그 아이의 얼굴을 보지 않았을 것입니다. 그러나 페터는 보통 같으면 말하기 힘든 말들을 당연한 것처럼 자연스럽게 했기 때문에 나 역시 편안하고 자연스러운 기분이었습니다. 우리들은 보쉬와 놀다가 또 이야기하며 큰 창고 안을 어정어정 걸어서 문 있는 곳으로 갔습니다.

"나는 무엇인가 알고 싶을 때에는 책에서 찾는데, 너는?" 하고 내가 물었더니, 페터는 "책에서? 나는 아버지에게 묻지. 아버지는 그러한 일들을 나보다도 잘 알고 있고 또 경험도 있으니까" 하고 대답했습니다.

우리 둘은 계단까지 오자 입을 다물었습니다.

사실 나는 여자아이들과도 그러한 일들을 그렇게 태연히 말하지는 못했을 것입니다. 어머니가 성에 관한 이야기를 남자아이들과 해서는 안 된다고 주의한 것은, 여자아이들과도 이야기해서는 안 된다는 말은 아님을 잘 알고 있었으나, 그날 나는 이제까지의 나와는 달랐습니다. 페터와 이야기한 것을 생각하니 역시 묘한 기분이었습니다. 그러나 나는 세상에는 성에 관한 얘기를 농담으로 지껄이지 않고, 극히 자연스러운 기분으로 얘기할 수 있는 젊은이──이성의 젊은이──도 있다는 것을 알게 되었습니다.

페터는 정말로 그의 부모들에게 여러 가지 일을 묻고 듣는 걸까? 그는 부모에 대해서도, 어제 나를 대한 것과 같은 태도를 취했을까? 아, 나는 그것을 알고 싶습니다.

── 안네

1944년 1월 27일 목요일
키티님!

최근 나는 우리 집안의 가보와 각국의 왕실 계보에 대해 대단한 관심을 갖기 시작했는데, 누구라도 한 번 이것에 관심을 갖기 시작하면 옛날, 또 그 옛날로 탐색하고 싶어 계속해서 무엇인가 새로운 흥밋거리를 발견할 수 있다는 것을 알았습니다.

나는 학과 공부도 열심히 하여 라디오의 영어 강좌도 잘 알아듣게 되었습니다. 일요일은 많이 모아진 영화 스타들의 사진을 보거나, 분류하는 일로 시간을 보냅니다.

나는 크랄러씨가 월요일에 《영화와 연극》이라는 잡지를 갖다 줄 때마다 대단히 기쁩니다. 우리집 사람들은 나를 위해 이러한 잡지를 사오는 것은 낭비라고 말하지만, 내가 일 년 전의 어떤 영화에는 어떤 스타가 출연했다고 정확하게 알아맞추면 모두들 깜짝 놀랍니다. 휴일에는 남자 친구들과 영화를 보러 가는 엘리가 매주 새로운 영화 제목을 알려 주기도 하는데, 나는 그 영화에 출연하는 스타의 이름과 영화평을 단숨에 말해 버립니다. 얼마 전에 어머니께서는, 나는 영화의 줄거리나 스타의 이름 그리고 영화평도 다 암기하고 있으니 영화를 볼 필요가 없다고 말한 적이 있습니다.

머리 모양에 대해 말하면──내가 보통때와 다른 헤어 스타일로 바꾸면, 여러 사람들이 신기한 듯 쳐다보며 이러쿵저러쿵 말하기 때문에 그 헤어 스타일은 반 시간도 가지 않습니다. 나는 급히 욕실로 들어가 본래의 평범한 머리형으로 고칩니다.

── 안네

1944년 1월 28일 금요일
키티님!

오늘 아침 나는 당신이 크게 기지개를 켜며, 당신에게 때론 새로운 뉴스를 들려주지 않겠느냐고 말하는 것 같은 느낌이 들었습니다.

당신이 지루하게 지내고 있다는 것은 나도 잘 알고 있습니다. 그러나 오래 된 이야기를 되풀이하고 또 되풀이하는 노인들 틈에 끼여 있는 나를 생각해 보세요. 식사 시간의 이야기는 정치 이야기나 맛있는 음식에 관한 이야기가 아니면, 어머니나 환 단 아주머니가 지금까지 몇 번이나 들려준 젊은 시절의 이야기를 시작합니다. 그렇지 않으면 두쎌씨가 자기 부인의 큰 옷장 이야기, 훌륭한 경마용 말 이야기, 물이 새는 보트 이야기, 네

살에 헤엄칠 수 있었다는 어릴 때의 이야기, 신경질적인 환자 이야기 등을 합니다. 이것들을 요약하면, 우리들 여덟 사람들 중 누가 입을 열어도, 나머지 일곱 사람은 모두 그 이야기를 이미 끝까지 알고 있다는 것입니다. 어떠한 농담도 처음부터 다 알고 있고 말하고 있는 본인만이 자기도취에 빠져 웃고 있을 뿐입니다. 두 사람의 주부가 알고 있는 우유 배달부, 식료품상, 정육점 등이 최상급의 찬사를 받거나 그렇지 않으면 형편없는 멸시를 받으며 귀에 못이 박히도록 자주 화제에 오릅니다. 실제로 여기서 새롭고 신선한 화제를 찾는다는 것은 불가능한 일입니다.

그래도 어른들이 코프하이스씨와 행크 혹은 미프로부터 들은 이야기를 10회 이상이나 반복하고 더구나 각자가 자기 나름대로 말을 붙이지만 않는다면 그런 대로 참을 수가 있습니다. 나는 이러한 이야기를 듣고 있으면 틀린 점을 지적하고 싶어지므로 테이블 밑의 내 팔을 꼬집으며 이 충동을 참아야 할 때가 자주 있습니다.

코프하이스씨과 행크씨가 자주 말하는 것은, 숨어 사는 사람 이야기나 지하 운동을 하는 사람들의 이야기입니다. 두 사람은 우리들이 숨어 사는 사람들에 관해서는 어떠한 이야기라도 깊은 관심을 가지고, 끌려간 사람들에 대해서는 얼마나 동정하며, 도망에 성공한 사람이 있으면 그것을 얼마나 좋아하는지를 잘 알고 있습니다. '자유 네덜란드'라고 하는 단체는 많이 있습니다. 이러한 단체들은 신분 증명서를 위조하거나 지하 운동자들에게 자금을 제공하거나, 사람들을 위해 은닉 장소를 구하거나 숨어 사는 사람들의 일자리를 구해 주고 있습니다. 다른 사람들을 구하기 위해 생명의 위험을 무릅쓰면서까지 이러한 숭고한 일에 헌신적으로 종사하는 모습은 경탄할 수밖에 없습니다. 우리들의 원조자들이 그 좋은 예입니다. 그들은 오늘날까지 우리들을 이끌어 주었지만, 우리들이 무사히 안전 지대에 다다를 때까지 인도해 주길 바랍니다. 그렇지 않으면 그들도 현재 지명 수배된 많은 사람들과 똑같은 운명에 놓일 것입니다. 우리들이 상당한 폐를 끼치고 있음에도 불구하고 그들로부터 단 한마디의 불평도 들어본 적이 없습니다. 그들은 매일 3층에 올라와서 남자들에게는 장사

일과 정치적인 일을, 여자들에게는 식량 문제와 전시의 여러 가지 어려운 일들을, 우리들에게는 신문 기사 혹은 책에 관한 이야기를 해줍니다. 그들은 될 수 있는 한 명랑한 얼굴을 하고 우리들의 생일과 은행 휴일에는 꽃이나 선물들을 갖다 주며, 언제나 우리들을 위해 전심전력을 다합니다. 우리들은 이 고마움을 절대로 잊어서는 안 될 것입니다. 다른 사람들은 전쟁이나 독일군에 대한 저항 운동으로 용감하게 싸우고 있지만, 우리들의 원조자들은 그들의 쾌활함과 애정으로 그 영웅성을 발휘하고 있는 것입니다.

도저히 믿기 어려운 이야기가 전해지고 있지만, 대개가 사실입니다. 예를 들어 코프하이스씨의 말에 의하면 금주 겔더란드에서 축구 경기가 있었는데, 한쪽 팀은 전부 지하 운동자들로 편성되고 상대방은 경관들로 된 팀이었다고 합니다. 또 이러한 이야기도 있습니다. 힐버 섬에서는 새로운 배급 통장이 배부되었는데, 숨어 사는 사람들에게도 배급품이 돌아갈 수 있게 하기 위해, 담당 공무원은 그 지방의 그러한 사람들이 배급 통장을 가져 갈 수 있도록 일정한 시간에 오게 했다는 것입니다. 물론 이 대담한 계획이 독일군에게 누설되지 않게 하기 위해서는 세심한 주의가 필요했겠지요.

─── 안네

1944년 2월 3일 목요일
키티님!

상륙 작전 태세에 대한 국내의 열광적인 기분은 하루하루 고조되어 가고 있습니다. 우리들은 독일군이 대항 준비를 서두르고 있는 것을 피부로 느끼고 있습니다. 당신은 실현될 가망도 없는 일을 가지고 우리들이 떠든다고 비웃고 있겠죠?──그러나 있을 수 없는 일이라고 그 누가 단정할 수 있겠어요.

어느 신문을 막론하고 상륙 작전 기사로 가득 차 있고, "영국군이 네덜란드에 상륙하면, 독일군은 네덜란드를 방위하기 위해 모든 수단을 다할 것이다. 필요할 때에는 홍수 작전을 취할지도 모른다"고 보도하고 있기 때문에 국민들은 공포에 휩싸여 있습니다. 신문에는 기사와 함께 홍수 작전으로 침수될 장소를 지적한 지도도 실렸습니다. 이에 의하면, 암스테르담의 대부분이 침수되므로, 우리에게도 제일 큰 문제는 침수가 1미터 이상 도달하면, 어떻게 하느냐는 것입니다. 이에 대한 우리들의 견해는 여러 갈래로 분분합니다.

"자전거는 도저히 탈 수 없을 테니 물 속을 걸어서 가는 수밖에."
"그렇겐 할 수 없다. 헤엄칠 수밖에 없을 것이다. 수영복을 입고 방수모를 쓰고 될 수 있는 한 수면에 나오지 않도록 잠수하여 헤엄친다. 그렇게 하면 그 누구도 유태인으로는 생각지 않을 것이다."
"어리석은 말들은 하지 마세요. 부녀자들은 쥐에 발을 물려도 헤엄칠 수는 없을 거예요."(이렇게 말한 것은 물론 남자들입니다. 이때 제일 큰 소리를 친 사람이 누군지 알겠지요?)
"아무튼 이 집에서는 나갈 수 없어요. 홍수가 나면 창고는 반드시 무너질 것이오. 지금도 흔들거리고 있으니 말이오."
"농담은 그만두고 내가 하는 말을 잘 들으세요. 보트를 손에 넣도록 합시다."
"그 따위 귀찮은 것들은 필요 없어. 나에게 좋은 생각이 있어. 다락방에서 각자의 나무 상자를 가지고 와서 수프 국자로 노를 젓는 거야."
"나는 대나무 다리로 가겠어. 어린 시절에는 대나무 다리 타는 선수였으니까."
"행크는 그럴 필요 없어. 그가 아내를 업으면, 아내가 대나무 다리를 타는 셈이니까."

이러한 농담들을 듣고 있으면 재미는 있을지 몰라도 현실은 그렇게 태평한 게 아닙니다.

두번째의 문제는 독일군이 암스테르담을 철수할 때 우리들은 어떻게 해야 하느냐 하는 문제입니다.

"교묘하게 잘 변장하여 우리들도 암스테르담에서 나가지요."

"나가서는 안 돼. 어떠한 일이 있어도 여기에 그대로 머물러 있는 거야. 여기에 남는 외의 방법은 없어. 독일군은 네덜란드의 전국민을 독일로 데려갈 수가 있어. 거기서 모두 다 죽여 버릴 거야."

"물론 여기에 남는다. 여기가 가장 안전한 곳이니까. 코프하이스씨의 가족을 데려와서 여기서 같이 살기로 하자. 톱밥을 넣은 자루를 가지고 오면, 그것을 마루에 펴고 잘 수 있을 것이다. 하여간 코프하이스씨와 미프에게 슬슬 모포를 운반해 오도록 하자."

"옥수수는 60파운드가 있지만 좀더 주문해 두어야겠어요. 자아, 장두콩은 60파운드, 강낭콩은 10파운드가 아직 남아 있지만, 이것도 행크에게 부탁해서 사두기로 하죠. 야채 통조림은 50개가 있습니다."

"여보, 다른 식량들이 얼마나 있는지 조사해 주지 않겠소?"

"생선 통조림 10개, 밀크가 10개, 분유 10킬로그램, 샐러드유 3병, 단지에 든 버터 3개와 쇠고기 3개, 딸기잼 2병, 라즈베리잼 2병, 토마토가 20병, 납작보리 10파운드, 쌀 8파운드, 이것이 전부입니다."

"재고 식량은 상당히 있지만 손님도 오실 것이고 게다가 매일매일 먹어서 줄기 때문에 이것으로 안심할 수는 없습니다. 석탄과 땔감은 충분히 있겠죠? 양초도. 돈을 가지고 갈 경우를 생각해서 의복에 감추어 둘 주머니를 만들어 둡시다."

"만일의 경우를 대비해서 제일 중요한 물건순으로 리스트를 작성하여 지금부터 배낭에 넣어 둡시다. 만약 정세가 악화되면, 다락방의 앞과 뒤에 한 사람씩 보초를 세웁시다. 그건 그렇고 물, 가스, 전기 등이 없어진다면 식량을 저장해도 소용 없잖아요."

"그때는 난로로 요리하면 되잖아, 물은 여과하여 끓이면 되고. 큰 병을 비워 두었다가 거기에 물을 저장해 두자."

나는 하루 종일 상륙 작전 이야기와 기아의 고통, 죽음, 폭탄, 소화기, 슬리핑 백, 유태인 증명서, 독가스 등에 대한 강론을 들었습니다. 모두 기분 나쁜 이야기들뿐이었지만, 숨어 있는 신사분들은 진심으로 진지하게 생각하고 있는 것 같았습니다. 다음과 같은 행크와의 대화가 하나의 좋은 예입니다. 편의상 행크를 H, 은신처의 신사들을 S로 하겠습니다.
 S : 독일군은 철수할 때 네덜란드 국민을 전부 데려가지 않을까?
 H : 그렇게는 못 할 것이오. 그럴 만큼 기차가 없을걸요.
 S : 기차라고? 자네는 독일군이 민간인을 기차에 태울 걸로 생각하나? 천만의 말씀. 걸어가게 할 거야.
 H : 나는 그렇게 생각지 않아요. 당신들은 어두운 면만 보고 있어요. 민간인 모두를 데리고 가서 뭘 하겠어요?
 S : 괴벨스가 "우리들이 철수할 때에는 점령국의 문들을 모조리 닫고 간다"고 한 말을 자네는 모르는가?
 H : 여러 가지 말들을 했으니까요.
 S : 자네는 아무리 독일군이라 해도 그렇게 무자비한 짓은 하지 않을 거라고 생각하나? 그들은 '만일 우리들이 망하면, 우리들이 잡아 놓고 있는 놈들도 다 같이 간다'고 생각해.
 H : 나는 그런 일은 믿을 수가 없습니다.
 S : 언제나 그렇지만, 위험이 실제로 닥쳐올 때까지는 그러한 절박한 상황을 감지하지 못하는 법이니까.
 H : 그러나 당신들은 확실한 것은 아무것도 모르면서 다만 상상만 하고 있을 뿐이죠.
 S : 우리들은 모든 것을 경험하고 있어요. 처음에는 독일에서, 다음은 여기서. 소련에서는 어떤 일이 일어나고 있는지 당신도 잘 알고 있겠지?
 H : 소련에서 어떤 일이 일어나고 있는지 알고 있는 사람은 없다고 생각합니다. 영국도, 소련도 독일과 마찬가지로 선전을 위해 사실을 과장하고 있는 것이 분명해요.
 S : 그렇지는 않을 거야. 영국은 라디오로 언제나 사실 그대로를 전하고 있어. 가령 과장하고 있다손 치더라도 사실만으로도 대단히 비참하니까. 평화를 사랑하는 수백만의 사람들이 폴란드나 소련에서 무참하게 학살당하고 독가스로 살해된 사실을 자네는 부정할 수 없을 거야.
 당신에게 더 이상 이 이야기를 계속하는 것은 그만두겠습니다. 나는 침묵을 지키고, 이 소란과 흥분 상태에는 무관심한 태도를 취하겠습니다. 나는 이제 죽든 살든 상관없다는 기분이 되었습니다. 내가 없어진다 해도 지구는 회전을 계속하겠죠. 일어날 일은 일어나겠죠. 아무튼 저항해 본들 무슨 소용이 있겠어요.

나는 모든 운명을 하늘에 맡기고, 결국에는 잘되겠지 하는 희망으로 다만 공부에 열중할 뿐입니다.

—— 안네

21. 싹트는 봄

1944년 2월 12일 토요일
키티님!
태양은 찬란히 빛나고 하늘은 푸릅니다. 밖에는 기분 좋은 산들바람이 불고 있습니다. 나는 말이 하고 싶다. 자유가 그립다. 친구들이 그립다. 나 혼자만 있고 싶다——아아, 나는 모든 것을 그리워하고 있다. 나는 한바탕 실컷 울고 싶다. 나는 지금 곧 울어 버릴 것 같은 기분이다. 울고 나면 개운해지겠지요. 그러나 나는 울지도 못합니다. 나는 어쩐지 초조해지고 마음이 안정되지 않습니다. 저 방으로 갔다가 이 방으로 왔다가 하고, 꼭 잠긴 문 틈에 얼굴을 대고 심호흡을 해보기도 하며 살며시 가슴에 손을 얹어 보았습니다. 심장의 고동은 나에게 "당신은 동경하는 바를 만족시켜 줄 수 없습니까?"라고 말하는 것 같았습니다.

봄은 정녕 내 마음속에 있었나 봅니다. 나는 봄에 눈을 뜨기 시작한 것을 알았습니다. 나는 그것을 온몸으로 느끼고 있습니다. 태연한 태도를 취하기가 힘이 듭니다. 나는 너무 혼란해서 무엇을 읽고, 무엇을 쓰고, 무엇을 해야 할지 모르겠습니다. 나는 모든 것을 동경하고 있다는 것을 알고 있을 뿐입니다.

— 안네

1944년 2월 13일 일요일
키티님!
　토요일부터 나의 운명에 변화가 일어났습니다. 그것은 이렇게 해서 일어났습니다. 나는 모든 것을 동경했습니다——지금도 동경하고 있습니다. 그러나…… 지금 내게 어떤 일이 일어나서 그로 하여금 나의 동경하는 바는 조금, 극히 조금이지만, 충족되었습니다.
　오늘 아침 나는 페터가 한참이나 지그시 나를 바라보고 있다는 것을 알았을 때, 가슴이 터질 듯이 기뻤습니다——나는 솔직하게 말하겠습니다. 그것은 보통 눈으로 바라보는 그런 것이 아니었습니다. 뭐라고 해야 할지 나로서는 설명할 수가 없습니다.
　페터는 언니를 사랑하고 있는 줄로 생각하고 있었는데, 어제 돌연 그렇지 않다는 생각이 들었습니다. 나는 될 수 있는 대로 그를 보지 않으려고 노력했습니다. 내가 그를 보면 그도 나를 뚫어지게 쳐다보기 때문입니다. 그가 나를 보고 있으면, 나는 말할 수 없는 따뜻함을 느끼게 되지만, 너무 그러한 기분에 도취되어서는 안 된다고 생각했습니다.
　나는 혼자만 있고 싶어서 참을 수가 없습니다. 아버지는 내가 종전의 내가 아닌 것을 눈치챘지만, 아버지께 모든 것을 털어 놓을 수는 없습니다. "나를 가만히 놔두세요. 참견하지 마세요."——나는 하루 종일 이러한 말만 되풀이하면서 울었습니다. 내가 희망하는 그 이상으로 홀로 남게 될 날이 올지도 모르는데.

— 안네

1944년 2월 14일 월요일
키티님!
　일요일 저녁 무렵 아버지와 나를 제외한 모두는 독일의 고전 음악을 듣기 위해 라디오 옆에 있었습니다. 두셀씨가 문의 손잡이를 덜그럭거리고 있어서 페터뿐만 아니라 다른 모든 사람들도 귀찮게 생각하고 있었습니다. 페터는 30분 정도는 참고 있다가 드디어 참을 수가 없어서 좀 짜증난 말투로 손잡이 만지는 것을 멈추어 달라고 말했습니다. 그랬더니 두셀씨는 거만한 태도로 "나에게는 라디오가 잘 들리는데"라고 말하자, 페터는 화를 내며 난폭한 언사를 썼습니다. 그러나 환 단 아저씨가 페터를 역성들자 두셀씨도 그만두지 않을 수 없었습니다.

사건 그 자체는 아무것도 아니었지만, 페터는 무척 기분이 상한 것 같았습니다. 내가 다락에서 책꽂이를 만지작거리고 있을 때 그가 다가와서 자초지종을 나에게 이야기하는 것이었습니다. 나는 그 일에 대해서 그때까지 아무것도 모르고 있었지만 그의 이야기에 귀를 기울였습니다.

그는 말했습니다. "나는 무슨 말을 하려고 하면 더듬게 되고 얼굴도 붉어지고 생각했던 말도 나오지 않아 결국에는 말을 못 하게 된다는 것을 알고 있기 때문에, 좀처럼 말을 꺼낼 수가 없어. 어제도 그랬지. 나는 전혀 다른 말을 하려고 했는데, 입을 열자마자 혼란에 빠져 버렸어. 나는 옛날에 나쁜 버릇이 있었어. 지금도 그 버릇이 있었으면 좋겠다고 생각하지만. 신경질이 나면 말보다 손이 먼저 나가 버렸던 거야. 그러나 이것은 좋지 못한 버릇이라는 건 알고 있어. 그래서 나는 네가 훌륭하다고 생각해. 너는 절대로 막히는 일 없이 상대방에게 말하고자 하는 바를 분명히 말하고 또 조금도 부끄러워하지 않으니 말이야."

"그건 크게 잘못 생각하고 있는 거야"라고 나는 대답했습니다. "나는 언제나 말하고 싶은 것과는 전혀 다른 것을 말해 버려. 그리고 말을 지나치게 해버리지. 나의 마지막 것도 좋지 않아."

나는 나의 마지막 말이 우스워서 나도 모르게 웃어 버렸습니다. 나는 그에게 그 자신의 일에 대해서 말을 계속하도록 하고 싶어서, 잠자코 방석 위에 앉아 구부린 두 다리를 팔로 껴안고 가만히 그를 바라보고 있었습니다.

나는 이 집안에 나와 똑같이 화를 낼 줄 아는 사람이 있는 것이 몹시 기뻤습니다. 나는 페터가 자기의 말이 두셀씨의 귀에 들어갈 염려가 없다는 것을 알자 두셀씨에 대한 험담을 하면서 가슴 후련해하는 것을 알았습니다. 나로서도 대단히 기쁜 일입니다. 여자친구들에게서만 기억하고 있던 참된 우정을 느꼈기 때문입니다.

— 안네

1944년 2월 16일 수요일
키티님!

오늘은 언니의 생일입니다. 페터는 선물을 구경하기 위해 열두 시 반에 와서 잡담을 하며 필요 이상으로 오래 있었습니다. 이러한 일은 지금까지 없었던 일입니다. 오후 나는 이 날만이라도 언니를 기쁘게 해주고 싶어 내가 커피를 가지러 가고, 또 감자를 가지러 다녔습니다. 내가 페터의 방 앞을 지날 때 그는 계단 위에 널려 있는 종이를 바삐 줍길래 "다락으로 가는 문을 닫을까?" 하고 물었더니, 그는 "응, 내려올 때 노크를 해. 내가 열어 줄 테니"라고 말했습니다. 나는 그에게 고맙다고 하고 다락으로 올라가서 10분 정도 큰 통 안에서 작은 감자를 찾는 동안 등이 아프고 추워지기 시작했습니다. 그래서 나는 노크도 않고 문을 열었는데 그는 친절하게 나를 맞아 주었고, 내 손의 냄비를 받아들었습니다. "한참 찾았지만 이것이 제일 잔 감자야" 하고 나는 말했습니다.

"큰 통 안을 찾아보았어?"

"응, 전부 다 찾아보았어."

이렇게 말했을 때에는 나는 벌써 계단 아래에 서 있었습니다. 그는 아직 손에 들고 있는 냄비 안을 보고 있었는데, "야, 이건 좋은 건데"라고 말하고, 내가 그로부터 냄비를 받아들자 "잘했군" 하고 덧붙였습니다. 이렇게 말하면서 다정하게 나를 쳐다보는 그의 눈은 나에게 아늑한 느낌을 주었습니다. 그는 나를 즐겁게 해주려고 했으나 긴 찬사를 할 수 없어서 눈으로 말했다는 걸 나는 똑똑히 알았습니다. 나는 그의 기분을 잘 알았습니다. 그리고 대단히 고맙게 생각했습니다. 그의 말과 나를 바라보던 그 눈을 생각하면, 지금도 즐거워집니다.

아래층으로 내려가니 이번에는 어머니가 저녁 식사용으로 감자를 좀더 가져오라고 하였으며, 나는 기꺼이 승낙했습니다.

페터의 방으로 들어갔을 때 나는 자꾸만 귀찮게 굴어 미안하다고 인사를 했습니다. 내가 계단을 오르려 할 때, 그가 벌떡 일어나 내 쪽으로 오더니 문과 벽 사이에 버티고 서서 내 팔을 잡으며 올라가지 못하게 하였습니다.

"내가 갈게"라고 그는 말했습니다. 내가 이번에는 특별히 작은 것을 찾지 않아도 되니까 그럴 필요가 없다고 대답하였더니, 그제서야 팔을 놔주었습니다. 내려올 때 그가 다가와서, 문을 열고 또 냄비도 받아 주었습니다. 문까지 왔을 때 "뭘 하고 있니?" 하고 물었더니, "프랑스어" 하고 그는 대답했습니다. 나는 공부한 걸 보여 달라고 하고, 손을 씻고 돌아와서 그와 긴 의자에 마주 앉았습니다.

내가 프랑스어에 대해서 약간 설명을 했더니 그는 쉽게 이야기를 꺼냈습니다. 그는 장래에 네덜란드령 동인도에 가서 그곳에서 농원을 하며 살고 싶다고 말하고, 이어서 가정 생활 얘기, 시장의 암거래 얘기 등을 하고 자기는 쓸모 없는 사람 같다고 말하기에 나는 그에게 너무 열등감이 심하다고 말해 주었습니다. 그는 유태인에 대해서도 말했습니다. 그는 자기가 크리스찬이었으면, 또는 전후 크리스찬이 되었으면 좋겠다고 생각하는 것 같았습니다. 그에게 세례를 받고 싶으냐고 물었더니, 세례 문제는 아니라고 말했습니다.

이 말에 나는 슬퍼졌습니다. 언제나 그의 어딘가에 약간의 정직하지 못한 점이 있는 것이 유감입니다. 그 말은 그것으로 매듭을 짓고, 그 뒤는 유쾌한 잡담을 하며 지냈습니다. 아버지의 일, 인간의 성격 문제, 그 외에 여러 가지 말들을 하였는데 어떠한 이야기를 했는지는 잘 기억나지 않습니다.

페터의 방을 나온 것은 네 시 반이었습니다.

그날 저녁때, 그는 대단히 좋은 말을 했습니다. 나는 페터와 전에 그에게 준 영화 배우의 사진에 대해 말하고 있었습니다. 그는 그 사진이 대단히 마음에 들어, 그것을 자기 방에 벌써 일 년 반이나 곁에 두고 있다기에 다른 것을 몇 장 더 주겠다고 했더니, 그는 "아니, 필요 없어. 지금대로 두고 싶어. 매일 봤더니 친구같이 친해졌어"라고 대답했습니다.

그가 왜 항상 보쉬를 꼭 껴안는지를 나는 이제야 겨우 알게 되었습니다. 그도 뭔가 애정을 필요로 하고 있는 것입니다.

나는 그가 무슨 이야기를 했는지 잊었지만 이런 말을 했던 것으로 기억하고 있습니다.

"나는 나의 결점을 생각할 때 외에는 공포라는 것이 어떤 것인지 모르겠어."

페터는 심한 열등 의식에 사로잡혀 있습니다. 예를 들면 그는 자기는 바보고 다른 사람들은 모두 다 영리하다고 생각하고 있습니다. 내가 프랑스어를 가르쳐 주었더니, 그는 몇 번이나 고맙다고 인사를 합니다. 언젠가 나는 "그만해, 영어와 지리는 네가 나보다 훨씬 잘하잖아" 하고 말해 주고 싶습니다.

—— 안네

1944년 2월 18일 금요일
키티님!

요즘은 4층으로 갈 때마다 '그'와 만날 수 있었으면 하고 기대합니다. 나는 인생에 대한 목적을 갖게 되고 즐거움이 생겼으며, 모든 일이 이전보다 유쾌합니다.

내 마음은 언제나 그곳에 가 있고, 언니와의 경쟁도 의식할 필요가 없어졌습니다. 내가 연애를 하고 있다고는 생각지 마세요. 연애를 하고 있진 않습니다. 다만 나는 우리 둘 사이에 무엇인가 아름다운 것——신뢰와 우정을 가져오게 하는 무엇인가가 싹트고 있다는 것을 느낄 뿐입니다. 이제 나는 기회만 있으면 그에게로 갑니다. 그는 이제 어떻게 말을 꺼내야 할지 모르던 이전의 그가 아닙니다. 정반대로 내가 방을 나오려고 해도 그가 이야기를 계속합니다.

  어머니는 내가 페터를 찾아가는 것을 과히 좋아하지 않습니다. 귀찮게 자주 가서는 안 된다고 늘 말씀하십니다. 내가 어떤 직감을 갖고 있다는 것을 어머니는 모르는 것일까. 내가 페터의 조그마한 방으로 갈 때마다 어머니는 이상한 얼굴을 하고 나를 봅니다. 내가 내려오면 어디에 있었는지를 묻습니다. 나는 그것이 견딜 수 없습니다. 너무한다고 생각합니다.

                                    —— 안네

1944년 2월 19일 토요일
키티님!

  또 토요일이 되었습니다. 오전에는 조용했습니다. 나는 4층에서 약간 일을 거들었는데, 그와는 두세 마디의 말을 주고받았을 뿐입니다. 오후 두 시 반, 모든 사람들이 낮잠을 자거나 책을 읽기 위해 각자 자기 방으로 돌아갔을 때, 나는 담요를 들고 공부하러 2층 전용 사무실로 갔습니다. 공부를 하기 시작했으나, 얼마 안 되어 뭔지 모르게 슬픈 기분에 휩싸여 얼굴을 묻고 실컷 울어 버렸습니다. 눈물이 흘러내려 얼굴을 적시고 격정을 누를 수 없을 정도로 슬퍼졌습니다. 아——'그'가 와서 달래 주었으면. 내가 위층으로 간 것은 네 시경이었습니다. 나는 또 만날 수 있지 않을까 하는 희망을 품고 감자를 가지러 위층으로 갔지만, 내가 욕실에서 머리를 만지고 있는 동안에 그는 보쉬를 찾으러 창고로 내려가고 없었습니다.

  순간 또 눈물이 나올 것 같아서 나는 급히 화장실로 들어가 손거울로 내 얼굴을 비춰 보았습니다. 나는 화장실 안에 한참 서 있었습니다. 내 빨간 앞치마는 눈물로 얼룩졌습니다. 나는 참담한 심정이었습니다.

  나는 화장실 안에서 이렇게 생각했습니다—— 안네, 이래서는 페터의 마음을 사로잡을 수가 없다. 페터는 나 같은 사람은 조금도 좋아하지 않는다. 그는 자기 마음을 툭 털어 놓을 사람도 필요 없는 것이다. 그는 대수롭지 않은 마음으로 나를 대할 뿐이다. 나는 또다시 우정도, 페터도 없는 나 혼자만의 외로운 처지가 될 것이다. 그리하여 희망도, 위안도 또 아무 즐거움도 못 갖게 될 것이다. 그의 어깨에 머리를 기대어 이렇게 슬프고 고독한 심정에서 구원받을 수 있다면! 아니다. 그는 나 같은 사람에게는 아무런 흥미도 없고, 다른 사람들을 보는 것과 같은 마음으로 나를 보았을 거야. 나를 보는 그의 눈빛이 다르다고 생각한 것은 나만의 공상에 불과했을까. 오, 페터, 당신이 내 얼굴을 바라보고, 내 말을 들어준다면!

눈물은 그칠 줄 모르고 흘러내렸으나, 잠시 후에는 새로운 희망과 기대가 되살아나는 것 같았습니다.

―― 안네

1944년 2월 23일 수요일
키티님!

밖은 좋은 날씨였습니다. 그 이후로 기분이 대단히 좋아졌습니다. 나는 거의 매일 아침 다락방으로 올라가서 페터와 이야기합니다. 그와 얘기를 하고 있으면 가슴속이 후련해집니다. 나는 다락방의 내가 가장 좋아하는 장소에서 푸른 하늘을 바라보고 낙엽진 밤나무를 바라봅니다. 밤나무 가지에 작은 빗방울이 은빛으로 반짝이고, 창공에는 갈매기와 여러 종류의 새들이 날고 있습니다.

그는 큰 대들보에 머리를 기대고 서 있고, 나는 앉아 있었습니다. 그는 신선한 공기를 마시면서 가만히 밖을 내려다보고 있었습니다. 두 사람 다 이 순간을 깨뜨리고 싶지 않았습니다. 우리들은 오랜 시간을 이렇게 하고 있었습니다. 그 동안 그는 땔감을 가지러 지붕 밑으로 올라가야 했고, 그가 층계를 올라갈 때 나도 그를 따라 올라갔습니다. 그가 15분 정도 땔감을 패는 동안, 두 사람 다 묵묵히 있었습니다. 나는 선 채로 그가 일하는 모습을 바라보고 있었습니다. 그는 자기 힘을 과시하고 싶어 열심이었지만, 나는 창밖을 바라다보고 있었습니다. 여기서는 암스테르담의 대부분이 보입니다. 지붕들이 어디까지나 이어져 멀리 푸른 하늘과 맞닿은 것 같아서 어디가 끝인지 모를 정도입니다. 이 찬란한 햇빛, 이 구름 한 점 없는 푸른 하늘이 있고 살아서 이것을 바라보고 있는 한, 나는 결코 불행하지 않다고 마음속으로 생각했습니다.

 겁을 먹거나 외로워하거나 자기가 불행하다고 생각하는 사람들을 위한 최선의 치료법은, 어디든 하늘과 자연과 신만이 있는 곳으로 가는 것입니다. 그때 비로소 신은 자연의 간소한 아름다움 속에서 인간의 행복을 바라고 있다는 것을 알기 때문입니다. 이것이 존재하는 한──항상 존재한다는 것은 확실하다──어떠한 환경 속에서도 모든 슬픔에 대해서 항상 위안이 있는 것입니다.

 나와 똑같은 생각을 갖는 누군가와 함께 이 큰 행복감을 만끽하는 것도 그다지 먼 일은 아닐지도 모릅니다.

── 안네

하나의 사색.

 우리들은 여러 가지로 부자유한 처지에 있습니다. 너무나 많은 그리고 너무나 긴 세월 동안 자유가 없습니다. 당신과 마찬가지로 나 역시 그렇습니다. 나는 물질적인 것을 말하고 있는 것이 아닙니다. 그 점에 있어서는 좋은 환경에 있습니다. 나는 정신적인 것을 말하고 있는 것입니다. 당신과 마찬가지로 나는 자유와 신선한 공기를 그리워하고 있습니다. 그러나 우리들의 고난에 대해 충분한 보상을 받고 있다고 생각합니다. 나는 오늘 아침 창문 앞에 서 있을 때, 문득 그것을 깨닫게 되었습니다. 보상이라고 하는 것은 정신적인 것을 말하는 것입니다.

 밖을 바라보고 자연과 신의 참뜻을 보았을 때, 나는 행복했습니다. 정말 행복했습니다.

 페터도 행복했습니다. 사람은 자연에 대한 즐거움과 건강에 대한 즐거움을 갖는 한, 언제나 행복을 잡을 수가 있습니다.

 부귀는 잃을 수도 있습니다. 그러나 마음의 행복은, 가령 베일에 싸여 있다 하더라도 언젠가는 다시 소생하는 것입니다. 두려움 없이 하늘을 우러러볼 수 있고 마음이 순결하다고 자각하는 한 행복은 구할 수 있는 것입니다.

22. 페터에 대한 사랑

1944년 2월 27일 일요일
키티님!
아침 일찍부터 밤늦게까지, 나는 페터를 생각하는 것 외에는 아무것도 손에 잡히지 않습니다. 나는 그의 영상을 마음속으로 그리면서 잠들고 그의 꿈을 꿉니다. 잠을 깼을 때도 그가 나를 바라보고 있는 듯합니다.

나는, 얼핏 보아서 페터와 내가 그렇게 생각할 정도로 다르지는 않다는 강한 느낌을 가지고 있습니다. 그 이유를 말해 볼까요? 두 사람 다 어머니다운 어머니를 갖지 못했습니다. 그의 어머니는 너무나 경박하고 바람둥이여서 그가 생각하는 것들에 대해 관심을 갖지 않습니다. 나의 어머니는 내 일을 걱정하시기는 하지만 둔해서 친어머니 같은 데가 없습니다.

페터나 나나 마음속으로 자기 자신과 싸우면서 아직 자기 자신을 확고히 하지 못하고 있으면서도 함부로 취급받기에는 너무나 감수성이 예민합니다. 만일 거친 취급을 받게 되면, 나는 모든 것으로부터 도피하고 싶어집니다. 그러나 여기서는 그렇게 할 수 없으므로 나는 닥치는 대로 심술을 부리는 수밖에 없습니다. 그래서 모두들 나를 귀찮은 존재로 취급하는 것입니다.

페터는 나와 반대로 묵묵히 아무 말 없이 조용히 공상에 잠길 뿐, 감정을 나타내지 않습니다.

그러나 언제, 어떻게 우리들 두 사람의 마음과 마음이 만나게 될까요? 나는 이성의 힘으로 언제까지 이러한 감정을 억제할 수 있을지 모르겠습니다.

— 안네

1944년 2월 28일 월요일
키티님!
밤이나 낮이나 악몽에 시달리고 있는 기분입니다. 그에 대한 생각이 나의 뇌리에서 떠나지를 않습니다. 그러면서도 그를 사로잡을 수가 없습니다. 그러나 내색을 해서는 안 됩니다. 사실 자포자기가 되었을 때도 나는 명랑한 체하지 않으면 안 됩니다.

페터 베셀과 페터 환 단은 내가 사랑하는, 그리워하는 한 사람이 되었습니다.

어머니는 싫증이 납니다. 아버지는 호인이어서 더 한층 싫증이 납니다. 언니는 내가 명랑한 얼굴을 하고 있기를 바라기 때문에 제일 힘든 존재입니다. 나는 아무 간섭도 받고 싶지 않습니다.

페터는 다락방에 있지 않았습니다. 그는 지붕 밑 공사장에 가 있었습니다. 그가 일하고 있는 소리를 들을 때마다 나의 용기는 꺾이고 슬퍼집니다. 멀리서 종소리가 들려옵니다. 그 종소리는 '몸도 영혼도 순결하게'라고 말하고 있는 것 같습니다. 나는 감상적입니다. 나는 또 그것을 알고 있습니다. 나는 바보스럽게도 자포자기가 되어 버렸습니다. 그것도 나는 알고 있습니다. 오오, 하느님, 나를 도와 주소서.

—— 안네

1944년 3월 1일 수요일
키티님!
도둑이 들어왔기 때문에 내 일 같은 것은 뒷전으로 밀려났습니다. 나는 도둑에 진력이 났습니다. 그러나 어쩔 수 없습니다. 도둑은 코렌 상사를 좋아하는 것 같습니다. 이번 도난 사건은 작년 7월의 사건보다 더 한층 복잡합니다.

환 단 아저씨가 여느 때처럼 일곱 시 반에 크랄러씨의 사무실로 가서 자세히 조사해 보았더니 작고 어두운 방이 열려 있고, 큰 사무실 안도 어지럽게 널려 있어, 그는 기절할 지경이었습니다. '도둑이 들어왔구나' 하고 직감하고, 거듭 확인하기 위해서 정문을 보러 갔습니다. 그러나 정문은 잘 잠겨져 있었습니다. '그렇다면 페터와 엘리가 어제 저녁 뒷정리를 잘못했구나' 하고 그는 생각했습니다. 그는 잠시 동안 크랄러씨의 사무실에 있다가 전등을 끄고 위로 올라왔지만, 문이 열려 있는 것과 사무실이 어지럽혀져 있는 것이 아무래도 마음에 걸렸습니다.

오늘 아침 페터가 우리들 방에 와서 바깥 문이 열려 있었다는 과히 기분 좋지 않은 뉴스를 들려주었습니다. 그는 또 영사기와 크랄러씨의 서류 백이 선반에서 없어졌다고 했습니다. 그때 마침 환 단 아저씨가 와서 전날 저녁에 발견한 사실을 이야기해 주어 우리들은 공포에 휩싸였습니다.

도둑은 같은 열쇠를 가지고 있었는지 자물쇠는 부서져 있지 않았습니다. 도둑은 초저녁에 잠입하여 문을 닫고 환 단 아저씨가 온 것을 보고 어딘가 숨어 있다가, 아저씨가 가고 난 후에 훔친 물건을 가지고 문도 닫지 않고 달아난 것 같습니다. 도대체 누가 열쇠를 가지고 있었을까? 도둑은 어째서 창고엔 들어가지 않았을까? 도둑은 창고에서 일하고 있는 사람 중의 한 사람이 아닐까? 그는 아저씨의 발소리를 들었을 것이고, 아저씨를 보았을지도 모르니 밀고라도 하지 않을까?

같은 도둑이 또 올지도 모른다고 생각하니 무서워집니다. 도둑은 집 안에서 나는 사람 발소리를 듣고 놀랐을 것이 분명합니다.

— 안네

1944년 3월 2일 목요일
키티님!

오늘은 언니와 함께 다락방으로 갔습니다. 상상했던 것만큼 유쾌하지는 않았지만 그래도 언니는 대체로 나와 같은 감정을 품고 있다는 것을 알았습니다. 식사 후 설거지를 하고 있을 때, 엘리는 어머니와 환 단 아주머니에게 때때로 대단히 우울해진다고 말했습니다. 당신은 어머니와 아주머니가 엘리에게 어떤 충고를 했을 거라고 생각합니까? 어머니가 말한 것을 알고 있습니까? 어머니는 엘리에게 고생하고 있는 다른 사람들을 생각해야 한다고 말했습니다. 그러나 자기 자신이 불행할 때 남의 불행을 생각한들 무슨 소용이 있단 말입니까? 내가 그렇게 말했더니 이런 일에 말참견하는 것이 아니라고 꾸중하셨습니다.

어른들이란 어리석다고 생각지 않아요? 어머니와 참된 벗의 애정만이 우리들을 위로해 준다는 것을 모르는 것입니다. 이 두 사람의 어머니는 우리들을 조금도 이해하지 못합니다. 그래도 아주머니는 우리 어머니보다 약간 이해심이 있는지도 모르죠. 나는 내 경험을 말하면서 가엾은 엘리를 위로해 주려고 했으나, 아버지가 우리들 사이에 끼여들어 우리들은 밀려나 버렸습니다.

어른들은 모두 바보입니다. 우리들은 우리들 자신의 의견을 갖는 것마저 허용되지 않습니다. 사람을 침묵하게 할 수는 있어도 의견을 갖지 못하게 할 수는 없습니다. 아무리 나이가 어리다고 해도 생각하고 있는 것을 말하지 못하게 막을 수는 없는 것입니다.

숭고한 애정만이 엘리와 언니와 페터 그리고 나를 구할 수 있습니다. 그러나 우리들은 아무도 그 혜택을 받지 못하고 있습니다. 그럼에도 불구하고 이 집안의 바보 같은 '아는 체하는' 어른들은 그 누구도 우리들을 이해하지 못합니다. 우리들은 이 어른들이 상상도 할 수 없을 정도로 감수성이 예민하고 사상적으로 발달되어 있습니다.

어머니는 또 기분이 나빠졌습니다. 내가 어머니보다 환 단 아주머니에게 말을 거는 횟수가 많아지자 아마도 질투를 하나 봅니다.

오늘 오후 페터를 붙들고 45분 정도 이야기했습니다. 페터는 자기 일에 대해서는 좀처럼 입을 열지 않아서 말을 시키는 데 퍽 힘이 들었습니다. 그는 부모들이 정치적인 일, 담배 그리고 모든 문제에 대해서 곧잘 언쟁을 한다고 말하고, 그것을 대단한 수치로 생각하고 있었습니다.

이번에는 내가 우리 부모 이야기를 했는데, 페터는 우리 아버지를 두둔하며 "아저씨는 참 좋은 사람이다"고 말했습니다. 그리고 두 사람은 서로의 가정에 대해서 이야기했습니다. 페터는 우리들이 그의 부모를 별로 좋아하지 않는다는 것을 알고 놀란 것 같았습니다.

"페터, 너는 내가 언제나 정직하다는 것을 잘 알고 있지? 그러니 나는 네 부모에게도 결점이 있다는 것을 네게 분명히 말하는 거야. 나는 너를 위로해 주고 싶어. 페터, 내가 너를 위로해 줄 수 없을까? 너는 난처한 처지에 놓여 있지? 너는 아무 말도 하지 않지만, 아무래도 괜찮다는 건 아니지?"

"나도 언제든지 너의 도움을 환영하겠어."

"우리 아버지에게 가는 것이 좋을 거야. 그래, 아버지에게는 무엇이든지 말하기 쉽고 또 말할 수 있어."

"그래, 아저씨는 정말 좋은 분이야."

"너는 우리 아버지를 좋아하지?"

페터는 말 없이 고개를 끄덕였습니다. 내가 "아버지도 페터를 좋아해"라고 말하자, 그는 금방 얼굴을 붉혔습니다. 이 하찮은 말이 그를 얼마나 즐겁게 하였는지. 나는 그것을 보고 참으로 감동하지 않을 수 없었습니다.

"그렇게 생각하니?"라고 그는 나에게 물었습니다.

"그럼, 간혹 말하는 것으로도 다 알 수 있지"라고 나는 대답했습니다.

페터도 우리 아버지처럼 참 좋은 사람입니다.

— 안네

1944년 3월 3일 금요일

키티님!

오늘 저녁엔 촛불을 우두커니 바라보고 있으려니까 대단히 마음이 평온해지고 행복했습니다. 신이 촛불 속에 계시는 것 같았습니다. 나를 감싸주고, 나를 보호하고, 나를 언제나 행복한 기분으로 돌아가게 해주는 것은 곧 신입니다.

그러나…… 내 기분을 지배하고 있는 것은 따로 있습니다. 그것은…… 페터입니다. 오늘 감자를 가지러 가기 위해 냄비를 가지고 계단에 서 있을 때 "점심 식사 후에 뭘 했었니?" 하고 페터가 물었습니다. 나는 계단에 걸터앉아 그와 이야기를 하기 시작했습니다. 한 시간이나 이야기에 열중하다가 다섯 시 15분에 내려왔습니다.

　페터는 부모들에 관해서는 아무 말도 하지 않았습니다. 두 사람은 책에 관한 이야기와 옛날 이야기를 했을 뿐입니다. 페터의 눈에는 아주 훈훈한 기운이 감돌고 있엇습니다. 나는 그를 사랑하기 시작했다고 생각합니다. 그는 오늘 밤 그 일에 관해서 이야기했습니다. 나는 감자 껍질을 벗기고 나서 그의 방으로 갔을 때 무척 더워하며 이렇게 말했습니다.

　"언니와 내 얼굴을 보면 곧 기온을 알 수 있어. 우리들은 추울 땐 얼굴이 파래지고 더울 때에는 새빨개지니까"라고 내가 말했더니,

　"안네는 사랑을 하고 있어?"라고 그가 돌연 물어 왔습니다.

　"내가 왜 사랑 같은 걸 해?"라고 나는 말했으나, 나 자신이 생각해도 바보스러운 대답이었습니다. 그러자 그는,

　"사랑하면 안 되나 뭐?"라고 말했습니다. 그리고 두 사람은 저녁 식사를 하러 아래층으로 내려갔습니다.

　그가 그러한 것을 묻는 것은 무엇인가 의미가 있어서였을까? 오늘 나는 용기를 내어 내가 재잘거리는 것이 귀찮은지 그렇지 않은지를 물었더니, 그는 "상관없어. 나는 안네가 재잘거리는 소리를 듣는 것이 좋아"라고 말할 뿐이었습니다.

　그의 대답이 어느 정도까지 수줍은 것인지 나는 판단치 못합니다. 나는 그리운 사람의 말밖에 하지 않는, 연애하는 사람 같습니다. 페터는 정말로 그리운 사람입니다. 나는 언제 이 사실을 그에게 고백할 수 있을까요? 물론 그도 나를 그리운 사람으로 생각하고 있는지를 알지 못하면, 그러한 말은 할 수 없겠죠. 페터가 나를 얼마만큼 좋아하는지는 알 수 없지만, 어쨌든 두 사람은 서로의 마음을 조금씩 알게 되었습니다. 그런데 두 사람이 좀더 마음속에 있는 것을 털어 놓을 수 있었으면 좋겠다고 나는 생각합니다. 그 시기가 생각보다 빨리 오지 않을 것이라고는 아무도 단언하지 못합니다. 매일 두 번씩, 그는 내 얼굴을 의미 있게 봅니다. 나는 윙크로 대답합니다. 두 사람은 행복을 느낍니다.

— 안네

1944년 3월 4일 토요일

키티님!

지루하고 우울하고 숨막힐 것 같지 않은 토요일은 오늘이 몇 달 만에 처음입니다. 그 원인은 페터입니다.

오늘 아침 다락방에 앞치마를 널려고 갔을 때, 때마침 아버지도 나에게 잠깐 남아서 프랑스어로 말해 보지 않겠느냐고 제의해서 나는 승낙하고 우선 프랑스 회화를 했습니다. 나는 그것을 페터에게 설명하고 나서 다음에는 영어 회화를 했습니다. 그러고 나서 아버지가 큰 소리로 디킨즈를 읽어 주셨습니다. 페터 옆에 아버지와 같이 앉아 있던 나는, 천국에 있는 것 같은 행복감에 젖었습니다.

나는 열한 시에 아래층으로 내려왔습니다. 열한 시 반에 또다시 다락방에 올라가는데, 그가 이미 계단까지 나와 있었습니다. 두 사람은 열한 시 45분까지 이야기를 주고받았습니다. 내가 식사 후에 방에서 나올 때면 기회를 봐서 아무도 듣고 있지 않으면, 그는 언제나 "안녕, 안네, 또 만나"라고 말합니다.

그런 말을 들으면 내 가슴은 고동칩니다. 그와 내가 사랑하는 건 아닐까? 어쨌든 그는 참 좋은 사람입니다. 내가 그와 즐거운 말을 주고받는 것은 아무도 모릅니다. 환 단 아주머니는 내가 그에게 이야기하러 가는 것을 허용하지만, 오늘은 내게 "너희들을 믿고 둘만 다락방에 내버려 두어도 좋을지 모르겠구나" 하고 놀렸습니다.

"물론이죠. 아무 일 없어요. 그런 모욕은 하지 마세요"라고 나는 항의했습니다.

나는 아침부터 저녁까지 페터를 만나기만을 기다리고 있습니다.

— 안네

1944년 3월 6일 월요일

키티님!

나는 페터의 표정으로 그의 생각도 나와 똑같다는 것을 알 수 있습니다. 어젯밤 아주머니가 페터에 대해 경멸하는 어조로 "흥, 사색가"라고 말했을 때, 나는 화가 났습니다. 페터는 얼굴을 붉히고 어쩔 줄 몰라 했습니다. 나는 격분하여 마구 공박하고 싶었습니다.
 이 사람들은 왜 가만히 있지 못할까?
 쓸쓸한 표정을 짓고 있는 그의 모습을 바라볼 뿐 아무것도 해주지 못하는 내가 얼마나 고통스러운지, 당신은 상상도 못 할 것입니다.
 그가 싸움이나 애정 결핍으로 종종 얼마나 쓰라린 처지에 놓이는지 나는 그의 처지가 되어 생각할 수가 있습니다. 가엾은 페터, 그는 진정 애정에 굶주려 있습니다.
 그는 자기의 고독에 매달려 일부러 무관심하거나 어른스러운 태도를 취하고 있지만, 그것은 자기의 참된 감정을 나타내지 않기 위한 일종의 연극에 지나지 않는 것입니다. 가엾은 페터, 그는 언제까지 이러한 연극을 계속할 수 있을까? 이 초인적인 노력의 결과 언젠가는 무서운 폭발이 일어날 것이 틀림없습니다.
 "오——페터, 내게 널 위로해 줄 힘이 있다면 서로의 쓸쓸함을 날려 버릴 수 있을 텐데."
 나는 여러 가지 일들을 생각하고 있지만, 별로 말하지 않습니다. 나는 그를 만나고 그와 함께 있을 때 밝은 햇빛만 비치면 그것으로 행복합니다.
 어제 나는 대단히 흥분했습니다. 머리를 감고 있을 때 그가 옆방에 있는 것을 알고 있었으나 어찌할 수가 없었습니다. 나는 침착하려고 하면 할수록 냉정하지 못하고 들떴습니다.
 이러한 내 마음속의 비밀을 최초에 깨뜨릴 사람은 과연 누구일까? 나는 환 단씨 댁에 여자아이가 아닌 사내아이가 있는 것을 기쁘게 생각합니다. 이성이 아니었다면 나를 정복하기까지는 그다지 어렵지 않았겠지만, 이렇게까지 아름답지도 않았을 것입니다.

—— 안네

추신 : 당신은 내가 언제나 정직하다는 것을 알고 계시죠? 그래서 나는 그를 만나는 것만을 낙으로 삼고 있음을 당신께 고백하겠습니다. 나는 그도 또한 언제나 나를 기다리고 있다는 말을 듣고 싶습니다. 그가 주저하면서 이쪽으로 접근하려는 마음의 움직임을 약간이라도 보일 때에는 가슴이 울렁거립니다. 그도 나와 마찬가지로 여러 가지를 말하고 싶어하겠지요. 그러나 내 마음을 끌어당기는 것은 그의 조마조마하고 주춤거리는 태도라는 것을 그는 모르고 있습니다.

—— 안네

23. 썩은 야채

1944년 3월 7일 화요일
키티님!

　재작년의 나의 생활을 돌이켜 보면 꼭 꿈 같은 기분이 듭니다. 그 시절 천국과 같은 생활을 즐긴 나와 지금 이 은신처에서 영리하게 성장한 나와는 별개의 사람 같습니다. 실제로 그 당시는 천국과 같은 생활이었습니다. 길모퉁이를 돌 때마다 남자친구를 만났고, 나와 같은 또래의 친구나 아는 사람도 20명이나 있었습니다. 학교에서는 어느 선생님에게서나 귀염을 받고 집에서는 아버지와 어머니의 사랑을 듬뿍 받으며, 과자도 많이 있고 용돈은 얼마든지 받았으니 그 누가 이 이상의 것을 바랄 수 있었겠어요?

　당신은 내가 이 사람들과 어떻게 교제했는지 아마 궁금해하실 것입니다. 페터는 나에 대해서 '매력'이 있다고 말했으나 그렇지는 않습니다. 선생님들은 나의 티 없고 재치 있는 답변, 농담, 웃는 얼굴, 호기심이 가득한 표정 등을 좋아하셨습니다. 정말 깜찍하고, 애교 있고, 명랑하고——이것이 나의 전부였습니다. 확실히 나는 선생님들로부터 귀염을 받을 만한 두세 가지 좋은 점을 가지고 있었습니다. 그것은 내가 공부 벌레에다 정직하고 솔직하다는 것입니다. 나는 커닝 같은 것은 꿈에도 생각한 것이 없습니다. 또 나는 과자를 친구들에게 아까운 줄 모르고 나누어 주었고 자만하지도 않았습니다.

나는 이렇게 귀염둥이로서 주위의 사랑을 받았으면서도 거만하지 않았을까? 다행히 주위 사람들의 귀염을 독차지하는 절정기에 나는 이 현실에 직면하게 되었습니다. 나는 주위의 귀염을 받지 못한다는 현실에 익숙해지기까지 거의 일 년이 걸렸습니다.

나는 학교에서는 어떠했을까요? 나는 언제나 새로운 농담을 생각해 내고 골목 대장이었으며, 불쾌해할 때가 없고 울지도 않았습니다. 그래서 누구나 나를 주목하고 나와 함께 자전거를 타고 통학하고 싶어했습니다.

지금 그 시절을 되돌아보면 그 시절의 나는 재미있는 아이긴 했으나 대단히 경박하고 현재의 나와는 전혀 닮지 않았습니다. "전에는 너를 볼 때마다 두세 명의 남자아이와 여러 명의 여자아이들에게 둘러싸여 있었지. 그리고 너는 언제나 웃고 있었고 모든 것의 중심이었어"라고 페터는 말했는데 사실 그대로였습니다.

지금은 옛날의 어떠한 점이 내게 남아 있을까요? 걱정할 것 없습니다. 나는 멋있게 웃는 것도 잊지 않았고 곧장 말대꾸하는 것도 잊지 않았습니다. 또 전과 다름없이 남을 비평하기도 잘하고, 나만 원한다면 지금도 남자아이들과 장난하며 어울릴 수도 있습니다. 나는 하룻밤이나 단 며칠, 또는 일 주일 정도 이러한 명랑한 생활을 다시 한 번 해보고 싶기도 합니다. 그러나 주말쯤에는 파김치가 되어서 조금은 지적인 사람들과 말을 하고 싶어질 것입니다. 나는 부하를 갖고 싶지는 않습니다. 아첨하는 웃음이 아닌 그의 행동과 성격에 매료되는 친구를 원하는 것입니다.

나는 나를 둘러싼 주위가 좁다는 것을 잘 알고 있습니다. 그러나 소수라도 참된 친구가 있는 한 그런 것은 상관없는 것입니다.

재작년 나는 그렇게도 여러 사람의 귀염을 받았지만, 그다지 행복하지는 못했습니다. 나는 자주 고독을 느꼈습니다. 그래서 하루 종일 뛰놀다 보면, 그러한 것을 깊이 생각지 않게 되고 될 수 있는 한 생활을 즐겼습니다. 의식적이거나 무의식적이거나 나는 공허감을 장난이나 농담으로 뿌리치려고 노력했습니다. 그러나 지금은 인생이나, 나는 무엇을 해야 하느냐에 대해서 진지하게 생각하게 되었습니다. 내 생애의 한 시기는 영원히 지나가 버렸습니다. 즐거웠던 휴가는 지나고 다시 돌아오지 않습니다.

나는 이제 그러한 시기를 동경하지는 않습니다. 나는 이제 어른이 되었습니다. 인생을 보다 참되게 생각하며, 부담 없이 그저 즐거운 생각만을 할 순 없게 되었습니다.

나는 지금까지의 나의 생활을 확대경으로 바라보았습니다. 처음에는 가정에서 따뜻한 생활을 즐기고, 이어서 1942년 여기에 와서부터는 생활이 격변하여 매일 싸움과 입씨름이 그치지 않는 생활입니다. 나는 그저 놀랄 뿐입니다. 내가 그럭저럭 지내 올 수 있었던 것은 뻔뻔스러웠기 때문입니다.

1943년 전반은, 나는 외로워서 항상 울고만 지냈습니다. 그리고 점차 자신의 결점을 알게 되었습니다. 지금도 결점투성이지만 그 시절은 더 심했습니다. 낮에는 일부러 마음에도 없는 말을 해서 아버지의 관심을 끌려고 했으나 되지 않았습니다. 나는 꾸중을 듣지 않으려고 어려운 일에도 혼자서 덤벼들곤 했습니다. 실제 나는 끊임없이 야단만 맞고 있었기에 의기소침했습니다.

그 해 후반은 사태가 약간 개선되었습니다. 나는 숙녀가 되었고 더 어른 취급을 받게 되었습니다. 나는 사물에 대해 생각하고 글을 썼으며, 다른 사람들이 이제 나를 공놀이하듯 가지고 놀 권리는 없다는 것을 깨달았습니다. 나는 내가 희망하는 방향으로 나 자신을 바꾸려고 생각했습니다. 그러나 나도 깜짝 놀란 것은 아버지마저도 모든 것을 털어 놓을 만한 상대가 될 순 없다는 것을 깨달았을 때였습니다. 나는 나 이외에는 그 누구도 신뢰하고 싶지 않았습니다. 정월 초 나에게 제2의 변화가 일어났습니다. 나의 꿈…… 그 꿈과 같이 나는 나의 동경——여자친구가 아닌 남자

친구에 대한 동경을 자각했습니다. 또 나는 마음의 행복을 발견하고 나의 본심을 숨기기 위해 나를 경박과 명랑성으로 가장했습니다. 그러나 나는 얼마 안 가서 점잖아지고 미와 선에 대한 무한한 동경심을 감지하게 되었습니다.

밤에 침대에 누울 때, 나는 기도 끝에 이렇게 말합니다. "신이여, 모든 선과 그리움과 아름다움을 주셔서 감사합니다." 이럴 때의 나는 환희로 가득 차 있습니다. 그리고 은신 생활과 건강과 페터에 대한 사랑——아직은 싹트고 있음을 느낄 뿐 손도 대지 않은 우리들의 다가올 사랑과 장래와 행복——과 이 세상에 존재하는 자연의 아름다움과 정교하고 아름다운 모든 '미'에 대해서 생각합니다.

그럴 때 나는 불행한 것은 생각지 않습니다. 아직 남아 있는 아름다움만을 생각합니다. 어머니와 내가 의견을 달리하는 것이 이 점입니다. 사람이 우울할 때 어머니는 "세상의 모든 불행을 생각하고, 자기가 그런 불행 속에 던져져 있지 않은 데 대해 감사해라" 하고 충고합니다. 그러나 나는 나 자신에게 이렇게 충고합니다. "밖으로 나가 들판을 거닐어라. 그리고 자연과 햇빛을 즐기고, 당신 자신과 신 속에 행복을 다시 잡아 넣으려고 해라!"

어머니의 생각이 옳다고는 생각지 않습니다. 어머니가 말하는 대로 하면 그 사람은 자기가 불행에 빠져 있는 것 같은 태도를 취하지 않으면 안 되겠지요. 그렇게 되면 끝장입니다. 나는 그 반대로 나 자신 속에는 자연, 햇빛, 자유 등 무엇인가 아름다운 것이 항상 남아 있다고 깨닫게 합니다. 그러면 이것이 나를 위로해 줍니다. 이러한 것을 바라보십시오. 당신은 반드시 당신 자신과 신을 발견할 것입니다. 그렇게 되면 당신은 마음의 균형을 다시 찾게 됩니다.

행복한 사람은 누구나 다른 사람도 행복하게 할 것입니다. 용기와 신념을 지닌 사람은 결코 불행 속에서 죽지 않습니다.

—— 안네

1944년 3월 12일 일요일
키티님!

나는 요즈음 가만히 있지 못합니다. 4층에 뛰어올라갔다가 내려왔다가 또 올라갑니다. 페터와 이야기하고 싶지만 귀찮아서 싫어하지나 않을까 하고 걱정이 됩니다. 그는 자기의 일, 과거, 부모의 일들을 나에게 약간 말했습니다. 그러나 나는 아직 그것만으로는 부족합니다. 나는 왜 그의 말을 좀더 듣고 싶어하는지 자신에게 물어 봅니다. 전에 그는 나를 도저히 참을 수 없는 상대라고 생각하고 있었습니다. 나도 그를 그렇게 생각했었습니다. 그런데 지금에 와서는 생각이 달라졌습니다. 그도 달라졌을까요?

나는 그렇게 생각합니다. 그렇다고 반드시 우리들이 둘도 없는 친구가 된다는 의미는 아닙니다. 그렇게 되면 나로서는 여기의 생활이 훨씬 견디기 쉽게 되겠지만. 그러나 그렇게 되지 않아도 나는 비관하지 않습니다. 나는 그와 언제든지 만날 수 있고, 거기에다 이러한 일로 당신까지 불행하게 할 필요는 없으니까요.

토요일 오후, 나는 비참한 뉴스를 많이 들어 현기증이 나서 한잠 자려고 긴 의자에 누웠습니다. 생각을 하지 않기 위해 잠을 청한 것입니다. 나는 4시까지 자고 나서 거실로 갔습니다. 나는 어머니가 묻는 말에 일일이 대답하는 것도, 아버지에게 말할, 잠을 많이 잔 데 대한 구실을 생각하는 것도 귀찮았습니다. 나는 다만 두통이 났었다고만 말했습니다. 그것은 거짓이 아니고 실제로 아팠습니다. 단, 마음속이.

보통 사람, 보통 소녀, 나와 같은 십대의 아이들은 이러한 자기 연민에 빠진 나를 머리가 좀 이상하지 않나 하고 생각할 것입니다. 사실 그렇습니다. 그러나 나는 나의 마음속을 당신에게 실토한 다음에는 사람들로부터 질문을 받거나 자신의 신경에 거슬리는 일을 피하기 위해 될 수 있는 한 뻔뻔스럽고 명랑하며 자신만만하게 행동합니다.

언니는 대단히 친절하고 나에게 신뢰를 얻고 싶어하는데, 아직 나는 그녀에게 모든 것을 실토할 수는 없습니다. 언니는 좋은 사람입니다. 또한 아름답고 선량합니다. 그러나 언니는 심각한 말을 거리낌없이 자연스러운 기분으로는 할 수가 없습니다. 언니는 내가 말하는 것을 진지하게——너무 진지하게 생각합니다. 그리고 이상하게 동생의 일을 언제까지나 생각하고 탐색하는 것 같은 눈초리로 나를 바라보며, 내가 말하는 것을 음미하고 '이것은 농담일까? 아니면 안네는 진정 그렇게 생각하고 있을까?'라고 생각하는 듯합니다. 이것은 두 사람이 하루 종일 같이 있기 때문일 것입니다. 나는 언제쯤 내 생각을 풀어낼 수 있을까요? 그리고 언제쯤 마음의 평화와 안식을 찾을 수 있을까요?

—— 안네

1944년 3월 14일 화요일
키티님!

오늘은 우리들이 무엇을 먹느냐에 대해서 이야기해 보겠습니다. 청소부가 2층에서 일하는 동안, 나는 환 단씨 댁의 테이블에 앉아 있었습니다. 나는 여기에 오기 전에 산 좋은 향수를 뿌린 손수건을 코에 대고 있었습니다. 당신은 이것만으로는 무엇을 의미하는지 모를 것이니 처음부터 이야기하겠습니다.

우리들의 식량 배급표를 구해 주던 사람이 체포되었기 때문에 우리들은 배급 카드가 5개뿐이고 여분의 카드도, 기름도 떨어졌습니다. 미프와 코프하이스씨가 앓고 있어 엘리는 시장을 보러 갈 틈도 없고 집 안은 침울한 공기에 짓눌려 있으며, 식량도 얼마 남지 않았습니다. 내일부터 소기름도, 버터도, 마가린도 떨어집니다. 아침 식사에 빵을 절약하기 위한 감자 프라이도 만들 수 없습니다. 죽뿐입니다. 환 단 아주머니가 모두 굶어 죽겠다고 하여 암시장에서 크림이 들어 있는 우유를 샀습니다. 오늘 저녁 식사는 통에 저장해 둔 양배추와 고기를 잘게 썰어 끓인 묽은 수프 요리입니다. 그래서 나는 만일을 대비해서 향수 뿌린 손수건을 코에 대고 있었던 것입니다. 양배추는 일 년만 지나면 견딜 수 없는 악취가 납니다. 방안에는 썩은 계란과 방부제와 상해 버린 자두를 섞은 것 같은 냄새로 가득 차 있었습니다. 이러한 것을 먹는다는 생각만으로도 병에 걸릴 것 같습니다.
 더욱이 감자는 썩어 버려서 양동이로 두 개를 가져와도 한 개분은 버려야 합니다. 우리들은 병의 종류를 연구하는 데 흥미를 갖고 관찰한 결과 감자의 병에도 암과 천연두에서 홍역까지 있다는 결론에 도달했습니다. 4년 동안이나 지속되고 있는 전쟁 속에 은신 생활을 하고 있다는 것은 농담거리가 아닙니다. 아, 이 지겨운 전쟁이 빨리 끝났으면!
 정직하게 말해서 여기의 생활이 좀더 즐겁다면, 나는 식사 같은 것은 그다지 문제삼지 않겠습니다. 견딜 수 없는 것은 생활이 지루하기 때문에 모두들 걸핏하면 화를 내고 신경이 날카로워져 있다는 것입니다.
 이제 현재의 상태에 대한 다섯 어른들의 의견을 소개하겠습니다.
 환 단 아주머니 : 부엌의 여왕 노릇에도 흥미를 잃었다. 다만 앉아서 아무것도 하지 않으면 지루하기 때문에 요리를 시작한다. 그러나 기름이 없으면 요리를 할 수 없다. 그리고 이런 고약한 냄새를 맡으면 병에 걸릴 것 같다. 내가 이렇게 노력하고 있는데도 돌아오는 것은 불평과 욕설뿐이다. 나는 언제나 죄를 뒤집어쓰는 희생자다. 거기다 내가 보기에는 전쟁은 조금도 나아진 것이 없다. 결국에는 독일이 승리할지도 모른다. 우리들이 굶어 죽지나 않을까 걱정이다. 나는 기분이 나빠지면 누구든 야단치고 싶어진다.
 환 단 아저씨 : 나는 아침부터 밤까지 담배를 피우고 싶다. 담배만 마음대로 피울 수 있다면 먹는 것도, 정세(政勢)도, 아내의 불평도 개의치 않겠다. 케리는 귀여운 마누라야.
 그러나 아저씨는 담배가 떨어지면 태도가 돌변합니다. 그럴 때, 아저씨는 곧잘 이렇게 말합니다. "나는 병난 것 같다. 우리들은 오래 살 수 없다. 나는 고기를 먹지 않으면 안 된다. 케리는 왜 저렇게 멍청이지?" 이렇게 되면 반드시 대판 싸움이 벌어집니다.
 어머니 : 먹는 것은 그다지 문제되지 않지만 나는 지금 좋은 빵 한 조각이 먹고 싶다. 대단히 배가 고프다. 내가 환 단 아주머니라면, 벌써 남편의 줄담배를 끊게 했을 것이다. 그러나 나도 지금은 담배가 피우고 싶다.

담배라도 피우지 않고서는 못 견디겠다. 영국은 실수도 저지르지만 그래도 전쟁은 진척되고 있다. 나는 폴란드에 있지 않았다는 데 대해 감사한다.

　아버지 : 만사가 잘되어 가고 있으니 나는 아무것도 필요 없다. 그렇게 서둘지 마라. 시간은 충분히 있다. 감자가 조금 부족할 뿐. 내 배급품을 엘리에게 좀 주어라. 정세는 대단히 희망적이다. 나는 대단히 낙관하고 있다.

　두셀씨 : 나는 오늘 일은 꼭 해야 해. 모든 것을 제시간에 마쳐야지. 정세는 양호하다. 우리들이 체포당하는 일은 없을 것이다.

── 안네

1944년 3월 15일 수요일

　키티님!

　오늘은 "만일…… 어떤 일이 일어나면 곤란하다", "만일…… 누가 병에 걸리면 어떻게 하나" 등의 말만 듣고 있습니다. 당신도 은신 생활에 대해서는 이제 잘 알고 있으니 이야기 내용은 대략 짐작할 수 있을 것입니다.

　이 '만일……'이라는 말이 나오게 된 것은 이러합니다. 크랄러씨는 참호 파는 요원으로 소집되었고 엘리는 코감기를 앓고 있어서 아마 내일도 오지 못할 것입니다. 미프는 아직 감기가 낫지 않았습니다. 코프하이스씨는 위출혈로 의식 불명이 되었습니다. 이와 같이 나쁜 일들이 겹쳤던 것입니다.

　창고 사람들은 내일 쉽니다. 엘리도 오지 않고 문에는 자물쇠가 채워져 있어서 우리들은 이웃 사람들에게 들리지 않도록 될 수 있는 한 조용히 있어야 합니다. 행크가 한 시에 여기로 오게 되어 있습니다. 오늘 오후, 그는 마치 동물원의 사육사같이 오래간만에 세상 돌아가는 이야기를 해주었습니다. 우리들 여덟 명이 그를 둘러싸고 앉아 있는 광경을 상상해 주세요. 그것은 할머니가 손자들에게 이야기를 해주고 있는 그림 같았습니다. 그는 열심히 이야기를 듣고 있는 우리들에게 식량에 관해서는 물론이고, 미프의 의사에 관한 이야기로부터 우리들이 하는 모든 질문에 대해 답변해 주었습니다. "그 의사는 의사 같지 않더군요. 오늘 아침 내가 의사에게 전화로 유행성 감기의 처방을 부탁했더니 오전 여덟 시부터 아홉 시 사이에 가지러 오라는 대답이었어요. 그것은 그렇다 치고, 만일 악성 감기라면 의사 자신이 전화통 앞에 와서 '아── 하고 입을 벌리고, 혀를 내어 보시오. 아아, 잘 들린다. 당신 목에 염증이 생겼으니 처방을 해주겠소. 그러니 약방에 가서 약을 사시오. 안녕' 합니다. 전화로 진단을 한다니까요."

그러나 나는 의사를 비난하고 싶지 않습니다. 사람은 손이 둘밖에 없습니다. 요즈음같이 환자가 많은데, 의사의 손이 미치지 않을 수밖에. 그것은 그렇고, 행크가 전화 이야기를 되풀이했을 때에는 모두 웃음을 터뜨렸습니다.

나는 요즈음의 병원 대기실이 어떤 상태인지를 상상할 수 있습니다. 요즘 의사들은 건강 보험 환자를 경원하진 않지만, 대단한 병이 아닌 환자는 상대하지 않습니다. 그러한 환자가 오면 "당신은 여기서 무엇을 하고 있소? 맨 뒤로 가시오. 중환자가 우선입니다"고 말한답니다.

── 안네

1944년 3월 16일 목요일
키티님!
무엇이라고 설명할 수 없을 정도로 좋은 날씨입니다. 얼마 후에 다락방으로 갈 작정입니다.

나는 어찌하여 페터보다도 안정되지 못한지를 이제야 알았습니다. 그는 공부하고 꿈을 꾸고 생각하고 그리고 잠잘 수 있는 자기 방을 갖고 있습니다. 그러나 나는 항상 이쪽에서 저쪽으로, 저쪽에서 이쪽으로 쫓겨 다니고만 있습니다. 나는 두셀씨와 같이 쓰는 내 방에 머물러 있는 시간은 적지만, 그래도 나만의 방을 갖고 싶어 견딜 수가 없습니다. 내가 자주 다락방으로 도피하는 이유도 바로 여기에 있습니다. 다락방에 있을 때와 당신과 같이 있을 때 잠깐 동안, 아주 잠깐 동안 참된 내 모습으로 돌아갈 수 있습니다. 그러나 나는 내 운명을 슬퍼하고 싶지는 않습니다. 나는 용기를 갖고 싶습니다. 고맙게도 내가 마음속에 생각하고 있는 일에 대해 아무도 모릅니다. 다른 사람이 알고 있는 것은, 내가 어머니에 대해 점점 냉정해지고 아버지에 대해서도 이전과 같이 애정을 표시하지 않는다는 것과 언니에게는 아무것도 말하지 않는다는 것들뿐입니다. 나는 껍질 속에 틀어박혀 있습니다. 마음속에서는 항상 전쟁이 벌어지고 있다는 것은 누구에게도 알려서는 안 됩니다. 그 전쟁이라는 것은 상식과 욕망의 싸움입니다. 지금으로서는 상식이 승리하고 있지만, 점점 욕망이 강해지지 않을까요? 나는 그것을 때로는 겁내고 때로는 바라고 있습니다.

  페터에게 아무 말도 하지 않는다는 것은 견딜 수가 없습니다. 그러나 그가 먼저 입을 열어야 한다고 생각합니다. 나는 말하고 싶은 것도 많고 하고 싶은 일도 많아 그것을 모두 꿈에서 봅니다. 또 하루가 지났는데 아무것도 실현되지 않았다고 생각하니 슬퍼집니다. 그래요, 안네는 미치광이에요. 그러나 나는 광란의 시대, 광란의 환경 속에 살고 있는 것입니다.

  이러한 생활 환경에서도 제일 위안이 되는 점은, 적어도 자기의 사상이나 감정을 쓸 수 있다는 것입니다. 그렇게라도 하지 못했다면, 나는 완전히 질식해 버렸을 것입니다. 페터는 이러한 문제에 대해서 어떻게 생각하고 있을까? 언젠가는 일기에 대해서 그와 이야기하고 싶습니다. 그는 내 마음속의 동요를 알아차렸을 것입니다. 왜냐하면 이미 충분히 알고 있는, 외면적으로 나타나 있는 나를 사랑할 수 없다는 것은 확실하니까요.

  조용한 것을 좋아하는 그가 나같이 떠들썩한 말괄량이를 좋아할 리는 없습니다. 그는 나의 단단한 마음의 껍질을 뚫고 들여다보는 최초의, 그리고 단 하나의 남자가 될 수 있을까? 그리고 그가 거기에 도달할 때까지는 얼마 동안의 시일이 필요할까? "사랑은 흔히 동정에서 우러난다", "사랑과 동정은 손을 맞잡고 간다"는 옛말이 있지 않습니까? 내 경우에도 그럴까요? 왜냐하면 나는 나 자신을 대하는 것과 마찬가지로 그를 동정하고 있기 때문입니다.

나는 어떤 방법으로 말을 꺼내야 할지 정말로 모르겠습니다. 그러나 그는 나보다 훨씬 말을 안 하는 성격인데 어떻게 하여 그로 하여금 입을 열게 할 수 있을까? 그에게 편지를 쓴다면 내가 말하고자 하는 뜻을 알아줄까? 그러나 마음속에 담겨 있는 것을 말로써 표현한다는 것은 대단히 어려운 일입니다.

— 안네

24. 어른들에 대한 반항

1944년 3월 17일 금요일
키티님!
은신처에 안도의 숨소리가 들렸습니다. 크랄러씨는 법원의 결정에 따라 참호 파는 일이 면제되고, 엘리는 코감기가 나았습니다. 그래서 언니와 내가 부모들에게 약간 싫증을 느끼게 된 것 외에는 모든 것이 잘되어 갑니다. 그렇다고 나를 오해하지 마세요. 당신도 알다시피 나는 어머니와는 사이가 좋지 않습니다. 아버지는 지금도 여전히 사랑하고 있습니다. 언니는 아버지와 어머니를 다 사랑하고 있습니다. 그러나 내 나이 정도가 되면 누구라도 자기 일은 스스로 결정하고 때로는 혼자 독립하고 싶어합니다.

4층에 가려고 하면, 뭐하러 가느냐고 묻곤 합니다. 나는 내 음식에 간을 맞추는 것도 허용되지 않습니다. 매일 밤 여덟 시 15분만 되면 어머니는 나에게 "이제 자거라" 하고 말합니다. 내가 읽는 책은 전부 검사당합니다. 아버지나 어머니가 엄격하지 않다는 것은 나도 인정합니다. 대부분의 책은 허용받고 있기 때문입니다. 그러나 나도 언니도 하루 종일 이것 저것 질문을 받고 잔소리를 듣는 데는 싫증을 느끼고 있습니다.

아버지와 어머니는 나에 대해서만 불쾌해할 때가 있습니다. 그것은 내가 이제는 뽀뽀를 하고 싶어하지 않는다는 것과 가족들끼리 애칭으로 서로 부르는 것이 일부러 꾸민 것 같아서 싫다고 한 것에 대해서입니다. 나는 얼마 동안 부모와 떨어져 있고 싶습니다. 언니는 어제 저녁 이런 말을 했습니다. "아버지와 어머니가 나에게 머리가 아프냐, 기분이 나쁘냐 하고 물어 오고 또 내가 한숨을 쉬기라도 하면 머리에 손을 얹고 하는 것이 귀찮아."

언니와 나는 지금까지와 같은 신뢰와 조화가 우리 가정에서 거의 사라졌다는 것을 알고 깜짝 놀랐습니다. 그러나 이것은 주로 우리둘의 성격이 빗나가서 그런 것입니다. 그러나 한편으론 우리들은 어린이 취급을 받고 있지만, 실제로는 같은 또래의 소녀들보다 정신력으로 훨씬 조숙해 있다는 뜻입니다.

나는 아직 열네 살이지만 내가 바라는 것, 누가 옳고 누가 잘못이라는 것은 알고 있습니다. 나는 나의 사상, 의견, 주의를 갖고 있습니다. 나 같은 어린애의 입에서 이런 말을 한다는 것은 좀 그렇지만, 나는 내가 어린애라기보다는 '한 인간이고 누구에게도 구속받지 않고 독립된 인격'이라고 생각합니다.

나는 어머니보다 낫게 사물을 토의하고 주장할 수 있다고 생각합니다. 나는 어머니같이 편견도 갖고 있지 않고 매사를 과장하지도 않습니다. 나는 어머니보다 꼼꼼하고 영리합니다. 그러므로——당신은 웃을지도 모르지만——나는 여러 가지 면에서 어머니보다 우수하다고 생각합니다. 내가 누군가를 사랑한다고 한다면, 그 사람에 대해서 무엇보다도 동경과 찬미하는 마음이 없으면 사랑할 수가 없습니다. 가령 페터가 내 사람이 된다면, 모든 것이 잘될 것입니다. 나는 많은 점에서 그를 찬미하고 있기 때문입니다. 그는 훌륭한 미소년이니까!

—— 안네

1944년 3월 19일 일요일
키티님!

어제는 나에게는 대단히 좋은 날이었습니다. 페터와 여러 가지 일에 관해서 털어 놓고 이야기하기 위해 저녁 식탁에 앉기 직전에, 낮은 목소리로 페터에게 "오늘 밤 속기 연습하겠어?" 하고 물었더니, "아니, 안 해" 하고 그가 대답했습니다. "그렇다면 나중에라도 너와 얘기하고 싶어" 하고 말했더니, 그는 그러자고 했습니다. 식사 후 설거지를 마치고 나서, 나는 잠시 페터의 부모 방에서 창밖을 내다보고 있다가 페터가 있는 곳으로 갔습니다. 그는 열린 창문 좌측에 서고 나는 우측에 서서 이야기를 시작했습니다. 밝은 곳보다 어두컴컴한 곳이 훨씬 이야기하기 쉽다고 느꼈습니다. 페터도 같은 기분이었을 것입니다.

두 사람은 너무 많은 이야기를 했기 때문에 무슨 이야기를 했는지 전부는 기억하지 못하지만, 은신처에 온 이래 가장 즐거운 밤이었습니다. 둘이서 한 얘기를 간단히 당신에게 전해 드립니다. 우리들은 처음에 싸움에 대해서 이야기했는데, 나는 지금은 싸움에 대해서 전혀 다른 눈으로 보게 되었다는 점, 다음으로 부모와 우리들 자매와의 관계가 잘되어 가고 있다는 것을 이야기했습니다.

나는 어머니에 대해서 또 아버지의 일과 마고트에 관해서 그리고 나 자신에 관해서 이야기했습니다. 말하는 도중에 페터는 이런 말을 했습니다.

"너희들은 매일 밤 잠들기 전에 '안녕히 주무세요' 하며 키스를 하겠지?"

"그럼, 하지. 너희 집에서는 안 하니?"

"안 해. 나는 누구와도 키스한 적이 없어."

"네 생일에도?"

"그땐 하지만."

두 사람은 어느 쪽이나 다 부모에게 모든 것을 털어 놓지 않는다는 것, 그의 부모는 그가 모든 이야기를 해주었으면 하지만, 그는 그렇게 하고 싶지 않다는 것, 내가 침대에서 마음껏 울었다는 것, 그가 다락에 가서 혼자 욕을 한다는 것, 나와 언니는 요즈음에 와서 겨우 서로의 기분을 알게 되었으나 언제나 같이 있기 때문에 모든 것을 그대로 다 털어 놓지는 않는다는 것 등등, 생각나는 모든 일에 관해 이야기했습니다. 페터는 내가 생각하고 있던 그런 사람이었습니다.

그리고 재작년 당시의 두 사람은 다 지금과 달랐다는 것, 처음에는 서로가 싫어했다는 것 등을 이야기했습니다. 그가 나를 너무 잘 지껄인다고 생각할 것 같아서 나는 이야기를 그만두었습니다. 나는 그와 이야기하고 있는 동안, 왜 아양을 떨지 않았는지 모르겠습니다. 그러나 지금은 오히려 그것을 기쁘게 생각합니다.

그는 또 그가 얼마나 우리들로부터 고립되어 있었는지를 이야기했습니다. 나는 그의 온순한 점과 나의 떠벌리는 점은 본질적으로는 과히 다르지 않다는 것, 나 역시 조용한 것을 좋아한다는 것, 나는 일기장 이외에 내 것이라고는 아무것도 가지고 있지 않다는 것 등을 이야기했습니다. 그는 우리집에 어린애가 있다는 것을 알고 얼마나 기뻐했는지를 이야기했고, 나는 그가 여기에 있는 것을 얼마나 기쁘게 생각하고 있는지를, 그의 수줍음과 그와 부모와의 관계를 겨우 알게 되었다는 것, 내가 얼마나 그의 마음을 달래 주고 싶어하는가를 이야기했습니다. "너는 언제나 날 도와 주고 있어"라고 그가 말했습니다. 나는 깜짝 놀라 "어떻게?" 하고 물었더니, "너의 쾌활함으로"라고 그가 대답했습니다. 이것은 그가 한 말 중에 가장 기쁜 것이었습니다. 참으로 멋진 말입니다. 그는 나를 친구로서 사랑하는 게 틀림없습니다. 당분간은 그것으로 충분합니다. 나는 대단히 행복하고 감사한 마음으로 충만되어 표현할 말을 찾을 수가 없습니다. 키티, 오늘은 나의 문장이 평소보다 서투른 점을 사과드려요.

다만 머리에 떠오르는 대로 기술했습니다. 나는 지금 페터와 비밀을 같이 나누어 갖는 기분입니다. 그가 미소 띄운 눈으로 나를 보고 윙크하면, 엷은 빛이 나의 마음속에 비치는 것 같습니다. 나는 이러한 상태가 언제까지나 계속되고, 두 사람이 보다 더 즐거운 시간을 보낼 수 있도록 빌고 있습니다.

── 안네

25. 언니의 편지

1944년 3월 20일 월요일
키티님!
 오늘 아침 페터는 나에게 밤에 또 오지 않겠느냐고 묻기에, 내가 절대로 방해되지 않고 한 사람이라도 있을 곳이 있다면 둘도 있을 수가 있다고 말했습니다. 또 부모들이 귀찮아서 자주 가지 못하겠다고 대답했더니, 그는 그런 것은 신경 쓸 필요가 없다고 말했습니다. 그래서 나는 토요일 밤에 가고 싶으니 달이 뜨면 가겠다고 조심히 말했습니다.
 "그때에는 아래로 가자. 그리고 거기서 달 구경을 하자" 하고 말했습니다.
 그런데 나의 행복에 조그마한 그림자가 생겼습니다. 나는 언니도 페터를 좋아한다는 것을 오래 전부터 알고 있었습니다. 언니가 그를 어느 정도 사랑하고 있는지는 알 수 없지만, 그녀는 틀림없이 참담한 기분일 거라고 나는 생각합니다. 내가 페터와 만날 때마다 그녀에게는 큰 고통이었음에 틀림없습니다. 그러나 이상한 것은 그녀가 전혀 그것을 내색하지 않는다는 것입니다.
 나 같으면 샘이 나서 견딜 수 없을 것 같은데, 언니는 동정하지 않아도 좋다고 말할 뿐입니다.
 "혼자만 따돌리는 것 같아서 불쾌할 거야" 했더니, 그녀는 "나는 익숙해 있으니까" 하고 좀 고통스럽게 말했습니다.
 나는 아직 이 일을 페터에게 말할 기분이 아닙니다. 아마 뒤에 말하는지 몰라도 지금은 그것보다 먼저 할 말이 많습니다.
 어젯밤 어머니로부터 약간 꾸중을 들었습니다. 확실히 내가 나빴스니다. 나는 어머니에 대해서 너무 무심한 태도를 취했던 것 같습니다. 나는 어머니에게 다시 친밀한 태도를 보이고 생각나는 대로 내뱉지 않으며 마음속에 감추어 두어야겠습니다.
 요즈음은 아버지까지 좀 달라졌습니다. 아버지는 나를 어린애로 취급하지 않으려고 노력하시기 때문에 대단히 냉정한 느낌입니다. 그러면 다음에는 어떤 태도를 보이실까요?
 오늘은 이만하겠습니다. 나는 페터의 일로 머리 속이 꽉 차 있고, 그를 만나는 것 외에는 아무것도 하고 싶지 않습니다.
 그런데 오늘 언니로부터 다음과 같은 편지를 받았습니다. 이것은 그녀의 선량함을 느낄 수 있는 증거입니다.

   사랑하는 안네에게!
  안네, 어제 너를 질투하지 않는다고 말한 것은 반 정도는 정말이야. 사실 나는 너도 페터도 질투하지는 않아. 다만 나는 나의 사상과 감정에 대해서 이야기할 수 있는 상대를 아직 발견하지 못했고, 당분간은 발견하게 될 것 같지도 않다는 것을 좀 슬프게 생각할 뿐이야. 그러나 그렇다고 해서 너에게 불평을 할 수는 없어. 다른 사람들에게는 당연한 일도 부자유하게 지내고 있는 여기 사람들에게는 그렇지 못하지.
  또 나와 페터와의 관계는 과히 진전되고 있지 않다고 믿고 있어. 그것은 그와 여러 가지 일들을 이야기한다고 하면, 우선 모든 것을 터놓을 수 있는 사이가 되어야 하기 때문이지. 말하자면 나는 별로 말을 하지 않아도 그가 이쪽의 기분을 잘 이해해 주어야 하는 거야. 이러한 이유에서 자기보다 지적으로 우수하다고 생각되는 사람이어야 하는데 페터는 그에 해당되지 않아. 그러나 너희들의 경우는 그렇지 않다고 생각해.
  너는 내 것을 빼앗은 건 아니야. 그러니 나로 인해 절대로 너 자신을 책망하지 마. 그리고 너와 페터는 반드시 우정에 의해 서로가 얻는 것이 있을 거야.
                                           1994년 3월 20일
                                             마고트로부터

 다음은 내 회답입니다.

사랑하는 언니에게!

언니의 정다운 편지는 퍽 감격하며 잘 읽었습니다. 그러나 나는 역시 그다지 좋은 기분이 아니었어요. 앞으로도 좋은 기분으로 호전되지 않으리라고 생각합니다.

지금으로서는 페터와 나와의 사이에 언니가 상상한 듯한 그런 신뢰감은 없습니다. 그러나 저녁 무렵에 열린 창가에서 마주 보고 있으면, 누구라도 밝은 대낮보다는 서로 자유롭게 이야기할 수가 있을 것입니다. 또 자기의 감정은 큰 소리로 외치는 것보다는 조용히 소곤거리는 것이 표현이 잘되는 것입니다. 언니는 페터에 대해서 나와 같은 감정을 품기 시작하고 나와 마찬가지로 그를 위로해 주고 싶을 거라고 나는 믿고 있습니다. 그것은 우리들이 생각하고 있는 신뢰감과 종류가 다르겠지만, 그래도 언니는 언젠가는 그렇게 할 수 있겠죠. 나는 신뢰감이라는 것은 쌍방에서 일어나는 것이라고 생각합니다. 나와 아버지가 친해지지 못한 것은 그것이 결여되어 있기 때문이라고 생각합니다.

이제 이 이야기는 그만둬요. 그러나 뭔가 더 할 말이 있으면, 편지하세요. 편지하는 것이 훨씬 하고 싶은 말을 잘 표현할 수 있으니까요.

내가 언니를 얼마나 찬미하고 있는지 언니는 모를 거예요. 나는 언니와 아버지의 좋은 점을 조금이라도 더 본받으려고 노력해요. 그런 의미에서는 언니와 아버지는 별로 차이가 없다고 생각합니다.

── 안네

1944년 3월 22일 수요일

키티님!

어젯밤 마고트로부터 또 다음과 같은 편지를 받았습니다.

사랑하는 안네에게!

어제 네 편지를 읽고 네가 페터를 방문할 때마다 양심의 가책을 받는 것 같아 기분이 언짢았다. 그러나, 절대로 그럴 이유는 없어. 나는 진정, 서로 신뢰감을 나눌 사람을 가질 권리는 나에게도 있으나 아직 페터를 그 자리에 놓지 않았을 뿐이야.

그러나 나는 네가 말하는 바와 같이 페터가 남매처럼 느껴지고 남동생 같다. 나와 페터는 지금까지 서로의 감정을 알아보고 있으니까 서로의 감정이 닿으면 오누이 같은 애정이 싹틀지도 몰라. 장래에 이런 감정이 싹틀지는 모르지만 하여간 지금으로서는 그 단계에 도달하지 않은 게 사실이야. 그러므로 네가 나를 가엾게 생각할 필요는 없어. 너는 우정을 발견했으니 될 수 있는 한 즐겨야지.

마고트로부터

그런데 이곳의 생활이 점점 멋있어지고 있습니다. 키티, 이 은신처에 일대 로맨스가 일어날 것 같습니다. 걱정 마세요. 나는 그와 결혼할 생각은 조금도 없으니까요. 나는 그가 성년이 되면 어떤 인간이 될지도 모르겠고, 결혼까지 가도록 서로 사랑하게 될는지도 의문이니까요. 페터가 나를 사랑하고 있다는 것은 나도 알고 있습니다. 그러나 얼마나 사랑하고 있는지는 아직 모릅니다.

그가 단지 친구로서 원하고 있는지, 내가 한 소녀로서 혹은 누이동생으로서 그의 마음을 끌고 있는지 나로서는 아직 모릅니다.

내가 그의 부모들의 싸움에 있어서 항상 자기를 위로해 주었다고 했을 때, 나는 대단히 기뻤습니다. 이것은 나의 우정을 믿고 있다는 뜻입니다. 어제 나는 그에게, 만약 여기에 12명의 안네가 있어서 자기를 계속 찾아온다면 어떻게 하겠느냐고 물었더니, 그는 "전부가 안네 같다면 결코 나쁘지 않겠지"라고 대답했습니다. 그가 나를 대단히 정중하게 대하는 것만 보다도 그는 나와 만나는 것을 좋아한다고 믿을 수 있습니다. 그는 지금 프랑스어 공부에 열중해 있고, 침대에 들어가도 열 시 5분까지 공부합니다. 나는 그 토요일 밤 내가 말한 한마디 한마디를 회상하며 처음으로 나 자신에게 만족을 느끼고 있습니다. 나는 말한 뒤에는 언제나 한 말에 불만을 느꼈는데, 그날 밤에 한 말은 한마디도 바꾸고 싶지 않습니다. 지금이라도 똑같은 말을 할 거예요.

그는 웃을 때나 앞을 바라볼 때에는 실로 단아한 얼굴을 하고 있습니다. 그는 대단히 귀엽고 사랑스러운 사람입니다. 그가 나에 대해서 가장 놀란 것은, 내가 외견과는 달리 경박하지 않고 그리고 그와 똑같이 여러 가지 고민을 가진 꿈 많은 인간이라는 것을 알았을 때라고 생각합니다. 나는 또다시 언니의 편지에 다음과 같은 답장을 썼습니다.

친애하는 언니에게!

나는 우리들이 할 수 있는 가장 좋은 일은, 잠자코 기다리는 일이라고 생각합니다. 페터와 내가 이대로의 상태를 지속할지, 다른 방향으로 진행될지 어느 쪽이든 머지않아 결정이 나겠지요. 그것이 어느 방향인지는 나 자신도 알 수 없고, 나는 눈앞의 일 이외에는 생각하고 싶지 않아요. 그러나 만일 페터와 내가 친구가 되기로 결정한다면 한 가지 일만은 꼭 하고야 말겠어요. 그것은, 언니도 그를 대단히 좋아하고 필요할 때에는 언제든지 그를 도와 줄 생각을 하고 있다는 것을 그에게 전하는 것입니다. 그는 언니가 바라는 그런 반응을 나타내지 않을지도 모르지만, 지금은 그런 걱정은 하지 않겠어요. 나는 페터가 언니의 일을 어떻게 생각하고 있는지 모릅니다. 그러나 그때 물어 보기로 해요.

나는 페터가 언니를 싫어한다고는 생각지 않습니다. 그 반대죠. 아무튼 다락방에서든 어디서든 언니가 우리들 사이에 들어오는 것을 언제든지 환영합니다. 우리 사이에는 어두운 밤에만 이야기를 한다는 묵계가 성립되어 있으니까 언니는 절대로 우리들의 방해가 되지 않을 거예요.

나같이 용기를 내세요. 그것은 반드시 쉬운 일은 아니지만 그 시기는 언니가 생각하는 것보다 빨리 올 거예요.

— 안네

26. 바보 같은 어른들

1944년 3월 23일 목요일
키티님!
모든 것이 또 평상시처럼 회복되었습니다. 우리들에게 배급 카드를 구해 준 사람들이 고맙게도 감옥에서 나왔습니다.

미프는 어제부터 와 있습니다. 엘리는 아직 기침은 하지만 전보다는 좋아졌습니다. 코프하이스씨는 아직 상당히 긴 기간 동안 자택에서 요양을 해야 합니다.

어제 비행기가 이 근처에 추락했습니다. 탑승원은 겨우 낙하산으로 탈출했습니다. 비행기는 학교 교정으로 떨어졌습니다. 다행히 그때에는 학생들이 한 명도 없었으나, 불이 나서 두 사람이 사망했습니다. 독일군은 낙하산으로 내려오는 탑승원을 보고 맹렬히 사격을 가했는데, 시민들은 이 비겁한 행위에 대해 격분했습니다. 우리들은——여자들을 말함——벌벌 떨었습니다. 나는 기관총소리를 들으면 소름이 끼칩니다.
　요즈음 나는 저녁 식사 후 신선한 밤 공기를 마시러 위층으로 갑니다. 페터 옆에 앉아서 밖을 바라보는 것이 좋습니다.
　환 단 아저씨와 두셀씨는 내가 그의 방에 들어갈 때마다 작은 소리로 중얼거립니다. 그들은 페터의 방을 '안네의 별장'이라고 부르기도 하고, "젊은 신사가 어두컴컴한 곳에서 아가씨를 맞이해도 좋을까?"라고 말하기도 합니다. 그러나 페터는 이러한 장난기 섞인 농담을 놀랄 만한 기지로 받아넘깁니다. 어머니도 다소 호기심을 가지고 있어서 만일 비웃는 기색이 없을 때에는 슬쩍 우리들이 무슨 이야기를 했는지 듣고 싶어합니다. 페터는 우리들이 너무 어리고 또 어른들의 짓궂음에 대해서도 태연하니까 사람들이 질투하는 것이지, 딴 뜻은 없다고 말합니다. 그는 때때로 나를 맞이하러 오는데 곧 얼굴을 붉힙니다. 고맙게도 나는 붉어지지 않습니다. 붉어진다는 것은 불쾌한 일임에 틀림없습니다. 아버지는 언제나 내가 새침데기로서 자만심이 세다고 말하지만 그렇지는 않습니다. 나는 단지 단순한 허세뿐입니다. 학교에 다닐 때 어떤 남자아이로부터 나는 웃는 게 대단히 매력적이라고 들은 적이 있지만, 그 외에는 이쁘다는 말을 들은 적이 없습니다. 그러나 어제 페터로부터 거짓 없는 찬사를 들었습니다. 재미로 두 사람의 대화를 대강 전해 드리겠습니다.
　페터는 곧잘 "웃어 봐, 안네"라고 말합니다. 나는 우스워서 "왜? 언제나 웃어야만 돼?" 하고 묻습니다.
　"나는 너의 웃는 얼굴이 좋기 때문이야. 너는 웃을 때 뺨에 보조개가 생기는데 어떻게 하면 생기지?"
　"날 때부터지. 나는 턱에도 보조개가 생겨. 예쁜 게 보조개뿐이야?"

"그렇지 않아."

"그래, 내가 미인이 아니라는 것은 나도 잘 알고 있어. 나는 미인도 아니고 앞으로도 미인이 되지는 않겠지."

"난 그렇게 생각지 않아. 너는 미인이야."

"거짓말."

"내가 그렇게 말했으니까 믿어도 좋아."

그래서 나도 그가 말한 것과 같이 내가 말한 것을 믿어도 좋다고 말했습니다.

나는 두 사람이 갑자기 친해진 것에 대해서 여러 가지 말들을 듣고 있습니다. 양쪽 부모들은 입속말로 소곤소곤할 뿐이니 우리들은 겁내지 않습니다. 우리의 부모들은 자기들의 젊은 시절을 잊었을까요? 아마도 그런 것 같습니다. 그들은 우리들이 농담을 하면 진담으로 듣고, 진지하게 말하면 농담으로 듣습니다.

— 안네

1944년 3월 27일 월요일

키티님!

우리들의 은신 생활에서 역사적으로 중요한 대목은 정치 문제입니다. 그러나 나는 이 문제에 대해 별로 흥미가 없으므로 대부분 생략하지만, 오늘만은 편지의 전부를 정치 문제로 한정하겠습니다.

이 화제에 대해서는 여러 가지의 의견이 분분함은 말할 것도 없습니다. 그리고 현재와 같은 중대한 시기에는 더할 나위 없이 좋은 토론거리가 되겠지만, 그렇다고 해서 저렇게 싸움까지 한다는 것은 부질없는 일입니다.

자기의 의견만 말하고 싸우지 않으면 억측은 하든, 웃든, 욕설을 하든, 불평을 하든 또 무슨 말을 하든 상관없지만, 싸움을 하면 그 결과는 유쾌하지 못하다는 것은 뻔합니다.

외부 사람들은 엉터리 뉴스를 많이 가지고 오지만, 지금까지 라디오는 거짓말을 한 적이 한 번도 없습니다. 행크, 미프, 코프하이스씨, 엘리,

크랄러씨 등의 정세에 대한 판단은 비관적이었다가 낙관적이었다가 언제나 뒤죽박죽입니다. 그 중에서 거짓말이 가장 적은 사람은 행크입니다.

은신처 사람들의 정치적 판단은 언제나 같습니다. 상륙 작전, 공습, 각국의 정치가의 연설 등등에 관한 헤아릴 수 없는 논쟁 중에서 으레 나오는 말은 "그것은 불가능하다", "지금 상륙 작전을 시작했다 해도 전쟁이 언제까지 계속될지 모른다" 또는 "이젠 됐다, 됐어" 등입니다. 낙관론자나 비관론자나 현실론자나 한결같이 자기만이 올바르고 옳다고 생각합니다. 어느 부인은 자기 남편이 영국을 절대적으로 신뢰하고 있는 것에 초조해하고, 또 어떤 신사는 자기 부인이 자기가 좋아하는 나라를 비꼬아 말하거나 비난하는 데 대해 분개합니다.

그들은 이러한 논쟁에는 결코 지칠 줄 모르는 것 같습니다. 이 논쟁은 마치 누군가를 편으로 찌르면 어느 정도 뛰어오르는지를 시험해 보는 것 같아서, 그 효과는 금방 나타납니다. 정치 이야기를 시작하고 한 가지 질문을 하고 한두 마디 하고 나면, 모두가 싸움을 시작합니다.

독일군이 발표하는 뉴스나 영국의 BBC방송만으로는 불충분한지 그들은 '특별 공습 공표'까지 듣습니다. 한마디로 말하자면, 이 공표는 훌륭하지만 종종 실망을 줄 때도 있습니다. 독일군이 허위 보도를 하는 열정으로 영국군은 연일 연야 공습에 전념하고 있으므로, 이른 아침부터 밤 아홉 시, 열 시, 때로는 열한 시까지 라디오를 듣는 수가 있습니다.

이것은 확실히 어른들이 무한한 인내력을 가지고 있다는 증거지만, 동시에 그들의 두뇌의 흡수력은 한정되어 있다는 것을 의미합니다. 하루에 1회나 2회 정도만 뉴스를 들으면 충분할 것을…… 그러므로 바보 같은 어른들은…… 앗, 욕을 하고 말았습니다.

그들은 식사때와 잠잘 때 외에는 라디오의 주위에 앉아서 먹는 얘기나 정치 얘기를 합니다. 아아, 정말 따분합니다. 인간이 나이를 먹고도 벽창호가 되지 않는다는 것은 어려운 일인가 봅니다.

단 한 사람의 예외자가 있습니다. 우리들이 좋아하는 윈스턴 처칠입니다. 그의 연설은 완전무결, 바로 그것입니다.

일요일 밤 아홉 시, 테이블에 차가 준비되고 모든 사람이 줄지어 들어옵니다. 두셀씨는 라디오의 좌측에, 환 단 아저씨는 라디오 앞에, 페터는 아저씨 옆에, 어머니는 아저씨 가까이에, 아주머니는 아저씨 뒤에, 아버지는 테이블 있는 곳에, 나와 언니는 아버지 옆에 자리를 잡습니다. 신사들은 파이프로 담배를 피우고 페터는 큰 눈을 크게 뜨고 라디오를 듣습니다. 어머니는 길고 검은 잠옷을 입고 있습니다. 아주머니는 비행기 폭음 소리에 놀라고 있습니다. 비행기는 처칠의 연설에는 아랑곳없이 에센을 향해 날고 있습니다. 아버지는 차를 마시고 있습니다. 언니와 나는 다정하게 꼭 붙어 있습니다. 보쉬는 두 사람의 무릎을 독점하고 길게 누워 있습니다. 언니는 머리에 클립을 감고 있습니다. 나는 너무 작고, 너무 좁고, 너무 짧은 잠옷을 입고 있습니다.

모두가 친밀하고 기분 좋은 평화로운 광경입니다. 그러나 나는 조마조마한 마음으로 그 뒤에 올 일을 상상하고 있습니다. 그들은 반드시 연설이 끝날 때까지 기다리지 못하고 발을 구르면서 토론을 할 겁니다. 그리고 서로의 감정을 자극시켜 결국에는 싸우게 되는 게 고작입니다.

— 안네

1944년 3월 28일 화요일

키티님!

정치에 관해서는 쓸 것이 많지만, 오늘은 그 외에도 하고 싶은 말들이 쌓여 있습니다. 첫째 어머니가 나에게 환 단 아주머니가 싫어하니 너무 자주 위에 올라가지 말라고 말했습니다. 둘째 페터가 언니에게 우리들 사이에 들어오라고 권했습니다. 그것이 단순한 의례적인 말에 지나지 않는지, 정말로 들어오라고 한 건지 나는 잘 모릅니다. 셋째 나는 아버지에게 아주머니의 질투에 신경을 써야 할 필요가 있는지에 대해서 여쭈어 보았습니다. 아버지는 그럴 필요는 없다고 했습니다. 자아, 그 다음은 무엇이었더라? 그래그래, 어머니는 기분이 좋지 못합니다. 어머니도 반드시 시기하고 있을 겁니다. 그러나 아저씨는 나와 페터가 친한 것은 좋은 일이라고 하시며 두 사람이 같이 놀아도 잔소리를 하지 않습니다. 언니는 자기도 페터를 좋아하지만, 둘은 친구가 될 수 있어도 셋은 의견만 갈라질 뿐이라고 합니다.

어머니는 페터가 나를 사랑하고 있다고 생각하고 있습니다. 솔직히 말해서 나는 그것이 사실이면 좋겠습니다. 그렇게 되면 두 사람은 서로를 더 잘 알게 되겠지요. 어머니는 또 그가 나만 쳐다보고 있다고도 했습니다. 그것은 사실이라고 생각합니다. 그가 내 보조개를 쳐다볼 때면 둘은 때때로 윙크를 교환합니다. 나는 대단히 곤란한 처지에 있습니다. 어머니는 나를 반목하고, 나는 어머니를 반목하고 있습니다. 아버지는 가만히 눈을 감고, 두 사람의 무언의 전투를 보지 않으려 하고 있습니다. 어머니는 나를 진실로 사랑하고 있기 때문에 슬퍼하고 있지만, 나는 조금도 슬프지 않습니다. 어머니가 내 마음을 이해하고 있다고는 생각지 않기 때문입니다. 나는 페터를 단념하지 않을 것입니다. 나는 그를 좋아합니다. 두 사람 사이에 무엇인가 아름다운 것이 싹텄는지도 모르는데 '어른들은' 무엇 때문에 일일이 간섭하지 않으면 안 될까요? 다행히 나는 내 감정을 숨기는 데 익숙해졌고, 그에게 얼마나 열중하고 있는지가 그들에게 발각되지 않도록 잘하고 있습니다. 그는 나에게 어떤 말을 할까요? 꿈에 페터 베셀이 나에게 뽀뽀해 주었듯 언젠가는 그의 볼이 닿을 때가 있을까요? 오, 두 사람의 페터는 한 사람이 된 것 같습니다. 어른들은 우리들의 기분을 이해하지 못합니다. 사람들은 우리들이 한마디 말도 없이 그저 같이 앉아 있기만 해도 행복해한다는 것을 언제쯤 이해하게 될까요? 아아, 언제 이 같은 고통이 없어질까요? 그러나 이 고통을 극복한다는 것은 좋은 일입니다. 그때는 고통에 비해 한층 더 기쁘겠지요.

그가 팔에 머리를 기대고 눈을 감고 있을 때에는 어린아이 같습니다. 보쉬와 놀고 있을 때도 귀엽기만 합니다. 감자나 무거운 짐을 나를 때에는 힘이 대단합니다. 다락에 가서 고사포나 기관총 사격을 바라볼 때나 도둑을 찾으러 갈 때에는 용감합니다. 어물어물하면서 두려워할 때에는 말할 수 없이 귀엽습니다. 나는 그에게 무엇인가를 가르쳐 줄 때보다 그로부터 무엇인가를 배울 때가 더 즐겁습니다. 나는 그가 무슨 일이건 나보다 우수할 것을 열망합니다.

　우리들은 두 사람의 어머니에 대해서는 마음을 쓰지 않습니다. 그래도 그가 무엇이라고 말해 주었으면 하고 바랍니다.

―― 안네

27. 나빠진 네덜란드 사람들

1944년 3월 29일 수요일
키티님!
　하원의원 볼케스타인씨가 런던에서 네덜란드어 시간에 연설하면서, 전쟁이 종결되면 전쟁 중의 일기나 편지 같은 것을 수집한다고 했습니다. 여러 사람들이 곧 내 일기를 입수하려고 달려들겠죠? 내가 '은신처'의 로맨스에 대한 책을 출판한다면 얼마나 좋을지 상상해 보세요. 표제만으로는 사람들은 탐정 소설이라고 생각하겠죠?
　그러나 농담을 그만두고, 전후 십 년쯤 경과해서 우리들 유태인이 이 은신처에서 어떠한 생활을 하고 무엇을 먹고 어떤 얘기들을 했는가를 발표한다면 무척 재미있을 것입니다. 나는 당신에게 매우 여러 가지 이야기를 했습니다. 그러나 당신이 알고 있는 것은 우리들의 생활 중 극히 일부에 지나지 않습니다.
　공습 중 여자들이 얼마나 무서워했는지, 일요일에 영국 비행기 350대가 임미텐에 폭탄 약 50만 킬로그램을 투하했을 때 집이 얼마나 진동했는지, 현재 질병이 얼마나 만연되어 있는지, 당신은 이러한 일들은 전혀 알고 있지 않습니다. 이것을 상세하게 말하려면, 나는 하루 종일 써야 합니다. 사람들은 야채나 기타 무엇을 사더라도 줄을 서지 않으면 안 됩니다. 잠시라도 한눈을 팔게 되면 도난당하기 때문에 의사는 왕진도 갈 수가 없습니다. 거리의 전자 시계는 떼어졌고, 공중전화는 한 줄의 전선도 남지 않고 도둑맞았습니다. 도적 떼, 날치기가 횡행하고…… 네덜란드 사람들이 어째서 이렇게까지 나빠졌는지 한심할 지경입니다. 8세에서 11세 정도의 아이들이 남의 집 창문을 때려 부수고 닥치는 대로 훔쳐 갑니다. 집을 비웠다 하면 도난을 당하기 때문에 그 누구도 단 5분을 비워 둘 수가 없습니다. 신문에는 매일 도난당한 타자기, 페르시아 카펫, 전자 시계, 의복 등등을 돌려주면 사례금을 지불하겠다는 광고가 나옵니다. 그러나 국민의 도의심이 추락하는 것도 당연한 일입니다. 커피 대용품을 제외한 일 주일간의 식량 배급량으로는 이틀을 견디기 힘듭니다. 상륙 작전은 오래 전부터 시작된다는 말뿐이고 시작될 기미는 조금도 보이지 않습니다. 그리고 남자들은 독일로 끌려갑니다. 어린이들은 병을 앓거나 영양 실조입니다. 모두가 헌옷을 입고 낡은 구두를 신고 있습니다. 구두창만도 암시세로 7플로린 반이나 줘야 합니다. 더구나 구둣방은 헌구두 수리는 맡으려 하지 않습니다. 맡는다 해도 몇 달을 기다려야 하고, 그러는 동안에 구두가 도난당하는 게 보통입니다. 그러나 이러한 상태에서도 좋은 일이 한 가지 있습니다. 그것은 식량 사정이 악화되고 국민에 대한 시책이 가혹해짐에 따라 당국에 대한 태업(怠業)이 점점 많아지고 있는 것입니다. 식량 관계로 관공서에서 일하고 있는 사람들, 경관, 공무원들은 시민들과 협력하여 시민들을 도와 주는 경우와 시민들을 밀고하여 감옥으로 보내는 경우 두 종류가 있지만, 다행히 후자에 속하는 네덜란드 사람은 극히 소수입니다.

— 안네

1944년 3월 31일 금요일
키티님!
아직도 꽤 추운데도 대부분의 사람들은 석탄 없이 한 달이나 지내고 있습니다. 소련 전선에 관한 일반 사람들의 견해는 또다시 낙관적으로 바뀌었습니다. 격전이 전개되고 있기 때문입니다. 나는 정치에 관해서는 별로 쓰지 않습니다. 하지만 소련군의 상황에 대해서는 전하지 않을 수가 없습니다. 소련군은 지금 폴란드 국경까지 반격하고 루마니아의 플트 강 근처까지 도달했습니다. 또 소련군은 오데사까지 육박하고 있습니다. 매일 밤 우리들은 스탈린의 특별 성명이 발표되지 않나 하고 기다리고 있습니다.

소련군은 승리를 축하하기 위해 몇 번이나 축포를 쏘았다고 하니 모스크바 전시내가 크게 진동했을 것입니다. 그러나 그들은 종전(終戰)이 가까워진 것을 가장하는 것이 재미있어 이러한 일을 했는지, 그렇지 않으면 그들의 기쁨을 달리 표현할 방법을 몰랐는지에 대해선 잘 모르겠습니다.

헝가리는 독일군에게 점령되었습니다. 그 나라엔 유태인이 아직 백만이나 남아 있는데, 그들도 참혹한 변을 당하고 있을 것입니다.

페터와 나에 관한 소문은 좀 잠잠해졌습니다. 두 사람은 더욱 다정해져서, 언제나 만나면 상상할 수 있는 모든 화제에 대해서 이야기합니다. 거북한 이야기가 나올 때도 다른 남자아이들과 이야기할 때처럼 자기를 경계할 필요가 없어서 좋습니다. 예를 들면 피에 관해서 이야기하다가 얘기가 생리 문제로 옮겨 갔습니다. 그는 "여자는 고생스럽겠다"고 말했습니다. 조금도 그렇지 않아요. 나의 이곳에서의 생활은 대단히 향상했습니다. 신은 나를 외로이 혼자 두지는 않았습니다. 앞으로도 그러리라 믿습니다.

―― 안네

1944년 4월 1일 토요일
키티님!

모든 것이 아직도 숨막힐 듯 답답합니다. 당신은 내가 무엇을 말하고 있는지 느끼지 못합니까? 나는 오랫동안 기다렸던 키스를 바라는 것입니다. 그는 아직 나를 친구로 생각하고 있을까요? 나는 그 이상의 것은 아닐까요?

당신도 나도 내가 강한 성격이라는 것과 나 자신의 고뇌를 혼자서 참아낼 수 있다는 것을 알고 있습니다. 나는 나의 고통을 누구와도 나눈 적이 없습니다. 나는 어머니에게 매달린 적도 없습니다. 그러나 지금 단 한 번이라도 좋으니 그의 어깨에 머리를 기대고 가만히 있고 있습니다.
　나는 꿈에서 본 페터 베셀의 그 볼의 감촉을 잊을 수가 없습니다. 아아, 어쩌면 그렇게 멋질 수가! 그도 그것을 바라고 있지 않을까요? 그는 너무 수줍어해서 자기의 사랑을 고백하지 못하는 것일까요? 왜 그는 나와 같이 있고 싶어할까요? 왜 그는 말을 하지 않을까요?
　이젠 그만둡시다. 나는 강하게 살아가겠습니다. 조금만 더 참고 있으면, 상대도 접근해 오겠지요. 그러나——이 점이 제일 나쁘지만——내가 그를 쫓아다니는 것처럼 보입니다. 위층으로 올라가는 것은 언제나 나고 그가 내게로 오는 일은 없습니다.
　그러나 이것은 단순히 방 때문이니 그는 그것을 이해해 주겠지요.
　그렇습니다. 그가 이해하고 있는 것은 그 문제 외에도 또 있을 것입니다.

—— 안네

1944년 4월 3월 월요일
키티님!
　이제까지의 습관과는 달리 한 번만 식량에 관해서 자세히 쓰겠습니다. 그 이유는 식량이 이 은신처뿐만 아니라 네덜란드 전국, 전 유럽, 아니 그 외의 지방에서도 대단히 심각하고 중대한 문제가 되었기 때문입니다.
　우리들은 여기서 생활한 24개월 동안 많은 식량 주기를 지내왔습니다——이것이 무엇을 의미하는진 곧 알게 될 것입니다. '식량 주기'라 함은 어떤 특정한 식량이나 야채 외에는 아무것도 먹을 것이 없는 시기를 말합니다. 우리들은 오랫동안 상치 외에는 먹을 것이 없었습니다. 자나 깨나 상치뿐입니다. 그 다음은 시금치, 그 다음은 오이, 토마토, 소금에 절인 양배추 등등입니다.
　예를 들면 매일 점심이나 저녁 식사때 절인 양배추를 많이 먹는데, 도저히 참을 수가 없습니다. 다만 배가 고프기 때문에 먹는 것입니다. 일 주일간의 저녁 식사는 강낭콩, 완두콩, 수프, 경단과 감자, 포테이토 샤

레이, 때로 신의 혜택으로 무, 혹은 썩은 것 같은 홍당무 그리고 또 강낭콩의 순서가 됩니다. 빵이 부족하므로 감자는 아침부터 저녁까지 먹습니다. 또 빵은 물론이고, 콩이 들어가지 않은 음식은 하나도 없습니다.

저녁 식사에는 언제나 고깃국 대용품——이것이 아직 있는 것을 신에게 감사드립니다——을 씌운 감자와 붉은 샐러드를 먹습니다. 경단은 배급 밀가루에 물과 이스트를 반죽해서 만드는데, 끈적끈적하고 딱딱해서 돌을 먹은 것같이 위에 쌓입니다.

매주의 특별 메뉴는 간장에 절인 소시지 한 조각과 잼을 바른 빵입니다. 그러나 우리들은 아직 살아 있습니다. 빈약한 음식이나마 맛있게 먹을 때도 있습니다

—— 안네

28. 평범한 여자는 되기 싫어요!

1944년 4월 4일 화요일
키티님!
전쟁이 끝나는 것은 먼 훗날의 일이고 옛이야기같이 너무나 현실에서 떨어져 있는 기분이어서, 나는 무엇 때문에 공부를 하는지도 모르겠습니다. 만일 전쟁이 9월까지 끝나지 않으면 나는 이제 학교에 가지 않을 작정입니다. 2년이나 늦어진다는 것은 싫으니까요.

나의 머리 속에는 자나 깨나 페터 생각으로 가득합니다. 꿈에서까지 페터를 봅니다. 그리고 토요일이 왔고, 나는 무한히 슬퍼졌습니다. 나는 페터와 같이 있는 동안 가만히 눈물을 삼키고 있었습니다. 그 후 아저씨와 레몬 펀치 일로 웃기는 했으나 혼자가 된 순간 실컷 울고 싶어서 잠옷으로 갈아입고 침대 옆에 꿇어앉아 한참 경건한 마음으로 기도드린 다음, 팔에

머리를 묻고 몸을 새우처럼 굽히고 울었습니다. 나의 울음소리에 정신을 차리고, 옆방에서 알게 하고 싶지 않아서 울음을 멈추고 '용기를 내야 한다' 하고 나 자신을 격려했습니다. 너무 오랫동안 부자연스러운 자세로 쪼그리고 있어서 몸을 가눌 수가 없어 침대 옆으로 쓰러지고 말았습니다. 겨우 일어서서 침대로 오를 수 있었던 것은 열 시 반 조금 전이었습니다.

자아, 이제는 괜찮아. 바보가 되지 않기 위해, 출세하기 위해, 저널리스트가 되기 위해 공부해야 해. 나는 저널리스트가 되고 싶습니다. 나는 문장력이 있다고 봅니다. 내가 쓴 이야기에 두어 개쯤 좋은 것이 있습니다. 은신처에 관해서 쓴 글에는 유머가 있습니다. 나의 일기에는 표현이 잘된 것이 많이 있습니다. 그러나 나에게 정말로 재능이 있는지 없는지는 아직 모릅니다. 〈이브의 꿈〉은 내가 쓴 동화 중에서 최고 걸작인데, 어떻게 그런 줄거리가 생각났는지는 모릅니다. 〈캐디의 생애〉에도 좋은 구절이 있습니다. 그러나 전체적으로 보아서는 대단한 것이 못 됩니다.

나는 나의 작품에 대한 최선의 그리고 가장 엄격한 비평가입니다. 나는 어디가 잘되었고 어디가 서투른지를 알고 있습니다. 글을 쓰지 않는 사람은 쓴다는 것이 얼마나 멋있는 일인지 모릅니다. 전에는 그림을 그리지 못하는 것이 억울했지만, 지금에 와서는 적어도 글을 쓸 수 있다는 것에 더 한층 행복을 느끼게 되었습니다. 가령 책이나 신문 기사를 쓸 만한 재능은 없다 해도, 나 혼자서 쓰고 즐길 수는 있기 때문입니다.

나는 출세하고 싶습니다. 어머니, 환 단 아주머니, 그 외의 여러 다른 여인들처럼 가정에서 일만 하고 머지않아 잊혀지는 생활은 견딜 수가 없습니다.

나는 남편과 아이들 외에 온몸을 바쳐서 할 수 있는 일을 하고 싶습니다. 내가 죽은 뒤에도 영원히 살아 있을 그러한 일을 하고 싶습니다. 이러한 의미에서 신이 나에게 글을 쓰고 자기의 마음을 표현하며 자신을 발전시켜 나가는 재능을 주신 것을 무척 감사히 생각합니다.

나는 글만 쓰고 있으면 모든 것을 다 잊어 버립니다. 슬픔도 사라지고 용기가 솟아오릅니다. 그러나——이것이 큰 의문인데——나는 훌륭한 글을 쓸 수 있게 될까요? 저널리스트나 작가가 될 수 있을까요? 아아, 나는 그렇게 되기를 갈망하고 있습니다.

〈캐디의 생애〉는 그 후 오랫동안 손을 대지 않은 채 버려 두었습니다.

마음속에는 줄거리가 잡혀져 있지만, 어떤 이유인지 문장이 되어 머리에서 나오지 않습니다. 아마 완성도 하지 못하고 휴지통에 버려지거나 불태워질지도 모릅니다. 그렇게 생각하니 언짢지만 '경험이 부족한 열네 살의 소녀가 인생에 관해서 아주 잘 쓸 순 없지 않은가'라고 마음을 고쳐먹을 때도 있습니다. 그러므로 나는 새로운 용기를 가지고 나아갈 것입니다. 나는 글을 쓰고 싶어하니 언젠가는 성공하겠지요.

—— 안네

1944년 4월 6일 목요일
키티님!

당신이 나의 취미와 기호에 관해서 물었으니 대답하겠습니다. 놀라지 않도록 미리 주의를 주는데, 대단히 많습니다.

우선 첫째로 글을 쓰는 것입니다. 그러나 이것은 취미의 부류에 들지 않을지도 모릅니다.

둘째는 계보 조사입니다. 이미 신문, 책, 팜플렛 등에서 프랑스, 독일, 스페인, 영국, 오스트레일리아, 러시아, 노르웨이, 네덜란드 등의 왕실 계보를 조사했습니다. 이제 상당한 기간 동안 내가 읽은 전기나 역사책에서 메모하고 때로는 역사의 한 구절을 그대로 베껴 두었으므로 조사는 상당한 진척을 본 셈입니다.

셋째는 역사입니다. 아버지는 역사책을 많이 사주셨는데, 공공 도서관에 있는 역사책의 리스트를 볼 수 있는 날을 애타게 기다리고 있습니다.

넷째는 그리스와 로마의 신화입니다. 나는 이 방면의 책도 많이 가지고 있습니다.

이외에도 영화 스타와 그 가족들의 사진입니다. 책이라고 하면, 꼭 미친 사람 같습니다. 미술, 시인, 화가들의 역사도 대단히 좋아합니다. 장래에는 음악에 열중할지도 모르겠습니다. 수학은 딱 질색입니다.
그 외의 학과는 다 좋아하나 그 중에서도 역사가 제일 좋습니다.

— 안네

29. 숨막히는 공포의 순간

1944년 4월 11일 화요일
키티님!
솔직히 말해 아직도 머리가 지끈거려서 무엇부터 써야 할지 모르겠습니다.
금요일에는 모두 모노폴리를 하고 놀았습니다. 토요일에도 했습니다. 이틀 동안은 아무 일 없이 빨리 지나갔습니다. 일요일 오후, 내가 페터에게 오라고 불렀더니 네 시 반에 내 방으로 왔습니다. 다섯 시 15분, 두 사람은 다락방에 가서 여섯 시 반까지 있었습니다. 여섯 시부터 일곱 시 15분까지 라디오에서 아름다운 모차르트 음악이 흘러 나왔습니다. 나는 매우 즐겁게 들었는데, 특히 소야곡이 좋았습니다. 나는 아름다운 음악을 듣고 있으면 언제나 가슴속이 끓어 오르는 것 같아서 방안에 가만히 있질 못합니다.
일요일 밤도 페터와 둘이서 다락방에 있었는데, 편하게 앉을 수 있도록 방석을 가져다 주어서 상자 위에 깔고 걸터앉았습니다. 상자도, 방석도 폭이 너무 좁아서 다른 상자에 기대면서 두 사람은 바싹 붙어 앉았으나, 보쉬도 같이 있었으니 우리 둘만은 아니었습니다.
여덟 시 40분, 돌연 환 단 아저씨가 휘파람을 불고는 두셀씨의 방석을 가져가지 않았느냐고 물었습니다. 우리들은 깜짝 놀라 방석을 가지고 아래로 갔습니다. 보쉬도 따라왔습니다.

두셀씨가 언제나 베개로 쓰고 있는 방석을 우리가 가지고 갔다고 야단하는 바람에 귀찮게 되었습니다. 그는 베개 속에 벼룩이 들어가지 않았나 하고 사랑하는 베개에 대해서 잔소리를 늘어놓기 시작해서, 페터와 나는 그 벌로 그의 침대를 두 번이나 손질해 주었습니다. 이 소동에 모두가 웃음보를 터뜨렸고, 베개 소동은 진압되었습니다.

그러나 우리들의 웃음은 길게 가지 못했습니다. 아홉 시 반, 페터가 우리 아버지에게 영어를 배우러 왔을 때, 나는 창문을 통해서 도둑이 막 창고에 들어가려고 하는 것을 발견했습니다. 아버지, 아저씨, 두셀씨, 페터, 네 명은 곧장 아래로 뛰어내려갔습니다. 언니, 어머니, 아주머니, 나, 네 명은 위에 남아 있었습니다.

네 명의 여자들은 가만히 있으면 점점 더 무서워지므로 쉴 새 없이 이야기를 했습니다. 그 동안에 쾅하는 큰 소리가 났으나 다시 조용해졌습니다. 시계는 아홉 시 45분을 가리키고 있었습니다. 우리들의 얼굴에서 핏기가 가셨습니다. 무섭지만 가만히 있을 수밖에 없었습니다. 남자들은 어디로 갔을까? 쾅하는 소리는 무슨 소리였을까? 남자들은 도둑과 격투를 벌이고 있는 것일까? 시계가 열 시를 쳤습니다. 계단에서 발소리가 들렸습니다. 아버지가 흥분되어 방으로 들어오셨습니다. 그 뒤로 아저씨가 들어오셔서, "전등을 끄고 조용히 위로 올라가시오. 경관이 올지도 모릅니다"고 했습니다.

이젠 놀라고 있을 시간도 없습니다. 전등이 꺼졌습니다. 나는 급히 윗옷을 가지고 여러 사람을 따라 위로 올라갔습니다. "무슨 일이 생겼습니까? 빨리 말해 주세요" 하고 여자들이 물었으나 아무도 대답하지 않았습니다. 남자들은 아래로 다시 내려갔습니다. 열 시 10분, 그들은 돌아와 두 사람이 페터 방의 열린 창문 앞에서 망을 보고, 층계참으로 나가는 문과 책장으로 위장되어 있는 은신처의 비밀 입구를 가렸습니다. 야간용 전등을 옷으로 싸들고 나서 그들이 해준 얘기는 이러했습니다.

페터가 층계참에서 쾅하는 소리를 두 번 듣고 급히 아래로 내려가 보았더니, 문의 왼쪽 반쯤에 큰 판자가 나와 있었다. 그는 다시 달려 돌아와서 이것을 알렸고, 네 명이 아래로 내려가서 창고로 들어갔을 때, 마침 도둑들이 흙을 파고 구멍을 넓히는 중이었다. 아저씨는 무의식중에 "경관!" 하고 소리쳐 버렸다.

　도둑들은 당황해서 도망쳐 버렸다. 경관에게 구멍이 발견되지 않도록 판자를 거기다 눌러 두었는데, 좀 세게 발길로 차면 판자는 떨어져 버린다. 네 명은 당황했고 나중에는 아저씨와 페터는 살기가 등등해졌다. 그들이 다시 한 번 판자를 대려고 할 때, 창고 밖을 지나던 부부가 문틈으로 회중 전등을 비추어서 창고 안이 환히 밝아졌다. 깜짝 놀란 네 명 중의 하나가 "개새끼" 하고 중얼거렸다. 이번에는 그들이 경관의 역할에서 도둑으로 둔갑했고, 몰래 살짝 이층으로 돌아와서, 페터는 급히 부엌과 전용 사무실의 문과 창문을 열고 전화를 바닥에 내던져서 꼭 도둑이 어지럽히고 간 것처럼 보이도록 했다. 그리고 네 명은 비밀문으로 해서 은신처로 돌아왔다.

　회중 전등을 가진 부부는 아마 경찰에 알렸을 것입니다. 그날은 부활절의 연휴로 월요일까지 휴일이니까, 아무도 사무실에 오지 않습니다. 따라서 우리들은 화요일 아침까지는 꼼짝도 할 수 없게 된 것입니다. 하루하고 두 밤을 이런 공포 속에서 기다리는 심정을 상상해 보세요. 아무에게도 묘안이 떠오르지 않았기 때문에 암흑 속에서 그저 꼼짝 않고 앉아 있는 수밖에 별도리가 없었습니다. 모두가 속삭이는 것같이 말하고 조금이라도 소리를 내면 "쉿" 합니다.

　열 시 반, 열한 시가 되어도 아무 소리도 들리지 않았습니다. 아버지와 아저씨가 교대로 여자들이 있는 곳으로 왔습니다. 열한 시 15분, 아래에서 부스럭거리는 소리가 들렸습니다. 모두 다 깜짝 놀라 꼼짝도 못 했고, 들리는 것은 숨소리뿐이었습니다. 발소리는 전용 사무실에서 부엌으로 그리고 계단으로부터 들려왔습니다. 이제는 사람들의 숨소리도 들리지 않습니다. 계단을 올라오는 발소리…… 이어서 비밀문을 달그락거리는 소리가 들렸습니다. 그 순간의 기분을 도저히 설명할 수가 없습니다. 이제는 들켰구나 하고 생각했습니다. 나는 우리 모두가 게슈타포에게 끌려가는 광경을 상상했습니다. 두 번 문을 달그락거리는 소리가 들리더니 발소리는 멀어져 갔습니다. 우리들은 그것으로 일단은 살아났습니다. 그러나 몸을 떠는 소리가 여덟 명 사이로 차례차례 전해지는 것 같았습니다. 나는 누군가의 이가 맞부딪치는 소리를 들었습니다. 누구 하나 한마디 말도 없이 조용했습니다.

그 후 소리는 나지 않았으나, 비밀문의 바로 앞 층계참에 전등이 하나 켜 있었습니다. 아마 경관이 끄는 것을 잊었던 모양입니다. 누가 그것을 끄러 올까요? 집 안에는 이제 아무도 없지만 밖에서 누군가가 경비하고 있는지도 모릅니다.

다음으로 우리들은 세 가지 일을 했습니다. 제일 먼저 어떤 일이 일어날 것인가를 이야기했습니다. 그리고 공포에 떨고, 마지막으로 소변을 봤습니다. 양동이는 다락에 놓아 두었기 때문에 변기로 사용할 수 있는 것은 페터의 양철 휴지통뿐이었습니다. 아저씨가 먼저 소변을 보았습니다. 그 다음에 아버지가 사용하고, 어머니는 부끄럽다고 싫다고 했습니다. 아버지가 휴지통을 방으로 가져다 주셔서 거기서 언니와 아주머니와 내가 마치고, 마지막으로 어머니도 겨우 이것을 이용할 결심이 선 것 같았습니다. 모두 휴지를 원했는데 다행히 내가 주머니에 가지고 있었습니다.

급조 변기는 고약한 악취를 풍겼습니다. 모든 말은 속삭여야 했습니다. 모두 피곤했고 시계는 열두 시를 알렸습니다. "마루에 누워서 한잠 자자" 하고 누군가가 말했습니다. 언니와 나는 담요와 베개를 하나씩 받았습니다. 언니는 찬장 가까이에서 눕고, 나는 테이블 다리 사이에서 잤습니다. 마루 위에 누웠더니 악취는 그다지 심하지 않았지만, 아주머니는 변기 안에 방취제를 뿌리고 수건으로 그것을 덮었습니다.

재잘거림, 속삭임, 공포, 악취, 방귀 그리고 누군가가 변기를 사용하는 소리가 계속 들렸습니다. 잠들려 해도 좀처럼 잠들 수가 없었습니다. 그러나 너무 피곤한 나머지 두 시 반부터 세 시 반까지 깊이 잠들었습니다. 나는 아주머니가 우리들 발에 머리를 올렸을 때, 눈을 뜨고 "아이, 추워.

무엇이든 덮을 것을 좀 주세요"라고 말했더니 무엇인가를 던져 주었습니다. 무엇을 주었는지 묻지 말아 주세요. 털바지, 붉은 잠바와 검은 치마, 흰 양말과 구멍난 스포츠용 긴 양말 등. 그러고 나서 아주머니는 의자에 걸터앉고, 아저씨는 내 발에 머리를 얹고 잤으나 나는 여러 가지 생각을 하면서 시종 떨고 있었으므로 아저씨도 제대로 자지 못했을 것입니다. 나는 경관이 나타날 때를 대비해서 마음의 준비를 하고 있었습니다.

그때에는 숨어 있었다는 것을 정직하게 말해야겠지요. 경관이 마음씨 좋은 네덜란드 사람이면, 우리들은 구제될지도 모릅니다. 만일 N.S.B.(네덜란드 사회주의 운동)의 패거리라면 매수해야겠지요.

"그때에는 라디오를 부숴 버려라" 하고 아주머니가 말하자, "그래, 난로에 버리자" 하고 아저씨가 대답했습니다. "우리들이 발각되면 라디오도 찾아낼 테니."

"안네의 일기도 발견될 걸" 하고 아버지가 말하자, 아주머니는 "태워 버려야지"라고 말했습니다. 이렇게 말했을 때와 경관이 문을 덜그럭거릴 때가 내가 가장 놀란 최악의 순간이었습니다. "일기장은 안 돼요. 일기장을 태워 버리면 나도 죽어 버리겠어" 하고 나는 말했습니다. 그러나 다행히 아버지는 아무 말씀도 하지 않으셨습니다.

그날 주고받은 말들은 전부 기억하고 있으나, 그것을 여기에 되풀이한들 무슨 의미가 있겠습니까? 이제 거의 다 얘기했습니다. 나는 겁에 질려 있는 아주머니를 위로해 드렸습니다. 두 사람은 도망치는 일, 게슈타포에게 심문받을 일, 용기를 내지 않으면 안 되는 일들에 대해서 이야기했습니다.

"아주머니, 우리들은 군인 같은 태도를 취하지 않으면 안 돼요. 도저히 안 될 때에는 영국에서 네덜란드로 보낸 방송 시간에 언제나 말하듯이 여왕을 위해, 조국을 위해, 자유와 진리와 정의를 위해 죽어요. 단 한 가지 곤란한 것은 다른 사람들에게까지 폐를 끼치는 일이에요"라고 나는 말했습니다.

한 시간 후, 아저씨와 아주머니는 또 자리를 바꾸고, 아버지가 내 옆에 앉으셨습니다. 남자들은 쉴 새 없이 담배를 피우고, 간혹 한숨소리도 들리고, 누군가가 변기에 소변을 보고——이것이 밤새 반복되었습니다.

네 시, 다섯 시가 지나고 이윽고 다섯 시 반이 되었을 때, 나는 페터와 그의 방 창가에 나란히 앉아 말없이 귀를 기울이고 있었습니다. 두 사람은 딱 붙어 있었기 때문에 서로 떨고 있다는 것을 몸으로 느낄 수 있었습니다. 두 사람은 가끔 두서너 마디씩 주고받고 또 가만히 귀를 기울이고 있었습니다. 옆방에서는 차광막을 걷고 있었습니다. 어른들은 일곱 시에 코프하이스씨에게 전화를 걸어 누군가를 보내 주도록 부탁하기로 했습니다. 그들은 전화로 코프하이스씨에게 전할 말을 전부 썼습니다. 문앞에서 경비하고 있는 경관이 전화소리를 들을지도 모른다는 위험이 다분히 있었으나, 경관이 다시 온다는 위험성이 더 컸습니다.

코프하이스씨에게 연락한 요점은 이러합니다. 도둑이 들어오고, 경관이 집 안을 수색하고, 비밀 입구까지 오기는 했으나 그 이상의 일은 없었다. 도둑은 당황해서 문을 부수고 정원을 지나 도주했다. 정문은 잠겨 있었다. 그래서 크랄러씨는 돌아갈 때, 옆문으로 간 것이 틀림없다. 전용 사무실의 검은 캐비닛에 넣어 둔 타자기와 계산기는 무사하다. 행크에게 알려서 엘리의 열쇠를 가지고 와서 고양이에게 먹이를 주는 척하며 사무실을 둘러봐 주기 바란다.

모든 것을 계획대로 되었습니다. 코프하이스씨에게 전화를 건 다음 3층에 놓아 둔 타자기를 캐비닛 속에 넣었습니다. 그리고 모두 테이블 주위에 앉아서 행크——혹은 경관——가 오기를 기다렸습니다.

페터는 잠들어 버렸고, 아저씨와 나는 마루에 누워 있었습니다. 그때 아래층에서 요란스러운 발소리가 들려왔습니다. "저것은 행크다." 우리들이 벌떡 일어났습니다.

"아니야, 경관이야" 하고 누군가가 말했습니다.

누군가가 문을 노크하고, 휘파람소리가 들려왔습니다. 아주머니는 새파랗게 질려서 의자에 털썩 주저앉았습니다. 만일 이 긴장이 일 분만 더 계속되었더라면 기절했을 것입니다.

휘파람을 분 것은 미프였습니다.
　미프와 행크가 들어왔을 때에는 우리들의 방은 그림을 그린 것 같은 난잡한 모양이었습니다. 사진을 촬영할 가치가 있는 것은 테이블뿐이었습니다. 잼과 설사약으로 범벅이 된 《영화와 연극》이라는 잡지의 복사판은 무희의 페이지에 열려 있고, 잼통 두 개, 먹다 남은 빵 두 개, 거울, 빗, 성냥, 재, 담배, 파이프, 재떨이, 책, 바지 하나, 회중 전등, 휴지 등등이 난잡하게 널려 있었습니다.
　행크와 미프가 눈물과 환성으로 환영을 받은 것은 말할 것도 없습니다. 행크는 문에 뚫린 구멍을 판자로 막아 놓고 곧장 도둑이 들어온 것을 경관에게 신고하러 갔습니다. 미프는, 도둑이 뚫어 놓은 구멍을 발견하고 경관에게 연락하러 간다는 야경꾼 스라하테르씨의 편지를 창고 문 밑에서 발견했습니다.
　그래서 우리에겐 집 안을 정리할 시간이 30분 정도 있었습니다. 나와 언니는 이불을 아래로 운반하고, 화장실에서 세수하고 이를 닦고 머리를 만졌습니다. 그리고 방안을 대강 정리하고 다시 위로 올라갔습니다. 테이블은 벌써 깨끗이 치워져 있었으므로 두 사람은 커피와 차를 만들고, 우유를 데우고, 점심 준비를 했습니다. 아버지와 페터는 변기를 비우고 끓인 물과 방취제로 소제했습니다.
　열한 시, 돌아와 있던 행크도 같이 테이블에 둘러앉았습니다. 모든 것은 다시 평온하고 기분 좋은 상태로 되돌아가기 시작했습니다. 행크의 말은 이러합니다.
　행크가 갔을 때 야경꾼 스라하테르씨는 잠들어 있었는데 그의 처가 행크에게 말하기를, 그녀의 남편이 운하 근처를 순찰하고 있을 때 문에 구멍이 난 것을 발견하고 경관에게 연락하여 경관과 같이 집 안을 둘러보았다고 말해 주었답니다. 스라하테르씨는 화요일에 크랄러씨와 만나 좀더 상세한 이야기를 하게 되어 있다고 합니다. 경찰에서는 아직 이 사건을 모르고 있는데, 경관은 수첩에 기입했고 화요일에 또 온답니다. 행크는 돌아가는 도중에 길모퉁이에서 우리들의 야채상을 만나 도둑이 든 이야기를 했더니, "알고 있소. 어젯밤 아내와 함께 그 앞을 지나가는데 문에 구멍이 뚫려 있는 것을 보았소. 집사람은 상관 말고 가자고 했지만 내가 회중 전등으로 잠깐 비추자 도둑들은 당황해서 달아나 버렸어요. 자칫 잘못하면 위험할 것 같아 경찰에는 연락하지 않았죠. 당신과의 관계를 생각해서 그렇게 할 수는 없었어요. 나는 아무것도 모르지만, 여러 가지로 상상할 수 있는 일이 있기에……" 하면서 침착한 태도로 말했다고 합니다.

행크는 그에게 고맙다는 인사를 하고 헤어졌답니다. 이 채소 장수는 점심 시간에 언제나 감자를 가져오기 때문에 우리들이 여기에 있다는 것을 분명히 알고 있을 것입니다. 참 좋은 사람이지요.

행크가 돌아간 것은 한 시였고, 설거지가 끝난 뒤 우리들은 모두 낮잠을 자기 위해 각자의 방으로 돌아갔습니다. 내가 두 시 45분에 눈을 떠보니 두셀씨의 모습이 보이지 않았습니다. 졸리는 눈을 비비면서 욕실로 가다가 거기서 우연히 페터를 만났습니다. 우리는 아래층에서 만나자는 약속을 했습니다.

나는 몸을 단정히 하고 아래층으로 내려갔습니다.

"아직도 다락방에 갈 용기 있니?" 하고 그가 말했습니다. 나는 고개를 끄덕이고 베개를 가지고 그와 다락방으로 갔습니다. 참 좋은 날씨였습니다. 얼마 있지 않아 공습 경보가 울렸는데도 그대로 있었습니다. 우리는 팔을 서로의 어깨 위에 올려놓고, 네 시에 언니가 차 준비가 되었다고 알리러 왔을 때까지 별로 말도 없이 가만히 있었습니다.

나는 빵을 먹고 레몬 주스를 마시며 농담을 주고받았습니다. (다시 농담을 할 수 있게 되었습니다.) 그 외에는 모든 것이 평상시 그대로였습니다. 저녁때 나는 가장 용감했던 페터에게 감사의 인사를 했습니다.

우리들은 그날 밤처럼 위험한 변을 당한 적은 없었습니다. 신은 우리들을 보호해 주셨습니다. 생각해 보세요――경관이 비밀문 앞까지 왔고, 문 바로 앞에 전등이 켜져 있었는데도 우리들은 발각되지 않았으니 말이에요. 만일 살륙 작전이 시작되고 폭탄이 떨어지기 시작하면, 그때는 모두 뿔뿔이 흩어지겠지요. 그러나 그때에는 선량하고 죄 없는 우리들의 보호자들도 화를 입을 위험은 마찬가지일 거예요. "우리들은 구제되었습니다. 신이여, 계속 우리들을 도와 주세요." 우리들이 말할 수 있는 것은 이것뿐입니다.

이 사건은 우리들의 생활에 여러 가지 변화를 가져다 주었습니다. 두셀 씨는 저녁에도 크라러씨 사무실에 내려가지 않고 그 대신 욕실로 갑니다. 페터는 여덟 시 반과 아홉 시 반, 두 번 집 안을 돌아봅니다. 밤에는 페터의 방문을 열어 놓지 못하게 되었습니다. 아홉 시 반 이후는 물을 쓸 수 없게 되었습니다. 오늘 저녁 창고 문을 튼튼하게 고치기 위해 목수가 오기로 되어 있습니다.

현재 은신처에서는 여러 가지 논의가 벌어지고 있습니다. 크라러씨는 우리들의 부주의를 책망했습니다. 행크씨까지도 그러한 경우에는 아래로 내려가서는 안 된다고 했습니다. 우리들은, 우리가 숨어 살고 한곳에 사슬로 묶여 있는 유태인이며 수없는 의무만이 있고 권리라고는 전혀 없다는 것을 뼈저리게 느끼게 되었습니다. 우리들 유태인은 자기의 감정을 표시해서는 안 됩니다. 용감하고 강해지지 않으면 안 됩니다. 모든 부자유를 참아야 하고 불평을 해서는 안 됩니다. 자기 힘으로 할 수 있는 일은 자기가 하고, 신을 믿어야 합니다. 이 무서운 전쟁도 언젠가는 끝나겠지요. 우리들이 단순한 유태인이라는 것만이 아니라 다시 일반 국민이 될 날이 반드시 올 것입니다.

누가 이러한 고통을 우리들에게 주었을까? 누가 우리 유태인을 다른 사람들과 구별하였을까? 누가 오늘날까지 우리들을 이렇게 고통받는 상태로 방치해 두었을까? 우리들을 현재와 같은 처지에 있게 한 것은 신이고, 우리들을 다시 구원해 주실 분도 신일 것입니다. 우리들이 이 고난을 참아 내고 전쟁이 끝났을 때 아직 유태인이 살아남아 있다고 하면, 그때에는 유태인이 세계적인 모범으로서 칭찬받을 것입니다. 세상 사람들이 우리들의 종교에서 좋은 점을 배우지 않으리라고 누가 단언할 수 있을까요? 이를 위해──다만 이것을 위해──우리들은 현재 고통을 겪어야 합니다. 우리들은 일반 네덜란드인도, 영국인도 또 어느 나라 대표자도 되지 못할 것입니다. 우리들은 언제나 유태인일 것입니다. 그러나 우리들은 그것을 바라고 있습니다. 용기를 가지세요. 우리들은 그 임무를 잊지 말고 불평하는 것도 그만둡시다. 해결될 때는 옵니다. 신은 절대로 우리들 유태인을 버린 적이 없습니다.

유태인은 옛날부터 있었습니다. 그리고 우리들은 예로부터 고난을 당해 왔습니다. 그러나 이 고난이 우리들을 강하게도 했습니다. 약자는 낙오되고 강자는 남게 되며, 결코 굴하지 않습니다.

그날 밤, 우리들은 정말로 이젠 죽었구나 했습니다. 나는 경관이 올 것을 각오하고 전쟁터의 군인과 같이 마음의 준비를 하고 있었습니다. 나는 이 나라를 위해 깨끗이 목숨을 바치려고 했습니다. 그런데 또 구원을 받았습니다. 전쟁이 끝나면, 나는 제일 먼저 네덜란드 사람이 되려고 합니다. 네덜란드인! 나는 네덜란드인을 사랑합니다. 나는 네덜란드어를 좋아합니다. 나는 이 나라에서 일하고 싶습니다. 이 나라를 사랑합니다. 네덜란드의 국적을 얻기 위해 여왕에게 직접 편지를 써야 할 경우가 생기더라도 나는 목적을 달성할 때까지 결코 단념하지 않을 것입니다.

나는 점점 부모로부터 독립한 하나의 인간이 되어 가고 있습니다. 아직 어리지만 어머니보다 용기를 갖고 인생을 대하고 있습니다. 나의 정의감은 변하지 않을 것이고, 어머니보다는 참된 것입니다. 나는 내가 무엇을 갈구하고 있는지를 잘 알고 있습니다. 나는 인생의 목표, 의견, 신앙 그리고 사랑을 가지고 있습니다. 나를 자유롭게 놔두세요. 그러면 나는 만족할 것입니다. 나는 나 자신이 여자──강한 성격의 용기 있는 여자라는 것을 잘 알고 있습니다.

만일 신이 나를 오래 살게 해주신다면, 나는 어머니 이상의 사람이 될 것입니다. 나는 쓸모 없는 사람으로 일생을 마치지는 않을 것입니다. 나는 세계와 인류를 위해 일할 것입니다.

자, 나는 이것을 위해서 먼저 무엇보다도 용기와 쾌활함이 필요하다는 것을 잘 알고 있습니다.

── 안네

1944년 4월 14일 금요일
키티님!
　여기의 분위기는 여전히 극도로 긴장해 있습니다. 아버지는 대단히 기분이 좋지 않으십니다. 아주머니는 감기로 누워 있고 이유 없이 짜증을 내고 있습니다. 아저씨는 담배가 떨어져서 안색이 좋지 않으시고, 두셀씨는 여러 가지가 만족스럽지 못해서 잔소리만 늘어놓고 있습니다.
　현재 우리들에겐 운이 없다는 것은 사실입니다. 화장실은 새고 수도 꼭지가 떨어져 나갔습니다. 그러나 아는 사람이 많으니 곧 수리되겠지요.
　나는 때로 감상적이 됩니다. 그것은 나 자신도 잘 압니다. 그러나 이곳 생활에서는 때때로 감상적이 되는 것은 어쩔 수 없는 일입니다. 페터와 둘이서 지저분한 먼지투성이의 나무 의자에 앉아 페터가 내 머리를 만지고 서로 어깨를 맞대고 꼭 붙어 있을 때, 나뭇잎이 신록으로 물들고 새들이 재잘거리며, 하늘은 구름 한 점 없이 맑고 푸르러 태양이 "모두 밖으로 나오세요" 하고 부를 때──아아, 나의 가슴은 온갖 희망으로 불타 오릅니다.
　여기서 보는 것은 기분 나쁜 얼굴뿐, 듣는 것은 한숨소리와 불평하는 넋두리뿐, 꼭 생활이 갑자기 나빠진 것 같습니다. 이렇게만 써서는 당신은 아직 납득이 잘 가지 않을 것입니다. 실제는 당신이 상상조차 할 수 없는 상태입니다. 그 누구도 모범을 보이는 사람이 없습니다. 매일 듣는 말은 "전쟁만 끝나면"이라는 소리뿐입니다.
　공부와 희망과 사랑 그리고 용기──이것이 내 기분을 돋우고 불평을 억제하게 합니다.
　키티, 나는 오늘 머리가 좀 이상합니다. 그러나 왜 그런지는 모르겠습니다. 여기서는 모든 것이 혼란스러워 아무것도 상호 관련된 것이 없습니다. 장래에, 내가 아무렇게나 지껄인 말에 흥미를 갖는 사람이 있을지 의문입니다.
　이 쓸모 없는 말의 표제는 〈미운 오리 새끼의 고백〉이라고 합시다. 나의 일기는 볼케스타인씨와 겔브란디씨(다 같이 전쟁중 런던으로 망명한 네덜란드 정부 각료)에겐 과히 쓸모 없을 것입니다.

— 안네

1944년 4월 15일 토요일
키티님!
충격에 충격의 연속입니다. 도대체 이것이 없어질 때가 있을까요? 정말 이러한 의문을 갖게 됩니다. 최근의 일은 무엇이었는지 맞혀 보세요. 페터가 아침에 현관문의 빗장을 벗기는 것을 잊어 버렸고(밤에는 안에서 빗장을 걸게 되어 있다) 또 다른 문은 움직이지도 않았습니다. 그로 인해 크랄러씨와 사무실 사람들은 안으로 들어가지 못해 옆집으로 해서 부엌문을 뜯고 들어왔습니다. 크랄러씨는 우리들의 부주의에 잔뜩 화를 냈습니다.

페터는 무서우리만큼 당혹해했습니다. 식사때 어머니가 페터에게 가엾다고 했더니 그는 이내 울상이 되었습니다. 매일같이 남자들은 빗장을 열었느냐고 묻곤 했었는데, 그날 따라 묻지 않았으니 페터뿐만이 아니라 모두의 책임이지요.

나중에 그를 좀 위로해 주어야지. 나는 그를 위로하는 일이 제일 좋습니다.

— 안네

30. 첫 키스

1944년 4월 16일 일요일
키티님!
어제 날짜를 기억해 두세요. 나의 생애에서 대단히 중요한 날이었기 때문입니다. 난생 처음으로 키스받은 날은, 여자에게는 대단히 중요한 날임에 틀림없을 것입니다. 나에 있어서도 역시 마찬가지입니다. 브람이 나의 오른쪽 볼에 키스한 것도, 워커씨가 나의 오른손에 키스한 일도 아무것도 아닙니다.

 왜 별안간 키스하게 되었느냐고요? 이제부터 거기에 대해서 이야기하려고 합니다.

 어젯밤 여덟 시, 페터와 그의 긴 의자에 걸터앉았을 때 곧 그는 팔을 나의 어깨 뒤로 돌리고 "내 머리가 선반에 닿아서 안 되겠어. 우리 좀 비스듬히 앉자" 하면서 거의 의자 끝까지 몸을 기울였습니다. 나는 팔을 그의 등뒤로 돌리고 그에게 안긴 것처럼 했습니다.

 이런 형태로 걸터앉은 적은 있었으나, 이같이 몸을 꼭 댄 적은 없었습니다. 그는 나를 꼭 껴안았고, 나의 왼쪽 어깨는 그의 가슴에 눌려졌습니다. 나의 심장의 고동은 두근두근 빨라졌습니다. 그러나 그는 내 머리가 그의 어깨에, 그의 머리가 내 머리 위에 착 붙을 때까지 몸을 가만히 두지 않았습니다. 이런 자세로 5분쯤 있다가 내가 똑바로 고쳐 앉자, 그는 곧장 양손으로 나의 머리를 꼭 끼고, 다시 한 번 자기 가슴에 끌어다 댔지요. 아아, 나는 기뻐서 입을 열 수가 없었습니다. 그러고 나서 그는 좀 어색하게 나의 볼과 팔을 쓰다듬고 나의 머리카락을 매만졌습니다. 키티, 그 동안 나의 온몸에 전해진 감각을 당신에게는 도저히 설명할 수가 없습니다. 나는 너무나 행복해서 말도 나오지 않았습니다. 페터도 그러했을 거라고 믿습니다.

 두 사람은 여덟 시 반에 의자에서 일어났습니다. 페터는 집 안을 걸을 때도 소리가 나지 않도록 운동화를 신고 있습니다. 두 사람은 나란히 일어섰습니다. 별안간 어떻게 해서 그렇게 되었는지 나도 모르겠지만, 아래로 내려가기 전에 그는 나의 머리카락 위에, 나의 왼쪽 볼과 귀에다 키스를 했습니다. 나는 그를 밀어젖히고는 뒤도 돌아보지 않고 계단을 뛰어내려왔습니다. 아아, 나는 오늘이 오기를 얼마나 기다렸던가!

—— 안네

1944년 4월 17일 월요일
키티님!

17세가 겨우 지난 소년과 15세에도 미치지 못한 소녀가 긴 의자 위에서 키스한 것을 아버지와 어머니가 용서할 거라고 생각합니까? 나는 그렇게 생각지 않습니다. 그러나 나는 나를 신뢰해야 합니다. 그의 팔에 안겨서 꿈꾸는 것 같은 감상에 젖는 것은 참으로 조용하고 평화로운 기분이었습니다. 그의 뺨이 내 뺨에 와 닿았을 때에는 말할 수 없이 가슴이 떨렸습니다. 나를 기다리고 있는 사람이 있다는 것은 참으로 즐거운 일이 아닐 수 없습니다. 그런데 여기에 커다란 '그러나'가 있습니다. 그는 지금의 이 정도로 만족하고 있을까요? 나는 그의 약속을 잊지 않고 있습니다. 그러나…… 그는 아직 소년입니다.

나는 내가 조숙하다는 것을 잘 알고 있습니다. 아직 15세도 채 되지 않았지만 독립된 한 인간입니다. 이것은 다른 사람들은 이해하기 힘들 것입니다. 언니는, 약혼이나 결혼 이야기가 있기 전에는 절대로 남자와 키스 같은 것을 하지 않으리라고 확신합니다. 그런데 페터도, 나도 결혼 같은 것은 생각지 않습니다. 어머니는 아버지와 결혼하기 전에는 남자를 알지 못했다고 나는 확신합니다. 나의 여자친구가 내가 페터의 팔에 안겨서 머리를 그의 어깨에 기댄 것을 안다면 뭐라고 할까요? "안네, 그런 망측한" 하고 말할 것입니다. 그러나 정직히 말해서 나는 그렇게 생각지 않습니다. 우리들은 여기에 갇혀서 공포와 불안 속에서 세상과 격리된 생활을 하고 있습니다. 요즘은 특히 더합니다. 그렇다면 서로 사랑하는 사람끼리 왜 떨어져 있어야 할까요? 우리들은 왜 적령기까지 기다리지 않으면 안 될까요?

나는 내 문제는 내가 책임질 각오입니다. 그는 나에게 슬픔이나 고통을 주는 일은 절대로 바라지 않을 것입니다. 두 사람을 행복하게 해주는 이상, 왜 내 마음이 인도하는 대로 길을 선택해서는 안 된다는 것일까요? 이렇게 말은 하지만, 내가 망설이고 있는 것을 당신은 감지하고 있을 줄 압니다. 슬그머니 남의 눈을 속여 가며 하는 짓을 쑥스럽게 생각하는 것은 자신의 양심 때문이라고 생각합니다. 당신은 이 일을 아버지에게 알리는 것이 나의 의무라고 생각합니까? 우리들 둘만의 비밀을 제삼자에게 알릴 필요가 있을까요? 그렇게 되면 우리들의 아름다운 로맨스는 사라져 버릴 것입니다. 그렇다고 입을 다물고 있으면 나의 양심이 만족할까요? '그'와 상의해 보겠어요.

아, 그래요. 그에게 말하지 않으면 안 될 일이 태산같이 많습니다. 포옹만 하면 무슨 소용이 있어요. 서로가 서로에 대한 신뢰를 표시하는 의견을 교환함으로써 두 사람은 발전될 것입니다.

—— 안네

1944년 4월 18일 화요일
키티님!

이곳 생활은 만사 잘되어 가고 있습니다. 아버지는 반드시 5월 20일 이전에 소련과 이탈리아와 유럽에서 동시에 대규모의 상륙 작전이 있을 것이라고 말했습니다. 그러나 나는 우리들이 여기서 해방된다는 것은 점점 더 어려워진 것같이 생각됩니다.

어제 나는 페터와 그럭저럭 10여 일이나 미루었던 이야기를 마음껏 했습니다. 나는 그에게 여자에 관한 이야기는 무엇이든 설명해 주고, 가장 비밀스러운 것까지 주저하지 않고 이야기를 주고받았습니다. 그는 나의 입가에 키스했습니다. 황홀한 기분이었습니다.

나는, 언젠가는 일기장을 가지고 가서 그와 여러 가지를 좀더 깊이 있게 이야기하자, 매일 서로 포옹하고 있는 것만으로는 만족할 수 없다, 그도 같은 감정을 가지고 있으면 좋겠다고 생각합니다.

긴 겨울이 지나고 찬란한 봄이 왔습니다. 4월은 덥지도, 춥지도 않으며 종종 이슬비가 내려서 참으로 훌륭합니다. 뜰 안의 밤나무는 벌써 푸른 잎으로 덮이고, 이곳저곳에 조그마한 꽃이 보입니다.

토요일에 엘리가 수선화를 세 다발, 그리고 보라색 히아신스를 한 다발 가지고 왔습니다. 히아신스는 나에게였습니다.

이제 수학 공부를 좀 해야겠습니다. 안녕.

— 안네

1944년 4월 19일 수요일
키티님!
활짝 열린 창문 앞에 앉아서 자연을 즐기고, 새들의 울음소리를 듣고, 두 볼에 따뜻한 태양을 느끼며, 사랑하는 사람의 가슴에 안겨 있는 것보다 아름다운 일이 이 세상에 또 있을까요? 말없이 가만히 있어도 그의 팔을 느끼며 그가 옆에 있다는 것을 생각하면 말할 수 없는 아늑함과 행복감에 잠깁니다. 말없이 잠자코 있는 것이 좋습니다. 아아, 이 고요함이 절대로 깨뜨려지지 않기를!

— 안네

1944년 4월 21일 금요일
키티님!
어제 오후 목 안이 아파서 침대에 누워 있었는데, 누워 있는 것이 지루하기도 하고 몸에 열도 없어서 일어나 버렸습니다. 오늘은 영국의 엘리자베스 공주의 열여덟번째 생일입니다. 국왕의 아이들은 보통 만 18세가 되면 성년식을 거행하는데, BBC방송은 엘리자베스 공주는 성년식을 거행하지 않을 것이라고 발표했습니다. 우리들은 이 아름다운 공주가 어떤 왕자와 결혼할 것인가 하고 언제나 이야기하지만, 적당한 상대가 떠오르지 않습니다. 여동생인 마가렛 공주는 아마 벨기에의 황태자 보도앰 전하와 결혼하시겠지요.

은신처에서는 불행한 일이 꼬리를 물고 계속 일어납니다. 바깥 문을 견고히 해놓았는가 했더니, 이번에는 창고지기가 나타났습니다. 감자 자루를 훔친 것은 그 사람임에 틀림없는데, 그는 엘리에게 죄를 뒤집어씌우려 하고 있습니다. 은신처 사람은 물론이고 엘리 자신도 대단히 분개하고 있습니다.

나는 신문에 내가 쓴 글을 투고해 볼까 합니다. 물론 가명으로. 그럼 또 다음에. 안녕.

— 안네

1944년 4월 25일 화요일
키티님!
두셀씨는 거의 10여 일 동안이나 환 단 아저씨와 말도 하지 않고 있습니다. 그 이유는 도둑 사건 이래, 두셀씨의 마음에 들지 않는 새로운 안전 조치가 결정되었기 때문입니다. 그는 환 단 아저씨가 언제나 자기만을 꾸중한다고 생각합니다.
"무엇이고 뒤죽박죽이다. 너의 아버지에게 말하겠다" 하고 그는 나에게 말했습니다. 그는 일요일은 물론이고 토요일 오후는 2층 사무실에 있어서는 안 되는데도 내려갑니다. 아저씨는 대단히 분개하고 있어서 아버지가 내려가 그에게 말했습니다. 그는 물론 여러 가지 구실을 늘어놓았지만, 아버지를 설득할 순 없었습니다. 게다가 그는 아버지를 모욕했으니, 이제는 아버지도 그와 되도록 얘기하지 않을 것입니다. 어떠한 말을 해서 아버지를 모욕했는지는 아무도 모르지만 대단히 나쁜 것임에는 틀림없습니다.
나는 〈탐험가 불르르〉라는 제목의 귀여운 소설을 썼습니다. 집안 사람에게 읽어 드렸더니 모두 대단히 재미있다고 했습니다.

— 안네

1944년 4월 27일 목요일
키티님!
오늘 아침 환 단 아주머니는 대단히 기분이 상해서 불평만 터뜨리고 있습니다. 첫째 감기가 들었는데도 약을 살 수가 없고, 콧물이 나와 견딜 수가 없다. 다음은 태양빛을 보지 못한다. 상륙 작전이 시작되지 않는다. 창밖을 바라볼 수 없다 등등입니다. 우리들은 아주머니가 너무 불평만 늘어놓기에 그만 웃었더니, 아주머니도 따라서 웃어 버렸습니다.

나는 지금 괴팅엔 대학 교수가 쓴《황제 찰스 5세》를 읽고 있습니다. 그는 이 책을 쓰는 데 40년이 걸렸다고 합니다. 나는 닷새 동안에 50페이지를 읽었는데, 그 이상은 불가능합니다. 전 598페이지니까 내가 이 책을 다 읽는데 며칠이 걸리겠는지 계산해 보세요. 게다가 2권도 있습니다. 그러나 대단히 재미있는 책입니다.

여학생이 하루에 얼마나 공부해야 하는지, 나를 예로 들어 보겠어요. 먼저 넬슨의 최후의 전쟁을 쓴, 짧은 네덜란드어로 된 문장을 영어로 번역하고 페터 대제(大帝)의 노르웨이 침략(1700~1721)과 찰스 7세의 역사를 읽습니다.

그것이 끝나면 이번에는 브라질 지리입니다. 바히아 담배, 풍부한 커피, 리오데자네이·페르남부코·사웅파울로의 인구가 각각 150만이라는 것, 흑인·백인·흑백 혼혈아 얘기, 인구의 50퍼센트가 문맹자라는 것, 말라리아 등에 관해서 공부합니다. 물론 아마존 강도 잊어 버리지 않습니다. 그래도 시간이 남으면, 내가 좋아하는 계보에 관해 조사합니다.

열두 시, 지붕밑 방에 가서 교회의 역사를 읽습니다. 벌써 한 시입니다. 두 시가 지났는데, 가엾게도 안네는 또 공부를 합니다. 이번에는 생물로서 코가 넓은 원숭이와 좁은 원숭이에 관한 연구입니다. 오오, 키티, 하마에게는 발가락이 몇 개 있는지 빨리 가르쳐 주세요. 그러고 나서 성서 공부. 그 다음은《샤를르 5세》를 읽고, 색커리가 쓴《대령(大領)》을 물론 영어로 읽습니다. 그 다음에는 프랑스어 동사를 공부하고, 미시시피 강과 미주리 강의 크기를 비교합니다. 대략 이런 정도입니다.

내 감기는 아직도 낫지 않아 우리집 세 사람에게까지 전염되었습니다. 페터만은 걸리지 않아야 할 텐데! 그는 나를 '보물'이라고 하면서 키스하려고 했습니다. 물론 키스는 못 하게 했지요. 감기를 옮기면 안 되니까. 이상한 아이야! 그러나 역시 그는 귀엽습니다.

오늘은 이만 안녕.

—— 안네

1944년 4월 28일 금요일

키티님!

나는 페터 베셀의 꿈을 잊은 적이 없습니다. 그것을 회상하면 지금도 그의 볼의 따스함이 내 볼에 느껴집니다.

때때로 페터에 대해서도 같은 느낌을 가지지만 페터 베셀 정도는 아니었습니다. 그런데 어제 여느 때와 마찬가지로 둘이 서로 허리를 껴안고 긴 의자에 앉아 있을 때 돌연 보통때의 안네가 사라지고 제2의 안네가 나타났습니다. 그 안네는 주착없이 굴지도 않고 또 익살스럽지도 않은, 애정이 듬뿍 담긴 온순한 안네였습니다.

내가 그에게 꼭 붙어 앉아 있을 때, 갑자기 서러움이 복받쳐올라 눈물이 넘쳐 흘러서 왼쪽 눈의 눈물은 그의 바지에 떨어지고 오른쪽 눈의 눈물은 코를 따라 흘러서 그의 바지 위에 떨어졌습니다. 그가 눈치채었을까? 그는 꼼짝도 하지 않고 한숨도 쉬지 않으며, 눈치챈 것 같은 기색도 보이지 않았습니다. 그도 나와 똑같은 심정이었을까? 그는 한마디 말도 하지 않았습니다. 그는 자기 앞에 두 사람의 안네가 있었다는 것을 알고 있었을까?

여덟 시 반, 나는 일어서서 언제나 안녕 하고 헤어지던 창문 옆으로 갔습니다. 나는 그때까지도 떨고 있었습니다. 나는 제2의 안네였습니다. 그가 내게로 다가왔습니다. 내가 그의 목을 끌어안고 그의 왼쪽 뺨에 키스한 다음 오른쪽 뺨에 키스하려고 할 때, 입술이 마주쳐 두 사람은 강하게 입술을 맞대었습니다. 그리고 두 사람은 무아지경이 되어, 이제는 절대로 떨어지지 않으려는 듯 몇 번이고 몇 번이고 서로 껴안았습니다. 페터는 난생 처음 여자를 알았습니다. 그는 자기 마음에 들지 않는 소녀라도 다른 일면을 가지고 있다는 것, 그녀도 애정을 가지고 있고 단둘일 때에는 딴사람이 된다는 것을 처음으로 알았을 것입니다. 그는 난생 처음으로 자신을 그녀 앞에 내던졌습니다. 그리고 지금까지 남자친구도, 여자친구도 없었던 그는 참된 남자로서의 자기를 보여 주었습니다.

그러나 아직 나에게 불안을 주는 하나의 의문이 있습니다. 이래도 괜찮은가? 나는 이렇게 빨리 감정에 굴복하고 페터처럼 이렇게 열중해도 좋을 것인가? 여자인 내가 거기까지 가도 괜찮은가? 이에 대해서는 단 한 가지의 해답이 있을 뿐입니다——나는 오랫동안 갈망하고 있었다. 외롭던 나는 위안을 발견했다.

우리들은 오전중에는 여느 때처럼 행동합니다. 오후에도 특별한 것을 제외하고는 대개 같습니다. 그러나 저녁이 되면 하루 종일 억제하고 있었던 그리움과 행복과 즐거운 추억이 되살아나 우리는 서로만을 생각할 뿐입니다. 매일 밤 나는 작별 키스를 하고 나면 그의 눈을 피해 혼자 어둠 속으로 뛰어내려옵니다.

계단 아래까지 왔을 때, 나를 기다리고 있는 것은 무엇일까요? 밝은 전등과 질문 공세와 코웃음입니다. 나는 꾹 참고 자기의 감정을 나타내서는 안 됩니다. 나의 가슴은 아직도 지나치게 민감해서 어젯밤과 같은 쇼크에서 곧바로 회복될 수 없어 온순한 다른 한쪽의 안네를 급히 숨길 수도 없습니다. 페터는——꿈은 별도로 놔두고——지금까지 그 누구보다도 내 감정을 속속들이 뒤흔들어 놓았습니다. 그는 나를 붙잡아서 '나'라고 하는 인간을 뒤집어 놓았습니다. 누구라도 이런 감정에서 제정신으로 돌아가려면 휴식과 다소의 시간을 필요로 한다는 것은 말할 것도 없습니다.

오오, 페터, 당신은 나에게 어떻게 했어요? 당신은 나에게 무엇을 바라고 있어요? 이제 와서야 엘리의 기분을 알 것 같습니다. 나는 지금 스스로 그것을 체험하고 있습니다. 나는 이제 겨우 엘리의 고민을 알게 되었습니다. 만일 내가 더 나이 들어 그가 결혼을 요구해 온다면 나는 무엇이라고 대답해야 할까요? 안네, 정직해야 돼. 너는 그와 결혼할 수는 없어. 그렇다고 그와 떨어진다는 것은 고통스럽겠지요. 페터는 아직 뚜렷한 하나의 인간이 되지 못했습니다. 아직 충분한 사고력도 없고 용기와 힘도 없습니다. 그는 정신적으로는 아직 어린아이입니다. 나보다 어른스럽지 못합니다. 그는 마음의 평화와 행복을 갈구하고 있을 뿐입니다.

나는 14세의 소녀에 불과할까요? 나는 정말 아직 어리석은 여학생에 불과할까요? 나는 모든 일에 그렇게도 경험이 없을까요? 나는 나와 같은 또래의 어떤 아이들보다도 많은 경험을 해왔습니다. 나는 다른 많은 사람보다 경험이 있습니다. 그러나 나 자신을 두려워하고 있습니다. 나는 동경한 나머지 자기를 너무 빨리 준 것을 두려워합니다. 이후로 어떻게 다른 남자아이들과 어울릴 수 있을까요? 나의 애정과 이성이 항상 싸우고 있는 것은 대단히 고통스러운 일입니다. 애정과 이성은 그것을 나타내는 시기라는 것이 있는 것입니다. 나는 올바른 시기를 선택했는지 확신이 서지 않습니다.

—— 안네

31. 전쟁의 책임은 누구에게?

1944년 5월 2일 화요일
키티님!
　토요일 저녁 무렵, 페터에게 우리들의 일을 아버지께 말씀드려야 할지 물어 보았습니다. 두 사람이 조금 이야기한 결과 얘기해야 한다는 결론에 도달했습니다. 나는 기뻤습니다. 그것은 페터가 정직한 소년이라는 증거였기 때문입니다. 나는 아래층으로 가서 곧바로 아버지와 같이 물을 길러 갔습니다. 계단 위쯤 왔을 때, 나는 아버지에게, "아빠, 내가 페터와 같이 있을 때 떨어져 앉아 있지 않는다는 것은 대략 짐작하고 계시겠죠? 그게 나쁜 일이라고 생각하세요?" 하고 물었습니다. 아버지는 곧장 대답하시지는 않고 얼마쯤 지나서야 이렇게 말씀하셨습니다.
　"아니, 나쁘진 않다고 생각하지. 그러나 조심하지 않으면 안 된다. 안네, 여기는 좁은 곳이니까 말이야."
　위로 올라갔을 때도 아버지는 뭔가 비슷한 말씀을 하셨습니다. 그리고 일요일 아침, 아버지는 나를 불러 이렇게 말씀하셨습니다.

"안네, 나는 네가 한 말을 곰곰이 생각해 보았다."
나는 그 말을 듣고 깜짝 놀랐습니다.
"그건 과히 좋지 않아. 이 집 안에서는 나는 너희들이 그저 친구로서 사귀는 것으로 생각하고 있었는데. 페터가 너를 사랑하고 있다는 거냐?"
"아뇨, 물론 그런 일은 없어요" 하고 나는 대답했습니다.
"너도 잘 알다시피 나는 너희들 둘을 잘 이해하고 있다. 그러나 네가 자제하지 않으면 안 돼. 안네, 너무 자주 위에 가는 건 좋지 않아. 그리고 가능한 한 페터를 자극하지 마라. 이런 일에 적극적인 쪽은 언제나 남자지만, 여자는 남자를 누를 수가 있다. 자유로이 다른 남자친구나 여자친구들과 만나고 때때로 외출도 할 수 있으며, 또 놀기도 하고 여러 가지 일도 할 수 있는 보통 환경 같으면 별문제 없겠지만, 여기서는 떨어질래야 떨어질 수 없이 거의 하루 종일 얼굴을 마주하고 있다. 그러니 조심해야 한다. 안네야, 그런 일은 너무 심각하게 생각지 않는 게 좋을 거다."
"네, 그러겠어요. 그러나 페터는 참 얌전하고 좋은 아이예요."
"그래, 좋은 소년이다. 그러나 페터는 성격이 약해서 좋은 일에나 궂은 일에나 곧 영향을 받기 쉽다. 그애는 바탕은 좋지만 그 좋은 면이 오래 남아 있기를 나는 그를 위해 바라고 있다."
두 사람은 좀더 이야기하고 나서 아버지는 페터에게도 이야기해 줄 것을 승낙하셨습니다.
일요일, 다락방에서 그는 나에게 "안네, 아버지에게 말했니?" 하고 물었습니다.
"말했어" 하고 나는 대답했습니다. "그 얘길 할게. 아버지는 그것을 잘못이라고는 생각지 않지만, 언제나 여러 사람이 함께 살고 있는 이곳 생활에서는 충돌이 쉽게 일어날 거라고 하셨어."
"그러나 우리들은 절대로 싸움 같은 건 않기로 했잖아. 나는 약속은 반드시 지켜."
"나 역시 그래. 페터, 그러나 아버지가 말한 것은 그렇지 않아. 아버지는 우리들이 그저 단순한 친구 사이인 걸로 알고 있어. 너도 우리들이 아직도 친구로 있을 수 있다고 생각해?"
"나는 할 수 있어. 너는 어때?"
"나 역시 그래. 나는 아버지에게 너를 믿는다고 말했어. 너는 믿을 수 있는 사람이라고 믿고 있어. 그렇지 않아, 페터?"
"나도 그렇게 되고 싶어." 페터는 수줍어하며 얼굴을 붉혔습니다.
"나는 너를 믿어, 페터. 너는 좋은 소질을 갖고 있고 반드시 출세하리라고 생각해."
 그러고 나서 두 사람은 다른 이야기를 했습니다. 내가 "우리들이 이곳을 나가게 되면 너는 날 본 체도 않겠지?" 하고 말했더니, 페터는 흥분해서 "그렇지 않아, 안네. 절대로. 나를 그런 식으로 보지 마" 하고 대답했습니다. 이러저러하다가 아래서 부르기에 아래층으로 내려갔습니다.
 아버지는 그에게도 말씀을 하셨습니다. 그는 오늘 그것에 대해서 나에게 이야기했습니다. "너의 아버지는 두 사람의 우정이 언젠가는 연애로 발전할지도 모른다고 생각하고 있어" 하고 그는 말했지만, 우리들의 힘으로 자제하자고 나는 대답했습니다.
 아버지는 나에게 저녁때 그가 있는 곳으로 너무 자주 가지 말라고 나에게 주의하셨지만 나는 그러고 싶지 않아요. 그것은 페터와 같이 있고 싶다는 것만이 아니고 나는 페터를 믿고 있기 때문입니다. 나는 그를 믿고 또 믿고 있다는 것을 그에게 표현하고 싶은 것입니다. 그를 믿지 않고 아래층에만 있으면 믿음은 생기지 않습니다.
 아니, 나는 찾아가겠어.
 그러는 동안 두셀씨의 감정은 풀리고 기분도 다시 좋아졌습니다. 토요일 밤 저녁 식사때, 그는 아름다운 네덜란드어로 사과했습니다. 그러자 환 단 아저씨도 곧 감정을 푸셨습니다. 두셀씨는 그 말을 암기하는 데 하루 종일 걸렸을 것입니다.
 일요일, 두셀씨의 생일은 평화롭게 지나갔습니다. 우리집에서는 그에게 1919년제 최상급 포도주 한 병을 드렸습니다. 환 단씨 댁에서는 겨자 조림 한 병과 안전 면도날, 크랄러씨는 레몬잼 한 병, 미프는 《리틀 마틴》

이라는 책 한 권, 엘리는 화분 한 개를 선사했습니다. 그는 답례로서 우리들에게 계란 한 개씩을 주셨습니다.

— 안네

1944년 5월 3일 수요일
키티님!
먼저 지난 일 주일 동안의 뉴스를 알려 드리겠습니다. 정치 뉴스는 아무것도 없습니다. 나 역시 점점 상륙 작전이 가까워지고 있다는 것을 믿게 되었습니다. 결국 연합국으로서는 소련이 이기게 하고 소련에게 이것저것 다 줄 수는 없겠지요. 현재로서는 연합국이 하는 일은 아무것도 없습니다.

코프하이스씨는 다시 매일 아침 사무실로 오게 되었습니다. 그는 페터의 긴 의자에 갈아 끼울 스프링을 사가지고 왔습니다. 페터는 그것을 부착해야 하기 때문에 과히 기뻐하지 않습니다.

당신에게 보쉬가 없어진 것을 이야기했던가요? 감쪽같이 사라졌습니다. 지난주 수요일 이후 그림자도 보이지 않습니다. 그는 벌써 고양이 천국으로 가고, 누군가가 그의 맛있는 고기를 먹고 있을지도 모릅니다. 그리고 어느 소녀는 보쉬의 털가죽으로 만든 모자를 얻었을 것입니다. 페터는 아주 낙심해 있습니다.

토요일부터 식사 시간을 변경하여 열 시 반에 점심을 먹기로 했습니다. 아침 식사는 죽 한 그릇으로 마치기 때문에 한 끼가 절약됩니다. 야채는 아직 입수하기가 곤란합니다. 오늘 오후 썩은 것 같은 상치를 데쳐 먹었습니다. 야채라고 하면 상치와 시금치밖에 없습니다. 거기에 썩은 감자를 넣어 먹습니다.

당신도 상상할 수 있겠지만, 우리들은 때때로 절망적으로 '전쟁이 무엇에 필요하단 말인가? 왜 인간은 서로 사이좋게 살지 못할까? 이 파괴는 도대체 무엇 때문인가?' 하고 의문을 갖습니다.

이 의문에는 이해가 갑니다. 그러나 지금까지 그 누구도 이에 대한 만족한 해답을 얻지 못하고 있습니다. 그렇다. 인간은 조립식 주택을 만드는 한편, 왜 비행기나 전차를 크게 만들려고 노력하는 것일까요? 매일 전쟁에는 몇백만이라는 비용을 쓰면서, 어찌하여 의료 시설이나 예술가나 없는 사람을 위해서는 한푼도 쓰지 않죠?

세상에는 식량이 남아서 썩히고 있는 곳도 있는데, 왜 굶어서 죽어 가는 사람이 있을까요? 인간은 왜 이다지도 미치광이 같을까요?

나는 거물급 정치가나 자본가에게만 전쟁에 대한 죄가 있다고는 생각지 않습니다. 아니, 결코 그렇지는 않습니다. 일반 사람들에게도 죄가 있습니다. 그렇지 않다면 사람들은 벌써 그 옛날에 모두 궐기하여 혁명을 일으켰을 것입니다. 사람에게는 파괴와 살인의 본능이 있습니다. 그리고 인류가 한 사람의 예외자도 없이 전부가 큰 변화를 겪을 때까지 전쟁은 건설되고 배양되고 육성된 모든 것을 그칠 줄 모르고 파괴하고 일그러뜨려, 인류는 처음부터 모든 것을 다시 시작하지 않을 수 없게 되는 것이겠지요.

나는 의기소침할 때가 간혹 있지만, 절대로 절망하지는 않습니다. 나는 우리들의 은신 생활을 모험이라고 생각하지만, 동시에 로맨틱하며 재미있다고도 생각합니다. 나는 일기에 모든 부자유를 재미있는 것으로 표현하고 있습니다. 나는 다른 여자아이들과는 다른 생활, 그리고 크면 보통가정 주부와는 다른 생활을 하려고 합니다. 나의 출발점은 대단히 흥미진진합니다. 가장 위험할 때도 그 재미있는 점을 발견하고 웃어 넘기는 것은 전적으로 그것 때문입니다.

나는 아직 젊고 잠재되어 있는 소질도 많습니다. 또한 건강하고 모험 속에 살고 있습니다. 나는 아직 그 도중에 있으니, 하루 종일 불평만 하고 있을 수는 없습니다. 나는 행복하며 쾌활하고 강한 성격을 가지고 있습니다. 나는 내가 정신적으로 성장하고 있다는 것, 해방이 가까워졌다는 것, 자연이 얼마나 아름답고 사람들이 나에게 얼마나 친절하며 이 모험이 얼마나 재미있나 하는 것을 매일 느끼고 있습니다. 그러니 내가 절망할 필요가 어디 있겠어요?

—— 안네

1944년 5월 5일 금요일
키티님!
아버지는 나의 일에 대해 화를 내고 계십니다. 아버지는 지난 일요일 나를 타이르신 후로는 내가 매일 밤 다락방으로 가지 않으리라고 생각하신 듯합니다. 아버지는 나로서는 참을 수 없는 '껴안고 있다'는 심한 말을 쓰고 싶진 않으신 것입니다. 그런 일에 대해서 이야기하는 것은 과히 유쾌한 일이 못 되는데, 그보다 더 불쾌한 생각은 하고 싶지 않으신 것입니다. 오늘 아버지께 말씀드리자. 언니가 좋은 지혜를 일러 주었으니 들어 보세요. 내가 말하려고 하는 것은 대략 이러합니다.

아버지, 아버지는 나로부터 무슨 말을 듣고 싶은 거죠? 제가 그것을 말하겠습니다. 아버지께서는 제가 좀더 근신할 것으로 기대하고 계셨기 때문에 지금 낙심하고 계신 거예요. 아버지는 제가 14세의 소녀답게 지내 주었으면 하시죠? 그러나 그것은 아버지가 잘못 생각한 것입니다.

재작년 7월 여기에 온 이후부터 수주일 전까지 전 마음 편할 날이 하루도 없었습니다. 제가 밤에 얼마나 울고 얼마나 슬퍼했는지 또 얼마나 외로워했는지를 알고 계신다면, 아버지는 지붕 밑 그곳으로 가는 제 심정을 이해하실 것입니다.

저는 이제 어머니나 그 누구의 도움도 받지 않고 자주적으로 살아갈 수 있는 단계에 도달했습니다. 그러나 하룻밤 사이에 그렇게 된 것은 아닙니다. 지금과 같은 자주적인 정신을 가지기까지 저는 많이 고민하고 많이 울었습니다. 아버지께서 절 비웃어도, 믿지 않아도 상관없습니다. 전 전혀 아픔을 느끼지 않습니다. 저는 별개의 독립된 인간이고 우리 집안의 누구에게도 추호의 책임을 느끼지 않습니다. 아버지께 이런 말씀을 드린 것은, 그렇게라도 하지 않으면 아버지가 저를 음흉하다고 생각지 않을까 해서입니다. 그러나 저는 저 이외의 사람들에게 제 행위에 대해 설명할 필요는 없다고 생각합니다.

제가 고민하고 있을 때 모두 다 눈을 감고, 귀를 막았지 위로해 주지는 않았습니다. 그뿐이 아닙니다. 너무 귀찮게 굴지 말라고 꾸중만 하셨습니다. 저는 참담한 심정을 잊기 위해 어리광을 부렸던 것입니다. 저는 끊임없이 제 마음속에서 부르짖는 소리를 듣지 않기 위해 엉뚱한 짓을 했던 것입니다. 일 년 반 동안 매일같이 희극을 연출했습니다. 저는 결코 불평하지 않았습니다. 스스로 할 수 있을 만한 일은 해왔습니다——지금 전투는 끝났고, 저는 승리했습니다. 저는 심신이 다 독립된 한 인간입니다. 저는 이런 마음의 투쟁에서 강해졌으므로 이제는 어머니도 필요 없습니다.

저는 전투에서 승리했으므로 제가 생각하는 대로의 길, 제 자신이 바르다고 생각하는 길을 가려고 합니다. 저는 여러 가지 고생을 했기 때문에 나이보다는 성숙했으며, 아버지께서는 이제 저를 14세 소녀로 볼 수 없을 것이고 또 그렇게 보아서도 안 됩니다. 제가 한 일은 후회하지 않습니다. 저는 저 자신이 할 수 있는 일을 생각해서 하겠습니다. 아버지께서 가로막아도 다락방으로 가는 것은 그만두지 못합니다. 아버지께서는 그것을 금지하시든지, 그렇지 않으면 저를 끝까지 믿으시든지 두 길밖에 없습니다. 저를 믿으신다면 그냥 내버려 두세요.

—— 안네

1944년 5월 6일 토요일
키티님!

나는 어제 당신에게 이야기한 것을 편지로 써서, 저녁 식사 전에 아버지 호주머니 속에 넣어 두었습니다. 언니로부터 들은 바에 의하면, 아버지는 그 편지를 읽고 나서 그날 하루 종일 대단히 침울해하셨다고 합니다. (나는 위에서 저녁 설거지를 하고 있었다.) 가엾은 아버지. 나는 그러한 편지를 읽으시면 아버지가 얼마나 걱정하실지를 잘 알고 있었습니다. 아버지는 걱정형이니까요. 나는 즉시 아버지에게 이제 아무 말씀도, 아무것도 묻지 말아 달라고 애원했습니다. 아버지는 그 문제에 대해서는 이제 아무 말씀도 하지 않습니다.

여기 생활은 대체적으로 다시 평상으로 돌아갔습니다. 물가 사정이나 다른 사람들에 대해서 듣는 것은 거의 신용할 수가 없을 정도입니다. 차가 반 파운드에 350플로린, 계란 한 개와 14플로린, 커피 1파운드가 80플로린, 버터가 1파운드에 35플로린, 불가리아 담배가 1온스에 14플로린이나 한다고 합니다. 모두가 암거래를 하고, 심부름하는 소년까지 무엇인가 가지고 다니면서 팔고 있습니다. 우리는 빵집 소년으로부터 재봉용 명주실을 0.9플로린에 사고, 우유집은 암배급 카드를, 장의사는 치즈를 샀습니다. 강도, 살인, 날치기는 다반사입니다. 경관과 야경꾼도 도적과 한패입니다. 누구를 막론하고 굶주린 배를 채우는 데 혈안이 되어 있습니다. 가격 인상은 금지되어 있으니 모두가 나쁜 짓을 하지 않으면 살아갈 수가 없지요. 경찰은 매일같이 행방불명으로 신고된 15세에서 17세의 소녀를 찾고 있습니다.

—— 안네

32. 아버지와의 대화

1944년 5월 7일 일요일
키티님!
 어제 오후, 아버지와 긴 시간 동안 얘기했습니다. 나는 울음을 참지 못했습니다. 아버지도 같이 울었습니다. 아버지가 나에게 뭐라고 하셨는지 아세요? 아버지는 이렇게 말씀하셨습니다.
 "나는 지금까지 많은 편지를 받았지만, 그렇게 불쾌한 편지는 처음이다, 안네야. 너는 그렇게도 사랑하고 위로해 주려고 노력하며 옹호해 주는 부모를 가지고 있으면서도, 우리들에게 추호도 책임을 느끼지 않는다고 말할 수 있니? 너는 언제나 푸대접받고 버림받고 있다고 생각하지만 절대로 그렇지 않다. 안네, 너는 부모를 오해하고 있다. 아마 그렇게 말하려고는 생각지 않았겠지만, 너의 편지에는 그렇게 쓰여 있다. 안네, 우리들은 그와 같은 비난을 받을 만한 일은 한 적이 없다."
 아아, 나는 크게 실패했습니다. 그것은 지금까지 내가 한 일 중에서 확실히 제일 좋지 못한 일이었습니다. 나는 아버지가 나를 귀엽게 보아주도록, 나 자신을 훌륭하게 보이려고 울면서 연극을 한 것입니다. 나에게 슬픈 일이 많이 있었던 것은 사실이지만, 나를 위해 무엇이든지 해주셨고 지금도 해주시는 아버지를 비난한 것은 얼마나 비열한 행동입니까?
 나는 너무 자만하고 있었으니, 사람들을 가까이하지 못하게 하는 자리에서 끌려 내려와 나의 자존심이 다소 동요된 것은 좋은 일입니다. 안네가 하는 일이 결코 언제나 올바르다고는 할 수 없습니다. 자기가 사랑하고 있는 사람에게 고의적으로 슬픔을 주는 것은 너무나도 저열한 행위입니다.
 아버지가 관대하게 나를 용서해 주셨기 때문에 나는 한층 더 자신이 부끄러웠습니다. 아버지는 아버지가 잘못이라도 하신 것처럼 내 편지를 불태워 버리겠다고 하시면서, 또다시 전처럼 좋은 아버지가 되어 주셨습니다. 안네, 너는 아직 배우지 않으면 안 될 일들이 많이 있어. 우선 남을 무시하거나 비난하는 것부터 그만두어라!
 나는 슬픈 일이 많이 있었습니다. 그러나 내 또래의 아이들로서 그만한 경험이 없는 사람이 있을까요? 나는 종종 광대 같은 짓을 많이 했으면서도 그것을 전혀 의식하지 못했습니다. 나는 외로움을 느꼈습니다. 그러나 절망했던 적은 한 번도 없었습니다. 나는 깊이 뉘우쳐야 합니다. 나는 진심으로 뉘우치고 있습니다.
 일단 저질러 놓은 일은 지울 수가 없습니다. 그러나 그것을 두 번 다시 되풀이하지 않을 수는 있습니다. 나는 처음부터 다시 시작하겠습니다. 페터가 있으니까 어렵지는 않을 것입니다. 나를 도와 줄 그가 있으므로 다시 할 수 있습니다. 반드시 하고야 말겠습니다.
 나는 이제 혼자가 아닙니다. 그는 나를 사랑하고, 나도 그를 사랑합니다. 그리고 나는 책과 일기장을 가지고 있고, 또 그렇게 추한 여자도 아니고 바보도 아닙니다. 나는 쾌활하고 훌륭한 성격의 인간이 되려고 합니다.

그래, 안네, 너는 네 편지에 우월감마저 가졌던 것을 생각해 봐!

아버지를 본보기로 하여 잘해 나가도록 해야지.

—— 안네

1944년 5월 8일 월요일

키티님!

당신에게 우리집 가계에 대해서 얘기한 적이 있었던가요? 아니, 그런 적이 없다고 생각되므로 이제부터 시작하겠습니다. 아버지의 부모님은 대단한 부자였습니다. 아버지의 부친은 자수성가한 분이고, 아버지의 어머니도 훌륭한 가문 출신입니다. 아버지는 어릴 적에 부잣집의 귀한 도련님으로 자랐고, 매주 있는 파티, 무도회, 만찬회 등에서는 여자아이들에 둘러싸여 사랑을 한몸에 받으며 자랐답니다.

그러나 할아버지가 돌아가시고 나서, 제1차세계대전과 이어 계속된 인플레로 인해 전재산을 잃어 버렸답니다. 아버지의 이와 같은 출신 때문에 어제 프라이팬을 긁으실 때에는 50평생 이와 같은 일은 처음이라고 하시며 크게 웃으셨습니다.

어머니의 부모님도 부자였는데, 우리들은 아버지와의 약혼 파티에 250명의 사람들이 모인 것과 집에서 주최한 무도회와 만찬회 얘기 등을 듣고는 입을 딱 벌리지 않을 수 없었습니다. 지금은 물론 부자라고는 할 수 없지만 나는 종전 후에다 희망을 걸고 있습니다.

나는 어머니나 언니 같은 협소하고 꽉 막힌 생활은 하고 싶지 않습니다. 나는 어학과 미술사를 공부하기 위해 파리와 런던에 일 년만이라도 유학하고 싶어 견딜 수가 없습니다. 팔레스티나에서 조산원이 되고 싶다는 언니와 비교해 보세요. 나는 언제나 아름다운 옷과 흥미있는 사람들을 만나는 것을 동경하고 있습니다.

나는 세계를 볼 수 있고, 가슴 뛰는 일이라면 무엇이든지 하고 싶습니다. 그리고 돈이 좀 있어도 좋을 것입니다.

　오늘 아침 미프는 그녀가 초대되어 갔던 어떤 약혼 피로연의 얘기를 했습니다. 장래의 신랑 신부가 다 같이 부잣집 사람이어서 모든 것이 화려했다고 합니다. 우리들은 파티에 나온 음식 얘기를 들을 때에는 자신도 모르게 군침을 삼켰습니다. 고기 완자가 든 야채 수프, 계란과 불고기, 비프 오르되브르(前菜), 치즈, 둥근 빵, 예쁜 케이크, 포도주, 담배 등등, 암시장에서 사고 싶었던 모든 것이 있었답니다. 미프는 포도주를 열 잔이나 마셨다고 합니다——이래도 금주가라고 할 수 있겠습니까? 미프가 그렇게 마셨다고 하면 그녀의 남편은 몇 잔이나 마셨을까요? 물론 모두 취했겠지요. 참석자 중엔 경관도 두 명 있었는데, 약혼자와도 사진을 찍었다고 합니다. 미프는 즉시 우리들의 일을 생각하고, 무슨 일이 생겼을 때 이 두 사람의 경관이 도움이 될지도 몰라 그들의 주소를 수첩에 적어 두었다고 합니다.

　우리들은 미프로부터 먹는 얘기를 듣고 참으로 부러워했습니다. 우리들은 아침에는 두 숟가락의 죽뿐이니 배는 항시 비어 있어서 쪼르륵 소리가 계속 나는 것 같습니다. 우리들은 아침 저녁으로 설익힌 시금치(비타민이 파괴되지 않게)와 썩은 감자, 간혹 날 것 또는 요리한 상치 이외에는 먹을 것이 없습니다.

　우리들도 언젠가는 뽀빠이같이 건강해질지는 모르지만, 지금으로서는 그런 조짐은 전혀 보이지 않습니다

　아마도 미프가 우리들을 그 파티에 데리고 갔다면, 다른 사람 몫까지 남기지 않고 먹어 치웠을 것입니다. 우리들은 맛있는 음식이나 곱게 차려 입은 사람들을 전혀 본 적이 없는 것처럼 미프를 둘러싸고 꼬치꼬치 물었습니다.

　이래도 우리들은 백만장자의 손녀들입니다. 세상은 참 묘한 곳입니다.

—— 안네

1944년 5월 9일 화요일
키티님!
나는 〈요정 엘렌〉의 이야기를 끝마치고 깨끗한 노트에 정서했습니다. 대단히 훌륭하지만, 아버지의 생신 선물에 이것만으로 충분할까요? 나로서는 알 수가 없습니다. 언니와 어머니와 아버지를 위해 시를 썼습니다.

오늘 오후, 크랄러씨가 위에 올라와서 얘기하길 회사의 선전원으로 일하고 있던 B부인이, 매일 오후 2시 사무실에서 도시락을 먹도록 해달라고 요청해 왔답니다. 키티, 생각 좀 해보세요. 이제는 누구도 올라오지 못하며, 감자를 운반하지도 못합니다. 엘리는 우리와 점심조차 먹을 수 없고, 우리들은 화장실에도 가지 못하며 일을 할 수도 없습니다. 모두 모여서 B부인을 멀리할 수 있는 묘안이 없을까 궁리했습니다.

환 단 아저씨가 "커피에 설사약을 넣어 두면 된다"고 말하자, 두셀씨가 "그것은 안 돼요. 그런 짓을 하면, 그녀는 상자에서 나오지도 못할 거요" 하고 반대했을 때 모두 웃음을 터뜨렸습니다. 아주머니만 납득이 가지 않는다는 얼굴로 "상자? 그게 무슨 말이죠?" 하고 묻자, 누군가가 화장실을 말한다고 설명해 주었습니다. 그제서야 아주머니는 "아, 그래요. 그런데 상자라고 하니 누가 알겠어요?" 하고 우둔한 말을 하자, 엘리가 킥킥하고 웃으면서 "비앤코르프(암스테르담에 있는 큰 아파트)에 가서 상자가 어디 있느냐고 물으면 아마 아무도 모를 거예요" 하고 말했습니다.

오오, 키티, 오늘은 쾌청한 날씨입니다. 외출이라도 할 수 있다면 얼마나 즐거울까요?

—— 안네

1944년 5월 10일 수요일
키티님!
어제 오후 다락방에서 페터와 프랑스어를 공부하고 있는데 갑자기 뒤에서 뚝뚝하고 물 떨어지는 소리가 들렸습니다. 무슨 일일까 하고 페터에게 물었더니, 그는 대답도 하지 않고 천장으로 올라갔습니다. 그곳에 그 원인이 도사리고 있었습니다. 바로 못시였습니다. 못시는 모래통이 젖어 있으니까 모래통 밖에 용변을 봤던 것입니다. 페터는 난폭하게 못시를 상자 속에 집어넣고 잠시 토닥거렸지만 못시는 이미 볼일을 다 마친 후였고 페터를 빠져 나가 아래로 도망쳐 버렸습니다.

못시는 자기 집과 비슷한 대용품을 찾고 있던 중 톱밥을 발견하고 소변을 본 것인데, 그것이 곧장 다락방으로 흘러내려서 운 나쁘게도 감자를 넣어 둔 통의 안퓨으로 떨어진 것입니다. 지붕밑 마루에도 구멍이 뚫려 있어 몇 방울의 노란 물방울이 아래 식당의 테이블 위에 놓아 둔, 양말과 책 사이에도 떨어졌습니다. 나는 웃음을 참지 못해 배를 움켜쥐고 웃었습니다. 못시는 벌써 의자 밑에서 자고 있었습니다. 페터는 물과 표백분과 걸레로 열심히 마루를 청소했습니다. 소동은 곧 진압되었으나, 고양이의 소변 냄새가 고약하다는 것은 잘 알려진 사실인데, 감자와 톱밥이 이를 확실히 증명했고, 그래서 아버지는 소변이 묻은 감자와 톱밥을 모아서 불태웠습니다. 가엾은 못시! 너는 석탄 구하기가 힘들다는 것을 모르고 있지!

추신 : 우리들이 존경하는 네덜란드 여왕님이 어제와 오늘 저녁 라디오를 통해 우리들에게 얘기를 했습니다. 여왕님께서는 귀국에 대비해서 건강을 위해 휴식을 취하고 있습니다. 여왕님은 '불원' 혹은 '내가 귀국하면' 또는 '급속한 해방', '용감한 행위' 그리고 '중한 책임' 등의 용어를 사용했습니다. 여왕님 다음으로 겔브란디씨가 연설하고, 마지막에 목사님이 강제 수용소, 감옥 및 독일에 있는 사람과 유태인에게 신의 가호가 있기를 기도했습니다.

—— 안네

1944년 5월 11일 목요일
키티님!
나는 지금 대단히 바쁩니다. 모순된 말 같지만 산적되어 있는 학과에 손을 댈 여유가 없습니다. 무엇 때문에 그렇게 바쁜지 간단히 설명할까요?

실은 《갈릴레오 갈릴레이》를 도서관에 돌려 주어야 하기 때문에 내일까지 제1부를 다 읽어야 합니다. 어제부터 읽기 시작했지만 어떻게 되겠지요.

다음주에는 《기로에 선 팔레스티나》와 《갈릴레오》 제2부를 읽어야 합니다. 어제 《황제 샤를르 5세》의 전기 제1부를 다 읽었는데, 거기서 수집한 도표와 계보를 정리해야 합니다. 그것이 끝나면 여러 가지 책에서 모은 외국어 단어를 세 페이지 암기해야 합니다. 네번째의 일은 뒤죽박죽된 영화 스타의 사진을 정리하는 것인데 이것은 여러 날이 걸리니, 할 일이 산더미처럼 많은 '안네 교수'로서는 어디서부터 손을 대야 할지 모르겠습니다.

다음은 그리스 신화 〈테세우스〉, 〈오이디프스〉, 〈페리우스〉, 〈오르페우스〉, 〈사르페돈〉, 〈이아손〉, 〈헤라클레스〉 등 할 일이 뒤범벅되어 있으니 정리해야 합니다. 그리고 7년 전쟁, 9년 전쟁에 대한 것도 뒤죽박죽되어 있습니다. 모든 것이 이러한 식으로 혼란돼 있습니다. 이렇게 기억력이 빈약해서는 아무것도 할 수 없습니다. 내가 80세가 되면 노망이 날까요?

또 성서가 있습니다. 《목욕하는 스잔나》까지는 까마득합니다.

키티, 내 머리는 터질 것만 같습니다.

그래, 이번에는 다른 일입니다. 나의 최대의 희망이 저널리스트가 되고 그리고 작가가 되는 것임을 당신은 오래 전부터 잘 알고 있을 것입니다. 이 야심(돌았다고 하겠지만)이 실현될지 어떨지는 물론 아직 모르겠지만, 나는 벌써 마음속으로 제목까지 생각하고 있습니다. 하여간 나는 전쟁이 끝나면, '은신처'라는 제목으로 책을 펴내려고 합니다. 성공할지는 모르겠으나, 일기가 대단한 도움을 주겠지요. 이외에 또 계획하고 있는 것이 있습니다. 그러나 좀더 생각이 정돈되면 상세히 이야기하기로 하지요.

—— 안네

1944년 5월 13일 토요일
키티님!
어제는 아버지 생신이었습니다. 결혼 생활은 19년이 됩니다. 청소부는 2층에 오지 않았습니다. 그리고 태양이 금년 들어 어제같이 아름답게 빛

나는 날도 없었습니다. 정원의 밤나무에는 잎이 무성하고 꽃이 만발하여 작년보다 훨씬 아름답습니다.

　아버지는 코프하이스씨로부터 유명한 식물학자 《리나우스의 전기》를, 크랄러씨로부터는 자연계에 관한 책을, 두셀씨로부터는 《물로 둘러싸인 암스테르담》이라고 하는 책을, 환 단씨 댁으로부터는 계란 3개, 맥주 1병, 요구르트 1병, 녹색 넥타이 한 개가 든 큰 상자를 선물로 받았습니다. 그 상자는 꼭 가게에서 해준 것처럼 아름답게 장식되어 있었습니다. 내가 선물한 장미는 썩 좋은 향기를 풍겼습니다. 미프와 엘리가 가지고 온 카네이션은 거의 향기가 없었으나 이것도 대단히 아름다웠습니다. 아버지는 싱글벙글 기뻐하셨습니다. 그리고 오랫동안 보지도 못한 예쁜 과자가 50개나 나왔습니다. 아버지는 우리들에게 향료가 든 빵 외에 신사들에게는 맥주를, 여자들에게는 요구르트를 대접했고, 모두가 즐거운 하루를 보냈습니다.

── 안네

1944년 5월 16일 화요일
키티님!
　오늘은 좀 방향을 돌려서, 어제 환 단 아저씨와 아주머니 사이에 벌어졌던 하찮은 토론에 대해 이야기하겠습니다.
　아주머니 : 독일군이 대서양 방어를 강화한 것은 틀림없어요. 독일군은 영국군의 공격을 누르기 위해 틀림없이 전력을 다할 거예요. 독일군이 강한 데는 정말 놀랐어요.
　아저씨 : 그래, 믿어지지 않을 정도로 강해.
　아주머니 : 그렇다니까요.
　아저씨 : 독일군은 대단히 강해서 결국은 이길 거야!
　아주머니 : 그래요, 틀림없어요. 나는 그 반대의 결과가 되리라고는 상상도 못 하겠어요.
　아저씨 : 그런 얘기는 그만둡시다. 이제 당신 말에는 더 대답하지 않을

거야.

　아주머니 : 그래도 당신은 언제나 내가 묻는 말에 대답하고 있잖아요. 당신은 나를 굴복시키고 싶어 참을 수가 없죠?

　아저씨 : 그렇지는 않아. 내가 말하는 것은 최소한으로 대답하는 것에 불과해.

　아주머니 : 당신은 언제든지 옳다고 주장해요. 하지만 당신 예상이 늘 들어맞는다고 할 수 없어요.

　아저씨 : 지금까지는 맞았잖아.

　아주머니 : 거짓말 마세요. 당신 예언대로라면, 상륙 작전은 작년에 있었어야 했어요. 핀란드는 지금쯤은 전쟁에서 손을 뗐어야 해요. 이탈리아는 이번 겨울 전쟁에 졌지만, 소련은 벌써 렘베르그를 점령했어야 하고요. 아뇨, 나는 당신 예언 같은 건 믿지 않아요.

　아저씨 : (일어서며) 두고 봐. 언젠가는 내 말이 틀리지 않았다는 것을 알게 될 테니까. 얼마 안 가서 당신 코는 납작해질 거야. 당신 잔소리에는 정말 진절머리가 나. 당신은 화를 내겠지만 후회할 날이 있을 걸.

(제 1 막 끝)

　나는 웃음을 참을 수가 없었습니다. 어머니도 나와 마찬가지였습니다. 그러나 페터는 가만히 입술을 꼭 깨물고만 있었습니다. 바보같은 어른들! 젊은이들에게 훈계하기 전에 자기 자신들부터 다시 배워야 하지 않겠어요?

── 안네

1944년 5월 19일 금요일
키티님!
　어제는 배도 아프고 슬퍼져서 기분이 엉망이었습니다. 안네에게는 보기 드문 일이었습니다. 오늘은 훨씬 좋아져서 식욕도 있으나, 강낭콩에는 손을 대지 않는 게 좋겠어요.

페터와는 순조로이 지내고 있습니다. 가엾게도 페터는 나 이상으로 애정이 필요합니다. 그는 내가 매일 밤 작별 키스를 하면, 얼굴을 붉히면서 한 번만 더 해달라고 조릅니다. 그럼 내가 보쉬(고양이)의 대용품이란 말인가? 그러나 그런 것은 아무래도 좋아요. 현재 그는 참으로 행복하고, 자기를 사랑하고 있다는 것을 알고 있습니다.

나는 고심참담하여 그를 차지한 결과 지금은 마음의 안정을 얻었습니다. 그러나 나의 사랑이 식었다고는 생각지 않습니다. 그는 그리운 사람이기는 하지만, 나는 곧 그에 대하여 마음의 문을 닫고야 말았습니다. 만일 그가 이 마음의 문을 다시 열라고 한다면, 지금까지보다 훨씬 더 큰 노력이 필요하겠지요.

── 안네

1944년 5월 20일 토요일
키티님!

어제 저녁, 다락방에서 내려와 방으로 들어섰을 때 카네이션을 꽂은 화병이 엎어져 있고 어머니는 엎드려서 마룻바닥을 닦고 언니는 마루 위의 종이를 줍고 있는 모습을 보았습니다. "어떻게 된 거죠?" 나는 놀라서 묻고는 대답도 기다리지 않고 방안을 둘러보았습니다. 어쩌면 좋아요. 우리 집 계보 서류첩, 노트, 교과서 할 것 없이 모든 것이 물에 잠겨 있었습니다. 나는 처음에 울상이 되었다가 다음 순간에는 너무 화가 나서 뭐라고 했는지 기억이 전혀 없습니다. 언니는 나중에 말하기를, "엄청난 손해예요, 너무해요, 말도 안 돼요──"하고 두서없이 말하며 소리를 질렀다고 했습니다. 아버지는 큰 소리로 웃으셨습니다. 어머니와 언니도 따라 웃었습니다. 그러나 나는 그렇게 애써서 만든 도표가 엉망이 된 것을 생각하면, 울어도 울어도 시원치 않습니다.

잘 살펴보았더니 '엄청난 손해'는 내가 생각한 정도는 아니었습니다. 나는 종이를 선별하여 다락방으로 가지고 가서, 거기서 맞붙은 것을 한 장 한 장 떼어 빨랫줄에 널었습니다. 그것은 대단히 우스운 광경이었고,

나도 우스워서 웃고 말았습니다. 나는 널어 둔 종이를 페터에게 부탁하고 아래층으로 내려왔습니다.
 "어떤 책이 못 쓰게 됐어?" 하고, 더럽혀진 책을 조사하고 있는 언니에게 물었더니 "수학책이야" 하고 대답하기에, 나는 급히 그녀 옆으로 가 보았더니, 새빨간 거짓말이었습니다. 수학책은 아무렇지도 않았습니다. 나는 수학책이 꽃병 속에 떨어졌더라면 좋았을 걸 하고 생각했습니다. 그 것보다도 싫은 책은 없습니다. 수학책은 낡아서 누렇게 변색된데다가 책 장에는 무엇을 잔뜩 기입하기도 하고 고쳐 놓기도 했으며, 이전 소유자였던 적어도 20명 가량 되는 계집애들의 이름이 적혀 있습니다. 정말 기분 나쁠 때에는 이놈의 책을 갈기갈기 찢어 버리고 싶습니다.
—— 안네

33. 네덜란드를 사랑해!

1944년 5월 22일 월요일
키티님!
 20일, 아버지는 아주머니와의 내기에서 져서 요구르트 다섯 병을 잃었습니다. 상륙 작전은 아직도 시작되지 않았습니다. 암스테르담 전체와 네덜란드 전국, 아니 남으로는 스페인에 이르기까지 전서유럽 사람들은 밤낮 상륙 작전 얘기뿐이고, 거기에 내기를 거는 등 희망을 걸고 있습니다.
 숨막힐 것 같은 기분은 최고조에 달해 있습니다. 우리들이 '좋은 네덜란드 사람'이라고 생각하는 사람들이 모두 영국을 신뢰하고 있다고는 볼 수 없으나, 그렇다고 해서 그들이 전부 영국이 상륙 작전을 한다고 말하고 있는 것은 단지 보이기 위한 허세라고 생각진 않습니다. 다만 사람들이 바라고 있는 것은 위대한 영웅적인 행동을 실제로 취해 주었으면 하는 것입니다. 누구라도 자기 코앞 일만 생각하고 영국이 자국과 자국민을 위해 싸우고 있다는 것을 생각지 않으며, 될 수 있는 대로 빨리 네덜란드를 구하는 것이 영국의 의무라고 생각합니다.

영국이 우리들에게 무슨 의무라도 갖고 있단 말입니까? 네덜란드 사람들은 공공연히 영국의 원조를 기대하고 있는데 그들은 과연 어떤 일을 했나요? 아니, 네덜란드도 큰 실책을 하고 있는지도 모릅니다. 영국은 여러 가지 실행하지도 않을 허풍을 떨기는 했어도 독일에 점령되어 있는 크고 작은 여러 나라 이상으로 비난받을 이유는 없습니다. 영국은 우리들에게 사죄하지는 않을 것입니다. 왜냐하면 독일이 재정비에 열중하고 있는 동안 영국이 잠자코 있었다고 비난해도 다른 모든 나라, 특히 독일과 국경이 접해 있는 나라들도 잠자코 있었다는 것을 부정할 수는 없기 때문입니다. 우리 모두가 자기들만의 정책을 취한다면 그것은 아무 소용이 없는 일입니다. 영국뿐만 아니라 전세계가 이러한 사실을 싫증날 정도로 몸소 체험했을 것입니다. 영국을 위시해서 각국이 차례로 한 나라씩 큰 희생을 겪어야만 했던 것도 이 정책 때문입니다.

자국민을 보상 없이, 더구나 타국을 위해서 희생시키는 나라는 없습니다. 영국 역시 그런 일은 하지 않을 것입니다. 상륙 작전으로 해방과 자유를 가져다 주는 때가 언젠가는 오겠지만, 그 결행의 날을 정하는 것은 영국과 미국이지 점령당한 나라는 아닙니다.

우리들은 아주 많은 사람들이 유태인에 대한 태도가 달라졌다는 말을 듣고 놀라는 한편 섭섭했습니다. 지금까지는 그러한 일을 생각조차 않던 사람들 사이에도 이젠 반(反)유태인 공기가 감돌고 있다고 합니다. 이 유태인 증오의 원인은 이해할 수 있고, 인간으로서는 무리가 아니라고 생각되는 경우도 있지만, 그렇다 하더라도 불합리한 것임에는 틀림없습니다. 기독교인들은 유태인을 독일인에게 비밀을 팔았다든지, 원조자를 배신했다든지, 유태인으로 인해 많은 기독교도가 무서운 형벌을 받았다고 비난하고 있습니다.

이것은 모두 사실이지만, 이러한 일은 양쪽에서 공정하게 보지 않으면 안 됩니다. 세계의 기독교도들은, 가령 우리들의 처지가 되어도 다른 태도를 취할 수 있을까요? 독일군은 사람들에게 자백을 받기 위한 수단을 가지고 있습니다. 유태인으로서도, 기독교도로서도, 독일군의 지배하에 있으면서 입을 열지 않을 수 있을까요? 그러한 일이 불가능하다는 것은 누구나 다 알고 있습니다. 그렇다면 왜 유태인에게 그 불가능한 일을 요구할까요?

지난날 네덜란드에 이주하고, 현재 폴란드에 거주하는 독일계 유태인은 네덜란드로 돌아가는 것이 허용되지 않습니다——그들은 지난날 네덜란드에 피난할 수 있는 권리를 주었지만 히틀러가 죽으면 다시 독일로 보내질 것이다——이와 같은 얘기가 지하 운동을 하고 있는 사람들 사이에 퍼져 있습니다.

이러한 말을 들으면 우리들은 무엇 때문에 그 길고 고생스러운 전쟁을 참고 살아왔는지 모르게 됩니다. 우리들은 모두가 자유를 위해 싸우고 있다고 언제나 들어왔습니다. 바로 그것입니다. 그리고 그것은 정당한 일입니다. 그런데 왜 이런 싸움중에 불화가 생기고 유태인이 다시 다른 사람들보다 열등시될까요? "한 사람의 기독교인의 잘못은 그 혼자만의 책임이고, 한 사람의 유태인의 잘못은 전(全)유태인의 책임이 된다"고 하는 옛 진리를 확인할 때면, 더욱 슬퍼집니다.

솔직히 말해서 그렇게도 선량하고 정직하고 고결한 네덜란드 사람이 세계에서 가장 압박당하고 있는 불쌍한 우리 유태인을 왜 그렇게 판단하게 되었는지 이해할 수가 없습니다.

나는 이런 유태인 증오는 단순히 일시적인 것이고, 네덜란드 사람이 다시 정의감을 회복하고 그 참된 자태를 되찾기를 기원할 뿐입니다. 왜냐하면 유태인 배격은 정의에 어긋나는 것이기 때문입니다.

그러나 이런 무서운 걱정이 사실로 변한다면, 네덜란드에 남아 있는 소수의 불쌍한 유태인은 이 나라를 떠나지 않으면 안 되겠지요. 우리들도, 지난날에는 우리들을 따뜻하게 맞아 주었으나 지금에 와서 등을 돌리는 이 아름다운 나라를 얼마 되지 않는 짐을 가지고 다시 떠나야겠지요.

나는 네덜란드를 사랑합니다. 조국을 갖지 못하는 나로서는 네덜란드가 나의 조국이 되기를 희망해 왔습니다. 또한 지금도 그것을 희망하고 있습니다.

— 안네

1944년 5월 25일 목요일
키티님!
매일 무엇인가 새로운 일이 생깁니다. 오늘 아침 우리들에게 야채를 팔아 주고 있던 식료품상이 유태인 두 명을 채용했다고 해서 체포되었습니다. 이 불쌍한 유태인들은 어떻게 될지 알 수 없습니다. 채소 장수도 딱하게 되었습니다. 우리들은 이 사건으로 큰 충격을 받았습니다.

세상은 뒤집어졌습니다. 존경받는 사람들이 강제 수용소나 감옥에 들어가고, 남아 있는 보잘것없는 인간들이 국민을 지배하고 있습니다. 암시장에서 체포되는 사람도 있고, 유태인이나 지하에 숨은 사람들을 도와 주었다고 해서 체포된 사람도 있습니다. N.S.B.의 멤버가 아닌 사람은 자기에게 언제 어떤 일이 일어날지 모릅니다.

식료품상이 체포된 것은 우리들에겐 큰 타격입니다. 미프와 엘리 그리고 우리들이 감자를 운반하지 못하므로 먹는 양을 줄이는 수밖에 없습니다. 그 방법을 얘기하겠습니다. 어머니께서는 우리들에게 아침 식사를 전폐하고, 점심에는 국과 빵으로, 저녁 식사는 감자를 기름에 튀긴 것 그리고 일 주일에 한두 번 상치 같은 야채를 먹는 식으로 하자고 제의하셨습니다. 우리들은 몹시 배가 고프겠죠. 그래도 역시 발견되어 체포되는 것보다는 낫겠지요.

— 안네

1944년 5월 26일 금요일
키티님!
조용히 창문 앞에 앉아서 당신에게 무엇이든지 쓸 수 있게 되었습니다.

나는 지금 몹시 암담한 기분입니다. 이런 기분은 몇 달 동안 없었던 일입니다. 한편으로는 식료품상이 체포된 일, 유태인 문제, 상륙 작전이 지연되는 일, 맛없는 음식, 이곳의 비참한 분위기, 페터에 대한 실망 등과 다른 한편으로는 엘리의 약혼, 크랄러씨의 생일, 예쁜 케이크, 카바레, 영화, 음악회 얘기 등 너무나 동떨어진 이 두 가지 면을 비교하면 나는 머리가 이상해질 것만 같습니다. 이런 엄청난 차이는 엄연한 사실로서 어쩔 수 없는 일입니다. 나는 이런 이상야릇한 면을 보고 웃다가 다음날엔 공포와 불안에 휩싸이기도 하고 절망하기도 합니다. 미프와 크랄러씨는 이 은신처에 숨어 있는 여덟 사람의 뒤를 돌봐야 하는 무거운 짐을 지고 있습니다. 미프는 그녀가 할 수 있는 일은 다하고 있습니다. 크랄러씨는 너무나 과중한 책임에 지쳐서 입도 열지 못할 때가 있습니다. 코프하이스씨와 엘리도 우리들을 잘 보살펴 주고 있습니다. 그러나 이들은 때때로 몇 시간이라도, 혹은 하루나 이틀만이라도 우리들을 잊을 수 있습니다. 이들에게도 그들 자신의 걱정이 있습니다. 예를 들면 코프하이스씨는 자기의 건강을, 엘리는 과히 탐탁치도 않은 약혼을 걱정하고 있습니다. 그러나 누구나 하는 일상 생활을 하고 친구들도 방문하며 잠시나마 숨을 돌릴 수도 있습니다. 이들의 불안은 설사 단 몇 시간이라도 해소될 것입니다. 그러나 우리들의 불안은 한순간도 해소되는 일이 없습니다. 우리들은 여기서 벌써 2년이나 살고 있지만 점점 더해 가는, 견딜 수 없는 압박을 언제까지 참고 견디어야 한단 말입니까.
　하수구가 막혀서 물이 흘러내리지 않습니다. 화장실에 가면 오물을 독에 넣어야 합니다. 오늘은 그럭저럭 지나겠지만, 연관공만으로 수리를 하지 못한다면 어떻게 될까요? 시청 위생국에서는 화요일까지는 오지 않습니다.
　미프가 인형 모양을 한 과자를 보내 왔습니다. 이것에 첨부된 편지에 "성령강림절(聖靈降臨節)을 축하합니다"고 쓰여 있었습니다. 나는 이것을 보고 그녀는 우리들을 비웃고 있다고까지 생각했습니다. 우리들의 현재의 기분과 불안은 '축하한다' 는 말과는 너무나 동떨어져 있기 때문입니다.

식료품상이 체포된 일로 우리들은 한층 더 신경질적이 되고, 모든 사람은 또다시 '쉬쉬' 하게 되었습니다. 우리들은 만사를 조용히 하도록 조심하고 있습니다. 경관이 문앞까지 왔으니, 우리들이 있는 곳까지도 올 수 있는 일입니다. 만일 언젠가——아니, 이런 말을 써서는 안 됩니다. 그러나 나는 오늘 이 생각을 떨쳐 버릴 수가 없습니다. 그보다도 내가 이제까지 경험한 모든 공포가 또다시 그대로 되풀이될 것 같은 기분을 어쩔 수가 없습니다.

오늘 밤 여덟 시, 나는 아래층 화장실에 혼자 갈 수밖에 없었습니다. 모두 라디오를 듣고 있었으므로 아래층에는 아무도 없었습니다. 나는 용기를 내려고 했으나, 좀처럼 되지 않았습니다.

나는 위층에서 들려오는 괴상하고 음침한 소리와 거리의 자동차 경적 소리를 들으면서 혼자 조용한 큰 집의 아래층에 있기보다는 옥상에 있는 편이 안전할 것 같은 기분이 들었습니다. 나는 생각할수록 떨려서 급히 뛰어올라 왔습니다.

우리들은 은신 생활을 시작하지 않았던 것이 더 낫지 않았을까, 지금쯤 만일 죽어 있다면 이런 참담한 기분도, 우리들의 보호자에게 폐가 되는 일도 없을 것이고, 그 편이 좋았을 게 아닌가, 하고 나는 종종 생각합니다. 그러나 우리들은 모두 이러한 생각은 곧 잊어 버리고 맙니다. 왜냐하면 우리들은 아직 생명을 사랑하고 자연의 소리를 잊지 않으며, 또 모든 일에 희망을 가지고 있기 때문입니다. 나는 머지않아 무엇인가——혹시 대포의 포격이라도——일어났으면 좋겠다고 생각하기도 합니다. 이와 같은 불안한 심정처럼 참기 어려운 일은 없습니다. 종말이 왔으면 하고 열망하고 있습니다——그것이 아무리 고통스럽다 해도 그때는 적어도 우리들은 이겨 낼 것인지, 질 것인지를 알 수 있기 때문입니다.

—— 안네

1944년 5월 31일 수요일
키티님!

토, 일, 월, 화요일은 대단히 더워서 도저히 만년필을 잡을 수가 없었습니다. 그래서 당신에게도 글을 쓰지 못했습니다. 하수구가 금요일에 또 막혀서 토요일에 수리를 했습니다. 코프하이스씨가 오후에 와서, 딸 코리가 요피와 같은 하키 클럽에 들어간 일과 그녀에 관한 여러 가지 얘기를 했습니다.

성령강림절의 휴일 동안은 모처럼 따뜻해서 오히려 더울 정도였습니다. 은신처의 더위는 대단합니다. 여러 사람의 불평을 소개할 테니 얼마나 심한 더위였는지를 상상해 보세요.

토요일──"퍽 쾌청하고 좋은 날씨다" 하고 오전중에 우리들은 말했으나, 오후가 되어 창문을 닫고부터는 "이렇게 덥지만 않으면 좋겠는데" 하고 불평을 늘어놓았습니다.

일요일──"이런 더위는 참을 수가 없다. 버터는 녹고 집 안에 선선한 곳이라곤 아무 데도 없다. 빵은 마르고 우유는 상해 버린다. 다른 사람들은 휴일을 즐기고 있는데, 우리들같이 갈 곳 없는 사람은 창문도 열 수 없고, 질식할 것만 같아도 이곳에 있을 수밖에 없다.

월요일──"발이 아프다. 나는 얇은 옷이 하나도 없다. 이 더위엔 접시도 씻을 수 없다"고 말한 것은 환 단 아주머니입니다. 나는 대단히 불쾌했습니다.

나는 아직 더워서 참을 수가 없지만, 그래도 바람이 좀 불어서 살 것 같습니다. 그러나 태양은 여전히 이글거리고 있습니다.

── 안네

1944년 6월 5일 월요일
키티님!

또 사건이 일어났습니다. 두셀씨와 나의 부모 사이에 아주 사소한 일로 말다툼이 벌어졌습니다. 원인은 버터의 분배였지만 결국 아저씨가 타협해 왔습니다. 아주머니와 두셀 아저씨는 요즘 사이가 좋아져서 장난도 하고 키스도 하며 다정한 듯이 서로 웃어 주기도 합니다. 두셀 아저씨는 요즈음 여자가 그리워진 모양입니다.

    제5군이 로마를 점령했습니다. 연합군의 육군과 공군은 되도록 파괴하지 않으려 했기 때문에 로마는 별로 상처를 입지 않았습니다. 채소도 감자도 부족해지기 시작했습니다. 흐린 날씨입니다. 칼레를 비롯하여 프랑스 해안에 대한 포격이 계속되고 있습니다.

—— 안네

34. 상륙 작전 개시

    1944년 6월 6일 화요일
    키티님!
    "오늘이 D데이입니다" 하고 영국 방송이 발표했습니다. 상륙 작전이 개시된 것입니다!
    영국은 오늘 아침 여덟 시에 상세히 뉴스를 발표했습니다. 부르고뉴, 르아브르, 세루브르 등이 맹렬한 포격을 받았습니다. 해안에서 35킬로미터 이내에 살고 있는 사람들은 위험하니 피난하도록 경고가 내렸습니다. 영국군은 되도록 포격 개시 한 시간 전에 전단을 뿌린다고 합니다.
    독일군의 발표에 의하면 영국의 낙하산 부대는 프랑스 해안에 투하되고, 또 BBC방송은 영국의 상륙용 주정(舟艇)이 독일 해군과 전투중이라고 발표했습니다.
    아홉 시, 우리들은 아침 식사중에 상륙 작전에 대해서 얘기했습니다. 이것은 2년 전의 디에프 상륙과 같이 단순한 시험적인 것에 불과할까요?
    열 시, 영국으로부터 독일어, 네덜란드어, 프랑스어, 그 밖의 외국어로 "상륙 작전이 개시되었다!"고 방송했습니다──그것은 상륙 작전이 진짜 시작됐다는 걸 의미합니다. 열한 시에 영국의 라디오가 아이젠하워 연합군 최고사령관의 연설을 독일어로 방송했습니다.
 열두 시, 영국의 라디오가 뉴스 방송 도중에 아이젠하워 장군이 프랑스 국민에게 보내는 메시지를 전했습니다. 장군은 이렇게 말했습니다. "오늘이 D데이입니다. 얼마 안 가서 격전이 전개될 것입니다. 그 다음에는 승리가 올 것입니다. 1944년은 완전한 승리의 해입니다. 여러분의 행운을 빕니다."
 한 시, 영국 방송은 다음과 같이 발표했습니다——"1만 1천 대의 비행기가 끊임없이 왕복하며 군대를 수송하고 적의 후방을 폭격하며, 4천 척의 상륙용 보트와 소형 함정은 군대와 군용 자재를 세루브르와 르아브르 사이에 쉴 새 없이 운반하고 있습니다. 미·영 양군은 이미 맹렬한 전투를 개시했습니다.
 겔브란디 벨기에 수상, 노르웨이 하콘 국왕, 프랑스 드골 장군, 영국 국왕 그리고 마지막으로 처칠 수상의 연설이 방송되었습니다.
 은신처는 흥분의 도가니입니다. 그처럼 많이 이야기하고, 그처럼 멋지고 동화같이 오래 된, 기다리던 해방이 이제야 찾아오나요? 금년중에 승리할 수 있을까요? 우리들로서는 아직 알 수 없습니다. 그러나 우리들 내부에선 희망이 되살아납니다. 그리고 그 희망은 우리들에게 새로운 용기를 줍니다. 우리들은 모든 공포, 부자유, 고통을 참아 나가지 않으면 안 되며, 차제에 제일 중요한 것은 냉정하게 정신을 차리는 것입니다. 우리들은 지금까지보다 한층 더 이를 악물고 울지 않도록 해야 합니다. 프랑스, 소련, 이탈리아 그리고 독일은 울고 싶은 대로 울고 슬픈 기분의 돌파구를 찾을 수도 있지만, 우리들에겐 그렇게 할 권리조차도 없습니다.
 키티, 상륙 작전이 시작되어 제일 기쁜 것은 나에게 친구가 다가오고 있음을 느끼게 되었다는 것입니다. 우리들은 오랫동안 무서운 독일군의 압박으로 언제나 목에 예리한 칼을 들이대고 있는 것 같은 생활을 하고 있었으니, 친구와 해방은 생각만 해도 자신감을 갖게 합니다.
 우리들은 이제 유태인만을 생각하고 있지 않습니다. 네덜란드와 독일에 점령되어 있는 전유럽의 일을 생각하고 있습니다. 언니는 9월이나 10월에는 다시 학교에 갈 수 있을지도 모른다고 말하고 있습니다.

— 안네

추신 : 당신에게 새로운 뉴스를 계속 알려 드리겠습니다.

1944년 6월 9일 금요일
키티님!
 굉장한 뉴스가 있습니다. 연합군은 프랑스 해안의 조그만 마을인 배이유를 점령하고, 카엔을 공격 목표로 하고 있습니다. 연합군이 세루브르가 있는 반도를 차단하려 하고 있다는 것은 명백합니다. 매일 밤 종군 기자들은 연합군의 고난, 용기, 높은 사기 등을 전선으로부터 전합니다. 그들이 어떻게 해서 그러한 생생한 뉴스를 취재할 수 있는지 이상합니다. 영국으로 돌아간 부상병들도 때때로 마이크 앞에 서기도 합니다. 기상 조건이 나쁜데도 불구하고 공군은 계속 활약하고 있습니다. BBC방송에 의하면 처칠은 D데이에 군대와 함께 상륙하려 했으나 아이젠하워와 그 밖의 장군들이 설득해서 겨우 중지했다고 합니다. 생각 좀 해보세요. 그는 벌써 70세의 노인입니다. 과연 용기 있는 사람이지요.
 은신처 사람들의 흥분이 이젠 좀 식었습니다. 그렇지만 아직도 우리들은 올해 안에는 전쟁이 끝날 것이라고 기대하고 있습니다. 사실 이젠 끝나도 좋을 때죠. 아주머니가 투덜투덜 불평을 늘어놓는 데는 질색입니다. 그녀는 상륙 작전에 대해서는 아무 말도 못 하지만, 요즘은 일기가 좋지 않다고 짜증을 냅니다. 머리에 찬물을 들이부어서 다락방에 가둬 두었으면 좋겠어요.
 아버지와 페터를 제외한 은신처의 식구들은 모두《헝가리 광시곡》3부작을 읽었습니다. 이 책은 천재이자 신동인 프란츠 리스트의 생애를 쓴 책입니다. 대단히 재미있는 책이지만, 여자에 관한 부분이 너무 많습니다. 리스트는 유명한 피아니스트였을 뿐만 아니라, 70세까지 대단한 호색가였습니다. 그와 동거한 여인은 마리 다구르 공작 부인, 캐롤라인 사인

베트겐시타인 공주, 피아니스트인 아그네스 킹와아스, 댄서인 로라 몬테, 피아니스트인 소피아 멘터, 올가 야니나 공주, 올가 메넨도르프 남작 부인, 여배우인 리라 등등 세어 본다면 끝이 없습니다. 이 책 속에서 음악과 예술을 취급한 부분은 매우 흥미롭습니다. 등장하는 유명 인사 중에는 슈만, 클라라 비크, 헤크터 베를리오즈, 요하네스 브람스, 베토벤, 요하힘, 리하르트 바그너, 한스 폰 뷔로우, 안톤 루빈슈타인, 프레데릭 쇼팽, 빅토르 위고, 오노레 드 발작, 힐러, 홈멜, 체르니, 롯시니, 케루비니, 파가니니, 멘델스존 등등이 있습니다. 리스트는 화려함을 대단히 좋아하고 배짱이 두둑하며 겸허한, 개인으로서는 훌륭한 사람입니다. 그는 누구라도 도와 주었습니다. 그에 있어서는 그의 예술이 전부였습니다. 그는 코냑과 여자에게는 맹목적이었고 눈물 보는 것을 싫어했으며, 누구에게나 호의적이고 돈에는 무관심했으며, 신앙의 자유와 세계의 자유를 사랑한 신사였습니다.

— 안네

1944년 6월 13일 화요일
키티님!
　또 한 번의 생일을 맞이한 나는 15세가 되었습니다. 어제 나는 모든 사람들로부터 많은 선물을 받았습니다.
　아버지와 어머니로부터 슈프랑거의《미술사》전5권, 하의 한 벌, 손수건 한 장, 요구르트 두 병, 생강이 든 케이크와 잼 한 병, 식물학 책 한 권, 언니로부터는 팔찌, 환 단 아저씨와 아주머니로부터는 책 한 권, 두셀씨로부터는 스위트피, 미프와 엘리로부터는 과자와 복습 책을 선물로 받았습니다. 제일 멋있는 선물은 크랄러씨가 주신《마리아 데레사》라는 책과 치즈 세 쪽이었습니다. 페터는 예쁜 작약다발을 주었습니다. 페터는 가엾게도 내게 무엇인가 좋은 선물을 보내려고 상당히 고심했으나, 결국 마음에 드는 것이 없었던 모양입니다.
　바람이 세차게 불고 바다는 거친 악천후였지만, 전황은 여전히 좋은 편입니다.

　어제는 처칠, 스미스, 아이젠하워, 아놀드 네 사람이 해방된 프랑스 마을을 방문했습니다. 처칠이 타고 있던 어뢰정은 해안을 폭격했습니다. 그는 공포라는 것을 모르는 것 같습니다. 나는 부럽기 한이 없습니다.

　은신처에만 박혀 있어서 외부 사람들이 전황 뉴스에 어떤 반응을 나타내고 있는지는 모르겠으나, 무정한(?) 영국이 드디어 팔을 걷어붙이고 전쟁을 시작한 것을 기뻐하고 있을 것임에 틀림없습니다. 지금까지도 영국인을 멸시하고 노인들의 정부라고 경멸하며, 영국을 비겁자로 취급하면서도 독일인을 싫어하던 일부 네덜란드인에게 따끔한 맛을 보여 줄 필요가 있습니다. 전황 뉴스를 들으면 그들과 같은 둔한 머리도 다소는 확실해질 것입니다.

　나는 2개월 이상이나 다달이 있어야 할 것이 없었는데, 토요일부터 다시 시작되었습니다. 불쾌하고 귀찮기는 하지만 그래도 역시 기쁘게 생각합니다.

—— 안네

1944년 6월 14일 수요일
키티님!

　나의 머리 속은 여러 가지의 희망, 사고, 비난, 공격 등으로 가득 차 있습니다. 나는 다른 모든 사람들이 생각하는 것처럼 자만하지 않습니다. 나는 나의 결점과 단점을 누구보다도 잘 알고 있습니다. 그러나 나는 스스로 잘하고 싶다고 생각하고, 또 잘할 것이고, 벌써 많이 잘한다는 것도 알고 있습니다. 그런데 모든 사람은 왜 나를 아는 척하는 사람으로 생각하고 있을까 하고 나는 나 자신에게 곧잘 물어 보기도 합니다. 나는 그다지도 아는 척을 잘할까요? 나는 정말로 아는 체 잘하는 사람이고, 다른 사람들은 그렇지 않단 말인가요? 나를 언제나 공격하는 장본인인 환 단 아주머니가 지성이 없다는 것은 모든 사람이 잘 알고 있습니다. 지성이 없을 뿐만 아니라 확실히 '바보'라고 해도 좋을 것입니다. 바보 같은 사람은 다른 사람이 자기보다 많이 알고 있으면, 그것을 참지 못하는 모양입니다.

아주머니는 내가 자기처럼 지성적 결함이 없는 것을 바보라고 생각하고 있는 것입니다. 또 그녀는 자기가 나보다 주제넘는 짓을 하기에 나를 주제넘다고 생각하는 것입니다. 아주머니는 자기 옷이 짧기 때문에 내 옷이 보다 더 짧다고 생각합니다. 아주머니가 나를 주제넘다고 생각하는 것은 자기가 아무것도 모르는 문제에 대해 나보다 두 배 이상 입을 놀리기 때문입니다. 그러나 "아닌 땐 굴뚝에 연기 날까"라는 옛말이 있습니다. 나는 내가 주제넘다는 것도 조금은 인정하고 있습니다.

나의 고통은 누구보다도 자기를 비판하고 힐책하는 것입니다. 그럴 때, 어머니가 무슨 쓸데없는 말이라도 하게 되면, 나는 점점 더 참지 못하여 절망 끝에 신경질을 내고 마음에도 없는 말들을 하기 시작합니다. 그리하여 드디어 "아무도 나를 이해해 주지 않는다"고 하는 말이 나오게 됩니다. 이 말은 나의 마음속에 도사리고 있습니다. 바보 같은 소리라고는 알고 있지만, 거기에는 약간의 진리도 있습니다. 나는 이따금 자신을 심히 꾸짖기 때문에 위로의 말 한마디나, 나에게 납득할 수 있는 조언을 해주거나, 거짓없이 나를 이끌어 주는 사람을 진심으로 바라고 있습니다. 늘 그런 사람을 찾아내려 하지만 아직까지 찾지를 못했습니다. 이렇게 말하면 당신은 곧 페터를 생각하겠죠? 그렇죠? 키티! 페터는 나를 애인으로서가 아니라 친구로서 사랑하며 나날이 그 애정은 깊어 가고 있습니다. 그러나 우리들 두 사람을 접근하지 못하게 하는 무엇인가가 있습니다. 그것은 대체 무엇일까요? 나는 알 수가 없습니다. 그러나 페터에 대한 그리움이 과장되었다고 생각할 때도 있지만 실제로는 그렇지 않습니다. 왜냐하면 단 이틀만 그의 방에 가지 않으면 참을 수 없이 그가 그리워지기 때문입니다. 페터는 좋은 사람이고 그리운 사람입니다. 그러나 나를 실망케 하는 일들이 많이 있다는 것을 부정할 수는 없습니다. 특히 그의 종교 혐오증과 음식이나 그 외의 일에 관한 그의 얘기는 내 마음에 들지 않습니다. 그렇지만 우리들은 싸우지 않기로 단단히 약속했으니까, 절대로 그런 일은 없으리라고 나는 확신합니다. 페터는 싸움을 싫어하고 관대하며 즉시 풀어집니다. 그는 자기 어머니가 한 말에는 참지 못하면서도 내가 한 말에는 아무 말도 하지 않습니다. 그는 자기 물건을 언제나 깨끗이 정리합니다. 그러면서도 왜 그는 자기 본심을 숨긴 채 내게 털어 놓고 얘기하지 않을까요? 그는 원래가 나보다 말이 없는 편이라는 건 나도 압니다. 그렇지만 나는 내 경험을 통해서 아무리 남에게 마음을 주지 않는 사람일지라도 어떤 때에는 자기 본심을 털어 놓을 수 있는 사람을 발견하기를 간절히 바란다는 걸 알고 있습니다.

페터나 나나 제일 많은 사색을 즐기는 시절을 은신처에서 보내고 있습니다. 우리들은 곧잘 과거, 현재, 미래를 얘기하지만, 이미 말했듯이 나는 아직 참된 것에 부딪쳐 본 일이 없습니다. 그것을 슬프게 생각합니다. 그래도 참된 것이 남아 있다는 것을 나는 알고 있습니다.

—— 안네

35. 자연에 대한 그리움

1944년 6월 15일 목요일
키티님!
요즘 자연과 관련된 모든 것에 대한 그리움이 미칠 듯 치솟아오르는 것은 너무 오랫동안 바깥 공기에 굶주려 온 탓이 아닐까요? 푸른 하늘도, 새들의 지저귀는 소리도, 달빛이나 꽃에도 조금도 매력을 느끼지 못한 시절이 있었다는 것을 나는 똑똑히 기억합니다. 그런데 여기 오고 나서는 변하고 말았어요.

예를 들면 성령강림절 휴가 동안은 무섭게 더웠는데도 나는 달 구경을 할 생각에 열한 시 반이 넘도록 자지 않고 기다렸습니다. 그런데 그런 노력에도 불구하고 아무런 보람이 없었습니다. 그것은 달빛이 너무 밝아서 창문을 열 수 없었기 때문이죠. 벌써 몇 달 전 일인데 창문이 열려 있던 어느 날 밤, 나는 우연히 4층에 갔다가 창문을 닫지 않으면 안 될 때까지 아래층으로 내려가지도 않고 비바람이 부는 어두운 밤에 시커먼 구름이 쏜살같이 지나가는 광경을 황홀히 바라보았습니다. 이곳에 온 후 일 년 반이 지나도록, 밤하늘을 마주 바라본 건 그때가 처음이었습니다. 그날 밤 이후로 다시 한 번 밤하늘을 바라보고 싶다는 간절한 희망은 도둑이나 쥐, 경관에게 은신처를 습격당하지나 않을까 하는 공포보다 더 큽니다. 나는 혼자서 2층으로 내려가 부엌이나 전용 사무실 창문으로 밖을 내다봅니다.

자연을 사랑하는 사람은 많이 있습니다. 가끔 밖에서 자는 사람도 많습니다. 감옥이나 병원에 있는 사람들은 다시 자연의 아름다움을 자유롭게 즐길 수 있는 날을 고대하고 있습니다. 빈부의 차도 상관없이 즐길 수 있는 자연에서 우리들처럼 격리되고 차단된 사람은 거의 없을 것입니다. 하늘, 구름, 달, 별들을 바라보면 마음이 고요해지고 참을성이 생긴다는 것은 내 생각만은 아닙니다. 그것은 강장제보다 효력이 있는 약입니다. 어머니 같은 자연은 나를 겸손하게 하고 어떠한 고통도 용감하게 참아 가도록 해줍니다.

아아, 그러나 나는 극히 특별한 경우를 제외하고는 부옇게 흐린 창문에 걸린 더러운 검은 커튼을 통해서만 자연을 바라볼 수 있습니다. 이런 걸 통해 바라본다는 건 즐거운 일이 아닙니다. 왜냐하면 자연이야말로 참으로 순수한 것이어야 하기 때문입니다.

— 안네

1944년 6월 16일 금요일
키티님!

또 새로운 문제가 생겼습니다. 환 단 아주머니는 신경질적입니다. 머리통을 권총으로 쏘는 얘기, 감옥, 교수형, 자살 등의 얘기만 하고 있습니다. 아주머니는 페터가 자기에겐 하지 않고 내게만 여러 가지 일을 얘기하는 걸 시샘하고 있습니다. 아주머니는, 두셀 아저씨가 그녀가 떠는 아양에 아무런 반응을 보이지 않는 데 대해서도 화내지요. 아저씨가 자신의 모피 코트 판 돈을 모두 담배값으로 써버리지나 않을까 걱정하고, 싸움을 걸고, 욕을 퍼붓고, 울고불고하며 신세 타령을 하고, 웃는가 하면 또다시 싸움을 시작합니다. 이런 바보 같은 여자를 도대체 어떻게 하면 좋을까요? 아무도 환 단 아주머니를 상대하지 않습니다. 그녀에게는 품성이라는 것이 없습니다. 그녀는 누구에게나 신세 타령을 합니다. 아주머니의 이런 히스테리가 가져오는 최악의 결과는 페테르를 거칠게 하고 아저씨를 노엽게 하며, 우리 어머니로부터 핀잔만 자주 받는 것뿐입니다. 정말 견딜 수 없는 분위기입니다. 그러나 여기에 대한 금과옥조가 있습니다. 그건 무슨 일이든 웃어 넘기고 남이야 어쨌든 조금도 개의치 않는 것입니다. 이기적인 것처럼 들리기는 하지만 사실 이것이 자기 스스로 위안받고 싶어하는 사람에게는 유일한 치료법입니다.

크랄러씨는 또다시 4주간의 참호 파는 작업에 소집되었습니다. 그는 의사의 진단서와 거래처로부터 온 편지로 소집을 모면해 보려 하고 있습니다. 코프하이스씨는 위수술을 받고 싶어합니다. 이제 열한 시를 기해서 가정 전화는 모두 끊어집니다.

— 안네

1944년 6월 23일 금요일
키티님!

이곳 생활에 대해서 특별히 알릴 것은 없습니다. 영국군은 세루브르에 대공격을 시작했습니다. 아버지와 아저씨께서도 10월 10일까지는 우리들이 틀림없이 자유의 몸이 될 거라고 말씀하시고 계십니다. 어제 소련군도 작전에 참가하여 비테브스크 부근에서 공격을 개시했습니다. 독일이 소련을 공격한 지 만 3년 만입니다.

감자가 이제 얼마 남지 않았습니다. 이제부터는 한 사람 앞에 얼마나 남았는지 매일 셈하여 두기로 했습니다. 자기 몫이 모두 얼마나 남아 있는지 알 수 있겠지요.

— 안네

1944년 6월 27일 화요일
키티님!
 전황은 굉장한 속도로 진전되고 있습니다. 세루브르, 비테브스크, 슬로벤을 오늘 수복하고 포로와 전리품을 많이 획득했답니다. 연합군은 항구를 점령했기 때문에 이젠 군대든 군수 물자든 마음대로 상륙시킬 수 있게 되었습니다. 영국군은 상륙 작전 개시 후 불과 3주 만에 코텐틴 반도를 완전히 점령했습니다. 굉장한 전과(戰果)죠. D데이 이후 3주 동안 여기나 프랑스나 비바람이 그친 날은 하루도 없었지만 영국군도, 미국군도 그런 일로 공격을 멈추지는 않았습니다. 독일군이 자랑하는 '비밀 병기'도 대활약하고 있습니다. 그렇지만 영국군에 약간의 손해를 준 걸 가지고 독일 신문이 과장해 보도하고 있을 뿐, 그리 큰 효과는 없었겠지요. 그것만이 아니라 독일에 소련군이 가까워지고 있다는 것을 안다면, 독일은 반드시 당황해할 것입니다.
 군에 복무하지 않은 독일 부녀들은 아이들과 함께 그로니겐, 프리슬란드, 겔더란드로 분산하여 피난해 가고 있습니다. 네덜란드 국가사회당 당수 무세르드씨는 연합군과 함께 여기까지 오게 되면 군복을 입겠노라고 성명했습니다. 저 나이 많은 뚱뚱보가 자기도 전투를 해보겠다는 것일까요?
 핀란드가 휴전 제안을 거부하여 교섭은 다시금 결렬되었습니다. 핀란드는 나중에 후회할 겁니다. 바보 같은 핀란드!
 7월 27일까지는 전쟁이 얼마나 진전되리라고 생각하세요?

— 안네

1944년 6월 30일 금요일
키티님!
 오늘 악천후의 연속입니다(이부분은 영어로 쓰여져 있음). 이 영어는 잘 쓰인 걸까요? 나는 영어를 조금 알게 되었습니다. 지금 사전을 들춰 가며 《이상의 남편》을 읽고 있습니다. 전쟁은 예정대로 잘 진행되고 있습니다. 보브로이스크, 모길레프, 오르사가 함락되어 많은 독일군이 포로가 되었습니다.

이곳의 생활은 만사 잘되어 가고 있습니다. 모두 기분도 좋아졌습니다. 초낙관론자가 개가를 올리고 있습니다. 엘리는 머리 모양을 바꾸었습니다. 미프는 일 주일의 휴가를 얻었습니다. 이것이 최근 뉴스입니다.

—— 안네

1944년 7월 6일 목요일
키티님!

요즘 페터가 자기는 범죄자가 될지도 모른다든지, 잘되든 못 되든 모험을 하게 될지도 모른다는 말을 할 때마다 나는 공포에 휩싸이게 됩니다. 물론 이것은 농담삼아 하는 말이겠지만, 이 말은 자기의 성격이 약한 데 대해 겁내고 있다는 느낌을 줍니다. 언니와 페터는 늘 "만일 내가 너만큼 굳센 성격과 용기를 가졌다면……" 하고 말합니다.

다른 사람에게서 영향을 받지 않는다는 것이 좋은 일일까요? 자기의 양심에만 따른다는 건 좋은 일일까요? 이따금 의혹을 가져 봅니다.

"나는 약한 성격이야"라고만 하고 그대로 도사리고 있다는 건 도무지 상상할 수 없는 일입니다. 그걸 안다면 왜 그것과 싸워 자기 성격을 단련시키지 못할까요? 여기에 대해 페터와 언니는 "그런 노력을 하지 않는 게 더 편하니까" 하고 대답했습니다. 나는 이 대답에 실망했습니다. 편하다? 그것은 게으르고 허위에 찬 생활이 편하다는 뜻일까요? 아닙니다. 그럴 리가 없습니다. 또 그래서는 안 됩니다. 사람이란 게으름과 돈에는 유혹받기 쉽습니다.

나는 오랫동안 페터에게 줄 수 있는 가장 좋은 대답——어떻게 해서 자신을 갖도록 할 것인가, 특히 어떻게 자기 자신을 향상시키게 할 것인가에 대해서 궁리했습니다. 그러나 내 생각이 옳을는지 어떨는지 나로서는 알 수 없습니다.

 누구로부터 완전한 신뢰를 받는다는 것은 얼마나 좋을까 하고 언제나 생각했습니다. 그러나 이제 와서 남이 무엇을 생각하고 있는지를 추측하고 이에 대해 옳은 대답을 찾아낸다는 것이 얼마나 어려운 일인가를 알았습니다. 왜냐하면 '안이(安易)'라든지 '돈'이라는 것이 나에게는 전혀 새로운 미지의 것이기 때문입니다. 페터는 좀 내게 지나치게 의지하게 됐지만 어떠한 일이 있어도 그래서는 안 되겠어요. 페터 같은 타입의 사람은 자립하기가 어렵다고 생각되는데, 게다가 자기 의식이 있는 산 인간으로 자립하는 것은 더욱 어려울 것입니다. 왜냐하면 여러 가지 문제에 부딪치며 올바른 길을 걸어간다는 건 훨씬 힘든 일이기 때문입니다. 나는 저 무서운 '안이'라는 말을 공격할 좋은 논리가 없을까 하고 며칠 동안 곰곰이 생각하고 있습니다.

 '안이'가 매력적으로 보이는 것이 사람으로 하여금 얼마나 깊은 수렁──즐거움도, 친구도 없이 한 번 빠지면 빠져 나올 수 없는 수렁──에 빠지게 하는가를 어떻게 페터에게 알릴 수 있을까?

 우리들은 살고 있습니다. 왜, 무엇 때문에 살고 있는가, 우리들은 모릅니다. 우리들은 행복이라는 목적을 안고 살고 있습니다. 우리들의 생활은 모두 다르지만 목적은 같습니다. 우리들 세 사람은 좋은 환경에서 자랐습니다. 우리들은 배울 수 있는 기회를 가지고 있고 무엇인가를 달성할 가능성이 있으며, 행복을 기대할 이유도 가지고 있습니다. 그리고 우리들은 자신들의 힘으로 이를 획득해야 합니다. 그러나 그것은 결코 쉬운 일이 아닙니다. 행복을 얻기 위해서는 게으름과 모험을 일삼지 말고 생활하며 좋은 일을 해야 합니다. 나태는 매력적으로 보이지만, 일은 그보다 더 큰 만족을 줍니다.

 나는 일을 싫어하는 사람을 이해할 수가 없습니다. 그러나 페터가 그렇다는 것은 아닙니다. 그는 목표가 정해져 있지 않습니다. 그리고 자신을 바보며 열등해서 아무것도 할 수 없는 인간이라고 생각하고 있을 뿐입니다. 가엾은 소년입니다. 그는 남을 행복하게 해주는 것이 얼마나 기분 좋은 일인지 모릅니다. 그러나 나는 그것을 그에게 가르쳐 줄 수는 없습니다. 그는 신앙을 가지지 않고 그리스도를 경멸하며, 신의 이름을 빌려 욕을 합니다. 나도 정교를 받드는 신앙인은 아니지만 신앙심이 없고 신을 경멸하며 마음이 가난한 그를 볼 때마다 슬퍼집니다.

누구나 다 신을 믿는 천성을 타고난 것은 아니니까, 신앙심을 가진 사람은 기뻐해야 할 것입니다. 우리들은 반드시 죽은 뒤의 벌을 무서워할 필요는 없습니다. 연옥이라든지 지옥이라든지 천국이라는 것을 믿지 않는 사람은 많습니다. 그러나 종교는 사람들에게 바른길을 걷게 합니다. 그것은 신을 두려워하는 것이 아니라, 자신의 명예와 양심을 가지게 하는 것입니다. 매일 밤 잠들기 전에 그날 한 일을 생각하며, 자신이 한 일 중에서 무엇이 좋았고 무엇이 나빴는가를 생각한다는 것은 얼마나 숭고하고 좋은 일입니까. 그렇게 하면 자기도 모르는 사이에 다음날 아침에는 자기를 향상시키기 위해 노력하게 됩니다. 그리고 점차 그 효과가 나타나게 마련입니다. 이것은 누구나 실행할 수 있고, 비용도 들지 않는 것입니다. 아직 이를 모르는 사람은 '맑은 양심은 사람을 강하게 한다' 는 것을 경험에 의해 배우고 발견해야 합니다.

—— 안네

1944년 7월 8일 토요일
키티님!

회사 대표인 B씨는 베헤르바이크에 있는 경매 시장에서 딸기를 샀습니다. 모래투성이인 딸기를 사무실 사람들과 우리들이 스물네 개의 쟁반에 담아서 그날 밤 여섯 개의 독과 여덟 개의 병에 채웠습니다. 미프는 다음날 아침 사무실 사람들에게 잼을 만들어 주어야겠다고 합니다.

여덟 시 반, 집 안에 모르는 사람은 없습니다. 정문에는 빗장이 걸려 있고 딸기를 가득 담은 쟁반을 가져와서 페터, 아버지, 아저씨 세 사람은 계단을 내려갔습니다. 언니는 양동이를 가지고 왔습니다. 전부 다 준비되었습니다. 내가 부엌에 들어가니 거기에는 미프, 엘리, 코프하이스씨, 헹크, 아버지, 페터 등 은신처 사람들과 그 보급 부대가 북적이고 있었습니다. 더구나 대낮에!

그물 커튼이 쳐져 있어 밖에서는 보이지 않지만 그래도 큰 소리나 문을 탁 닫는 소리에 나는 불안했습니다. 이래도 우리들이 은신처 생활을 하는 사람들일까요? 이런 생각이 내 머리를 스쳐 갔습니다. 냄비는 꽉 찼습니다. 나는 위로 또 뛰어올라갔습니다. 다른 사람들은 테이블 주위에 둘러앉아 딸기의 꼭지를 따는 일에 바빴겠지만, 양동이에 넣기보다는 입 속에 넣은 것이 더 많았을 것입니다. 얼마 안 가서 양동이가 또 하나 필요했습니다. 페터는 또 2층 부엌으로 갔습니다. 그런데 이때 정문의 벨이 두 번 울렸습니다. 페터는 3층으로 가 비밀문을 잠갔습니다. 우리들은 안타까웠습니다. '누군가 왔을 때에는 소리가 나니까 물을 써서는 안 된다'는 은신처의 규칙은 엄격히 준수되었습니다.

한 시에 행크가 와서 조금 전에 온 것은 우체부였다고 말했습니다. "딩동 딩동" 벨이 다시 울려 그는 되돌아갔습니다. 나는 먼저 비밀문에서, 그리고 계단 위까지 나가서 귀를 기울였습니다. 그리고 마지막에 페터와 함께 꼭 도둑처럼 계단의 손잡이에 기대어 아래층에 귀를 기울였습니다. 듣지 못했던 소리는 없었습니다. 페터는 살짝 계단 중간까지 내려가 "엘리" 하고 불렀습니다. 대답은 없었습니다. "엘리" 하고 다시 불렀지만 그의 소리는 부엌의 잡음에 지워졌습니다. 나는 긴장해서 아래를 내려다보았습니다. "페터, 위로 올라가라. 엘리는 여기 있다. 방해가 되니까 가거라." 코프하이스씨의 말소리가 들려왔습니다. 페터는 한숨을 쉬면서 3층으로 돌아왔습니다. 크랄러씨는 제일 늦게 한 시 반에 왔습니다. 그는 부엌의 소동을 보고 이렇게 말했습니다. "야, 딸기투성이구나. 오늘 아침에도 딸기를 먹었는데, 딸기는 이제 질색이다. 잠시 실례하고 위로 가겠어…… 거기서 씻고 있는 것은 뭐야? 또 딸긴가?"

우리들은 딸기를 죽, 우유, 빵과 함께 먹거나 설탕을 발라 먹거나 디저트로까지 먹는 등, 만 이틀 동안 딸기만 먹었습니다.

"얘, 안네야, 모퉁이 식료품상에서 강낭콩 19파운드를 팔겠대" 하고 언니가 말했습니다. "퍽 친절한 분이시네"라고 내가 대답했지만, 콩깍지 벗길 일을 생각하니 지긋지긋합니다.

  우리들이 식탁에 앉았을 때 어머니가 "토요일 아침에 모두 강낭콩 콩깍지 벗기는 일을 도와 주세요"라고 말했습니다. 과연 토요일 아침 큰 사기 냄비에 산더미만큼 강낭콩이 나왔습니다. 콩깍지 벗기는 일은 지겹지만 안쪽 껍질을 벗기면 콩깍지도 부드럽고 맛있다는 것을 알고 있는 사람은 거의 없을 것입니다. 그렇게 하면 콩깍지도 먹을 수 있고, 콩만 먹을 경우보다 세 배 이상의 분량이 됩니다. 그러나 콩깍지의 안쪽 껍질을 벗기는 일은 특별히 세심히 해야 하는 일로, 학자인 척하는 치과 의사나 잔일을 하는 사무원에게는 적당하겠지만, 나같이 성급한 사람에게는 하기 힘든 일입니다. 나는 아홉 시 반부터 시작했는데 열 시 반에 그만두었다가 열한 시 반에 다시 시작했습니다. 콩깍지를 틀어서 안쪽의 얇은 껍질을 벗기고 줄기를 따서 양동이에 넣고——눈앞에 보이는 것은 푸른 콩깍지, 콩깍지, 콩깍지뿐입니다. 때로 콩깍지가 감자 벌레 같은 착각에 머리가 빙빙 돕니다. 그러나 나는 기분 전환을 위해 하찮은 일일망정 머리를 짜내어 재잘거려서 모두를 웃깁니다. 그러나 얇은 껍질을 하나 벗길 때마다 나는 결코 단순한 가정 주부가 되고 싶진 않다고 곰곰이 생각합니다.

  아침은 열두 시에 먹고, 열두 시 반에서 한 시 15분까지 또 일을 계속했습니다. 일을 끝냈을 때에는 배멀미를 한 것 같았습니다. 다른 사람들도 조금씩은 기분이 나빠진 모양입니다. 나는 네 시까지 낮잠을 잤지만, 저 콩을 생각하면 지금도 진절머리가 납니다.

── 안네

36. 현대의 고민

1944년 7월 15일 토요일
키티님!
도서관에서 《현대의 소녀를 어떻게 생각하느냐》는 도전적인 책을 빌려 왔습니다. 오늘은 이에 대해 이야기하겠습니다.

이 책의 저자는 철두철미하게 '오늘의 젊은 사람'을 혹평하고 있지만, 젊은 사람 전부를 '좋은 일이라고는 아무것도 못 하는 능력없는 도배(徒輩)'라고 몰아붙이고 있지는 않습니다. 뿐만 아니라 젊은 사람들이 원하기만 하면 그들은 보다 위대하고 아름다운 세계를 창조할 힘을 가지고 있는데, 그들은 참된 미에 대해서는 생각지 않고 피상적인 일에만 몰두하고 있다는 의견입니다.

나는 이 책을 읽고 있는 동안 저자가 어느 부분에선 나를 비평의 눈으로 보는 듯이 느껴져서 당신 앞에 내가 벌거숭이가 되어 이 공격에 대해 자기 변명을 할까 합니다.

내 성격에는, 나를 조금이라도 아는 사람이면 누구나 알 수 있는 한 가지 특징이 있습니다. 그것은 내가 나 자신을 잘 알고 있다는 것입니다. 나는 꼭 제삼자처럼 나 자신과 자신의 행동을 바라볼 수가 있습니다. 나는 전혀 편견 없이 또 변명하지 않고 그날그날의 자기를 바라보고, 자신의 어디가 좋고 나쁜지를 검토할 수가 있습니다. 이 '자의식'은 끊임없이 나를 따라다니고, 나는 무슨 말을 할 때마다 '그렇게 말하지 말 것을' 또는 '그건 옳았을까'라고 반성합니다. 나는 자신에 대해 비난할 것이 너무 많아서 그것을 일일이 열거할 수가 없습니다. 아버지께서는 "모든 아이들은 자신의 교육은 자신이 해야 한다"고 말씀하시는데 그 말씀이 옳다는 것을 점차 알게 되었습니다. 부모는 단지 아이에게 충고를 주고 올바른 길로 가게 할 뿐이지, 인간의 성격을 만드는 것은 결국 본인이기 때문입니다.

　게다가 나는 용기가 있습니다. 나는 어떤 일이라도 견딜 수 있는 강한 인간이라고 언제나 생각하고 있습니다. 또 나는 자유분방하며 젊다고 생각합니다. 나는 처음으로 이 사실을 알았을 때 기뻤습니다. 왜냐하면 나는 누구나 반드시 경험하는 곤란에도 쉽게 굴복하지 않는다고 생각하기 때문입니다.

　그러나 나는 당신에게 이 일을 너무 여러 번 말했으니까 이번에는 '아버지도, 어머니도 나를 이해 못 한다'는 문제로 옮기겠습니다. 아버지나 어머니는 나를 철두철미하게 귀여워하고 사랑해 주며 옹호해 주고 부모로서 할 수 있는 일은 다 해주었습니다. 그럼에도 불구하고 나는 긴 세월 동안 몹시 쓸쓸하고 외로이 떨어져 등한시되고 무시되어 오해받는 기분이었습니다. 아버지는 나의 반항심을 누르려고 몹시 노력하셨지만 효과는 없었습니다. 나는 나 자신의 잘못된 점을 찾아 스스로 시정해 왔습니다.

　내가 번민하고 있을 때, 아버지는 왜 내 마음의 기둥이 되어 주지 못했을까요? 아버지는 나에게 구원의 손길을 뻗치실 때 왜 완전히 초점을 잃어 버리셨을까요? 그건 방법이 틀렸기 때문입니다. 아버지는 언제나 나를 까다로운 정신적 과도기에 있는 아이처럼 여겼습니다. 이건 좀 이상하게 들리시겠지요? 왜냐하면 아버지는 나를 신뢰해 준 단 한 사람이며, 아버지만이 내게 바보가 아니라는 자신감을 심어 주셨기 때문입니다. 그러나 아버지가 놓쳐 버리신 게 하나 있습니다. 당신은 알고 계시죠? 그것은 아버지가, 내게 있어서는 훌륭하게 되고 싶다는 야심이 무엇보다 중요하다는 것을 이해하지 못했던 것입니다. 나는 '네 나이 때에는 있을 수 있는 일이다'라든지, '다른 여자 아이들은', '그런 일은 조금 지나면 잊게 된다'는 말은 듣고 싶지 않습니다. 나는 '얼마든지 볼 수 있는 애'가 아니라 '취할 점이 있는 안네'라는 취급을 받고 싶었던 것입니다. 아버지는 이 점을 이해 못 하십니다. 나는 다른 사람이 모든 걸 털어 놓지 않는 한

나 자신의 일을 그 사람에게 털어 놓을 수 없습니다. 나는 아버지의 일은 잘 알지 못하니까, 아버지와 더 이상 가까워질 리가 없어요. 아버지는 언제나 연장자다운 태도로 자신도 나와 같은 정신적 과정을 밟아 오셨다고 말씀하십니다. 그러나 아버지께서 아무리 노력하시더라도 나하고는 친구 같은 감정을 서로 지닐 수가 없습니다. 그래서 나는 일기장──때로는 언니──이외에는 누구에게도 인생에 관한 나의 의견에 대해서도, 내가 깊이 생각한 논리에 대해서도 얘기할 마음이 나지 않아요. 나는 자신의 고민을 무엇 하나 아버지께 털어 놓은 일이 없습니다. 나는 아버지와 내 이상을 얘기해 본 적도 없습니다. 그리고 나는 나 스스로 아버지를 멀리한다는 것을 알았습니다.

그럴 수밖에 없었습니다. 나는 완전히 자신의 감정에 따라 행동해 왔습니다. 그러나 그것은 내 마음의 평화를 위한 최선의 방법이었습니다. 왜냐하면 만일 이 단계에서 나의 미완성된 일에 비판을 받으면, 아직까지는 위태로운 자신의 침착성과 자신감을 완전히 잃을 우려가 있기 때문입니다. 대단히 지독한 것 같지만 나는 아버지께 마음의 비밀을 고백한 일이 없을 뿐 아니라 마음이 불안해서 아버지를 멀리하려고 할 만큼, 아버지한테서 비판받고 싶지 않습니다.

왜 나는 아버지를 귀찮아할까요? 이것은 늘 깊이 생각하고 있는 점입니다. 나는 아버지를 귀찮게 여기니까, 훈계나 애정 어린 태도는 어딘지 내게 강요하는 느낌입니다. 아버지에 대한 내 태도가 좀더 자신을 가질 때까지 나를 그대로 내버려 두었으면 합니다. 흥분한 나머지 아버지에게 드린 그 무서운 편지 사건에 대해서는 아직도 살을 에는 듯한 괴로움을 느끼기 때문입니다. 모든 점에 있어서 참으로 강하고 용기 있다는 건 얼마나 어려운 일인가요?

그러나 이것으로 최대의 실망을 느끼진 않습니다. 아니, 나는 아버지에 관한 것보다도 페터에 관한 일을 더 깊이 생각합니다. 내가 그를 정복한 것이지, 그가 나를 정복한 게 아니라는 걸 나는 잘 알고 있습니다. 나는 그를 애정과 우정이 필요한 얌전하고 감수성이 예민한 사랑스러운 소년으로 마음속에 그려 보았습니다. 나는 애정을 쏟을 수 있는 산 인간이 필요하고, 내가 올바른 길을 걸어갈 수 있는 데 도움이 되는 친구가 필요했습니다. 나는 내가 원하는 걸 구하고 획득해서 서서히, 그러나 착실하게 그를 나에게로 끌어당겼습니다. 그리고 드디어 그가 나에 대해 우정을 느꼈을 때, 그 우정은 자연히 사랑으로 발전했습니다. 그러나 곰곰이 생각해 보면 사랑으로 발전하는 것을 그에게 허락하지 않았어야 했습니다.

우리 두 사람은 아주 개인적인 일까지 서로 얘기했으나, 오늘날까지 내 마음속 깊숙이 자리한——지금도 있다——것은 한 번도 얘기한 적이 없습니다. 나는 페터가 어떤 사람인지 아직도 모릅니다. 그는 천박한 인간일까요? 나는 참된 것을 얻기 위한 나머지 하나의 과실을 범했습니다. 그것은 우정을 한층 더 친밀한 관계로 발전시킴으로써 그의 마음을 사로잡으려고 했다는 것입니다. 그러나 그것이 잘못이었어요. 다른 방법을 연구했어야 하는데. 그는 사랑받기를 간절히 원하다 보니 점점 나를 사랑하게 되었다는 것을 잘 알 수 있습니다. 그는 나를 만나는 것에 만족하지만, 나는 그를 만날 때마다 좀더 참된 우정을 키워 보고 싶어합니다. 그래도 나는 어느 누구에게나 들려주고 싶은 문제에 대해서는 그와 얘기할 생각이 없어요. 나 자신이 깨닫고 있는 이상으로 그의 마음을 이쪽으로 끌어 왔습니다. 이제는 그가 나를 의지하고 있으니 당분간은 그를 떼내어 자립시킬 도리가 없습니다. 나는 그가 내 마음을 이해하는 진정한 친구가 될 수 없다는 걸 알았을 때에는 적어도 그의 소심한 마음을 고쳐 주고, 그 젊음으로 무슨 일이라도 할 수 있도록 만들어 주리라고 생각했습니다.

"마음속 깊은 곳에 있어서는 청년이 노인보다 더 고독한 것이다." 나는 어느 책에서 이런 구절을 보고 그것이 진리라는 걸 깨달았습니다. 그렇다면 이곳의 어른들이 우리들보다 괴로움을 더 많이 가지고 있다는 건 정말일까요? 아니, 그렇지 않습니다. 어른들은 모든 일에 대해서 자기들 자신의 의견을 가지고 주저없이 행동합니다. 그런데 우리들 젊은 사람들에게는, 요즈음처럼 모든 이상이 깨지고 인간의 가장 나쁜 면을 드러내어 진리라든지, 하느님을 믿어야 할지 어쩔지도 모르는 시대에 자기의 처지나

의견을 지킨다는 것은 어른들보다 훨씬 어려운 일입니다.

　이곳 생활에서 괴롭다고 주장하는 어른들은 우리들 젊은이들에게 지워진 문제가 어느 정도인지 모르고 있습니다. 이런 문제는 우리들에게는 지나치게 부담스러워서 우리를 괴롭히고 있습니다. 나는 고민 끝에 겨우 그 해결책을 발견했다고 생각하지만, 현실에 부딪치면 그건 다시금 소용 없는 것이 되고 맙니다. 이상도, 꿈도, 동경도 냉정한 현실에 직면하면 곧 깨져 버립니다. 이것이 이러한 시대에 사는 우리들의 괴로움입니다.

　너무 어처구니가 없어서 도저히 실현될 것 같지도 않은 내 이상을 전부 내동댕이치지 않는 것을 나도 이상하게 생각합니다. 이상을 그대로 지니고 있는 까닭은, 인간의 본성이란 결국 선량하다는 걸 아직도 믿기 때문입니다.

　나는 혼란과 불행과 죽음으로 만들어진 토대 위에 내 희망을 쌓아올릴 수는 없습니다. 나는 세계가 차츰 황폐해 가는 걸 보고, 우리들을 파멸시킬지도 모르는 폭풍우가 다가오는 소리를 듣습니다. 그리고 수백만의 괴로움을 직접 느낄 수 있습니다. 그렇지만 하늘을 우러러볼 때면, 참혹한 짓이 끝나서 모든 것이 질서가 잡히고 평화와 고요가 다시 찾아오리라고 생각합니다.

　그때까지 나는 이상을 지니고 있지 않으면 안 됩니다. 그것이 실현될 때가 올 것입니다.

―― 안네

37. 또 하나의 안네

1944년 7월 21일 금요일
키티님!

나는 점점 희망을 가지기 시작했습니다. 모든 것이 잘되어 나가고 있습니다. 그렇습니다. 대단히 훌륭하게 되어 가고 있습니다. 굉장한 뉴스! 히틀러 암살 계획이 있었습니다. 범인은 유태인 공산주의자도, 영국의 자본가도 아닌 당당한 독일의 장군이고 젊은 백작이었습니다. 그러나 불행하게도 히틀러는 찰과상과 약간의 화상을 입었을 뿐 살았습니다. 히틀러와 함께 있던 수명의 장군과 장교가 사상되고 범인은 사살되었습니다.

아무튼 이 사건은 전쟁에 싫증나 히틀러를 매장시키려는 장군과 장교가 많이 있다는 것을 증명하고 있습니다. 그들은 히틀러를 제거하면 군의 통치자를 옹립해서 연합군과 강화를 체결하고, 그러고 나서 군비를 재정비하여 20년 내에 새로운 전쟁을 시작할 예정이었던 것입니다. 독일 국민이 서로 죽이고 죽고 하면, 연합군측이 훨씬 유리하므로 신이 히틀러를 즉시 죽이지 않는 것 같습니다. 독일인끼리 서로 반목하게 되면 영국이나 소련도 그다지 어려움 없이 빨리 도시를 부흥시킬 수가 있을 것입니다.

그러나 사태는 아직 거기까지 가지 않았어요. 너무 속단하여 사건을 예상하고 싶지는 않습니다. 그러나 나는 오늘 퍽 현실적인 기분이고, 그러한 일도 명백히 현실일 수 있다는 사실을 당신은 알아주어야 합니다. 나는 지금 결코 높은 이상을 말하고 있는 것이 아닙니다. 히틀러는 그의 충실한 국민에게, 앞으로 군대는 비밀 경찰의 명령에 복종하지 않으면 안 된다는 것과 졸병이라도 그의 상관이 히틀러를 암살하려는 비겁한 계획에 관련되어 있는 걸 알면 군법회의에 돌릴 것도 없이 그 자리에서 사살해도 좋다고 발표했습니다.

이 결과 어떤 수라장이 벌어질지 상상해 보세요. 예를 들면 졸병 요니가 행군 도중에 발을 절룩거리다가 장교한테 기합을 받았다고 합시다. 요니는 총을 겨누고 외칩니다. "이 자식, 너는 총통을 암살하려고 했지? 이것이 그 벌이다!" 한 방의 총소리. 요니를 걸어차려던 거만한 장교는 이 세상을 하직합니다. 나중에 장교들이 졸병에게 악감을 샀다는 걸 알았을 때나 앞장을 서야만 할 때엔 언제나 식은땀을 흘리겠지요. 너무 이것저것 화제를 바꾸어 내 말을 모두 알아듣기나 했는지요? 오는 4월에는 학교 책상을 대하게 될지도 모른다고 생각하면 어찌나 기쁜지, 차근차근 줄거리를 잡고 얘기를 할 수가 없습니다. 어머나, 난 그다지 낙관하고 싶지 않다고 방금 말하지 않았던가요? 용서하세요. 모두가 나에게 '꼬마 모순 덩어리'란 별명을 붙인 것도 무리는 아닙니다.

— 안네

1944년 8월 1일 화요일
키티님!
 전 편지는 '꼬마 모순 덩어리'란 말로 끝맺었는데, 오늘 그 말부터 시작하지요. '꼬마 모순 덩어리', 이게 무슨 뜻인지 내게 똑똑히 설명하실 수 있겠어요? 다른 여러 말과 같이 이것도 두 가지의 뜻——외부에서 본 모순과 내부에서 본 모순——으로 해석됩니다.
 전자는 흔히들 말하는 '고집이 세고 아는 체 잘하며 수다스럽다'는 등, 내가 유명해진 온갖 불쾌한 성격들입니다. 후자는 아무도 모르는 나만의 비밀이죠.
 내가 일종의 이중 인격자라는 것은 벌써 당신에게 얘기한 바 있지요? 내 성격의 절반은 썩 명랑하고 무엇이든지 우스워하며 몹시 활발하고 어떤 일이든 가볍게 생각합니다. 윙크를 보내고 키스를 하고 포옹을 하고 추잡한 농담을 해도 나는 화내지 않습니다. 이런 면이 늘 대기하고 있다가 보다 좋고 보다 순수한 다른 면을 밀어내 버립니다. 누구나 안네의 좋은 면은 모르기 때문에 대개 나를 꼴사나운 인간이라고 생각한다는 걸 알아주셔야 합니다.
 분명 나는 이따금 광대가 됩니다. 그러나 그것은 사색적인 사람이 애정 영화를 보는 것과 같아서, 곧 잊어 버리게 되는 순간적인 기분 전환에 불과합니다. 나쁜 것은 아니지만 좋은 것도 아닙니다. 이런 말은 거북하지만, 그것이 사실이라고 아는 이상 말해서 나쁠 것은 없겠지요. 나의 경박하고 피상적인 면은 곧장 튀어나오기 때문에 깊고 순수한 면은 항상 집니다. 나는 이 경박한 안네를 꼼짝못하게 해서 숨기려고 얼마나 노력하는지 모릅니다. 그러나 아무래도 뜻대로 되지 않습니다. 나는 그 이유를 잘 압니다.

나는 평상시의 나를 알고 있는 사람이 내게 다른 면——더 좋은 면——이 있다는 것을 발견할까봐 겁내고 있는 것입니다. 그들이 나를 비웃고 우스꽝스러우며 감상적이라고 정당히 평가해 주지 않는 걸 겁내고 있습니다. 나는 정당히 평가해 주지 않는 데에 익숙해 있지만, 그 과정에서도 참을 수 있는 것은 '경박한 안네' 뿐이고, '심각한 안네'는 약해서 도저히 견디지 못합니다. 내가 가끔 무리하게 좋은 면의 안네를 15분 동안이나 끌어내면 그녀는 말을 꺼냈다가도 즉시 위축되어 '경박한 안네'에게 자리를 양보하고, 나도 모르는 사이에 사라지고 맙니다.

그러므로 좋은 면의 안네는 다른 사람 앞에서는 결코 얼굴을 나타내지 않으며, 이제까지 단 한 번도 나타낸 적이 없습니다. 그러나 혼자일 때에는 언제나 그녀가 군림합니다. 마음속으로는 어떠한 인간이 되고 싶다든지, 지금의 나는 어떠한 인간이라는 걸 잘 알고 있지만, 나는 그것을 내 마음속에 담아 둘 따름입니다. 내가 자신이 내면적으로는 좋은 성격을 가졌다고 생각하거나 다른 사람들이 나를 행복해 보인다고 생각하는 것은 아마——아니 분명히——이 때문이라고 확신합니다. 나는 마음속에서 순수한 안네에게 인도되지만, 표면은 즐겁게 뛰노는 고삐 풀린 새끼 염소와 같습니다.

이미 말한 바와 같이 나는 어떤 일에 대해서나 진실을 말하지 않습니다. 사내 궁둥이만 쫓아다닌다는 둥 마음이 들뜬 계집애라는 둥 그 때문에 연애 소설 탐독자라는 둥 이런 소리를 듣게 된 것입니다. 쾌활한 안네는 그걸 웃어 넘기고 건방진 대꾸를 하며 어깨를 한 번 우쭐하곤 아무렇지도 않은 듯 행동합니다. 그러나 조용한 안네는 그 정반대의 반응을 일으킵니다. 감정을 상한 안네는 자신을 시정하려고 퍽 노력하지만, 그때마다 더 강력한 적과 부딪치게 됩니다.

"너는 동정심도 없고 교만하며 뻔뻔스럽게 보인다. 좋은 면의 안네의 충고에는 귀도 기울이려 하지 않으니 다른 사람들이 너를 싫어한다"고 마음속의 소리는 훌쩍거리며 말합니다. 아아, 나는 노력했지만 잘되지 않습니다. 내가 얌전하고 의젓하게 있으면 모두가 또 희극이 시작됐다고 생각하기 때문에, 나는 농담을 해서 모두를 웃기고 자기의 기분을 속이게 됩니다. 우리집 사람들은 내가 얌전히 있으면 병이라고 지레 짐작하고 두통약을 먹이거나, 변비로 열이 있지 않나 하여 목과 머리를 짚어 보기도 하고 짜증을 타이르기도 합니다. 그래서 나는 언제까지나 얌전히 있거나 착실하게 있질 못합니다. 나는 그렇게 사람들로부터 감시당하면, 화가 나서 울부짖고 그 다음엔 슬퍼져서 결국에는 또 번뇌를 되풀이합니다. 이리하여 좋지 못한 안네가 언제나 표면에 나와 있어 내면에 숨어 있는 좋은 안네는——만일 이 세상에 자기 혼자뿐이라면——이러한 사람이 되고 싶다, 이러한 사람이 된다 하고 상상해 가면서 그러한 인간이 되는 방법을 끊임없이 생각할 뿐입니다.

—— 안네

안네의 청춘 노트

제1장
학교 생활의 추억

생각나니——나의 학교 시절

1943년 7월 7일
 생각나니? 너와 함께 리셈 학교에서의 일 년간의 일들이——.
 지금 돌이켜보니, 그 일 년 동안은 내 한평생 중 가장 행복한 시기였었나봐. 이미 유태인에 대한 박해는 시작되고 있었지만, 우리들은 한가하게 하루하루를 즐기고 있었잖아.
 엄하시긴 했어도 따뜻했던 선생님들, 활기 찼던 수업, 공부에 열중하고 있을 때 산들바람은 창문으로 장미나 튤립의 꽃향기를 안고 들어왔지.
 휴식 시간에는 스위스에 가고 싶다느니, 아메리카에 가고 싶다느니 하는 이야기를 하며 마냥 즐거워했었지. 우린 그때 사내아이들이 떠들썩하고 시건방지다고 생각했었지만, 지금 생각해 보면 모두들 아주 근사한 아이들이었던 것 같아. 왜 그럴까?

 그날 일이 생각나니? 내가 집에 돌아오자, 우편함 속에 '보이 프렌

드――R로부터'라고 쓰여진 작은 꾸러미가 들어 있었던 것을――.
 R, 그것은 러브의 머리글자로밖에는 생각할 수 없었어. 서둘러서 펴보니, 다시 흰 상자가 들어 있었어. 상자 속에서 나온 것은 적어도 2길더(네덜란드의 화폐) 반은 됨직한 아주 최신식 브로치잖아.
 "러브의 아버지는 암스테르담 시내의 번화가에서 고급 장신구 가게를 경영하고 계신다나봐. 러브가 가게에서 몰래 슬쩍 해온 것이 아닌지 모르겠어."
 이런 값비싼 것은 곧 되돌려 주어야지 하고 생각하면서도, 그만 유혹에 끌려서 윗저고리 옷깃에 달아 버렸지. 그랬는데 사흘 만에 어이없이 그 브로치가 깨지고 말았어. 그와 동시에 내 양심도 아프지 않게 되었어.
 생각나니? 나와 리스(같은 반 친구)가 어떻게 해서 반 친구들을 배반했는지를――.
 그것은 프랑스어 시험 때야. 나는 제법 철저하게 시험 공부를 하였지만, 리스는 그렇지 않았나봐. 시험이 시작되니까 그녀는 곁에 앉은 나를 곁눈으로 흘끗흘끗 쳐다보면서 커닝을 해 답안을 거의 그대로 베꼈단다. 그것뿐이라면 괜찮게? 거기에다가 자기가 공부한 것을 더 첨가했으니, 분명히 나보다 좋은 답안을 작성한 거지.
 큰집이 작은집보다 결과가 나쁘다니 분하잖아. 그래서 나도 다시 리스의 답안을 보고 베꼈지 뭐.
 이윽고 벨이 울렸어. 우리는 서로 얼굴을 쳐다보지 않고 H선생님한테 답안지를 가지고 갔어.
 과연 H선생님은 혜안(慧眼)이셨어. 저 도수 높은 안경, 멋있지는 않잖아. 선생님은 눈깜짝할 사이에 우리 둘의 답안지에서 똑같이 틀린 것을 발견해 내셨어. 그러고는 하신 말씀, 심하다고 생각되지 않니?
 "여기서는 누가 커닝을 했는지를 묻지 않겠습니다. 공평하게 해야죠."
 리스의 것에도, 나의 것에도 0점을 매겨서 되돌려 주시지 않겠어.
 나는 이래봬도 단념하는 것이 빨라서 자업자득으로 알고, 억울하지만 할 수 없이 단념할 참이었는데, 리스는 잔뜩 골을 냈어. 그러고는 내 손을 끌고 교장실로 갔어.

하지만 허사였어. 교장 선생님은 당연한 일로써 H선생님의 채점은 적절했다고 말씀하셨으니까. 그 순간 리스는 자제심을 잃고 엉겁결에 그만 이렇게 말하였지 뭐.

"교장 선생님! 커닝을 한 것은 우리 두 사람뿐이 아니예요! 16—Ⅱ반 학생 모두가 시험을 보면서 선생님의 눈을 속이고, 책상 밑에 교과서를 펴놓고 있었어요."

교장 선생님은 어이가 없다는 듯이 리스의 얼굴을 응시하고 계셨지만, 자주성을 중시하는 교육자답게 곧바로 말씀하셨어.

"커닝은 결코 칭찬할 수 없는 행위입니다. 그러나 정직하다는 것은 대단히 좋은 일입니다. 만약 학급 학생 모두가 '저희들이 커닝을 했습니다' 하고 스스로 깨우쳐 손을 든다면, 전원에게 아무런 벌도 내리지 않기로 하겠습니다."

그리고 교장 선생님은 자진해서 우리 교실에 오셨어.

교장 선생님의 부름에 그래도 10여 명의 손이 몹시 조심스럽게 머뭇머뭇 올라갔어. 당연했지만 그것은 학급 인원수의 반도 되지 않았어.

그리고 이틀 후, 프랑스어 시험을 정규 수업 후에 다시 한 번 보았지. 그 결과로 리스와 나는 '가증스러운 배신자'로서 학급 친구 전부에게 '따돌림'을 당하고 말았지. 그 기간은 무기한, 말상대도 해주지 않았고 함께 놀아 주지도 않았어. 빌리고 빌려 주는 거래도 중단되었고 수업중에 선생님으로부터 지명받았을 때도 아무도 작은 소리로 가르쳐 주는 사람이 없었어. 마치 중세기의 교회에서 파문(破門) 당한 것처럼…….

우리 둘은 일 주일도 가기 전에 손을 들고 말았어. 정말로 학교를 그만둘 생각까지 했지. 그래서 우리는 16—Ⅱ반 학생 전원에게 길고 긴 탄원서를 써서 용서를 빌었지. 감격한 나머지 울며 말하는 사과문이란 이런 것일까. 그것이 효력을 발휘해서 2주일 후에는 모든 것을 용서받았어. 대충 다음과 같은 내용이야.

16—Ⅱ반 학생 여러분에게

안네 프랑크와 리스 구센스는 지난번에 치렀던 프랑스어 시험에서 중대하고도 가장 비겁한 배신적 행위를 저질러 여러분에게 막대한 폐를 끼쳤습니다. 진심으로 사과를 드립니다.

그것은 고의적인 것은 아니었지만 참으로 경솔한 행위였으며, 우리 두 사람만이 벌받아 마땅할 것임을 진심으로 자인하는 바입니다.

여러분의 노여움은 당연한 것입니다. 평생 동안 우리들과는 말하지 않겠다고 생각하고 있는 분도 많은 것으로 알고 있습니다.

그러나 그것은 어떤 악의가 있어서 한 것은 아니었습니다. 어쩌다 잘못 가졌던 생각 이외의 아무것도 아니었습니다. 여러분 모두가 그 사건을 너그러이 이해해 주셔서, 선으로써 악을 갚아 주실 것을 부탁드립니다.

엎질러진 물은 두 번 다시 주워 담을 수 없다고 하는 속담대로 죄를 지은 우리 두 사람은, 이제는 어쩔 도리가 없습니다.

만약 우리들이 마음속으로부터 뉘우치고 있지 않았으면 이와 같은 편지는 쓰지 않았을 것입니다. 또 쓰지도 못할 것입니다. 우리들이 '따돌림'을 당하는 것은 당연한 일입니다. 하지만 다시 한 번 생각을 고쳐 주시기 바랍니다. 우리들의 죄는 영원히 '따돌림'을 당할 만큼 극악무도한 것이었을까요? 우리들도 이제는 더 이상 이 괴로움을 견딜 수가 없습니다. 제발 형기(刑期)를 단축해 주시기 바랍니다.

물론 크게 반대하는 분도 많이 있을 줄 압니다. 그러한 분은 제발 우리들을 마음이 후련해질 때까지 꾸짖어 주시기 바랍니다.

만약 좋으시다면 우리 두 사람이 할 수 있는 어떠한 일이든 시켜 주십시오. 청소든 재봉이든 구두닦기든 무엇이든 하겠습니다.

16—Ⅱ반의 여러분들께서 이 사건을 잊어 주시는 것으로 굳게 믿고 있겠습니다.

안네 프랑크, 리스 구센스 올림

저어, 생각나니? 핌(안네의 아버지, 오토 프랑크의 애칭)이 유명한 제 자식 귀여운 줄밖에 모르는 어리석은 부모라는 것이——.

어느 날 암스테르담 시내 전차 속에서 16—Ⅱ반 남학생들 너더댓 명이 학급 여자아이들의 품평을 하고 있었어.

"16—Ⅱ반에서 제일 아름다운 애는 누가 뭐라 해도 디아나야."

러브가 이렇게 결론을 내리니까, 키가 큰 신사가 학처럼 긴 목을 쑥 내밀었다나봐.

"디아나는 확실히 미인이야. 하지만 안네 쪽이 더욱 예쁘지. 특히 생긋 웃었을 때의 아름다움은 아버지인 나까지도 홀딱 반해 버릴 정도니까."

벌써 알았겠지? 그는 핌이었어.

러브는 깜짝 놀랐지만, 뚫어지게 핌의 얼굴을 쳐다보고 나서 말했대.

"확실히 안네도 미인입니다. 그건 그렇고, 아저씨의 콧구멍은 굉장히 크군요."

핌도 정말이지 부끄러워져서 다음 역에서 전차가 멎었을 때, 살금살금 도망치듯 내려서 방향이 다른 전차를 갈아타고 말았다나봐. 핌은 물론 말을 하지 않았지만, 내 친구 산네 하우트만이 그 모든 것을 목격하고 나에게 몰래 가르쳐 준 거야.

생각나니? 마리우스가 정복으로 차려 입고 핌한테 찾아와서,
"따님과 정식으로 교제해도 좋겠습니까?"
하고 물어 보았다는 일을……. 핌의 대답은 듣지 못했지만, 언제나 같은 말이었을 것만은 확실해.
"아직 일러."

생각나니? 저 브로치를 선물해 준 러브가 맹장염으로 열흘 동안 입원했을 때, 안네 프랑크와 부지런히 편지를 교환한 사실이——.

생각나니? 샘이 자전거를 타고 나한테 추근추근하게 쫓아와서,
"뒤에 타. 함께 초원 쪽으로 놀러 가지 않겠니?"
하고 유혹해 왔던 일을……. 그것을 핌이 창 너머로 보고 있다가 뛰어나 갔던 일이——.

생각나니? 브람과 수지가 몰래 교제하고 있는 것을 우연히 내가 목격

하게 되었던 일이. 물론 나는 절대 누구한테도 말하지 않겠다고 엄숙히 맹세했어. 그랬더니 브람은 크게 감격해서 내 뺨에 키스해 줬어. 어머, 어머, 난 또 비밀을 누설시켰잖아. 하지만 벌써 시효가 지났으니까.

아아, 그건 그렇다 치고 저 행복했던, 무사 태평했던 날들이 또 돌아오면 좋을 텐데.

옮긴이 주──리스도 역시 비밀 경찰에 잡혔지만, 1945년 겨울 베르겐 베르젠의 유태인 수용소에서 안네와 기적적인 재회를 합니다. 그 후 얼마 안 되어 안네는 티푸스로 사망하고, 리스만이 살아남아 소비에트군에 의해 해방되었습니다. 초등학교에서 6년간, 유태인 중학교 리셈에서의 일 년 남짓, 또 수용소에서 둘은 신기한 인연으로 맺어져 있었습니다.

중학생이 된 첫날의 추억

1943년 8월 11일

부끄러운 일이긴 하지만 나의 리셈 중학교 입학은, 결코 순조로웠다고는 할 수 없습니다. 여름이 끝나고 입학 선발 시기가 다가오자, 프랑크가(家)에서는 매일 밤 가족 회의를 열어 이래도 저래도 안 되고, 이렇게 하는 것이 좋지 않겠느냐고 하면서 계획을 세우기도 하였습니다. 때로는 비관도 하고 낙관도 했는데, 그것은 대단한 소동이었습니다. 그것도 무리는 아니었다고 생각합니다. 언니인 마고트는 우등생이었는데, 나는 이와 반대로 어느 학과나 부진(不振)했으니까요.

그러나 그것도 어이없이 해결되었습니다. 추천에 의한 무시험 입학이 결정되었기 때문입니다. 그래서 아버지, 어머니, 언니는 크게 기뻐하셨습니다. 가장 중요한 나 자신은 물론 기쁘기도 했지만 불안한 기분이 엄습했습니다. 왜냐하면 리셈 중학교에서는 신학기부터 일 주일에 두 시간씩이나 수학 수업이 있다는 것을 상기했기 때문입니다.

얼마 후 우리집에 학교로부터 9월 말의 신입생은 10월 초 어느 날 등교하라는 통지가 왔을 때, 나는 드디어 올 것이 왔구나 생각하고 몸을 떨었습니다.

그날은 공교롭게도 비가 억수같이 쏟아졌으므로 나는 자전거를 타고 갈 수 없어서 다른 아이들과 함께 전차를 타고 갔습니다.

학교에 가니까 벌써 많은 학생들이 와 있었습니다. 같은 또래의 (당연한 일입니다만) 소년 소녀의 무리가 저쪽에 한패, 이쪽에 한패씩 뭉쳐서 시끄럽게 지껄이고 있었습니다. 그리고 그 중의 몇 사람은 주위의 무리 속에서 친구나 혹은 아는 얼굴을 발견하고는 빠른 걸음으로 달려가서 이렇게 말하며 기뻐했습니다.

"너는 어느 반이니? 어머, 나도야."

그렇지만 나는 몬테소리 초등학교에서 6년간 함께 지냈던 리스 구센스 말고는 단 한 사람도 12—Ⅰ반 학생들 중에서 아는 애를 발견할 수 없어서 적지않게 실망했던 것을 기억하고 있습니다.

이윽고 벨이 울리자 우리들 12—Ⅰ반 전원은 긴장된 얼굴로 정해진 교실을 향해 들어갔습니다. 긴 소매의 드레스를 입고 굽이 납작한 구두를 신은 생쥐 같은 얼굴의 백발 선생님이 교단 위에 직립 부동의 자세로 서 계셨습니다.

선생님은 눈앞에서 와글와글 떠드는 것을 말없이 바라보고 계셨습니다만, 나는 노여워하고 계시다는 것을, 두 손을 신경질적으로 끊임없이 마주 비비고 있는 것으로도 잘 알 수 있었습니다.

겨우 소란이 멎자 선생님은, 첫날에 으레 하는 일들을 하셨습니다. 요컨대 학생들의 이름을 명부와 대조해서 한 사람 한 사람 확인하였으며 어떤 책을 어느 서점에서 사면 좋은지, 학교 시설에 관한 주의, 그 밖의 자질구레한 여러 가지 일들을 말씀하셨습니다.

그리고 그날은 그것만으로 어이없이 해산했습니다.

사실을 말하자면, 나는 적지않게 맥이 풀렸습니다. 왜냐하면 시간표를 알려 준다든지, 최소한 의식적인 일로서 교장 선생님이 찡그린 얼굴로라도 훈시쯤은 하리라고 기대하고 있었기 때문입니다.

학생들이 끼리끼리 어깨와 어깨를 스치면서 복도로 나오자, 관록이 넘쳐 흐르는 붉은 얼굴의 중년 남자가 서서 지나가는 사람들에게 일일이 의젓하게 인사를 하고 있었습니다. 그리고 그 사이사이 안경을 낀 깡마르고 신경질적인 은발의 남자와 무엇인가를 이야기하고 있었습니다. 나는 붉은 얼굴의 남자가 교장 선생님이라고 생각했으므로 옆으로 지나가면서 공손히 인사를 드렸습니다. 그런데 사실은 붉은 얼굴의 남자는 학교의 건물 관리인 아저씨였고, 깡마른 쪽이 교장 선생님이었습니다. 집에 돌아와서 그 이야기를 부모님께 보고했더니, 어머니는 사람을 겉모양만 보고 판단해서는 안 된다고 훈계를 하셨는데, 아버지는 그저 재미있다는 듯 웃고만 계셨습니다.

수업이 시작된 것은 그로부터 일 주일 뒤였습니다.

그날도 때마침 비가 내리고 있었으나, 나는 자전거로 등교하겠다고 억지를 썼습니다. 처음에 반대하시던 어머니도 마침내 나의 고집에 못 이겨 만약 큰비가 내리더라도 흠뻑 젖지 않도록 마고트와 함께 가라고 하시며 내 책가방에 커버 롤(상하가 이어진 방수된 작업복)을 챙겨 넣어 주셨습니다.

마고트는 저렇게 상냥한 얼굴을 하고 있습니다만, 대단한 스포츠 우먼입니다. 이 날도 믿기 어려우리만큼 전속력으로 마치 수차와 같이 물을 튀기면서 자전거를 달렸습니다. 덕분에 나는 2분도 못 되어서 턱을 내밀고 말았습니다.

"제발 부탁이야. 좀더 천천히 달려 줘. 도저히 따라가지 못하겠어."

나는 비명을 질렀습니다.

그러나 마고트는 못 들은 척하면서 페달만 계속 밟았습니다. 정말 짓궂은 언니입니다, 마고트는——.

그런데 심술궂게도 비까지 억수같이 퍼붓기 시작했습니다. 우리들은 어머니의 정성을 저버릴 수 없어서 자전거에서 내려 천신만고 끝에 책가

방에 있는 믿음직한 작업복을 꺼내 입었습니다.
 우리는 또다시 자전거에 올라탔으나, 여전히 마고트의 순조로운 페이스는 따라갈 수가 없었습니다.
 그래서 부아가 치밀었으나, 다시 한 번 마고트에게 천천히 달려 달라고 애원했습니다.
 그러자 마고트는 홍하고 뺨을 붉히면서 이렇게 말하지 않겠어요.
 "안네야, 너 같은 조무래기하고는 함께 갈 수가 없어. 나 혼자 먼저 갈 테니까 뒤에 천천히 따라오렴."
 마고트는 초등학교 1학년 때부터 한 번도 지각한 적이 없었기 때문에 그 기록을 깨뜨리고 싶지 않았겠지요. 그래도 나중에는 인정상 조금 속력을 늦추어 나와 같이 가 주었습니다.
 학교 정문 앞에 닿았을 때, 시계의 바늘은 정해진 등교 시간보다 훨씬 앞을 가리키고 있었습니다. 마고트는 금세 기분을 돌렸습니다. 지붕이 달린 자전거 보관소에 자전거를 맡긴 우리는 학교에서 암스테르 강 선착장으로 통하는 아케이드에서 비를 피하면서 한참 동안 수다를 늘어놓았습니다.
 우리들은 8시 30분 정각에 학교에 들어섰습니다. 현관에서 바로 들어선 곳에 커다란 벽보가 붙어 있었는데, 거기에는 20명 정도의 신입생이 교실을 바꾸어야 한다는 내용이 적혀 있었습니다. 그리고 나도 그 20명 중의 하나였습니다.
 무슨 까닭에서였는지 나는 12—Ⅰ반에서 옛 친구가 몇 명 있는 16—Ⅱ반으로 옮기도록 되어 있었는데, 불쌍한 것은 리스였습니다. 오직 혼자만 12—Ⅰ반에 남게 되었으니 말입니다.
 마지막으로 편입되었기 때문에 내 자리는 맨 뒤쪽이었습니다. 내 앞에 앉아 있는 급우들은 어느 아이나 나보다 키가 크고, 넓적한 등이 내게 말없는 위압을 가하고 있는 것 같아서 한없이 슬퍼지기만 했습니다. 수업이 시작되었어도 책상과 책상 사이의 통로 쪽으로 목을 길게 빼지 않으면 흑판이 거의 보이지 않는 형편이었습니다.

그래서 2교시 때, 큰마음먹고 손을 들어 앞쪽으로 자리를 옮겨 달라고 요구했습니다. 다행히도 나의 요구는 곧 받아들여져서 나는 서둘러 내 물건들을 챙겨 자리를 옮겼습니다.

3교시는 체육 시간이었는데, 온순해 보이는 여자 선생님이었습니다.

나는 욕심이 생겨서 리스를 나와 같은 반으로 옮겨 주실 수 없겠느냐고 부탁드려 보았습니다.

그 여자 선생님이 도대체 어떻게 교장 선생님에게 부탁을 드렸는지는 아직도 모르겠습니다만 다음 시간이 되자 리스가 느닷없이 우리 교실에 나타나, 게다가 나의 옆자리에 앉게 되었습니다.

리스의 웃는 얼굴을 보고 있는 동안에 나는 나 자신이 벌써 이 학교를 사랑하기 시작했고 점점 좋아하고 있다는 사실을 느꼈습니다.

"나는 이 학교에서 6년 동안 많은 것을 배워야 해. 그리고 급우들과도 마음껏 즐겁게 놀아야지."

지리 선생님의 말씀을 단 한마디도 놓치지 않으려고 열심히 귀를 기울였습니다.

　　옮긴이 주——안네의 리셈 학교 생활은, 은신처에 숨어 살아야 했기 때문에 겨우 일 년 남짓밖에 되지 않았습니다.

수학 수업 시간

1943년 8월 12일

헤이신 수학 선생님이 교단에 서시면, 마치 그림이 그려져 있는 것 같습니다.

키가 크고 탄탄한 다부진 체격은 마음 든든함을 느끼게 합니다. 머리 꼭대기는 번쩍번쩍하지만, 그 둘레는 잿빛의 뻣뻣한 머리카락으로 싸여 있으므로 관을 쓰고 계신 것같이 보입니다. 언제나 회색 슈트에 앞 끝이 바깥쪽으로 꺾여서 굽은, 구식 하이칼라를 입고 계십니다. 또한 그 말씀에는 독특한 사투리가 섞여 있습니다. 그리고 무엇인가를 중얼거리며, 거기에 맞추어서 여러 번 미소를 짓기도 하십니다.

최선을 다하는 학생에게는 관대하지만, 게으른 나에 대해서만은 언제나 엄하시고, 또 성미가 급하십니다. 어느 선생님에게도 마찬가지지만 헤이신 선생님의 질문을 받은 10명의 학생 중 9명은 선생님이 만족할 만한 대답을 하지 못합니다.

그러면 선생님은 자신의 설명이나 질문의 방법이 불충분하지는 않았나 하고 반성하시면서, 학생들이 스스로 해답을 찾아내도록 다시 한 번 처음부터 새로 시작하십니다.

그런 대로 만족할 수 있는 대답이 나오면, 선생님은 눈에 띌 정도로 기분이 좋아지십니다. 수수께끼를 출제하시거나, 선생님이 지방에서 최대 최강의 축구 클럽 회장을 지내고 있을 때 일들을 자랑하기도 하십니다.

그리고 나 안네 프랑크는, 선생님에게 가장 많이 폐를 끼친 학생이었음을 고백하겠습니다. 그것은 모두 내 '수다' 탓입니다. 나는 나쁜 줄 알면서도 수업 시간에 무의식적으로 옆사람과 소곤소곤 이야기를 하는 것입니다. 그것도 반드시 내가 먼저 입을 여는 것이었습니다.

나도 모르게 세 번의 수업 시간에 여섯 번씩이나 꾸지람을 듣고 말았으니까요.

마침내 선생님도 울화통이 터지고 말았습니다.

"그렇다면 좋아, 안네. 수다를 떤 속죄(리셈에서는 '벌'이라는 말은 금물이었습니다)로써 낮 휴식 시간에 '수다를 조심하려면'이란 제목으로 두 페이지분의 수필을 써야 해, 알겠지?"

그렇게 말씀하시기가 무섭게 구둣소리를 요란하게 내며 선생님은 나가셨습니다.

나는 할 수 없이 다른 아이들이 즐겁게 노는 소리를 들으면서 필사적으로 펜을 놀렸습니다. 사실을 고백한다면, 수필을 쓰면서 '이것을 제출하면 고지식한 헤이신 선생님이 더욱 화내지나 않을까? 하지만 이미 일이 이쯤되었으니 한번 나쁜 짓을 시작한 바에야 끝까지 해야지'하고 어처구니없는 생각을 하며 투덜거렸습니다.

　나는 오후 수업 때 가슴을 조이며 그것을 제출했습니다. 선생님은,

　"응, 정말로 썼구나."

하시면서 읽기 시작하셨는데, 벌써 그 얼굴에는 미소가 떠오르기 시작하였습니다. 헤이신 선생님은 역시 유머를 이해하시는 분이었습니다. 선생님은 조금 점잔을 빼면서 학급 전원을 향하여,

　"이 수필은 수학 문제보다 더 재미가 있는데. 요점만 추려서 읽을 테니 들어 보도록 해요."

라고 하시면서 소리를 내어 읽어 내려갔습니다.

　"나는 정말로 죽기를 결심하고 노력해서 수다를 떠는 버릇을 고쳐야겠습니다. 하지만 아무리 노력해도 가망이 없을 것 같은 느낌이 듭니다. 왜냐하면 나의 수다는 후천적인 것이 아니라 유전적이기 때문입니다. 우리 어머니는 대단한 수다쟁이신데, 그것을 모두 나에게 물려주셨습니다. 물론 어머니도 그것을 억제하는 데 성공하지는 못하셨습니다."

　학급 전원은 폭소를 터뜨렸습니다. 그리고 그날 수학 수업은 화기애애한 분위기 속에서 진행되었습니다.

　아아, 그런데도 나는 그 다음 수업 때 옆자리의 리스에게 두세 마디 말을 걸고 싶은 유혹에 끌려서 그만 말을 하고 말았습니다.

　헤이신 선생님도 어이없다는 얼굴로.

　"안네야, 너는 오리 아줌마처럼 꽥꽥, 정말 시끄러워. 어떻게 해야 너의 못된 버릇을 고칠 수 있지?"

하며 말씀하시고는 턱에 손을 받치고 생각에 잠기시더니 갑자기 딱하고 손뼉을 치시면서,

　"그래, 이번에는 '꽥꽥하고 꽥꽥 아줌마가 말했습니다'는 제목으로 수필이든 시든 무엇이든 좋으니 한번 써 봐라."

하고 말씀하셨습니다. 그때 나는 이미 헤이신 선생님이 정말로 화내고 계시지 않다는 것을 알 수 있었습니다. 만약 정말로 화를 내고 계셨으면 아주 어려운 수학 문제 백 가지쯤을 숙제로 내주셨을 것입니다.

그래서 나는 선생님의 풍류라고 할까, 의도적인 출제에 내 나름대로 취향을 짜내어 대답하기로 했습니다. 그리고 산네 하우트만의 도움을 빌려서 다음과 같은 운문을 만들었습니다. 다음이 그 일절입니다.

꽥꽥 아줌마 '꽥꽥' 웁니다.
많은 오리 새끼를 불러들일 때
아장아장 예쁘게 걸으면서
서로서로 부딪치며 오리 새끼들은
엄마 품을 찾아갑니다.
엄마, 빵 있어요?
배고파서 죽을 것 같아요
가엾게도 모두 배가 고파요
그럼 그럼, 있고말고
실컷 먹어요, 더 줄 테니
물가에서 가져왔지
이것 봐, 아주 큰 덩어리잖아
이것은 훔친 것이지만
모두 사이좋게 나누어야 해요
작은 오리 새끼들은 똑똑해서
금방 엄마를 따랐습니다
그러나 큰 싸움이 일어나서
'삐악 삐악' '꽥꽥' 큰 소동
깃털을 곤두세운 것은 누구지?
백조 아빠께서 돌아오셔서
이 소란에 크게 뿌루퉁

그 뒤 헤이신 선생님과 나는 아주 사이가 좋아졌습니다. 그리고 선생님의 수업에 한해서만, 작은 소리로 소곤거리는 수다는 너그럽게 봐주시게 되었습니다.

추기(追記)
그 대신 그때 이후 나에게는 '꽥꽥 아줌마'라는 별명이 붙었습니다. 이것은 모두 꽃과 열매와 유머가 있는 헤이신 선생님 덕분이었습니다.

옮긴이 주──백조도 오리과에 속하므로 백조 아빠가 되어도 우습지 않습니다.

생물 수업

연월 미상
 손을 비비시면서 선생님이 교실로 들어오셨습니다. 손을 비비시면서 의자에 앉으셨습니다. 손을 비비시면서 학생들의 얼굴을 한 사람 한 사람 돌아보셨습니다.
 생물학의 미스 리겔──몸집이 작고 흰 머리가 섞인 회색을 띤 푸른 눈을 가진, 큼직한 코와 쥐처럼 생긴 얼굴의 소유자. 그녀를 따라서 학급의 누군가가 지도와 해골을 받들고 들어왔습니다.
 그리고 선생님은 난로 뒤에 자리를 잡고서는 다시 한 번 손을 마주 비비시면서 수업을 시작하셨습니다.
 처음에는 숙제에 관해서 학생들에게 질문하셨고 다음에 본격적인 수업입니다. 리겔 선생님은 바로 생물학의 살아 있는 사전입니다. 생물학에 대해서는 무엇이든지 모두 알고 계시는 것 같습니다. 하지만 코스는 정해져 있었습니다. 물고기에서 시작하여 순록으로 매듭을 지었습니다. 마고트 말에 의하면, 선생님의 전공은 무성 증식──즉 배우자에 의하지 않고 종족을 보존하는 일. 포자 생식이나 이분열, 발아 등──이라는 것.

그것은 그러할 수밖에, 선생님은 올드 미스였으니까요.
 학급 전원의 호흡이 일치하여 수업이 한창일 때, 돌연 방해물이 나타났습니다. 돌돌 뭉친 종이덩이가 날아와서 딱하고 소리 내며 내 책상 위에 떨어진 것입니다. 누군가가 내게 보낸 연락문임에 틀림없습니다. 나는 급히 집어들었으나 때는 이미 늦었습니다.
 "안네, 거기 갖고 있는 것은 뭐죠?"
 선생님은 헤이그 출신(안네 이야기의 배경은 물론 암스테르담이다. 그곳 주민에게 헤이그 사람들의 말투는 뽐낸다는 느낌으로 들리기도 한다)임을 금방 알 수 있는 사투리로 물었습니다.
 "모르겠습니다, 리겔 선생님."
 "그것을 가지고 이리로 나와요."
 나는 조심조심 일어서서 연락문을 선생님께 가지고 갔습니다.
 "누구한테서 왔지요, 안네?"
 "아직 읽어 보지 않아서 모르겠어요, 선생님."
 "네, 그렇다면 여기 학급 전원 앞에서 읽어 보면 어때요, 괜찮지요?"
 싫든 좋든 간에 그 연락문은 막상 읽을 만한 것이 못 되었습니다. 편지쪽지를 펴든 선생님은 저에게 내용을 보여 주었습니다. 거기에는 굵직한 글씨로 한마디, '배신자!'라고만 쓰여 있었습니다.
 나는 얼굴에서 불이 나는 것처럼 화끈 달아오르고, 발이 땅바닥에 가라앉은 것 같은 기분이 들었습니다. 선생님은 높은 교단 위에서 날카로운 목소리로,
 "이것을 보낸 사람이 누군지 알고 있지요?"
 "아뇨."
 "거짓말 말아요!"
 선생님은 번쩍번쩍 빛나는 눈으로 나를 노려보았으나, 나는 입을 꽉 다물고 대답하지 않았습니다. 그러자 선생님은,
 "이 편지를 쓴 사람이 이 교실 안에 있는 것만은 확실합니다."
 선생님은 탐정가 같은 말씀을 하시고는,

"자, 이것을 보낸 사람은 손을 들어 봐요!"
 교실 안의 학생들은 모두가 조용했습니다. 고요한 침묵이 흐르는 동안 갑자기 맨 뒤쪽에 앉은 어떤 학생의 손이 올라갔습니다. 필체에서 상상했던 대로——러브였습니다.
 "러브, 이리로 나와요."
 러브는 가슴을 펴고 걸어나와서 리젤 선생님과 정면으로 대결하고 섰습니다.
 "러브, 어째서, 저런 지독한 말을 썼지요?"
 침묵.
 "안네는 저 모욕적인 문구의 의미를 알고 있어요?"
 "네, 알고 있습니다."
 "그러면 얘기해 봐요."
 "여기에는 여러 가지 이유가 있어요. 자세히 설명하자면 길어지는데 다른 기회에 말씀드리면 안 되나요?"
 "안 돼요. 지금 여기서 말해 봐요."
 그래서 나는 전일의 프랑스어 시험 이야기, 리스와 내가 서로 커닝을 하였기 때문에 0점을 받았다는 일, 흥분한 리스가 학급 전원이 커닝을 했다는 사실을 교장 선생님께 밀고해 버렸다는 것 등을 이야기했습니다.
 "정말 잘한 일이군요."
 선생님은 빈정대듯 말씀하시고,
 "러브, 그래서 수업 시간중에 안네에게 훈계해 주려고 했었군요. 쉬는 시간에는 너무 늦을 것 같다는 생각이 들어서……."
 침묵.
 "그러면 이번에는 안네에게 물어 보겠어요. 배신자인 안네가 저 편지를 보낸 사람을 짐작도 못 했다는 것은 아무리 생각해도 믿어지지 않아요. 좋아, 알았어. 두 사람 모두 자리로 돌아가요. 어차피 직원 회의에 중요한 의제로 올릴 테니까요."
 나는 화가 나 견딜 수가 없었습니다. 집에 돌아와서 부모님께 그 일을 처음부터 끝까지 상세히 말씀드렸습니다.
 몇 주일 후 학기말에 성적표를 받았는데, 예측하고 있었던 대로 리겔 선생님의 생물 점수는 부당하게 낮았습니다. 나는 울상을 지으면서도 단념하고 있었습니다만, 아버지는 대뜸 화를 내셨습니다.
 "안네는 저 사건에서는 말하자면 피해자야. 피해자가 감점되다니 도대체 들어 본 적이 없다. 좋아, 내가 리겔 선생님한테 가서 원래 점수로 고쳐 달라고 부탁해 봐야겠다."
 아버지는 성적표를 움켜 쥐고 학교로 찾아가셨습니다. 웬일인지 그날 아버지는 집에 늦게 돌아오셨지만, 생물 점수는 조금도 좋아져 있지 않았습니다.
 "안네야, 선생님은 '안네는 정직하고 착한 학생입니다. 그때 안네는 정말로 편지를 보낸 사람을 모르고 있는 것 같았습니다. 너무 추궁해서 미안합니다'고 말씀하시더라."
 "그런데 어째서 점수는 그대로죠?"
 "여자의 기분을 남자인 나로서는 잘 모르겠구나."
 훨씬 후에 아버지가 문득 하신 말씀에 의하면 이러했습니다.
 미스 리겔과 면담중, 아버지는 부주의하게도 그녀를 미스 리글로 몇 번이나 틀리게 부르셨다는 것입니다. 그것뿐이라면 별로 문제는 없으나, 미세스 리글이라고 부르기까지 하셨다나. 이래서야 선생님의 노여움이 증가할 것은 당연한 일, 점수가 오를 턱이 없지 않겠어요.

제2장
생각하는 것

왜

연월 미상

 '왜'라는 사소한 이 말은 내가 어렸을 때, 제대로 말도 하지도 못했을 무렵부터 강한 느낌으로 나를 붙들고 놓지 않았습니다. 어린아이들에게는 이 우주에 존재하는 모든 물질이 진지하게 보이므로 무엇이든 질문하는 것은 잘 알려져 있는 일입니다.
 내 경우가 바로 그러했습니다. 그러나 나는 초등학생이 되어서도 질문을 받은 사람이 대답할 수 있는 것과 대답할 수 없는 것을 가리지 않고, 무조건 궁금한 것은 모두 물었습니다.
 대답하는 일 자체는 그다지 번거롭지 않았겠지만, 나의 부모는 내 질문을 단 한 번이라도 무시하거나 얼버무리는 일은 없었습니다. 하나하나에, 그야말로 친절하고 알기 쉽게 대답해 주셨습니다. 그러는 동안에 나는 모르는 사람까지 괴롭히게 되었습니다. 그러나 다른 사람들은 약간의 예외를 빼놓고 '아이들의 끝없는 질문'을 참아 내지 못합니다.
 나 역시 그것이 받아들이는 사람에게 성가시다는 것을 몰랐던 것은 아니었습니다. 다만 "알기 위해서는 물어야 한다", "두드리라, 그러면 열릴 것이다"고 하는 금언을 자신에게 편리하도록 해석하고는 끈질기게 질문을 계속했던 것입니다. 하지만 만약 이것이 사실이었다면 나는 벌써 그에 적합한 대학 교수라도 되었을 터입니다마는——.

그러나 초등학교 고학년이 된 어느 날, 나는 어떤 질문을 누구에게나 함부로 해서는 안 된다는 것과 누구도 대답할 수 없는 '왜'가 있다는 것을 알았습니다.

그때 이후 나는 머리에 떠오른 질문을 남에게 던지기 전에, 특히 그것이 기술적인 것이 아니라 정신적인 것일 경우에는 자기 자신이 차분히 생각하기로 마음먹고 있었습니다. 그 결과 나는 그로부터 수년 후에 역사적인 대발견에 도달할 수 있었습니다. 즉 다른 사람에게 물어서는 안 될 질문은 반드시 자신이 풀 수 있다는 것입니다.

이 발견에 대해서 조금 깊이 파고들어 이야기해 보겠습니다. 만약 모두가 '왜'라는 질문이 머리에 떠오르면 그것을 입밖에 내기 전에 먼저 자문해 보는 것이 어떻습니까?

반드시 지금보다도 더욱 정직하고, 훨씬 더 신중하고 착한 사람이 될 수 있을 것입니다. 왜냐하면 정직하고 선량해지는 가장 좋은 방법은 끊임없이 자신을 응시하여 점검을 계속하는 일이기 때문입니다.

누구에게나 가장 싫은 일은 자신의 결점이나 나쁜 면, 남이 싫어하는 버릇(이것은 누구나 다 가지고 있습니다)을 자신이 인정하는 일입니다. 어린이들뿐만 아니라 어른들도 그러합니다. 이 점에 있어선 어른이나 어린이나 아무런 차이가 없습니다.

양식파(良識派)로 일컬어지는 사람들의 대부분은, 어린이를 교육하는 것은 부모의 책임이다, 부모는 자식의 결점이나 남이 싫어하는 성질을 발견하면 용서없이 꾸짖고, 반대로 좋은 개성은 적극적으로 길러 주도록 부모가 돌보아 주어야 한다고 생각하고 있습니다. 하지만 이것은 분명히 잘못되어 있습니다. 어린이들은 어렸을 때부터 자기 자신을 닦아야 하며, 자진해서 참된 개성을 살려야 합니다.

구체적으로 말하면, 왜 나는 친구한테 따돌림을 당할까? 사내아이한테 인기가 없을까? 왜 나는 학기말 시험에서 좋은 점수를 따지 못할까? 하고 반성해서 그 결점을 고칠 노력을 해야 할 것입니다.

이런 말을 하면 많은 사람들은 십대의 소녀가 무슨 건방진 소리를 하느냐고 비웃을지도 모르겠습니다만 나는 그다지 크게 목표를 빗나가지는 않았다고 믿고 있습니다.

아무리 어린아이들이라도 한 사람의 인간이며, 양심도 있으므로 그 나름대로 정당하게 다루어지고 길러져야 합니다. 어린아이들이라 할지라도 개중에는 도리에 어긋난 일을 저질렀을 경우 가장 엄한 방법으로, 요컨대 자신의 양심으로써 벌써 자신을 벌해서 괴로워하고 있는 것입니다.

그런데도 세상의 부모들은 14, 5세가 된 아이들이 자신들의 상식에서 조금이라도 벗어난 짓을 하면, "왜, 이런 바보 같은 짓을 했지?"라고 말하고는 몹시 꾸짖고, 지독한 부모들은 용돈을 감하거나 엉덩이를 때리거나 합니다. 이러한 모든 것은 해로울 뿐이지 조금도 이익이 없습니다. 아이들은 다만 반발하고 말겠지요. 그래서 부모에게는 내세울 말이 필요하게 됩니다.

"왜, 저런 짓을 했지?" 하고 본인을 힐문하기 전에 "왜, 이런 결과가 되었을까?" 하고 자신이 잘 생각한 후 본인과 냉정히 합리적으로 서로 이야기해야 한다고 생각합니다. 그리고 아무렇지도 않은 듯 아이에게 잘못을 일러 주어야 할 것입니다. 이러한 방법을 취하면 무거운 벌 따위보다 훨씬 좋은 결과가 얻어질 것입니다. 직접 벌을 가하는 따위는 우스꽝스러운 것밖엔 아무것도 되지 않습니다.

공연히 무엇인가 아는 체하면서 지루하게 되풀이하고 말았습니다. 요컨대 내가 말하고 싶었던 것은 어느 아이들의 생활에 있어서도 '왜'라는 사소한 말이 커다란 역할을 하고 있다는 사실입니다.

"알기 위해서는 물어야 한다"는 금언은 확실히 진리입니다. 그리고 특히 아이들의 경우, "왜"라는 말이 떠오를 때 먼저 자신이 차분히 생각할 수 있도록 적절하게 지도받는다면, 금언은 더욱 그 무게와 반짝임을 더

하게 될 것입니다. 생각하게 됨으로써 향상된 사람은 많아도 더욱 나빠졌다는 사람은 한 사람도 없을 것이라고 생각합니다.

　옮긴이 주──안네는 "난 되도록 빨리 결혼해서 아기를 많이 낳아 훌륭하게 기르고 싶어요"라고 은신처에서 보살핌을 받고 있던 엘리에게 말하고 있었습니다. 만약 실현되었더라면 그녀는 〈안네의 육아서(育兒書)〉를 썼을지도 모릅니다.

행 복

1944년 3월 12일
　나는 이야기를 시작하기 전에 내 인생의 아주 초기, 다시 말하면 먼 옛날에 일어났던 일들을 요점만 간추려서 이야기하겠습니다.
　나를 낳아 주신 어머니가 돌아가셨을 때, 나는 아무것도 모르는 두 살바기였습니다(나는 너무 어렸기 때문에 나에게는 어머니에 대한 기억은 전혀 없습니다).
　아버지는 처음에 혼자서 키우실 생각이었으나 현실은 그렇게 되지 않았으므로, 나를 친절한 어느 중년 부부에게 맡겼나 봅니다. 그래서 나는 인격 형성에 가장 중요한 유아 시절을 친부모와 함께 지낸 기간이 전혀 없었다 해도 과언이 아닙니다.
　그 부부는 나를 잘 돌보아 주었습니다만 역시 핏줄이 이어져 있지 않은 탓이었는지 내가 일곱 살이 되었을 때, 아버지와 의논하여 나를 기숙학교에 보냈습니다.
　거기서 나는 7년간, 14세까지를 지냈고 그 후로는 즐겁게도 아버지와 함께 생활할 수 있게 되었습니다.
　그리고 현재 나는 아버지와 단둘이서 고층 아파트에 살고 있습니다.

이곳에서 아버지는 회사에, 나는 리셈 중학교에 다니고 있습니다. 그리고 아버지와 딸의 평범한 생활이 계속되었으며, 다른 일은 아무것도 일어나지 않았습니다. 저 재크를 만날 때까지는——.

재크가 그의 부모와 함께 우리 아파트에 이사해 온 날의 일은 기억나지 않습니다. 그러나 같은 아파트에 살면서 계단 등에서 몇 번인가 마주치는 동안, 어느 쪽에서 먼저 말을 하게 되었는지 아무튼 서로 인사를 나누게 되었습니다. 그리고 우리는 가끔 공원 숲속에서 만났는데, 그것이 계기가 되어 몇 번인가 숲의 산책이란 멋을 부리기도 했습니다.

처음 만났을 때부터 그는 걸핏하면 수줍어하고, 적극성이 없는 인상을 나에게 주었습니다.

그러나 나는 그러한 그에게서 번쩍 하고 빛나는 몇 가지 재능을 발견했습니다. 아마 그의 그러한 성격 때문에 나는 그에게 끌렸었나 봅니다. 그리고 우리들은 아무런 장애도 받지 않고 데이트를 거듭하여 이제는 빈번하게 서로의 방을 방문하는 사이가 되었습니다.

재크를 만날 때까지는 내게 특히 친한 남자친구는 없었습니다. 나의 학급 남학생들이란 떠들썩한 허세 덩어리뿐이었습니다. 그렇기 때문에 그러한 부류의 사내아이들과는 조금도 닮지 않은 재크의 섬세함을 발견했을 때 나의 가슴은 매우 뛰었던 것입니다.

나는 먼저 내 자신의 일을 깊이 파고들어 생각한 끝에, 재크의 일을 진지하게 생각하기 시작했습니다. 그의 부모는 우리를 완전히 이해하고 있지 않았고, 그 때문에 종종 싸움이 일어난다는 것도 알았으며, 그런 일로 해서 그가 얼마나 괴로워할까 하는 것도 느끼게 되었습니다. 하기야 평화와 평온을 사랑하는 것이 그의 특질의 하나였으니까요.

나는 하루의 대부분을 오직 혼자서 지내기 때문에 가끔은 쓸쓸함을 느낄 때가 있습니다. 아마 그것은 내가 철들기 전에 어머니를 여의었고 또 내 마음의 밑바닥까지 털어 놓을 수 있는 친구를 가질 기회가 없었던 탓도 있을 것입니다.

재크도 나와 비슷한 환경 속에 있었습니다.

그에게도 표면적인 친구가 없었기 때문에 자신이 진심으로 신뢰할 수 있는 누군가를 찾고 있었던 것입니다. 그렇지만 나는 어떤 한계 이상은 그와 친해질 수 없었기 때문에 둘은 초점이 흐린 이야기를 질질 끌며 계속할 뿐이었습니다.

어느 날 내가 마루 위에 놓인 쿠션에 앉아서 창밖의 잔뜩 찌푸린 하늘을 바라보고 있으려니까 그가,

"얘, 너 4B 연필 가지고 있니?"

하며 빤히 들여다보이는 구실을 내세워 나 있는 데로 들어왔습니다.

"방해가 되었어?"

그는 아니라는 대답을 기대하는 말투로 물어 왔습니다.

"괜찮아."

나는 쿠션에서 몸을 조금 비켜 앉으면서 대답했습니다. 그리고 쿠션을 가리키며,

"재크, 여기에 앉지 않겠어? 이 쿠션에 앉으면 마음이 차분해지고 꿈을 꾼다는 것이 대체 어떤 것인지 알 수 있을 거야."

그는 고개를 흔들어 거절하고는 내 앞을 지나쳐 창가에 서더니 총명한 이마를 유리창에 기댔습니다.

"여자아이들은 어떤지 모르지만, 나는 언제나 이렇게 해서 상상의 날개를 파닥거리지. 내가 그것을 뭐라고 부르는지 알아? 세계 역사의 일별이라고 부르고 있어."

"아주 멋진 표현이야. 나는 그 말을 잊지 않을 테야."

"그렇다면 좋겠는걸."

그는 이렇게 말하며 언제나 나를 두근두근하게 만드는 그의 독특한 미소를 띠웠습니다. 그 미소는 그때그때 따라서 가지는 의미가 달랐기 때문에 나는 언제나 그 의미가 분명히 파악되지 않아 두근거렸던 것입니다.

우리는 다시 시시껄렁한 이야기를 한참 동안 했습니다. 그리고 그는 4B 연필도 받지 않고 돌아가 버렸습니다.

그 후 그가 내 방을 찾아왔을 때 우연히 나는 전번과 같은 장소에 앉아서 생각에 잠겨 있었습니다. 그는 일부러인지 어떤지는 모르겠습니다만 또 창가에 서서 전번과 같은 자세를 취했습니다.

그날은 쾌청한 날씨였으며 하늘은 시원히 트여 푸르고 맑았습니다. 우리가 있는 방은 상당히 높이 있었으므로, 그는 멋진 전망을 즐길 수 있었는지 모르지만 나는 아까 말씀드렸듯이 마루의 쿠션에 앉아 있었기 때문에 지상의 즐비한 집들은 보이지 않았습니다.

그러나 아파트와 서로 키를 겨루는 듯 창밖에 서 있는 밤나무는 내가 쿠션에 앉아서도 잘 보였습니다. 밤나무의 가지는 이제 잎사귀를 모두 떨어뜨리고 알몸이었습니다. 그 대신 가지라는 가지에는 무수한 이슬 방울이 맺혀 미풍에 떨릴 때마다 태양에 의해 빛 물방울이 반짝여 다이아몬드로 바꾸어 놓았습니다.

갈매기나 그 밖의 갖가지 새들은 창문을 스치고 지저귀면서 날아갔습니다.

나는 지금까지도 알 수 없습니다만 우리 두 사람은 서로 단 한마디 말도 나누지 않았습니다. 그 자리에, 같은 방안에, 그것도 아주 가까이 있으면서도 두 사람은 서로의 시선조차 마주치지 않았습니다. 우리들은 오로지 창밖만 바라보며 서로 마음과 마음으로 대화를 나누고 있었던 것입니다.

나는 감히 우리들이라고 말씀드렸습니다만 거기에는 이유가 있습니다. 왜냐하면 그때 그와 나는 의심할 것도 없이 정말로 같은 것을 느끼고 있었으며, 더욱이 나와 마찬가지로, 아니 나 이상으로 그는 깊은 의미가 스며 있는 이 침묵을 깨뜨리려고 하지 않았던 것을 나는 지금도 자신을 가지고 말할 수 있기 때문입니다.

15분이 지나서——그가 겨우 입을 열었습니다.

"인간이란 말이야, 아름다움이나 평화가 스며들면 싸움이나 다툼 따위가 정말 더없이 어리석게 느껴지는 거야. 이것도 저것도 아니고 진지하게 고민해 왔던 것이 실로 시시해 보이는 거야. 지금 나도 깨달은 것 같은 말을 했지만, 나 역시 언제나 이러한 심경에 도달할 수 있는 것은 아니야."

그렇게 말하고 그는 겸연쩍은 듯이 내 얼굴을 바라보았습니다. 아마 내가 그가 말하고 있는 것을 이해할 수 있는지 어떤지 불안했던 모양입니다. 그는 그의 말에 대한 나의 동의를, 아니면 반론을 기대하고 있는 것입니다. 나의 가슴에는 무엇인지 모를 기쁨이 솟아올랐습니다. 드디어 나는 내 마음의 밑바닥까지를 있는 그대로 터놓을 수 있는 참된 친구를 만난 것입니다.

"내가 언제나 어떤 것을 생각하고 있는지 알겠어?"
하고 내가 말했습니다.

"인간이란 하찮은 것이라고 평소부터 경멸하고 있던 상대와 싸우거나 논쟁하거나 하는 것만큼 바보 같은 짓은 없다고 생각해. 자신이 호의를 가지고 있는 상대라면 별문제다라고 생각하는 사람도 많아. 하지만 그 경우도 역시 이야기하고 있는 동안 상대방이 자신과는 너무도 동떨어진 생각을 가지고 있는 것을 알게 되면, 노여움을 느끼기보다는 먼저 깊이 마음이 상하고 말 거야."

"너도 정말 그렇게 생각하는 거야? 하지만 너는 누구하고도 다투지 않고 별로 말도 하지 않잖아."

"응, 그래도 그것이 어떤 것인지는 모두 알고 있어. 그리고 말이야, 불행하게도 온 세상 모든 사람들이 그것이 싫어서 황야의 갈대처럼 그저 혼자서 떨고 겁내며 이 세상을 살고 있는 거야."

"그건 어떤 의미지? 좀더 상세히 설명해 주지 않겠어?"

재크는 나를 조용히 바라보았습니다. 그래서 나는 자신의 생각을 끝까지 말하기로 했습니다. 아마 나는 그에게 손을 내밀 수도 있을 것입니다.

"요컨대 대부분의 사람은 결혼했든 하지 않았든 마음속에서는 언제나 고독해. 그러한 사람들에게는 자신이 느끼거나 생각하거나 했던 것을 깡그리 털어 놓고 이야기할 수 있는 상대란, 단 한 사람도 없는 거야. 그런 생각만 해도 나는 몹시 슬퍼져."
 재크는 멍하니 나를 쳐다보며 이렇게 말했습니다.
 "나도 정말 동감이야."
 그래서 우리는 다시 한 번 하늘을 바라보았습니다. 그리고 이번에는 그가 말했습니다.
 "네가 말한 것처럼 마음을 터놓고 서로 이야기할 수 있는 상대가 없다는 것은 쓸쓸한 거야, 아주 굉장히. 사실을 말하면 나도 그래. 그런 생각이 나면 나는 정말로 우울해져. 그렇게 되면 거꾸로 우울을 즐겨야겠다는 기분이 드는 거야."
 "하지만 그건 우습잖아, 재크. 인간이라면 누구든 기가 죽을 때도 있지만, 일부러 좋아서 슬퍼하려 하다니 그건 무의미해. 어때, 인간이란 자신의 감정을 터놓을 상대가 없으면 슬퍼지는 거겠지. 그러한 우울의 심연에 빠져 있을 때 누구라도 진심으로 바라는 것은 행복이라고 생각해. 내가 말하고 있는 것은 물질적인 행복이 아니라 마음의 행복이야. 그리고 그것을 찾고 찾아서, 마침내 찾아낸 후에 자기 자신의 마음속에 붙잡아 두면 두 번 다시 잃어 버리지는 않을 거야."
 재크는 나의 얼굴을 차분히 바라보면서 황급히 물어 왔습니다.
 "너는 그것을 찾아냈구나. 어디서, 어떻게?"
 "나를 따라와 봐."
 나는 일어서서 복도로 나와 어두운 계단을 올라가서 아파트의 지붕 밑으로 그를 안내했습니다. 거기는 거주자 공동의 광이 있었는데 채광용의 들창이 하나 나 있었습니다. 앞서 말했듯이 아파트는 이 지구에서 뛰어난 높이를 자랑하고 있었으므로, 창 너머로 바깥을 바라보니 끝없이 이어지는 하늘이 보였습니다.
 "이것 봐 재크, 만약 네가 자신의 마음속에서 행복을 찾아내고 싶으면, 멋진 푸른 하늘 가득히 태양이 눈부시게 빛나고 있는 날, 바깥에 나가 보렴. 그렇지 않으면 이렇게 창가에 서서, 창 너머로 새파란 하늘 밑의 우리 동네를 내려다보렴. 언젠가는 너도 찾아낼 수 있을 거야. 내 경우를 말해 줄게. 내가 기숙사 생활을 해야만 했던 중학교 시절이었어. 난 학교 생활이나 기숙사 생활에 적응을 잘하지 못했어. 고학년이 될수록 그런 생활은 더 싫어졌어. 그래서 어느 자유 시간의 오후에 규칙을 어기고 들판을 혼자 슬슬 거닐었지. 그리고 풀밭에 앉아서 한참 동안 이것저것 여러 가지 생각을 하고 있었어. 새들의 지저귐에 문득 위를 바라보니, 그날이 멋진 날이었다는 것을 처음으로 느꼈어. 그때까지 나는, 내 자신의 우물쭈물하는 생각에 칭칭 얽매여서 옴쭉달싹 못 하고 있었던 거야. 내가 주변의 환경에 아름다움을 느끼고 그것을 눈으로 본 그 순간, 그때까지 나를 계속 괴롭히고 있던 오만 가지 시시한 잡음이 딱 멈추어 들리지 않게 되었지 뭐니. 그리고 그 순간부터 나는 아름다운 것이나 진실밖에 느끼지 않게 되었어. 또한 모든 고민에서도 자유롭게 해방되었던 거야. 나는 30분쯤 그 풀밭에 앉았다가 학교로 돌아왔는데, 나의 기분은 우울하지 않았고 아주 상쾌하였어. 모든 것이 멋지게 보였고, 갖가지 빛깔이나 형이나 크기가 제각기 그런 대로 아름답게 느껴졌어. 나중에야, 물론 그날 저녁이었지만 나는 난생 처음으로 내 마음속에서 행복을 찾았구나 하는 것을 확실히 알았어. 시대나 환경이 어떻든 간에 행복은 언제나 자신의 마음속에 있다는 것을 말이야."

"그래서 그것이 너의 인생관을 바꾸었구나."

"그래. 간단하게 말해서 현재에 만족해야 한다는 것을 느꼈어. 내 자신이 이런 대단한 소리를 하고는 있지만, 솔직하게 말해서 가끔 불만을 느낄 때도 있어. 하지만 전처럼 비참하지는 않아. 진정한 슬픔이란 자기가 자신을 슬픔의 바닥으로 빠뜨려 버리는 것이 원인이며, 반대로 진정한 행복이란 기쁨에서 생겨난다는 것을 알게 되었기 때문이라고 생각해."

나의 이야기가 끝났는데도 재크는 계속 창 너머로 바깥을 내다보고 있었으며, 깊은 생각에 잠겨 있는 듯했습니다. 별안간 그는 고개를 돌리고 나를 쳐다보았습니다.

"나는 너와 달라서 아직 행복을 찾아내지 못하고 있어. 하지만 얻기 어려운 것, 나를 이해해 주는 사람을 찾아낼 수는 있었어."

나는 그가 말하고자 하는 것을 알 수 있었습니다. 이미 나는 고독하지는 않았습니다. 그리고 참된 친구와 서로 나누는 기쁨은 혼자만의 기쁨보다도 훨씬 더 멋진 것이라는 사실을 날이 감에 따라 알게 되었습니다.

주는 것

1944년 3월 26일

나는 생각해 봅니다. 풍족하고 따뜻한 가정에서 행복에 가득 차 살고 있는 사람들에게 구걸하는 걸인이 어떤 것인지를……. '탈없이 자라난' 사람들이 주위의 가난한 사람들과 그날의 식량에도 곤란을 겪고 있는 어린이들의 사정을 진지하게 생각해 본 적이 단 한 번이라도 있을까 하고요.

확실히 누구든지 마음이 내키면 걸인에게 두세 개의 동전쯤이야 동정을 베풀어 줍니다. 하지만 솔직히 말해서 마음이 넓은 사람들이라도 걸인의 손에 동전을 던져 주기가 무섭게 대문을 탕 닫아 버립니다. 그리고 "아이고 맙소사, 저 더러운 손이 닿지 않아서 살았다" 하고 몸을 떱니다. 그리고 걸인은 구걸해서 얻은 동전이 당장이라도 길바닥에 떨어질까봐 움켜 쥐면서 그 집 쪽을 매섭게 쏘아봅니다.

그것을 보고 많은 사람들은 "남에게 빌어먹는 주제에 저런 무례한" 하고 비난합니다. 그렇지만 나는 걸인의 기분을 알 수 있을 것 같습니다. 인간 대우를 받지 못하고 들개 취급을 받게 된다면 누구라도——.

경제적으로도 풍요하고 법이 지켜지며 도덕심이 높다는 이 나라에서 인간을 이렇게 다루다니, 이것은 사람으로서 할 도리가 아니라고 생각합니다. 아니, 정말로 잘못된 일이라고 생각합니다. 유복한 사람들 거의 모두가 걸인을 일컬어 경멸해야 할 사람이며, 불결하고 사회의 쓰레기로서 버릇없고 교육이 없는 사람이라고 처음부터 마구 나무라고 있습니다.
  하지만 그러한 사람들은, 가엾은 걸인의 대부분이 태어날 때부터 걸인이 아니었다는 것을 알지 못하고 있습니다. 그리고 어째서 그와 같이 딱한 처지가 되었는가를 차분히 생각해 준 적은 단 한 번도 없지 않았을까요?
  여러분의 자식과 그러한 불쌍한 아이들을 잠깐 비교해 보십시오. 대체 어떤 차이가 있을까요? 여러분의 자식은 청결하고 훌륭한 옷을 입고 있는데, 한쪽은 불결하고 초라한 옷을 입고 있지요. 단지 차이라는 것은 이것뿐입니다.
  만약 가엾은 걸인의 아이들이 산뜻한 옷을 입게 되고 단정한 행실을 배울 수 있다면, 거기에는 그러한 차이가 조금도 없을 것입니다.
  이 세상에 갓 태어났을 때에는 모두가 알몸으로, 혼자 서지도 못했으며, 천진난만했습니다. 또한 다 같은 공기를 들이마시고, 같은 태양빛을 쬐며, 많은 사람들이 같은 하느님을 믿고 있는 것입니다. 그런데도 눈깜짝할 사이에 헤아릴 수 없을 만큼의 커다란 차이가 생겨나게 되었습니다. 아니, 교양 있는 많은 사람들까지도 처음부터 차이가 있다고 믿고 있기 때문에 생각해 보려고도 하지 않습니다. 만약 정직하게 생각해 보았다면, 실제로는 전혀 차이가 없다는 것을 알게 될 것입니다.
  모두 다 같이 태어나서 모두가 공평하게 죽어 가야 합니다. 어떠한 위인이라도 영원히 계속되는 영광을 남기지 못합니다. 권력도 명성도 그저 잠시 동안밖에는 계속되지 않습니다.
  덧없는 세상의 그와 같은 일에, 사람들은 어째서 그렇게 필사적으로 매달리는 것일까요? 어떠한 재물이라도 저 세상에까지 가지고 갈 수는 없습니다. 그런데도 필요 이상으로 가지고 있으면서 조금이나마 동족인 시민에게 나누어 주지 않는 사람이 얼마나 많은가요?
  그리고 이 세상의 한정된 세월에 일부 사람들은 어째서 저렇게도 필요 이상으로 괴롭고 슬픈 생각을 하면서 살아가야 하는 것일까요?
  어쨌든 많이 가지고 있는 사람은 가난한 사람들에게 마음의 선물을 주고 저주하는 것을 그만두었으면 합니다. 누구든지 다정하고 따뜻한 격려의 말을 들을 권리가 있을 테니까요.

아아, 그런데도 왜 많은 사람들은 가난한 여자들에게 보다 돈 많은 여자의 주위에 개미처럼 모여들어 간살을 부리며 상냥하게 대하는 것일까요? 돈 많은 부인에게는 좋은 성격이, 가난한 부인에게는 미움받을 성격이 갖추어져 있는 것도 아닐 텐데요.

사람의 참된 위대함은 부(富)나 권력에 있는 것이 아니라, 인격이나 선량함에 있는 것입니다. 모두가 인간입니다. 흠도 결점도 있습니다. 하지만 여유 있는 집에 태어난 사람이나 그렇지 않은 사람이나 인간만이 갖는 아름다운 점을 많이 갖추고 이 세상에 태어나고 있습니다.

만약 돈 많은 사람들이 불우한 사람들의 아이들을 타고난 아름다운 점을 손상시킬 것 같은 경멸의 눈으로 보지 말고, 격려와 친애하는 마음으로 따뜻하게 지켜보아 준다면 그 아이들도 멋진 인생의 출발을 할 수 있을 것입니다. 인생의 출발점에서 필요한 것은 돈이나 물질이 아닙니다.

이 세계를 정신적으로 보다 풍요하게 하는 것은 그렇게 어려운 일은 아니라고 생각합니다. 모든 것은 사소한 일에서 시작됩니다. 이를테면 전차 안에서 돈 많고 몸치장이 화려한 부인들만을 위해서 좌석을 양보할 것이 아니라 가난한 아주머니, 무거운 짐을 든 아주머니, 어린아이를 데리고 있는 아주머니에게 양보해 주세요.

그리고 또 가난한 사람의 발을 실수로 밟았을 때에도 돈 많은 사람의 발을 밟았을 때와 마찬가지로 정중하게 사과해 주세요. 좋은 본보기는 모두가 배우고 따르는 것입니다. 당신이 선두에 서서 그 좋은 전례를 만들도록 해주세요. 그렇게 하면 모두들 곧 따라올 것입니다.

많은 사람들이 지금보다도 더욱더 가난한 사람들에 대해서 호의적이고 관대해진다면, 나중에는 가난하다는 것만으로 가난한 사람들을 업신여기지는 못하게 될 것입니다.

아아, 만약 우리들 모두가 그것을 알아차렸다면, 누구에 대해서도 친절히 해주려고 마음먹었다면, 그리고 유럽, 아닌 온 세계 사람들이 본받아 준다면, 더욱이 인간은 모두 평등하고 다른 것은 일시적인 것이라는 사실을 알아만 준다면!

그러면 그 순간부터 우리들의 세계는 느리기는 하나 조금씩 달라져 갈 것입니다. 게다가 그 근원이되는 힘은, 우리들이 지금 당장이라도 시작할 수 있는 작은 일부터라고 생각하면 아주 멋지잖아요.

유명한 사람이나 유명하지 않은 사람이나 명예나 이해를 떠나서 오직 정당 공평을 위해 진력하게 된다면, 정말 근사하지 않겠어요!

그러나 여기서 우리는 먼저 자기 자신의 일을 되돌아볼 필요가 있다고 생각합니다.

많은 사람들은 타인에 대해서 항상 정의와 공평을 요구합니다. 그리고 동시에 자신은 언제나 부당하게 취급받고 있다고 공공연히 불평을 합니다. 그러나 여기서 눈을 뜨고, 과연 자기 자신이 다른 사람에게 모든 일에 대해 언제나 공정했는지 냉정히 반성해 주십시오.

노력해 주세요, 당신이 할 수 있는 데까지.

나는 물질만을 말하고 있는 것은 아닙니다. 다정함입니다. 격려를 말하고 있습니다. 작은 친절을 말합니다. 그럴 마음만 있다면 여러분은 언제든지 스스로 우러나오는 무엇인가를 줄 수가 있을 것입니다.

만약 우리들 모두가 혀끝만의 간살부림이 아니라 진심으로 사람을 접해 왔다면, 이 세상에는 더욱더 많은 정의와 사랑이 있었을 것입니다. 하지만 지금부터라도 늦지는 않았습니다. 곧 당장 시작합시다. 주면 받을 수 있을 것입니다. 생각할 수 없을 만큼 많은 것을——.

몇 번이라도 주고 또 주고 용기와 끈기를 잃지 말고 끝없이 계속해서 주십시오. 너무 줌으로 해서 가난해진 사람은 없습니다.

만약 모두가 그렇게 한다면, 2, 3세대 후에는 아무도 거지의 자식을 가엾게 여기지는 않을 것입니다. 왜냐하면 그때는 거지의 자식 따위는 이 세상에 한 사람도 없을 것이기 때문입니다.

하느님은 이 지구에 사는 우리들에게 남아 돌 만큼의 넓이, 자원, 대자원의 아름다움을 만들어 주셨습니다. 우리들은 그것을 공평하게 나누기 시작합시다. 이렇게 나누어 가짐으로써 우리들은 모든 것에 보다 풍요해질 수 있습니다.

　　옮긴이 주——〈왜〉〈주는 것〉은 짧으면서도 많은 시사성을 지니고 있는 수필입니다. 특히 〈주는 것〉 속에서 안네는, 사람은 자신이 부당하게 취급받고 있는 데 불만을 터뜨리기 전에 자신이 타인에 대해서 공정했는지 반성해야 한다고 말하고 있습니다. 이것은 차분히 생각해 볼 문제가 아닐까요? 안네가 가장 부당하게 다루어진 민족의 한 사람이었던 만큼…….

제3장
꿈

영화 배우가 되는 꿈

1943년 11월 24일

같은 은신처에 사는 환 단 부인은 내 얼굴을 볼 때마다 이런 질문을 하셨습니다.

"안네야, 너는 어째서 영화 배우가 될 꿈을 버리고 말았지?"

나는 이 질문에 대한 해답으로 다음의 글을 쓴 것입니다.

나는 그때 17세, 티없이 맑고 총명한 눈동자와 풍요하게 물결치는 검은 머리를 가진 매력적인 계집아이였습니다. 예상한 대로 이상과 환영(幻影)의 백일몽을 쫓던 십대의 한 소녀——.

내가 주연하는 영화가 많은 영화 팬의 눈물을 자아낼 수만 있다면, 나의 영화가 많은 팬들의 마음에 희망의 등불을 켤 수만 있다면 어떠한 고생도 하겠다고 기원해 왔던 나날들——.

그렇다고 해서 그 영광을 얻기 위해서는 어떻게 해야 하는지 구체적인 방법 따위는 전혀 생각지도 않았던 그 나날들——.

그러면 여기서 14세 무렵의 나의 입버릇을 소개하겠습니다.

"언젠가 나는 반드시 세계적인 배우가 될 거야, 꼭."

그런데 부끄럽게도 17세가 되어도 아직 그 꿈을 버리지 못하고 있었습니다. 나의 부모님은 딸이 이러한 크게 빗나간 희망을 품고 있다는 것을 전혀 눈치채지 못하고 있었으며, 나 또한 부모님이 내 마음속을 알아채지 못하게 시치미를 뗄 만큼 깜찍함을 가지고 있었습니다. 그리고 막상 영화계에 진출하게 돼도, 부모의 도움은 기대할 수 없다, 어디까지나 나 혼자 힘으로 길을 개척해 나가야 한다는 생각을 가지고 있었습니다.

이렇게 말씀드리면, 그 무렵의 나는 연일 백일몽에 취해서 다른 일에는 일체 눈을 돌리지 않았다고 생각하실 분이 계실지도 모릅니다. 그러나 나는 어김없이 학교에 잘 다녔으며 즐거움으로 인해 남들보다 몇 배나 더 독서를 했습니다.

그 결과 나는 이미 15세에 3년간의 고등학교 과정을 일찌감치 마쳤습니다. 그래서 여가가 생겼으므로 오전에는 외국어 전문학교에 다녔고, 오후에는 자습을 하거나 테니스를 즐겼습니다.

그러던 어느 날——내가 16세 때 가을의 일이었습니다——나는 혼자서 선반 정리를 하고 있는데, 제일 안쪽에서 낡아빠진 신발 상자를 발견했습니다. 그 뚜껑에는 '영화 배우 상자'라고 쓰여져 있었는데, 그것은 틀림없는 내 글씨체였습니다.

실은 내가 2, 3년 전까지 신문이나 잡지에 영화 배우 사진이나 기사가 실려 있으면, 모조리 오려 내어 이 속에 넣어 두었던 것입니다. 어느 날 그것을 아버지가 우연히 발견하고는 나를 매우 꾸짖었습니다.

"이런 것들은 버리는 것이 좋아."

하지만 나는 아무리 생각해도 그것을 버릴 수가 없었기 때문에 누구에게도 들키지 않게 선반의 맨 안쪽에 숨겨 두었던 것입니다.

나는 가슴을 두근거리면서 뚜껑을 열었습니다. 상자 속에는 다갈색 포장지로 싼 꾸러미가 너더댓 개 있었고, 제각기 고무 밴드로 묶여져 있었습니다.

나는 동경하던 배우들의 사진을 한 장 한 장 자세히 들여다보았습니다. 너무나도 열중했으므로 두 시간쯤 지나서 누군가가 옆에 와 있는 것도 몰랐습니다.
"차 안 드니?"
하고 어깨를 쳤을 때 나는 정말 깜짝 놀랐습니다. 다행히 그 사람은 부모님이 아니었기에 망정이지——.
"후유."
하고 나는 안도의 숨을 내쉬며 서둘러서 나의 주변에 널려 있는 배우 사진들을 모아 원래대로 챙겨 넣었던 것입니다.
그날 밤, 나는 상자를 몰래 내 방으로 가져와 새삼스럽게 차분히 다시 보았습니다. 그리고 그 사진들을 거의 다 볼 무렵 나는 가슴이 울렁울렁할 만큼 매력을 풍기는 그 무엇을 찾아냈습니다. 그 인상이 너무나도 강렬했기 때문에 나는 두 번 다시 그것을 머리 속에서 내쫓지 못하는 것이 아닌가 하는 생각을 했습니다.
그것은 세계적으로 유명한 미국의 대표적 배우인 레인 세 자매가 그녀의 부모와 함께 찍은 몇 장의 사진이었습니다. 너무나도 매력적이었으므로 그것만은 따로 봉투에 넣어 두었던 것입니다.
내 눈에는 세 사람이 다정하게 내게 무엇인가 말을 하고 있는 것처럼 보였습니다.
나는 재빨리 종이와 펜을 꺼내어, 그 세 자매 중 막내——프리실러 레인에게 편지를 쓰기 시작했습니다.
"친애하는 프리실러——나는 당신의 일가를 죽도록 동경하고 있습니다. 근황 외에 온 가족이 최근에 찍은 사진을 보내 주신다면 정말 기쁘고 감사하겠습니다."
나는 기도하는 듯한 마음으로 그 편지를 봉투에 넣어 부모님들의 눈을 피해 우체통에 넣으려고 나갔습니다.
나는 프리실러의 답장을 목이 빠지도록 기다렸습니다. 한 달이 지나고, 두 달이 지났습니다. 기다리던 답장은 오지 않았습니다. 그러자 나는 '레인 자매와 같은 대배우가 동경을 담아 써보내는 편지에 일일이 답장을 쓰고 있다가는, 그것만으로도 날이 저물어 버릴 거야. 나만 미움받고 있는 것도 아닌데 뭐' 하고 스스로를 달래며 위로했습니다.

그러던 어느 날 내가 거의 답장을 단념하고 있을 때 '미스 안네 프랑크에게'라고 쓰여진 편지를 아버지께서 건네 주셨습니다. 나는 두근거리는 가슴을 안고 황급히 편지를 뜯어 빨려들듯 읽었습니다.

"지금 바로 사진을 부쳐 드릴 수는 없지만, 안네가 자신의 가족에 대해서 상세히 써서 보내 주시면, 사인해서 보내 드릴 수 있을 거예요."
라는 예상 이상으로 정이 담긴 내용이었습니다.

나는 의기양양하게 그것을 부모님께 보여 드렸습니다. 그러자 아버지께서 이렇게 말씀하셨습니다.

"이 영화 배우는 팬을 골라서 교제하고 있군. 화려한 세계에 있는 사람이지만 건전한 생각을 가지고 있는 것 같구나. 열심히 편지를 써보렴."

그래서 나는 힘을 내어 나의 가족에 대해 상세히 써보냈습니다. 더욱이 영화 배우로서가 아닌 평범한 여자로서의 그녀의 생활을 자세히 가르쳐 주었으면 한다는 것과 특히 그녀가 밤에 혼자서 외출하는 일이 있는지? 그리고 바로 위의 언니인 로즈마리도 역시 꽉 짜여진 일정을 잘 처리해 나가고 있는지 알고 싶다고 곁들여서 편지를 썼습니다.

그것이 인연이 되어서 프리실러와 나와는 펜팔이 되었습니다. 프리실러가 나의 편지를 진심으로 기뻐해 주고 있다는 것은 그녀의 편지에서 느낄 수 있었습니다. 최근의 사진도 몇 장 동봉되어 왔습니다. 그리고 몇 번째의 편지엔가는 자기를 '패트'라는 애칭으로 불러 달라고도 했습니다.

편지는 영어로 썼습니다. 그것은 내게 있어서 좋은 공부가 되었으므로 부모님도 대단히 기뻐해 주셨습니다. 프리실러는 자기가 매일 어떻게 촬영소 안에서 지내며, 어떻게 해서 자기 자신의 시간을 짜내고 있는지를 자세히 가르쳐 주었습니다. 게다가 친절하게도 내가 보낸 편지 속에 보이는 문법상의 잘못 등도 지적해 보내 왔습니다.

프리실러는 20세로 결혼도 안 했으며 약속한 사람도 없었습니다. 그러한 것들이 나에게는 관계없는 일이었지만, 그녀에 대한 친근감에 크게 영향을 주고 있었던 것은 확실합니다. 그리고 나는 프리실러와 같은 친구를 가지고 있다는 것을 자랑으로 알고 있었습니다.

그럭저럭하는 동안 겨울이 지나고 봄도 거의 끝날 무렵, 레인 자매한테서 연명(連名)의 편지가 왔습니다. 그 내용은 이러했습니다.

"레인가(家)의 여름 휴가 손님으로서 안네를 초대하고 싶습니다. 두 달 동안 책임지고 돌보아 줄 테니 여름 방학이 되거든 곧바로 와주기 바랍니다."

나는 물론 펄쩍 뛰면서 기뻐했습니다. 미국 영화 배우의 집에 초대받아 간다면, 나 자신에게도 영화 배우의 길이 열릴 기회가 생길지도 모른다는 생각을 했습니다.

그런데 생각지도 않았던 장애물에 부딪치고 말았습니다. 부모님이 난생 처음인 해외 여행에 크게 반대하셨기 때문입니다.

첫째 이유는 계집아이 혼자서의 여행은 위험하다. 둘째 영화 배우 집에 머무르려면 적당한 옷도 준비해야 한다. 셋째 그렇게 오랫동안 집을 비우게 되면 게으른 버릇이 생긴다 등등이었습니다.

"그런 따위! 나는 이젠 어린아이가 아니예요. 게다가 매일 밤 파티에 참석할 것도 아니니, 옷 따위는 두세 벌만 있으면 충분해요. 여행중에 자습도 하겠어요."

나는 눈초리를 치켜올리며 외쳐 보았지만, 두 달 이상 부모님께 불안한 마음을 갖게 할 것을 생각하니 이러한 결심도 점점 식어 갔습니다.

그래서 나는 이러한 부모님의 반대 의견을 프리실러에게 모두 적어 보냈습니다.

그러자 프리실러는 그런 점에 대해서 만족할 만한 해결법을 적어 보냈습니다. 첫째 혼자 여행한다는 위험이 없어졌다는 것이다, 프리실러의 친구가 마침 네덜란드 헤이그에 있는 친척을 방문하게 되어 있으므로 그

때 그 사람이 나를 미국에 데려다 줄 것이다, 더욱이 귀로엔 유럽으로 돌아가는 누군가가 있을 테니, 그 사람에게 동행을 부탁하면 된다는 것이다, 둘째 의복에 대해서는 염려할 것이 전혀 없으며, 미국 여행 그 자체가 영어 공부가 된다는 것이었습니다.

그래도 나의 부모님은 반대하고 있었습니다. 요컨대 부모님이나 나는 레인 언니들의 사생활을 잘 모르며, 유럽과 미국의 사정이나 습관이 서로 다르므로 내가 신세지고 있는 동안에 쌍방이 어색하고 거북한 느낌을 겪어야 하는 때가 반드시 있다는 것이었습니다. 그 말을 듣고 있는 동안 나는 나 자신도 모르게 큰 소리로 지껄이고 말았습니다.

"아빠나 엄마가 나에게 닥쳐온 영화계 진출의 기회를 짓밟아 버리려 하고 있어요. 알겠어요? 내가 성공하는 것을 샘내고 있단 말이에요!"

나는 이렇게 외치는 순간 섬뜩했습니다.

부모님은 나의 소망이 너무나도 비현실적이었기 때문에 이것이 곧이들리지 않았나 봅니다.

"다만 곤란하게 됐는데" 하고 얼굴을 서로 마주볼 뿐이었습니다.

그런데 그로부터 일 주일 후, 믿음직한 구원의 편지가 왔습니다. 레인 부인이 성의에 넘치는 편지를 부모님한테 보내 주신 것입니다. 그것을 받고 난 부모님은 태도를 바꾸어 조건부로 승낙해 주었습니다.

그 조건이란 어느 부모님이나 반드시 입에 담는 "다만, 그때까지 열심히 공부하면 말이야"였습니다.

그리하여 나는 5, 6월 두 달 동안 열심히 공부만 했습니다. 덕분에 프리실러가 "내 친구가 7월 18일에 암스테르담에 들릅니다"고 알려 왔을 때 나는 모든 여행 준비를 갖추고 있었습니다.

7월 18일, 아버지와 나는 그 부인을 만나기 위해서 암스테르담 중앙역으로 나갔습니다. 프리실러가 그 부인의 사진을 부쳐 주었으므로, 나는 많은 여행자 중에서 그분을 쉽게 찾을 수 있었습니다.

그 부인, 헐우드 부인은 잿빛을 띤 금발에 몸집이 작은 여성으로서 기관총과 같은 지독하게 빠른 말로 정말 잘 지껄였습니다.

아버지는 젊었을 때 미국을 한 번 다녀온 적이 있어 유창하게 영어를 할 수 있었으므로 힐우드 부인과는 거의 대등하게 말을 주고받았습니다. 그리고 나도 차츰 빠른 템포에 익숙해져서 상대방이 하는 말을 알아들을 수 있게 되었고, 내가 하는 말도 훌륭히 통했습니다. 힐우드 부인은 우리집에 일 주일 동안 머물게 되었습니다.

나와 힐우드 부인과는 곧 친해졌으므로 그 일 주일은 눈깜짝할 사이에 지나가 버렸습니다.

7월 25일, 드디어 기다리고 기다렸던 출발의 날이 왔습니다. 나는 흥분하여 아침을 단 한 수저도 뜰 수가 없었습니다. 가족 모두가 스키폴 국제 공항까지 나를 전송해 주었습니다. 나는 가족과 작별했습니다. 마침내 나의 미국 여행의 막은 올라갔던 것입니다.

출발한 지 닷새 만에, 우리는 미국 서해안의 대도시 로스앤젤레스 공항에 무사히 도착했습니다. 공항에는 프리실러와 그녀보다 한 살 위인 언니 로즈마리가 마중 나와 있었습니다. 그러나 긴 여행으로 몹시 지쳐 있는 나를 보자, 그들은 재빨리 공항 근처의 호텔로 로즈마리 자신이 직접 운전하여 데려다 주었습니다.

오래간만에 침대에 누울 수 있었던 나는 마치 취한 듯 잠에 곯아떨어졌습니다.

다음날 아침 로즈마리와 프리실러는 내가 묵는 호텔로 차를 몰고 왔습니다. 나는 서둘러 준비를 마치고 그 차에 올라탔습니다. 세 시간이 조금 지나서 우리는 로스앤젤레스 교외에 있는 레인 언니의 집에 닿았습니다. 나는 가족 모두에게 따뜻한 영접을 받았습니다.

레인 부인은 나를 2층 방까지 안내해 주었습니다. 발코니가 달려 있는 화사한 작은 방이었습니다.

'어머, 나는 이런 멋진 방에서 두 달이나 지낼 수 있게 되었어.'
하고 생각하며 나는 기뻐했습니다.

나는 일류라고 할 수 없어도 삼류 왕국의 여왕이 된 것 같은 기분에 젖었습니다.

나는 타고난 만사 태평가라고나 할까, 뻔뻔스럽다고나 할까 아무튼 레인가의 극진한 대접을 다행으로 알고 매일 느릿느릿 생활했습니다. 오전에는 공부하는 시늉만 하고 오후에는 마음껏 놀았습니다. 그런데 세 사람의 유명한 배우는 유럽의 평범한 십대 소녀인 나보다도 훨씬 더 어머니를 도와, 손님이 오면 부엌에서 다람쥐처럼 아주 바지런히 일했습니다. 나도 사흘째부터는 일하는 시늉을 했으므로, 급속히 식구들과 친밀해졌고 영어도 입에서 줄줄 나오게 되었습니다.

프리실러는 마침 내가 도착한 처음 2주 동안은 휴가중이었으므로 거의 매일같이 오후에 나를 푸른 나무들이 울창한 약간 높은 언덕이나 아름다운 해변 등지로 데려다 주었습니다. 거기서 나는 영화나 사진을 구경하고 프리실러의 편지 속에 적혀 있던 배우들과 실제로 함께 놀거나 차가운 것을 마셨습니다.

그럴 때마다 프리실러는 나를 같은 또래의 친구처럼 대해 주었습니다. 그러기 때문에 다른 배우들 누구도 내가 프리실러보다 세 살이나 아래라는 것을 알지 못했을 것입니다.

2주간의 휴가가 끝나자 프리실러는 워너 브라더즈의 스튜디오로 돌아가야 했습니다. 나는 다음날부터 어떻게 시간을 보낼까 하고 걱정하고 있는데 나에게 생각지도 않았던 행운이 날아들었습니다.

내가 프리실러와 함께 스튜디오에 갈 수 있도록 허락받은 것이었습니다. 아마 프리실러가 윗사람에게 말해 주었나 봅니다. 그래서 첫날 나는 프리실러 전용인 대기실에서, 그녀가 이번 영화에 입을 갖가지 의상을 바꿔 가면서 갈아입는 것을 감탄의 소리를 지르면서 견학했습니다.

그날은 주연 배우의 회합만으로 끝났으므로 프리실러는 나에게 스튜디오 안을 대충 안내해 주었습니다.

우리는 한참 걷다가 지쳐 벤치에 앉았습니다.

"안네!"

옆에 앉아 있던 프리실러가 느닷없이 나를 불렀습니다.

"좋은 수가 있어. 내일 아침에 소개 사무소에 찾아가 보는 게 어때?"

"소개 사무소라니! 뭔데, 프리실러 언니?"
"배우나 배우 지망생들에게 일거리를 소개해 주는 사무소야. 네 또래의 여자아이들이 와글와글 모여들어. 견학이랄까, 구경하는 셈치고 한번 가보면 틀림없이 재미있을 거야."
"응, 그럼 가보겠어요."
나는 애써 아무렇지도 않은 체 대답했으나, 마음속으로는 영광의 계단이 눈앞에 보이는 것같이 느껴졌습니다.
다음날 아침 나는 정말로 그 사무소에 가보았습니다. 그런데 뜻하지도 않았던 광경을 보았습니다. 오전 7시 반밖에 되지 않았는데도, 여자아이들이 사무소 앞 도로에 줄을 지어 서 있었습니다.
나도 그 장사진 맨 끝에 붙었다가 9시가 지나서야 겨우 사무소 안에, 그것도 홀에 들어설 수가 있었습니다. 하지만 거기서 내 차례가 온 것은 아니었습니다. 내 앞에는 아직도 2, 30명의 여자아이들이 줄지어 있었습니다. 나는 그래도 참을성 있게 서서 차례를 기다렸습니다.
이번에는 두 시간을 더 기다렸습니다. 그때 사무실에서 벨 소리가 울렸습니다.
'다음 분, 들어와요'의 신호입니다. 내 앞에는 아무도 없었습니다. 드디어 내 차례가 온 것입니다.
나는 용기를 내어 문을 열고 안으로 들어갔습니다. 창가의 책상 저쪽에 중년 남자가 앉아 있었습니다. 그는 냉정한 태도로 나에게 인사했습니다. 그러나 내가 레인 자매의 집에서 신세지고 있으며 프리실러의 소개로 왔다고 하자, 그는 태도를 돌변하여 높다랗게 꼬았던 긴 다리를 풀고 똑바로 앉았습니다.
그는 나를 찬찬히 바라보더니 이렇게 물었습니다.
"그래서 너는 영화 배우가 되고 싶었군그래?"
"네, 만약 제게 재능이 있으면 말이에요."
그는 끄덕이며 벨을 눌렀습니다. 그러자 예쁘장한 복장을 한 계집아이가 들어왔습니다. 그 애는 말보다 몸짓으로 나에게 따라오라고 했습니다. 그녀가 스튜디오라고 흰 팻말이 붙은 문을 여는 순간, 나는 실내의 강렬한 불빛에 눈이 아찔해져 그 자리에서 멈칫했습니다.

뭔지 복잡한 기계 뒤에 있던 젊은 한 남자가, 먼저 그 중년 남자보다도 훨씬 더 싹싹하게 인사하더니 나에게 거기 둥근 의자에 앉으라고 했습니다.

그리고 그는 그 복잡한 기계로 나를 모델로 하여 몇 장인가 사진을 찍었습니다. 그리고,

"수고했어요."

라고 위로의 말을 해주더니 벨을 눌러서 아까 그 계집아이를 불렀습니다.

내가 처음과는 반대 코스로 중년 남자한테 되돌아오자 그 사람은 이렇게 말했습니다.

"오늘 결과에 대해서는 가까운 시일 내에 알려 드리겠습니다. 사정에 따라서는 또 여기에 오셔야 될지도 모릅니다."

나는 기대와 불안의 기분을 반반씩 안고, 레인의 집으로 돌아왔습니다.

일 주일 후 나는 그 중년 남자──사무소의 책임자인 하이웍씨라고 프리실러는 미리 가르쳐 주었습니다──로부터 통지를 받았습니다. 카메라 테스트의 결과가 예상 이상으로 좋았으므로, 다음날 오후 3시에 다시 한번 나와 달라는 것이었습니다.

나는 그야말로 하늘에라도 오를 듯한 기분에 들떠 3시 정각에 사무소를 방문했습니다. 이번에는 응모가 아니라, 탤런트로서였으므로 일 분도 기다리지 않고 불러들여졌습니다.

하이웍씨는 나에게 이렇게 물었습니다.

"테니스 라켓 메이커가 신선한 모델을 구하고 있어요. 당신이 메이커의 이미지와 꼭 들어맞는 것 같으니 포즈를 취해 줄 수 없겠는지요?"

나는 영화 출연이 아니었으므로 조금은 실망했으나, 기간은 일 주일이며 개런티도 받을 수 있다고 해서 기꺼이 승낙했습니다. 하이웍씨는 연

필 꼭지로 전화 다이얼을 돌리더니 테니스 회사의 선전과 사람에게 연락했습니다. 나는 그날 네시에 그 사람을 만났습니다.

그리고 다음날 나는 메이커가 지정해 둔 사진 스튜디오로 찾아갔습니다. 스튜디오는 강렬한 광선에 가득 차 있어 대단한 열기를 뿜고 있었습니다. 앞으로 일 주일간 여기에 나와야 된다고 생각하니 진절머리가 났습니다. 게다가 단 몇 분 내에 화려한 테니스복으로 갈아 입지 않으면 안 되었습니다.

다음날도, 또 그 다음날도, 연달아 서게 했다가는 앉게 하곤 했습니다. 뿐만 아니라 그 동안 잠시라도 미소짓는 것을 중단하기라도 하면 끝장, 감독 아저씨한테서 금방 벼락이 떨어졌습니다.

라켓을 손에 들고 여기저기를 거닐어야 했으며, 또 다른 복장으로 갈아입고는 봄, 여름, 가을에 맞추어서 화장을 다시 해야 했습니다.

저녁에야 겨우 해방되어 레인의 집으로 돌아온 나는 몸은 녹초가 되어 식욕도 없고, 혼자서 계단도 올라가지 못할 형편입니다. 또한 침대에 쓰러지듯 눕기는 해도 너무 지쳐 있는 탓인지, 아니면 내일 일을 잘해 낼 수 있을까 걱정이 되어서인지 30분 만에 잠에서 깨곤 하였습니다. 덕분에 나는 자꾸자꾸 야위어 갔습니다.

그리고 사흘째 되는 날에는 감독 아저씨에게서 스마일! 하고 명령받아도, 나는 굳어진 표정의 웃음밖에는 지을 수가 없었습니다.

그래도 나는 이미 계약을 했기 때문에 최후까지 해내야 된다고 생각하며 필사적으로 노력했습니다.

그날 오후 레인의 집으로 돌아온 내가 몹시 상태가 좋지 않게 보였던지 레인 부인이 나의 어깨에 다정하게 손을 얹으며 말씀하셨습니다.

"안네, 이젠 다시 일하러 가지 말아요."

그러고는 레인 부인은 그 즉시 하이윅씨에게 전화를 걸어서 건강상의 이유로, "안네는 더 이상 출연할 수 없다"는 취지를 전해 주었습니다. 하이윅씨도 잘됐다 싶었는지 곧 승낙해 주었습니다.

나는 어깨의 짐을 벗은 것 같은 기분이었습니다. 그날 밤부터 식욕도 생겨 닥치는 대로 먹을 수 있게 되었습니다. 그리고 나머지 휴가를 마음껏 즐겼습니다. 영화 배우가 되고 싶다는 꿈도 완전히 지워졌습니다.

영광에 싸인 사람들의 생활, 화려한 푸트라이트(무대의 전면 아래쪽에서 배우를 비쳐 주는 광선)의 그늘에서 숨은 고생을 내 자신의 눈으로 빠짐없이 볼 기회를 가졌기 때문입니다.

옮긴이 주――은신처의 안네 방 벽에 헐리우드의 영화배우 사진이 몇 장 붙여져 있었습니다(이것은 아직도 남아 있습니다). 안네는 그것을 바라보면서 자신이 말한 대스타가 될 것을 꿈꾸고 있었습니다. 그리고 사람이 없는 틈을 타서는 거울과 마주보고 "나는 미인일까, 아니면?" 하고 일희일우(一喜一憂)하고 있었던 것입니다.

나는 정말 미인일까
――미인에게 필요한 열두 가지 특징

나는 이른바 미인이라고 일컬어지는 여성은 적어도 다음과 같은 특징을 갖추고 있어야 한다고 생각합니다. 그래서 내가 과연 그 조건에 합당한지를 하나하나 엄밀하게(?) 자기 채점을 해보았습니다. (웃지 말아 주세요.)

    1. 검은 머리, 청색의 눈인가? 〈아니다〉
    2. 볼에 보조개가 있는가? 〈그렇다〉
    3. 턱에 보조개가 있는가? 〈그렇다〉
    4. 이마의 머리털이 난 언저리가 V자형인가? 〈아니다〉
    5. 살갗은 부드럽고 예쁜가? 〈그렇다〉
    6. 이는 고운가? 〈아니다〉
    7. 입은 작은가? 〈아니다〉

8. 속눈썹은 휘어지고 긴가? 〈아니다〉
9. 코는 오똑한가? 〈그렇다〉 (우선 당장은)
10. 우아한 옷을 많이 가지고 있는가? 〈그렇다〉 (다행히 가지고 있으나 계집아이들의 옷에 대한 욕심은 한이 없음)
11. 손톱은 예쁘게 손질하고 있는가? 〈가끔〉
12. 머리는 좋은가? 〈가끔 맑아진다〉

1942년 9월 28일
안네 프랑크(13세)

옮긴이 주——아니다가 다섯 개나 있지만 안네는 영화 배우가 될 것을 단념했을까요? 그것이 지금은 수수께끼로 남아 있습니다. 그러나 이 리스트 작성 후 일 년 남짓 뒤에 쓴 〈영화 배우가 되는 꿈〉을 읽으신 분은 안네가 꿈과 현실을 똑똑히 끝까지 살핀 소녀임을 알 수 있을 것입니다.

미인의 특징을 골고루 갖추고 있지 않았는지는 모르겠지만 안네는 굉장한 유머의 소유자며, 훌륭한 글재주를 지니고 있었던 것은 이 리스트가 증명하고 있습니다. 특히 아홉번째 코는 오똑한가에 대한 대답 '우선 당장은'과 열두 번째 머리는 좋은가에 대해서 '가끔 맑아진다' 등은 안네가 아니고는 할 수 없는 재치 있는 명답이라고 하겠습니다.

제4장
잊혀지지 않는 사람들

하숙인들

1943년 10월 15일

경제적인 사정과 여러 가지 이유에서 우리집의 큼직한 침실을 다른 사람에게 빌려 줘야 했습니다. 막상 그렇게 되고 보니, 이제까지 생각지도 않았던 불쾌한 일과 대단한 일들이 연달아 생기는 데는 가족 모두가 놀라지 않을 수 없었습니다.

첫째로 식구 중 누구도 다른 사람들과 한지붕 밑에서 살아 본 경험이 없었던 일과 둘째로 24시간 자존심을 꾹 참고 있어야 하는 일입니다. 더욱이 방을 선전용으로 깨끗이 소제해서 장식하고, 가구의 배치도 바꾸어야 했습니다.

가족이 힘을 합쳐서 방의 모양을 바꾸어 보았지만, 아무래도 집세를 내고 살고 싶을 만한 방은 꾸며지지 않았습니다. 그래서 아버지는 신문 광고를 보고 헌가구를 경매하는 곳을 찾아가 티테이블과 쓰레기를 버리기에는 아까울 만한 쓰레기통을 싸게 사 오셨습니다.

"야아, 멋지다! 우리가 썼으면 좋겠어요. 아버지는 역시 머리가 좋으셔!"
 우리는 환성을 질렀습니다. 그런데 그 두 개를 놓고 보니 이번에는 양복장과 앉기 편한 안락의자가 암만 해도 필요할 것 같았습니다.
 그래서 아버지는 다시 진기하고 싼 물건을 찾기로 작정하셨습니다. 이번에는 내가 아버지를 모시고 따라갔습니다.
 경매장에 당도하니 벌써 반직업적인 구매자와 말씨나 태도가 야비한 사람들이 산더미처럼 모여서 와글거리며 손가락을 몇 개 들거나 큰소리로 암호 같은 것을 외치고 있어, 우리로서는 도저히 손을 댈 수가 없었습니다. 그래서 우리는 입구 가까운 의자에 앉아서 소란이 멎기를 기다리기로 했습니다.
 우리는 다음날까지도 기다릴 수 있었지만, 한 친절한 사람이,
 "오늘 경매되는 것은 도자기뿐입니다."
하고 가르쳐 주었으므로 단념하고 집으로 돌아왔습니다. 그리고 다음날 별로 기대도 걸지 않고 다시 한 번 결단을 내려서 그곳으로 갔습니다.
 그러나 우리는 뜻하지 않은 행운을 얻었습니다. 아버지는 떡갈나무로 만든 훌륭한 양복장과 가죽으로 만든 한 쌍의 안락의자를 상인과 다투어서 싸게 낙찰시켰던 것입니다. 그때 아버지의 득의만면한 얼굴이란 말로 표현할 수 없을 정도였습니다.
 아버지와 나는 돌아오는 길에 다과점에 들러 홍차와 케이크로 진기하고 값싼 물건을 찾아낸 것을 축하했습니다. 그리고 아버지는 개선장군 같은 발걸음으로 집으로 돌아오셨습니다.
 그러나 양복장과 안락의자가 집으로 배달되자, 어머니는 마치 처음부터 짐작이나 하고 있었다는 듯 재빨리 양복장 안쪽에서 개미집 입구 같은 동그랗게 솟아오른 부분을 발견하셨습니다.
 "여보!"
하는 소리에 아버지는 뛰어오셔서 가만히 어머니가 가리키는 곳을 바라보고 계셨습니다.
 "응, 그렇군."

하고 말씀하셨습니다. 거기에는 나무를 파먹는 벌레가 다닥다닥 붙어 있었습니다.

경매인들은 경매할 때 그런 것이 붙어 있다는 말은 한마디도 하지 않았으며, 종이 쪽지도 붙여 놓지 않았습니다. 게다가 경매가 행해진 방은 칠흑처럼 어두웠으므로 눈을 부릅뜨고 살펴보지 않는 한 이것을 찾아낼 수가 없습니다.

우리는 안락의자도 자세히 살펴보았습니다. 역시 예상했던 대로였습니다——거기에도 같은 종류의 벌레가 파먹은 흔적이 있었습니다.

그래서 우리는 경매소에 전화를 걸어 되도록 빨리 그 물건을 되찾아가고 돈을 돌려 달라고 강경하게 항의했습니다.

책임자와 상의한 끝에 마지못해 담당 계원이 승낙하자 어머니는 후유 하고 안도의 숨을 내쉬었습니다. 아버지도 안도의 한숨을 쉬었는데, 아버지가 보다 실감이 나는 것 같았습니다. 그것은 전화를 걸기 전에 어머니가 아주 심하게 빈정거렸기 때문입니다.

"이렇게 비양심적인 경매소잖아요. 절대로 돈을 되돌려 주지는 않을 거예요. 당신은 언제나 싸구려나 좋아하는 낭비 선수니까요."

2, 3일이 지나서 아버지는 거리에서 오랜 친구분을 만나셨습니다. 아버지 이야기를 들은 그 친구분은 비교적 괜찮은 가구 몇 개를 지금 사용하지 않고 있으니, 좋은 것을 구할 때까지 그냥 빌려 주겠다고 친절하게 말해 주셨나 봅니다. 그리하여 이 문제는 단번에 해결되었습니다.

(아아, 여러분도 아시다시피 나는 얼마나 바보일까요. 난로 속에 만년필을 떨어뜨렸기 때문에 계속 글도 쓸 수 없게 되었습니다. 하지만 쓰기 힘든 옛날 것으로 계속 쓰겠습니다.)

다음은 세들 사람을 찾는 일이었습니다. 우리는 구수회의(鳩首會議) 끝에, 길모퉁이 책방의 유리창에 근사한 포스터를 붙이기로 했습니다. 광고료는 일 주일 단위였으므로 만약 좋은 사람이 나타나지 않으면 다음주에도 광고료를 지불해야 합니다. 아아, 제발 효과가 있어 주기를——.

그런데 걱정한 것보다는 다행이라고나 할까요. 포스터의 풀이 채 마르기도 전에 첫번째 희망자가 나타났습니다.
 그분은 약간 얼빠진 느낌을 주는 젊은 아들을 데리고 있는 나이 든 신사였습니다. 함께 살기 위해서가 아니라 독신 아들을 위해서 방을 빌리고 싶다는 것이었습니다.
 나이 든 신사는 방을 흘끗 한번 보더니,
 "이런 방이면 충분합니다."
하고 말했습니다. 조건면에서의 타협도 끝나서 드디어 계약서에 사인하는 단계에 이르렀습니다.
 그러자 그때까지 잠자코 있던 그 신사의 아들이 지껄였습니다.
 "난, 이런 방은 싫어. 이런 방은 한 달에 2센트라도 비싸."
 당황한 아버지는 아들을 설득해 보았으나, 오히려 그는 지독한 말로 아버지에게 욕을 퍼부으면서 떠들었습니다. 어머니는 "이 사람이 제정신일까?" 하고 의심했습니다. 나이 든 신사는 그것을 알아차린 듯 부끄러움을 느끼며 변명했습니다.
 "실은 내 자식이 가끔 헛소리를 지껄이는 버릇이 있습니다. 못 들은 체해 주십시오."
 그러나 헛소리치고는 너무나 독기 띤 말투였습니다. 어머니는 정중한 어조로, 그러나 단호한 태도로 이 부자에게 방을 빌려 드릴 수가 없다고 말했습니다.
 그로부터 수일간 암스테르담의 주택난을 반영해서, 실로 몇십 명이나 되는 희망자가 나타났지만, 방이 마음에 든 사람은 집세가 비싸다고 하고, 집세를 낼 수 있는 사람은 방이 너무 좁다고 트집을 잡아 좀처럼 결정이 나지 않았습니다.
 그러던 어느 날 튼튼한 몸집의 중년 신사가 찾아왔습니다. 그 사람은 집세를 한꺼번에 선불해도 좋으냐고 물었고 품위도 있어 보였으므로, 우리는 그에게 세를 놓기로 결정했습니다.
 이 중년 신사는 몹시 재미있는 사람이었는데, 어수선한 분규는 일으키지 않았습니다. 일요일에는 우리 아이들에게는 초콜릿을, 어른들에게는 담배를 선물했으며 몇 번인가 영화관에도 데려가 주었습니다.

결국 그는 일 년 반을 우리들과 한지붕 밑에서 살았지만, 그의 어머니와 누이동생이 지방에서 암스테르담으로 나오게 된 것을 계기로 다른 넓은 아파트로 옮겨 갔습니다. 얼마 후 그는 느닷없이 우리집을 방문했습니다.

"당신들과 함께 살았던 나날이 나의 일생에서 가장 즐거웠던 때였습니다."

옛날 생활이 그립다던 그 중년 신사의 이런 말을 들은 부모님은 크게 감격했습니다.

그러나 막상 그가 떠나자 우리는 다시 책방의 유리창에 포스터를 붙여야만 했습니다.

그리고 남자나 여자나 젊은이나 늙은이를 막론하고 우리집 현관의 벨을 눌렀습니다. 그 중의 한 사람은 20세가 될까 말까 한 젊은 여성으로서 이름은 네르라 했는데, 포크보닛(앞가장자리가 튀어나온 부인용 모자)을 쓰고 있었습니다. 그것은 구세군 제복과 비슷했기 때문에 우리는 즉시 그녀에게 구세군 네르라는 별명을 붙여 주었습니다.

우리는 구세군 네르에게 방을 빌려 주기는 했지만 저 중년 신사처럼 유쾌한 하숙인이 아니라는 것을 알 수 있었습니다.

첫째로 그녀는 흐리멍덩한 사람이었습니다. 항시 방은 흐트러진 대로 내버려 두었고, 치우거나 소제를 하는 것을 단 한 번도 본 적이 없습니다.

둘째로 우리에게는 이것이 제일 견딜 수가 없었는데, 술에 취해서 찾아오는 약혼자가 있었습니다. 그것도 한 번은 자정이 지난 한밤중이었는데, 요란한 벨 소리에 온 집안 식구가 깨고 말았습니다. 아버지가 현관에 나가자 그 사람은 언제나와 마찬가지로 곤드레만드레가 되어 서 있지 않겠어요.

그 사람은 버릇없이 추근추근 몇 번인가 아버지 어깨를 툭툭 치고는 이렇게 되풀이하여 말했습니다.

"여, 아저씨, 우리는 친구지요, 네? 안 그래요, 그렇죠? 그래요, 둘도 없는 친구라니까."

그때 탕하고 그의 눈앞에서 현관의 문이 세차게 닫히고 말았습니다.

1940년 5월 네덜란드가 나치스 독일에게 침략당하자 우리는 구세군 네르에게 방을 비워 달라고 부탁했습니다.

그러고는 우리가 잘 아는 젊은 남자분에게 방을 빌려 주었습니다. 이 사람은 나쁜 사람은 아니었으나 커다란 약점이 있었습니다. 어릴 때부터 지나친 보호를 받았다고나 할까 응석받이로 길러진 것입니다. 그래서 사소한 일에도 이 세상이 끝장난 것처럼 떠들어댔습니다.

언젠가 한 번은 한겨울이었는데, 우리는 되도록 전기를 절약하며 살고 있었는데도,

"춥다, 추워. 얼어 죽을 것 같다."

하고 투덜투덜 불평을 하였습니다. 그래서 아버지가 난방 기구가 고장이라도 났다 싶어서 그의 방으로 가보았더니, 전기 히터를 최대로 돌려 놓아 방안은 온실처럼 땀이 날 정도라고 하셨습니다.

그러나 그의 어머니가 방세를 꼭꼭 치러 주었으므로 아버지는 심한 말도 할 수 없어서 최대한의 예의를 지켜 정중히 말씀하셨습니다.

"가끔은 히터를 꺼줘야 하겠어."

그러나 그는 아버지의 주의에도 불구하고 히터를 하루 종일 켜놓았습니다. 밤에 잠들고 있을 때까지도—당연한 일이었지만, 그 달의 전기세는 터무니없이 많이 나왔습니다.

결국은 히터의 니크롬선도 과열로 끊어지고 말았습니다. 그러자 그는 어떻게 했는지 아세요? 어딘가에서 그 몇 배가 되는 촉수의 것을 사가지고 왔습니다.

마침내 어느 맑게 갠 날 아침 어머니는 용기를 내어 그의 방 전기 퓨즈를 끊어 버렸습니다. 물론 그는 놀라서 뛰어들어왔습니다. 그러자 어머니는 과열 탓으로 퓨즈가 끊어졌다고 설명했습니다.

"그렇다면 되도록 빨리 고쳐 주십시오."

그는 이렇게 말하고는 뭐라고 중얼거리면서 자기 방으로 돌아갔습니다.

이 인공 정전이 4, 5회나 계속되자, 정말이지 이 과보호의 청년도 히터를 남용하는 것을 단념하고는 담요를 몇 장씩이나 덮은 침대 속에서 체조 따위를 하면서 몸을 따뜻하게 하기 시작했습니다.

그리고 그도 또 일 년 반 동안을 우리와 함께 지내다가 동화 속의 왕자는 아니었지만 순조롭게 결혼했습니다.

또다시 방은 비었습니다. 어머니가 예의 광고문을 장농 서랍에서 꺼내려 할 때 한 친구가 찾아와서, 어느 이혼한 남자가 방을 빌리고 싶어하는데, 그 사람은 확실한 사람이라고 추천해 주었습니다.

그 사람은 35세쯤으로 키가 크고 안경을 낀, 얼핏 보기에 차가운 느낌이었습니다. 갓 이혼했다는 사람이 벌써 약혼을 한 상태여서 약혼자가 사흘이 멀다 하고 찾아오고 있었습니다.

그들의 결혼식이 며칠 후로 임박한 어느 날 두 사람은 심하게 싸워 그 소리가 우리들한테까지 들려왔습니다. 그러고는 여자가 총알같이 뛰어나가자, 그는 돌연 다른 여자와 결혼해 버렸습니다.

그래서 우리는 두 번 다시 이런 신경 쓰이는 하숙인 따위는 두지 않기로 맹세했습니다.

그것은 지켜졌습니다. 왜냐하면 히틀러의 유태인 탄압으로 우리들 자신이 어느 건물의 방 하나를 빌려 숨어 살아야 했기 때문입니다.

첫 작품

1944년 2월 22일

나의 첫 작품의 주제(主題)로서, 그가 자기 자신이 제재(題材)로 쓰여지는 것을 알았을 때를 상상해 보십시오──그는 얼굴이 새빨개져서 이렇게 말하지는 않을까요?
 "어째서 하필이면 나 따위를 쓰는 거지. 나의 어디가 그렇게도 재미있지?"
 아시다시피 '그'라고 하는 사람은 나와 한지붕 밑에 숨어 사는 페터입니다. 그렇다면 어째서 그렇게 되었는지를 말씀드리겠습니다.
 사실을 말씀드리면, 나는 전부터 인물 촌평(寸評)을 쓰고 싶었습니다. 가족들에 대해서는 이미 거의 다 써버렸으므로 페터를 생각했던 것입니다.
 이 소년은 언제나 그늘에 물러서 있어, 이를테면 마고트처럼 다른 사람과 싸움을 하지 않습니다. 그것도 내가 샘을 낸 이유 중 하나지요.
 그러면 시작하기로 하겠습니다.
 해질녘, 4층에 있는 그의 방문을 노크하면 곧 온화한 그의 목소리가 들려옵니다.
 "들어오십시오."
 그 소리를 들으면 문을 열고 안을 들여다봅니다. 그는 지붕 밑에 있는 방으로 통하는 허술한 사닥다리의 중간쯤에 작은 새처럼 쪼그리고 앉아서,
 "여어, 어서 오십시오."
하고 유혹하듯 상냥한 태도로 말할 것입니다.
 그의 작은 방──도대체 이것을 방이라 불러도 좋을지 어떨지 의심스러운 방입니다. 한마디로 말하면, 지붕 밑 방으로 가는 통로입니다. 하지만 그는 그곳을 억지로 꾸며서 방으로 만들었습니다. 그가 사닥다리 왼쪽에 앉아 있으면 그와 벽과의 사이는 1미터 정도의 공간밖에 남지 않습니다. 거기에다 작은 테이블과 의자 위에는 책이 산더미처럼 쌓여 있으며, 사닥다리 왼쪽 구석에는 그의 소지품이 조심스럽게 쌓여 있습니다.
 또한 사닥다리 반대쪽에는 그의 자전거가 천장의 들보에 밧줄로 묶여 매달려 있습니다. 숨어 사는 형편에 타고 돌아다니는 일 따위는 꿈속에

서나 있을 수 있는 일인데, 그때를 대비해서 녹슬지 않도록 다갈색의 기름종이로 정성들여 싸두었습니다. 그 빈틈으로 보이는 체인은 아직도 번쩍이는 빛을 띠고 있습니다.

이 방이라기보다는 통로인 이곳에 빛을 공급하는 것은 두꺼운 종이로 만들어진 초현대적인 갓을 씌운 전기 스탠드입니다. 만약 이것이 없었더라면 너무나도 살풍경해서 채 일 분도 있지 못할 것입니다.

지금 나는 열려 있는 문 옆에 서서 방안을 다시 관찰하고 있습니다. 페터가 앉아 있는 사닥다리의 반대쪽 벽을 따라 흐드러지게 핀 푸른 꽃무늬가 있는 낡은 소파 겸 침대가 눈에 띄었습니다.

침대 커버는 그 뒤에 쑤셔 넣어져 있지만 조금 삐죽 나와 있는 것이 보입니다.

그 소파 겸 침대의 바로 위에는 앞에서의 전기 스탠드와 같은 장식이 달린 전등이 매달려 있습니다. 그 옆에는 페터 전용의 책장이 있는데, 페이퍼백〔文庫本〕의 책이 위에서 아래까지 꽉 차 있습니다. 그 옆에는 손거울이 단단하게 벽에 못질되어 있습니다. 나와 만나기 전에 페터는 이 것과 눈싸움 놀이라도 하고 있었던 것일까요!

그리고 또 그 마룻바닥에는, 아마 이곳의 주인이 어디에다 두면 좋을지 몰라서 그랬겠지요. 작은 도구 상자가 비스듬히 놓여져 있습니다. (이것은 비밀인데, 은신처의 사람들이 망치, 칼, 드라이버 따위가 필요할 때 이 상자를 들여다보면 반드시 들어 있다고 해도 좋아요.)

책장 옆에는 예전에는 희었던 것으로 보이는 누렇게 바랜 종이로 덮인 선반이 하나 달려 있습니다. 전에는 우유병이 놓여 있던 기억이 납니다만, 지금은 책을 얹어 두는 곳으로 변해 버렸습니다. 하지만 책 무게에 견디다 못해서 당장에라도 떨어질 것처럼 보입니다. 책한테 쫓겨난 우유병은 바닥에 놓아 둔 도구 상자 옆에서 뒹굴고 있습니다.

그건 그렇고 막다른 벽에는, 지난날에는 거기에 과일을 넣어 두었던 나무 상자가 세로로 붙여져 있습니다. 말하자면 화장용 캐비닛이라고나 할까요.

그 상자 옆에는 환 단가(家)의 사람이 얼마나 우수한 직인(職人)인가를 증명하는 작품이 놓여 있습니다. 그것은 두꺼운 종이로 만든 아기 옷장입니다. 물론 두꺼운 종이만으로는 약해 나뭇조각이나 강철 새시 등으로 가장자리를 보강해 놓았으므로 무게를 지탱할 수 있어서 곧게 서 있습니다.

그리고 그 장의 전면에는 아주 멋진 커튼이 쳐져 있습니다. 이것은 페터가 어머니를 졸라서 억지로 만들어 달라고 한 것입니다.

장 안에는 슈트나 오버, 양말, 구두 그러한 것들이 들어 있습니다. 그리고 장 위에는 여러 가지 물건이 너저분하게 놓여 있으므로, 나는 그것이 무엇인지를 일일이 분간할 수가 없습니다.

환 단 2세의 방바닥 깔개, 이것 또한 볼 만한 가치가 있습니다. 진짜 페르시아 융단을 바닥 전면에 깔아 놓고 그 위에 다시 작은 것을 깔고 있는데, 두 장 모두가 빛깔이 너무 강렬하기 때문에 이 방에 들어온 사람은 누구든지 여기에 시선이 갑니다.

이 두 장의 융단을 처음 샀을 때에는 굉장히 값비싼 것이었겠지만, 지금은 마룻바닥 위에 적당히 깔려 있으므로 물결처럼 구김살이 생겨 멍청히 걷다가는 발이 걸려 넘어질 위험성이 있으니 부디부디 조심하시기를 ——.

두 쪽 벽은 초록색 비슷한 황마(동인도산의 마)가 발라져 있고, 다른 두 벽은 멋진 것과 그다지 신통치 않은 영화 배우의 사진이나 아니면 광고가 너절하게 붙여져 있습니다.

방 한가운데 기름에 찌들거나 불탄 자국이 있는 것은 지극히 당연한 일입니다. 하지만 이런 좁은 장소에 트럭 한 대분의 짐들이 꽉 차 있다니 알 만하지요. 일 년 반 동안에 더러움 타지 않았다면 기적이라 할 수 있습니다.

들보가 노출되어 있는 천장도 인사치레의 말로도, 좋은 상태라고는 할 수 없습니다. 천장에는 비가 새는 곳이 헤아릴 수 없을 만큼 많았으므로, 페터는 큰비가 올 때마다 두꺼운 종이를 몇 장이고 펴서 방어하지 않으면 안 됩니다. 그렇지만 바닥의 융단에도 물방울 무늬의 얼룩이 무수히 나 있는 것을 보면, 페터의 방어 장치도 별수없었던 것을 알 수 있습니다.

이것으로써 방의 실내 장식에 대해서는 대충 이야기했다고 생각합니다. 아이 참, 그래그래, 두 개의 의자에 대해서 이야기하는 것을 잊고 있었습니다.

하나는 빈풍이 안락의자입니다. 커버에는 재봉틀 자수가 놓여 있습니다. 또 다른 하나는 페터가 작년에 부엌에서 잠자기 위해서 실례해 온 흰 의자입니다. 그는 아마도 새로운 색으로 다시 칠할 예정이었던 모양입니다.

샌드페이퍼를 써서 흰 칠을 벗기기 시작했습니다. 그런데 샌드페이퍼 쪽이 먼저 닳아 버렸는지 어쨌는지 단념하고 말았습니다. 그래서 닦인 부분은 검고, 닦이지 않은 부분은 희어서 마치 얼룩말과 같은 의자가 되었습니다. 게다가 동살(다리 부분에 가로로 걸어서 보강하는 쇠막대)은 한쪽 밖에 남아 있지 않았으므로——실은 우리들이 그 떼낸 한쪽을 불집게로 써버렸으므로——그다지 예쁜 꼴은 아닙니다.

하지만 앞서도 말했듯이 이곳이 캄캄해서 사람이란 빈약한 잔해(殘骸)에는 그다지 신경 쓰지 않는 법입니다.

부엌의 계단으로 통하는 문 밑부분은 나무로 보강되어 있어 걸레나 브러시 따위를 걸 수 있는 못이 몇 군데 붙어 있습니다.

여기까지 자세히 말씀드렸으므로 페터의 방에 대해서 충분히 아실 수 있으리라 믿습니다. 하지만 아직 그곳의 주민에 대해서는 물론 아시는 바가 없으시겠지요?

그러면 이제부터는 이러한 굉장한 재산의 소유에 대해서 말씀드리기로 하겠습니다.

일요일 페터의 복장은 싹 달라집니다. 평일의 그는 오버올(내리닫이 작업복)을 입고 있습니다. 그는 그것을 세탁하는 것을 좋아하지 않으므로 잠시도 벗지 않습니다. 세탁하러 보냈다가 꾸깃꾸깃해지는 것을 겁내고 있는지도 모릅니다. 계집아이인 나는 그의 이러한 성벽을 아무리 생각해도 이해할 수 없습니다만, 아마 이 바지가 신체의 일부처럼 마음에 들었나 봅니다.

그래도 가끔은 세탁하면——지금이 바로 그렇습니다만——그 파랑색이 선명하게 되살아나서, 그것은 페터에게 더욱 잘 어울릴 것입니다. 목둘레에는 그 오버올과 같은 색의 푸른 스카프를 감고 있는데, 그는 이것도 바지만큼이나 마음에 들어합니다.

그는 딱딱하고 위엄 있는 다갈색 가죽 혁대와 흰 털양말로 평소의 복장을 마무리하고 있습니다.

하지만 일요일의 페터의 복장은 이것이 같은 인물일까 하고 눈을 의심할 정도로 변화를 보여 줍니다. 그날 그는 멋진 슈트와 고급 구두, 셔츠, 넥타이에 젊은이용의 최고 옷 장식품을 훌륭히 차려 입습니다.

페터의 겉치레는 이쯤해 두겠습니다. 그의 인품 그 자체에 대해서, 나는 최근에 급속히 견해를 달리하게 되었습니다. 나는 아주 조금 전까지만 해도 그는 느릿느릿하고 둔한 사람이라고 알고 있었는데, 요즘의 그는 그 어느 쪽도 아닙니다. 그가 호감이 가는 젊은이로 성장했다는 점에 대해서는 누구나가 인정하고 있습니다.

나는 그가 정직하고, 관대한 마음의 소유자인 것을 어느 누구보다도 잘 알고 있다고 자부합니다. 그는 무슨 일이든 조심스럽게 행동하며 소극적인 성격을 가지고 있지만, 남을 위해 조력하는 것은 적극적으로 정말 잘해 나가고 있습니다. 게다가 내가 생각하기에 그는 섬세한 마음씨도 아울러 가지고 있는 것 같습니다.

그는 작은 동물들을 사랑합니다. 특히 좋아하는 것이 고양이입니다. 마우스키와 마피라는 고양이를 그야말로 귀여워하고 있습니다. 그러나 그것으로 인해 남에게 폐를 끼치는 행동은 하지 않습니다. 두 마리의 고양이도 또 자기들의 젊은 주인이 자기들을 전심전력으로 사랑해 주고 있다는 것을 알고 있어, 동물 나름대로 그 사랑에 보답하려 하고 있습니다.

그는 두려움을 모릅니다. 그와는 반대로, 그의 나이 또래의 소년에게 흔히 있는, 우쭐거리며 잘난 체하거나 아는 체하는 일도 거의 없습니다.

그의 기억력은 뛰어납니다. 그가 핸섬하다는 것은 더 말할 필요도 없을 것입니다. 그를 만난 사람은 누구든지 그것을 인정합니다.

유달리 멋진 것은 그의 머리카락입니다. 더부룩하게 탐스러운 밤색의 고수머리는 마치 깊은 숲과 같습니다. 얼굴에 대한 묘사는 내가 질색하는 터라 여기에서는 생략하겠습니다.

그 대신 전쟁이 끝나서 예전의 생활로 다시 되돌아갈 수 있다면, 그의 사진을 나의 책상 위에 꾸며 놓을 참입니다. 여기에 숨어 있는 다른 사람들의 사진과 함께——. 백문이 불여일견(百聞不如一見)이라고, 그렇게 하면 묘사를 하는 수고는 덜 수 있지 않을까요?

  옮긴이 주——나는 페터군의 사진을 볼 수 있었는데, 안네 말대로 숱 많은 머리카락을 총명해 보이는 이마에 늘어뜨린 핸섬한 청년이었습니다.
  사진에서는 마음 약한 듯한 인상을 받았지만 그는 심지가 굳고, 최후까지 긍지를 잃지 않았습니다. 유태인 강제 수용소에서 어떤 친절한 사람이 안전하게 병원에 숨겨 주었는데도 "나는 병자가 아닙니다!"라고 뿌리치며, SS(친위대)한테 총부리를 들이대면서 다음 수용소로 행진해 갔지만, 그 뒤로 소식이 끊어지고 말았습니다.
  페터와 안네가 장래 결혼까지를 약속하고 있었는지에 대해서는 둘이 지붕 밑에 나란히 앉아 교회의 탑을 바라보면서 서로 나누었던 이야기와 아기 옷장(현재 있음)만이 알고 있을 것입니다.

제5장
미완성의 청춘

캐디의 생활

1. 하얀 세계

 캐디가 눈을 떴을 때 처음으로 본 것은 온통 새하얀 주위의 광경이었습니다. 확실히 마지막에 기억하고 있는 것은 누군가가, "위태로워!"라던가 뭐라고 소리를 질러 왔고, 거기에 자동차가 그리고 또 푹 넘어져서──모든 것이 암흑 천지로 캄캄해진 일입니다.
 지금 캐디는 오른발과 왼손이 욱신욱신 아프고, 영문도 모르는 채 신음소리를 내고 있었습니다. 그러자 흰 모자가 그녀 위에 몸을 웅크려 왔습니다. 모자 밑으로 내려다보고 있는 얼굴은 아주 상냥한 듯한 간호사의 얼굴이었습니다.
 "그렇게 아파요? 가엾게도. 어째서 이렇게 되었는지 기억할 수 있어요?"
 간호사가 물었습니다.
 "아픈 것은 그리 대단하지 않아요."
 캐디는 억지로 미소지으며 띄엄띄엄 말하기 시작했습니다.

"자동차가 갑자기 나를 향해 돌진해 와서 푹 쓰러지게——그 뒤는 아무것도 생각나지 않아요."

"그렇다면 저에게 댁의 이름을 가르쳐 주시겠어요? 제가 곧 부모님께 연락해 드릴게요. 물론 바로 와주실 거예요. 그러면 이젠 안심을 해도 돼요."

그 순간 캐디는 부들부들 몸을 떨었습니다.

"하지만, 하지만, 저……."

그렇게만 말했을 뿐 목이 메어서 아무 말도 할 수 없었습니다.

"그렇게 크게 생각하지 않아도 돼요. 댁이 여기에 구급차로 운반된 지 겨우 한 시간밖에 지나지 않았어요. 아직 부모님도 그렇게 걱정하고 계시지 않을 거예요. 게다가 병원 사무실에 계신 분이 너무 놀라지 않도록 하라고 전하기도 했어요."

캐디는 알아들었다는 듯이 머리를 끄덕였습니다.

"내 이름은 캐롤린 도로테아 판 알텐호펜이라 해요. 줄여서 캐디로 불리고 있어요. 주소는 암스테르담 시주이더 암스텔란 261번지예요."

"한시바삐 부모님을 만나고 싶죠?"

캐디는 가냘프게 생긋 웃었습니다. 그러나 그녀는 너무 지쳐 있었고 온몸이 아프지 않은 데라고는 한 군데도 없었습니다. 후유하고 한숨을 쉬고, 또다시 깊은 잠에 빠져들었습니다.

간호사 앵크는 하얗고 작은 방에서 한 시간 동안 캐디의 곁을 잠시도 떠나지 않고 시중 들고 있었습니다. 아무 일도 없었다는 듯이 조용히 베개에 머리를 얹고 잠들어 있는 작고 푸른 캐디의 얼굴을 걱정스러운 듯이 바라보고 있었습니다.

정말로 대단한 사고였습니다. 캐디가 도로를 횡단하려 했을 때, 마침 길모퉁이를 돌아오던 차가 속력을 늦추지 않고 그대로 캐디를 들이받고는 도주해 버렸던 것입니다.

치료를 했던 의사는 오른쪽 정강이에 복잡 골절이 있고 왼팔에 타박상, 더욱이 정밀 검사를 해보지 않고는 잘 알 수 없지만 왼쪽 발목도 다친 것 같다고 말씀하셨습니다.

　30분 후 누군가가 문을 가볍게 노크했습니다.

　"네, 들어오십시오."

하고 간호사가 말하자, 키가 몹시 크고 단정한 얼굴의 중년 신사가 중키에 알맞게 살이 찐 부인과 함께 병실로 들어왔습니다.

　캐디의 부모님이 틀림없습니다. 간호사 앵크는 급히 침대 곁을 떠나 그들을 맞았습니다. 판 알텐호펜 부인은 납처럼 창백해진 얼굴로 두려워하면서 딸의 얼굴을 들여다보았습니다.

　"간호사, 대체 이 애가 어떻게 되어서 여기에 있지요? 자세히 들려주세요. 집에 돌아오는 것이 늦어서 걱정하고 있던 참에 병원에서 전화가 오지 않았겠어요. 그래서 부랴부랴 달려왔어요."

　"너무 걱정 마세요, 아주머니. 따님은 일단 의식을 되찾았으니 안심하세요."

　간호사 앵크는 사고에 대해서, 또 그 후의 용태에 대해서 자기가 알고 있는 것들을 자세하게 설명했습니다. 부모님이 너무 걱정하지 않도록 하기 위해 신중하게 말을 하는 동안 마음이 편해지는 것을 느꼈습니다.

　캐디가 원상대로 회복될 수 있을지는 하느님밖에 알지 못하는 일인데도——.

　캐디의 부모님과 간호사가 서서 이야기를 하고 있는 동안, 캐디가 잠에서 깨어났습니다. 병실 안에 부모님이 서 계신 것을 본 캐디는, 잠이 들기 전에 간호사와 단둘이서 이 하얀 방에 있을 때보다 상태가 더 나빠진 것 같았습니다. 캐디의 머리 속으로는 별의별 생각이 다 스쳐 지나갔습니다. 사방팔방에서 오싹해질 것 같은 환상이 왁하고 밀어닥쳤습니다. 평생 동안 부자유스런 몸이 된 모습, 자칫하면 병신이 되어서——이러한 무서운 생각들이 끝없이 떠올랐습니다.

　한편 판 알텐호펜 부인은 딸이 깬 것을 알아차리고는 침대 가까이 다가갔습니다.

　"캐디야, 많이 아프지? 기분은 어떠니? 엄마가 쭉 곁에 있어 줄까? 뭐,

먹고 싶은 것은 없니?"

판 알텐호펜 부인은 쉴 새 없이 계속 말했습니다. 캐디는 어머니의 물음에 하나하나 대답할 수가 없어 그냥 고개만을 끄덕일 뿐이었고 이런 소동이 빨리 끝나 주기를 바라고 있었습니다.

"아버지!"

하고 캐디가 겨우 한마디 했습니다.

판 알텐호펜씨는 큼직한 철제 침대의 가장자리에 앉아 있다가, 딸이 부르는 소리에 벌떡 일어서더니 말없이 딸의 부상당하지 않은 쪽 손을 잡았습니다.

"고맙다, 정말 고맙다."

라고 말하자, 캐디는 안심한 듯이 다시 깊은 잠에 빠져들었습니다.

2. 엄마와 딸 사이의 틈

사고 후 벌써 일 주일이 지났습니다. 캐디의 어머니는 매일 아침과 오후에 문병하러 왔지만 오랫동안 있는 것은 허락되지 않았습니다. 그 이유 중 하나는 어머니가 신경질적으로 거침없이 마구 지껄여대서 환자를 피로하게 한다는 것과 캐디의 간호를 맡고 있던 간호사가, 캐디가 어머니보다는 아버지가 와주기를 바라고 있다는 것을 잘 알고 있었기 때문입니다.

간호사는 자기에게 맡겨진 이 작은 환자에겐 별로 신경을 쓰지 않아도 되었습니다. 캐디는 의사의 치료를 받은 뒤 심한 아픔이 몰려와도 결코 투덜거리거나 불평을 털어 놓지 않았습니다. 캐디에게 지금의 즐거움이란, 간호사 앵크가 침대 옆 의자에 앉아서 책을 읽어 주거나, 뜨개질을 하고 있을 때 꾸벅꾸벅 졸면서 꿈이라도 꾸며 지내는 일이었습니다.

처음 며칠간을 극복하자 캐디는 이제 하루 종일 잠자지 않고 이야기할 수 있는 기력도 생겼습니다. 게다가 간호사 앵크는 캐디가 지금까지 만난 사람 중에서 가장 좋은 말상대였습니다.

　그녀는 차분해서 언제나 온화하게 말을 했습니다. 캐디의 마음을 끄는 것도 그 '상냥함'이었습니다. 캐디는 이런 애정에 넘치는 어머니와 같은 따뜻한 인정미를, 항상 자신이 찾고 있었다는 것을 이제야 겨우 알았습니다. 이렇게 해서 두 사람 사이의 신뢰감이 날이 갈수록 두터워져 갔습니다.

　그 후 2주일쯤 지난 어느 날이었습니다.

　간호사 앵크가 주의를 기울이면서 캐디에게 어머니를 어떻게 생각하고 있느냐고 물었습니다.

　캐디는 벌써 그 질문을 예상하고 있었으며, 누구한테든 자신의 기분을 있는 그대로 전하면 마음이 후련해질 것이라 생각하여 간호사 앵크에게 모든 것을 털어 놓기로 했습니다. 그래서 캐디는 간호사 앵크의 질문을 피하려 하지 않았습니다.

　"왜, 새삼스레 그런 것을 물어요, 앵크 언니? 내가 엄마한테 고분고분 하지 않다고 야단치시는 거 아니예요?"

　"그런 것은 아니예요. 하지만 가끔 이런 생각이 들어요. 캐디가 아버지를 대할 때의 태도와 어머니를 대할 때의 태도에 차이가 있다는 것을……."

　"앵크 언니, 나는 정말로 엄마에 대해서 진정한 따뜻함을 느낄 수가 없어요. 가슴을 파고들고픈 마음이 내키지 않거든요. 그래서 더욱 슬퍼져요. 엄마하고 나는 기질이 전혀 다르잖아요. 제삼자가 보면, 이런 것은 대수로운 문제가 아닐지 몰라도 나는 그것이 마음에 걸려요. 이를테면 내가 매우 중요한 일이라고 생각하는 것도, 내 마음속에 찡하고 다가오는 것도 엄마는 전혀 이해해 주지 않거든요. 무슨 의논이라도 할라치면 콧방귀를 뀔 때도 있어요. 거기에 비하면 아버지는, 가령 그때 당장은 이해를 못 해도 어떻게든 이해하려고 노력하세요. 응, 언니, 제발 부탁이야. 나를 좀 도와 줘요. 내가 아버지만큼 엄마를 사랑하고 있지 않다는 것을 엄마가 알아차리지 못하게 하려면 어떻게 하면 좋지요? 엄마가 외동딸인 나를 몹시 사랑해 주고 있다는 것을 잘 알기 때문에 더 괴로워요."

"캐디의 어머니는 정말로 좋은 분이셔. 하지만 내가 보기엔 캐디를 대하는 방법 또는 애정의 표현 방법에 문제가 있지 않은가 생각해. 어쩌면 어머니는 대단히 내성적인 성격이어서 자신의 감정을 밖으로 나타내는 것을 두려워하고 계시기 때문일지도 몰라."

"아니야, 달라요. 엄마는 내성적인 성격이 아니예요. 엄마는 대단한 자신을 가진 여자로서 자기가 엄마로서 내게 하고 있는 것에 무엇 하나 결점이 없다고 확신을 가지고 있어요. 만약 누군가 나에 대한 접촉 방법이 나쁘지 않느냐 하는 등의 충고라도 하면, 엄마는 노발대발할 거예요. 나쁜 것은 언제나 나라고 철두철미하게 믿고 있어요. 앵크 언니, 언니야말로 내가 항상 생각하고 있던 이상적인 엄마형이에요. 나는 어릴 때부터 늘 이런 엄마를 동경해 왔어요. 하지만 나를 낳아 준 엄마는 그런 이상상(理想像)과는 거리가 멀었어요. 언제든지——. 남들이 보면 나는 행복에 가득 차 있는 것처럼 보일 거예요. 왜냐하면 내게는 살기 좋은 넓은 집이 있고, 아버지와 엄마 사이도 원만하며 원하는 것은 무엇이든 그날 중으로 사주시니까요. 하지만 남들은 그렇게 보고 있어도 인간이란 참으로 자신이 원하는 것을 손에 넣을 수 없는 경우가 더 많지 않을까요? 건강이라든지 젊음이라든지 아기라든지. 나의 경우 그것은 나를 정말로 이해해 주는 엄마가 필요한 셈이죠. 남자아이들의 경우는 모르지만 나이 찬 계집아이, 아니 계집아이의 일생에는 절대로 필요하지 않을까요? 아니, 사내아이에게도 역시 이해심이 많은 엄마는 귀중한 존재일 거예요. 필요한 이유가 계집아이들과는 조금 다를지 몰라도 말이야. 아아, 앵크 언니. 지금 갑자기 엄마한테 무엇이 부족한지 알았어요. 요컨대 여유가 없었던 거예요. 웃는 얼굴로 말하면 간단하게 해결할 수 있는 것도 소리를 지르고, 아무것도 아닌 일도 미주알고주알 캐어묻고는 결국은 트집을 잡는 거예요. 게다가 엄마는 내가 무엇을 생각하고 있는지, 무엇을 고민하고 있는지 전혀 알지도 못하면서 젊은 사람 마음은 손에 잡을 듯이 훤히 알고 있다고 하지 않겠어요. 엄마의 사전에는 상냥함이나 인내, 동정심 따위의 말은 없나 봐요. 요컨대 여자이긴 하지만, 엄마는 아니예요."

"어머니를 그렇게 말하는 것이 아니야, 캐디. 어머니는 아마 여러 가지 점에서 정반대이신가봐. 하지만 조금이라도 캐디를 이해하려고 노력하는 것만은 확실할 거야."

"양쪽이 서로 아무리 노력해도 허사일 경우도 있지 않을까요? 다시 말해서 톱니바퀴가 맞물리지 않는 거지요. 서로 이해하지 못한다고나 할까? 그리고 그런 이유만으로 우리 모녀 사이에는 신뢰감이 없어져 버렸어요. 훨씬 예전부터——."

"그런데 아버지는 여기에 대해서 어떠한 생각을 가지고 계시지, 캐디?"

"아버지는 엄마와 나 사이가 좋지 않다는 것을 잘 알고 계세요. 아버지도 나와 같은 생각 정도밖에는 엄마를 이해하고 있지 않아요, 아버지는 정말 멋져요. 언니, 게다가 내가 엄마한테 실망하고 있는 몫만큼 보충해 주려고 하시거든요. 다만 아버지는 이런 화제에 이르면 안절부절 못하셨어요. 엄마 비위에 거슬릴 말은 모두 피하려 하시는 거예요. 남자란 사회를 위해서는 거창한 일을 할 수 있어도, 엄마의 역할은 결코 대신하지 못하나 봐요."

"캐디야, 나는 캐디가 하고 있는 말에 대해서 반박하고 싶은 생각은 가득하지만 그만두겠어요. 하지만 캐디가 말하고자 하는 뜻은 나도 충분히 이해할 수는 있어요. 캐디하고 엄마가 사이좋게 지내지 못하고 대립하고 있다니, 정말로 유감이군. 캐디가 좀더 성장하면 이런 상황은 좋아지지 않을까?"

캐디는 겨우 어깨를 조금 움츠렸습니다.

"앵크 언니, 나는 엄마한테는 아무것도 기대하지 않기로 했어요. 그 대신 내가 진심으로 신뢰할 수 있고 상대편도 나를 신뢰해 주는 그런 사람이 꼭 필요해요."

캐디의 말이 끝났을 때, 간호사 앵크는 진지한 얼굴을 하고 있었습니다.

"자아, 그만. 이 문제를 서로 이야기하는 것은 이제 그만두기로 해요. 하지만 어머니에 대해서 나에게 전부 이야기해 준 것은 캐디를 위해서 결코 헛되지는 않았다고 생각해요."

3. 한걸음 또 한걸음

캐디에게는 이렇다 할 일도 없이 수주일이 지나갔습니다. 학교의 동급생이나 친구들이 몇인가 문병 오긴 했으나 그녀는 하루의 태반을 거의 혼자서 지냈습니다.

병은 눈에 띨 만큼 빠르게 회복되어 가고 있어, 캐디는 일어나 앉아서 책을 읽는 것도 허락되었습니다.

침대에 책상을 달아 주었으므로, 아버지는 캐디에게 일기장을 사다 주었습니다. 지금은 종종 몸을 반쯤 일으켜, 스스로 느낀 것이나 생각한 것을 그 일기장에 쓰고 있습니다.

글을 쓰는 것이 이렇게도 시름이 잊혀지고 즐거운 것인지를 캐디는 그 때까지 꿈에도 생각하지 못했습니다.

병원에서의 생활은 단조로웠습니다. 매일 같은 일이 일어나고, 무엇이든 기계적으로 어김없이 되풀이되어 잘못 따위는 절대로 일어나지 않았습니다. 주위가 너무나 조용하였으므로 팔이나 수족의 통증을 느끼지 않게 된 캐디로서는 더욱 시끄럽고 생기에 넘쳐 있는 편이 좋을 것이라고 생각했습니다.

그러나 시간은 캐디의 그러한 생각과는 상관없이 자꾸자꾸 흘러갔습니다. 캐디는 잠시도 지루하지 않았으며, 친구들도 그녀가 혼자 있을 때 놀 수 있도록 게임판을 병문안 선물로 주었습니다. 또 그녀는 학교의 복습도 소홀히 하지 않아, 하루 중 몇 시간을 할애하여 공부했습니다.

이제 캐디의 입원 생활도 3개월째로 접어들어 얼마 안 가서 퇴원할 수 있게 될 것이라고 했습니다. 오른발 정강이의 복잡 골절은 최초의 진단

만큼 중증은 아니었습니다. 담당 의사는 이만큼 회복되었으니 마지막 치료를 위해서 시골의 요양소에라도 가는 편이 낫지 않느냐고 했습니다.

그래서 일 주일 후 판 알텐호펜 부인은 캐디의 짐을 꾸리기 시작했습니다.

침대차를 불러 거기에 캐디를 태우고 자신도 함께 탔습니다. 침대차는 4시간이 넘는 느릿느릿한 운전 끝에 요양소에 무사히 도착했습니다.

요양소에서 캐디는 병원에 있을 때보다도 더욱더 고독을 맛보아야 했습니다. 문병객도 고작 일 주일에 한두 사람뿐이었습니다. 간호사 앵크도 없었으며, 구급차의 사이렌 소리도 들리지 않았습니다. 모든 것이 속세를 떠난 느낌이었습니다. 많은 시간을 소비하는 일광욕만이 중요한 일과며 회복을 향한 커다란 힘이었습니다.

캐디는 곧 그 생활에도 완전히 익숙해져서 붕대를 팔에서 풀어 내자, 곧바로 실내에서의 보행 훈련이 시작되었습니다. 이것은 생각보다 큰일이었습니다. 두 사람의 간호사에게 좌우에서 지탱되어 한걸음 또 한걸음 발을 떼어 걷는데, 매일 그 거리가 조금씩 길어졌습니다.

그리고 그녀는 걸으면 걸을수록 능숙해져서 이제는 의식하지 않고서도 발을 자유롭게 놀릴 수 있게 되었습니다.

나이가 어렸으므로 캐디의 회복은 눈에 띄게 빨라, 일 주일이 지나자 지팡이를 짚고 간호사가 곁에 따르기는 했지만 정원을 자유로이 걸어다니는 것도 허락되었습니다. 이것은 정말로 멋진 일이었습니다.

날씨 좋은 날은 시중을 들어주는 간호사 토르스와 함께 캐디는 넓은 정원 벤치에 앉아서 이야기를 나누거나 책을 읽기도 했습니다.

또 2, 3일 사이에는 몇 번인가 정원 저쪽에 있는 숲속에까지 산책을 나가기도 했습니다. 사실은 아직 조금은 무리였으나, 캐디가 너무 기뻐했으므로 간호사가 응해 준 것이었습니다.

똑바로 걷는 것은 매우 천천히 걸었으므로 문제가 없었으나, 어느 순간에 발목을 옆으로 삐거나 하면 통증이 찌릿하고 머리 꼭대기까지 울렸습니다. 그러나 캐디는 자신이 완전히 회복될 수 있다는 희망을 결코 버리지는 않았습니다.

4. 숲속에서 만난 소년

3주일쯤 지나자 캐디는 요양소 주위의 길을 모두 거닐어 보고 싶었습니다.
그러던 어느 날 담당 의사 선생님이 물었습니다.
"어때, 내일부터는 혼자서 걸어 보지 않겠니?"
캐디는 너무 기뻐서 가슴이 뛰었습니다.
"정말로 혼자서 걸어도 돼요?"
"암, 되고말고. 그대로 걸어가서 두 번 다시 이곳으로 되돌아오지 않아도 좋아요."
의사 선생님은 웃으시며 정말 그렇게 하기를 바라는 듯 농담을 했습니다.
다음날 캐디는 시키는 대로 혼자서 한 손에 지팡이를 들고 나섰습니다. 처음에는 간호사 토르스가 따라와 주지 않아 불안했지만, 곧 아무렇지도 않게 되었습니다. 그리고 정원의 울타리를 따라 30분쯤 걷고는 되돌아왔습니다. 고작 30분이었지만 땀을 흠뻑 흘렸습니다. 그러나 기분은 날아갈 것처럼 매우 좋았습니다.
간호사는 그녀의 얼굴이 여느 때보다도 싱싱하며 눈을 반짝이고 있는 것을 보고,
"혼자 산책하는 것이 즐거웠던 모양이죠. 축하해요, 캐디."
하고 진심으로 기뻐해 주었습니다.
첫날은 간호부장이 울타리 근처까지만이라고 못을 박았으나 다음날부터 캐디는 울타리 밖으로 조금씩 나가도 좋다는 허락을 받았습니다.
요양소는 인가에서 상당히 멀리 떨어진 곳에 있었습니다. 그래도 캐디의 발걸음으로 10분쯤 떨어진 곳에는 큼직한 별장이 있었고, 다시 10분

가량 걸으면 개성적인 별장이 숲속 여기저기 흩어져 있었습니다.
 캐디는 옆길에 굵은 통나무로 만들어진 벤치가 있는 것을 발견했습니다. 그리고 그 다음날은 담요를 가져다가 벤치 위에 깔아 놓고 좋아하는 책을 펼쳤습니다. 2, 3페이지 읽고 나서 책을 밀어 놓고 사색에 잠겼습니다. 다음날도 또 그 다음날도 2, 3페이지 읽고는 책을 밀어 놓았습니다.
 '왜, 나는 이런 책을 읽지? 주인공인 소녀의 경험담 따위보다는, 여기에 멍하니 앉아서 주위를 바라보거나 자신의 일이든 세계든 그 의미에 대해서 생각하는 편이 훨씬 더 의의가 있지 않을까!'
 그래서 캐디는 주위를 돌아보고 새나 꽃을 쳐다보며 그녀의 발밑에서 부스러기를 나르느라 총총히 달아나는 한 마리의 개미를 눈으로 좇았습니다.
 그리고 또한 캐디는 자신이 마음대로 뛰거나 가고 싶은 대로 일직선으로 달려갈 수 있는 모습을 꿈꾸었습니다.
 그 비극이 있었던 직후는 절망의 구렁텅이에 빠진 듯한 느낌이었으나, 지금은 그렇게 낙관은 할 수 없다 해도 서광이 비친 것만은 확실했습니다.
 캐디는 돌연 자기가 사고를 당한 전과는 다른 인간이 되어 있다는 것을 느꼈습니다. 고독한 요양 생활, 괴로운 보행 훈련, 숲속에서의 명상에 의해 인생을 다른 각도에서 보는 것을 배운 것입니다. 그것은 특이한 체험을 가진 인간만이 갖는 생각, 감정이라고 할 수 있을지도 모릅니다. 캐디는 지금 냉정히 반성하기 시작했습니다.
 '아아, 왜 나는 자신을 이해해 줄 것만을 바라고 주위에 있는 사람들, 선생님이나 친구들의 일을 진지하게 이해하려고 하지는 않았던가? 특히 부모님에 대해서 생각한 적이 없었다니, 정말 이상해.'
 하지만 캐디만을 책망하는 것은 조금 너무하다고 생각합니다. 캐디도 역시 두세 번은 어머니와 무릎을 맞대고 이야기하리라고 생각했습니다. 하지만 그때마다 어머니한테서 어린아이 취급을 받았기 때문에 입을 다물고 말았습니다.

그러나 사실은 이렇다 할 고생이나 경험을 쌓지 않은 아이가 자신보다 연상의 가족, 선생님의 생활이나 인생 따위를 이해할 수 있을 까닭이 없습니다. 다만 알 수 있는 것은 겉모양뿐 아닐까요.

캐디는 주위 사람들한테서 무엇인가를 알고 싶었으나 어떻게 하면 좋을지 몰라 단지 허둥지둥할 뿐이었습니다.

그리고 스스로 '아이들은 부모의 일 따위는 몰라도 좋아' 하고 단념해 버렸습니다.

그러나 지금은 다릅니다. 캐디는 상대를 마음으로부터 신뢰하면 더욱 잘해 나갈 수 있다는 확신을 가질 수 있었습니다. 그렇게 하면 상대가 곤란에 처해 있을 때, 손을 뻗어 도와 줄 수도 있고 누군가를 깊이 신뢰함으로써 자기 자신이 침착할 수 있고 힘을 얻을 수 있습니다.

캐디 자신은 마음의 밑바닥을 터놓고 이야기할 수 있는 상대가 단 한 사람도 없었던 것을 새삼스레 통감하고 있었습니다. 캐디가 가끔 느꼈던 안절부절못하던 고독감도 이것과 같은 것이 아니었을까요? 무엇이든 터놓을 수 있는 동성의 친구가 있었더라면 이런 감정은 씻어 버릴 수 있지 않았을까 생각합니다.

캐디는 나면서부터 명랑하고 이야기하기를 좋아했지만 이야기를 할 기회가 없다고 해서 쓸쓸해할 계집아이는 아니었습니다. 아니, 그것은 아닙니다. 고독감이라는 것은 다른 성질일 것입니다. 이를테면 밝고 쾌활하게 지껄이고 있더라도 마음속은 고독한 경우가 확실히 있을 것입니다.

지금 벤치에 혼자 앉아 있는 캐디는 쓸쓸하고 고독했습니다. 앙알거리며 꾸짖어 줄 사람마저도 없습니다. 이렇게 되면 이상하게도 그러한 사람이 그리워지게 됩니다. 그래서 캐디는 자기가 자신에게 정신적인 동요를 충동질하기로 했습니다.

'자아, 캐디야. 바보처럼 멍청하게 있지 말고, 이 어려운 문제를 끝까지 생각해야 해요!'

캐디는 또 깊은 명상에 잠겼습니다.

몇 분쯤 지나 캐디는 사람의 발소리가 가까워지는 것을 느끼고 문득 눈을 떴습니다. 사람의 그림자도 없는 이 숲속 옆길에서 사람을 본 적은 단 한 번도 없었던 캐디는 놀라지 않을 수 없었습니다.

발소리는 차츰차츰 더 가까워졌습니다. 그러더니 숲속 저만큼에서 17세쯤 되어 보이는 소년의 모습이 나타났습니다. 그 소년은 캐디를 향해 다정하게 손을 흔들더니 그대로 걸어가 버렸습니다.

'그는 대체 어떤 소년일까? 이 근처 별장 어딘가에 살고 있을까?'

캐디는 자신의 그런 생각에 고개를 끄덕였습니다.

'그래, 반드시 그럴 거야. 그 소년은 이 지방 사람 같은 느낌은 아니었어.'

그리고 캐디는 의식적으로 자신의 마음속에서 그 의문과 소년의 모습을 쫓아내려고 했습니다. 그것은 생각대로 이루어져 다음날 아침 그가 같은 장소를 지나갈 때에는 완전히 그의 일을 잊고 있었습니다. 그러나 그 소년은 2주일에 걸쳐서 매일 아침 같은 시각에 숲속에서 솟아나듯이 나타났습니다.

5. 신은 어디에

어느 날 아침 캐디가 벤치에 앉아 있으려니까 소년이 언제나처럼 또 나타났습니다. 그리고 처음으로 캐디 앞으로 오더니 악수를 청하면서 이렇게 이렇게 말했습니다.

"내 이름은 한스 돈켈트야, 우리는 정말로 오랫동안 서로 얼굴을 아는 사이잖아. 이제 서로 인사라도 나누는 것이 좋지 않을까?"

"나는 캐디 판 알텐호펜이에요."

하고 캐디도 자기 이름을 알려 주었습니다. 그러고는 덧붙여 말했습니다.

"언제나 총총걸음으로 가버리더니 마침내 멈추어 섰군요. 하여튼 기뻐요."

"그럴까, 드디어 말이지?"
하고 소년은 말을 고르면서 다시 말을 이었습니다.
"물론 나는 좀더 빨리 친하고 싶었어. 하지만 너는 언제나 무슨 생각에 잠겨 있는 것 같았어. 공연히 말을 걸었다간 '이 바보 새끼!' 하고 욕먹을까봐 겁이 났어. 그러나 오늘은 용기를 내어 말을 걸어 본 거야."
"내가 그렇게도 말을 걸기 어려워 보이는 사람이에요? 아니면 잡아먹힐까봐 겁이 났어요?"
캐디는 웃으며 농담삼아 말했습니다.
한스도 곧 그 농담을 받았습니다.
"사실은 말이야, 처음에는 그렇게 생각했는데 지금은 달라. 이렇게 가까이서 똑똑히 캐디의 얼굴을 보게 되었거든."
그리고 그 소년은 또다시 얌전한 얼굴로 말했습니다.
"캐디에게 궁금한 것이 있는데, 바른대로 말해 줄 수 있어? 캐디는 이 근처의 별장족인지, 요양소의 환자인지? 아니, 환자 같지는 않아. 싱싱하고 건강해 보이거든."
"환자로는 안 보인다고 했지요?"
캐디는 큰 소리로 말했습니다.
"나는 진짜진짜 요양소 환자예요. 오른발을 골절하고, 팔과 왼발에도 타박상을 동시에 입었어요. 하지만 앞으로 6개월만 지나면 완전히 나을 거예요."
"그런 심한 부상을 한꺼번에? 도대체 어디서, 어떻게?"
"모두 내가 나빴어요, 내가 말이에요. 달리는 차 밑에 스스로 뛰어들었지요. 바보처럼……."
캐디는 한스의 얼굴에 떠오른 표정을 날카롭게 읽었습니다.
"괜찮아요. 이래도 정신과 의사한테 신세지고 있지는 않으니까요."
"설마, 나는 그런 걸 생각하지는 못했어."
한스는 멋쩍은 듯 당황했습니다.
"나는 말이야, 데네글로엔에 살고 있어."

한스는 자신이 매일 아침 걸어나오는 방향을 가리키며 말했습니다.

"캐디야말로 내가 매일 아침, 정기 버스처럼 어김없이 여기를 지나가니 이상하게 생각하고 있지 않았어? 나는 매일 아침 친구를 만나러 가는 거야. 그 자식은 아주 꼼꼼한 놈이거든."

캐디는 지팡이에 의지하지 않고 일어서려고 했습니다. 한스는 캐디가 힘들어하는 것을 보자, 재빨리 두 손을 내밀었습니다. 그렇지만 캐디는 고집을 부리면서 그 손을 물리쳤습니다.

"미안해요, 한스. 나는 혼자 일어서는 연습을 해야 돼요."

그래서 한스는 대신 캐디의 책을 받아들어 겨드랑이에 끼였습니다. '이것으로 이 좀 색다른 멋진 여자아이를 요양소까지 바래다 줄 구실이 생겼구나' 하고 생각하면서──.

울타리 근처에서 둘은 서로 오래 전부터 잘 아는 사이처럼 작별 인사를 하고 헤어졌습니다.

캐디는 다음날 아침 평소보다 조금 빨리 한스가 찾아와서 통나무 벤치의 그녀 옆에 앉아도 조금도 놀라지 않았습니다. 둘은 이런 저런 이야기에 신바람이 났으나 그렇다고 해서 그 이상 깊이 파고들 성질의 화제는 아니었습니다.

캐디는 한스를 멋진 남자아이라고 평했던 만큼 실없는 잡담으로 끝나버린 그날의 일을 요양소에 돌아와서는 억울하게 생각했던 것입니다.

그로부터 며칠이 지난 어느 날 아침 두 사람은 여느 때와 같이 간격을 두고 벤치에 앉아 있었으나 웬일인지 대화는 좀처럼 진척되지 않았습니다. 무엇인지 지금까지와는 다른 분위기 같았습니다. 요컨대 어느 쪽인가가 가끔씩 전혀 입을 열지 않는 것입니다. 말없이 앞에 있는 숲을 바라보면서 다만 앉아 있기만 했습니다.

캐디는 한스의 존재를 잊고, 또 사색에 잠겨 있다가 문득 얼굴을 들었습니다. 정말로 가까운 거리에서 뜨거운 시선을 느꼈습니다.

믿어지지 않을 만큼 오랫동안 한스는 자신의 옆에 있는 귀여운 얼굴을 눈도 한 번 깜박이지 않고 응시하고 있었던 것입니다. 그리고 또 두 사람의 시선은 다시 마주쳤습니다.

둘은 마음속으로 '눈을 떼지 않았으면' 하고 생각하면서 오랫동안 서로 응시하고 있었습니다. 간신히 캐디는 그것을 피하여 고개를 숙이고 말았습니다.

"캐디."

한스는 이제까지 없었던 다정함이 담겨져 있는 목소리로 그녀를 바라보았습니다

"지금, 캐디가 무엇을 생각했는지 말해 주지 않겠어?"

"……."

캐디는 잠시 동안 가만히 있다가 결심을 한 듯 말했습니다.

"굉장히 어려운 일이에요. 아니, 이상한 일이야. 한스는 도저히 이해하지 못할 거예요. 만약 내가 그 이야기를 한다면 한스는 반드시 나를 바보 같다고 할 거야."

캐디는 여전히 고개를 숙이고 있었으며 그 목소리는 기어들고 있었습니다.

"캐디, 누구한테라도 자신의 가슴속에만 숨겨 두고 싶은 감정이나 생각은 있는 거야. 물론 나에게도 있어. 하지만 캐디의 생각을 듣고 싶어. 나에게 말해 줄 수 있겠어? 만일 그렇게 하지 않으면 캐디가 나를 믿지 못한다고 생각하겠어."

"어머, 한스를 믿지 않는 게 아니예요. 하지만 뭐라 할까, 설명하기가 어려워요. 내 자신한테도 뭐라고 해야 좋을지 모르겠어요."

둘은 잠시 아무 말 없이 고개를 숙이고 있었으며, 너무도 진지한 표정들이었습니다. 캐디는 한스를 크게 상심시킨 것을 느낀 순간 미안한 생각이 들었습니다. 그래서 감연히 말했습니다.

"저어, 한스. 자신도 가끔 쓸쓸함을 느낄 때가 있어요? 바로 가까이에 친구가 있어도 말이야. 요컨대 정신적 고독감 말이에요."

"젊은이라면 누구든지 가끔 고독감을 느끼지 않을까? 그것은 대개의 경우, 어른들보다도 사정이 더 나쁘거든. 물론 나 역시 비슷한 경험이

있는데 여태까지 누구한테도 털어 놓지 못했어. 사내아이란 계집아이처럼 자신의 친구들에게 마음속을 털어 놓을 수 없는 거야. 동료들한테 웃음거리가 되는 것이 무서워서 말이야."

한스의 말이 끝나자, 캐디는 그의 얼굴을 응시하면서 말했습니다.

"나는 가끔 이상하게 생각해요, 왜 모두들 '진심'을 말하기를 꺼려하느냐에 대해서. 짤막하게 진실을 털어 놓음으로써 어떠한 난관도 극복할 수 있으며 오해도 풀 수 있을 텐데……."

또다시 두 사람 사이에는 침묵이 흘렀습니다.

드디어 캐디는 결심을 한 것 같았습니다. 긴장한 탓인지 약간 목이 쉰 것처럼 들렸습니다.

"한스는 하느님의 존재를 믿고 있어요?"

"응, 나는 신의 존재를 굳게 믿고 있지."

"요즘 나는 하느님에 대해서 이것저것 생각해 보지만 누구와도 이야기해 본 적은 없어요. 아주 어렸을 적에, 침대에 들기 전에 기도해야 한다는 것을 부모님한테 배워서 매일 밤 이를 닦는 것과 마찬가지로 다만 습관으로 되풀이하고 있었어요. 그래서 나는 하느님과 함께였던 적이 단 한 번도 없었어요. 정말이지, 내가 바라는 것은 주위 사람들이 모두 들어주거든요. 신의 존재에까지 생각이 미칠 수가 없었어요. 하지만 이번 사고로 인해 정말 혼자가 되어서 충분한 시간적 여유가 있었기 때문에 갖가지 일들을 깊이 파고들어 생각해 볼 수가 있었어요. 여기에 온 첫날 밤에 나는 열심히 기도했지만, 마음은 다른 곳에 있었어요. 그러나 또 마음이 달라져서 성경 말씀의 깊은 의미를 생각해 보았더니, 간단하게 보이는 어린아이들의 기도에도 생각했던 것보다는 훨씬 깊은 의미가 담겨 있다는 것을 알게 되었어요. 그날 밤 이래 나는 더욱 다른 것, 내가 훌륭하다고 생각되는 것을 위해서 기도했어요. 그것도 덮어놓고 비는 것이 아니라 진심으로 빌었어요. 2주일 후 어느 날 밤 내가 기도에 열중해 있을 때 문득 어떤 생각이 번개처럼 내 마음을 스쳤어요——. 하느님은 그야말로 마음이 넓으신 분이에요. 하지만 건강하고 행복한 때에는 하느님 따위는 생각지도 않았던 사람이 막상 재난을 당하고 난 후나 괴로울 때만 '하느님 도와 주세요' 하고 매달리니 과연 도와 주실까 하고——. 일단 이러한 의문이 생기니까 나는 그저 허둥지둥할 뿐이었어요. 생각하면 생각할수록 무서워졌어요. 역시 하느님은 나와 같은 자는 버리셔야 한다고 생각했어요."

"나는 캐디의 마지막 말은 전면적으로 찬성할 수 없는데."
하고 한스가 엄한 소리로 말했습니다.

"캐디가 어렸을 때 무엇 하나 부족한 것 없이 살고 있었을 때 신에게 기도드리지 않았던 것을 후회하고 있는 모양이지만, 내가 보기에는 신을 숭배하지 않은 것은 아닌 것 같아. 다만 깊이 생각하지 않으려고 했던 것뿐이 아닐까. 그리고 불행히도 아니, 어떤 의미에서는 다행하게도 캐디는 고통도 불안도 충분할 만큼 경험했어. 그리고 그 때문에 하느님을 찾아 헤매고 있으며, 스스로 구하고 있는 이상적인 모습이 되려고 오로지 노력하고 있는 거야. 이제야말로 하느님도 캐디를 버리지는 않으실 거야. 캐디, 신의 존재를 믿는 거야. 하느님은 아직까지 헤아릴 수 없을 만큼 많은 사람들을 구원해 주셨으니까 말이야."

캐디는 깊은 생각에 잠겨 숲으로 시선을 옮겼습니다.

"한스, 다른 사람들은 어떻게 해서 하느님의 존재를 알지요? 신이란 무엇이지요? 하느님은 누구지요? 누구도 본 사람이 없잖아요! 나는 가끔 생각해요. 하느님에게 하는 기도 따위는 공중에서 사라지고 마는 것이 아닐까 하고 말이에요."

"캐디가 구체적으로 신의 정체를 물으니까 나는 이렇게 대답할 수밖에 없군——하느님이 누구이고 어떤 분이냐고 물어 봐야 무의미해. 누구 한 사람 하느님을 알고 있는 사람은 없으니까 말이야. 자, 고개를 들고 주위의 풀이나 꽃, 나무, 동물 그리고 인가를 봐. 그러면 반드시 신을 알 수 있을 거야. 인간의 눈에는 경이와 기적으로밖에는 비치지 않는 대자연의 영위, 삶과 죽음, 증식, 유전, 진화 그것이 바로 신이야. 이 지구상의 모든 것은 신의 뜻에 따라서, 인간은 인간으로서, 꽃은 꽃으로서 만들어지는 거야. 신의 다른 이미지를 찾을 필요 따위는 전혀 없는 거야. 인간은 이 기적을 한마디로 '신'으로 부르고 있어. '자연' 따위를 다른 호칭으로 부르는 사람이 있을지는 몰라도 본질적으로는 다 같은 거야. 캐디, 내가 말하고자 하는 바를 알겠어?"

"응, 잘 알겠어요. 나도 정말로 그렇게 생각해요. 언젠가 병원에서 의사 선생님이 말씀하셨어요. '캐디는 점점 좋아져 가고 있어, 틀림없이 원상대로 될 거야' 하고. 그 말을 듣고 나는 너무너무 기뻤어요. 신세진 의사 선생님이나 간호사 언니에게 감사하는 것은 물론이거니와 제일 감사해야 할 상대는 하느님일 것이라고 생각했어요. 또 이것은 다른 예지만, 상처가 몹시 아파서 아무리 잊고 잠자려 해도 잠을 이루지 못했을 때가 몇 번인가 있었어요. 그때 나는 정신없이 '하느님, 제발 이 고통을 덜게 해주시옵소서' 하고 빌었거든요. 지금 생각하면 하느님을 부른 그 자체가 하느님의 존재를 믿고 있었다는 증거가 아닐까요. 그리고 나는 또 곤란한 일이 생기면 곧잘 하느님에게 '좋은 충고를 해주십시오' 하고 빌어요. 그렇게 하면 어김없이 참된 답이 되돌아와요. 하지만 한스, 이 대답도 결국은 나 자신이 하고 있는 것이 아닐까요?"

"앞서 말한 대로 캐디, 인간이나 다른 생물도 모두 지금의 형체로 하느님에 의해서 만들어진 거야. 혼도 정의감도 재능도 모두 하느님이 주신 거야. 그래서 캐디가 어떤 의문의 대답을 자신이 발견했다고 해도 캐디를 만든 것은 하느님이니까, 결국은 하느님으로부터 받은 것이 되는 거야."

"그렇다면 하느님은 우리들 자신을 통해서 나에게 말씀하신다는 거예요?"

"물론, 그렇지. 우리는 짧은 시간에 정말로 마음을 터놓고 이야기를 나눈 것 같아. 자, 캐디. 손을 내밀어 보라구. 악수하자. 이제부터 우리 둘은 언제나 서로를 믿고 곤란한 일이 생겨 그것을 누군가에게 털어 놓고 싶어지면 제일 먼저 의논하기로 한다는 맹세의 악수를——."

캐디는 쑥 손을 내밀어 오래도록 서로 맞잡고 있었습니다. 그들은 마음속에 말로는 도저히 표현할 수 없는 평온이 가득히 넘쳐 흐르는 것을 느꼈습니다.

신에 대해서 서로 실컷 이야기한 이래, 한스와 캐디는 다른 누구도 상상할 수 없는 깊은 우정을 쌓아올렸다고 생각하고 있었습니다.

그리고 캐디는 앞에서 말한 대로, 신변에서 일어난 일들을 일기에 적어 두는 습관이 생겼으므로 자신이 느낀 것이나 생각한 것을 빠짐없이 적었습니다. 어느 날 캐디는 이렇게 적고 있었습니다.

"지금 나에게는 참된 친구가 있습니다. 그러나 그렇다고 해서 언제나 행복하고 즐겁다는 것은 아닙니다. 하지만 그것으로 만족한 것일까요? 만약 내가 항상 행복하고 신바람이 나서 마음이 들떠 있다면, 시간을 들여서 차분히 생각해야 할 갖가지 문제에 대한 연구가 소홀해지지 않을까요."

또 어떤 때에는,

"우리들이 하느님에 대해서 서로 이야기한 것은 훨씬 오래 전의 일인데, 아직도 내 마음에 신선하게 남아 있습니다. 침대에서 책을 읽고 있거나 숲속에서 혼자 있을 때 문득 생각합니다. 나를 통해서가 아니면 하느님은 어떻게 해서 말씀을 하시는 것일까? 이런 생각을 하면 어떻게 할까 하고 여러 가지 생각들이 내 머리 속을 스쳐 지나갑니다. 나는 하느님이 '나를 통해서 말씀하신다' 는 것을 믿습니다. 왜냐하면 인간을 이 세상에 내보내시기 전에 하느님은 하느님 자신의 일부, 요컨대 분신을 인간의 한 사람 한 사람에게 주셨기 때문입니다. 그 분신은 인간의 마음속에 있어서 선과 악을 분별하는 '양심'이란 이름의 벽이 됩니다. 어떤 의문이나 고민을 느낀 인간, 하느님의 존재를 믿는 인간은 이 벽에 의논을 합니다. 그러면 벽은 벽의 저쪽의 악에는 통하지 않고 옳은 답을 가르쳐 주는 것입니다. 화려하게 피고 있는 꽃이나 아름다운 소리로 지저귀고 있는 새에게도 역시 하느님의 분신이 머물고 있어 제각기의 성장을 돕고 있는 것입니다. 그러나 하느님은 동시에 인간의 마음속에 정의라든지, 욕망의 씨앗을 듬뿍 뿌렸습니다. 그 때문에 모든 인간의 마음속에 정의와 욕망의 갈등이 되풀이되고 있는 것입니다. 인간이 어느 날엔가 자신의 욕망을 뿌리치고, 양심으로 불리는 '신의 분신'에게 귀를 기울이는 것을 누가 알 수 있겠습니까?"

6. 가련한 메리

그런데 네덜란드에 살고 있는 유태인들에게는 날이 갈수록 사태가 나빠지기만 했습니다.
1942년 그들 대부분에게는 가혹한 운명이 기다리고 있었습니다. 7월 여름, 16세에 달한 소년 소녀들은 강제로 모아져서 국외로 추방당했습니다. 다행히도 캐디의 친구인 메리 홉킨스는 여기에서 빠질 수 있었습니다.
그런데 그로부터 얼마 안 되어 청소년들뿐만 아니라 어른, 어린이, 노인 할 것 없이 모두 국외로 추방당하게 되었던 것입니다.
가을이 오고, 또 겨울이 오는 동안 캐디는 털이 곤두서고 소름이 끼칠 만큼 무서운 일들을 목격해야 했습니다.
밤마다 독립군이나 비밀 경찰의 트럭이 잡아 모은 유태인들을 태우고 전속력으로 돌아다녔습니다. 탕하는 문소리, 아이들의 울음소리가 귀에 박혀서 잠을 이룰 수가 없었습니다.
어두운 전등불 밑에서 판 알텐호펜 부부와 캐디는 서로 얼굴을 마주보고 앉아 있었습니다. 어느 눈에도 '내일은 대체, 또 누가 잡혀 갈지 몰라?' 하고 쓰여 있을 뿐이었습니다.
12월의 어느 날 밤 캐디는 메리 홉킨스를 찾아가 용기를 북돋워 주려고 마음먹었습니다. 오버를 입고 밖으로 나가 보니 거리의 소란스러움은 여느 때보다 더 심했습니다.
가까스로 홉킨스 집에 도착한 캐디는 메리의 아파트 1층 벨을 눌렀습니다.
메리는 들창으로 내다보고 캐디임이 확인되자 열쇠로 문을 열어 주었습니다. 캐디는 거실로 안내되었습니다. 거기에는 메리의 가족 모두가 작업복을 입은 채 마치 죽음의 사자가 오는 것을 기다리고나 있듯이 앉아 있었습니다. 어느 누구도 얼빠진 멍한 눈으로, 누구 한 사람 캐디에게 왔느냐는 인사 한마디 건네는 사람이 없었습니다.

'이 사람들은 도대체 몇 달 동안이나 매일 밤 이와 같이 여기에 앉아 있었을까?'

캐디는 메리 식구들의 이런 창백한 얼굴을 보고 있는 동안 가슴이 꽉 메어져서 당장이라도 달아나고 싶었습니다. 게다가 밖에서 다른 집의 문이 탕하고 소리를 내며 닫힐 때마다 모두들 소스라치게 놀라는 것이었습니다.

그 소리는 비밀 경찰이 유태인의 집에 뛰어들어 가족 모두를 끌고 갈 때의 소리입니다. 교활한 그들은 정교한 열쇠를 써서 몰래 들어오는데, 나갈 때에는 일부러 소리를 내는 것입니다. 그러기 때문에, 이 사람들에게 탕하는 소리는 자신들의 인생이 닫히는 것을 상징하고 있는 것입니다. 더욱 밝아진 귀에는 온 동네의 문소리가 들리고 있었는지도 모릅니다.

캐디는 10시에 작별 인사를 하고 어두운 계단을 내려오면서, 저렇게 그냥 앉아 있기만 해서는 아무런 의미도 없다고 생각했습니다. 그러나 캐디는 다른 세계에 살고 있는 것으로밖에는 생각되지 않는 저 사람들을 도울 수도, 용기를 북돋워 줄 수도 없었습니다.

가족들 중에서 그래도 약간이나마 힘을 내고 있는 사람은 메리 혼자뿐이라는 생각이 들었습니다. 그녀는 캐디에게 윙크하고는 어린 동생이나 부모님에게 비록 조금이나마 식사를 들게 하려고 노력하고 있었습니다.

메리는 캐디를 1층의 문 근처까지 바래다 주고는 문을 단단히 열쇠로 채웠습니다. 캐디는 회중 전등으로 발 밑을 비치면서 잠들어 조용해진 거리를 걸으며 집으로 향했습니다.

그런데 2, 3미터도 채 못 가서 어디선가 이상한 소리가 들려왔습니다. 캐디는 문득 멈추어 서서 무슨 소리인지 귀를 기울였습니다.

거리 모퉁이 저쪽에서 발소리가 들려왔습니다. 철컥, 철컥하는 구둣소리. 마치 일개 연대와도 같은 무거운 소리였습니다. 캄캄한 어둠 속이라 잘 보이지는 않았으나, 이쪽으로 오고 있는 것과 불길한 일이라는 것만은 곧 알 수 있었습니다.

캐디는 찰칵하고 회중 전등을 끄고 아파트의 벽에 박쥐처럼 달라붙어, '들키지 않게 해주십시오' 하고 빌었습니다. 그때 갑자기 한 사람이 캐디 앞으로 막아서며 손에 쥐고 있던 권총을 들이댔습니다. 보기에도 건방진 얼굴로 위협적인 태도를 지어 보였습니다.

"자 이리로 와."

라고만 말하고 캐디의 어깨를 붙잡아, 힘껏 질질 끌었습니다.

"너는 무얼 하는 아이야, 이런 한밤중에 혼자서 뭘 하고 있는 거야?"

그 사나이는 캐디를 노려보며 말했습니다.

"나는 명예로운 부모님을 가진 크리스찬 소녀입니다."

캐디는 겨우 말했습니다. 가엾게도 캐디는 독수리한테 붙잡힌 참새 새끼처럼 전신을 와들와들 떨고 있었습니다. 이 군복을 입은 깡패는 대체 자기를 어떻게 할 것인지 겁이 났습니다.

자신의 신분 증명서를 보이면 되지만, 이러한 사나이는 이쪽에서 내밀면 가짜 증명서가 아니냐고 트집을 잡는 수가 많습니다.

"명예롭다니, 어떤 의미지? 신분 증명서를 내봐!"

그 사나이의 말이 떨어지기가 무섭게, 캐디는 곧 가방에서 신분 증명서를 꺼내 보였습니다.

"왜, 처음부터 바른대로 말 안 했지?"

사나이는 증명서를 보면서 말했습니다.

"이 건방진 계집애가——."

하며 소리를 버럭 질렀습니다.

캐디는 무엇이 일어났는지도 모르는 동안, 길바닥에 엎어져 있었습니다. 자신의 예상이 어긋나자, 요컨대 유태인 소녀로 착각한 것에 화가 치민 독일병은 '명예로운 부모를 가진 크리스찬 소녀'를 장화를 신은 구뒷발로 힘껏 차 내던졌습니다. 아프기도 하고 화도 났으나 캐디는 모든 것을 참고 집으로 도망쳐 왔습니다.
　그로부터 일 주일 동안 캐디는 메리를 다시 한 번 찾아가 보아야지 하고 생각하면서도 결국 기회가 오지 않았습니다. 그러나 8일째가 되는 오후, 직장의 책임자가 캐디에게 반나절 휴가를 특별히 내주었습니다.
　캐디는 즉시 서둘러 메리의 아파트를 향해 달려갔습니다만 한걸음씩 가까워질 때마다 벌써 메리의 집에는, 저 아파트에는 아무도 없지 않을까 하는 두려움이 확신으로 변해 가고 있었습니다.
　아파트 앞에 당도하자, 문에는 열쇠가 채워져 있었고 두꺼운 판자까지 쳐져 있었습니다. 이를 데 없는 무서운 절망감이 캐디를 사로잡았습니다.
　"메리는 대체 지금 어디에 있을까?"
하고 캐디는 생각했습니다.
　'아무도 모를 거야.'
　캐디는 눈물을 흘리며 집으로 돌아왔습니다. 자기 방으로 들어선 캐디는 문을 닫고, 코트를 입은 채로 침대에 쓰러져 캄캄해질 때까지 메리의 일만을 생각하고 있었습니다.
　자신은 이렇게 따뜻한 방안에 있을 수 있는데, 어째서 메리는 가는 곳도 알리지 않고 모습을 감추어야 했을까요? 메리는 앞으로도 여러 가지 멋진 일들을 경험할 수 있을 텐데, 어째서 이와 같은 가혹한 운명을 달게 받아야 했을까요.
　우리 두 사람의 차이는 무엇이었을까요? 같은 나이, 비슷한 가정에서 자라난, 비슷한 생각의 소유자가 아니었던가요.
　메리가 도대체 어떤 나쁜 짓을 했다는 것일까요?
　갑자기 캐디는 누더기를 걸친 메리의 작은 모습이 눈앞에 나타나는 것 같은 기분이 들었습니다. 일 주일 전과는 달리, 그 얼굴은 주름살이 생기고 여위어 초라해 있었으며, 게다가 독방과 같은 철책으로 된 작은 방에 처넣어져 있었습니다.
　양손으로 철봉을 꽉 붙잡고 있는 메리는 눈을 크게 뜨고 있었지만, 그것은 슬픈 듯했으며 캐디를 비난하고 있는 것 같은 눈빛이었습니다. 캐디는 그것이 견딜 수가 없었습니다. 쓰러졌다가 다시 일어나 무릎을 꿇고 한없이 울다가 나중에는 흐느끼며 울었기 때문에 부들부들 떨기 시작했습니다.

몇 번이나 얼굴을 들고는 메리의 눈을 보았으나, 그 눈동자는 조금 전의 비난하는 것 같은 눈빛에서 캐디에게 도움을 청하는 눈빛으로 변해 있었습니다. 그러나 캐디로서는 어쩔 수가 없었습니다.

'메리, 용서해 줘. 아무것도 해주지 못하는 나를 책망하지 말아 줘. 그리고 빨리 돌아와.'

캐디는 이런 비참하고도 무서운 광경을 앞에 두고, 오직 자신만을 책망할 뿐이었습니다. 아무 생각도 할 수 없었으며 위로의 말조차 떠오르지 않았습니다. 저 문이 탕하고 닫히는 소리와 아이들의 울음소리만이 귓속에 띵하고 울렸습니다.

그러고는 드디어 두 사람 앞에 군복을 입은 야수와 같은 무장한 병사가 나타났습니다. 그 병사들은 그날 밤의 캐디와 마찬가지로, 도움도 없는 오직 혼자뿐인 메리를 매우 난폭하게 억지로 끌고 갔던 것입니다.

'메리, 나는 반드시⋯⋯.'

옮긴이 주──안네의 펜은 여기에서 끊어져 있습니다. 며칠 후, 비밀 경찰이 은신처에 뛰어들어와서 메리가 아닌 안네를 억지로 끌고 갔기 때문입니다. 만일 이야기가 계속되었다면 캐디가 한스나 메리와 극적인 재회를 하는 구상일 것이라고 생각되지만 미완성의 유고가 되고 말았습니다. *

부록

I 안네의 동화
II 안네가 죽기까지

본문

□ 부 록 I

안네의 동화

천국에 계신 할머니

 옛날에 울창한 숲에서 얼마 떨어지지 않은 곳에 한 할머니가 꼬마 손녀와 함께 오랫동안 살고 있었습니다.
 소녀의 부모는 소녀가 태어난 지 얼마 안 되어 세상을 떠났기 때문에 할머니가 부모 대신 그 소녀를 애지중지 키워 왔습니다.
 두 사람이 살고 있는 이 조그마한 집은 마을에서 떨어진 쓸쓸한 곳에 있었으나, 서로 사랑하고 신뢰하는 행복한 두 사람에게는 이런 일은 아무렇지도 않았습니다.
 할머니는 물레로 실을 뽑는 일에 매우 익숙하여 그것으로 살림을 꾸려 나갔습니다. 그래서 소녀에게도 자상하게, 때로는 엄하게 실을 뽑는 방법을 가르쳐 주었습니다.
 그런데 어느 날 아침, 할머니는 침대에서 일어나지 못하게 되었습니다. 중한 병으로 온몸이 쑤시고 열이 몹시 났습니다.
 어느덧 14세가 되어 성숙해진 소녀는 밤잠도 설치면서 할머니가 빨리 완쾌되도록 열심히 병구완을 했습니다.
 그러나 할머니는 소녀의 애쓴 보람도 없이 5일 만에 숨을 거두고 말았습니다. 그래서 소녀는 이 쓸쓸한 집에 혼자 남게 되었습니다.

별로 아는 사람도 없었고 장례를 치르기 위해 남에게 부탁할 생각도 들지 않았으므로, 소녀는 혼자서 숲속의 큰 나무 밑을 파고 할머니의 유해를 눈물을 흘리며 정성껏 묻었습니다.

혼자 남게 된 이 가엾은 소녀는 조그마한 집으로 돌아오자 참으로 자신이 외톨이가 되었고 쓸쓸했으므로 너무나도 슬퍼 가슴이 찢어질 지경이었습니다. 소녀는 침대에 몸을 던진 채 언제까지나 엉엉 울고만 있었습니다. 저녁이 되어 먹을 것을 준비하러 가야 되는데도 그냥 그대로 있었습니다.

소녀는 이렇게 하루하루를 보내며 새의 울음소리에 귀를 기울여도, 아름다운 꽃을 보아도 전혀 기쁘지 않았습니다. 오직 천국으로 떠난 할머니가 그리워 슬픔에 잠겨 있었습니다.

그런데 이 절망적인 상태에 빠진 소녀를 하루 사이에 소생시킨 일이 일어났습니다.

어느 날 밤 소녀가 울다가 지쳐서 꾸벅꾸벅 졸고 있는데 갑자기 소녀의 앞에 할머니가 나타난 것입니다.

할머니는 백발을 하고 머리에서 발끝까지 흰 옷을 걸치고 있었으며, 손에는 조그마한 램프를 들고 있었습니다.

소녀는 잠시도 잊은 적이 없는 할머니의 모습을 보자 너무나도 반갑고 기뻐 멍하니 바라보고만 있었습니다. 할머니가 먼저 말을 걸어오기를 기다렸는지도 모릅니다.

"얘야!"

할머니는 조용히 입을 열었습니다.

"나는 4주일 동안 너를 지켜보고 있었다. 그런데 네가 한 일이라고는 다만 울고 잠자는 것뿐이었어. 그건 좋은 일이 못 된다. 그래서 나는 너에게 실을 다시 뽑도록 권하러 왔어. 우선 너는 이 조그마한 집을 우리가 둘이서 살던 때처럼 깨끗이 치우고 너 또한 깨끗한 옷을 입어야 한다. 내가 죽었다고 해서 다시는 너를 돌봐줄 수 없다고 생각해서는 안 된다. 나는 천국에서 영원히 너를 지켜 줄 거야. 나는 너를 돕는 천사가 되어 전과 같이 너를 도와 주려고 해. 자, 곧 일을 시작해라. 언제나 내가 네 곁에 있다는 것을 절대로 잊어서는 안 된다."

할머니는 이렇게 말하고 어디론가 사라졌습니다. 그리고 소녀는 깊이 잠들어 버렸습니다.

이튿날 아침 잠에서 깨어난 소녀는 할머니가 말한 것을 곰곰이 생각해 보았습니다. 그러자 기쁨과 희망으로 가슴이 벅차 이제는 조금도 쓸쓸하지 않았습니다.

소녀는 다시 일하기 시작했습니다. 집안을 깨끗이 청소하고 나서 물레의 먼지를 털고는 요란하게 돌리면서 실을 뽑아 시장에 갖고 가서 팔았습니다. 그리고 그 돈으로 맛있는 음식을 사서 집으로 돌아왔습니다.

소녀는 다시 한 번 굳게 결심했습니다. 언제까지나 할머니의 가르침을 따르겠다고…….

그 후 소녀는 착실하고 건실한 청년과 결혼했습니다.

한 남자의 아내가 된 소녀는 할머니가 귀여운 손녀를 숲속에 외톨이로 내버려 두지 않은 것에 감사했습니다.

그리고 지금은 좋은 남편과 착한 아내로서 행복하게 잘살고 있습니다. 그 소녀는 앞으로도, 할머니는 자기가 살아 있는 한 천사로서 영원히 지켜 주실 것을 굳게 믿고 있습니다.

야경꾼의 가족

우리가 숨어 있는 뒷집 창문에서 가운데뜰 너머로 집 한 채가 있었는데, 그 집의 1층에는 야경꾼의 가족이 살고 있습니다.

그 집 사람들의 일상 생활을 보고 있노라면 지금이 전쟁중이라는 사실을 전혀 인식할 수가 없습니다. 여름이나 겨울을 막론하고 밤이면 등화

관제(燈火管制)를 무시한 채 아저씨와 아주머니, 그리고 아들 딸들이 식탁을 에워싸고 있는 모습을 밝게 빛나는 유리를 통해 환하게 볼 수 있습니다.

 그 광경을 보고 있노라면 암스테르담의 모든 집에 불이 켜지고, 가족이 식탁에 모여 앉아 있는 평화로운 시대가 다시 찾아온 것 같은 착각을 일으키곤 합니다. 심지어 아주머니가 차려 놓은 식탁에서조차 전시(戰時)라는 느낌은 찾아볼 수가 없습니다.

 네덜란드의 국민이라면 누구나 먹게 마련인 생선 뼈를 고은 수프를, 그 집 아주머니는 만들지도 않고 먹으려고도 하지 않습니다. 또한 그 사람들은 정체 불명(正體不明)의 잎사귀를 발효시킨 대용 홍차를 마시지 않고, 진짜 홍차에 다만 페퍼민트를 섞어서 마십니다.

 한편 고사포(항공기를 쏘는 앙각이 큰 대포)를 쏘는 들리기 시작하면 그 굉음(轟音)을 가장 효과적인 방법으로 방지합니다. 즉 샤워의 꼭지를 마냥 열어 놓고는 그 탕 속에 앉아서 레코드 플레이어에 가장 듣기 싫은 재즈를 틀어 놓는 것입니다. 그리고 이웃에서 시끄럽다고 항의하면 미안하다는 뜻으로 날마다 맛있는 음식을 갖고 갑니다.

 같은 건물의 3층에는 중년 부인이 살고 있었는데, 그녀의 딸은 야경꾼의 아들과 약혼한 사이였습니다.

 그 부인과 딸은 그들로부터 커다란 케이크를 받았고, 이웃 아주머니들은 흰 보석처럼 귀중한 설탕을 큰 숟갈에 하나 가득 받았습니다.

 2층에는 치과 의사가 살고 있습니다. 야경꾼 아저씨의 딸이 그 의사 밑에서 일하고 있는데, 아저씨는 언제나 치과 의사를 못마땅하게 여기고 있습니다.

 왜냐하면 공습이 끝날 때마다 기분을 가라앉힌다는 핑계로 귈련을 가로채어 가기 때문입니다.

 그리고 아저씨와 아주머니는 정오가 되면 다섯 마리의 토끼를 고양이 대신 귀여워하며 시간을 보냅니다.

 토끼들은 겨울이나 비 오는 날에만 토끼장 속에서 잠을 재우고, 그 외에는 요람(搖籃) 속에서 잠을 재웁니다. 그들은 토끼에게 커다란 접시에 먹을 것을 담아 내놓는데, 대개 당근의 푸른 잎사귀나 그 밖의 맛좋은 야채를 즐겨 줍니다.

아저씨는 자주 정원을 손질하고, 아주머니는 집안에 먼지 하나 없이 깨끗하게 청소합니다. 일 주일에 한 번은 집안의 모든 창문과 카펫, 부엌의 도구 등을 몇 해째 일하고 있는 몸집이 큰 청소부와 어깨를 나란히 하고 깨끗이 쓸고 닦습니다.

그 동안 아저씨는 정원을 말끔히 손질하고 해가 질 때까지 별로 할 일이 없습니다.

그러나 해가 진 후에는 2층에 있는 커다란 사무소의 야경꾼이 됩니다. 그리고 한바퀴 돌아본 후에는, 마치 도둑놈이 들어오면 금세라도 깨어날 듯한 자세로 꾸벅꾸벅 졸고 있습니다.

아주머니는 그 후에도 청소부와 함께 빌딩 전체를 청소하였으나, 막내 딸이 결혼하여 아기를 낳게 된 후부터는 자기 집 청소에만 힘을 기울이게 되었습니다.

아저씨와 아주머니에게 제일 즐거운 일은 손자들이 올 때입니다. 손자들의 명랑한 웃음소리는 뜰에 가득 울려 퍼져 온 집안이 화기애애한 분위기로 됩니다.

"할아버지, 할머니 이리로 와보세요. 토끼들이 아주 재미있게 놀고 있어요."

할아버지와 할머니는 손자들의 응석을 받아 주어야 되겠다는 생각으로 토끼들을 보러 갑니다. 손자들은 엄하게 키운 자기 자식들과는 다르기 때문입니다.

지금 이 할아버지는 큰손녀가 가수가 되기를 바라고 있기 때문에 열심히 손녀의 뒷바라지를 하며 도와 주고 있습니다.

아! 나에게도 그렇게 좋은 할아버지가 있다면……

꽃 파는 소녀

아침마다 7시 반이 되면 마을 가장자리에 있는 작은 집의 문이 열리고, 몸집이 자그마한 소녀가 두 팔에 꽃이 가득 담긴 바구니를 들고 나섭니다.
 소녀는 문을 닫고 바구니를 고쳐 들고 하루 일을 시작하러 나섭니다.
 마을 사람들은 그 소녀가 밝게 웃으며 지나가는 것을 보고 고개를 끄덕이며 가엾게 여기곤 합니다.
 "쯧쯧, 열두 살짜리 아이에게는 너무 먼 길이고, 일도 지나치게 힘든 것 같아!"
 그러나 그 소녀는 마을 사람들에게 동정을 받고 있다는 것을 모릅니다. 그 작은 발로 활기 차게, 가능한 한 빨리빨리 걷고 있습니다.
 시가지는 멀어서 열심히 걸어도 2시간 반이나 걸립니다. 더구나 무거운 바구니가 두 개씩이나 되어 쉬운 일이 아닙니다.
 간신히 시내까지 와서 큰길을 빠져 나갈 무렵에는 몹시 지치지만, 곧 앉아서 쉴 수 있을 거라고 자신을 다독입니다.
 그리고 이 부지런하고 똑똑한 작은 소녀는 시장의 자기 자리에 도착할 때까지 걸음을 늦추지 않습니다. 그러고는 자리에 앉아서 손님을 기다립니다.
 때로는 하루 종일 기다리기도 합니다. 그러나 이처럼 가엾은 꽃 파는 소녀에게 꽃을 사려고 하는 사람은 그다지 많지가 않습니다.
 이 소녀 크리스타가 바구니에 반이나 남은 꽃을 가지고 저녁때 마을로 돌아가는 일은 언제나 있는 일입니다.
 하지만 오늘은 사정이 좀 다릅니다. 오늘 같은 수요일에는 언제나 시장이 혼잡하고 번화합니다.
 크리스타의 옆에서 아주머니들이 큰 소리를 지릅니다. 마치 주위가 모두 화가 나서 고함을 지르는 것처럼 느껴집니다.

크리스타의 가냘프고 높은 목소리는 시장의 소음에 묻혀 버려서 손님들의 귀에는 거의 들리지 않습니다. 그래도 크리스타는 온종일 소리를 높여서 계속 손님을 부릅니다.

"예쁜 꽃 한 다발에 10센트, 제 예쁜 꽃을 사세요!"

쇼핑을 끝낸 사람들이 꽃바구니를 발견하고 예쁘고 작은 꽃다발에 기꺼이 10센트를 던져 줍니다.

열두 시. 크리스타는 시장의 광장 반대쪽으로 걸어갑니다. 거기에 있는 노상 카페의 주인은 언제나 공짜로 설탕이 듬뿍 든 커피를 대접해 줍니다. 크리스타는 이 친절한 아저씨를 위해서 제일 아름다운 꽃다발을 남겨 두는 것입니다.

그러고 나서는 크리스타는 또 앉아서 목청을 돋구어 꽃 파는 일을 계속합니다.

세 시 반이 되면 크리스타는 바구니를 들고 마을로 돌아가는데, 아침보다는 훨씬 천천히 걸어갑니다. 어쨌든 지칠 대로 지쳐서 기진맥진해 있는 것입니다.

돌아오는 데에는 세 시간이 걸리기 때문에 작고 낡은 집에 도착하면 여섯 시 반이 됩니다. 집안은 아침에 나갈 때의 모습 그대로 흩어져 있습니다.

크리스타는 언니와 함께 살고 있는데, 언니는 아침 일찍부터 밤 늦게까지 마을에서 일합니다. 크리스타는 쉬고 있을 틈이 없습니다. 돌아오자마자 바로 감자 껍질을 벗기고 채소를 씻습니다. 일곱 시 반에 언니가 돌아오면 간신히 앉아서 식사를 합니다.

저녁 여덟 시. 문이 열리고 그 조그마한 소녀는 또 한 번 커다란 바구니를 들고 나옵니다. 여자아이는 집 주위에 있는 들판을 이곳 저곳 돌아다닙니다. 멀리 갈 필요는 없습니다.

들판에서는 허리를 구부리고 꽃을 꺾습니다. 큰 꽃, 작은 꽃, 가지가지의 꽃들이 바구니에 가득 담겨집니다. 석양에 노을이 지기 시작해도 날마다 내다 팔 꽃을 꺾는 일에 몰두합니다.

바구니 두 개가 가득 차면 그녀의 일이 끝납니다. 해는 지고 크리스타는 풀 위에 두 팔을 베개 삼아 하늘을 올려다봅니다.

크리스타가 제일 좋아하는 15분 동안입니다. 이 부지런하고 착한, 꽃 파는 소녀를 불쌍하다고 여기거나 가엾게 생각해서는 안 됩니다. 이 멋진 휴식이 그녀에게 있는 한, 크리스타의 하루하루는 결코 불행한 것만은 아닙니다.

어둑어둑한 하늘 아래, 꽃이 만발한 초원의 한가운데에 있을 때 크리스타는 기분이 더없이 좋은 것입니다. 피로도 사라지고 시장기도 없어지고, 사람들도 사라져 갑니다. 이 작은 소녀는 오로지 혼자서 하느님과 자연과 함께 있을 수 있는 천국 같은 이 시간을 날마다 가질 수 있기만을 바라고 꿈꾸는 것입니다.

도라와 페르드론

옛날에 도라라는 한 소녀 요정이 있었습니다. 사랑스럽고 유복해서 부모는 이 아이를 너무 귀엽게 키웠습니다. 도라는 언제나 웃음짓고 있었습니다. 아침 일찍부터 밤 늦게까지 즐겁기만 했고, 슬픔이나 절망을 알지 못했습니다.

도라가 살고 있는 숲속에는 페르드론이라고 하는 꼬마도 살고 있었습니다. 소인국의 작은 소년은 모든 것이 도라와 정반대였습니다. 도라가 행복에 젖어 있을 때, 페르드론은 세상 일, 특히 요정이나 소인국 세계에 대한 불행만을 걱정하고 있었습니다.

어느 날 도라는 요정 마을의 구두방에 심부름을 가게 되었습니다. 거기서 과연 무슨 일이 일어났을까요? 거기서 그녀는 흉칙하고 긴 얼굴을 가진 페르드론을 만났던 것입니다. 도라는 착한 아이였지만 누구에게나 귀여움을 받기 때문에 약간 교만했습니다. 그래서 뻔뻔스럽게 페르드론 앞으로 뛰어가서 멋있는 그의 모자를 빼앗아 달아났습니다.

도라가 웃으면서 모자를 흔들자 페르드론은 화가 머리끝까지 나서 발을 동동 구르며, "내 모자를 돌려 줘! 당장 돌려 달란 말이야!"라고 고래고래 소리쳤습니다.

그러나 도라는 못 들은 척하고 달려가서 모자를 나무 구멍에 감추고 나서 서둘러 구두방으로 가버렸습니다.

페르드론은 오랜 시간이 지나서야 비로소 모자를 찾았습니다. 이 아이는 장난을 몰랐습니다. 그래서 무조건 도라가 싫을 수밖에 없었습니다. 페르드론이 멍청히 걷고 있는데 문득 굵고 낮은 목소리가 그를 불러 세웠습니다.

"페르드론, 세상에서 제일 나이가 많고 제일 가난한 난쟁이인 나를 좀 도와다오. 먹을 것을 살 수 있게 말이야."

페르드론은 머리를 가로저으며, "전 할아버지에게 아무것도 줄 수 없어요. 할아버지는 죽는 편이 나아요. 그러면 이 세상의 고통을 참지 않아도 될 거예요"라고 말했습니다.

그리고 나서 페르드론은 뒤도 돌아보지 않고 가버렸습니다.

그러는 동안에 도라가 구두방에서 나와서 역시 그 난쟁이 할아버지를 만났습니다. 그 난쟁이 할아버지가 동정을 구하자 그녀 또한 거절을 했는데, 그 이유는 이러했습니다.

"돈을 드리는 일은 싫어요. 가난한 것은 할아버지 탓이에요. 이 세상은 근사하고 멋져요. 나는 가난한 사람을 돌보고 있을 시간이 없어요."

그렇게 말하고 나서 그녀는 깡총깡총 뛰면서 가버렸습니다.

난쟁이 할아버지는 한숨을 쉬면서 바위에 앉아, 저 두 아이를 어떻게 하면 좋을까 하고 생각했습니다. 한 아이는 지나치게 어둡고, 한 아이는 지나치게 밝아서 앞날이 걱정이었습니다.

그런데 이 나이 든 난쟁이 할아버지는 보통 소인국의 사람과는 다른 마법사였습니다. 그러나 그는 나쁜 마법사가 아니었고, 인간이나 요정이

나 소인국 사람 모두가 훌륭하게 되어서 세상을 더 좋게 만들기를 원하는 마법사였습니다.

약 한 시간 정도 생각하다가 난쟁이 할아버지는 일어서서 도라의 부모가 살고 있는 집으로 천천히 걸어갔습니다.

두 아이가 숲에서 만났던 다음날, 도라와 페르드론이 정신을 차려 보니 그들은 조그마한 오두막에 갇혀 있었습니다. 난쟁이 할아버지가 두 아이들을 좋은 아이로 만들어 주려고 데려온 것입니다.

위대한 마법사는 무엇이든지 마음대로 할 수가 있었으므로 도라의 부모들조차 저항할 수가 없었던 것입니다.

두 아이는 오두막에서 어떻게 되었을까요?

밖에 나가는 일도 서로 다투던 일도 금지되었습니다. 하루 종일 일만 하라고 난쟁이 할아버지가 명령했습니다. 도라는 일을 하면서도 농담을 하며 웃었고, 페르드론은 일하면서도 우울했습니다.

매일 밤 일곱 시에 난쟁이 할아버지가 나타나서 두 아이가 한 일을 엄격하게 점검했습니다. 아이들은 얼마나 자유로워지고 싶었을까요? 그러나 난쟁이 할아버지의 명령대로 할 수밖에 없었습니다.

턱이 긴 페르드론을 하루 종일 바라보는 일이 도라에게는 얼마나 지겨웠는지 아무도 상상하지 못할 것입니다.

아침부터 밤 늦게까지 페르드론만을 상대해야 하며 그 밖에 상대할 사람이 아무도 없었고, 더구나 이 아이와 이야기를 하고 싶어도 그럴 여유가 없었습니다. 도라는 요리(어머니로부터 배웠던 것)와 집 안 청소를 하고 나서 실을 자아야만 했습니다.

페르드론의 일은, 울타리가 있는 마당에서 장작을 쪼개고 밭을 살피고 거기에다가 구두 수선까지 해야 하는 것이었습니다.

저녁 일곱 시쯤, 도라가 밥 먹으라고 페르드론을 부를 때쯤에는 두 아이가 다 지쳐서, 난쟁이 할아버지가 와도 말을 할 수가 없을 정도였습니다.

일 주일이 지났습니다. 도라는 여전히 잘 웃었지만 인생의 엄숙한 면을 알게 되고 어려움을 겪고 있는 사람의 사정도 알았습니다. 가난한 사람에게는 많은 말을 하는 대신에 도와 주어야 한다는 것도 알았습니다. 페르드론은 좀 밝아졌으며, 일을 하면서 휘파람을 불기도 했고 도라가 웃으면 따라서 싱글벙글 웃기도 하였습니다.

일요일에 아이들은 허락을 받고 난쟁이 할아버지와 요정 마을의 교회에 갔습니다. 두 사람은 소인국 난쟁이 목사의 설교를 얌전하게 듣고 매우 감동한 채 숲의 오솔길로 돌아왔습니다.

난쟁이 할아버지가 말했습니다.

"오늘은 밖에 있어도 좋다, 너희들은 좋은 아이들이었으니까. 그러나 내일은 할 일이 있다. 그러니 집에 돌아가서는 안 된다. 친구들을 방문해야만 할 테니까."

"달아나지는 않아요."

두 아이는 겨우 하루뿐이었으나 숲에서 자유롭게 놀 수 있어서 매우 기뻤습니다. 새와 꽃과 하늘을 바라보고, 따뜻한 햇볕을 쪼이면서 즐거운 일요일을 보냈습니다. 저녁때 두 아이는 행복감에 가득 차서 오두막으로 돌아와 아침까지 깊은 잠을 잤습니다. 그리고 아침에 일어나서 항상 하는 일을 시작했습니다.

난쟁이 할아버지는 이렇게 4개월 동안 아이들을 훈련시켰습니다. 두 아이는 매주 일요일 아침에 교회에 갔고 그 뒤에는 밖에서 놀았으며 평일에는 열심히 일했습니다.

4개월이 지난 어느 날 저녁, 난쟁이 할아버지는 두 아이의 손을 잡고 숲속으로 들어가, "어떠냐, 얘들아"라고 말했습니다. "너희들은 언제나 나에게 화를 내고 있다. 또 집에 돌아가고 싶어도 한다."

"그래요"라고 도라가 말하자, 페르드론도 "그래요" 하고 흥내를 내었습니다.

"그러나 그게 다 너희들을 위해서라는 걸 알았느냐?"

"아뇨."

두 아이로서는 알 수 없었습니다.

"그럼 설명해 주어야겠구나"라고 난쟁이 할아버지는 말했습니다. "세상에는 자신의 즐거움, 자신의 슬픔 외에도 많은 일들이 있다. 그것을 가르쳐 주기 위해 나는 너희들을 이곳에 데리고 와서 함께 살게 했다. 둘이 이곳에 오기 전보다 훨씬 잘해 나갈 수 있을 것이다. 도라는 진지하게, 페르드론은 밝고 힘차게 말이다. 왜냐하면 두 사람이 즐겁게 살아가기 위해서는 그렇게 하지 않고서는 안 되기 때문이지. 나는 너희들이 사이좋게 되었다고 믿는데. 어떠냐, 페르드론?"

"저는 도라가 좋아요." 페르드론이 대답했습니다.

"그럼" 하고 난쟁이 할아버지가 말했습니다. "둘이 다 부모님께로 돌아가도 된다. 그러나 오두막에 있었을 때를 언제나 기억하며 주어지는 모든 좋은 일을 기뻐해라. 그리고 남의 슬픔도 잊지 말고 위로해 주어라. 아이건, 난쟁이건, 요정이건 누구나 서로 도와 줄 수 있으니까 말이다. 자, 이제부터는 그렇게 해나가는 거야. 이제 나에게 화는 내지 말아다오. 나는 너희들이 좋은 아이가 되도록 내가 할 수 있는 일을 모두 다했다. 안녕, 아이들아!"

"안녕!" 하고 도라와 페르드론은 자기 집으로 향했습니다.

난쟁이 할아버지는 또 나무 그늘에 앉아서 한 가지 일을 기원했습니다——두 아이를 인도한 것처럼 다른 아이들도 모두 올바른 길로 인도하고 싶다는 것을. 도라와 페르드론은 평생 행복하게 살았습니다. 두 사람은 웃어야 할 때 웃고, 울어야 할 때 운다는 훌륭한 가르침을 배웠던 것입니다. 그 후, 둘은 어른이 되자 그들의 자유로운 뜻대로 작은 집에서 함께 살게 되었습니다. 그리고 어렸을 때와 마찬가지로 도라는 집 안의 일을, 페르드론은 집 밖의 일을 하면서 살았습니다.

아기 곰의 모험

　미미가 사랑스럽게 여기는 곰 브라리가 아주 어렸을 때의 이야기입니다.
　어느 날 아기 곰 브라리는 엄마 곰의 귀찮은 간섭에서 벗어나 넓은 세상을 구경하고 싶어졌습니다. 그래서 놀지도 않고 곰곰이 생각하다가 나 홀째 되던 날 저녁때 집을 나갈 계획을 세웠습니다. 이젠 실천만이 남았을 뿐이었습니다.
　계획은 대충 이런 것이었습니다. 아침 일찍 뜰로 나갑니다. 미미에게 들키지 않도록 살그머니 울타리 구멍으로 빠져 나갑니다. 그러고는 세계를 발견합니다.
　브라리는 계획대로 집을 빠져 나갔습니다. 아주 조용히 나갔기 때문에 대여섯 시간이 지나도록 아무도 몰랐던 것입니다.
　그런데 울타리에서 기어나온 아기 곰의 털은 진흙투성이였지만, 모험을 실천에 옮기는 데 그런 것에 일일이 신경 쓰고 있을 수는 없었습니다. 브라리는 돌멩이에 걸려 넘어지지 않도록 주의하면서, 앞을 똑바로 보고 씩씩하게 거리 쪽으로 걸어갔습니다. 공원의 사잇길을 빠져 나가자 거리가 나왔습니다.
　거리로 들어선 아기 곰은, 사람들의 발이 너무나 많은 것을 보고 조금 무서워졌습니다. '길 옆으로 다가가야지, 밟히기 전에' 하고 아기 곰은 혼잣말을 하였습니다. 정말 그렇습니다. 얼마나 꾀가 많고 영리한 곰인가요? 과연 그 어린 나이에도 세계를 보고 싶다는 생각을 할 만한 곰이었습니다.
　브라리는 바쁘게 움직이는 두 개의 큰 다리에 휩싸이지 않도록 길 옆으로 다가서서 걸었습니다. 그런데 갑자기 가슴이 두근거리기 시작했습니다.
　'앗! 저게 뭘까?'

크고 컴컴한 구멍이 있었는데 그것은 지하실로 통하는 문이었던 것입니다. 브라리로서는 처음 보는 것이라 두려웠고, 눈이 아른거리는 것 같았습니다.

'내려갈까?'

브라리가 조심스럽게 보니까 바지나 치마 밑의 다리들이 태연하게 그 지하실 문 옆을 지나가고 있었습니다. 브라리도 두려움을 떨쳐 버리고 그들을 뒤따라갔습니다. 그러자 마음이 평온해졌습니다.

'나는 지금 넓은 곳을 걷고 있다. 그렇다면 세계는 어디에 있는 걸까? 온통 바지와 치마와 양말뿐이고 세계가 보이지 않으니 어찌 된 일일까? 아마 내가 작기 때문일 거야. 그렇지만 됐어. 오트밀을 먹고 간유를 마시면(생각만 해도 싫증이 나지만), 금방 이 사람들처럼 커질 거야. 가자, 가다 보면 세계가 보이겠지.'

앞뒤나 옆의 굵은 다리와 가느다란 다리, 긴 다리와 짧은 다리들은 거리낌 없이 걷고 있었습니다. 이 아기 곰은 계속 걷고, 또 걸을 수만은 없었습니다. 배는 고파오고 날은 어두워져 갔습니다. 계획을 세울 때, 세계를 보러 간다는 생각에 몰두해 있었기 때문에 먹는다든지 잔다든지 하는 일은 생각지 못했던 것입니다.

한숨을 쉬면서 얼마쯤 가다가 브라리는 문이 열려 있는 곳을 발견했습니다. 잠시 망설이다가 살짝 들어가 보았습니다. 재수가 좋아서인지, 문을 들어서자 테이블과 의자의 나무 다리 사이에서 접시 두 개를 발견하였습니다. 한 접시에는 우유, 또 한 접시에는 먹을 것이 가득 담겨 있었습니다. 배에서 꼬르륵 소리가 난 브라리는 우유를 한 방울도 남기지 않고 다 마시고 나서 음식도 깨끗이 먹어치우자 배가 잔뜩 불렀습니다.

그러자, 이게 뭘까요? 새하얀 털에 파란 눈을 가진 동물 하나가 브라리를 노려보면서 천천히 다가왔습니다. 그러고는 바로 브라리의 앞에 멈추어 서서 이상한 소리로 물었습니다.

"넌 누구니? 왜 내 밥을 먹어치웠니?"

"난 브라리야. 세계를 발견하러 가는 길인데, 배가 몹시 고팠어. 이것이 네 밥인 줄은 몰랐어."

"그러니? 넌 세계를 발견하러 가는 길이구나. 그렇지만 어떻게 내 밥그릇을 발견했니?"

"다른 것은 아무것도 없잖아!" 하고 브라리는 퉁명스럽게 대답하고 나서 금방 '얌전하게 굴어야지'라고 마음먹고 공손하게 물었습니다.

"네 이름은? 이상한 모습을 하고 있는데 어떤 동물이니?"

"나는 밀바. 앙골라 고양이야. 아주 고급이라고 우리집 마님은 항상 자랑하시지. 그렇지만 브라리, 난 외롭고 쓸쓸해. 얼마 동안 여기서 나와 함께 있어 주지 않겠니?"

"그렇다면, 여기서 묵을까?"

브라리는 은혜라도 베풀듯이 밀바의 청을 들어주는 것처럼 말했습니다. "그렇지만 내일은 세계를 발견하러 가야만 해."

밀바는 몹시 기뻐했습니다. 밀바는 "이쪽이야" 하면서 브라리를 옆방으로 데리고 갔습니다. 그곳에서도 브라리에게는 나무의 다리들만 보였습니다. 그런데 방 한구석에 무엇인가가 있었습니다. 버들가지로 만든 큰 바구니인데, 안에는 파란 비단 베갯잇을 씌운 베개가 들어 있었습니다. 밀바는 더러운 발로 베개에 뛰어올랐습니다. 브라리는 자신은 그렇게 해서는 안 될 것 같아서 물었습니다.

"나 안 씻어도 괜찮니?"

그러자 "내가 씻어 줄게, 언제나 내가 하는 것처럼" 하고 밀바는 대답했습니다. 브라리는 밀바가 씻어 주는 방법을 알 수 없었습니다, 만일 알았더라면 사양했겠지만.

이 고양이는 브라리를 똑바로 세우고, 혓바닥으로 발을 조용히 핥기 시작했습니다. 브라리는 깜짝 놀라 "이것이 목욕이니?" 하고 물었습니다.

"그래!" 하고 밀바는 대답했습니다. "얼마나 깨끗해지는지 두고 봐. 반짝반짝 빛나게 해줄 테니까. 깨끗한 곰은 어디서든지 환영받을 테니까, 세계를 발견하는 것은 간단해."

브라리는 떨지 않도록 참고 견디며, 용감한 곰답게 울지 않았습니다. 그러나 밀바의 목욕이 길어질 것 같아 마음이 초조해졌습니다. 게다가 오랫동안 서 있었기 때문에 다리도 아파왔습니다. 그 대신 목욕이 끝나자 브라리는 눈부실 정도로 깨끗해졌습니다. 밀바와 바구니 속으로 들어서자 피로한 브라리는 금세 잠이 들고 말았습니다.

다음날 아침, 눈을 뜬 브라리는 한참 동안 자기가 어디에 있는지를 몰랐습니다. 밀바는 아직 코를 골고 있었습니다. 브라리는 아침밥이 먹고 싶었습니다. 그래서 이 친절한 친구가 모처럼 단잠을 자고 있는데도 아랑곳없이 흔들어 깨우며 부탁했습니다.

예쁜 앙골라 고양이는 하품을 하고 나서, 여느 때의 두 배나 될 정도로 몸을 길게 뻗고 기지개를 켜면서 말했습니다.

"안 돼, 안 돼! 네가 여기 있는 건 마님한테는 비밀이야, 빨리 나가. 뜰을 지나서 가야만 해."

밀바는 바구니로부터 뛰어내려 브라리를 데리고 방을 빠져 나갔습니다. 그리고 문을 지나고, 또 하나의 문을 지나자, 유리창이 있었고 밖이 보였습니다.

"잘 가, 브라리" 하고 인사를 한 밀바는 집안으로 들어갔습니다. 브라리는 뜰을 가로질러서 울타리의 구멍을 빠져 나갔습니다.

'어디로 가야 할까. 언제 세계를 발견하게 될까?'

전혀 짐작도 가지 않았습니다.

브라리가 천천히 걷고 있으려니까, 대뜸 네 발 달린 커다란 괴물이 재빠르게 다가왔습니다. 그 귀청을 찢을 것 같은 우렁찬 소리에 브라리는 기가 죽어서 벽에 바짝 달라붙었습니다. 그 커다란 괴물이 앞에 멈춰서자 브라리는 무서워서 울음을 터뜨렸습니다. 괴물은 그런 것도 아랑곳없다는 듯 커다란 눈으로 가엾은 아기 곰을 노려보았습니다. 브라리는 용기를 내어, "나한테 무슨 볼 일이 있는 거야?" 하고 물었습니다.

"아아, 보고 싶었을 뿐이야. 너 같은 동물은 본 적이 없거든."

브라리는 겨우 마음을 놓고, '나는 이런 어처구니없는 귀신 같은 놈과

얘기했구나' 하고 생각하였습니다. '그런데도 미미는 내가 하는 말을 알아들은 적이 없다. 왜 그럴까?'

그러나 그 이상 생각할 여유가 없었습니다. 괴물이 큰 입을 벌리고 몹시 무서운 이빨을 드러냈기 때문입니다. 브라리의 몸이 바짝 오그라들었습니다. 무서웠던 밀바의 목욕 따위는 아무것도 아니었습니다. 괴물은 어떻게 하려는 걸까요? 괴물은 실례한다느니, 미안하다느니 하는 말도 한마디 없이 브라리의 목을 물고 거리를 가로질러 갔습니다.

울면 목이 메어서, 브라리는 울 수도 없었습니다. 큰 소리로 아우성을 쳐봐야 소용 없는 일이었습니다. 브라리는 떨기만 할 뿐 애초의 용기는 어디론지 사라져 버리고 말았습니다. 그렇지만 걸어가지 않아도 되었으므로 목만 아프지 않다면 괜찮은 일이었습니다. 마치 무슨 물건에 실려 있는 것 같았습니다.

그러나 불행하게도 머리가 아파왔습니다.

'어딜까? 어디로 데리고 가는 걸까? 어디로……?'

브라리는 괴물의 입에 단단히 물린 채 깜박 졸고 말았습니다. 그러나 잠든 것은 한순간이었습니다. 갑자기 괴물이 자기가 물고 있는 브라리를 어디로 데리고 가야 할지를 몰라 내동댕이친 채 도망쳐 버린 것입니다. 세계를 발견하러 온 아기 곰은 주위에 사람이 없었으므로, 아픔을 견디면서 혼자 뒹굴고 있었습니다.

'이대로 있다가는 밟혀 죽겠다.'

브라리는 간신히 힘을 내어 일어나, 눈을 비비고 사방을 두리번거렸습니다.

먼저 있던 거리보다는 발도 사람도 돌도 적었으며, 햇볕은 찬란하게 내리비치고 있었습니다.

'이것이 세계일까?'

브라리는 생각을 하고 싶어도 머리를 망치로 맞은 것처럼 아파서 견딜 수가 없었습니다. 브라리는 걷기조차 싫어졌습니다.

'어떻게 걷는담? 밀바는 멀리 있고 엄마는 더 먼 곳에 있는데. 그리고

미미는…… 아냐, 그런 것을 생각하면 안 돼! 반드시 세계를 발견해야만 해.'

브라리가 마음을 고쳐먹었을 때, 뒤에서 무슨 소리가 들려왔습니다. 브라리는 다른 괴물이 또 물려고 오는 것이 아닌가 하고 돌아보았습니다. 작은 소녀가 그곳에 있었습니다.

"엄마, 저것 봐! 아기 곰이야. 데리고 가도 돼?"

"안 돼! 다쳤잖니? 저렇게 피가 흐르잖아?"

"괜찮아, 엄마. 집에 가서 잘 씻어 주면 돼. 곰하고 놀래."

브라리는 두 사람의 얘기를 알 수 없었습니다. 아기 곰이 사람의 말을 알아들을 수 있겠어요? 동물의 말이라면 모르지만. 그러나 금발의 여자아이가 귀여웠기 때문에 브라리는 얌전하게 보자기에 싸여 가방 속으로 들어갔습니다.

앞뒤로 흔들거리면서 브라리의 여행은 계속되었습니다. 얼마쯤 가다가 브라리는 보자기에 감긴 채 가방에서 꺼내어져, 여자아이의 팔에 안겼습니다. 덕분에 조금 높은 위치에서 길을 내려다볼 수 있게 되었습니다.

'어머나, 큰 돌이 쌓여 있네, 저렇게 높다랗게. 그리고 저 하얀 창문들! 어머나, 하늘을 찌를 것처럼 높은 꼭대기에서 연기가 나오네. 저 연기는 미미의 모자에 달린 깃털과 똑같아.'

길에선 무엇이 '쌩쌩' 하면서 굉장히 빠른 속도로 달리고 있었습니다. 다리는 없었지만 동그란 것을 몇 개 단 오동통한 것이었습니다. 세계를 발견하기 위하여 고생한 보람이 있었습니다. 만일 집에만 있었더라면 무슨 좋은 일이 있었을까요? 누구를 막론하고 엄마한테 언제까지나 붙어 있기 위하여 태어난 것은 아닙니다. 견문을 넓히고 경험함으로써 어른이 되는 것입니다. 그래요. 브라리는 자기 자신에게 필요한 것이 무엇인지를 깨달은 것입니다.

얼마 후, 여자아이는 대문 앞에서 멈췄습니다. 그 집으로 들어가서 브라리가 처음으로 본 것은 밀바와 같은 종류의 아기 고양이였습니다. 아기 고양이는 여자아이한테로 다가왔습니다. 그렇지만 여자아이는 아기 고양이를 밀어내고, 브라리를 깨끗한 곳으로 데리고 갔습니다. 여자아이는 브라리를 차갑고 단단한 곳에 내려놓고 씻기기 시작했습니다. 특히 괴물에게 물린 자리를 정성껏 씻어 주었기 때문에 브라리는 아파서 울었습니다. 그러나 아무도 신경을 써 주는 사람은 없었습니다.

다행히 그 목욕은 밀바가 핥아 주던 때보다는 빨리 끝났습니다. 그러나 온몸이 흠씬 물에 젖어 매우 떨렸습니다. 그 여자아이는 다 씻기고 나자 브라리를 타월로 잘 닦아 말린 다음 새로운 타월에 싸서 새털 이불의 침대에 넣었습니다. 미미가 만들어 준 침대와 똑같은 것이었습니다.

'그렇지만 왜 나를 침대에다 넣었을까?'

브라리는 피로하지도 않았으며, 졸리지도 않았습니다. 그래서 여자아이가 방을 나가자 곧 침대로부터 빠져 나와 여러 개의 문과 구멍을 지나 또다시 거리로 나와 버렸습니다.

'뭘 좀 먹어야 할 텐데' 하고 브라리는 킁킁거리며 냄새를 맡았습니다. '아, 이 근처에 맛있는 것이 있는가봐. 냄새가 풍겨오네.' 아기 곰은 코로 냄새를 맡으면서 걸어가다가 문에 부딪쳤습니다. 아기 곰은 양말 신은 발 사이를 지나서 안으로 들어갔습니다. 그러자 크고 높은 물건 뒤에 두 명의 아가씨가 서 있다가 재빠르게 브라리를 발견하였습니다. 아가씨들은 하루 종일 눈코 뜰 새 없이 바빴기 때문에 일단 브라리를 잡아서 어두컴컴하고 찌는 듯이 무더운 방에다 넣었습니다.

그곳은 그다지 나쁜 곳은 아니었습니다. 맛있는 것이 듬뿍 있었습니다. 바닥에도 선반에도 여태껏 보지 못한 정도의 빵과 과자와 케이크가 가득 들어 있었습니다. '세상에, 이렇게 과자가 많은 곳이 있다니!' 브라리는 정말로 세상을 몰랐던 것입니다. 배가 고팠던 아기 곰은 과자와 빵에 달려들어 닥치는 대로 먹었습니다. 너무 많이 먹어 속이 거북해질 정도로…….

그러고 나서 다시 한 번 둘러보니, 그곳은 정말로 과자의 나라인 것 같았습니다. 여러 종류의 빵, 케이크, 타트(과실을 넣은 파이) 그리고 쿠키가 바로 손이 닿는 곳에 있었습니다.

가게는 몹시 번잡하여, 거리와는 달리 하얀 다리들이 많이 움직이고 있었습니다. 그러나 한가하게 꿈을 꾸고 있을 여유는 없었습니다. 처음에 만났던 아가씨가 브라리의 손에다 비를 쥐어 주고 쓰는 법을 가르쳤습니다. "이런 식으로 바닥을 쓸어라." 브라리는 비로 쓰는 것쯤은 엄마가 하는 것을 보아서 알고 있었습니다. 그러나 긴장을 하고 쓸어 보았지만, 비가 크고 무겁고 게다가 먼지 때문에 코가 간지러워 마침내 재채기가 나왔습니다. 익숙하지 않은 일과 심한 더위로 브라리는 녹초가 되었습니다. 조금이라도 손을 멈추고 있으면 누군가가 뛰어와서 브라리에게 일을 시켰고, 게다가 때리기까지 하는 것이었습니다.

'이리로 오지 않았더라면 이렇게 힘든 일은 하지 않아도 됐을 텐데' 하고 브라리는 생각했습니다.

그러나 어쩔 수 없는 일이었습니다. 브라리는 청소를 계속하지 않으면 안 되었습니다. 하루 종일 오직 일만 하고 나자 커다란 쓰레기더미가 생겼습니다. 아가씨들이 브라리를 누런 톱밥을 깐 곳으로 데리고 가서 드러누우라고 하였습니다. 브라리는 누워서 '톱밥이라도 좋은 침대야' 하고 생각하였습니다. 브라리는 다리를 쭉 뻗고 아침이 될 때까지 푹 잤습니다. 아침 일곱 시가 되자 브라리는 억지로 일어나 실컷 먹은 뒤 전혀 쉴 틈 없이 또 일을 해야만 했습니다. 불쌍한 브라리는 일을 하는 데는 익숙지 않았으며, 더워서 머리와 손발이 아프고 온몸이 부어오른 것 같았습니다.

브라리는 처음으로 자기 집과 엄마와 미미와 부드러운 침대 그리고 한가하던 생활이 그리워졌습니다.

'그렇지만 어떻게 돌아간단 말인가?'

당장 도망치기는 어려웠습니다. 모두들 날카로운 눈으로 지키고 있었으며, 밖으로 나가는 문도 하나뿐이었고, 그것도 그 아가씨들이 온종일 일하고 있는 곳이었습니다. 기회를 기다릴 수밖에 없었습니다. 브라리의 머리는 어지러웠고 몸은 피로해져서 비틀거렸습니다. 갑자기 주위가 빙빙 돌기 시작해서 브라리는 주저앉았습니다. 아무도 야단치지는 않았습니다. 잠시 안정을 취한 뒤 브라리는 다시 일을 계속했습니다.
 아침부터 밤까지 청소만 하며 일 주일이 지났습니다. 브라리는 이제 웬만한 것은 다 잊고 말았습니다. 다만 엄마와 집에 대해서만은 잊지 않았습니다. 그러나 엄마와 집은 먼 곳에 있었으므로 꿈과 같은 것이었습니다.
 어느 날 저녁때 그 가게의 두 아가씨는 신문에서 이런 광고를 보았습니다.

　브라리라고 부르면 대답하는 얼룩덜룩한 아기 곰을 데려다 주시는 분에게 사례금을 드리겠습니다.

 "저 아기 곰일까?" 하고 두 아가씨는 의논하였습니다. "저 아기 곰은 별로 일을 안 해. 너무 작아서 별로 쓸모가 없어. 주인에게 돌려 주고 사례금을 받는 편이 낫겠어."
 두 아가씨는 가게로 돌아와 "브라리!" 하고 불렀습니다.
 브라리는 얼굴을 들었습니다.
 '누굴까, 나를 부른 것은?' 놀라는 바람에 빗자루가 손에서 떨어졌습니다. '어떻게 내 이름을 알고 있을까?'
 아가씨들이 다가와서 다시 한 번 불렀습니다.
 "브라리!"
 브라리는 두 사람 쪽으로 달려갔습니다.
 "역시 이 곰이 브라리야."
 "오늘 저녁에 데리고 가자."
 두 사람은 서로 고개를 끄덕였습니다. 그날 안으로 브라리는 미미의 집으로 보내졌고, 아가씨들은 사례금을 받았습니다.
 미미는 브라리의 볼기짝을 때리고 나서, 무사했던 것을 기뻐하며 뽀뽀하였습니다. 엄마 곰은 브라리에게 물었습니다.
 "너 왜 집을 나갔니?"
 "난 세계를 발견하고 싶었던 거예요"라고 브라리는 대답했습니다.

"그래 뜻대로 되었니?"
"네, 물론이에요. 난 이제 세계에 대해 눈을 뜬 곰이 된 거예요."
"그렇겠지. 그러나 내가 묻고 싶은 것은 네가 구체적으로 어떤 세계를 발견했는가를 듣고 싶은 거야."
"네…… 저어…… 그렇지만 아직 세계를 제대로 알지 못한 것 같아요, 엄마!"

최고의 기쁨

 네 시 15분, 나는 조용한 거리를 걷고 있었습니다. 가까운 제과점으로 들어가려고 했을 때, 옆 골목에서 10대의 소녀 두 명이 팔짱을 끼고 떠들면서 나오고 있었습니다. 이 명랑한 소녀들의 얘기를 듣고 있노라면 재미있고 즐거워서, 자신마저도 새로운 기운이 납니다. 소녀들은 누구나 잘 웃습니다. 하찮은 일에도 허리가 부러져라 웃을 뿐만 아니라, 웃고 싶지 않은 사람까지도 웃기고 맙니다.
 그래서 나는 두 소녀의 뒤에 붙어서 몰래 그들이 떠들어대는 이야기를 듣고 있었습니다. 그 소녀들은 10센트를 가지고 케이크를 사러 왔던 것입니다. 무엇을 살까 하고 진지하게 의논하고 있었습니다. 이야기하는 것만으로도 그들은 벌써 군침이 도는 듯했습니다. 제과점의 진열장 앞에 서서 들여다보고 있는 동안에도 그들의 이야기는 그치지 않았습니다.
 나도 어떤 케이크가 맛있을까 하고 우선 눈으로만 충분히 살펴보았습니다. 소녀들은 무엇으로 살 것인지를 결정하자 제과점으로 들어갔습니다. 안은 비어 있었고, 소녀들은 미리 점찍었던 프루츠 타트를 하나씩 샀습니다. 그러나 이상하게도 두 사람은 그 자리에서 그것을 먹지 않고 밖으로 가지고 나갔습니다.

몇 분 후, 나도 살 것을 사 가지고 나왔는데, 아까 그 두 소녀가 여전히 큰 소리로 떠들어대면서 앞에서 걷고 있었습니다. 다음 길모퉁이에 제과점이 또 하나 있었는데, 조그만 계집아이가 먹고 싶은 듯이 진열장 안을 들여다보고 있었습니다. 두 소녀 중 한 소녀가 그곳을 지나가면서 그 아이에게 말을 걸었습니다. 리크라는 소녀였습니다.

"배가 고프니? 꼬마야, 너 푸르츠 타트 먹고 싶니?"

그 아이는 물론 "응" 하고 대답했습니다.

"이 바보, 리크" 하며 한 소녀가 리크에게 말했습니다. "빨리 먹어 치워. 이 아이에게 프루츠 타트를 줘 버리면 네가 먹을 게 없잖아?"

리크는 아무 말도 하지 않고서 프루츠 타트를 한 번 보고, 계집아이를 한 번 보고, 또 프루츠 타트를 한 번 보았습니다. 그러더니 그녀는 그 타트를 그 계집아이에게 불쑥 주었습니다.

"이것 너 먹어. 나는 저녁 먹으러 가는 길이니까 괜찮아."

조그만 계집아이가 고맙다는 말을 채 하기도 전에 리크와 그 친구의 모습은 사라졌습니다. 내가 지나가려니까, 그 아이는 맛있어 보이는 그 프루츠 타트를 입에 잔뜩 넣고, 내 쪽에도 내밀었습니다.

"좀 드시겠어요? 얻은 거예요."

나는 고맙다고 말해 주고 나서 빙그레 웃으면서 그 옆을 지나갔습니다. 프루츠 타트로 최고의 기쁨을 맛본 것은 누구일까요? 리크일까요? 리크의 친구일까요? 아니면 조그만 계집아이일까요?

나는 리크라고 생각합니다.

에퍼의 꿈

"잘 자거라, 에퍼야. 푹 자야 해요."

"엄마도 안녕히 주무세요."

찰칵, 불이 꺼지고 에퍼는 캄캄한 어둠 속에 혼자 누웠습니다. 그러나 어느새 눈이 어둠에 익숙해지고 어머니가 그만 커튼을 약간 열어 놓은 채 나간 것이 보였습니다. 마침 달의 모습을 침대 정면에서 바라볼 수 있었습니다. 달은 고요하게 살포시 하늘에 떠서 다정하게 미소짓고 있었습니다.

"만일 내가 달님처럼 될 수 있다면" 에퍼는 혼잣말로 나직이 중얼거렸습니다. "언제나 차분하고 친절해서 모두들 나를 좋아하겠지. 그렇게 되면 얼마나 아름다울까."

에퍼는 조그마한 자신과 달님의 차이를 이것저것 비교해서 생각해 봅니다. 그러는 사이에 잠이 스르르 들면서 에퍼가 생각한 일이 꿈으로 변합니다. 다음날 에퍼는 그 꿈을 생생하게 상기했습니다. 그리고 그 후에도 가끔 그것을 상기하고는 그것이 꿈이 아니고 사실이었던 게 아닐까 하고 어리둥절해지는 것이었습니다.

에퍼는 넓은 공원 입구에 서 있는 채, 들어갈 용기가 나지 않아서 울타리에서 들여다보고만 있었습니다. 그리고 돌아서려고 할 때 날개를 단 조그마한 소녀 요정이 곁에 다가와서 말했습니다.

"똑바로 와, 에퍼. 너는 길을 모르는가 보구나."

"응, 길을 몰라" 에퍼는 약간 수줍어졌습니다.

"그럼 내가 데려다 줄게."

영리해 보이는 요정이 에퍼의 손을 잡았습니다.

에퍼는 어머니와 할머니와 함께 여러 곳의 공원에 가 본 적이 있었지만 이런 공원은 처음이었습니다. 이루 헤아릴 수 없을 정도로 많은 나무와 꽃 그리고 들판이 있고, 상상할 수 없을 정도로 많은 곤충과 다람쥐, 거북 등의 작은 동물이 있었습니다. 요정이 아주 명랑하게 얘기하기 때문에 에퍼의 불안했던 마음도 가라앉아 요정에게 말을 건네려고 했는데, "쉿!" 하고 손가락을 에퍼의 입에 댔습니다.

"내가 모두 보여 주면서 설명해 줄게. 모르는 것이 있으면 나중에 물어 봐. 그때까지는 잠자코 내 말을 방해하지 말아 줘. 만일 말참견을 하면 당장 집으로 돌아가게 할 테야. 그리고 다른 많은 아이들처럼 너도 멍청하다고 생각할 거야.

그럼 시작할까. 맨 먼저 이 장미꽃이야. 장미는 꽃의 여왕으로 아름답고 향기가 강하며, 사람들의 마음을 사로잡아 황홀하게 해. 하지만 그 중에서도 가장 황홀해하는 것은 장미 자신일 거야.

장미는 매우 아름답고 우아하고 그윽한 향기가 나. 하지만 칭찬해 주지 않으면 당장 가시로 너를 찌르지. 마치 응석받이 계집아이처럼 말이야. 보기엔 연약하고 무척 아름답지만, 사람들이 조심성 없이 건드리거나 시선을 다른 꽃으로 돌려 관심을 독차지하지 못하기라도 하면 날카로운 손톱을 내민단 말이야. 그때에는 목소리마저 심술궂게 되지만, 그래도 자기가 화를 내고 있는 것은 감추고 싶어하며, 마치 착한 아이처럼 구는 거야."

"그렇지만…… 만일 그렇다면 왜 모두들 장미꽃을 꽃의 여왕으로 꼽는 걸까?"

"대부분의 사람들은 겉으로 화려한 것에 현혹되는 거야. 장미꽃을 꽃의 여왕으로 꼽지 않는 사람은 극히 드물지. 장미는 보기에 품위와 위엄이 있거든. 다른 세계도 마찬가지야. 겉보기엔 화려하지 않고 수수해도 지도자가 되기에 충분한 성품과 능력을 가진 사람이 있다는 것을 아무도 생각하려고 하지 않으니……."

"하지만 너도 장미를 예쁘다고 생각하지 않니?"

"그야 예쁘다고 생각해. 그러나 잘난 체하지 말았으면 좋겠어. 장미는 많은 찬사를 받으며 꽃 중의 꽃으로 뽑히고 나서는 언제나 자신이 실제보다 더 아름답다고 믿고 있어. 그렇게 생각하고 있는 건 자만이야. 나는 그런 것을 좋아하지 않아."

"그러면 레나도 잘난 체한다고 생각하니? 레나는 예쁘고 부자고, 우리 반에서 첫째야."

"이 작은 종꽃은 상냥하고 다정스럽고 수줍어하지만 이 세상에 기쁨을 전해 주고 있어. 교회의 종이 사람들을 위해서 울려 퍼지듯이, 이 종꽃은 많은 꽃들을 위해서 종을 울리며 위로해 주는 거야. 종꽃에게는 쓸쓸하다거나 하는 적은 없어. 마음에 언제나 음악이 있으니까. 종꽃은 장미꽃보다 훨씬 행복해. 칭찬을 받고 싶다는 생각은 전혀 가지고 있지 않아. 장미는 칭찬을 받고 싶어하고 또 오직 그것만을 기쁨으로 생각하며 살고 있지. 아무런 즐거움도 없는 것 같아. 아름다움은 남에게 보이기 위해서고 속은 텅 비어 있으니 행복할 리가 없을 거야. 종꽃은 그다지 곱지는 않아. 그래도 종꽃은 마음속에 음악을 잘 아는 진짜 친구를 가지고 있어."

"어머, 종꽃도 예쁜데 뭐."

"에퍼, 잘 생각해 봐. 너희 반에서 꼴찌인 마리가 레나에게 불만을 품고 반항하려 든다면, 레나는 학급 친구들을 모두 동원해서 선동하고 마리를 골탕먹이겠지? 그 이유는 간단해. 마리는 못생기고 가난하니까 그래. 너희들은 모두 레나가 하라는 대로 하겠지. 그렇지 않으면 레나의 비위를 건드리게 되니까 말이야. 그렇게 되면 교감 선생님께 미움을 받는 것만큼이나 호된 일이라고 생각하는 거야. 레나의 멋진 집으로 초대를 받을 수가 없게 되니까. 그래서 레나가 잘난 체하게 내버려 두는 거야. 그렇지만 레나 같은 애는 언젠가는 혼자 남게 돼. 너희들이 장차 어른이 되면 레나가 얼마나 얄미운 아이였던가를 알게 될 테니까. 이대로 그냥 두면 레나는 영원히 외토리야. 당장 마음을 고쳐먹어야 해."

"그러면 내가 학급 아이들에게 레나의 말을 듣지 말라고 얘기하지 않으면 안 되는 거니?"

"그래, 레나는 처음에는 심하게 화를 내겠지만, 나중에는 자신의 어리석음을 깨닫고 너에게 고마워할 거야. 그리고 레나는 여태까지와는 달리 훨씬 믿을 수 있는 친구를 가지게 될 거야."

"알겠어. 그런데 나는 어때? 나도 장미꽃처럼 잘난 체하고 있지나 않을까?"

"들어 봐, 에퍼. 어른이건 아이건 이런 일을 자기 자신에게 물어 보는 사람은 자만하지 않는 사람이야. 그 질문에는 너 자신이 가장 적절하게 대답할 수 있으니까, 그렇게 하라고 권하겠어…… 이것 좀 봐. 예쁘지 않니?"

요정은 풀잎 사이로 바람의 리듬을 타고 앞뒤로 흔들리는 파란 종 모양의 작은 꽃 곁에 무릎을 꿇었습니다.

"그래 예뻐."

"그렇지만 장미꽃처럼 눈에 띄지는 않아. 많은 사람을 끄는 것은 이 '눈에 띈다'는 녀석이지."

"저어, 나도 쓸쓸해서 누군가와 함께 있고 싶어지는데 이것도 나쁜 일이야?"

"이것과 그것은 관계가 없는 일이야, 에퍼. 너도 어른이 되면 '마음의 노래'를 듣게 될 거야. 그럼 꼭 그렇게 돼, 꼭."

"좀더 얘기해 줘, 좀더."

"좋아, 계속할게."

요정은 자그마한 손가락으로 위를 가리켰습니다. 에퍼는 크고 웅장한 밤나무를 올려다보았습니다.

"굉장한 나무라고 생각하지 않아?"

"아아! 훌륭해. 대체 이 나무는 몇 살이나 됐을까?"

"150살도 넘었겠지. 그래도 늙었다고는 생각되지 않고 꼿꼿하게 서 있어. 모든 사람들이 강하다고 칭찬하지만 밤나무는 그런 것에는 무관심하고, 자기 자신이 스스로 강함을 확인하고 있을 뿐이야. 그리고 남이 자기보다 나은 것은 참지 못하는 나쁜 버릇이 있고, 다른 것은 어떻든 전혀 상관하지 않아. 겉으로는 희떠운 것 같고 무척 믿음직하게 보이지. 그러나 그런 추측은 잘못이야. 걱정거리나 푸념은 듣기 싫어해. 밤나무는 자신이 행복하면서도 남의 행복은 시샘하는 것 같아. 다른 나무나 꽃은 그걸 알고 있기 때문에 난처한 일이 생겼을 때에 인정 많은 소나무에게로 가는 거야. 밤나무 따위는 신경 쓰지 않아. 그래도 밤나무의 저 커다란 가슴에는 작기는 하지만 노래가 있어. 밤나무는 작은 새들을 좋아하니까 말이야. 언제나 새들을 그 가지에 앉게 하고 비록 적지만 먹을 것도 주고 있어."

"밤나무 같은 사람이 있니?"

"그것도 물어 볼 필요가 없는 거야, 에퍼. 살아 있는 것은 모두 서로 비슷한 데가 있으니까, 밤나무는 나쁘지도 않고 좋지도 않아. 누구에게도 상처를 입히지 않고 자신의 생활에 만족하고 있는 거야. 또 묻고 싶은 것은 없니, 에퍼?"

"이젠 없어. 이야기를 듣고 여러 가지 일들을 알게 되어 난 정말 즐거워. 정말 고맙구나. 이제 집에 돌아가야 해. 또 언제라도 이야기하러 와 주겠어?"

"그건 힘들 거야. 잘 자, 에퍼."

요정은 떠나 버렸습니다. 잠이 깨어 보니 달님은 해님으로 바뀌었고 이웃집 뻐꾸기 시계가 일곱 시를 알렸습니다.

이 꿈은 에퍼에게 깊은 인상을 남겼습니다. 에퍼는 매일같이 자신의 행동이나 말씨에서 조금이라도 부족함을 발견하면 그럴 때마다 요정의 충고를 상기하면서 당장 고치려고 했습니다. 학교에서는 레나의 말에 무조건 따르는 일이 없도록 열심히 노력했습니다. 그러나 레나 같은 애는 누군가가 공격하려고 하면 재빨리 알아차립니다. 예를 들면 게임을 할 때, 에퍼가 다른 친구를 리더로 삼고 싶어하거나 하면 레나는 어느새 수비자세를 완벽하게 갖추었습니다. 그리고 자기 뜻에 순순히 따를 수 있는 친구를 모아서 에퍼에게 대들었습니다.

그래도 에퍼가 기쁘게 생각한 것은 레나가 꼬마 마리를 대하는 만큼 에퍼에게는 잘난 체하지 못하는 일이었습니다. 또 마리는 조그맣고 말라깽이인데다 내성적이지만 레나에게 반항해서 에퍼를 놀라게 했습니다. 마리를 깊이 알면 알수록 그만큼 레나보다 훨씬 좋은 친구라는 것을 에퍼는 알게 되었습니다.

에퍼는 어머니께 꿈의 요정에 대해 얘기하지 않았습니다. 왜 그랬는지는 모릅니다. 이때까지 에퍼는 무엇이든지 다 얘기해 왔는데 이것만은 처음으로 가슴에 간직해 두고 싶었던 것입니다. 이 일을 어머니가 '자신과 같이' 되어서 알아 주리라고는 여겨지지 않았기 때문입니다.

작은 요정은 정말 예뻤습니다. 그러나 어머니는 그 공원에 간 적이 없기 때문에 요정을 만나지 못했습니다. 에퍼로서는 요정의 모습을 도저히 설명할 수가 없었을 것입니다. 하지만 꿈의 영향이 너무나 컸기 때문에 어머니는 딸이 변한 것을 곧 알아차렸습니다. 에퍼는 이전보다도 더욱 진지하게 흥미있는 일에 대해서 얘기하게 되고 시시한 일에 흥분하지도 않게 되었습니다. 그렇지만 에퍼가 아무 말도 하지 않았기 때문에 어머니도 무리하게 캐물으려고는 하지 않았습니다.

그때부터 에퍼는 언제나 요정의 좋은 충고를 되새기면서 생활했습니다. 그 요정과는 두 번 다시 만날 수 없었습니다. 레나는 이제 학급의 여왕이 아니고 모두가 교대로 학급을 이끌어 갔습니다. 처음 얼마 동안 레나는 못마땅해했지만 화를 낸다고 해서 사정이 나아지는 것은 아니라는 사실을 알게 되어 모두 사이좋게 지내게 되었습니다. 레나는 이전부터 가지고 있던 결점도 고쳤기 때문에 얼마 후에는 학급의 누구에게나 인정받게 되었습니다.

에퍼는 그 동안 경험한 일들을 어머니에게 얘기했습니다. 뜻밖에도 어머니는 부드러운 표정이 아닌 엄한 얼굴로 이렇게 말했습니다.

"너는 요정에게 매우 특별한 대접을 받은 것이야, 에퍼. 요정과 만날 수 있는 어린이는 좀처럼 없단다. 너는 요정에게 신임을 받았다는 사실을 언제나 생각해라. 그리고 이런 얘기는 아무에게나 하는 게 아니란다. 이제부터는 요정이 말해 준 대로 하려무나. 요정이 가르쳐 준 길에서 결코 벗어나지 않도록."

에퍼는 점점 성장함에 따라서 품행이 좋다는 것이 알려졌습니다. 열여섯 살이 되면서 주위 사람들은 에퍼를 인정 있고 다정스러우며 친절한 아가씨라고 칭찬했습니다. 에퍼는 좋은 일을 할 때마다 마음이 훈훈해지는 것을 느끼고 기뻤습니다. 조금씩이나마 서서히 요정이 말한 '마음의 노래'의 뜻도 이해할 수 있게 되었습니다.

에퍼가 어른이 된 어느 날 갑자기 요정이 누구였는가 하는 수수께끼가 풀렸습니다. 그것이 자신의 양심이었고 꿈에 나타나서 올바른 길을 가르쳐 주었음을 에퍼는 문득 깨달은 것입니다. 에퍼는 어린 시절에 인생의 안내자며 본보기로서 그 작은 요정이 있었다는 것을 깊이 감사합니다.

폴라의 비행기 여행

내가 아주 어렸을 때, 아빠는 언제나 '말괄량이 폴라'의 이야기를 들려주셨다. 아빠는 이야기를 많이 알고 계셔서 나를 기쁘게 해주셨다. 요즘도 밤에 아빠와 함께 있을 때면, 아빠는 나에게 폴라의 이야기를 들려주신다. 그래서 '말괄량이 폴라'의 최근작을 기록해 두었다.

1

폴라는 오랫동안 비행기의 내부 구조에 대해서 궁금해하고 있었습니다. 그녀의 아빠는 최근 베를린 근교의 비행장에서 일하게 되어 폴라와 그녀의 어머니도 거기서 함께 살고 있었습니다.

맑게 개인 어느 날, 비행장이 조용하기만 한 때에 폴라는 대담하게도 제일 가까운 곳에 있던 비행기에 기어올라가서 안으로 들어갔습니다.

폴라는 바짝 긴장하여 조용하게 구석구석을 살피고 나서 맨 나중에 콕피트를 점검하기 시작했습니다. 그리고 막 나올 찰나에 밖에서 갑자기 어떤 목소리가 들렸습니다. 폴라는 엉겁결에 의자 밑으로 기어들어가 벌벌 떨면서 무슨 일이 일어나는가를 기다렸습니다.

목소리는 점점 가까워지고 다음 순간에 두 남자가 올라타더니 비행기 안을 이리저리 돌아다니면서 폴라가 숨어 있는 의자에 탁 부딪쳤습니다. 남자들은 폴라의 뒤쪽 의자에 앉아, 폴라가 전혀 알아들을 수 없는 사투리로 얘기를 시작했습니다. 그리고 10분인가 15분이 지나자 그들은 일어 섰습니다. 한 사람은 밖으로 나가고 한 사람은 조종실로 들어가 비행복으로 갈아입었습니다. 그때 조금 전에 나갔던 한 사람이 남자 여섯 명을 데리고 돌아왔습니다. 그들 모두가 비행기에 타자, 떨고 있는 폴라의 귀에 엔진 소리와 함께 프로펠러 돌아가는 소리가 들려왔습니다.

2

폴라는 뜻밖의 경우를 당하면 가끔 겁이 나기도 하고 풀이 죽기도 했으나 때로는 용감해지기도 했는데, 이번엔 이 둘 중의 어느 쪽인지 자신도 알 수가 없었습니다.

비행기가 이륙한 후 얼마 지나지 않아 대담하게도 갑자기 의자 밑으로부터 기어나왔습니다. 폴라는 깜짝 놀라는 승무원을 향해서 자기 소개를 하고, 자신이 왜 거기에 있게 되었는가를 설명했습니다.

폴라는 어떻게 되었을까요? 승무원들은 상의를 한 결과 그대로 계속 비행하기로 결정했습니다. 그들은 러시아 전선(戰線)을 폭격하러 간다고 말했습니다.

폴라는 한숨을 쉬면서 의자에 누워 잠을 잤습니다. 쾅, 쾅, 쾅…….
폴라는 놀라서 잠을 깼습니다. 눈을 크게 뜨고 남자들을 보았습니다. 그러나 아무도 폴라를 돌볼 겨를이 없었습니다. 러시아 군이 필사적으로 공격해 왔기 때문입니다.

갑자기 폴라는 외마디소리를 질렀습니다. 의자가 흔들리고 유리창이 산산조각 나고, 포탄의 파편이 기내(機內) 여기저기로 날아들어 흩어지고, 비행기는 급강하해서 불시착했습니다.

몇몇 러시아 군인들이 달려와서 승무원 전원에게 수갑을 채웠습니다. 눈앞에 갑자기 13세쯤 되는 계집아이가 나타났을 때 그들의 놀라움이란……. 그 놀라는 얼굴이 얼마나 우스웠던지……. 충분히 상상할 수 있지 않겠어요!

독일 사람과 러시아 사람은 말이 통하지 않기 때문에 젊은 러시아인이 폴라의 손을 잡고 승무원들을 포로수용소로 연행했습니다. 수용소의 소장은 폴라가 눈 하나 깜짝하지 않고 서 있는 것을 보자 큰 소리로 웃기 작했습니다. 소장이 이 작은 포로를 다른 포로들과 함께 가두고 싶지 않아서 다음날 조사한 뒤에 싸움터에서 떨어진 곳에 전쟁이 끝날 때까지 이 아이를 맡아 줄 만한 마땅한 사람을 찾기로 했습니다.

3

사령관실에서 일 주일쯤 지낸 뒤에 비 오는 아침에 폴라는 갑자기 부상병을 병원으로 이송하는 대형 트럭에 실렸습니다. 다섯 시간 동안 트럭은 자갈길을 덜커덩거리면서 지나갔습니다. 그 동안 비가 억수로 쏟아져서 밖의 경치도 바라볼 수 없었습니다. 한적한 길가에서 집이 보이면 안심이 되었으나, 어느 집이나 다 쥐죽은 듯이 고요했습니다. 출발할 때, 대포소리가 아주 가깝게 들렸는데 차츰 멀어지더니 드디어 들리지 않게 되었습니다.

갑자기 길이 변하고 트럭은 앞에 가는 차를 두세 대 추월하고 나서 벽에다 적십자를 몇 개씩이나 그려놓은 하얀 집 앞에 멈추었습니다. 부상병들은 안으로 옮겨졌고 상냥한 간호사들이 맞아 주었습니다.

부상병들이 모두 내리고 나서 운전사는 말없이 다시 차를 달려서 한 시간 후에 차를 세웠습니다.

폴라는 큰 나무들 사이로 꽤 커다란 농가 한 채가 있는 것을 보았습니다.

운전사가 그 집을 가리켰기 때문에 폴라는 차에서 내렸습니다. 그리고 운전사를 기다리고 있었는데 운전사는 아무것도 모르는 폴라를 혼자 길에 남겨 두고 가버렸습니다. 폴라는 한참 생각했습니다.

'러시아 사람들은 참 우스운 사람들이야! 이 나라에서는 내 일은 내 운수에 맡기는가봐. 이런 곳에 나를 버려 두고 가 버리다니 독일 사람이라면 이렇게는 하지 않을 텐데! (폴라가 독일 어린인 걸 잊지 마세요.)
 그러나 그때, 폴라는 운전사가 그 농가를 가리킨 것을 생각해 냈습니다. 그래서 길을 가로질러 가서 대문을 열어 보니 거기는 울타리를 친 목초지인 듯했습니다. 집앞에서는 여자가 빨래를 하고 있었고, 어린 계집아이 하나가 빨래를 널고 있었습니다.
 폴라는 빨래를 하고 있는 여자 곁으로 다가가서 그녀에게 첫 마디를 꺼냈습니다.
 "폴라 뮤라."
 여자는 젖은 손을 앞치마로 닦고서 폴라에게 내밀었습니다. 그리고 "유스타차레아 코로바니아"라고 했습니다. 폴라는 이 말이 여자의 이름이거나 '잘 왔다'고 하는 뜻의 말일 것이라고 생각했습니다.

4

 칸타보스카 부인(그 여자의 이름)은 농장에 남편과 세 아이와 함께 살고 있었고, 머슴이 한 사람, 가정부가 두 사람 고용되어 있었습니다. 사흘 전, 부인은 열세 살쯤 되는 여자아이가 2, 3일 안에 도착할 것이라는 통지를 받았습니다. 대개의 경우, 통보해 온 사람 외에는 아무도 이 집에 숙소를 제공받지 못합니다.
 그것은 칸타보스카 부인에게는 안성맞춤이었습니다. 그리고 지금 그 여자아이가 바로 통보받은 그 아이라고 직감했습니다. 그런데 막상 칸타보스카의 가족들로서는 폴라에게 어떻게 하라고 지시하는 것이 귀찮은 일이었습니다. 폴라 쪽도 힘껏 노력하기는 했지만 상대방이 무엇을 원하고 있는지 알 수 없었습니다. 처음 두 주일간은 식사를 제대로 하지 못했습니다.
 그렇지만 시장이 반찬이라 배가 너무 고팠기 때문에 먹을 수 있게 되었습니다. 그리고 믿어지지 않겠지만, 남들의 흉내를 내어서 빨래나 바느질도 거들었습니다.

6개월 동안 있으면서 폴라는 러시아 말을 상당히 이해할 수 있게 되었고, 다음 6개월이 지날 무렵에는 거의 알 수 있게 되었습니다. 얘기하는 것은 약간 어려웠지만 그녀는 열심히 노력해 보았습니다.

칸타보스카 가족들은 폴라를 말괄량이라고는 생각하지 않았습니다.

폴라는 아주 영리하게 행동했습니다. 이곳의 생활에 혼란을 일으키고 싶지가 않았기 때문입니다. 그래서 일을 잘했고 실제로는 집에 있을 때보다 훨씬 눈치가 빨라졌기 때문에 차츰 이 가족의 일원이 되었습니다.

5

칸타보스카 집에 온 지 2년이 되자, 폴라는 책을 읽기나 글씨 쓰는 것을 배우지 않겠느냐는 제의를 받았습니다.

폴라는 꼭 그렇게 해달라고 희망해서, 읽고 쓰기를 배우는 학교에 일주일에 사흘간 이웃 여자아이와 함께 다니게 되었습니다. 폴라의 발전은 눈부시게 빨라서 12주간의 학습으로 러시아어를 읽을 수 있게 되었습니다. 폴라는 그 여자아이와 함께 댄스도 배웠는데, 금세 숙달되어서 저녁 나절에 카페에서 폴카(4분의 2박자의 경쾌한 무곡)나 마주르카(4분의 3 또는 8분의 3박자의 폴란드 민속 무용극)를 추어 얼마간의 돈도 벌게 되었습니다. 폴라는 번 돈의 반절을 칸타보스카 부인에게 주고 나머지 반절을 모아 두었습니다. 그것은 고향에 돌아갈 것을 작정하고 차비로 모아 둔 것입니다.

6

폴라는 이제 열여섯 살이 되었습니다. 공부도 어느 정도 했기 때문에 서유럽식으로 생각한다면 훨씬 나이가 들어 보였을 것입니다. 폴라는 댄스로 열심히 벌어서 민스크에서 바르샤바까지 가는 기차표를 살 정도의 돈을 모았습니다. '바르샤바까지 가면' 하고 폴라는 생각했습니다. '적십자사가 나를 독일로 데려다 주겠지.'

이렇게 결심하자 그녀는 이를 실행에 옮겼습니다.
어느 날 아침, 폴라는 학교에 가는 것처럼 하고, 그녀가 모은 전재산을 가방에 넣고 도망쳤습니다. 칸타보스카 농장에서 민스크까지 걷는다는 것은 그리 쉬운 일이 아니었습니다. 트럭 운전사가 도중에 태워다 주었지만, 나머지 길을 몇 시간 동안 걸었습니다.
오후 늦게 민스크에 도착했을 때, 폴라는 기진맥진했습니다.
곧바로 역으로 가서 바르샤바로 가는 기차편을 알아보았는데, '다음날 열두 시까지는 없다'는 것을 알고는 몹시 난감했습니다. 폴라는 역장을 만나서 자기 형편을 얘기하고 대합실에서 하룻밤을 지낼 수 있도록 부탁하여 허락을 받았습니다. 그러고는 몹시 지친 상태에서 바로 잠이 들었습니다.
아침에 잠에서 깨어나 보니 팔다리가 굳어 있었고, 그 순간 자신이 그곳에서 잠들었던 사실에 무척 당황했습니다. 그러나 곧 의식이 회복되면서 배가 몹시 고프다는 것을 느꼈습니다. 역의 식당에서 친절한 여자 종업원이 폴라의 신상 얘기를 듣고, 순수한 러시아 빵을 주었습니다. 폴라는 오전중에는 그 여자 종업원과 함께 많은 얘기를 나누었고, 열두 시에는 기운을 차려 바르샤바행 열차에 올랐습니다.

7

폴라는 바르샤바에 도착하자마자 역장에게 물어서 적십자 간호사의 기숙사로 갔습니다. 그곳에서 그녀는 상상 외로 오래 머무르게 되었습니다. 어느 누구도 폴라를 어떻게 해야 할지 몰랐기 때문입니다. 간호사들은 집을 찾는 사람을 돕는 단체나 그 주소에 대해서 전혀 알지 못했습니다. 더욱이 그녀에게는 동전 한 닢 남아 있지 않았기 때문에 간호사들을 폴라를 기차에 태워 줄 수도 없었고, 그렇다고 모른 체할 수도 없었습니다. 그래서 결국 이 정체불명의 소녀에게 베를린행 기차표를 사 주어야 한다고 결정을 내렸습니다. 폴라가 전에 베를린에 살았고, 스스로도 베를린까지만 가면 문제 없이 집으로 돌아갈 수 있다고 말했기 때문입니다.
　인정 많은 간호사들과 작별하고 폴라는 다시 열차를 탔습니다.
　다음 역에서 멋진 젊은이가 탔는데, 그는 아주 자연스럽게 이 대담한 소녀에게 말을 걸었습니다. 폴라는 여행중 줄곧 이 멋진 젊은이와 함께 있었습니다.
　베를린에 도착하자 집으로 뛰어갔지만 집은 텅 비어 있었습니다. 아빠와 엄마가 이사를 하리라고는 꿈에도 상상하지 못했던 것입니다. '자, 어떻게 하지?' 폴라는 다시 적십자에 가서 서투른 독일말로 이제까지의 경위를 얘기했습니다. 그래서 식사를 제공하면서 두 주간 동안만 있게 해준다는 허락을 받아냈습니다.
　폴라가 자기 부모에 대해서 알아낸 사실은 엄마가 일거리를 찾아서 베를린을 떠났다는 것과 아빠가 작년에 군대에 징집되어 갔다가 부상을 당해 어느 병원에 있다는 것뿐이었습니다.
　서둘러서 가정부 자리를 찾았을 때 폴라는 그 멋진 젊은이 에릭과 다시 만났습니다. 에릭은 폴라에게 일 주일에 3일 밤에 나가야 하는 카바레에서의 일을 주선해 주었습니다. 러시아 댄스가 여기서도 쓸모 있어 큰 도움이 된 것입니다.

8

　폴라가 춤을 추러 나가게 된 지 여러 날이 지난 어느 날 밤에 이런 발표가 있었습니다. 각 병원에서 막 퇴원한 부상병을 위해서 2주일 후에 대대적인 댄스 쇼를 바로 그 카바레에서 개최한다는 것이었습니다. 폴라는 매우 중요한 역할을 맡았습니다. 그래서 맹연습이 시작되고 항상 밤이 깊은 시각에 집에 돌아갔습니다. 그리고 나면 피로가 쌓여 아침 일곱시에 일어나기가 여간 힘들지 않았습니다.
　이러한 폴라를 위로해 주는 것은 에릭뿐이었습니다. 두 사람의 우정은 깊어만 갔습니다.

에릭이 없었더라면 폴라는 매우 난감했을 것입니다. 댄스 쇼의 밤이 다가오자 난생 처음으로 무대가 두려웠습니다. 남자들만 있는 앞에서 춤을 추는 일이 기묘하게 생각되었습니다. 그러나 이러니 저러니 할 처지가 못 되었습니다. 조금이라도 돈을 더 받기 위한 절호의 찬스였습니다.

쇼는 대성공이었고, 폴라는 쇼가 끝나자마자 에릭이 있는 홀로 달려갔습니다. 그런데 얼마나 놀랐는지 발이 땅에서 떨어지질 않았습니다. 폴라의 앞에 아빠가 어떤 군인과 이야기하고 있었던 것입니다. 폴라는 기뻐서 엉엉 울며 아빠에게 달려들어 그 품에 안겼습니다.

어느새 연세가 많아진 아빠는 너무 놀랐습니다. 어쨌든 아빠에게는 무대의 일과 지금 눈앞에 딸이 나타난 일이 모두 꿈꾸는 듯이 느껴졌습니다. 이런 곳에서 자기 딸을 만나리라고는 꿈에도 생각지 못했던 것입니다. 폴라는 당황해서 자기의 지나온 이야기를 하지 않으면 안 되었습니다.

9

일 주일 후, 폴라와 아빠는 팔짱을 끼고 프랑크푸르트 암마인의 역에서 걸어 나왔습니다. 두 사람은 이사를 한 엄마의 마중을 받았습니다. 엄마는 이제까지 딸의 귀가를 애타게 기다리고 있었던 것입니다.

폴라는 지나온 모든 일을 엄마에게 이야기해 드렸습니다. 아빠는 "저기 저 비행기를 타고 러시아로 돌아가고 싶은 게 아니냐?" 하고 농담을 했습니다.

옮긴이 주 —— 이 이야기의 무대가 된 것은 1914년의 독일과 러시아며, 1918년까지의 전쟁에서 독일이 러시아에 승리를 거두었던 사실을 참고하기 바랍니다.

공 포

내 생애에서 가장 무서운 시간이었습니다. 전쟁이 극도로 결렬해졌고, 한 시간 후의 생사를 예측할 수 없는 상태에 있었습니다. 나는 부모 형제들과 함께 시내에 살고 있었습니다. 우리는 언젠가는 자신들 스스로가 안전한 곳으로 피신해야 하리라 생각하고 있었습니다. 낮에는 포탄이 작열하는 소리와 소총 쏘는 소리가 끊이지 않았습니다. 밤에는 번쩍이는 섬광과 어딘지도 알 수 없는 깊은 밑바닥으로부터 올라오는 듯한 폭발음이 기분 나빴습니다.

나는 그때의 상황을 정확히 설명할 수 없습니다. 정확한 기억을 떠올릴 수가 없는 것입니다. 기억하고 있는 것은 온종일 공포의 포로가 되어 있다는 것뿐입니다. 부모는 나의 마음을 안정시키려고 온갖 수단을 동원해 보았으나 효과가 없었습니다. 나는 공포감 때문에 아무것도 느낄 수가 없었고, 잠을 잘 수도 음식을 먹을 수도 없었습니다. 공포가 나의 마음과 몸을 온통 사로잡았기 때문입니다.

이런 날이 일 주일 정도 지나고 났을까요? 내가 어제처럼 생생히 기억하고 있는 그 저녁 나절과 밤이 다가왔습니다.

여덟 시 반에 폭격이 멎었기 때문에 나는 소파에서 졸고 있었는데 갑자기 대폭발이 두 번 일어났습니다. 깜짝 놀란 우리들은 날카로운 칼로 찔린 것처럼 뛰어올라서 현관 안으로 달려들었습니다. 언제나 침착하던 어머니조차 새파랗게 질린 표정이었습니다.

폭발은 규칙적으로 반복되었고, 유리창이 산산조각으로 부서지는 무시무시한 소리와 함께 찢어질 듯한 고함소리가 동시에 들려왔습니다. 나는 서둘러서 손에 잡히는 두꺼운 옷을 입고 보이는 대로 필요한 것들을 배낭에 집어넣었습니다. 그리고 달렸습니다. 달릴 수 있는 한 빨리 불길로부터 벗어나 도망쳤습니다. 곳곳에서 사람들은 소리를 지르고, 이리저리 피해 다니고, 거리는 빨갛게 타오르는 불꽃으로 휩싸여서 마치 불을 켜

놓은 것처럼 밝았습니다.

　부모나 형제를 생각할 여유도 없었고, 오로지 자신을 위해서 달리고 또 달릴 뿐이었습니다. 정신없이 달린 셈이었습니다. 지쳤다고는 느껴지지 않았습니다. 그런 느낌보다는 오히려 무서움이 강했기 때문입니다. 배낭을 잃어 버린 것조차도 몰랐고, 오직 달려야 한다는 생각뿐이었습니다.

　그때 얼마나 달렸는지, 불타고 있던 집이 어떠했는지 나로서는 알 길이 없었습니다. 나의 눈앞에 있던 것은 결사적으로 발버둥치던 사람들의 일그러진 얼굴뿐이었습니다. 그 뒤에 조용해진 것을 깨닫고 주위를 돌아보니 마치 악몽에서 깨어난 듯했습니다. 그곳에는 불도 폭탄도 인간도, 아무것도 없었습니다. 지그시 눈을 뜨고 바라보니 나는 들녘에 서 있었습니다. 머리 위에는 별이 빛나고 있었으며, 달이 환하고 밝게 비치고 있었습니다. 날씨는 상쾌했으며 전혀 춥지 않았고 아무 소리도 들리지 않았습니다. 피곤해서 풀 위에 앉아 팔에 들고 있던 담요를 펴고 누워서 마음껏 기지개를 켰습니다.

　나는 하늘을 보고 이제는 무섭지 않다는 것을 알았습니다. 오히려 무척 온화한 기분이 되었습니다. 이상하게도 가족을 그리워하기보다는 휴식이 그리웠고, 별이 빛나는 하늘 아래에 누워 금방 잠이 들고 말았습니다.

　잠에서 깨어났을 때 마침 태양이 떠오르고 있었으며 내가 어디에 있는가를 쉽게 알 수 있었습니다. 새벽 빛에 교외의 주택들이 어렴풋이 보였습니다. 눈을 비비고 다시 보았더니 그곳엔 아무도 없었습니다.

　들판의 클로버와 민들레만이 친구였습니다. 나는 다시 풀 위에 깔아 놓은 담요에서 뒹굴면서 해야 할 일을 생각했습니다. 그런데 가장 중요한 현실적인 문제는 어디론가 사라져 버리고, 어제 저녁에 풀 위에 앉았을 때 느꼈던 굉장히 평화스러운 기분으로 되돌아가는 것이었습니다.

　그 후 부모를 찾았고 함께 다른 곳으로 이사했습니다. 전쟁은 다 끝났지만, 그 공포가 넓은 하늘 아래에서 어떻게 사라졌는지 나는 알고 있습니다.

　대자연 속에 혼자 있음으로 해서 알게 된 것입니다. 실제로 의식했던 것은 아닌데――나는 분명히 알았습니다.

 공포의 치료 방법은 한 가지밖에 없습니다. 그때의 나처럼 공포감에 짓눌린 자에게는 자연을 바라보는 일이 필요합니다. 그렇게 하면 하느님이 생각보다 훨씬 자신 가까이에 계신다는 것을 깨닫게 될 것입니다.

 그 일이 있은 후로부터 나는 결코 무서워하는 일이 없습니다. 설사 포탄이 아무리 많이 쏟아져 퍼붓는다 할지라도…….

□ 부 록 II

안네가 죽기까지

　안네가 마지막 일기를 쓰고 난 3일째인 8월 4일 아침도 변함없는 은신처의 생활이 시작되었다. 벌써 2년 이상에 걸친, 신경이 닳아질 것 같은 공포의 나날과 날이 갈수록 심해지고 있는 식량 사정으로 인해 모두가 심신이 극도로 피로해졌지만, 마음 한 구석에는 희미한 한 가닥 희망의 빛이 비쳐 오는 것을 느꼈다. 6월 6일, 노르망디 상륙 작전이 개시된 이래, 전황은 급속도로 연합군에게 유리하게 전개되고 있었다. 은신처 상공을 굉장한 굉음과 함께 통과하는 연합군의 폭격기 수도 날마다 증가되어 갔다. 암스테르담도 어쩐지 술렁거렸다. 모두들 라디오로 정황을 들을 때마다, 어쩌면 의외로 빨리 구조될지도 모른다는 희망을 갖기 시작했다. 뒤에 안 일이지만, 이 날 미군은 산 로를 돌파하고 연합군은 파리를 넘어 북부 프랑스에서 벨기에, 네덜란드에까지 미치는 대포위작전을 전개하기 시작했다.
　안네의 아버지 오토 프랑크 씨는 아침 식사 후 여느 때처럼 페터의 공부를 봐주기 위해 그와 둘이서 지붕 밑 방으로 갔다. 프랑크 씨는 팔뚝시계를 보면서, "벌써 열 시 반이다. 자아, 페터, 힘 좀 내서 공부해야겠다"고 말했다.
　책상을 사이에 두고 프랑크 씨와 마주앉아 있던 페터가 이때 약간 고개를 들었는데, 그 눈에는 공포의 빛이 뚜렷했다. 프랑크 씨도 퍼뜩 귀를 기울였는데, 아래층에서 지금까지 듣지 못하던 남자 목소리——떠들어대는 남자 목소리──가 들려오지 않는가.

 이보다 몇 분 전 권총을 든 다섯 명의 남자가 은신처가 있는 건물의 정문으로 해서 2층의 크랄러 씨 사무실로 우르르 들어왔다. 그 중 한 사람은 초록색 제복을 입은 독일의 비밀 경찰이고 다른 네 명은 평상복이었다. 그들은 아마 네덜란드의 나치 당원일 것이다. 그 중의 한 사람이 크랄러 씨에게 권총을 들이대며 양손을 올리게 하고, "여기에 유태인을 숨겨 두고 있지? 모든 것을 다 알고 있다. 감추거나 하면 좋지 못해. 위로 안내해!" 하고 유창한 네덜란드어로 말했다.

 다른 네 명은 크랄러 씨를 둘러쌌다. 크랄러 씨는 망연히 서 있기만 했다. 그러나 이젠 다 틀렸다는 걸 알고 말없이 조용히 그들을 안내해서 계단을 올라갔다. 3층의 층계참에 왔을 때, 크랄러 씨는 '비밀문'을 감추기 위해 설치해 둔 책장 앞에서 약간 주저했다. 책장에는 상거래한 서류를 철한 것이 3단으로 나란히 놓여 있었다. 그 뒤에 널찍한 은신처가 있다는 것을 누가 알겠는가?

 어떻게 해서 알았을까? 도대체 누가 밀고했을까? 이러한 의문이 크랄러 씨의 머리를 주마등같이 스쳐 갔다. "사실 어떻게 해서 탄로났는지 지금까지 수수께끼다"고 프랑크 씨는 말하고 있다.

 "뭘 꾸물거리고 있어?" 하고 호통치며 등을 권총 끝으로 찌르자 겨우 정신을 차린 크랄러 씨는 정신없이 '비밀의 문'의 빗장을 벗겼다. 비밀 입구를 알게 된 다섯 명의 나치 당원은 크랄러 씨를 끌다시피 하여 안으로 들어가서 "손들어!" 하고 외쳤다. 프랑크 씨와 페터가 들은 것은 이 소리였다.

 프랑크 씨와 페터가 무슨 일이 생겼나 생각하고 있을 동안 나치 당원 한 명이 권총을 손에 들고 지붕 밑 방으로 뛰어들어왔다. 아아, 드디어 모든 사람이 두려워했던 최악의 사태가 벌어진 것이다! 두 사람은 공포에 질려서 아무 소리도 내지 못하고 조용히 손을 들어올리는 수밖에 없었다. 나치는 한참 두 사람을 노려보다가 이윽고 아래로 내려가라고 신호했다.

프랑크 씨와 페터가 이층으로 내려와 보니 안네를 비롯하여 여섯 명이 벽을 등지고 양손을 올린 채 나치 앞에 서 있었다. 프랑크 씨는 머리가 아찔하여 넘어질 것 같았다. 물론 여섯 명의 얼굴은 볼 수 없었다. 얼마 후 크랄러 씨와 코프하이스 씨도 비밀 경찰에 의해 모두가 있는 은신처로 끌려왔다. 체포된 열 명은 질린 얼굴로 거기에 서 있었다.

잠시 후 독일 경관이 프랑크 씨에게 독일어로, "흉기를 갖고 있지 않나?"라고 물었다. 프랑크 씨가 같은 독일어로 "갖고 있지 않습니다" 하고 대답하자, 그는 "짐을 챙겨서 5분 이내에 이곳을 떠날 준비를 하라" 하고 명령했다.

드디어 최후의 시간이 왔다. 일동은 한참 아무 말도 하지 못했으나, 돌연 환 단 씨가 "저…… 저는 돈을 좀 갖고 있습니다. ……여기서 나가겠으니 제발 우리들을 데려가지 말고 가고 싶은 곳으로 가게 해…… 해주시지 않겠습니까? ……우리들은 아무것도 잘못한 일이 없습니다" 하고 떨면서 말했다. 환 단 씨의 말이 끝나기도 전에 나치들은 "하하" 하고 큰 소리로 웃고 "돈을 갖고 있나? 그것은 고마운 일이다. 모두 받아 둔다. 자아, 짐을 꾸려. 빨리!" 하고 소리를 질렀다. 그들은 상대가 흉기를 갖고 있지 않다는 것을 알고서는 손을 내리게 해서 각자 약간의 소지품을 꾸리기 시작했다.

프랑크 씨는 제복 입은 사람을 따라 자기의 침실로 갔다.

"그게 뭐야?" 하고 그 남자는 침대 옆에 세워진, 철제로 둘린 큰 나무상자를 가리키며 물었다.

"소지품을 넣어 두는 상자입니다."

경관은 상자 뚜껑에 독일어로 "예비역 중위 O. 프랑크"라고 인쇄된 글자를 말한 것이다. 프랑크 씨는 제1차대전중 독일 육군 장교로 근무했다. 히틀러가 정권을 장악했을 때, 프랑크 씨는 유태인인 연유로 네덜란드로 피신하지 않을 수 없었으나 많은 구장교들이 그랬듯이 계급을 써넣은 전시용 여행 가방을 소지하고 있었다. 프랑크 씨는 독일 육군에 있었던 일이 있다고 설명했다.

"그렇다면 왜 이런 곳에 숨어 있나?" 하고 경관은 놀란 듯한 얼굴로 물었다.

"나는 유태인이기 때문입니다" 하고 프랑크 씨가 조용히 대답하자, 그는 "음 ——" 하면서도 아직 납득이 가지 않는다는 표정을 지었다. 나치의 선전으로 정신이 비틀어지고 이치를 잘 모르는 이 사람으로서는 독일 장교라는 경례받을 수 있는 높은 지위의 사람과 발길에 채일 하등급의 유태인, 그 어느 한쪽밖에 모를 수밖에 없었다. 한 사람의 인간이 그 양쪽을 겸하고 있다는 것은, 그로서는 도저히 이해할 수 없는 문제였다. 그래도 프랑크 씨가 독일 장교였다고 듣고 그는 상당히 감명을 받은 것 같았고, 최소한 5분 이내에 준비하라고 말한 것을 한 시간으로 연장해 주었다.

경관이 가고 나서 프랑크 씨는 열심히 짐을 꾸렸다. 그가 손을 내밀어 안네의 부탁으로 그녀의 일기장을 넣어 둔 서류 가방을 잡으려고 할 때, 네덜란드의 나치 한 사람이 그의 옆으로 다가와 말했다.

"돈이나 보석을 가지고 있나?"

"네, 돈이 좀 있는데 드릴까요?"

"그래, 이리 내놔, 유태인 놈!"

이 남자는 이미 여자들로부터 빼앗은 약간의 지폐와 보석을 손에 쥐고 있었다. 프랑크 씨가 지폐 뭉치를 건네 줄 때, 그가 침대 위에 놓여 있는 서류 가방을 발견했다.

"그 안엔 무엇이 들어 있나?"

"종이뿐입니다."

"이리 내놔."

그는 가방을 열어 보았으나 귀중품이 들어 있지 않은 것을 알자, 안네의 일기가 쓰여 있는 노트와 함께 들어 있는 것을 전부 마루에 쏟아 버리고는 가방 속에 약탈물을 넣고 나서, 무슨 좋은 것이 좀더 없나 하고 찾으러 나갔다.

얼마 후 은신처 사람들은 약간의 소지품을 배낭 속에 챙겨 넣고, 죄인 호송차에 실려 시립 극장 근방에 있는 암스테르담 중앙 형무소 안에 있는 독일 비밀 경찰 본부로 연행되어 갔다.
 모두 다 나간 뒤에 경찰 트럭이 와서 가구류를 전부 싣고 가고 청소부가 방 안에 널려 있는 것을 정리했는데, 프랑크 씨의 침대가 있었던 장소에 찢어진 신문지와 함께 몇 권의 노트가 떨어져 있는 것을 발견한 청소부가 2층 사무실에 있는 미프와 엘리에게 건네 주었다. 이것은 말할 것도 없이 〈안네의 일기〉였다. 이 두 사람도 그들을 숨겨 준 음모의 가담자였으나, 다행히도 화를 면했다. 그들은 안네의 일기를 소중히 보관하고 있다가 프랑크 씨가 종전 후 강제 수용소에서 돌아오자 그에게 건네 주었다.

 비밀 경찰 본부에 도착하자 남자와 여자는 따로 분리되었다. 오토 프랑크 씨는 코프하이스 씨가 앉아 있는 취조실 밖 벤치에 앉게 되었다.
 한참 두 사람은 다 깊은 생각에 잠겨서 한 마디 말도 하지 않다가 얼마 후 프랑크 씨는 코프하이스 씨를 향해,
 "코프하이스 씨, 당신이 우리들을 구해 주지만 않았어도 이런 일은 없었을 것을. 그걸 생각하면 나는 이렇게 당신 옆에 있는 것조차 괴롭습니다. 부디 내 마음을 잘 이해해 주시오"
하고 진심으로 사과했다. 그러자 코프하이스 씨는 창백한 얼굴에 약간 미소를 띠우면서,
 "뭘 그렇게…… 난 조금도 후회 같은 건 하지 않아요. 만일 기회가 있으면 또 하겠소"
라고 말했다. 프랑크 씨는 이 말을 듣고 가슴이 벅차올라 얼굴을 돌려 버리고 말았다. 이때 문이 열리고, 코프하이스 씨가 심문을 받기 위해 취조실로 불려 갔다.
 프랑크, 코프하이스, 크랄러 세 사람은 취조받을 때 이 '음모'에 관계한 것은 코프하이스, 크랄러 두 사람만이라고 주장했으므로 은신처 사람들을 원조해 준 다른 네덜란드 사람들에게는 다행히 해를 끼치지 않았다. 이 두 사람은 네덜란드 강제 수용소에 들어갔는데, 그 곤란을 잘 참고 견디어 석방된 것을 프랑크 씨는 종전 후 돌아와서 알게 되었다. 프랑크 씨

는 37인의 죄수가 수용된 큰 감방에 넣어졌다. 그들 역시 유태인으로 '유태인 잡기'에서 체포된 자들이었다. 감방은 초만원이고 대우도 좋지 못했으나 그 후와 비교하면 아무것도 아니었다. 그로부터 며칠 후, 죄수들은 기차를 타고 네덜란드에서 가장 큰 나치의 강제 수용소가 있는 베스테르보르크로 끌려갔다. 거기서 프랑크 씨는 뜻밖에도 가족과 재회할 수 있었다. 남자는 남자대로 여자는 여자대로 격리 수용되었고 낮에는 쉴 새 없이 노동을 했지만, 저녁 여섯 시가 지나면 자유로이 같이 있는 것이 허용되었다.

"좀 이상하게 들릴지 모르겠지만 새로운 감옥 생활은 프린센 운하의 은신처 생활보다 참기 쉬웠다"고 프랑크 씨는 술회하고 있다. 마음껏 바깥 공기를 마실 수 있고, 안네와 마고트는 같은 또래의 아이들과 같이 지낼 수 있었다. 게다가 미군과 영국군이 파리 앞까지 진격했다는 뉴스를 듣고, 모두는 여기에 있을 동안에 연합군에게 구출될 수 있는 날이 올 것이라고 희망을 갖기 시작했다.

안네는 몸이 약해져서 노동을 하기에는 힘이 부쳤는데, 다행히 수용소 의사가 프랑크 씨의 오랜 친구인 연고로 진단을 받고 오후 작업을 면제받았다. 그러는 동안 안네는 점차 건강을 회복해 갔다.

그러다 돌연 큰 변이 생겼다. 연합군의 전차대가 네덜란드를 향해 중부 벨기에 평원을 돌진하던 9월 2일 저녁, 베스테르보르크 수용소의 유태인은 전부 3일 동방으로 이동 준비를 하라는 명령이 내려졌다. 낙심하지 않도록 서로 격려하기는 했으나, 프랑크 씨는 마음이 납덩어리처럼 무거워지는 것을 어쩔 수 없었다. 동방으로의 이동이 무엇을 의미하는지는 명백했다. 그것은 네덜란드에도 벌써 소문이 퍼져 있었다. 폴란드의 가공할 살인 수용소로 데리고 가는 것이다.

다음날 아침 죄수들은 정거장까지 걸어갔고, 가축용 화차에 앉을 수도 없을 정도로 꽉 채워졌다. 손이 닿지 않는 높은 곳에 철대가 끼워진 작은 문 하나가 있었으나, 기차가 움직이기도 전에 이 문마저 닫혀져 화차 안은 깜깜해졌다. 출입문이 열리고 하루분의 빵과 물을 넣어 준 다음 문에는 다시 자물쇠가 채워졌다. 프랑크 씨는 가족과 같은 차에 있었으나 그래도 기분은 조금도 나아지지 않았다.

불쌍한 사람들은 만 이틀 반을 화차에 흔들리며 유럽 대륙을 횡단했다. 각 화차에는 남녀 공용의 변소로서 양동이 한 개씩이 있을 뿐이었다. 어떠한 상태였는지는 설명할 필요가 없을 것이다.

기차는 도중에 두 번 정차하고 문으로 빵과 물이 들어왔다. 문은 열렸다가 한숨 돌릴 사이도 없이 다시 닫혀지고, 어둠침침한 화차에 흔들리면서 여행은 계속되었다. 남자나 여자나 문명 사회의 표준에서 말한다면 이루 말할 수 없는 불결과 학대에는 아직 익숙지 못했다. 남자들은 무언중에 만들어진 규율에 따라 교대로 불침번을 서서 부녀자들을 잠들도록 했다.

이렇게 고통스러운 60시간의 여행 끝에 기차는 겨우 멎고 문이 활짝 열렸다. 목적지에 도착한 것이다. 플랫폼에서 "모두 나와라! 비르케나우 아우슈비츠에 도착했다" 하고 외치는 소리가 들려왔다. 이제는 틀림없다. 최대의 유태인 도살장에 온 것이다.

일동은 비틀거리면서 화차에서 내린 순간 여러 개의 화장터 굴뚝에서 연기가 자욱이 오르고 있는 것을 보았다. 그러나 생각할 시간도 없이 많은 폴란드인에게 꾸중을 들었다. 어물어물하는 사람은 인정사정없이 얻어맞았다. 이들 폴란드 민간인도 수용소의 죄수들인데 폴란드인들에겐 뿌리 깊은 반(反)유태인 감정이 있다는 것을 알게 된 독일인이 새로 도착한 유태인을 지휘하는 임무를 그들에게 부여한 것이다. 여기서도 남녀는 구별되고, 가지고 오도록 허락된 약간의 소지품을 전부 버리게 했다. 일동은 또 꾸중 듣고 얻어맞고 하면서 구름 한 점 없는 9월의 창공에 검은 연기를 뿜고 있는 몇 개의 굴뚝이 기분 나쁘게 그림자를 드리우고 있는 벽돌막사, 목조집, 철조망 등이 줄지어 서 있는 황량한 광장을 걸어갔다. 일동이 열을 지어 걷고 있을 때, 한 사람의 나치 친위대 장교가 노인과 약한 자를 줄 밖으로 밀어냈다. 그리고 그들은 곧바로 가스실(독가스로 죽이는 방)로 끌려가 버렸다. 나머지 중 노동에 견딜 수 있는 사람만이 행진을 계속했고, 마지막 소지품을 전부 몰수당하고 알몸뚱이가 된 뒤 머리를 빡빡 깎인 다음 목욕을 하고 창고에서 가져온 누더기를 걸쳤다. 전에는 누가 이 누더기를 입었고, 그 사람은 지금 어떻게 되었을까 하는 생각을 할 여유도 없었다. 누더기를 입고 나니 이번에는 번호를 팔에 새겨 놓고 유태인이 아닌 죄인이 감독하는 여러 가지 작업반에 배속되었다. 은신처 사람들은 여기까지는 전부 살아남았다.

'카포스'라 불리는 각 작업반의 감독은 유태인에 대하여 생사가판의 권한을 쥐고 있었다. 그들은 정치범이거나 그렇지 않으면 형사범이었다.

정치범이 감독일 경우에는 개중에 잔혹한 사람도 있었지만, 아우슈비츠를 표준으로 말한다면, 취급은 대체로 좋았다. 그러나 형사범인 감독에 부딪치면 맞고 차이고 하는 혹독한 취급을 당했다. 이쪽에서 잘못을 하고 안 하고는 전혀 관계가 없었다. 나치는 상당한 생활을 했던 사람들로 하여금 이렇게 학대자나 변태 성욕자 밑에서 고통을 받도록 하고는 즐거워했다.

프랑크 씨는 도로 공사장에서 일하게 되었는데 다행히 감독이 좋은 사람이어서, 프랑크 씨가 같은 반의 젊은이들에게 지지 않게 일하려고 하면 "좀 요령 있게 해요. 녹초가 되면 가스실로 들어가니까" 하며 주의를 주곤 했다.

그런데 환 단 씨는 혹독한 생활로 인해 점점 건강이 나빠졌고, 드디어 10월 5일 가스실로 보내졌다. 이것이 아우슈비츠에서 행해진 마지막 가스 살인이었다. 프랑크 씨의 작업반은 얼마 안 가서 해산되었다. 날씨는 점점 추워졌다. 추운 겨울에 야외에서 일하게 되면 죽어 버릴 것 같아서, 프랑크 씨는 옥내의 작업반에 넣어 주도록 부탁하기로 결심했다. 다행히 신청이 받아들여져 프랑크 씨는 옥내에서 감자 껍질 벗기는 일을 하게 되었다. 그런데 기뻐한 것도 한순간, 그는 잔혹한 감독에게 학대받아 건강을 해치고 말았다.
 12월의 어느 일요일 아침 프랑크 씨는 결국 일어나지 못하게 되었다. 그러나 다행히 동료들이 네덜란드계 유태인 의사에게 잘 얘기해 주어서 프랑크 씨는 병원에 입원했다. 병원에서의 대우는 나쁘지 않았고 페터가 때때로 몰래 먹을 것을 가지고 문병을 와 주었다.
 1945년 1월에 들어서자 아우슈비츠에 천둥 같은 소련군의 대포소리가 들려왔고, 1월 17일 1만 1천 명의 죄수를 전부 독일로 이송하라는 명령이 내렸다. 단 병자만은 남겨 두도록 했다. 따라서 프랑크 씨는 남게 되고 페터와 작별했다. 이것이 페터와의 마지막 작별이 되었다. 페터와 치과 의사인 두셀 씨는 어디서 어떻게 죽었는지 모른다. 1만 1천의 죄수들은 폭격을 면한 제일 가까운 정거장까지 10일간의 강행군을 했기 때문에 많은 사람이 도중에 쓰러지고, 살아남은 사람은 몇 명 되지 않았다.
 1월 27일, 아우슈비츠에 소련군이 진주해 오자 프랑크 씨는 구출되었다. 그는 소수의 생존자와 함께 고도비츠에 이송되고, 그곳에서 체르노비츠로 그리고 마지막에 북해의 항구 도시 오데사로 옮겨졌다. 프랑크 씨는 병든 몸으로 서유럽에서 온 다른 생존자와 함께 여기서 뉴질랜드행 배를 타고 혼자서 네덜란드로 돌아갔다.
 고도비츠에 있을 때 프랑크 씨는 네덜란드에서 온 어떤 친구로부터 안네의 어머니가 1월에 과로로 인해 죽었다는 슬픈 통지를 받았다. 안네와 마고트는 그보다 수개월 전에 독일로 옮겨졌다. 나중에 프랑크 씨는 아우슈비츠 역에서 헤어진 뒤 아내와 딸들에게 닥쳐온 운명에 대해서 상세한 얘기를 들었다.
 아우슈비츠 수용소에서는 남자와 똑같이 여자도 노동할 수 있는 사람과 할 수 없는 사람으로 구별되어 노인, 어린이, 유아, 신체 허약자는 즉시 가스실에서 살해당했다. 남은 사람은 역시 알몸이 되어 머리를 깎고, 목욕을 하고, 누더기를 입고, 그리고 팔에 번호를 새겨 넣었다. 그런데 티푸스가 만연되어 있어서 여자들은 즉시 노동에 투입되지 않고 당분간 격리소에 수용되었다.

초가을의 어느 날, SS 감시병이 마고트를 욕보이려고 했다. 딸의 위기를 본 어머니는 미친 사람처럼 감시병에 달려들었으나 도리어 구타당하고 그 장소에서 끌려 나갔다. 안네도, 마고트도 그로부터는 어머니를 만나지 못했고, 두 사람은 어머니의 안부를 염려하면서 독일로 끌려갔다.

아우슈비츠 수용소에서 살아남은 어떤 부인은 수용소에서의 안네에 대해서 다음과 같이 얘기했다.

"프랑크 씨 댁의 세 여자 중에서 제일 나이 어린 안네가 가장 용감하고 힘이 셌다. 그 애는 몇 시간이나 계속된 수용소 내의 힘든 행진에도 착실한 태도를 유지하고, 우는 소리 한 번 하지 않았다. 그녀는 언제나 적은 음식을 어머니와 언니에게 나누어 주고, 배고픈 사람에게는 모아 둔 빵조각을 아낌없이 주었다. 그 애는 용기와 정신력으로 모든 고통을 참고 견디었다. 그녀는 훌륭한 아이였다. 실로 놀랄 정도로 훌륭한……."

안네와 마고트가 1천 명의 젊은 여자들과 함께 독일의 베르겐벨젠으로 옮겨진 것은 1944년 10월 30일이었다. 안네는 거기서도 아우슈비츠 수용소에서처럼 용기와 인내력을 보였다. 보통 자매들처럼 안네는 때때로 마고트와 말다툼을 했다. 예를 들면 이런 일이 있었다. 어느 날 안네는 친구들에게 자기 판잣집에서 몰래 수프를 만들 계획이라고 얘기했다. 마고트는 이것을 알고 안네가 자기들의 비밀을 누설했다고 몹시 화를 냈다. 이 일에 대해 베르겐벨젠 수용소에서 두 사람을 알고 있던 '리엔야루다치'라고 하는 부인은 이렇게 말했다.

"그러나 그것이 바로 안네다운 점이었어요. 친절하고 직선적이며 감정이 풍부하고 개방적인 안네는 마음속에 있는 것을 절대로 감추지 않았습니다. 이 때문에 안네는 마고트보다 더 고생을 했습니다. 마고트는 안네보다 훨씬 내성적이고 부드러워서 기질이 강한 안네보다 인정이 있다는 인상을 주었습니다."

1945년 2월 두 사람 다 티푸스에 걸렸다. 마고트는 안네의 위 침대에 누워 있었는데, 어느 날 그녀는 일어나려고 하다가 마루 위로 떨어졌다.

벌써 쇠약할 대로 쇠약해진 그녀는 그 충격으로 숨을 거두었다. 마고트의 죽음은 나치의 어떠한 극악무도한 행위도 하지 못한 일을 했다. 언니의 죽음으로 안네의 기력이 갑자기 떨어져 버렸다. 마고트의 시체가 실려 나가는 것을 본 안네는 침대에서 머리를 들고 이렇게 중얼거렸다.

 "아버지도 어머니도 이미 돌아가셨을 텐데 나는 이제 집으로 돌아갈 곳도 없어졌어."

 그로부터 며칠 후, 연합군이 이미 프랑크푸르트에 들어와 있던 3월 초의 어느 날, 안네는 촛불이 꺼지듯 조용히 숨을 거두었다.

작품 해설

제2차 세계대전은 지구상의 거의 모든 나라와 수십억의 사람들을 전화의 소용돌이 속으로 몰아넣었으며, 인류에게 큰 불행과 비극을 가져다 주었다. 인종적 절멸 시도라는 나치의 박해를 받았던 유태인에게는 더더욱 그러했다. 그 가운데 안네가 은신처에서 써서 남긴 《안네의 일기》는 세계 87개 나라에서 번역 출판되었고 영화와 연극으로 상연되어 많은 사람들을 감동시켰다. 그 일기는 '청소년의 성서'로 불려지고, 영국에서는 '20세기의 가장 용감한 인물'의 선정에서 여성으로서는 프랑스의 물리학자인 퀴리 부인과 안네, 단 두 명만이 뽑혔다.

안네 프랑크는 1929년 6월 12일에 독일 프랑크푸르트에서 아버지 오토 프랑크(Otto Frank, 1889년 프랑크푸르트 생)와 어머니 에디트 프랑크(Edith Frank, 1900년 아아첸 생) 사이에서 태어났다. 안네의 아버지 오토 프랑크는 존경받는 사업가였고, 오토 프랑크의 가문은 17세기 이래 이 도시에 살아왔다. 오토 프랑크와 에디트 프랑크는 1925년 결혼했다. 안네와 그의 언니 마고트(Margot, 1926년 2월 6일생)에게 어린 시절은 사랑을 듬뿍 주는 부모 밑에서 안락한 생활이었다. 그러나 1933년 나치가 권력을 잡게 되자, 그 해 여름 프랑크는 나치의 박해를 피해 프랑크푸르트를 떠날 결심을 했다. 프랑크 여사는 두 딸을 데리고 벨기에 국경 근처의 아아첸(Aachen)에 사는 그녀의 어머니에게로 갔다. 오토 프랑크는 제1차 세계대전 동안 중립국이었고 유럽 역사에서 오랫동안 종교적 소수자의 피난지 역할을 했던 네덜란드의 암스테르담에 가서 그의 삼촌 회사의 지사를 차렸다. 1934년 봄에 프랑크 일가는 암스테르담에서 재결합했다 (1942년 6월 20일자 일기 참조). 몇 해 동안 안네는 암스테르담에서 다른 소녀들처럼 몬테소리 학교를 다녔으며, 많은 친구들을 사귀고 그녀를 좋아하는 남학생들을 발견하고 즐거워하곤 했다.

그러나 이 모든 것은 1940년에 독일이 중립국 네덜란드를 침공하자 바뀌기 시작했다. 나치의 침략 얼마 후인 1940년 5월 여왕과 그녀의 내각은 영국으로 도피해서 거기에서 망명정부를 세웠다. 점령된 네덜란드는 중요 전범으로 처벌받게 될 오스트리아 나치 아르투르 세스-인콰르트(Arthur Seyss-Inquart)가 지배하게 되었다. 독일은 다른 나라에서 하듯이 네덜란드에서도 연합국 방송을 듣는 것을 금지시켰고, 언론을 마비시켰으며, 정치 정당과 노동조합을 금지시켰다. 또한 대학을 폐교시켰으며, 정치적, 군사적, 지적 지도자들을 구금하였다. 수천 명의 사람들이 노예노동자로 독일에 끌려갔다. 또한 유태인의 시민권과 인권을 박탈하는 한편, 반유태정책을 강제하여 유태인 절멸을 위한 캠프가 시작되었다.

독일 점령 이후 안네는 몬테소리 학교(현재 안네 프랑크 학교)를 그만두고 유태 학원을 다녀야 했다(1942년 6월 29일자 일기 참조). 여전히 안네는 이때까지 그녀의 가족과 친구들과의 일상 생활의 경험에 침잠해 있었다. 그러나 그녀의 아버지는 사태의 추이를 명확하게 파악하고 있었다. 1941년 2월 나치는 암스테르담에서 그들의 첫번째 유태인 일제 검거를 개시했다. 그들은 체포되어 베스테르보르크(Westerbork)의 캠프에 수용되거나 독일 땅으로 배로 실어 날라졌다. 일제 검거가 계속되자 오토 프랑크는 가족의 안전을 위한 계획을 세웠다. 오토 프랑크는 독일 포고령에 의해 강제로 그의 사업을 그만두어야 했지만, 네덜란드 협력자들과 고용인들은 충실한 친구로 남았다. 비밀히 프린센흐라호트 운하(Prinsengracht Canal) 위에 세워진 빌딩의 꼭대기와 뒤편에 은신처가 마련되었다. 1942년 7월 5일 독일인들은 16살 난 소녀 마고트의 강제추방을 위한 보고서를 쓰기 위해 소환했다. 다음날 프랑크 일가는 집을 몰래 빠져 나가 '비밀 부속건물'에 숨는다. 그들은 거기서 오토 프랑크의 사업 협력자였던 환 단(Mr. Van Daan)씨와 그 아내, 15살 난 아들 페터(Peter) 와 합류했다. 나중에 나이 많은 치과의사 알베르트 두셀(Albert Dussel)이 그 은신처에 합류했다. 여덟 명의 유태인들은 낮 동안에는 조용히 '은신처'에 남아 있었지만 빌딩의 저층에서는 여느 때와 마찬가지로 일이 진행되었다. 그들은 빌딩이 적막해지는 밤에 움직였다. 아래층 사무실의 친구들(코프하이스 씨, 크랄러 씨, 미프 반 산텐, 엘리 보센)은 비밀을 지켜주었고, 식량과 심지어 선물조차 마련해 주었으며, 도시에서 생긴 새로운 소식들도 전해 주었다. 1942년 가을의 소식은 끔찍한 것으로, 네덜란드에서 유태인 일제 검거와 추방이 계획대로 추진된다는 것이었다.

프랑크 일가가 계속해 숨어 있을 때 독일은 그 승전의 절정에 있었다. 히틀러 제국은 영국 해협부터 러시아까지, 북극권에서부터 북아프리카까지 확장되었다. 그러나 변화의 조류가 생겼다. 1942년 가을 독일은 러시아로 진격했지만 스탈린그라드에서 저지되었다. 동시에 북아프리카에서 영국은 독일을 이집트로부터 쫓아냈고, 프랑스와 미국 동맹국들과 함께 모로코와 알제리의 독일군 배후로 상륙했다. 1943년에 러시아인들은 동부 전선에서 반격을 개시했고, 서방 동맹국들은 아프리카에서 히틀러를 몰아내고 시실리를 점령했으며, 무솔리니의 이탈리아에 상륙했다. 1944년 6월에 고대하던 프랑스 진격이 시작되었다. 2년 동안 '비밀 부속건물'의 소그룹은 불법 라디오로 이 사태를 따라갔다. 그들은 네덜란드에서 독일인들이 쫓겨나 은신처에서 나갈 날을 학수고대하게 되었다.

그러나 1944년 8월 4일 어떤 네덜란드 정보제공자에 따라 게슈타포가 프랑크 일가의 은신처를 습격했다. 코프하이스 씨, 크랄러 씨와 함께 여덟 명의 유태인들은 암스테르담의 게슈타포 본부로 끌려갔다. 여러 주의 구금 끝에, 코프하이스 씨는 신병을 이유로 풀려났다. 크랄러 씨는 강제노동 캠프에서 여덟 달 동안 일하게 되었다. 프랑크 일가, 환 단 일가, 두셀 씨는 베스테르보르크로 이송되었다.

9월 3일, 동맹국이 브뤼셀을 점령한 날, 여덟 사람은 네덜란드를 떠나

작품 해설   417

는 수천 명의 유태인을 실은 마지막 수송선에 있었다. 수인들은 화물 열차에 떼로 실려 갔고, 75명은 차로 실려 갔다. 3일 낮밤 동안 독일 동쪽을 가로질러 폴란드의 아우슈비츠에 도착하였다. 서치라이트의 불빛 아래, SS대원들이 경찰견을 끌고 통제하는 가운데 유태인들은 열차에서 내렸다. 이것이 오토 프랑크가 마지막으로 가족을 본 상황이었다.

아우슈비츠에서 좀더 건강한 죄수들은 머리가 깎인 채로, SS를 위해 노동자 감시자들로 일한 범죄자들인 카포스(Kapos)에 의해 무자비하게 내몰리며, 낮 12시간 동안 잔디 파기 노동을 하였다. 밤에는 막사에서 갇혀 지냈다.

독일의 희곡작가 에른스트 슈나벨(Ernst Schnabel)의 조사에 의해서 안네의 마지막 몇 달 동안의 삶이 재구축되어 1958년에 《안네 프랑크: 한 소녀의 발자취(Anne Frank Spur Eines Kindes)》로 출간되었다. 다음은 상당 부분 슈나벨이 조사한 바에 따른 것이다.

오토 프랑크는 남자 캠프에서 환 단 씨가 가스실로 끌려가는 것을 보았다. 두셀 씨는 독일로 끌려가서 노이엔감메 캠프에서 죽었다. SS가 1945년 2월에 러시아의 진격을 피해 아우슈비츠를 포기했을 때, 서쪽으로 행진하면서 페터를 데리고 갔고, 다시는 그의 소식을 들을 수 없었다. 오토 프랑크는 러시아군에 의해 풀려났다.

1944년 10월 30일 안네, 마고트 그리고 환 단 여사는 독일 벨젠으로 이송되도록 선택된 가장 건강한 그룹에 속하게 되었다. 혼자 남겨져, 먹기를 거부하면서, 안네는 마음 속으로 1945년 1월 6일에 아우슈비츠 부속 진료 막사에서 죽어간 프랑크 여사를 찾아다녔다.

안네가 발견된 벨젠은 아우슈비츠와 달랐다. 거기에는 어떠한 조직도, 식량도, 물도 없었고, 추위와 굶주림이 사람을 유령처럼 만들었다. 1945년 1월에 동맹국은 라인에 도달했지만, 벨젠에서는 티푸스가 창궐하여 희망을 앗아가 버렸다.

환 단 여사도 죽었지만, 어디서 며칠에 죽었는가에 대해서는 목격자가 없었다. 마고트는 1945년 2월 말 아니면 3월 초에 죽었다. 생존자에 따르면 "이미 그때 병에 걸려 있었던 안네는 그녀의 언니 소식을 듣지 못했지만, 며칠 후 그 사실을 알아차렸고, 곧 이어 자신도 더 이상 나쁜 일이 일어나지 않으리라는 것을 느끼며 평화롭게 죽었다." 그녀의 나이는 아직 16살이 되지 않았다.

1945년에 5월에 전쟁은 끝났다. 오토 프랑크는 오데사와 마르세이유를 거쳐 암스테르담에 돌아왔다. 은신처 아래 사무실에서 일했던 미프와 엘리는 게슈타포가 가버린 후 '비밀 부속건물' 마루에서 발견한 안네 자필의 공책들과 쪽지들을 오토 프랑크에게 주었다. 거기 남겨진 것은 안네의 일기, 이야기들, 스케치들이었다. 미프 히스는 안네의 일기를 읽어보지도 않고 줄곧 자기의 책상 서랍에 보관해 두었고, 전후 안네의 사망이 최종적으로 확인되자, 유일하게 생존한 안네의 아버지 오토 프랑크에게 그것을 인계했다.

안네 프랑크는 1942년 6월 12일부터 1944년 8월 1일까지 계속 일기를 쓰고 있었다. 1944년 봄, 라디오를 통해서 네덜란드 망명 정부의 방송을 들을 때까지 그녀는 자기 자신에게 쓴 편지 형식으로 일기를 쓰고 있었다. 이 방송에 의하면, 전쟁이 끝나면 독일 점령하에 있는 네덜란드 국민의 고통을 기록한 수기, 또는 편지 등을 모아 공개할 예정이라고 했다. 이 방송을 들은 안네 프랑크는 자기도 전후에 책을 내고 싶다는 생각으로 일기를 그 기초자료로 쓰기로 마음먹었다.

그러기 위해 그녀는 그때까지의 일기를 정서해서 내용에도 손을 보고, 문장도 고쳐쓰고, 불필요한 부분은 삭제하고, 자기의 기억을 바탕으로 필요한 부분을 추가했다. 동시에 최초의 일기도 그대로 계속 쓰고 있었지만, 이 일기의 원본은 그녀 자신이 손을 본 두 번째 일기 B텍스트와 구별하기 위해, A텍스트라 이름 붙여 '학술자료판'으로서 A와 B 양 텍스트를 대비하는 형태로 1986년에 처음으로 공간되었다.

처음에 오토 프랑크는 가족을 기념하기 위해 일기 사본들을 사적으로 돌려보았다. 이것을 공간하라고 촉구한 것은 한 네덜란드 대학 교수였고, 오랫동안 숙고를 거듭한 끝에, 약간의 삭제를 한 채 프랑크 씨는 1947년 6월에 암스테르담 컨텍트 출판사에서 《*Het Acherhuis*》라는 제목으로 발간했다. 1950년에 이것은 람버트 슈나이더의 하이델베르크 업체에 의해 독일에서 발간되었다. 초판은 4,500부를 찍었고 처음에는 많은 서점들에서 그 책을 창가에 전시하기를 겁내었다. 그러나 책은 급속히 전파되어, 피셔 출판사에 의해 출판된 포켓판은 900,000부가 팔렸다. 1950년에 일기는 프랑스에서도 간행되었다. 1952년에 영국과 미국에서 《안네 프랑크: 한 소녀의 일기(*Anne Frank: The Diary of a Young Girl*)》라는 제목으로 간행되었다.

프랑크 씨는 일기의 A와 B 양 텍스트를 기초로, 그것을 단축한 제3의 버전, C텍스트를 편집했다. 텍스트의 범위는 각국 출판사에 따라 달랐다. 이 책이 처음 출판된 1947년 당시에는 성(性)에 관한 테마를 있는 그대로 기술하는 것은 아직 일반적이지 않았던 만큼 그대로 둘 수가 없었다. 또한 문장이 삭제되기도 하고, 표현이 변경되기도 한 것은 오토 프랑크가 죽은 부인의 입장을 고려한 것 외에 '은신처'에서 함께 지낸 이웃들에게 상처를 주지 않으려고 한 배려도 있었기 때문이다. 그러나 프랑크 씨가 편집한 일기라 하더라도 그것은 안네의 일기인 것이고, 그 일기 나름대로의 가치가 있는 것이다. 그 일기에는 13세부터 15세에 걸쳐 안네에게 일어난 일들이 적혀 있는데, 혐오라든지 좋다, 싫다, 노여움 등의 감정이 남을 생각해 준다거나 상냥함 등과 함께 동등하게 명확히 표현되어 있다.

오토 프랑크는 1980년에 사망했고 안네의 자필 원고는 유언에 따라 암스테르담의 네덜란드 국립전시자료 연구소에 유증되었다. 그녀의 일기에 관해서는 1950년대부터 그 신빙성 논란이 일어났기 때문에 동 연구소에서는 남겨진 모든 기록들에 대해 조사를 하여, 일기가 틀림없이 진짜임이 판명되어, 일기의 원형과 조사결과가 공표되었다. 여기에 관련해서,

프랑크 일가의 배경이나 체포와 강제이송을 둘러싼 사실관계, 인용된 문서자료, 안네 프랑크의 사인 등도 상세히 조사되었다.

또한 1963년에 비엔나 경찰 칼 실베르바우어가 1944년에 프랑크 일가들을 체포했던 게슈타포였음이 드러났다. 1966년 1월에 네덜란드 나치 경찰 책임자인, SS 장군 빌헬름 하르스터(Wilhelm Harster)가 두 협력자들과 함께 뮌헨에서 체포되었다. 세 사람은 100,000명에 달하는 네덜란드 유태인들을 아우슈비츠로 보냈다. 그 희생자들 가운데 안네 프랑크가 있었다. 재판 1년 후 SS 소령 빌헬름 조프(Wilhelm Zopf)가 프랑크 일가 밀고자가 '비밀 부속건물'을 알려준 대가로 일인당 5굴덴을 받았음을 고백했다. 하르스터는 15년형, 두 공범들은 9년과 5년형을 받았다. 역사의 재판에는 시효가 없는 것이다.

《안네의 일기》는 오랫동안 유태인 박해에 대한 교과서로, 인종차별 반대를 위한 바이블로, 많은 사람들에게 읽혀져 왔다. 비극의 실태를 전하기 위한 역할은 충분히 감당하고 남았다. 인간 안네의 실상을 전하고, 그녀의 솔직하고 드센 성품, 예리한 인간 관찰과 비판 정신을 확연하게 부각시키고 있다. 그러나 《안네의 일기》가 전하는 메시지는 이것으로 끝나지 않는다. 인류의 현대사에는 여전히 《안네의 일기》의 상황이 재연되고 있기 때문이다. 《안네의 일기》가 쓰여진 지 반세기가 넘었다. 반세기 전이라고 하면 멀게 느껴지지만, 〈쉰들러 리스트〉가 센세이션을 일으켰듯이 이 문제는 결코 과거사만은 아니다. 더 나아가 오늘에도 세계의 여러 곳에서 새로운 분쟁이 일어나고 있다. 보스니아가 그렇고, 팔레스티나도 그렇다.

안네의 일행 여덟 명이 2년 남짓을 숨어 산 '은신처'는 안네 프랑크 재단에 의해 당시 그대로 보존되어, 지금도 여전히 세계 각처에서 찾아드는 사람들의 발길이 끊이지 않고 있다. 〈일기〉의 1944년 4월 5일의 대목에 안네는 "나의 바람은, 죽어서도 여전히 살아 있는 것!"이라고 썼다. 그리고 그 6일 후에는 "만약 신의 은총으로 살아남게 해주신다면, ……

쓸모없는 인간으로 일생을 마치지는 않겠습니다. 반드시 세계를 위해, 인류를 위해 일할 것입니다"라고도 쓰고 있다. 이후 1년도 안 된 45년 2월 말 또는 3월 초, 연합군에 의한 해방을 목전에 두고 안네는 베르겐벨젠 수용소에서 숨을 거두었다. 하지만 지금 이렇게 그녀의 〈일기〉는 여전히 읽혀지고, 그녀의 '은신처'를 찾는 발길이 끊이지 않고 있다. 안네는 결코 죽지 않았고, 그녀가 쓴 대로 염원은 이루어지고 있다. *

□ 연 보

1929년 6월 12일, 독일 프랑크푸르트의 유태인 집안에서 둘째딸로 출생.
1933년 1월 30일, 히틀러가 집권하자 그 해 여름 안네 가족은 프랑크푸르트를 떠남.
1934년 봄에 네덜란드 암스테르담에서 가족이 재회. 아버지는 사업을 시작. 안네는 몬테소리 학교에 다님.
1939년 9월, 제2차세계대전 발발.
1940년 봄에 독일군이 네덜란드를 침공하여 점령.
1941년 2월, 암스테르담에서 유태인 체포가 시작됨.
1942년 6월 14일, 일기를 쓰기 시작함. 7월 5일, 안네의 언니 마고트가 출두 명령을 받음. 7월 6일, 가족 모두 은신처로 옮김. 환 단 씨 가족도 은신처에 합류. 11월, 치과 의사 두셀 씨가 은신처에 들어옴.
1944년 6월, 연합군의 노르망디 상륙. 8월 1일, 안네의 일기 끝남. 8월 4일, 게슈타포가 은신처 습격, 은신처 사람들 모두 분산 수용됨.
1945년 1월 6일 안네의 어머니, 아우슈비츠에서 사망.
1945년 3월, 독일 베르겐벨젠 수용소 병실에서 안네와 언니 마고트 티푸스로 숨을 거둠.
1947년 6월, 《안네의 일기》 출간.

옮긴이 소개

김남석
시인·문학평론가
일본 와세다 대학 대학원에서 비교문학 전공.
국제 PEN클럽 한국문협·국어국문학회 회원.
저서
《현대시 원론》《현대시 작법》 외
역서
《아리스토텔레스의 시학》
《예술철학개론》 등이 있음.

서석연
전남 여천 출생.
일본 오사카 외국어대학(독일어학부) 졸업. 동국대 대학원 졸업(문학박사). 전남대·성균관대·동국대 교수 역임.
저서
《괴테 어록·시집》
《히틀러 어록》 외
역서
《밤과 안개》《헤세 시집》《하이네 시집》《모모》《나의 투쟁》《비련의 황태자비 李方子》 외 다수.

안네의 일기　　　　　　값 10,000원

1987년	1월 10일	초판	1쇄	발행
1999년	10월 15일	2 판	1쇄	발행
2003년	8월 12일	2 판	2쇄	발행

　　　　　지은이　안 네 프 랑 크
　　　　　옮긴이　김남석·서석연
　　　　　펴낸이　윤　형　두
　　　　　펴낸데　**범　우　사**

등 록 1966. 8. 3. 제 10-39호
121-130 서울시 마포구 구수동 21-1
대표 717-2121·2122/FAX 717-0429

* 파본은 교환해드립니다.　　교정·편집/신영미·김한중
ISBN 89-08-07166-0 04850　(홈페이지) http://www.bumwoosa.co.kr
ISBN 89-08-07000-1 (세트)　　(E-mail) bumwoosa@chollian.net

범우 셰익스피어 작품선

범우비평판세계문학선 3-①②③④

셰익스피어 4대 비극
W. 셰익스피어 지음/이태주 옮김
크라운 변형판 · 값 12,000원 · 544쪽

우리에게 너무도 잘 알려진 〈햄릿〉〈맥베스〉〈리어왕〉〈오셀로〉 등 비극 4편을 싣고 있으며, 셰익스피어의 비극세계와 그의 성장과정·극작가로서 그가 차지하는 문학사적 지위 등을 부록(해설)으로 다루었다.

셰익스피어 4대 희극
W. 셰익스피어 지음/이태주 옮김
크라운 변형판 · 값 10,000원 · 448쪽

영국이 낳은 세계최고의 시인이요 극작가인 셰익스피어의 희극 4편을 실었다. 〈베니스의 상인〉〈로미오와 줄리엣〉〈한여름밤의 꿈〉〈당신이 좋으실 대로〉 등을 통하여 우리의 영원한 세계문화 유산인 셰익스피어를 가까이 만날 수 있을 것이다.

셰익스피어 4대 사극
W. 셰익스피어 지음/이태주 옮김
크라운 변형판 · 값 12,000원 · 512쪽

셰익스피어 사극은 14세기 말에서 15세기 말에 이르기까지 영국사의 정권투쟁을 다루고 있다. 여기에는 〈헨리 4세 1부, 2부〉〈헨리 5세〉〈리차드 3세〉를 수록하였는데 셰익스피어는 이러한 역사극을 통해 세계인들에게 이상적인 군주의 모습이 어떤 것인지를 잘 보여주고 있다.

셰익스피어 명언집
W. 셰익스피어 지음/이태주 편역
크라운 변형판 · 값 10,000원 · 384쪽

이 책은 그의 명언만을 집대성한 것으로 인간의 사랑과 야망, 증오, 행복과 운명, 기쁨과 분노, 우정과 성(性), 처세의 지혜 등에 관한, 명구들이 일목요연하게 엮어져 있다.

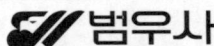 범우사 서울시 마포구 구수동 21-1호 전화 717-2121, FAX 717-0429
http://www.bumwoosa.co.kr (천리안·하이텔 ID) BUMWOOSA

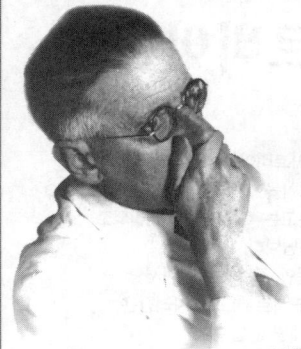

20세기 최고의 모더니스트 제임스 조이스의 정수(精髓)를 맛본다!

제임스 조이스 전집
김종건(고려대 교수) 옮김

한국 제임스 조이스 학회장 김종건 교수(고려대 영문과)가 28년간에 걸쳐 우리 말로 옮긴 제임스 조이스 전집의 결정판이다.
고뇌와 정열이 낳은 이 일곱 권의 책을 통해 우리는 비로소 진정한 모습의 조이스를 만날 수 있다.

전 7권

비평판세계문학선 **9**

더블린 사람들 - ①
제임스 조이스 지음/김종건 옮김

'의식의 흐름'이란 수법을 대담하게 소설에 도입, 현대문학에 큰 영향을 미친 제임스 조이스의 단편(短篇) 모음집. 더블린 시민들의 삶의 단편들을 열거함으로써 내재되어 있는 정신적 마비의 양상을 특유의 에피파니(Epiphany)를 통해 묘사하고 있다.
크라운변형판/448쪽/값 10,000원

율리시즈(전 4권) - ②·③·④·⑤
제임스 조이스 지음/김종건 옮김

현대 인간 심리의 백과사전적 총화(總和)로 불리우는 제임스 조이스의 대표작! 가장 행복한 장수(長壽)의 책, 난해한 책, 인간희극으로 읽으면 읽을수록 위대한 고전 등으로 불리는 조이스 최대의 걸작소설로서 원고지 1만 8,000장으로 옮긴, 한국 최초의 완역본(개역본)이다.
크라운변형판/(1)464쪽(2)464쪽(3)416쪽(4)416쪽/각권 값 10,000원

젊은 예술가의 초상 - ⑥
제임스 조이스 지음/김종건 옮김 404쪽

〈젊은 예술가의 초상〉은 스티븐 디덜러스라는 한 젊은 예술가의 성장을 그린 대표적 교양소설이라 할 수 있다.
작가는 의식의 흐름, 에피파니, 신화 구조 등과 같은 새로운 소설 기법을 사용함으로써 주인공의 인생에 대한 도약과 그의 예술세계의 창조를 향한 웅비를 가장 고무적으로 다루고 있다.
크라운변형판/400쪽/값 10,000원

피네간의 경야(抄)·詩·에피파니 - ⑦
제임스 조이스 지음/김종건 옮김 339쪽

피네간의 경야(經夜)(抄)
그 아름다운 낭만성과 서정성 및 언어의 율동성으로 세계문학사상 산문시의 극치를 이룬다.

조이스의 시(詩)
〈실내악〉, 〈한푼짜리 시들〉 등은 전원(田園)과 도시의 아름답고 서정에 넘치는 우아한 교향시들이다.

에피파니(Epiphany)
작가가 구상했던, 품위있는 운문에 대한 사실적 산문 대구로 이루어진 일종의 산문시라 할 수 있다.
크라운변형판/352쪽/값 10,000원

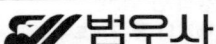 **범우사** 서울시 마포구 구수동 21-1호 TEL 717-2121, FAX 717-0429
http://www.bumwoosa.co.kr (천리안·하이텔 ID) BUMWOOSA

범우 사르비아문고

선배들도 범우사르비아문고로
교양을 쌓고 지식을 살찌웠습니다.
범우사르비아문고는 하루아침에 기획되고
제작된 것이 아닙니다.
15년의 세월 동안 갈고 보완하면서
청소년의 필독도서로 확고히 자리잡은
'청소년도서의 대명사' 입니다.

1 효-에세이 31인집 피천득(외)
2 늪텃집 처녀 S. 라게를뢰프
3 문장강화 이태준
4 이집트 신화 최현
5 젊은 베르테르의 슬픔 J.W. 괴테
6 만해 한용운 임중빈
7 러브 스토리 E. 시갈
8 무덤이 이미륵
9 금오신화 · 화왕계(외) 김시습 · 설총(외)
10 열하일기 박지원
11 압록강은 흐른다 이미륵
12 안네의 청춘노트 A. 프랑크
13 슬픔이여 안녕 · 마음의 파수꾼 F. 사강
14 호질 · 양반전(외) 박지원(외)
15 우리가 잃어버린 것들 한국수필가협회
16 좁은문 앙드레 지드
17 수레바퀴 아래서 헤르만 헤세
18 어떤 미소 F. 사강
19 젊은 시인에게 보내는 편지 R.M. 릴케
20 그래도 압록강은 흐른다 이미륵
21 인간의 대지 쌩 떼쥐뻬리
22 사씨남정기 · 서포만필 김만중
23 그리스 · 로마신화 토마스 불핀치
24 탈출기 · 홍염 최학송
25 삼대(상) 염상섭
26 삼대(하) 염상섭
27 빙점(상) 미우라 아야코
28 빙점(하) 미우라 아야코
29 속죄양(외) 루이제 린저
30 폭풍의 언덕 에밀리 브론테
31 엑소시스트 W.P. 블레티
32 젊은 여성을 위한 인생론 펄 벅
33 킬리만자로의 눈(외) E.M. 헤밍웨이
34 데미안 헤르만 헤세
35 한국의 명시조 이상보
36 귀의 성 이인직
37 메밀꽃 필 무렵 이효석
38 사랑방 손님과 어머니(외) 주요섭
39 치악산 이인직
40 독일인의 사랑 막스 뮐러
41 아름다와라 청춘이여 헤르만 헤세
42 오멘 데이비드 셀처
43 벙어리 삼룡이 나도향
44 호반 · 황태자의 첫사랑 데오도르 슈토름(외)
45 빈처(외) 현진건
46 탈무드 마빈 토케이어
47 잠 못 이루는 밤을 위하여 칼 힐티
48 도산 안창호 이광수
49 나의 소녀시절 강신재 · 천경자(외)
50 토끼전 · 옹고집전(외) 작자 미상
51 페이터의 산문 페이터
52 낙엽을 태우면서 이효석
53 백수선화 루이제 린저
54 감자 · 배따라기(외) 김동인
55 날개(외) 이상
56 어린 왕자 쌩 떼쥐뻬리
57 로댕 R.M. 릴케
58 노인과 바다(외) E.M. 헤밍웨이
59 님의 침묵 한용운
60 아Q정전(외) 노신
61 이상한 나라의 앨리스 루이스 캐롤
62 상록수 심훈
63 잔잔한 가슴에 파문이 일 때 루이제 린저
64 안네, 너의 짧은 생애는 에른스트 슈나벨
65 국경의 밤 김동환
66 갈매기의 꿈 리처드 바크

번호	제목	저자
67	동백꽃·소나기	김유정
68	어느 시인의 고백	R.M.릴케
69	싯다르타	헤르만 헤세
70	북경에서 온 편지	펄 벅
71	귀여운 여인	체호프
72	첫사랑(외)	투르게네프
73	외투·코	고골리
74	예술가의 명언	연기호
75	백치 아다다	계용묵
76	수난 이대	하근찬
77	고독이 그림자를 드리울 때	니체
78	혈의 누·은세계	이인직
79	원유회	맨스필드
80	이방인·전락	A.까뮈
81	백범일지	김구
82	김소월 시집	김소월
83	헤세의 명언	헤르만 헤세
84	명상록	아우렐리우스
85	추월색·자유종·설중매	최찬식(외)
86	프랭클린 자서전	B.프랭클린
87	주홍글씨	N.호손
88	홍길동전·전우치전·임진록	허균(외)
89	난중일기	이순신
90	삼국지(상)	나관중
91	삼국지(중)	나관중
92	삼국지(하)	나관중
93	금수회의록·공진회	안국선
94	마하트마 간디	로망 롤랑
95	이범선 작품집	이범선
96	대지	펄 벅
97	구운몽	김만중
98	춘향전·심청전	작자 미상
99	윤동주 시집	윤동주
100	역사에 빛나는 한국의 여성	안춘근
101	인간의 역사	M.일리인(외)
102	한국의 명논설	편집부
103	포 단편선	E.A.포
104	진주·선물	존 스타인벡
105	설국·천우학	가와바다 야스나리
106	마지막 잎새(외)	O.헨리
107	야간비행(외)	쌩 떽쥐뻬리
108	무영탑(상)	현진건
109	무영탑(하)	현진건
110	탁류(상)	채만식
111	탁류(하)	채만식
112	토마스 만 단편선	토마스 만
113	이상화 시집	이상화
114	기탄잘리	R.타고르
115	김영랑 시집	김영랑
116	채근담	홍자성
117	사랑의 기술	에리히 프롬
118	철학사상이야기(상)	현대사상연구회
119	철학사상이야기(하)	현대사상연구회
120	잔 다르크	A.보슈아
121	이상재 평전	전택부
122	위대한 예술가의 생애	로망 롤랑
123	태평천하	채만식
124	한중록	혜경궁 홍씨
125	맥베스·리어왕	셰익스피어
126	로미오와 줄리엣	셰익스피어
127	흥부전·조웅전	작자 미상
128	여자의 일생	모파상
129	살며 생각하며	미우라 아야코
130	이육사의 시와 산문	이육사
131	목민심서	정약용
132	모파상 단편선	모파상
133	삼국유사(상)	일 연
134	삼국유사(하)	일 연
135	법구경 입문	마쓰바라 다이도
136	단재 신채호 일대기	임중빈
137	안네의 일기	안네 프랑크
138	윤봉길 의사 일대기	임중빈
139	하이네 시집	H.하이네
140	헤세 시집	헤르만 헤세
141	예언자·영가	칼릴 지브란
142	하르츠 기행	H.하이네
143	독서의 지식	안춘근
144	시조에 깃든 우리얼	최승범
145	수호전(상)	시내암
146	수호전(중)	시내암
147	수호전(하)	시내암
148	계축일기·인현왕후전	작자 미상
149	위대한 개츠비	피츠제럴드
150	서머셋 모옴 단편선	서머셋 모옴

범우사 서울시 마포구 구수동 21-1
전화 717-2121 FAX 717-0429

서울대 권장 '동서고전 200선' 선정도서

무삭제 완역본으로 범우사가 낸 성인용!

아라비안 나이트

전 10권

리처드 F. 버턴/김병철(중앙대 명예교수·문학박사) 옮김

1000일 밤 하고 하루 동안 펼쳐지는 280여 편의 길고 짧은 이야기!

영국의 한 평론가가 말했듯이, 오늘의 세계문학은 거의 《아라비안 나이트》에
등장하는 이야기들을 소재로 씌어졌다고 해도 과언이 아닙니다.
아라비아, 페르시아, 인도, 이란, 이집트 등지의 문화를
솔직담백하게 엮어낸 전승문학(傳承文學)의 총화(叢話)!
목숨을 연장시키기 위해 밤마다 침실에서 펼쳐놓았던 이야기,
천일야화(千一夜話)!
250여 편에 달하는 설화의 보고(寶庫)에서 쏟아져나오는 고품격 에로티시즘.
천일야화는 지금도 계속되고 있습니다!

신국판/500면 안팎/각권 값 8,000원

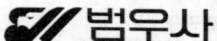 **범우사** 서울시 마포구 구수동 21-1호 TEL 717-2121, FAX 717-0429
http://www.bumwoosa.co.kr (천리안·하이텔 ID) BUMWOOSA

〈무소유〉 발간 25주년 기념 개정판
25년 전 〈무소유〉 초판본을 보내주신 분께는 개정판(양장본)을 보내드립니다.

법 정

이 책이 아무리 무소유를 말해도
이 책만큼은 소유하고 싶다.

― 김수환 추기경

갠지스 강가의 모래알 數의
갠지스 강들에 가득찬 모래알만큼의
七寶 공덕이 못 미치는 지혜,
법정 스님의 名言을 빌어 설파되는 무소유지혜.
― 도올 김용옥

무소유는 공동 소유의 다른 이름이다.
나눔과 섬김의 바탕은 무소유에 있다.
'나무 한 그루 베어 내어 아깝지 않은 책'으로
나는 법정 스님의 〈무소유〉를 들겠다.
― 윤구병 변산공동체 대표

법 정(法頂)
강원도 산골에서 화전민이 살던 오두막을 빌려 '선택한 가난의 삶'을 살고 계신 스님은 침묵과 무소유의 철저함으로 이 시대의 가장 순수한 정신으로 손꼽히고 있다

● 신 4×6판 / 164면 · 양장 / 값 6,000원

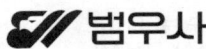 범우사

서울시 마포구 구수동 21-1 전화 717-2121 FAX 717-0429
인터넷 주소 http://www.bumwoosa.co.kr

2000년대를 향하여 꾸준하게 양서를!

현대사회를 보다 새로운 시각으로 종합진단하여
그 처방을 제시해주는

범우사상신서

1 자유에서의 도피 E. 프롬/이상두
2 젊은이여 오늘을 이야기하자 렉스프레스誌/방곤·최혁순
3 소유냐 존재냐 E. 프롬/최혁순
4 불확실성의 시대 J. 갈브레이드/박현채·전철환
5 마르쿠제의 행복론 L. 마르쿠제/황문수
6 너희도 神처럼 되리라 E. 프롬/최혁순
7 의혹과 행동 E. 프롬/최혁순
8 토인비와의 대화 A. 토인비/최혁순
9 역사란 무엇인가 E. 카/김승일
10 시지프의 신화 A. 카뮈/이정림
11 프로이트 심리학 입문 C.S. 홀/안귀여루
12 근대국가에 있어서의 자유 H. 라스키/이상두
13 비극론·인간론(외) K. 야스퍼스/황문수
14 엔트로피의 법칙 J. 리프킨/최현
15 러셀의 철학노트 B. 페인버그·카스릴스(편)/최혁순
16 나는 믿는다 B. 러셀(외)/최혁순·박상규
17 자유민주주의에 희망은 있는가 C. 맥퍼슨/이상두
18 지식인의 양심 A. 토인비(외)/임헌영
19 아웃사이더 C. 윌슨/이성규
20 미학과 문화 H. 마르쿠제/최현·이근영
21 한일합병사 야마베 겐타로/안병무
22 이데올로기의 종언 D. 벨/이상두
23 자기로부터의 혁명 ① J. 크리슈나무르티/권동수
24 자기로부터의 혁명 ② J. 크리슈나무르티/권동수
25 자기로부터의 혁명 ③ J. 크리슈나무르티/권동수
26 잠에서 깨어나라 B. 라즈니시/길연
27 역사학 입문 E. 베른하임/박광순
28 법화경 입문 박혜경

29 융 심리학 입문 C.S. 홀(외)/최현
30 우연과 필연 J. 모노/김진욱
31 역사의 교훈 W. 듀란트(외)/천희상
32 방관자의 시대 P. 드러커/이상두·최혁순
33 건전한 사회 E. 프롬/김병익
34 미래의 충격 A. 토플러/장을병
35 작은 것이 아름답다 E. 슈마허/김진욱
36 관심의 불꽃 J. 크리슈나무르티/강옥구
37 종교는 필요한가 B. 러셀/이재황
38 불복종에 관하여 E. 프롬/문국주
39 인물로 본 한국민족주의 장을병
40 수탈된 대지 E. 갈레아노/박광순
41 대장정—작은 거인 등소평 H. 솔즈베리/정성호
42 초월의 길 완성의 길 마하리시/이병기
43 정신분석학 입문 S. 프로이트/서석연
44 철학적 인간 종교적 인간 황필호
45 권리를 위한 투쟁(외) R. 예링/심윤종·이주향
46 창조와 용기 R. 메이/안병무
47 꿈의 해석 S. 프로이트/서석연
48 제3의 물결 A. 토플러/김진욱
49 역사의 연구 ① D. 서머벨 엮음/박광순
50 역사의 연구 ② D. 서머벨 엮음/박광순
51 건건록 무쓰 무네미쓰/김승일
52 가난이야기 가와카미 하지메/서석연
53 새로운 세계사 마르크 페로/박광순
54 근대 한국과 일본 나카스카 아키라/김승일
55 일본 자본주의의 정신 야마모토 시치헤이/김승일·이근원
▶ 계속 펴냅니다

범우사 서울시 마포구 구수동 21-1
전화 717-2121 FAX 717-0429

시대를 초월해
인간성 구현의 모범으로
삼을 만한 책을 엄선

범우고전선

1 유토피아 토마스 모어 / 황문수
2 오이디푸스王(외) 소포클레스 / 황문수
3 명상록·행복론 M. 아우렐리우스·L. 세네카 / 황문수·최현
4 깡디드 볼떼르 / 염기용
5 군주론·전술론(외) N. B. 마키아벨리 / 이상두(외)
6 사회계약론(외) J. J. 루소 / 이태일(외)
7 죽음에 이르는 병 S. A. 키에르케고르 / 박환덕
8 천로역정 J. 버니언 / 이현주
9 소크라테스 회상 크세노폰 / 최혁순
10 길가메시 서사시 N. K. 샌다즈 / 이현주
11 독일 국민에게 고함 J. G. 피히테 / 황문수
12 히페리온 F. 횔덜린 / 홍경호
13 수타니파타 김운학 옮김
14 쇼펜하우어 인생론 A. 쇼펜하우어 / 최현
15 톨스토이 참회록 L. N. 톨스토이 / 박형규
16 존 스튜어트 밀 자서전 J. S. 밀 / 배영원
17 비극의 탄생 F. W. 니체 / 곽복록
18-1 에 밀 (상) J. J. 루소 / 정봉구
18-2 에 밀 (하) J. J. 루소 / 정봉구
19 팡세 B. 파스칼 / 최현·이정림
20-1 헤로도토스 歷史 (상) 헤로도토스 / 박광순
20-2 헤로도토스 歷史 (하) 헤로도토스 / 박광순
21 성 아우구스티누스 고백록 A. 아우구스티누스 / 김평옥
22 예술이란 무엇인가 L. N. 톨스토이 / 이철
23-1 나의 투쟁 A. 히틀러 / 서석연
23-2 나의 투쟁 A. 히틀러 / 서석연
24 論語 황병국 옮김
25 그리스·로마 희곡선 아리스토파네스(외) / 최현
26 갈리아 戰記 G. J. 카이사르 / 박광순
27 善의 연구 니시다 기타로 / 서석연
28 육도·삼략 하재철 옮김
29 국부론(상) A. 스미스 / 최호진·정해동
30 국부론(하) A. 스미스 / 최호진·정해동
31 펠로폰네소스 전쟁사 (상) 투키디데스 / 박광순
32 펠로폰네소스 전쟁사 (하) 투키디데스 / 박광순
33 孟子 차주환 옮김
34 아방강역고 정약용 / 이민수
35 서구의 몰락 ① 슈펭글러 / 박광순
36 서구의 몰락 ② 슈펭글러 / 박광순
37 서구의 몰락 ③ 슈펭글러 / 박광순
38 명심보감 장기근 옮김
39 월든 H. D. 소로 / 양병석
40 한서열전 반고 / 홍대표
41 참다운 사랑의 기술과 허튼 사랑의 질책 안드레아스 / 김영락
42 종합탈무드 마빈 토케이어(외) / 전풍자
43 백운화상어록 석찬선사 / 박문열
44 조선복식고 이여성
45 불조직지심체요절 백운선사 / 박문열
46 마가렛미드 자서전 마가렛 미드
47 조선사회경제사 백남운
48 고전을 보고 세상을 읽는다 모리야 히로시
▶ 계속 펴냅니다

서울시 마포구 구수동 21-1
전화 717-2121 FAX 717-0429

책 속에 영웅의 길이 있다…!!

프랑스의 루소가 되풀이하여 읽고, 나폴레옹과 베토벤, 괴테가 평생 곁에 두고 애독한 그리스·로마의 영웅열전(英雄列傳)! 영웅들의 성격과 인물 됨됨이를 사실적으로 묘사한 영웅 보감!

플루타르크 영웅전

범우비평판세계문학 **38-1**

플루타르코스 / 김병철 옮김
* 새로운 편집 장정 / 전8권
크라운 변형판 / 각권 8,000원

국내 최초 완역, 99년 개정판 출간!

❝지금 전세계의 도서관에 불이 났다면 나는 우선 그 불속에 뛰어들어가 '셰익스피어 전집'과 '플루타르크 영웅전'을 건지는데 내 몸을 바치겠다.❞
— 美 사상가·시인 에머슨의 말 —

〈플루타르크 영웅전〉은 세계의 선각자들에게 극찬과 사랑을 받아온 명저입니다.

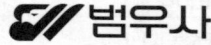 **범우사** 서울시 마포구 구수동 21-1 전화 717-2121 FAX 717-0429
인터넷 주소 http://www.bumwoosa.co.kr